KB273222

사악한 늑대

Böser Wolf

사악한 늑대

Böser Wolf

넬레 노이하우스 지음

김진아 옮김

북로드

　그는 장난감처럼 작은 냉장고에 장 봐 온 물건들을 집어넣었다. 하겐다즈 아이스크림은 거의 녹아버렸지만 그녀는 이렇게 쿠키 부스러기가 씹히는 부드러운 상태도 좋아한다는 걸 안다. 그녀를 본 지 벌써 몇 주가 지났는지 모른다. 그동안 참기 힘들었지만 절대로 만나자고 조르지 않았다. 그녀 스스로 찾아오게 하는 게 중요하다. 어제 드디어 문자가 왔다. 이제 곧 그녀를 볼 수 있을 거라는 생각에 그는 새삼 가슴이 두근거렸다.

　캠핑카 안을 빙 둘러본다. 어제 대청소를 해서 깔끔하다. 싱크대 위에 걸린 벽시계는 6시 20분을 가리키고 있다. 어서 서둘러야 한다. 면도도 안 하고 땀에 전 모습으로 그녀를 맞이할 수는 없다. 일이 끝난 후 미용실에 들러 머리칼을 다듬었지만 튀김 가판대에서 일하느라 온몸에 기름 냄새가 배었다. 그는 땀 냄새와 기름 냄새가 나는 옷을 벗어 마트 비닐봉지에 쑤셔 넣고 미니 주방 옆에 딸려 있는 작은 샤워부스 안으로 들어갔다. 턱없이 비좁고 수압도 약하지만 야영장의 비위생적인 공동 샤워장보다는 이게 낫다. 공동 샤워장은 도무지 청소를 하지 않는 것 같다.

그는 머리끝에서 발끝까지 비누칠을 한 후 말끔하게 면도를 하고 이를 닦았다. 가끔 씻지도 않고 게으름과 자기연민에 빠져들고 싶을 때도 있지만 그녀가 있기에 항상 몸과 마음을 추스른다. 만약 그녀가 없었다면 그는 벌써 폐인이 됐을지도 모른다.

잠시 후 샤워부스에서 나온 그는 깨끗한 속옷과 폴로 셔츠를 입고 옷장에서 청바지를 꺼내 입었다. 그리고 마지막으로 손목시계를 찼다. 몇 달 전 중앙역에 있는 전당포에서 150유로를 주겠다 한 시계다. 13년 전 1만 1000마르크나 주고 산 스위스제 명품 시계인데 겨우 150유로라니! 그래서 그냥 지난 삶의 마지막 흔적으로 간직하기로 했다. 그는 거울에 자신의 모습을 꼼꼼히 비춰본 후 캠핑카 밖으로 나갔다.

균형이 맞지 않는 플라스틱 의자에 앉아 있는 그녀를 보자마자 심장이 방망이질 쳤다. 얼마나 그리웠던 얼굴인가! 그는 그 자리에 서서 그녀의 모습을 한참 동안 바라보았다.

그녀는 참으로 아름답다. 작고 귀여운 천사의 부드러운 금발이 어깨로 살포시 흘러 내려와 있다. 그 머리카락을 만지면 어떤 느낌이 드는지, 어떤 냄새가 나는지 그는 잘 안다. 민소매 원피스를 입은 그녀는 햇볕에 살짝 그을린 목덜미와 부서질 듯 가녀린 등뼈를 드러낸 채 열심히 휴대전화를 두드리고 있다. 그는 그녀를 놀라게 하지 않으려고 헛기침을 해 인기척을 냈다. 그녀가 얼굴을 반짝 들었다. 그녀와 그의 시선이 마주쳤다. 그녀의 미소는 입가에서 시작돼 천천히 온 얼굴로 퍼진다. 그녀가 의자에서 벌떡 일어났다.

그는 몸을 움찔하며 그녀가 가까이 오기를 기다렸다. 그녀의 신뢰감으로 가득 찬 짙은 눈동자를 보니 마음 한구석이 찌릿하니 아파왔다. 세상에, 이렇게 아름다울 수가! 그가 달리는 기차에 몸을 던지지 않는 것은 전부 그녀 때문이다. 만약 그녀가 없었다면 뭐든 돈 안 드는 방법을 통해 이 비참한 생을 일찌감치 마감했을 것이다.

"안녕, 아가씨."

그는 그녀의 어깨에 손을 얹었다가 바로 내렸다. 그녀의 피부는 보드랍고 따뜻하다. 늘 그렇지만 처음에는 그녀를 만지는 게 쉽지 않다.

"엄마한테는 어디 간다고 했어?"

"제시네 집에 간다고 했어요. 양아버지랑 무슨 파티 같은 데 간대요. 소방서에서 하는 거라든가……."

그녀는 그렇게 말하며 휴대전화를 빨간 배낭 주머니에 쏙 집어넣었다.

"그래?"

그는 혹시 지나가는 사람이나 이웃에서 보는 사람이 없는지 주위를 살폈다. 흥분에 가슴이 떨리고 무릎이 휘청거렸다.

"네가 좋아하는 아이스크림 사놨어. 어서 들어가자."

세상이 빙글빙글 돌고 몸이 뒤로 넘어갈 것만 같다. 몸을 조금만 움직여도 토할 것 같고 정말 죽을 지경이다. 알리나는 역한 냄새가 나는 것을 느끼며 고개를 들었다. 여긴 어디지? 대체 무슨 일이 있었던 거지? 다른 애들은 어디 있지? 방금 전까지만 해도 모두 함께 나무 그늘에 앉아 있었는데……. 마르트가 어깨에 팔을 둘렀는데, 그 느낌이 나쁘지 않았다. 그들은 서로 마주 보며 웃다가 키스를 했다. 카타리나와 미아는 모기가 많다고 투덜거렸다. 그들은 음악을 틀어놓고 보드카와 레드불(오스트리아 산 자양강장 음료_역주)을 섞은 달콤한 폭탄주를 마셨다.

알리나는 겨우 몸을 일으켜 앉았다. 머리가 핑핑 돌았다. 눈을 떠 보니 어느새 해가 지고 있었다. 몇 시나 된 걸까? 휴대전화는 어디로 가버린 거지? 도대체 어쩌다 이런 곳에 왔는지, 여기가 어디인지 전혀 기억이 나지 않았다. 마치 기억이 통째로 사라져버린 것 같았다. 필름이 끊긴 것이다!

"마르트? 미아? 어디 있니?"

알리나는 기다시피 하며 커다란 버드나무가 있는 곳까지 갔다. 그리고 나무를 잡고 겨우 일어나 주위를 둘러보았다. 무릎이 힘없이 꺾이고 눈앞이 핑핑 돌고 사물이 잘 보이지 않았다. 아마 아까 토할 때 콘택트렌즈가 빠진 모양이다. 입안이 텁텁하고 얼굴에 토사물 찌꺼기가 묻어 있는 것을 보면 토한 게 분명하다. 마른 나뭇잎이 맨발바닥 밑에서 부스럭거렸다. 알리나는 그제야 발을 내려다보았다. 신발까지 잃어버리다니!

"아우, 어떡하지?"

그녀는 눈물이 쏟아지려는 것을 참으며 혼잣말로 중얼거렸다. 이런 꼴로 집에 들어갔다간 호되게 꾸중을 들을 것이다.

멀리서 사람들의 웃음소리와 말소리가 들려왔다. 바람에 실려 온 고기 굽는 냄새에 속이 뒤집힐 것 같다. 그래도 사람 사는 곳에서 멀리 떨어져 있지는 않으니 다행이라는 생각이 들었다. 적어도 무인도에 떨어지지는 않은 것이다.

알리나는 나무 기둥을 놓고 비틀비틀 걷기 시작했다. 땅이 눈앞으로 달려드는 것 같았지만 계속 걸었다. 어떻게 이럴 수 있단 말인가? 그 애들은 친구도 아니다. 술에 취한 친구를, 휴대전화도 신발도 없는 채 두고 가는 게 무슨 친구란 말인가! 카타리나 이 뚱땡이, 미아, 고 여우 같은 계집애! 어디 두고 봐라. 내가 내일 학교에 가서 어떻게 하는지! 그리고 마르트하고는 앞으로 한마디도 안 할 거다.

그때 무심코 지나치려던 가파른 비탈길 아래 뭔가가 눈에 띄었다. 강가에 잔뜩 난 쐐기풀 사이에 길게 누워 있는 것은…… 사람이다! 잿빛 머리와 노란색 티셔츠를 보니 알렉스다! 어쩌다 저기까지 내려간 거지? 도대체 무슨 일이 있었던 걸까? 알리나는 혼잣말을 구시렁거리며 힘겹게 비탈길을 내려갔다. 쐐기풀이 종아리를 후려치고 맨발에 뾰족한 돌들이 밟혔다.

"알렉스! 일어나!"

그녀는 옆에 쭈그리고 앉아 알렉스의 어깨를 흔들었다. 알렉스는 낮은 신음 소리를 냈다. 그에게서도 토사물 냄새가 났다. 그녀는 얼굴로 끊임없이 달려드는 모기떼를 손으로 쫓았다.

"알렉스! 일어나라니까! 어서!"

그녀는 알렉스의 다리를 잡아끌어 보려고 했지만 너무 무거워서 꿈쩍도 하지 않았다.

그때 강 위로 모터보트가 지나갔다. 한 차례 물결이 일더니 갈대숲을 지나 알렉스의 다리를 적셨다. 순간 알리나는 깜짝 놀라 숨을 멈췄다. 바로 눈앞에서 허연 손이 쑥 튀어나와 그녀의 발목을 잡으려고 했기 때문이다.

알리나는 외마디 소리를 지르며 뒤로 물러섰다. 알렉스가 있는 곳에서 2미터도 떨어지지 않은 갈대숲 사이에 떠 있는 것은 미아가 아닌가! 어스름한 석양빛에 비친 물속에 잠긴 금발과 퀭하니 벌어진 두 눈이 그녀를 똑바로 쳐다보는 것 같았다.

알리나는 굳은 듯 그 자리에 선 채 그 끔찍한 광경에서 눈을 떼지 못했다. 머릿속은 뒤죽박죽이었다. 도대체 이곳에서 무슨 일이 있었단 말인가? 다시 물결이 밀려와 미아의 몸을 흔들었다. 미아의 허연 팔뚝은 시커먼 물속에서 마치 도움을 청하는 것처럼 힘없이 흔들렸다.

아직 더위가 가시지 않았는데도 온몸이 덜덜 떨리고 위장이 뒤

틀리는 것만 같았다. 그녀는 쐐기풀에 대고 한참 동안 토했다. 보드카와 레드불은 나오지 않고 멀건 위액만 나왔다. 그녀는 억센 풀잎에 무릎과 손바닥이 다 까지는 것도 모르고 울음을 터뜨리며 네 발로 기어 언덕을 올라갔다. 어서 빨리 집에 가고 싶었다. 지금 내가 방에 있다면, 내 침대에 누워 있다면, 이게 모두 꿈이라면 얼마나 좋을까! 알리나는 어서 빨리 이곳을 떠나고 싶은 생각뿐이었다. 오늘 본 것을 모두 잊어버리고 싶었다.

*

피아 키르히호프는 베로니카 마이스너 사건의 최종 보고서를 작성하고 있었다. 작열하는 태양은 K11 팀이 자리한 평지붕 건물을 이른 아침부터 뜨겁게 달궜다. 카이 오스터만의 책상 옆 창가에 있는 디지털 온도계는 섭씨 31도를 가리키고 있다. 실내 온도가 31도니 밖은 아마도 3, 4도 정도 더 더울 것이다. 전국의 모든 학교가 임시방학을 할 만한 더위다. 문이라는 문은 모두 다 열어놓았지만 더위를 식혀줄 바람은 한 줄기도 들어오지 않았고 팔꿈치가 책상에 닿을 때마다 땀 때문에 살이 쩍쩍 들러붙었다. 피아는 한숨을 푹 내쉬며 '인쇄'를 눌렀다. 그리고 인쇄된 보고서를 얇은 서류철에 끼워넣었다. 이제 부검 보고서만 있으면 된다. 그런데 부검 보고서를 어디 뒀더라? 그것만 있으면 다 되는데……. 피아는 의자에서 일어나 서류 정리함을 일일이 들춰보았다. 피아는 그제부터 혼자 K11 사무실을 지키고 있다. 방을 함께 쓰는 오스터만은 수요일부터 지역범죄수사국에서 하는 교육에 참가하느라 비스바덴에 갔고, 카트린 파싱어와 셈 알투나이는 주 단위 세미나가 있어 뒤셀도르프에 갔다. 월요일부터 휴가를 낸 올리버 보덴슈타인 반장은 어디 간다는 말도 없이 여행을 떠났다. 그래서 낮에 수사과장 니콜라 엥엘이 피아에게 경사 승진 축하패를 전달할 때도 축하해주는 사람이 아무도 없었다. 하지만 피아는 그런 것에 신경 쓰지 않았다. 서류상 직위가 달라지는 것뿐이지 그 이상의 의미는 없다고 생각하기 때문이다.

"이놈의 보고서가 어디로 가버린 거야?"

피아는 짜증 섞인 말투로 중얼거렸다. 어느새 5시가 다 되어가고 있었다. 7시에는 고교 동창 모임이 있다. 비르켄호프로 이사한 뒤 목장 일에 매달리느라 통 사람들을 만나지 못했는데 25년 만에 여고 시절 친구들을 만난다고 생각하니 가슴이 뛰었다.

느닷없는 노크 소리에 피아는 흠칫 놀랐다.

"잘 있었어?"

프랑크 벤케가 열린 문 앞에 서 있었다. 피아는 자기 눈을 의심했다. 낡은 티셔츠에 청바지, 닳아빠진 카우보이 장화를 신고 다니던 예전의 모습은 온데간데없고 밝은 회색 양복에 와이셔츠, 넥타이까지 말쑥하게 차려입고 있었다. 전보다 머리를 약간 길렀고 얼굴에도 약간 살이 붙어 훨씬 좋아 보였다.

"아, 벤케 형사! 오랜만이야."

"오랜만인데 금방 알아보네."

벤케는 씩 웃더니 바지 주머니에 손을 찌른 채 피아를 위아래로 훑어보았다.

"승진했다는 소식 들었어. 이제 별도 달았으니 곧 꼰대 자리를 물려받는 건가?"

그 말에 피아는 반가운 마음이 싹 가셨다. 벤케는 예나 지금이나 사람 기분 상하게 하는 데 일가견이 있다.

"별 같은 건 안 달았어. 그냥 직위가 달라진 것뿐이야. 그리고 꼰대라니 누구를 말하는 거야? 설마 보덴슈타인 반장님?"

피아가 차갑게 대꾸했다. 벤케는 대답 없이 웃으며 껌을 질겅질겅 씹었다. 껌 씹는 버릇은 여전한 모양이다.

2년 전 불명예스럽게 K11을 떠나야 했던 벤케는 정직 처분에 대해 법원에 항소했고 정직 처분 무효 판결을 받았다. 하지만 K11로 돌아오지 않고 비스바덴에 있는 지역범죄수사국으로 옮겨 갔다. 호프하임 지방경찰청 사람 가운데 그 사실을 아쉬워하는 사람은 아무도 없었다.

벤케는 어슬렁어슬렁 피아 곁을 지나치더니 오스터만의 자리에 가서 털썩 주저앉았다.

"다들 나갔나 보네?"

피아는 혼잣말을 궁시렁거리며 다시 서류를 찾았다.

"그런데 웬일로 이렇게 누추한 곳까지 행사하셨어?"

피아가 대답 대신 묻자 벤케는 머리 뒤로 손깍지를 끼고 의자 등받이에 몸을 기댔다.

"이 기쁜 소식을 모두에게 전해야 하는데 사람이 없어서 아쉽네. 하지만 다들 곧 알게 될 거야."

"뭔데 그래?"

피아는 미심쩍은 표정으로 벤케를 쳐다보았다.

"현장 일은 이제 지겨워서 말이지. 특수기동대에 강력반에…… 그동안 나도 할 만큼 했거든. 그리고 항상 근무 성적도 좋았고. 작은 실수가 하나 있긴 하지만 뭐 그 정도는 용서해주더라고."

벤케가 피아에게서 눈을 떼지 않은 채 말했다.

흥, 작은 실수라고! 벤케는 화를 참지 못하고 동료 형사 카트린 파싱어에게 폭력을 가했다. 그 밖에도 수도 없이 정직 처분을 당할 만한 짓을 저질렀다.

"그때는 좀 사적인 문제가 있었거든. 그래서 정상참작이 됐어. 그러고 나서 지역범죄수사국에서 전문화 요원 교육을 받았어. 지금은 내부감사팀 K134에서 일해. 경찰 조직 내 고소 고발 및 부패 방지 담당이지."

피아는 그 말을 믿을 수 없었다. 벤케가 내부감사팀이라니! 지나가던 개가 웃을 일이다.

"지난 몇 달간 다른 주 감사팀들과 연합해서 새로운 전략 콘셉트를 짰는데 오는 7월부터 지역 단위로 실시될 거야. 산하기관의 업무 및 부서 감독 강화, 공무원 청렴 의식 향상 등등……."

벤케는 다리를 꼬고 앉아 발목을 까딱거렸다.

"엥겔 과장은 꽤 능력 있는 관리자 같긴 한데 아래쪽에서는 이런저런 말이 좀 있더라고. 심심치 않게 위반 사실이 접수되고 있거든. 하긴 내가 여기 있을 때 본 것만 해도 수두룩하지. 직위를 이용한 공무 집행 방해, 처벌 불이행, 권한 없는 정보 수집 행위, 내부 서류 유출 등등……."

피아는 서류를 찾다 말고 벤케를 쳐다보았다. 벤케의 입가에 떠오른 심술궂은 미소를 보니 갑자기 불길한 예감이 들었다. 약한 자에게 권력을 휘두르는 데서 즐거움을 느끼는 벤케의 성격은 오래전부터 알고 있었다. 그것이 피아가 벤케를 싫어하는 이유이기도 하다. 항상 악의와 짜증으로 동료들의 사기를 꺾던 벤케가 감사요원이 되다니, 앞날이 캄캄했다. 벤케는 책상을 빙 돌아와 피아 옆에 기대고 섰다.

"키르히호프 형사가 가장 잘 알지 않나? 꼰대가 가장 총애하는 부하잖아."

"무슨 소린지 하나도 모르겠는데."

피아가 차갑게 대꾸했다.

"정말 몰라?"

벤케는 거부감이 느껴질 정도로 얼굴을 가까이 들이댔다. 피아는 뒤로 물러서고 싶은 것을 꾹 참고 버텼다.

"당장 월요일부터 내부감사에 들어갈 거야. 뭐 깊이 팔 필요도 없이 시체 몇 구는 나올걸."

삼복더위인데도 등줄기에 소름이 끼쳤다. 속이 부글부글 끓었지만 피아는 겉으로 아무런 티도 내지 않았다. 오히려 미소를 짓는 여유까지 보였다. 벤케는 뒤끝이 있고 소인배 같은 사람이라 한번 언짢았던 일은 끝까지 마음에 둔다. 분명히 지금도 2년 전의 감정이 남아 있을 것이다. 그뿐인가. 아마 그 나쁜 감정은 그동안 열 배로 불어났을 것이다. 그래서 자신이 받았다고 생각하는 불공정한 대우와 모욕에 복수하기로 결심한 것이리라. 그런 그를 적으로 삼는 것은 결코 현명한 일이 아니다. 그러나 이성보다 짜증이 앞서는 것은 어쩔 수 없었다.

"그래? 그럼 새로 맡은 일 잘해 봐. 뭐라고 해야 하나……. 시체 수색견이 하는 일하고 비슷한거 아닌가?"

피아가 다시 서류를 찾으며 말했다. 벤케는 나가려는 듯 문 쪽으로 돌아섰다.

"키르히호프 형사의 이름은 아직 내 명단에 없었는데 곧 달라질지도 모르겠군."

피아는 그의 협박을 무시하고 벤케가 나갈 때까지 기다렸다. 그리고 곧바로 보덴슈타인 반장에게 전화를 걸었다. 신호는 가는데 받지 않았다. 젠장! 보덴슈타인은 지금 무슨 일이 벌어지고 있는지 전혀 모른다. 벤케의 속셈이 빤히 들여다보였다. 벤케의 등장은 올리버 폰 보덴슈타인에게 큰 재앙이 될 것이다.

*

재사용병 세 개면 국수 한 봉지, 다섯 개면 스파게티에 넣을 채소를 살 수 있다. 이것이 그가 계산하는 방식이다.

옛날에는 재사용할 수 있는 병인지 아닌지 보지도 않고 공병은 무조건 쓰레기통에 넣었다. 그런 사람들이 있어서 지금 그가 생활 필수품을 조달할 수 있는 것이다. 조금 전에 음료 도매상에 재사용병 두 봉지를 넘기고 12유로 50센트를 받았다. 페헨하임 산업단지 끝에 있는 양철 가판대 안에서 11시간 동안 감자를 튀기고 소시지와 햄버거 패티를 굽는 대가로 받는 돈이 시간당 6유로다. 빌어먹을 짠돌이 사장은 세금을 내지 않으려고 불법으로 사람을 부리면서 계산이 1센트라도 틀리면 일당에서 뺀다. 오늘은 계산이 다 맞아서 힘들여 일한 대가를 구걸하듯 받지 않아도 됐다. 돼지 사장은 기분이 좋은지 5일치 일당을 미리 당겨주었다.

공병 팔아서 모은 돈까지 합하면 지갑에 300유로 정도가 있다. 그에게는 무척 큰돈이다. 그래서 아까 중앙역 맞은편에 있는 터키인 미용실에 갔을 때 평소처럼 머리만 자르지 않고 기분 좋게 면도까지 해버렸다. 알디에서 장을 보고 나서도 캠핑카 2개월치 임대료를 낼 돈은 충분히 남아 있었다.

그는 덜덜거리는 스쿠터를 캠핑카 옆에 세워놓고 헬멧을 벗은 다음 짐받이에서 장 봐 온 봉지를 내렸다.

요즘 더위는 실로 살인적이다. 밤이 돼도 기온이 떨어지지 않아 아침이면 땀에 흠뻑 젖은 채 깨곤 한다. 하루 종일 갇혀 있어야 하는 얇은 양철 가판대 안에선 한낮이면 기온이 60도까지 올라가고 불쾌지수를 높이는 습도 때문에 튀김기름 냄새와 땀 냄새가 온몸의 모공과 머리카락에 들러붙어 떨어질 날이 없다.

장기 체류자를 위한 슈반하임 야영장의 낡은 캠핑카에 처음 들어왔을 때는 당분간 있을 곳으로 생각했다. 곧 재정 상황이 나아질 것이라는 확신이 있을 때였다. 그러나 세상에 '당분간'이라는 말만큼 오래가는 것은 없었다. 그는 7년째 캠핑카에서 살고 있다.

그는 캠핑카 앞에 쳐놓은 차양의 지퍼를 열었다. 한때 진한 녹색이었던 차양은 비바람과 햇볕에 바래 이제는 뭐라고 표현하기 힘든 밝은 회색이 되어 있었다. 캠핑카 문을 열자 열기가 확 몰려나왔다. 캠핑카 안은 바깥보다 2, 3도 정도 기온이 높다. 캠핑카 안은 퀴퀴한 냄새가 나고 답답했다. 아무리 날마다 깨끗이 청소를 하고 환기를 시켜도 천 소파와 구석구석 틈새에 들러붙은 냄새는 빠질 줄 몰랐다. 이 안에서 7년이나 살았지만 아직도 그 냄새를 맡을 때마다 불쾌하다는 생각이 든다. 하지만 대안이 없으니 참을 수밖에 없다.

그의 끝없는 추락은 이곳 대도시 변두리의 빈민 지역에서도 멈추지 않았다. 전과자인 그는 여기서도 최하위층에 속했다. 강 건너에는 시멘트와 유리로 화한 돈의 상징, 프랑크푸르트의 스카이라인이 눈부시게 빛나고 있지만, 이곳은 절대 휴가철을 맞은 가족이 그런 야경을 즐기기 위해 찾아오는 곳이 아니다. 이곳 주민들은 대부분 가난한 노인이나 그처럼 파산하고 인생에 실패한 사람들이다.

우울할 정도로 비슷한 사연을 가진 그들의 인생에서 술은 큰 역할을 한다. 그러나 그는 저녁에 맥주 한 캔 마시는 정도고 담배도 피우지 않는다. 체중 관리와 단정한 차림새에도 신경을 쓴다. 실업급여를 받으러 갈 생각도 하지 않았다. 독선적이고 편협한 공무원들 앞에서 구걸하는 것은 생각만으로도 끔찍하기 때문이다. 그나마 자존심이 조금은 남아 있기 때문에 버티는 것이지 그것마저 없다면 벌써 자살했을 것이다.

"저기요."

느닷없는 들리는 목소리에 놀란 그는 뒤를 돌아보았다. 캠핑카가 서 있는 좁은 땅을 둘러싼 말라빠진 산울타리 뒤에 웬 남자가 서 있었다.

"네?"

남자는 가까이 다가왔지만 바로 말을 꺼내지 못하고 망설였다. 돼지 같은 눈깔이 좌우로 바삐 움직였다.

"저…… 사람들이 그러는데 관청과 문제가 있으면 해결해준다면서요?"

남자의 목소리는 덩치에 걸맞지 않게 높은 가성이었다. 반쯤 벗어진 이마에는 땀방울이 송골송골 맺혀 있고 지독한 마늘 냄새와 역겨운 체취가 섞여 저절로 인상이 찌푸려졌다.

"누가 그래요?"

"담배 가판대의 로지가 그러던데요. 박사한테 가면 도와줄 거라고요."

뚱뚱한 남자는 쉴 새 없이 땀을 흘리며 보는 사람이 없는지 주위를 두리번거렸다. 그러더니 바지 주머니에서 둥글게 말린 지폐 다발을 꺼내 살짝 보여주었다. 100유로, 심지어 500유로짜리도 몇 장

보였다.

"수고비는 잘 쳐드리리다."

"들어오시죠."

남자가 마음에 들지는 않았지만 그렇다고 의뢰인을 고를 처지는 아니다. 이름이 전화번호부에 올라 있지도 않고 인터넷에 홈페이지가 있는 것도 아닌데 가끔 이렇게 손님이 찾아온다. 하지만 예나 지금이나 돈을 준다고 해서 아무 일이나 하지는 않는다. 아는 사람은 다 아는 사실이다. 전과가 있고 아직 집행유예 기간이 끝나지 않았기 때문에 사건 사고에 말려들 여지가 있는 일, 다시 감옥에 들어갈 수 있는 일에는 절대로 상관하지 않는다. 입소문을 듣고 찾아오는 사람들은 관청의 명령을 어긴 술집 주인들과 가판대 주인들, 무료 관광과 물품 강매 사기에 걸려든 노인들, 복잡한 독일식 관료 제도에 익숙하지 않은 실업자와 이민자 들, 돈의 유혹에 빠져 일찌감치 빚더미에 앉은 청년 신용불량자들이었다. 그를 찾아오는 사람들은 모두 그가 현금만 취급한다는 사실을 알았다.

처음에는 동정심도 느꼈지만 그런 마음은 바로 버렸다. 그는 로빈 후드가 아니라 용병이다. 현금 박치기와 선지급의 조건이 충족되면 다 깨진 플라스틱 식탁에 앉아 관청에 낼 서류를 작성해주고, 배배 꼬인 공무원의 언어를 알아듣기 쉽게 해석해주고, 다양한 경우에 관한 법적 조언을 해주며 부가 수입을 챙겼다.

"무슨 일이죠?"

그가 물었다. 남자는 캠핑카 안에 여실히 드러난 가난의 흔적을 둘러보며 약간 안심하는 기색이었다.

"아, 찐다, 쪄. 시원한 맥주나 물 없어요?"

"없어요."

그는 친절을 베풀 생각이 없었다. 에어컨이 켜져 있고 생수와 주스, 컵이 준비돼 있는 회의실, 마호가니 탁자에 앉아 고객을 맞던 시절은 이미 오래전에 지나갔다.

뚱보는 푸 하고 한숨을 쉬며 기름기가 좔좔 흐르는 가죽 조끼 안주머니에서 둘둘 말린 종이 몇 장을 꺼내놓았다. 재생지에 작은 글씨가 빽빽이 들어차 있는 것을 보니 세무서다. 그는 땀에 젖어 축축해진 서류를 손바닥으로 잘 편 뒤 죽 훑어보았다.

"삼백."

그는 서류에서 눈을 떼지도 않은 채 말했다. 주머니 속에 둘둘 말아 가지고 다니는 돈은 으레 불법적인 돈이기 마련이다. 이 땀 흘리는 돼지에게는 다른 노인들이나 실업자들에게 받는 것보다 조금 더 얹어 받아도 된다.

"뭐요? 서류 몇 장에 삼백이나?"

뚱보 고객은 예상한 대로 기가 차다는 반응을 보였다.

"여기보다 싸게 해주는 데를 알면 그리로 가고."

뚱보는 알아들을 수 없는 말을 구시렁거리더니 녹색 지폐 세 장을 내놓았다.

"영수증은 끊어주는 거요?"

"그럼요. 나중에 우리 비서가 그쪽 운전사에게 건네줄 겁니다."

그가 비꼬아 말했다.

"자, 여기 앉으세요. 몇 가지 개인 정보가 필요합니다."

＊

평화의 다리 앞 바젤 광장은 주차장을 방불케 했다. 몇 주 전부터 온 도시가 공사 중이라 걸핏하면 길이 막힌다. 프랑크푸르터 크로이츠와 니더라트를 통해 작센하우젠으로 가야 하는데 그만 깜빡하고 시내로 들어와 버렸다. 한나는 치밀어 오르는 짜증을 누르며 리투아니아 번호판을 단 녹슨 소형 트럭을 따라 거북이걸음으로 마인 다리를 건넜다. 오늘 아침 노먼과 나눈 대화는 생각하면 생각할수록 언짢았다. 어떻게 그렇게 멍청할 수 있는지. 게다가 거짓말까지 하다니! 11년이나 함께 일한 사람을 해고하는 것이 쉽지는 않았다. 하지만 노먼의 행동을 보니 다른 가능성을 남겨 둘 수 없었다. 그는 욕설과 협박을 쏟아낸 다음에도 분이 풀리지 않는지 씩씩거리며 돌아섰다.

한나의 스마트폰에서 짧은 진동음이 났다. 메일을 열어보니 비서에게서 '긴급 상황!!!'이라는 제목으로 메일이 와 있었다. 그런데 아무런 내용도 없이 포커스 온라인 링크만 덜렁 들어 있다. 한나는 이상하게 생각하며 링크를 눌렀다. 기사 제목을 보자마자 불길한 느낌이 확 들었다.

굵은 글씨체로 '비정한 한나 헤르츠만'이라고 씌어 있고 그 옆에는 이상하게 나온 그녀의 사진이 실려 있다. 심장이 거칠게 뛰기 시작했다. 한나는 오른손이 바르르 떨리는 것을 느끼며 스마트폰을 꽉 움켜쥐었다.

사욕에 눈이 먼 방송인. 한나 헤르츠만(47)의 방송에 출연하는 사람들은 입에 재갈을 물리는 계약서에 서명을 해야 하고 무슨 말을 해야 하는지 미리 지시를 받는다. 미장 일을 하는 아르민 V 씨(53)는 집주인과의 불화에 대해 이야기하기 위해 한나 헤르츠만의 방송(주제: 집주인이 나가라고 합니다)에 출연했다. 그러나 막상 카메라가 돌아가

자 진행자는 그를 고질적으로 집세를 떼어먹고 도망이나 다니는 '메뚜기 세입자'로 몰아갔다. 방송이 나간 뒤 화가 난 V 씨가 항의했지만 모든 것을 이해하는 척하던 한나 헤르츠만의 다른 얼굴을 알게 되었을 뿐이다. 거기다 한나 헤르츠만의 변호사들이 바로 투입됐다. 현재 실업 상태인 V 씨는 집까지 잃었다. 방송이 나간 후 집주인에게 쫓겨난 것이다. 베티나 B 씨(35)의 경우도 비슷하다. 다섯 아이의 어머니인 B 씨는 지난 1월 한나 헤르츠만의 방송(주제: 책임을 회피하는 아빠들)에 출연했다. 사전에 얘기된 것이 있었지만 진행자는 B 씨를 육아 스트레스에 시달리는 알코올중독자로 몰아갔다. 방송이 나간 후 B 씨도 피해를 입었다. 아동복지국에서 시찰을 나온 것이다.

"빌어먹을."

인터넷에 한번 올라온 글은 지울 수도 없다. 한나는 아랫입술을 꽉 깨물고 생각에 집중했다.

기사 내용에 틀린 말은 없었다. 한나는 흥미로운 주제를 찾아내는 데 감각이 있고 불쾌한 질문을 던지거나 지저분한 사생활을 캐야 할 때도 눈썹 하나 까딱하지 않는다. 출연하는 사람 자체나 그들의 기구한 운명 같은 것에는 아무런 관심도 없다. 오히려 단 15분간 매스컴을 타기 위해 모든 것을 까발리는 그들을 속으로 경멸했다. 한나는 사람들이 카메라 앞에서 그들의 은밀한 이야기를 털어놓게 하는 재주가 있었다. 그리고 그들의 사연에 귀를 기울이고 공감하는 연기를 하는 데도 뛰어났다.

물론 사실만으로는 부족할 때가 많았다. 그럴 때는 약간의 극적인 요소가 양념으로 들어가야 한다. 노먼이 하는 일이 바로 그것이었다. 노먼은 '지루한 인생의 포주(pimp your boring life)'라는 슬로

건을 내세우며 억지다 싶을 때까지 사실 관계를 왜곡했다. 윤리적인 옳고 그름은 한나에게 전혀 중요하지 않았다. 중요한 것은 시청률로 판가름되는 성과였다. 시청률이 따라주는 한 노먼의 전략은 정당화되었다. 물론 방송이 나간 뒤, 온 국민 앞에서 개인의 치부를 드러내고 웃음거리가 됐다는 것을 깨달은 출연자들은 항의 편지를 보냈다. 그 편지의 양이 서류철 몇 권에 이를 정도다. 그러나 실제로 소송을 거는 사람은 드물었다. 모든 출연자가 사전에 서명해야 하는 계약서가 법적으로 치밀하고 교묘하게 꾸며져 반박의 여지가 없었기 때문이다.

갑자기 뒤에서 경적 소리가 났다. 어느새 정체가 풀려 차들이 움직이고 있었다. 생각에 잠겨 있던 한나는 퍼뜩 정신을 차리고 미안하다는 뜻으로 창밖으로 손을 들어 보인 후 액셀을 밟았다. 그리고 10분이 지난 뒤 헤더리히 가로 꺾어 들어가 회사 뒷마당에 들어섰다. 한나는 스마트폰과 가방을 챙겨 차에서 내렸다. 시내는 타우누스보다 2, 3도 정도 기온이 높다. 건물 사이에 축적된 열기는 거의 사우나를 연상케 했다. 한나는 에어컨이 켜져 있는 회사 건물로 도망치듯 들어가 엘리베이터를 탔다. 그리고 6층으로 올라가는 동안 시원한 벽에 기대서 거울에 비친 자신의 모습을 바라보았다. 빈첸츠와 헤어지고 나서 한동안은 비쩍 마르고 늙어 보였다. 메이크업 아티스트들은 시청자들에게 익숙한 얼굴을 만들어내기 위해 그들이 배운 전문 기술을 총동원해야만 했다. 그러나 지금은 상당히 좋아졌다. 적어도 엘리베이터 안의 흐릿한 조명 아래서는 봐줄 만하다. 막 나기 시작한 흰머리는 염색으로 감췄다. 허영심 때문이 아니라 살아남기 위해서다. 방송의 세계는 냉정하다. 남자는 흰머리를 보여도 되지만 여자에게 흰머리는 바로 오후 교양 강좌나 요리

프로그램으로 밀려난다는 것을 의미했다.

6층에 도착한 한나가 엘리베이터에서 내리자마자 난데없이 얀 니뮐러가 나타났다. 헤르츠만 프로덕션의 매니저인 그는 이 삼복더위에도 검정색 청바지에 검정색 셔츠를 빼입고 그것도 모자라 목에 스카프까지 두른 차림새다.

"여긴 난리가 났어!"

니뮐러는 한나 옆에서 부산을 떨며 가느다란 팔을 흔들어댔다.

"1초마다 한 번씩 전화벨이 울려대는데 자기는 아무리 전화를 해도 연락이 안 되고……. 그리고 노먼이 해고당했다는 말을 내가 왜 노먼에게 직접 들어야 해? 나한테 미리 얘기를 해줬어야지. 처음엔 율리아를 쫓아내고 이젠 노먼까지 해고하면 일은 대체 누가 하라는 거야?"

"율리아가 하던 일은 마이케가 여름방학 동안 하기로 했어. 그건 이미 얘기했잖아. 그리고 프로듀서는 당분간 프리랜서를 고용하면 될 거야."

"나한테는 한마디 의논도 없이?"

한나는 차가운 표정으로 니뮐러를 응시했다.

"누구를 고용하고 해고할지는 내가 결정해. 내가 당신을 고용한 건 영업 쪽 일을 책임지고 내 뒤를 봐달라는 뜻이었어."

"아, 그렇게 생각하고 있었던 거야?"

니뮐러는 바로 삐쳐서 샐쭉해졌다. 한나는 니뮐러가 언제부턴가 그녀에게, 아니 연예인으로서 그녀가 뿜어내는 광채에 매료되어 있다는 것을 알았다. 그 또한 회사의 매니저로서 그녀의 후광을 입고 있었다. 하지만 한나는 그에게 동업자 이상의 의미를 두지 않았다. 남자로서 그는 전혀 그녀가 좋아하는 타입이 아니었다. 게다가 요즘 들어 부쩍 쓸데없는 간섭이 심해져서 선을 그어야 할 필요가 있었다.

"그렇게 생각하고 있었던 게 아니라 사실이 그래. 당신의 의견은 존중하지만 결정은 나 혼자 해."

한나는 좀 더 냉랭한 목소리로 대꾸했다. 그리고 니뮐러가 반박하려고 입을 열자 손짓 하나로 제지했다.

"방송사에서는 이런 식으로 구설수에 오르내리는 걸 좋아하지 않아. 안 그래도 요즘 시청률이 부진하기 때문에 우리 입장이 불리해. 나도 노먼을 해고하고 싶어서 해고한 게 아니야. 프로그램을 살리려면 그 방법밖에 없었어. 프로그램이 방송에서 빠지면 우리 모두 실직자가 될 수밖에 없어. 이해 못 하겠어?"

그때 한나의 비서 이리나 치데크가 복도로 나왔다.

"한나, 마테른 씨가 벌써 세 번이나 전화했어요. 그리고 신문사, 방송사에서 문의 전화가 빗발치고 있어요. 알자지라(아랍권을 대표하는 텔레비전 방송사_역주)만 빼고 다 전화한 것 같아요."

이리나가 걱정스러운 얼굴로 말했다. 다른 직원들도 문을 열고 빼꼼히 내다보았다. 그들의 얼굴에도 불안의 그림자가 드리워져 있었다. 아마 노먼의 해고 소식을 들었을 것이다.

"30분 후에 회의실로 집합!"

한나가 복도를 지나가며 말했다. 볼프강 마테른에게 전화하는 것이 급선무다. 이런 상황에서 방송사의 눈 밖에 나서는 안 된다.

그녀는 복도 맨 끝에 있는 개인 사무실로 들어갔다. 커다란 창으로 햇빛이 가득 들어왔다. 가방을 의자 위에 던져놓고 책상 앞에 앉은 그녀는 컴퓨터가 켜지는 동안 이리나가 노란색 포스트잇에 정리해놓은 전화번호 리스트를 죽 넘겨보았다. 그리고 수화기를 들고 볼프강 마테른의 단축 번호를 누른 후 크게 숨을 들이마셨다. 한나는 하기 싫은 일을 뒤로 미루는 법이 없다. 마테른은 바로 전화를 받았다.

"안녕, 나 비정한 한나야."

"이런 상황에서도 농담을 할 수 있다니 대단한데."

안테네프로의 대표 볼프강 마테른이 말했다.

"막 우리 프로듀서를 해고한 참이야. 글쎄, 출연자들의 이야기가 재미없다 싶으면 없는 이야기를 꾸며 넣었다지 뭐야! 그것도 몇 년째 계속 그랬대."

"그걸 전혀 몰랐어?"

"난 당연히 몰랐지! 정말 기가 막히더라고! 내가 모든 것을 다 점검할 수는 없잖아. 그냥 믿고 맡긴 거지. 그게 그 사람이 맡은 일이었고!"

한나는 빤한 거짓말을 해대며 짐짓 흥분한 체했다.

"이거 일이 걷잡을 수 없이 커지는 건 아니겠지?"

"그럼! 뒤집기 한 판을 준비 중이야."

한나가 의자에 등을 기대며 말했다.

"어쩔 생각인데?"

"모든 잘못을 시인하고 출연자들에게 사과할 거야."

볼프강 마테른은 잠시 말이 없었다.

"공격적 수비를 하겠다? 그렇지! 내가 당신을 좋아하는 이유가 바로 그거야. 절대로 뒤로 숨지 않지. 내일 점심이나 함께 먹으면서 얘기해보자고."

한나는 그의 미소 짓는 얼굴이 보이는 것 같았다. 가슴을 짓누르던 무거운 돌덩이가 내려가는 기분이었다. 가끔은 즉석에서 생각해낸 대답이 최고의 답이 되곤 한다.

＊

에어버스 항공기는 아직 멈추지 않았는데 여기저기서 안전벨트 푸는 소리가 났다. 사람들은 비행기가 완전히 착륙할 때까지 자리에 앉아 있으라는 안내방송을 무시하고 주섬주섬 자리에서 일어났다. 보덴슈타인은 다른 승객들과 부딪쳐 가며 좁은 복도에 서서 기다리는 것이 싫어서 그냥 자리에 앉아 있었다. 시계를 보니 시간은 정확하게 맞았다. 54분의 비행 끝에 저녁 8시 42분에 정확히 목적지에 도착한 것이다.

오늘 오후 그는 말도 많고 탈도 많았던 지난 2년간의 혼란을 접고 드디어 제대로 된 삶의 궤도에 들어섰다는 확신을 얻었다. 아니카 좀머펠트 재판에 참석하기 위해 포츠담에 간 것은 더없이 잘한 일이었다. 이로써 작년 여름, 아니 2년 전 코지마에게 다른 남자가 있다는 사실을 알게 된 그날 이후 늘 가슴에 품고 다니던 짐을 내려놓고 드디어 모든 방황에 종지부를 찍을 수 있게 되었다. 결혼 생활의 실패와 아니카 사건 이후 그는 정신적으로 크게 흔들렸고 자존감에 어마어마한 타격을 입었다. 개인적인 불행 때문에 직장에서도 집중력이 떨어졌고, 이것은 평소라면 절대 하지 않았을 실수로까지 이어졌다. 그는 코지마와 결혼해 20년 동안 함께 살면서 항상 행복한 결혼 생활을 하고 있다고 믿었다. 그러나 찬찬히 생각해보면 그 삶은 결코 완벽하지 않았다. 언제나 가정의 평화, 아이들, 체면이 먼저였고 자신의 뜻은 뒷전이었다. 이제 그렇게 양보하는 삶은 끝났다.

복도에 길게 늘어서 있던 줄이 움직이기 시작했다. 보덴슈타인은 자리에서 일어나 가방을 챙기고 내릴 준비를 했다.

게이트 A49에서 출구까지는 한참을 걸어야 한다. 보덴슈타인은 이번에도 거대한 공항 건물에서 길을 잘못 들고 말았다. 잘못된 이정표를 따라가다 출국장까지 간 그는 에스컬레이터를 타고 입국장으로 내려가 더운 저녁 공기 속으로 나갔다. 시계를 보니 9시 직전이었다. 9시까지 마중 나오기로 한 잉카는 아직 보이지 않았다. 그는 택시 승강장을 지나 차들이 잠시 주정차하는 곳에서 기다렸다.

멀리서 잉카의 검정색 랜드로버가 보이자 보덴슈타인의 입가에 미소가 번졌다. 코지마가 데리러 올 때는 언제나 최소한 15분 정도는 기다려야 했는데 잉카는 달랐다. 차가 멈추자 그는 뒷문을 열고 뒷좌석에 가방을 집어넣은 후 조수석에 올라탔다.

"잘 다녀왔어?"

잉카가 웃으며 인사했다.

"응, 덕분에. 데리러 와줘서 고마워."

보덴슈타인 역시 웃는 얼굴로 말하며 안전벨트를 맸다.

"별것도 아닌걸, 뭐."

잉카는 왼쪽 방향등을 넣고 고개를 꺾어 주위를 살폈다. 그리고 천천히 이어지는 차들의 흐름 속으로 끼어들었다.

보덴슈타인은 포츠담에 간 진짜 이유를 아무에게도 말하지 않았다. 잉카에게도 마찬가지다. 그동안 둘은 정말 좋은 친구 사이로 발전했지만 너무 사적인 일이라 말할 수 없었다. 아니카 좀머펠트와의 일이 나쁜 결과만 가져온 것은 아니다. 그 일은 자신에 대해 생각할 수 있는 계기가 되었다. 보덴슈타인은 그동안 자신이 진정으로 원하는 것을 하지 않고 살았다는 것을 깨달으며 뼈아픈 자기 발견 과정을 겪었다. 지금까지 그는 항상 코지마의 뜻에 따랐다. 온순한 성격 때문이기도 했고, 그게 편했기 때문이기도 했고, 일부는 책임감 때문이기도 했다. 그러나 이유가 뭐가 됐든 간에 결국 그는 싱거운 예스맨에 공처가로 전락하며 남자로서의 매력을 잃어버렸다. 지금 생각하면 틀에 박힌 일상과 지루함을 견디지 못하는 코지마가 바람을 피운 것도 그리 놀랄 일이 아니다.

"참, 그 집 열쇠 받아 왔어. 보고 싶으면 오늘 가서 봐도 돼."

잉카가 말했다.

"아, 그거 좋은 생각인데. 그런데 그전에 집에 데려다 줄 수 있을까? 그래야 내 차를 가져가지."

"내가 이따 집에 데려다 줄게. 바로 안 가면 너무 늦어서 아무것도 안 보일 거야. 아직 전기가 안 들어오거든."

"그래? 너만 괜찮다면 그렇게 해주면 좋고."

"난 괜찮아. 오늘 저녁에 할 일 없거든."

잉카가 씩 웃으며 말했다.

"좋아, 그럼 그렇게 하자."

잉카 한젠은 수의사로 켈크하임 루퍼츠하인에서 동료 두 명과 함께 말 전문 병원을 운영하고 있다. 그 집에 대한 정보도 병원에 온 손님이 말해주어서 알게 되었다고 한다. 땅콩주택을 짓다가 자금이 떨어져서 반 년째 공사를 못 하고 있는데, 완성된 반쪽이 시세보다 싼 값에 부동산 시장에 나왔다는 것이다.

30분 후 공사장에 도착한 두 사람은 조심조심 널빤지를 밟고 집 쪽으로 건너갔다. 잉카가 문을 열었고 그들은 먼저 1층을 구경했다.

"바닥의 시멘트 작업은 다 했고 배선 작업도 끝났어. 다른 것들은 아직이고."

잉카가 앞서 가며 말했다. 1층을 본 다음 2층으로 올라갔다.

"와, 전망 한번 좋네!"

보덴슈타인이 탄성을 내뱉었다. 왼쪽으로는 프랑크푸르트 시내가 휘황찬란하게 빛나고, 오른쪽으로는 환하게 불 켜진 프랑크푸르트 공항이 보였다.

"멋지지? 낮에는 보덴슈타인 성까지 다 보여."

살다 보면 정말 희한하게 둘러 가는 길도 있다. 루퍼츠하인에서 동물병원을 하던 한젠 선생의 딸 잉카 한젠에게 푹 빠져 있을 때 보덴슈타인의 나이는 열다섯이었다. 그는 잉카를 열렬히 사모했지만 용기가 없어 한 번도 고백하지 못했고 결국 오해를 안은 채 멀리 다른 도시에 있는 대학에 진학했다. 그곳에서 니콜라를 만났고, 나중에 코지마를 만나 결혼했다. 잉카는 완전히 잊어버리고 살았다. 그러다 5년 전에 살인 사건을 수사하다가 그녀를 다시 만났다. 그때는 코지마와 이혼하게 될 거라는 생각은 꿈에도 하지 않았다. 그리고 만약 그의 아들이 하필 잉카의 딸과 사랑에 빠지지 않았다면 다시 잉카를 잊고 살았을 것이다. 그 두 사람은 작년에 결혼했다. 결혼식장에서 보덴슈타인은 신랑 아버지로서 신부 어머니인 잉카 옆에 앉았다. 거기서 그들은 즐겁게 대화를 나누었다. 그 뒤로도 전화로 안부를 주고받다가 몇 번 만나서 저녁을 먹었다. 그렇게 하다 보니 두 사람은 다시 좋은 친구 사이로 발전할 수 있었다. 전화를 주고받고 함께 저녁식사를 하는 것이 어느새 습관처럼 되었다. 보덴슈타인은 잉카와 함께하는 시간이 좋았다. 대화 상대로서, 친구로서 그만 한 사람은 없었다. 잉카는 자의식이 높고, 독립과 자유를 중요시하는 강한 여자다.

이렇게 사는 것도 나쁘지 않았다. 단, 집 문제가 여전히 걸렸다.

보덴슈타인 영지에 딸린 마부 행랑채에서 계속 살 수는 없는 노릇이었다.

어둑어둑한 집 안을 돌아보며 보덴슈타인의 마음속에서는 루퍼츠하인으로 이사 올 생각이 점점 굳어갔다. 그러면 막내딸과 가까운 곳에서 살 수 있다. 코지마도 몇 달 전 루퍼츠하인으로 이사했다. 폐결핵 요양원을 개조한 건물인 마술산이 주상복합이라 사무실이 있는 그 건물에 그냥 집을 얻은 것이다. 몇 달간 비난이 오가고 서로에게 상처를 주다 보니 더 이상 옛날처럼 서로를 이해할 수 있는 사이는 아니게 되었지만 소피아에 대한 양육권은 나눠 가졌다. 보덴슈타인에게 양육권을 나누는 것은 무척 중요한 일이었다. 지금은 2주마다 한 번씩 주말이면 소피아를 집에 데려오고 코지마가 일이 있을 때는 평일에도 데려온다.

"정말 괜찮은데. 소피아 방을 만들어줄 수도 있겠어. 좀 더 자라면 혼자 걸어서 찾아올 수도 있고 할아버지, 할머니 댁에는 자전거로도 갈 수 있는 거리잖아."

집을 다 돌아본 보덴슈타인이 말했다.

"나도 그 생각 했어. 어때, 부동산 주인에게 연락하라고 할까?"

"응, 그렇게 해줘."

보덴슈타인은 흔쾌히 고개를 끄덕였다.

잉카는 문을 잠그고 다시 앞장서서 걸었다. 안개가 약간 낀 밤이었다. 낮 동안의 더위 때문에 집과 집 사이에는 아직도 열기가 남아 있고 공기 중에는 고기 굽는 냄새와 숯 냄새가 감돌았다. 사람들이 웃고 떠드는 소리가 담 너머에서 희미하게 들려왔다. 성에서도 약간 구석진 곳에 위치한 마부 행랑채 주변에는 불 켜진 집도 없고 고성 레스토랑의 손님들 말고는 지나가는 자동차 소리조차

들리지 않는다. 한겨울 어둠이 찾아오면 인접한 숲과 함께 모든 것이 침묵 속으로 가라앉는 느낌이 들었다. 때에 따라 우울하게 만들기도 하고 위안을 주기도 했지만 보덴슈타인은 이제 그 고요가 지겨웠다.

"만약 내가 이사 오면 우리는 이웃사촌 되겠는데."

"그래서 좋아?"

잉카가 가볍게 지나가는 말처럼 물었다. 차 옆에 서 있는 그녀의 금발머리가 가로등 밑에서 황금빛으로 빛났다. 보덴슈타인은 새삼 높은 광대뼈와 예쁜 입술, 윤곽이 뚜렷한 그녀의 얼굴에 감탄했다. 세월이 많이 흐르고 수의사 일이 힘들었을 텐데도 그녀의 아름다움은 여전했다. 왜 다시 결혼을 하거나 남자를 사귀지 않는지, 아무리 생각해봐도 의아한 일이었다.

"그럼. 그걸 말이라고 해?"

보덴슈타인은 차를 돌아가 조수석에 탔다.

"우리 메를린에 가서 피자나 먹고 갈까? 배고파 죽을 것 같아."

운전석에 앉은 잉카는 잠시 망설였지만 바로 고개를 끄덕였다.

"좋아."

*

피아는 주차할 곳을 찾아 쾨니히슈타인 구시가지를 세 바퀴나 돌며 덩치 큰 자신의 SUV를 탓했다. 그때 바로 앞에서 승합차 한 대가 빠져나갔다. 피아는 그 자리에 능숙한 솜씨로 차 꽁무니를 들이밀어 주차를 했다. 그리고 거울에 얼굴을 한번 비춰본 다음 손가방을 챙겨 차에서 내렸다. 이제까지 단 한 번도 동창회에 나간 적이 없어서 여고 동창들을 만난다고 생각하니 가슴이 설레었다. 아이스크림 가게 앞을 지나다 보니 철창 뒤로 구덩이가 커다랗게 패어 있는 게 보였다. 2년 전 로버트 바트코비아크의 시체를 발견한 집이 있던 자리다. 집 안에서 시체가 나왔다는 사실은 집이 팔리는 데 크게 도움이 되지 않았을 것이다.

피아는 보행자 거리를 지나 서점이 있는 곳에서 오른쪽으로 돌아 쿠어파크 쪽으로 걸어갔다. 빌라 보르크니스가 가까워지자 화단 중앙에 설치된 분수대의 찰랑거리는 물소리를 누르고 까르르 웃는 소리가 들려왔다. 피아는 모퉁이를 돌며 빙긋 웃었다. 아줌마가 된 지금도 여고생 때처럼 시끄럽기는 마찬가지인 것 같았다.

"어머나, 피아!"

빨강 머리 여자가 피아를 보고는 두 팔을 벌린 채 달려왔다.

"정말 오랜만이다. 반가워."

두 여자는 서로 얼싸안고 양쪽 볼에 입을 맞추었다.

실비아는 얼굴 가득 웃음을 띠고 다른 친구들이 있는 곳으로 피아의 등을 떠밀었다. 잠시 후 피아는 옛 친구들에게 둘러싸였다. 그때나 지금이나 변하지 않은 친구들의 얼굴을 보니 참으로 신기했다. 누군가 아페롤 스프리츠(이탈리아산 칵테일_역주) 한 잔을 손에 쥐어주었다. 반가운 인사와 볼 키스, 정감 넘치는 포옹이 이어졌다. 곧 시작된 실비아의 인사말은 웃음소리와 휘파람 소리 때문에 자꾸만 끊겼다. 결국 실비아는 재미있는 시간을 보내라는 말로 장난스러운 연설을 마쳤다. 이본네와 크리스티나는 1986년 졸업생 대표로서 자리를 마련하느라 애쓴 실비아에게 감사 선물로 커다란 꽃다발과 주말 스파 이용권을 전달했다. 피아는 웃음이 삐져나오는 것을 겨우 참았다. 타우누스의 부잣집 딸들에게 너무 전형적인 선물이었다! 그러나 마음에서 우러나온 선물이어서 그런지 실비아는 눈물까지 흘리며 감동했다.

피아는 요즘 한창 유행한다는 오렌지색 칵테일을 한 모금 마시곤 곧바로 얼굴을 찡그렸다. 술이 너무 달아서 입맛에 맞지 않았다. 프로세코는 정말 좋았는데 그 자리를 빼앗기다니 아무리 생각해도 안타까운 일이다.

"피아!"

피아는 자신을 부르는 소리에 뒤를 돌아보았다. 그리고 잿빛 머리 아줌마의 얼굴 속에서 열여섯 살짜리 옛 친구를 바로 알아보았다.

"엠마! 너도 오는지 몰랐어. 세상에! 반가워. 정말 오랜만이다!"

피아가 반색을 하며 외쳤다.

"그래, 정말 반갑다! 뒤늦게 오기로 결정했거든."

두 사람은 반가운 얼굴로 마주보다가 서로를 껴안았다. 피아는 그제야 엠마의 부풀어 오른 배를 알아차렸다.

"어머나! 임신 중이야?"

"응, 어쩌다 보니 마흔넷에 임신을 하게 됐네."

"요즘 그게 어디 많은 나이니?"

"루이자라고 여섯 살 난 딸이 하나 있거든. 난 그냥 딸 하나로 끝나려나 보다 했는데 살다 보니 예기치 않은 일이 생기네."

엠마가 피아에게 팔짱을 끼며 물었다.

"넌? 애 있어?"

피아는 이런 질문을 들을 때마다 느끼는 찌릿한 아픔을 다시 한 번 느꼈다.

"아니, 난 말하고 개밖에 없어."

하지만 피아는 언제나처럼 가볍게 받아쳤다.

"걔네들은 밤에 우리에라도 가둘 수 있지."

두 사람은 마주보며 웃음을 터뜨렸다.

"세상에, 우리가 다시 만날 거라고는 생각도 못 했어. 몇 년 전에 미리엄도 우연히 만났거든. 모두 결국은 아름다운 타우누스로 돌아오는구나."

피아가 화제를 바꿨다.

"그러게. 심지어 나까지 돌아왔잖아."

엠마가 피아의 손을 놓으며 말했다.

"미안, 잠깐 앉아야겠어."

엠마가 가쁜 숨을 내쉬며 의자에 앉자 피아도 그 옆에 앉았다.

"미리엄, 너, 나. 이렇게 정말 못 말리는 삼총사였는데. 부모님들이 우리 몰려다니는 거 되게 싫어했잖아. 미리엄은 잘 지내?"

"응, 작년에 내 전남편이랑 결혼했어."

피아가 칵테일을 한 모금 마시고 말했다. 아직 날이 더운 데다 말을 많이 해서인지 갈증이 났다. 그 말을 들은 엠마는 눈이 휘둥그레졌다.

"뭐? 그럼…… 어떻게…… 내 말은 그러니까…… 상처가 너무 컸겠다."

"아, 전혀 아니야! 헤닝과는 전보다 훨씬 사이가 좋아. 가끔 일도 같이 하고. 그리고 나도 혼자가 아니거든."

피아는 의자에 등을 기대며 테라스 너머에 시선을 던졌다. 예전 친구들과 한자리에 모여 있으니 꼭 수학여행을 온 것 같았다. 키 큰 삼나무 너머로 멀리 성의 폐허가 보였다. 성의 잔해는 저녁 별이 뜬 하늘 아래서 스포트라이트를 받으며 환하게 빛나고 있었다. 이렇게 부담 없고 평화로운 저녁 시간은 정말 오랜만이다. 피아는 동창회에 오길 잘했다는 생각이 들었다. 일과 관계된 것 말고는 평소에 너무 사람을 안 만나고 살았다.

"어디 이제 네 얘기 좀 해봐."

피아가 엠마에게 말했다.

"난 교직 이수 하고 초등학교 교사로 일했어. 베를린에서 2년 일하다가 해외로 자원봉사를 갔어."

"애들 가르치러?"

"응, 처음에는 가르치는 일을 했는데 얼마 뒤 전투 지역으로 옮겼어. 꼭 필요한 일을 하고 싶었거든. 그래서 '닥터스 월드와이드'라는 기관에 물자 보급책으로 들어갔어. 그런데 그 일이 내게 딱 맞는다는 것을 알게 됐지."

"거기서 무슨 일을 했는데?"

"사업을 기획하고 진행하는 일. 의료 기구와 의약품을 조달하는 일인데, 내가 맡은 일은 통신, 직원 급식 및 숙박, 통관, 수송 계획, 캠프 경영 및 관리, 그 밖에 현지 직원과 접촉하고 프로젝트를 안전하게 성사시키는 일이었어."

"와, 흥미진진한데."

"응, 지루하진 않았어. 말도 안 되는 상황에 맞닥뜨리는 일이 허다하거든. 인프라는 전무하지, 관청은 썩었지, 가끔은 부족끼리 원수지간이기도 하고. 그러다 6년 전 에티오피아에서 의사로 일하는 남편을 알게 됐어."

"그런데 어째서 돌아온 거야?"

엠마는 배를 가볍게 두드렸다.

"작년 겨울에 임신 사실을 알고 나서 남편이 루이자와 함께 독일로 돌아가라고 하더라고. 노산이잖아. 그래서 지금은 팔켄슈타인에 있는 시댁에 살고 있어. 너도 우리 시아버지 이름을 한 번쯤 들어 봤을지 모르겠다. 요제프 핑크바이너라고 오래전에 '태양의 아이들' 이라는 기관을 만들어서 운영하고 계셔."

"그래, 들어본 적 있어. 미혼모와 고아 들을 위한 시설이지?"

피아가 고개를 끄덕이며 알은체했다.

"맞아. 대단하신 분이지. 나도 출산하고 나면 거기서 뭔가 할 수 있을 거야. 지금은 7월 초에 열릴 시아버지 80세 생신 파티 준비를 돕고 있어."

"그럼 네 남편은 지금도 어디 재난 지역 같은 데 나가 있는 거야?"

"아니, 3주 전 아이티에서 돌아왔어. 지금은 닥터스 월드와이드 대표로 전국을 돌아다니면서 강연을 해. 그래서 얼굴을 자주 못 보지만 주말에는 꼭 집에 와."

웨이터가 음료수가 담긴 쟁반을 들고 다가오자 피아와 엠마는 물을 한 잔씩 들었다.

"야, 이렇게 다시 만나다니 정말 반갑다. 미리엄도 네 얘기 들으면 좋아할 거야."

피아가 물 잔을 높이 들며 말했다.

"언제 셋이서 한번 모이자. 만나서 옛날 얘기도 하고."

"그래, 그러자. 잠깐, 명함 한 장 줄게."

피아는 가방에서 명함을 찾았다. 그때 휴대전화에 불이 켜지며 진동하기 시작했다.

"어? 미안해. 전화 좀 받을게. 받아야 하는 전화야."

피아가 엠마에게 명함을 건네며 말했다.

"남편이야?"

"아니, 직장."

피아는 오늘 비번이다. 하지만 살인 사건의 징후가 있거나 당직
자가 다른 부서 사람이면 다 소용없다. 예상대로 안 좋은 소식이었
다. 에더스하임에서 소녀의 시체가 발견된 것이다.

"30분 정도 걸릴 거예요. 정확한 위치는 문자로 보내줘요."

피아는 이미 현장에 가 있다는 상황실 근무자에게 말했다.

"너 경찰이야? 피아 키르히호프 경장이라고 돼 있네."

엠마가 명함을 들어 보이며 놀란 표정을 지었다.

"오늘부터는 경사야."

피아가 씩 웃으며 말했다.

"그런데 이 시간에 무슨 일로 전화한 거야?"

"시체가 발견됐어. 그건 내 담당이거든."

"그럼, 강력계? 와, 대단한데. 그럼 총도 있겠네?"

엠마가 눈이 휘둥그레져서 물었다.

"그냥 소형 권총이야. 그리고 그렇게 대단하진 않아. 지겨운 일이
더 많아."

피아는 살짝 고민하는 표정으로 일어섰다.

"나 다른 애들에게 인사 안 하고 그냥 조용히 사라질게. 누가 나
찾으면……."

피아는 부탁하는 표정으로 어깨를 으쓱했다. 엠마도 따라 일어
섰다.

"파티에 초대할 테니까 와. 그럼 다시 얼굴 볼 수 있잖아. 미리엄
이 오고 싶다고 하면 데리고 오고. 꼭 와. 알겠지?"

"그래, 꼭 갈게. 그럼 그때 보자."

피아는 친구를 한 번 안아주고 자리를 떴다. 그리고 아무도 모르
게 그곳을 빠져나왔다. 밤 10시 10분에 현장에 가야 하다니! 다른

사람이 아무도 없기 때문에 유족에게 딸의 죽음 소식을 전하는 일
도 피아가 해야 한다. 이 직업에서 가장 힘든 일이 바로 그거다. 아
무것도 모르는 유족에게 청천벽력 같은 소식을 전하는 일. 보행자
거리를 걸어 차를 세워둔 곳으로 가는 동안 휴대전화에서 알림음
이 울렸다.

하터스하임-에더스하임, 묑히호프 가, 수문 있는 곳.

피아는 차 문을 열고 시동을 건 후 창문을 내려 환기를 시켰다.
그리고 내비게이션에 주소를 치고 안전벨트를 맨 다음 차를 출발
시켰다.
"경로를 탐색 중입니다."
내비게이션에서 고운 여자 목소리가 말했다. 목적지까지의 거리
는 22.7킬로미터, 도착 예정 시간은 22시 43분이었다.

*

한나는 숲가에 있는 막다른 길로 접어들었다. 이 막다른 길 끝
에 그녀의 집이 있다. 집 앞에 설치된 센서등이 환하게 켜져 있었
다. 한나는 브레이크를 밟았다. 빈첸츠나 노먼이 몰래 와서 기다리
고 있는 게 아니기를! 가까이 가보니 차고 앞에 뮌헨 번호판이 붙
은 빨간색 미니가 서 있었다. 마이케가 하루 일찍 온 것이다! 한나
는 안도의 한숨을 쉬며 딸의 차 옆에 주차하고 차에서 내렸다.
"마이케, 일찍 왔구나!"
한나는 딸을 보며 활짝 웃었지만 사실 웃을 기분이 아니었다. 노

먼과의 짜증나는 대화, 그다음엔 볼프강 마테른을 만났고, 전 직원이 모여 7시까지 긴급 회의를 했다. 그러고 나서 얀과 함께 괴테 가 근처에서 프로듀서를 만났다. 그 여자는 양복쟁이들과 담배 연기로 가득한 바에 앉아 한 시간 반 동안 줄담배를 피워대며 말도 안 되게 파렴치한 조건을 읊어댔다. 성과는 전혀 없었다. 시간이 너무 아까웠다.

"안녕, 엄마."

마이케가 문 앞에 앉아 있다가 일어섰다. 옆에는 트렁크 두 개와 여행가방 하나가 놓여 있었다.

"오늘 올 거면 전화를 하지 그랬어?"

"스무 번도 더 했어. 전화기는 왜 꺼놨어?"

마이케가 비난 섞인 목소리로 말했다.

"아, 오늘 회사에 말썽이 생겨서. 언제 꺼놨는지 모르겠다. 회사 전화로 하지 그랬어?"

한나는 짧게 한숨을 쉬고 딸의 뺨에 입을 맞추었다. 마이케는 얼굴을 찡그렸다. 한나는 열쇠로 문을 열고 마이케의 짐을 집 안으로 날랐다.

베를린에서 뮌헨으로 옮긴 후 마이케는 더 좋아진 것 같았다. 살도 더 붙고 머리도 약간 기르고 옷 입는 것도 평범해졌다. 사춘기 말기의 불량 청소년 티는 이제 곧 완전히 벗어버릴 것이다.

"좋아 보인다."

"엄마는 안 좋아 보이는데. 완전 늙었어."

마이케가 한나의 얼굴을 쓱 훑어보더니 말했다.

"칭찬 고맙다."

한나는 구두를 벗고 주방에 가서 냉장고에서 차가운 맥주를 꺼냈다.

마이케와의 관계는 옛날부터 좋지 않았다. 하지만 오랜만에 엄마를 만나 한다는 첫마디가 '완전 늙었어'라니 방학 동안 집에 와 있으면서 프로덕션 어시스턴트로 일하라고 한 게 과연 잘한 짓인지 회의가 들었다. 다른 사람들이 등 뒤에서 하는 말에는 신경도 쓰지 않는 한나지만 딸의 적대적인 태도는 갈수록 참아내기 힘들다. 전화할 때 마이케는 엄마 부탁이어서가 아니라 돈 때문에 그 일을 하는 거라고 못 박았다. 그럼에도 불구하고 한나는 방학 동안 딸이 집에 와 있는 것이 좋았다. 아직 혼자 지내는데 익숙하지 않기 때문이기도 했다. 화장실에서 물 내리는 소리가 나더니 마이케가 주방으로 왔다.

"배 안 고파?"

한나가 물었다.

"아니, 밥 먹었어."

한나는 지친 다리를 의자에 올리고 아픈 발가락을 꼼지락거렸다. 무지외반증. 양쪽 엄지발가락이 모두 휘었다. 30년간 하이힐을 신은 대가다. 굽이 4센티미터 이상인 구두를 신으면 고통이 이루 말할 수 없다. 하지만 매일 운동화만 신을 수도 없는 노릇이다.

"맥주 마시고 싶으면 냉장고에 있으니까 꺼내 마셔."

"난 녹차나 마실래. 그런데 이제 술까지 마셔?"

마이케는 주전자에 물을 붓고 찻잔을 꺼낸 후 녹차를 찾아 서랍을 뒤졌다.

"빈첸츠 아저씨도 그래서 도망간 거 아냐? 하여튼 남자들 쫓아내는 데 뭐 있다니까."

한나는 딸의 비난에 아무런 반응도 보이지 않았다. 너무 피곤해서 말싸움을 할 기력이 없었다. 예전에는 모녀가 매일같이 전쟁을 치렀지만, 요즘은 마이케의 공격적인 태도도 오래가지 않는다. 그래서 한나는 딸의 말을 귓등으로 흘려들으려 노력했다.

마이케는 이혼 가정이 만들어낸 전형적인 반항아다. 혼자 잘나고 잔소리가 많았던 마이케의 아빠는 그녀가 일곱 살 때 집을 나갔다. 그리고 격주로 주말마다 아이를 데려가 모든 응석을 다 받아주면서 엄마를 나쁜 사람으로 만들었다. 그때 세뇌당한 것은 18년이 지난 지금까지도 효과를 잃지 않고 있다.

"난 빈첸츠 아저씨 좋았는데…… 유머가 있잖아."

마이케가 어린아이같이 가느다란 팔로 팔짱을 꼈다.

평범한 아이였던 마이케는 사춘기가 되면서 거의 100킬로그램 가까이 살이 쪘다. 그러다 열일곱 살 때부터는 아예 먹는 것을 중단했고 몇 년 전에는 거식증으로 병원에 입원까지 했다. 그때 마이케는 키 174센티미터에 겨우 39킬로그램이었다. 당시 한나는 전화벨만 울리면 딸이 죽었다는 소식일까 봐 가슴을 졸였다.

"나도 한때는 좋아했어. 하지만 그와 나는 서로 완전히 동떨어진 삶을 살았어."

한나가 마지막 남은 맥주 한 모금을 마시고 나서 말했다.

"도망가는 것도 당연하지. 엄마 옆에서 누가 숨이나 제대로 쉴 수 있겠어? 탱크처럼 앞뒤 안 가리고 다 밀어버리잖아."

한나는 한숨을 푹 쉬었다. 상처를 주는 말이지만 전혀 화가 나지 않았다. 그저 마음이 아플 뿐이다. 아마 마이케는 죽을 때까지 그녀를 미워할지도 모른다. 거기에는 그녀의 잘못도 컸다. 마이케가 한창 자랄 때 그녀에게는 아이보다 일이 중요했다. 그래서 이혼하고 나서 남편이 딸을 독점하는데도 오히려 잘됐다는 생각으로 아무

저항 없이 아이를 내주었다. 마이케는 제 아빠의 음험한 권력욕을 꿰뚫어 보지 못하고 맹목적으로 떠받들었다. 아빠가 자신을 앞세워 엄마에게 복수하려 했다는 사실도 전혀 알지 못했다. 사실 한나도 그런 이야기는 별로 꺼내고 싶지 않았다.

"그래, 알았어. 넌 날 그렇게 생각하는구나."

"세상 모든 사람이 그렇게 생각해. 엄마는 항상 자기 생각밖에 안 하잖아."

마이케가 차갑게 받아쳤다.

"아니야, 그렇지 않아. 엄마가 널 위해서⋯⋯."

"그런 소리 마! 엄마가 날 위해서 한 일은 없어! 언제나 일, 남자뿐이었지."

마이케는 기가 막힌다는 듯 눈을 치켜떴다. 그때 주전자에서 삐 하는 소리가 났다. 마이케는 불을 끄고 찻잔에 물을 따른 후 녹차 티백을 넣었다. 몸동작에서 긴장한 기색이 느껴졌다. 한나는 딸을 품에 안고 상냥한 말을 해주고 싶었다. 딸과 웃으며 수다를 떨고 어떻게 지내는지 묻고 싶었다. 하지만 거절당할까 봐 두려웠다.

"네 방에 이불 갖다 놨어. 수건은 욕실에 있고."

한나는 그렇게 말하고 일어나 빈 병을 바구니에 넣었다.

"미안해. 엄마가 오늘 너무 피곤해서 그래."

"괜찮아. 내일 아침에 몇 시까지 가야 해?"

"10시까지 와."

"알았어. 나 자러 갈게."

"그래, 잘 자라."

한나는 말끝에 딸의 어릴 적 애칭을 붙이려다 입을 다물었다. 마이케는 미미라는 애칭을 그녀의 입으로 듣는 것을 싫어했다.

“네가 집에 오니까 참 좋다.”

아무런 대답도 돌아오지 않았다. 그러나 공격도 없었다. 그것만
해도 어딘가.

*

“여기 왜 이렇게 사람이 많아?”

흥분해 있는 수많은 구경꾼 사이를 헤치고 들어온 피아가 경찰
통제선 밑으로 허리를 숙이고 들어가며 물었다.

“오늘 저쪽에서 스포츠 동호회의 여름 축제가 있었나 봅니다.”

정복 차림의 경찰관이 말했다.

“아, 그래?”

피아는 주위를 둘러보았다. 저만치 앞에 소방차, 푸른 경광등이
깜박이는 경찰차 두 대, 그 옆에 순찰차 한 대, 승용차 두 대, 그리
고 헤닝의 은색 벤츠가 서 있었다. 그 뒤로 숲의 한 부분이 환하게
조명을 받고 있는 것이 보였다. 피아는 모래가 깔린 비치발리볼 코
트를 빙 둘러 가면서 구급차 안을 흘깃 들여다보았다. 문이 활짝
열린 구급차 안에서 잿빛 머리 여학생이 치료를 받고 있었다.

“시체를 발견한 장본인입니다. 쇼크 상태고 혈중알코올농도가
0.2이나 돼요. 박사님은 밑에서 다른 술고래를 보고 계십니다.”

구조요원 중 하나가 말했다.

“무슨 일이래? 마시고 죽자 파티라도 한 건가?”

구조요원은 어깨를 으쓱했다.

“모르겠어요. 여기 이 아가씨는 신분증상으로는 스물넷인데 그런
파티 하기엔 좀 나이가 많죠.”

"내려가는 길이 어디예요?"

"저 좁은 길 따라서 강으로 내려가면 됩니다. 아마 그동안 철문을 열었을 거예요."

"고마워요."

피아는 구조요원이 가르쳐준 길로 향했다. 좁은 오솔길은 축구장을 따라 나 있었다. 축구장 안에는 조명등이 켜져 있고 반대편 철망 뒤에는 경찰 통제선 앞보다 더 많은 구경꾼이 몰려 있었다. 피아는 평소엔 신지 않는 하이힐 때문에 잘 걸을 수 없었다. 소방차와 구급차의 강한 헤드라이트 불빛에 눈이 부셔서 어디를 딛는지 바로 앞도 잘 보이지 않았다. 활짝 열린 철문 앞에서 소방관들이 산소 절단기를 챙기고 있었다. 어둠 속에서 구조요원 두 명이 들것을 들고 다가왔다. 그 옆에 응급의사가 링거를 든 채 따라왔다.

"아, 키르히호프 형사!"

의사가 알은체했다. 현장에서 몇 번 마주친 적 있는 의사다. 주로 야간이나 새벽에 만나게 되는 사람들이다.

"안녕하세요. 얘는 왜 이래요?"

피아가 들것에 누워 있는 남학생을 보고 물었다.

"시체 옆에 기절해 있었어요. 술에 취해서 완전히 떡이 됐어요. 이제 깨워보려고요."

"그럼 이따 뵐게요."

피아는 축구장 철망 뒤에서 힐끗거리는 구경꾼들의 시선을 느끼며 다시 뻣뻣한 걸음걸이로 걷기 시작했다. 그리고 하이힐의 불편함에 대해 끊임없이 구시렁거렸다.

몇 미터 앞에서 에렌베르크 형사가 순경 두 명을 거느리고 다가왔다. 에렌베르크 형사는 절도 담당으로, 오늘 당직이었다.

"안녕하세요. 저기 구경꾼들 좀 해산시켜야겠어요. 페이스북이나 유튜브에 현장 사진이나 동영상 같은 게 올라오면 안 되거든요."

"알았어요. 우리가 알아서 할게요."

피아는 에렌베르크에게 잠시 상황 설명을 듣고 계속 걸음을 옮겼다. 지금쯤 편히 쉬고 있을 동료들을 생각하니 한숨이 절로 나왔다. 그때 멀리서 누군가 싸우는 소리가 들려왔다. 익숙한 목소리라 무슨 일인지 바로 알 수 있었다. 50미터쯤 가니 조명이 환하게 켜진 강가가 나왔다. 경사가 급한 비탈 아래 피아의 전남편 헤닝 키르히호프 박사와 호프하임 경찰서 감식반장 크리스티안 크뢰거가 서 있었다. 강한 조명 아래서 머리끝에서 발끝까지 비닐로 된 흰색 오버올을 입은 두 사람은 마치 방금 착륙한 외계인들처럼 보였다. 두 사람은 강가를 배경으로 떡하니 버티고 서서 돌팔이니 문외한이니 하며 서로에게 욕을 퍼붓고 있었다. 한 사람은 금방이라도 폭발할 것처럼 시뻘건 얼굴로 화를 냈고, 다른 한 사람은 건방진 말투와 오만한 태도로 상대를 자극했다. 그러는 외중에도 갈대밭 바로 뒤에 떠 있는 경찰 보트는 강렬한 헤드라이트 빛으로 현장을 대낮처럼 환하게 비추고 있었다.

감식반 직원 세 명은 멀찌감치 떨어져서 체념과 인내심이 뒤섞인 표정으로 두 사람의 싸움을 지켜보고 있었다. 그중 한 명이 피아를 알아보고 짧게 휘파람을 불었다.

"오, 경사님. 원피스 죽이는데요! 각선미도 끝내주네."

"고마워. 저 사람들은 왜 또 저래?"

"항상 똑같죠, 뭐. 키르히호프 박사가 일부러 흔적을 지웠다고 반장님이 노발대발이세요. 그런데 사진은 이미 다 찍어놨거든요."

다른 직원이 카메라를 들어 보이며 말했.

피아는 사람들 앞에서 다리를 삐끗하거나 길 양쪽에 잔뜩 자라 있는 쐐기풀 속으로 엎어지는 일이 없기를 바라며 조심조심 비탈길을 내려갔다.

“세상에! 미쳤어, 피아? DNA 흔적을 그렇게 밟아버리면 어떡해?”

크뢰거가 피아를 발견하고 소리를 질렀다.

“처음엔 얍삽한 에렌베르크가, 그다음엔 저 돌팔이, 응급의사, 그리고 이제는 피아까지! 도대체 왜들 이러는 거야? 조금이라도 조심할 수 없어? 이래 가지고 일을 어떻게 하라는 거야?”

전혀 틀린 말은 아니었다. 두 사람이 서 있는 땅은 기껏해야 5평방미터 정도밖에 안 되어 보였다.

“늦은 시간에 수고가 많으시네요.”

피아가 크뢰거의 잔소리를 무시하고 말했다. 크뢰거는 현장에 감식반 말고는 아무도 드나들지 않기를 바라는 완벽주의자다. 그의 주장에 따르면 다른 사람들은 모두 흔적을 망칠 뿐이다.

“어서 와, 피아. 이 야만인이 또 날 모욕하고 있었어. 내 편 좀 들어줘.”

“두 사람의 사랑싸움에는 관심 없어. 시체에 대해서나 말해봐.”

피아가 짤막하게 말했다. 크뢰거는 피아를 흘깃 쳐다보더니 눈이 휘둥그레져서 시선을 뗄 줄 몰랐다.

“치마 입은 여자 처음 봐요?”

피아는 크뢰거에게 면박을 주었다. 청바지와 운동화 차림이 아니라 왠지 어색하고 불편하기만 했다.

“그건 아닌데…… . 피아가 치마 입은 건 처음 보는 것 같아.”

평소라면 크뢰거의 감탄에 기분 좋았을 수도 있지만 오늘은 왠지 짜증이 먼저 났다.

"볼 만큼 봤으면 이제 현장 설명 좀 해주시죠. 네?"

피아가 얼굴 앞에 대고 손가락을 튕기자 크뢰거는 헛기침을 하며 설명하기 시작했다.

"흠흠, 그러니까 현장 상황이 어땠냐면…… 남학생은 의식을 잃은 채 엎드려 있었어. 저기 법의학자 양반이 서 있는 바로 저 자리에 말이야. 왼쪽 다리는 물에 잠겨 있었어. 저 여학생은 지금 보이는 그대로고."

여학생의 시체는 강가의 수풀과 갈대숲 사이에 누운 자세로 걸려 있었다. 두 눈은 퀭하니 벌어져 있고 한쪽 팔은 물 위로 떠올라 물결이 일 때마다 손짓하듯 흔들렸다.

피아는 차가운 헤드라이트 불빛 아래 펼쳐진 끔찍한 광경을 말없이 지켜보았다. 이렇게 어린 생명이 젊음을 제대로 꽃피워 보지도 못하고 죽어야 했다는 생각을 하니 순간적으로 극심한 우울감이 엄습했다. 크뢰거가 계속 설명했다.

"저 위의 큰 버드나무 아래에 빈 보드카 병과 레드불 깡통 들이 있었어. 그 밖에 옷가지 몇 개, 신발, 휴대전화 하나, 대량의 토사물이 발견됐고. 내 생각엔 학생들 몇 명이 술을 사 들고 접근 금지 구역에 몰래 들어온 것 같아. 어쩌다 보니 일이 꼬인 거지."

"아까 그 남학생은 왜 그런 거야?"

피아가 이번에는 헤닝에게 물었다. 헤닝은 남학생이 들것에 실려 가기 전 이미 검사를 마친 상태였다.

"역시 만취 상태야. 구토한 흔적도 있고. 그리고 바지 지퍼가 열려 있었어."

"왜 그런 거라고 생각해?"

"볼일을 보려다가 비탈에서 굴러떨어졌을 수도 있지. 손과 팔꿈치 아래에 생긴 지 얼마 안 된 찰과상의 흔적이 있어. 떨어지지 않으려고 허우적거리다가 생긴 거겠지."

도대체 이곳에서 무슨 일이 일어난 것일까?

피아는 감식반 직원들이 지나가도록 한 걸음 옆으로 물러났다. 직원 둘이서 소녀의 시체를 물 밖으로 끌어냈다.

"이건 뭐 종잇장처럼 가볍군. 뼈하고 가죽만 있는 것 같아."

직원 하나가 말했다. 피아는 시체 옆에 쭈그리고 앉았다. 죽은 소녀는 가느다란 어깨끈이 달린 민소매 셔츠에 짧은 청치마를 입었는데 치마가 위로 말려 올라가 허리께 뭉쳐 있었다. 조명이 아주 밝지는 않았지만 시커먼 멍 자국과 길쭉한 상처가 죽은 소녀의 비쩍 마른 몸뚱이를 뒤덮고 있는 게 분명히 보였다.

"헤닝, 이거 멍 자국 아니야?"

피아가 소녀의 배와 허벅지를 가리키며 물었다.

"음, 그런 것 같은데."

헤닝은 손전등으로 소녀의 몸을 비춰 보더니 이맛살을 찌푸렸다.

"맞아. 멍 자국과 열상이 아문 흔적이야."

헤닝은 소녀의 손을 번갈아 가며 들고 자세히 들여다보았다.

"크뢰거."

"왜?"

"이 시체 뒤집어도 될까?"

"응."

헤닝은 피아에게 손전등을 주고 장갑 낀 손으로 소녀를 조심스레 뒤집었다.

"세상에! 이게 다 뭐야?"

피아가 기겁해서 외쳤다. 등 아랫부분과 엉덩이가 완전히 헤져서 근조직 사이로 척추, 갈비뼈, 골반의 일부가 허옇게 드러나 있었다.

"배의 스크루 때문에 난 상처야. 이 아이는 오늘 저녁에 죽은 게 아니야. 그리고 여기서 죽지도 않았어. 손의 상태만 봐도 물속에 있은 지 한참 된 거 같아. 강물에 떠내려 온 건지도 모르지."

"그 말은 이 아이가 다른 학생들과 아무 상관이 없다는 뜻이야?"

피아가 자리에서 일어서며 말했다.

"난 법의학자일 뿐이야. 그걸 알아내는 건 당신 몫이지. 분명한 건 오늘 죽은 게 아니라는 거야."

피아는 전혀 춥지 않은데도 맨살이 드러난 팔을 문지르며 몸을 부르르 떨었다. 그리고 주위를 둘러보며 이곳에서 무슨 일이 일어났을지 머릿속으로 상상해보았다.

"난 시체를 발견한 여학생하고 얘기해볼게. 시체는 바로 부검실로 옮겨줘. 검사가 부검 승인을 빨리 해줘야 할 텐데."

"잠깐!"

크뢰거가 비탈을 올라가려는 피아에게 정중하게 손을 내밀었다. 피아는 그 손을 잡고 비탈을 올라갔다.

"고마워요. 하지만 항상 이럴 필요는 없어요."

피아가 다 올라와서 말했다. 그 말에 크뢰거는 씩 웃었다.

"물론이지. 여름 정장, 불편한 구두, 통행이 불편한 길이 아니면 어림도 없지."

"요즘 헤닝과 너무 가까이 지내는 거 아니에요? 말투가 서로 닮아가는 것 같아요."

피아가 픽 웃으며 말했다.

"시건방진 인간이긴 하지만 어휘력은 뛰어나지. 현장에서 만날 때마다 열심히 배우는 중이야."

"그럼 현장 나갈 때 교육 배지 달고 나와야 되겠네. 이따 봐요."

크뢰거는 손을 들어 인사를 하고 돌아섰다.

"아, 피아!"

크뢰거가 부르는 소리에 피아는 뒤를 돌아보았다.

"추우면 내 차에 따뜻한 점퍼 있으니까 입어."

피아는 고개를 끄덕이고 구급차가 있는 곳으로 걸어갔다.

＊

오랜만에 동창들을 만나고 우연찮게 피아와 재회한 오늘 저녁은 엠마에게 큰 기분 전환이 되었다. 남편, 딸과 함께 2층을 통째로 빌려 살고 있는 시부모의 저택에 도착한 그녀는 고풍스러운 진녹색 대문을 기세 좋게 열어젖혔다. 니더회히슈타트의 연립주택가에서 자란 그녀는 돌출창, 탑, 아기자기한 흰색 창틀이 있는 빛바랜 빨간 벽돌 저택을 보자마자 사랑에 빠졌다. 빙 둘러 부조 장식이 있는 살롱의 높은 천장도 좋았고, 유리문이 달린 책장도 좋았고, 문양이 그려진 바닥과 섬세하게 장식된 달팽이 모양 계단도 좋았다. 그녀에게는 그 모든 것이 매력적으로 보였다. 플로리안의 어머니는 집 안 인테리어를 지배하는 이 양식을 로코코라고 했고, 플로리안은 식상하고 유치하다며 인형의 집 같다고 했다. 엠마는 이 인형의 집에서 영원히 살 수 있을 것 같았지만 플로리안은 부모님 집에서 오래 살 생각이 없어 보였다.

저택은 숲과 연결되는 드넓은 공원 녹지의 가장자리에 위치하고 있고 근처에 '태양의 아이들' 재단 건물이 있다. 플로리안의 아버지가 1960년대 후반 그 건물을 사들였을 때는 양로원이었다고 한다.

사무동, 유치원, 직업 훈련원이 있는 맞은편 건물은 나중에 지어졌다. 거기서 약간 떨어진 녹지에는 각각 따로 진입로를 갖춘 방갈로 세 채가 나란히 서 있는데, 플로리안의 아버지를 도와 재단 일을 하는 측근들이 그들의 가족들과 함께 살고 있다. 그중 가운데 것은 원래 플로리안을 위해 지어졌다고 한다. 그러나 플로리안이 집을 떠나 다른 곳에서 직장을 찾았기 때문에 다른 사람에게 세를 주었다.

엠마는 차 안에서부터 신발을 벗은 상태였다. 너무 더워서 낮부터 발과 발목이 부어오르더니 저녁이 되자 신발을 신고 걷기도 힘들었다. 2층으로 올라가는 나무 계단이 엠마의 체중 때문에 삐걱거렸다. 반투명 유리가 끼워진 세 쪽짜리 현관문 뒤에서 희미한 불빛이 새어 나왔다. 엠마는 조심조심 문을 열고 발끝으로 걸어 들어갔다. 플로리안이 주방 식탁에 앉아 노트북 화면을 보고 있었다. 무엇에 열중하고 있는지 사람이 들어오는 것도 눈치채지 못했다. 엠마는 한참 동안 문가에 서서 남편의 예리한 옆얼굴을 바라보았다. 결혼한 지 6년이나 지났지만 아직도 남편을 보면 가슴이 설렌다.

사실 두 사람은 첫눈에 반한 그런 사랑은 아니었다. 에티오피아 캠프에서 처음 만났을 때 그녀는 프로젝트의 기획책임자였고, 그는 의료 분야의 파트너였다. 처음에 두 사람은 볼 때마다 싸웠다. 그는 물자 조달이 늦다고 사사건건 투덜댔고, 그녀는 그의 거만한 태도가 신경에 거슬렸다. 사실 의약품과 의료 기구를 육로로 수백 킬로미터씩 수송하는 것은 그리 쉬운 일이 아니다. 하지만 두 사람은 결국 같은 목적을 위해 일하고 있었다. 그리고 짜증을 유발시키긴 했지만 의사로서의 그는 그녀에게 큰 감명을 주었다. 환자를 위해서라면 완전히 녹초가 될 때까지 일했다. 72시간이나 쉬지 않고 일할 때도 있었다. 기지를 발휘해야 하는 응급 상황에서의 의료 조치에도 뛰어났다.

닥터 플로리안 핑크바이너는 일을 대충 하는 사람이 아니었다. 환자를 위해서라면 몸과 마음을 다해 살신성인했고 자신의 일을 사랑했다. 어쩌다 환자의 목숨을 살리지 못하면 개인적 실패로 간주할 정도로 스스로에게 엄격했다. 바로 이 모순적인 면이 엠마의 마음을 사로잡았다. 한편으로는 인정 많은 약자의 친구이지만 다른 한편으로는 차가운 회의주의자인 그는 냉소적인 면도 가지고 있었다. 때로는 심한 우울증 증세를 보이기도 했지만 기지 넘치는 유쾌한 매력을 발산할 줄도 알았다. 그리고 그는 엠마가 만난 남자 중 가장 잘생긴 남자였다. 그렇게 엠마의 마음은 천천히 그에게 기울었고 결국 그의 매력에 완전히 사로잡히고 말았다.

엠마가 동료에게 플로리안을 사랑하게 되었다고 고백하자 그녀는 불행해지고 싶지 않으면 다시 생각해보라며 엠마를 말렸다. 플로리안은 세상의 모든 불행을 자신의 문제로 생각하는 남자라는 것이었다. 그러나 곧 '하긴 자원봉사 병에 걸린 너도 만만치는 않지'라며 둘이 천생연분일지도 모른다는 말을 덧붙였다. 그 말을 들었을 때 엠마는 잠시 고민했지만 회의는 곧 의식 밖으로 밀려났다. 엠마는 플로리안 같은 남자는 독차지해선 안 된다고 생각했다. 환자와 일에 할애하고 남은 나머지만으로도 충분할 것 같았다. 그런 남편을 바라보는 엠마의 마음은 새록새록 정으로 차올랐다. 곱슬곱슬한 잿빛 머리칼, 얼굴과 턱에 난 파란 면도 자국, 다정다감한 눈, 섬세한 입술, 부드러운 목덜미.

"나 왔어."

그녀가 나지막하게 속삭였다. 그는 어깨를 움찔하며 노트북을 쾅 소리 나게 닫았다.

"깜짝이야! 사람을 왜 이렇게 놀라게 해?"

"미안. 놀라게 하려는 건 아니었어."

엠마가 벽에 붙은 스위치를 켜자 할로겐램프가 주방을 대낮처럼 환히 밝혔다.

"루이자가 저녁 내내 칭얼거렸어. 밥도 안 먹고 계속 배가 아프다고 그러고. 동화책을 몇 권이나 읽어줬는지 모르겠어."

플로리안은 의자에서 일어나 아내의 뺨에 입을 맞추었다.

"동창회는 어땠어? 재미있었어?"

그는 그렇게 물으며 엠마의 배에 손을 갖다 댔다. 오랜만에 하는 행동이다. 처음부터 별로 환영받지 못했던 이 임신은 이제 출산까지 5주 정도밖에 남지 않았다. 플로리안은 둘째 아이를 원하지 않았다. 엠마도 마찬가지였다. 어쩌다 보니 아이가 생긴 것이다.

"응, 아주 재미있었어. 어쩜 다들 하나도 안 변했더라고. 졸업하고 연락이 끊겼던 단짝 친구도 만났어."

엠마는 생긋 웃으며 말했다.

"그래? 잘됐네."

플로리안은 미소를 짓다가 주방 벽에 걸려 있는 시계로 시선을 돌렸다.

"저기, 랄프네 집에 가서 맥주 한잔하고 올까 하는데 괜찮겠어?"

"그럼. 루이자 보느라고 힘들었을 텐데 그 정도는 괜찮지."

"늦지는 않을 거야. 갔다 올게."

그는 그녀의 뺨에 한 번 더 입을 맞춘 후 현관에 놓인 슬리퍼를 신었다.

"응, 재미있게 놀다 와."

그가 나가고 문이 철컥 소리를 내며 닫혔다. 잠시 후 계단참에 불이 켜졌다. 엠마는 푸 하고 한숨을 내쉬었다. 처음에 아이티에서 돌아왔을 때 플로리안은 상태가 별로 좋지 않았다. 하지만 요즘에는 정상으로 돌아온 듯하다. 우울할 때 그는 옆에 사람을 붙여주지 않고 자기 생각에만 골몰한다. 보통은 며칠 지나면 괜찮아지는데 이번에는 그 기간이 꽤 길었다. 아기가 태어날 때까지 팔켄슈타인에서 지내자고 제안한 사람은 그였지만 오랜만에 돌아온 모국과 25년 전 도망치듯 떠난 집에 다시 적응하는 일이 쉽지만은 않은 것 같았다.

엠마는 냉장고에서 생수 병을 꺼냈다. 그리고 물을 한 컵 따라 가지고 식탁 앞에 앉았다. 수년간 지구촌 곳곳을 누비며 오지로만 떠돌던 생활을 마감하고 이제 한곳에 뿌리를 내리고 정착했다는 생각을 하니 새삼 가슴이 뛰었다. 내년에는 루이자가 초등학교에 들어가니 이제 캠프 생활을 접어야 할 때가 되긴 했다. 뛰어난 외과의인 플로리안은 독일의 어느 병원에서든 어서 옵쇼 하고 데려갈 만한 인재다. 물론 47세라는 나이가 적은 나이는 아니다. 며칠 전 그 얘기를 할 때 플로리안은 병원에 들어갈 경우 상사가 자신보다 나이가 어릴 거라고 했다. 그리고 매일같이 문명병에 걸린 뚱뚱한 환자들을 돌봐야 한다는 게 상상이 안 된다고도 했다. 그 말을 할 때의 표정이 어찌나 진지한지 엠마는 그 어떤 것도 그의 마음을 돌릴 수 없으리라는 것을 바로 깨달았다.

하품이 나왔다. 잘 시간이다. 엠마는 사용한 컵을 식기세척기에 넣고 주방 불을 껐다. 그리고 욕실로 가는 길에 루이자의 방을 잠시 들여다보았다. 루이자는 봉제 인형들에 둘러싸인 채 평화로운 얼굴로 깊이 잠들어 있었다. 엠마의 시선은 동화책에 가 머물렀다. 루이자가 잠들 때까지 아이 아빠가 얼마나 많은 책을 읽어줘야 했을까 생각하니 저절로 미소가 지어졌다. 루이자는 동화와 전설을 무척 좋아한다. 《헨젤과 그레텔》, 《라푼젤》, 《흰 장미 빨간 장미》, 《장화 신은 고양이》. 동화책 내용도 다 외운다. 엠마는 조심스럽게 문을 닫았다. 플로리안은 곧 새 삶에 적응할 것이다. 그리고 언젠가는 그들도 평범한 가정을 이룰 것이다.

*

축구장의 구경꾼들은 모두 사라졌지만 수문 쪽에는 아직도 호기심에 이끌린 인파가 몰려 있었다. 기자들까지 합세해 그 수는 오히려 늘어나 있었다. 피아는 보덴슈타인 반장에게 다시 전화를 걸어 봤지만 역시 연결되지 않았다. 이번에는 전화기가 켜져 있긴 한데 받지를 않았다. 피아는 카이 오스터만에게 전화를 걸었다. 이번에는 바로 연결됐다.

"쉬는데 방해해서 미안해. 에더스하임 수문 근처에서 익사체가 발견됐어. 필요한 게 있는데 도와줄 수 있겠어?"

"물론이지. 뭐가 필요한데?"

오스터만은 늦은 시간에 전화한 것을 탓하지 않고 적극적인 태도를 보였다.

"부검 승인이 필요해. 내일 아침까지. 그리고 실종자 명단 좀 봐줘. 성별 여자, 연령 15에서 17세, 금발, 비쩍 마른 몸매, 진갈색 눈동자. 헤닝 말로는 죽은 지 며칠 됐을 거래."

"응, 알았어. 지금 바로 사무실로 갈게."

"아, 그리고 반장님에게 연락 좀 해봐."

피아는 전화를 끊고 보덴슈타인에게 문자를 보냈다. 보덴슈타인은 목요일부터 연락 가능하다고 해놓고는 벌써 나흘째 소식이 없다.

"키르히호프 형사님!"

헤센방송 카메라를 어깨에 멘 남자가 피아를 불렀다.

"사진 좀 찍어도 될까요?"

피아는 평소 하는 대로 바로 안 된다고 하려다가 마음을 고쳐먹었다. 언론에 나가면 소녀의 신원을 알아내는 데 도움이 될지도 모른다.

"네, 그러세요."

피아는 경찰 통제선 앞을 지키고 있던 순경에게 기자들을 시체가 발견된 장소에 데려다 주라고 지시했다. HR, SAT1, RTL, 헤센, 안테네프로, 라인마인TV 모두 음악보다 경찰 무선을 즐겨 듣는 모양이다.

실신한 남학생을 실은 구급차는 어느새 사라지고 그 자리에 영구차가 서 있었다.

피아는 남아 있는 구급차의 문을 두드렸다. 바로 문이 열렸다.

"목격자랑 얘기 좀 할 수 있을까요?"

구급의사는 고개를 끄덕였다.

"쇼크 상태였는데 지금은 어느 정도 안정됐습니다."

피아는 구급차로 올라가 여학생 옆에 앉았다. 창백하지만 아이처럼 귀여운 얼굴이다. 겁에 질린 둥그런 눈에는 아직도 공포가 서려 있었다. 그녀는 오늘 본 끔찍한 광경을 아마도 평생 떨치지 못할 것이다.

"난 호프하임 경찰서에서 온 피아 키르히호프라고 해요. 이름이 뭐예요?"

피아가 상냥하게 물었다.

“아…… 알리나 힌데미트.”

그녀에게선 역한 술 냄새와 함께 토사물 냄새가 났다.

“아니, 좀 전엔 사브리나라고 했잖아요. 그리고 신분증에도…….”

구급의사가 불쑥 끼어들었다.

“잠깐 둘이서만 얘기해도 될까요?”

피아가 그를 제지했다. 여학생은 당황하며 급히 변명했다.

“그건…… 이유가 있어요. 원래는 그러면 안 되지만…… 언니 신분증을 빌려 왔어요. 저…… 저랑 비슷하게 생겼거든요.”

피아는 한숨을 폭 쉬었다. 사람들은 이런 수법에 너무 쉽게 넘어간다.

“그…… 그걸로 술을…… 샀어요. 보드카하고 슬리보비츠(자두와인을 증류시켜 만든 브랜디_역주)요. 엄마 아빠가 알면 엄청 혼날 거예요.”

여학생은 그렇게 말하며 훌쩍거리기 시작했다.

“알리나, 지금 몇 살이니?”

“열…… 열여섯요.”

열여섯 살에 혈중알코올농도 0.2퍼센트라니 진도 한번 빠르다.

“무슨 일이 있었는지 기억나니?”

“친구들이랑 같이 철문을 넘었어요. 마르트하고 디에고가 조용한데를 안다면서 방해하는 사람이 아무도 없을 거라고 했어요. 그래서…… 술 사 가지고 와서 마신 거예요.”

“그 자리에 또 누구누구 있었니?”

알리나는 잘 기억이 나지 않는 듯 미간을 찌푸렸다.

“마르트, 디에고…… 그리고 저랑 카타리나, 알렉스…… 그리고…… 미아!”

알리나는 갑자기 기겁해서 피아를 쳐다보았다.

"저…… 저도 어떻게 된 건지 잘 모르겠어요. 필름이 끊겼는데…… 깨어나 보니까 미아가 물속에 있었어요! 그리고 알렉스는 너무 취해서 아무리 흔들어도 일어나지 않았어요!"

알리나의 얼굴이 일그러지더니 눈에서 눈물이 하염없이 흘러내렸다.

피아는 목격자가 울도록 잠시 내버려 두었다. 물속에 떠 있던 여자아이는 그들과 함께 술을 마신 미아가 아닐 것이다. 헤닝이 틀리는 일은 좀처럼 없다. 그리고 스크루에 다친 상처로 보아 틀림없이 며칠째 물속을 떠다녔을 것이다. 그때 피아의 휴대전화가 울렸다. 오스터만이 컴퓨터로 조회해봤지만 아무 성과가 없었다고 전해왔다. 피아는 고맙다고 하고 전화를 끊었다.

피아는 알리나에게 의식을 잃고 실려 간 남학생의 이름과 주소를 물었다. 그리고 알리나 부모님의 전화번호까지 메모한 다음 구급차 밖으로 나와 구급의사와 잠시 이야기를 나누었다.

"저 여학생은 어느 정도 안정된 상태라 집에 보내도 됩니다. 내일 아침에 일어나면 숙취가 심하겠지만 그렇게 마셔댔으니 어쩔 수 없는 일이죠."

"남학생은 어때요?"

"이미 회히스트 병원으로 보냈습니다. 그냥 숙취 정도로 넘어가진 않을 거예요."

"키르히호프 형사, 오랜만이에요."

뒤에서 누군가가 부르는 소리에 뒤돌아보니 잿빛 머리에 수염이 꺼칠한 남자가 물 빠진 청바지에 티셔츠, 낡은 모카신 차림으로 서 있었다. 어딘지 모르게 낯이 익었지만 그가 프라이 부장검사임을 알아보기까지는 약간의 시간이 걸렸다.

"아, 안녕하세요, 검사님."

피아는 당황해서 말을 더듬었다. 하마터면 '꼴이 그게 뭐예요?'라는 말이 튀어나올 뻔했다. 항상 양복 재킷 아래 조끼를 받쳐 입고 넥타이를 맨 차림에 깔끔하게 면도하고 젤로 머리를 넘긴 단정한 모습만 봐왔기 때문이다. 프라이 또한 피아의 차림새가 낯선지 호기심과 놀라움이 담긴 시선을 보냈다.

"동창회를 하는 중이었는데 상황실에서 전화가 와서요."

피아가 약간 난처한 얼굴로 왜 이런 옷차림을 하고 있는지 설명했다.

"난 가족 모임에서 그릴 파티 하다가 오느라고요."

프라이 부장검사도 자신의 옷차림에 대해 설명이 필요하다고 생각한 모양이었다.

"시체가 발견됐다는 연락을 받았는데 플뢰르스하임에서 가까우니까 내가 맡겠다고 했죠."

"아, 네……."

가족 모임이나 그릴 파티와는 거리가 멀어 보이는 그의 변신에 피아는 여전히 얼떨떨했다. 그에게서 약간의 술 냄새와 페퍼민트 냄새가 났다. 프라이 검사 역시 사람은 사람인 모양이다. 철통같은 원칙주의자에 일 중독자, 도덕주의자로 유명한 프라이 검사라 사무실과 법정에 있는 모습에만 익숙했는데 이런 모습을 보니 색다르지 않을 수 없었다.

"저 술고래들 부모님에게는 그쪽에서 연락할 거죠?"

구급의사가 차 문을 힘껏 닫으며 말했다.

"네, 그건 제가 알아서 할게요."

"이번 사건 책임자라고 들었습니다."

구급차가 지나가도록 프라이 검사가 피아의 팔을 잡아당겼다.

"네, 저희 반장님은 휴가 중이세요."

"흠, 여긴 어떻게 된 거죠?"

피아가 상황을 요약해서 설명했다.

"기자들에게 사건 현장을 개방했어요. 사무실에 있는 동료가 알아봤는데 실종자 명단에서 전혀 조회가 안 돼요. 사망자의 신원을 밝히는 데 언론이 도움될지도 모른다는 생각이 들어서요."

프라이 검사는 이맛살을 찌푸렸지만 천천히 고개를 끄덕였다.

"사망자의 신원 파악은 빠를수록 좋죠. 그럼, 난 현장 좀 둘러볼게요."

프라이 검사가 어둠 속으로 사라지자 피아는 휴대전화를 꺼내 여학생이 준 전화번호를 눌렀다. 어디선가 한 줄기 바람이 불어왔다. 피아는 몸을 부르르 떨었다. 기자들이 현장에서 돌아오고 있었다.

"형사님, 멘트 한마디 부탁합니다."

"잠깐만요."

그때 전화기 속에서 남자 목소리가 또렷이 들렸다. 피아는 조용히 통화하기 위해 강가 쪽으로 몇 미터 걸어갔다.

"안녕하세요. 힌데미트 씨죠? 전 호프하임 경찰서의 키르히호프 형사라고 합니다. 따님 알리나 때문에 전화드리는 건데요. 아니요, 따님은 무사합니다. 하지만 에더스하임으로 좀 와주셨으면 좋겠습니다. 네, 수문 있는 곳인데 바로 찾으실 수 있을 거예요."

사람들이 시체를 들것에 싣고 오솔길을 올라오고 있었다. 기자들은 너도 나도 카메라 플래시를 터뜨렸다. 피아는 크뢰거의 차가 있는 곳으로 갔다. 차 문은 역시 잠겨 있지 않았다. 피아는 뒷좌석에서 남색 점퍼를 꺼내 입고 고무줄로 머리를 질끈 묶었다. 그제야 원래의 자신으로 돌아온 것 같았다. 드디어 텔레비전 카메라 앞에 설 자신이 생겼다.

*

야영장은 이른 저녁 시간부터 고기 굽는 냄새와 술 마시는 사람들의 소리로 가득했다. 여름철 야영장 주민들의 삶은 주로 야외에서 이루어지기 때문에 밤이 늦을수록 알코올 도수와 함께 소음 지수도 올라간다. 웃고 떠드는 것은 물론 고래고래 소리를 지르거나 크게 음악을 틀어놓기도 해서 평소에도 별로 친하지 않은 이웃 간에 사소한 다툼이 일어나고, 이 다툼이 멱살을 잡고 싸우는 시끄러운 드잡이로 변하는 일이 허다하다. 보통은 야영장 관리인들이 해결하는 선에서 끝나지만 요즘은 계속되는 더위 때문에 사람들이 공격적으로 변해서 경찰이 오고 나서야 해결되는 경우가 많다. 가끔은 사람이 다치거나 심지어 죽는 경우도 있었다.

이곳에서 그를 초대하는 사람은 없었다. 이곳에 처음 왔을 때부터 전혀 초대에 응하지 않았기 때문에 이제는 부르는 사람이 없다. 그는 그것이 편했다. 야영장 주민들과 형제처럼 지내는 일은 생각해본 적도 없다. 그의 과거를 생각하면 그가 누군지, 왜 여기서 사는지 아무도 모르는 편이 나았다. 단 한 번 야영장 주인에게 실명을 말한 적이 있지만 그가 그 이름을 기억할 리 없다. 제대로 된 계약서 같은 것도 없었다. 하지만 그는 괜한 분란을 만들지 않으려고 꼬박꼬박 현금으로 월세를 냈다. 서류상 주소는 슈반하임 우체국의 한 사서함으로 되어 있다. 여기 이 야영장에는 그가 없는 것이나 마찬가지다. 그것은 꽤나 위안이 되는 일이었다.

밖에서 사람들이 술을 마시고 파티를 하면 그는 멀리 산책을 나갔다. 벌써 몇 년째라 아예 버릇처럼 됐다. 시끄러운 소리는 상관없지만 튀김 가판대에서 일하기 시작한 뒤로는 고기와 소시지 굽는 냄새를 참기 힘들다. 그는 오늘도 마인 강 산책로를 따라 죽 걷다가 벤치에 한참 동안 앉아 있었다. 평소에는 천천히 흐르는 물줄기를 바라보다 보면 마음이 안정되곤 했는데 오늘은 웬일인지 규칙적인 물소리에 마음이 더 심란해져버렸다. 예민해진 그에게 미래가 없는 구질구질한 삶이 더없이 적나라한 현실로 다가왔다. 그는 머릿속을 맴도는 생각을 떨쳐버리기 위해 강을 따라 골드슈타인까지 달렸다.

몸이 지칠 대로 지치면 보통 우울한 생각이 가시는데 오늘은 그마저도 마음대로 되지 않았다. 아마 이 집요한 더위 때문일 것이다. 찬물로 씻는 것도 잠시뿐, 채 30분도 지나지 않아 몸은 다시 땀범벅이 되었다. 그는 잠들지 못하고 이리저리 몸을 뒤척였다. 그때 갑자기 충전기에 꽂아둔 휴대전화가 요란한 소리를 내며 울렸다. 이 시간에 누굴까? 그는 침대에서 일어나 발신인을 확인하고 전화를 받았다.

"밤늦게 전화해서 미안해요. 텔레비전 한번 켜봐요. 아무 데나 켜도 다 나올 겁니다."

굵은 베이스톤 목소리가 흘러나왔다. 그리고 그가 뭐라고 대답을 하기도 전에 전화가 끊겼다. 그는 리모컨을 찾아 침대 발치에 놓여 있는 텔레비전을 켰다. 잠시 후 화면에 심각한 표정의 금발 여자가 인터뷰하는 장면이 나왔다. 그 뒤로 헤드라이트 불빛에 비친 나무들 사이로 검은 강물이 보였다.

"어린 여학생의 시체가 발견됐습니다. 지금까지 밝혀진 바에 따르면 며칠째 물속에 있었던 것으로 추정됩니다. 자세한 것은 부검을 해야 알 수 있을 것 같습니다."

그의 표정이 순간적으로 굳어졌다.

곧이어 화면에 남자 두 명이 시체 운반용 부대를 영구차에 집어넣는 모습이 보였다. 그 뒤에는 비닐 오버올을 입은 사람 둘이 비닐봉지를 손에 들고 서 있었다. 카메라는 곧 수문을 비추었고 아나운서의 목소리가 흘러나왔다.

"오늘 에더스하임의 수문 근처 물속에서 어린 여학생의 시체가 발견됐습니다. 피해자의 신원은 아직까지 밝혀지지 않았습니다. 경찰은 시민들의 제보를 기다리고 있습니다. 몇 년 전 일어난 비슷한 사건을 떠올리지 않을 수 없습니다."

화면은 조명 빛에 눈을 깜박거리는 나이 지긋한 남자의 인터뷰로 바뀌었다.

"전에도 강에서 여자아이 시체가 발견된 적이 있어. 저쪽 회히스트 쪽에 뵈르트슈피체 공원 있는 데 말이야. 불쌍하게도 누군지 아직까지도 밝혀지지 않았어. 내 기억이 맞으면 한 10년쯤 됐어. 내가 그때……."

그는 텔레비전을 끄고 어둠 속에 가만히 서 있었다. 마치 달리기라도 한 것처럼 심장이 거칠게 뛰었다.

"9년. 9년 전이야."

그가 앙다문 입술 사이로 내뱉었다. 두려움이 등줄기를 타고 스멀스멀 기어 올라왔다. 그를 담당한 보호관찰관은 그가 여기 산다는 것을 안다. 그렇다면 경찰이나 검찰에서 그를 찾아내는 것은 시간문제다. 과연 무슨 일이 일어나고 있는 것일까? 그들이 그를 기억하고 있을까?

갑자기 피로가 싹 가시고 머릿속이 부산스럽게 움직였다. 잠을 잔다는 것은 더 이상 생각할 수도 없었다. 그는 불을 켜고 싱크대에서 양동이와 락스 통을 꺼냈다. 그들은 곧 이곳에 들이닥칠 것이다. 그리고 구석구석을 뒤져 여기 캠핑카 안에서 그녀의 DNA를 찾아낼 것이다! 절대 그런 일이 일어나서는 안 된다. 그렇게 되면 보호관찰 대상자 수칙을 어겨 바로 감옥으로 직행해야 하기 때문이다.

*

피아는 개들이 반가워서 짖는 소리에 크리스토프가 깰까 봐 걱정하며 문을 열었다. 개들이 짖으면 얼른 막아야겠다고 생각하며 조심스럽게 문을 열었지만 개는 한 마리도 보이지 않았다. 고기 굽는 냄새가 솔솔 나고 주방에는 불이 환하게 켜져 있었다. 피아는 가방과 차 열쇠를 복도 탁자 위에 놓고 주방으로 갔다. 개 네 마리가 조르르 앉아 크리스토프의 일거수일투족을 지켜보고 있었다. 트렁크와 티셔츠 차림에 앞치마를 두른 크리스토프는 양손에 요리용 포크를 든 채 음식을 만들고 있었다. 가스레인지 후드가 시끄러운 소리를 내고 있었다.

"나 왔어요. 깨어 있는 거예요, 아니면 몽유병이에요?"

개들은 피아에게 잠시 고개를 돌렸을 뿐 가스레인지 위에서 일어나는 일에 더 관심이 있는 듯했다.

"아, 어서 와. 거의 잠이 들 뻔했는데 냉장고에 미트볼 만들려고 넣어놓은 게 생각났지 뭐야. 릴리가 오면 꼭 만들어주겠다고 약속했거든."

크리스토프가 웃으며 말했다. 피아는 픽 웃으며 그에게 다가가 가볍게 입을 맞추었다.

"세상에, 새벽 1시 반에 미트볼 만드는 남자는 당신 말고는 없을 거예요. 그것도 체감온도가 26도인 날씨에."

"속도 꽉꽉 채웠어. 겨자 소스, 오이 피클, 베이컨, 양파……. 약속했으면 지켜야지."

크리스토프가 가슴을 쑥 내밀며 말했다. 피아는 크뢰거의 점퍼를 의자 등받이에 걸어놓고 의자에 털썩 주저앉았다.

"동창회는 어땠어? 이렇게 늦게까지 있다 온 걸 보니 재미있었던 모양인데?"

"아, 동창회……."

그러고 보니 동창회를 까맣게 잊고 있었다. 고급 빌라 테라스에 모여 별이 빛나는 밤하늘 아래서 웃고 떠들던 여자들을 생각하니 현실이라는 공포영화 앞에 잠시 나오는 비현실적인 공익광고를 본 것 같은 느낌마저 들었다. 그리고 이 현실에서는 한 여학생이 죽었다.

피아는 풀숲을 걷느라 엉망이 되어버린 구두를 벗었다.

"네, 재미있었어요. 그런데 얼마 안 있다가 일하러 갔어요."

"일?"

크리스토프가 피아를 돌아보며 눈썹을 추켜세웠다. 피아의 직장에서 한밤중에 일을 한다는 게 무엇을 뜻하는지 알기 때문이다. 그것은 절대 좋은 일을 의미하지 않았다.

"안 좋은 일이야?"

"응, 아주 안 좋아요. 여자애 하나가 죽었고 학생 두 명이 죽지 않을 정도로 취한 상태로 구조됐어요."

피아는 식탁 위에 팔을 괴고 손으로 얼굴을 문질렀다. 크리스토프는 '저런, 안됐군' 같은 식상한 위로는 하지 않았다. 대신 부드럽게 물었다.

"뭐 마실 것 좀 줄까?"

"응, 시원한 맥주 좀 마시고 싶어요. 물론 술이 문제를 해결하지 못한다는 것, 오히려 문제를 만든다는 사실을 확인하고 오는 길이긴 하지만."

피아가 일어서려고 하자 크리스토프가 그녀를 말렸다.

"아니야. 그냥 앉아 있어. 내가 갖다 줄게."

그는 요리용 포크를 내려놓고 불을 줄인 다음 프라이팬 뚜껑을 덮었다. 그리고 냉장고에서 맥주를 두 병 내왔다.

"컵 줄까?"

"아니, 그냥 마실래요."

크리스토프는 피아에게 맥주를 한 병 건넨 다음 옆자리에 앉았다. 피아는 맥주를 벌컥벌컥 들이켰다.

"미안하지만 내일 릴리 데리러 같이 못 갈 것 같아요. 사무실에 아무도 없어서 내가 부검에 참석해야 하거든요."

호주에서 크리스토프의 여덟 살짜리 손녀 릴리가 오기로 한 게 다음 날이다. 릴리는 4주 동안 비르켄호프에서 함께 지낼 것이다. 처음에 그 소식을 들었을 때 피아는 전혀 기쁘지 않았다. 둘 다 풀타임 직장에 다니는데 여덟 살짜리 아이를 목장에 혼자 둘 수도 없는 노릇이다. 피아는 무엇보다 릴리의 엄마, 즉 크리스토프의 둘째 딸 안나에게 화가 났다. 릴리의 아버지는 해양생물학자로 올 봄에 남극 연구 프로젝트를 맡았다. 안나는 그 탐사에 꼭 동행하고 싶어 했다. 하지만 학교에 다니는 아이를 두고 부모가 모두 남극에 간다는 것은 불가능했다. 크리스토프는 네 자식이니 네가 키우라며 아이를 맡아달라는 딸의 부탁을 거절했다. 하지만 안나는 집요하게 졸라댔고, 결국 크리스토프와 피아는 호주의 겨울방학 기간인 2주간 아이를 봐주기로 했다. 크리스토프의 세 딸 중 안나만은 별로 탐탁지 않아 했던 피아는 아이를 봐주기로 한 2주가 어느새 4주로 바뀐 것이 놀랍지도 않았다. 자신의 목적을 위해서라면 어떻게든 수단을 찾아내는 안나가 릴리의 학교에 얘기해서 2주를 더 쉽게 만든 것이다. 이번에도 역시 안나를 말릴 사람은 없었다.

"괜찮아. 그건 신경 쓰지 마. 그런데 무슨 일이 있었던 거야?"

크리스토프가 피아의 뺨을 쓰다듬으며 물었다.

"아직 의문투성이예요. 마인 강에서 술에 취해 의식불명이 된 열일곱 살짜리 남자애하고 익사한 여자애의 시체가 발견됐는데, 여자애는 물속에 떠다닌 지 한참 된 것 같아요. 시체에 스크루에 휘말린 상처가 있어요."

피아가 맥주를 한 모금 더 마시고 말했다.

"끔찍하군."

"네, 맞아요. 실종자 명단을 조회해봤는데 아무 소득도 없었어요. 아직 신원도 몰라요."

두 사람은 가만히 앉아서 말없이 맥주를 마셨다. 피아가 크리스토프를 좋아하는 이유 중 하나가 바로 이것이다. 함께 대화할 수도 있지만 함께 침묵할 수도 있다는 것 말이다. 그는 그녀가 언제 말동무를 필요로 하는지, 그리고 언제 조용히 있고 싶어 하는지 잘 알았다. 피아는 시계를 보며 일어섰다.

"벌써 2시네. 난 간단히 샤워하고 얼른 자야겠어요."

"아, 그래. 나도 다 했어. 치우기만 하면 돼."

크리스토프가 따라 일어났다. 피아가 불쑥 그의 손을 잡았다.

“고마워요.”

“뭐가?”

“당신이라는 사람이 이 세상에 있어서요.”

그는 피아가 좋아하는 특유의 미소를 지었다.

“그건 내가 하고 싶은 말이야.”

그는 그렇게 말하고 그녀를 꼭 안았다. 그의 입술이 머리에 와 닿는 것이 느껴졌다. 그 순간 피아는 아무 일도 없었던 듯 평온함을 느꼈다.

*

“우리 둘만 리하르트 삼촌에게 가자, 알았지? 말도 타게 해주고 선물도 줄게.”

아버지가 한쪽 눈을 찡긋하며 말했다.

와, 말을 탄다고? 그것도 엄마와 다른 형제들은 빼고 아빠와 단둘이서! 그녀는 마냥 신이 났다. 아버지와 함께 리하르트 삼촌 집에 간 것은 여러 번이지만 집이 어떻게 생겼는지, 망아지가 어떻게 생겼는지는 도통 기억나지 않았다. 참 이상한 일이다. 하지만 그녀는 곧 아버지가 새로 사준 원피스에 온통 정신을 빼앗겼다. 게다가 당장 입어봐도 된다는 허락까지 받았다.

그녀는 거울 앞에 서서 머리에 쓴 빨간 모자를 만져보고 까르르 웃었다. 아버지가 사준 옷은 짧은 치마에 앞치마가 달린 진짜 디른들(가슴께가 파이고 앞치마가 달린 독일 전통의상_역주)이다. 아버지는 머리를 양 갈래로 땋아주었다. 그렇게 해놓고 보니 정말 동화 속의 빨간 모자 같다.

아버지는 항상 선물을 가져다줬다. 선물은 아버지와 그녀 사이의 비밀이었다. 다른 형제들에게는 선물을 가져오는 일이 없었기 때문이다. 아버지는 유독 그녀를 예뻐했다. 어머니는 주말 동안 다른 형제들을 데리고 나들이를 갔다. 그래서 그녀는 아버지를 독차지할 수 있었다.

"선물 또 있어요?"

그녀는 종이 가방이 아직 불룩한 것을 보고 호기심 가득한 얼굴로 물었다.

"그럼. 어디 한번 구경해볼래?"

아버지가 비밀스럽게 물었다. 그녀는 열심히 고개를 끄덕였다. 아버지는 가방에서 다른 원피스를 꺼냈다. 빨간색에 약간 차갑고 부드러운 느낌이 드는 옷이었다.

"우리 공주님을 위한 공주 옷이지. 여기 어울리는 빨간 구두도 사 왔어요."

"와, 정말? 지금 봐도 돼요?"

"아니, 안 돼. 리하르트 삼촌이 기다리고 있어서 빨리 가야 해."

아버지는 그녀를 번쩍 안아 올렸다. 그녀는 아버지의 낮은 목소리와 옷에서 나는 파이프 담배 냄새가 좋았다.

잠시 후 그들은 차에 올라탔고 한참을 달렸다. 그녀는 아는 것이 나타나면 눈을 반짝이며 얼른 소리를 질렀다. 아버지와 함께 비밀 여행을 갈 때면 늘 하는 놀이다. 아버지는 다른 형제들이 알면 시기할 것이라며 그녀와 둘이서만 가는 여행을 비밀 여행이라고 불렀다.

그렇게 한참 달리다 보면 어느새 도로가 끝나고 숲이 나타났다. 숲길을 통과해 널찍한 빈터가 있는 곳에 이르면 나무로 만든 집이 나왔다. 베란다가 있고 창문에 초록색 덧문이 달린 집이다.

"동화책에 나오는 집이랑 똑같아요!"

그녀는 흥분해서 외쳤다. 그리고 집 앞에 서 있는 망아지를 보고 기뻐서 어쩔 줄 몰라했다.

"차에서 내리면 바로 말 타도 돼요?"

"그럼."

아버지는 흔쾌히 대답하며 다른 자동차들 옆에 차를 댔다. 리하르트 삼촌 집에는 항상 사람이 많았다. 그녀는 그들을 만나는 것이 좋았다. 모두 아버지의 친구들이고, 그녀에게 과자와 선물을 주었기 때문이다.

그녀는 차에서 내리자마자 망아지에게 달려갔다. 그녀가 쓰다듬어도 망아지는 얌전히 있었다. 곧 리하르트 삼촌이 나와 어느 망아지를 타겠느냐고 물었다. 그녀는 흰 망아지를 골랐다. 그 망아지의 이름은 플로케였다. 그녀는 그 이름을 기억하고 있었다. 그런데 집 내부가 어떻게 생겼는지는 전혀 생각나지 않았다. 참 이상한 일이다.

30분쯤 지난 뒤 그들은 집 안으로 들어갔다. 아버지와 리하르트 삼촌의 친구들이 모여 있었다. 그들은 그녀의 디른들과 빨간 모자가 예쁘다며 칭찬해주었다. 그녀는 빙글빙글 돌며 웃었다.

"자, 이제 그 디른들은 벗어라."

아버지가 종이 가방을 탁자에 올려놓더니 다른 원피스를 꺼냈다. 리하르트 삼촌은 그녀를 무릎에 앉히고 그 빨간 원피스와 어머니가 신는 것 같은 진짜 실크 스타킹을 입혀주었다. 리하르트 삼촌이 허리에 붙어 있는 리본을 어떻게 매야 하는지 몰라 허둥대는 것을 보고 사람들은 왁자하게 웃음을 터뜨렸다. 정말 어찌나 우습던지!

그런데 그 원피스는 정말 예뻤다. 빨간색 공주 드레스에 빨간 구두. 구두에는 굽도 달려 있었다!

그녀는 거울을 보며 뿌듯한 표정을 지었다. 아버지도 뿌듯한 것 같았다. 아버지는 그녀의 손을 잡고 거실을 가로질러 2층으로 올라갔다. 마치 결혼식 행진을 하는 것 같았다. 리하르트 삼촌이 먼저 가서 문을 열어주었다. 그녀는 깜짝 놀라 입을 다물지 못했다. 천장에 덮개가 달린 진짜 공주 침대가 있는 것이 아닌가!

"여기서 무슨 놀이 할 거예요?"

"아주 재미있는 놀이를 할 거야. 옷도 갈아입을 거고. 여기서 얌전히 기다리고 있어라."

그녀는 고개를 끄덕였다. 아버지가 나간 뒤 그녀는 침대 위로 기어 올라가 뜀을 뛰었다. 그리고 아까 모두들 그녀의 드레스에 감탄하며 칭찬하던 것을 떠올렸다. 그때 갑자기 문이 열리고 늑대가 나타났다. 그녀는 소스라치게 놀라 외마디 비명을 질렀지만 곧 웃음을 터뜨렸다. 그것은 늑대 분장을 한 아버지였다. 아버지와 이런 비밀 놀이를 할 수 있는 사람은 오직 그녀뿐이다. 그런데 정말 안타까운 건 나중에 그 일을 전혀 기억할 수 없다는 거였다. 그건 정말 슬픈 일이었다.

한나 헤르츠만은 잠을 설쳤다. 악몽에 악몽이 꼬리를 이었다. 한 번은 빈첸츠가 생방송 게스트로 나와서 한나의 모든 치부를 까발렸고, 한번은 노먼이 나와서 협박을 하다가 전에 한나를 스토킹하던 남자로 변했다. 그 스토커는 수개월간 한나를 따라다니다가 결국 경찰에게 붙잡혀 재범으로 2년형을 받았다.

결국 5시 반쯤 식은땀에 젖은 채 잠에서 깬 한나는 샤워를 한 뒤 커피를 한 잔 타서 들고 컴퓨터 앞에 앉았다. 역시나 인터넷에는 별의별 이야기가 다 돌고 있었다.

빌어먹을! 한나는 엄지손가락과 검지손가락으로 콧날을 만지작거렸다. 대책을 세우려면 빨리 서둘러야 한다. 다른 게스트들이 아르민 V와 베티나 B의 뒤를 따를지도 모른다. 그렇게 되면 일이 정말 걷잡을 수 없이 커질 것이다. 아직은 방송사 경영진에게서 아무 말이 없지만 언제까지 한나의 편에 서줄지 알 수 없다. 볼프강에게 전화하기에는 아직 이른 시간이었기에 한나는 한 바퀴 뛰고 오기로 했다. 머리가 복잡해질 때는 역시 조깅이 최고다. 그녀는 트레이닝복을 입고 머리를 하나로 질끈 묶은 다음 운동화를 신었다. 예전에는 매일 조깅을 했지만 발의 통증이 심해지면서 그만두었다.

새벽 공기는 맑고 상쾌했다. 한나는 심호흡을 한 다음 대문 앞 계단에서 몇 가지 스트레칭 동작을 했다. 그리고 귀에 이어폰을 꽂고 아이팟에서 듣고 싶은 노래를 골랐다. 대문을 나선 그녀는 주차장이 있는 모퉁이까지 걸어 내려가 숲으로 꺾어진 길로 들어선 다음 달리기 시작했다. 발을 내디딜 때마다 엄청난 통증이 느껴졌다. 하지만 그녀는 이를 악물고 계속 달렸다. 몇백 미터 가지 않아서 옆구리가 아파왔다. 하지만 그녀는 멈추지 않았다. 한나 헤르츠만은 절대 포기하지 않는다! 이제까지 살면서 숱한 역풍과 난관에 부딪쳤지만 한 번도 뒤로 숨지 않았다. 오히려 도전과 자극으로 받아들였다. 몸의 통증도 순전히 정신력의 문제라고 생각했다. 그렇게 생각하지 않았다면 여기까지 오지 못했을 것이다. 욕심, 고집, 인내는 그녀를 성공으로 이끈 원동력으로, 힘든 시기에도 그녀가 무사할 수 있도록 지켜주었다.

그녀는 14년 전 르포 매거진 '마음과 마음'으로 독일 방송계에 전에 없던 혁신의 바람을 몰고 왔다. '마음과 마음'은 엄청난 인기를 누리며 최고의 시청률을 기록했다. 콘셉트가 단순한 만큼 기발했다. 최근 이슈가 된 다양한 사건과 주제 들을 엮고, 개인의 비극적인 운명과 극적인 스토리를 적절히 가미해 황금시간대에 90분간 내보낸 것이다. 거기에 심심치 않게 유명 인사들을 끼워 넣었다. 그렇게 만들어진 그녀의 성공에 필적할 만한 시도는 아직까지 없었다. 수많은 아류작이 나왔지만 '마음과 마음'의 발뒤꿈치도 따라가지 못했다. 거기에는 한나 헤르츠만이라는 방송인의 이미지도 크게 한몫했다. 한나는 독일 방송계에서 가장 잘 알려진 인물 중 하나로, 여기저기 부르는 데도 많다. 그래서 보수만 맞으면 갈라 쇼나 시상식 같은 곳에서 사회를 보기도 하고, 구상과 콘셉트를 개발해 다른 회사에 팔기도 한다. 10년 전부터는 '헤르츠만 프로덕션'을 세워 자신의 방송을 직접 제작하고 있다.

그러나 이런 직업적 성공의 이면에는 엉망이 되어버린 사생활이 있었다. 실제로 그녀를 견뎌낸 남자는 없었다. 한나는 어제저녁 마이케가 한 말을 떠올렸다. 정말 그녀는 모든 걸 깔아뭉개 버리는 탱크 같은 존재일까?

"뭐 어때?"

그녀는 고집스럽게 내뱉었다. 그녀는 원래 그랬다. 그녀의 삶에 남자 같은 건 필요 없었다.

숲에서 처음 나온 갈림길에서 그녀는 오른쪽으로 꺾어 멀리 돌아가는 길을 택했다. 호흡은 안정적으로 변했고 발걸음에 탄력이 붙었다. 그녀는 리듬을 타며 달렸다. 통증은 거의 느껴지지 않았다. 그것도 곧 완전히 사라질 것이다. 몇 분 지나면 뇌에서 엔도르핀을 뿜어내기 시작할 테고, 통증과 피로감을 느끼지 않게 될 것이다. 그러면 생각은 돌아가는 대로 놔두고 주위의 자연을 즐기면 된다. 이른 아침에만 맡을 수 있는 향기로운 숲의 냄새에 취해 아스팔트와는 비교되지 않는 편안한 흙길을 발밑에 느끼며 달리면 된다. 숲 가장자리에 이르렀을 때 시간은 막 7시를 지나고 있었다. 높이 떠오른 태양 아래 바하이 템플의 하얀 지붕이 눈부시게 빛났다. 오랜만에 조깅을 했는데 아직 숨이 차지 않은 것을 보니 컨디션이 완전히 엉망은 아닌 것 같다. 다시 숲을 가로질러 그녀의 집이 있는 별

장촌으로 돌아가는 데는 20분 정도 걸릴 것이다. 랑엔하인 지역의 그 동네를 사람들은 별장촌이라고 불렀다. 집 근처에 도착하여 걸음을 늦추었을 때 그녀는 온통 땀에 젖어 있었다. 그러나 이번에는 식은땀이 아니라 운동을 해서 난 진짜 땀이었다. 달리는 동안 점심 때 볼프강을 만나 어떻게 얘기할 건지 전략을 짜보았다. 한나는 이어폰을 빼고 점퍼 주머니에서 집 열쇠를 찾으며 걸어가다가 어제 차고에 넣지 않고 마이케의 미니 옆에 주차해놓은 차에 무심코 시선을 던졌다.

어?

한나는 자신의 눈을 의심했다. 그녀의 검정색 파나메라(독일 포르셰사에서 출시한 고급 승용차_역주)의 타이어 네 개가 모두 푹 꺼져 있었다. 그녀는 이마의 땀을 닦으며 가까이 다가갔다. 타이어가 하나만 터졌으면 사고로 볼 수도 있지만 네 개가 동시에 터지다니 이상한 일이었다. 차를 자세히 살펴보니 더 끔찍한 것이 기다리고 있었다. 그녀는 순간적으로 온몸이 굳는 것 같았다. 심장이 튀어나올 것처럼 뛰고 무릎이 후들거리고 눈에서 눈물이 솟구쳤다. 어찌할 바를 몰라 흘리는 분노의 눈물이었다. 누군가 반짝이는 검정색 보닛 위에 글자를 새겨놓았다. 단 하나의 단어였다. 오해의 여지가 없는 잔인한 단어가 삐뚤빼뚤 커다란 글씨로 새겨져 있었다.

갈보.

*

보덴슈타인은 커피 머신에 컵을 올려놓고 단추를 눌렀다. 원두 갈리는 소리가 나더니 곧 신선한 커피 향이 비좁은 주방을 가득 채

웠다. 잉카는 어제 자정이 조금 넘은 시간에 그를 집 앞에 내려주
고 갔다. 피자를 먹는 동안 계속 혼자 떠들어댔으면서도 보덴슈타
인은 나중에 집 앞에서 와서야 그 사실을 깨달았다. 집을 보고 난
이후 잉카는 유난히 말이 없었다. 뭔가 잘못 말하거나 잘못 행동한
것이 있었나? 공항에 마중 나와 주고 집 열쇠를 받아와 준 데 대해
충분한 감사의 표현을 하지 않았나? 사실 포츠담에 다녀온 후 해방
감에 취해 자기 이야기만 떠들어댔다. 평소의 그답지 않은 행동이
었다. 보덴슈타인은 나중에 잉카에게 전화해서 사과해야겠다고 생
각했다.

그는 커피를 다 마신 후 창문도 없는 작은 욕실로 들어갔다. 포
츠담 호텔의 사치스러운 욕실을 보고 온 터라 더욱 어둡고 비좁게
느껴졌다. 보덴슈타인은 이젠 정말이지 제대로 된 집을 얻어 나가
야 할 때가 됐다고 생각했다. 자신의 가구를 들여놓고 쓸 만한 욕
실에 화구가 두 개 이상인 가스레인지가 있는 주방이 갖고 싶었다.
낮은 천장에 너무 작은 창문, 드나들 때마다 매일같이 머리를 부딪
치는 낮은 문틀, 거실에 방 하나짜리 마부 행랑채는 이제 지겨웠
다. 아버지와 동생에게 얹혀사는 것도 못 할 짓이다. 제수씨가 전
기세만 내고 사는 시아주버니보다는 제대로 집세를 낼 다른 사람
에게 세를 주고 싶어 한다는 것을 알기 때문에 더욱 그랬다. 마리
루이제는 틈만 나면 아무렇지도 않게 언제 나갈 거냐고 물었다. 최
근에는 집 보러 온 사람을 대동하고 나타나기도 했다.

보덴슈타인은 거울 위에 붙어 있는 40와트짜리 백열등 아래서
대충 면도를 마쳤다. 어젯밤에는 잉카와 함께 보고 온 집이 꿈에
계속 나왔다. 아침에 눈을 뜬 보덴슈타인은 잠이 덜 깬 채 상상 속
에서 새 집을 꾸몄다. 소피아는 자기 방도 생기고 아빠와 가까이서

살게 될 것이다. 그리고 드디어 집에 손님을 초대할 수 있게 된다. 다음 주에 공증인을 만나기로 했으니 켈크하임의 옛날 집은 이미 팔린 것이나 다름없다. 거기서 나온 돈의 절반이면 루퍼츠하인에서 보고 온 집을 사고도 남을 것이다.

밖에서 쿵쾅거리는 소리가 들리더니 사람들이 뭐라고 외치는 소리가 났다. 커피를 두 잔 마시고 나니 정신이 확실히 맑아지는 것 같았다. 보덴슈타인은 빈 컵을 싱크대에 놓고 재킷을 집어 들었다. 그리고 문 옆 열쇠 판에 걸려 있는 차 열쇠를 빼들고 집을 나섰다. 주차장에서 켈크하임 시청 환경미화원들이 오렌지색 트럭에 폐기물을 담고 있었다. 그러고 보니 오늘 성 마당에서 재즈 콘서트가 열린다는 말을 들은 것 같다. 시에서는 문화 행사를 위한 장소를 주기적으로 보덴슈타인 성에서 대여한다. 보덴슈타인의 부모에게는 수입이 쏠쏠한 장사였다. 보덴슈타인은 일하는 남자들에게 고갯짓으로 인사를 한 후 주차해놓은 차로 걸어갔다. 그때 누군가 뒤에서 경적을 울렸다. 돌아보니 알뜰한 제수씨 마리루이제였다.

"아주버님! 전화를 몇 번이나 했는지 아세요? 도대체 왜 전화를 안 받으세요? 로잘리가 프랑크푸르트에서 열리는 구이 요리 경연 대회에 나가게 됐어요! 직접 말하겠다는데 전화가 돼야 말이죠. 전화기 고장 났어요?"

로잘리는 보덴슈타인의 큰딸로 2년 전 대학 진학을 포기하고 요리사 과정을 밟기 시작했다. 보덴슈타인과 코지마는 요리를 가르쳐주는 스타 셰프를 좋아해서 그런 것이라 여기고 몇 달 지나면 알아서 그만둘 것이라고 생각했다. 그 스타 셰프는 엄하기로도 유명했다. 그러나 로잘리는 요리에 재능을 보이면서 엄청난 열의로 요리 수업에 임했고 최고 점수로 과정을 마쳤다. 구이 요리 경연 대회에 나간다는 것은 초짜 요리사들에게는 큰 영광이다.

"아침에 전화가 한 통도 안 왔는데…… 그러고 보니 이상하네."

보덴슈타인이 스마트폰을 들어 보이며 어깨를 으쓱했다.

"나도 기계치라 잘 몰라요."

마리루이제가 말했다.

"내가 알아요! 이리 줘봐요!"

뒷좌석에 앉아 있던 아홉 살짜리 조카가 손을 쑥 내밀었다. 보덴슈타인은 피식 웃으며 휴대전화를 내밀었다. 그러나 그의 얼굴에서는 곧 웃음기가 가셨다.

"이러니까 될 리 없죠. 비행 탑승 모드로 해놨잖아요."

조카가 손가락으로 터치스크린을 쓱쓱 문지르며 말했다.

"여기 비행기 표시가 있잖아요. 자, 이제 됐어요."

"아…… 고맙다, 요나스."

보덴슈타인이 멋쩍은 얼굴로 중얼거렸다. 요나스는 뒷좌석에서 근엄한 얼굴을 하고 고개를 끄덕였다. 마리루이제는 우스워죽겠다는 표정이었다.

"얼른 로잘리에게 전화해요!"

마리루이제는 그렇게 말하고 쌩하니 지나가 버렸다.

보덴슈타인은 갑자기 바보가 된 것만 같았다. 비행기를 자주 타는 편이 아니라 비행 탑승 모드는 어제 처음 써봤다. 그것도 옆자리 사람이 가르쳐준 것이다. 갈 때는 그냥 전화기를 꺼두었다.

차까지 걸어가는 동안 전화기에서는 갖가지 알림음이 끊임없이 쏟아져 나왔다. 문자메시지가 10개도 넘고, 전화해달라는 음성 메시지, 부재중통화가 남아 있었다. 거기다 기다렸다는 듯이 전화기가 울리기 시작했다.

피아 키르히호프! 그는 얼른 전화를 받았다.

"아, 피아! 전화한 거 이제야 봤어. 무슨 일⋯⋯?"

"아직 신문 안 봤어요?"

피아가 중간에 말을 툭 끊고 물었다. 뭔가 급박한 일이 있다는 뜻이다.

"어제 마인 강에서 여학생의 시체가 발견됐어요. 에더스하임 수문 있는 데서요. 오늘 출근할 거예요?"

"당연하지. 지금 가는 중이야."

보덴슈타인이 차 문을 열며 말했다. 그리고 잠시 잉카에게 전화를 할까 하다가 저녁에 꽃다발을 사 가지고 잠시 들르는 게 좋겠다고 생각을 고쳐먹었다.

＊

몸이 무거워지니 이제는 운전하는 것도 버겁다. 계속 이렇게 가다가는 불러 오른 배 때문에 아예 운전대 앞에 앉지 못하거나 다리가 페달에 닿지 않을지도 모른다. 엠마는 비스바덴 가로 꺾은 다음 룸미러로 뒷좌석에 앉은 루이자를 살폈다. 차를 타고 오는 동안 루이자는 단 한마디도 입 밖에 내지 않았다.

"아직도 배가 아프니?"

엠마가 걱정스럽게 물었다.

루이자는 말없이 고개만 흔들었다. 보통 때는 참새처럼 쉬지 않고 떠들어대는 아이가 이러는 것을 보면 뭔가 잘못된 게 틀림없다. 유치원에서 무슨 일이 있었던 걸까? 친구들하고 싸웠나?

잠시 후 차는 유치원 앞에 도착했다. 루이자는 혼자 안전벨트를 풀고 차에서 내릴 줄 안다. 그리고 혼자서도 할 수 있다는 것을 자랑스럽게 생각한다. 몸이 무거운 엠마에게는 아이를 안아서 내리지 않아도 된다는 것이 큰 도움이었다.

"왜 그러니, 루이자? 무슨 일 있니?"

엠마는 아이 앞에 쭈그리고 앉아 아이의 얼굴을 찬찬히 살폈다. 아침을 먹을 때도 시무룩했고, 평소에는 꺼끌꺼끌하다고 싫어하는 초록색 티셔츠를 입히는데도 싫다는 소리를 하지 않았다.

"아니."

아이는 그렇게 말하며 엄마의 시선을 외면했다. 더 닦달해봐야 소용없을 거라고 판단한 엠마는 이따가 유치원 선생님에게 전화해서 오늘 루이자를 눈여겨봐 달라 해야겠다고 생각했다.

"알았어. 오늘 유치원에서 재미있게 지내라, 우리 딸."

엠마가 딸의 뺨에 입을 맞추며 말했다. 루이자는 의무적으로 엄마의 얼굴에 입술을 댄 후 평소와 달리 어깨를 축 늘어뜨린 채 유치원으로 들어갔다.

생각에 잠긴 채 팔켄슈타인으로 돌아온 엠마는 주차한 후 넓디넓은 '태양의 아이들' 재단 부지를 산책하기로 했다. 재단의 주요 시설은 시부모가 사는 저택 주변에 모여 있다. 세미나실이 있는 사무동, 조산원, 탁아소, 어린이집, 직업 여성들의 자녀를 위한 공부방, 거기서 조금 떨어진 곳에는 옛 양로원 건물을 개조해서 만든 모자관이 있다. 그 밖에도 크고 작은 건물들과 텃밭, 작업실, 관리실이 있고 맨 끄트머리에 서 있는 방갈로 세 채가 거대한 부지의 경계를 이루고 있다.

이른 아침 공기는 시원하고 상쾌했다. 엠마는 운동 삼아 사무동이 있는 곳까지 걸어갔다. 잘 자란 푸른 잔디 사이에 키 큰 상수리나무, 너도밤나무, 삼나무가 어우러져 있고 철쭉은 화사한 자태를 뽐내고 있었다. 엠마는 울창한 자연, 저녁마다 숲에서 뿜어져 나오는 여름의 향기를 사랑했다. 이곳에 온 지 어느새 6개월이 되어가지만 눈앞에 펼쳐진 녹색 자연 앞에서 여전히 감동받고 위안을 얻었다. 지난 20년간 살아온 척박한 환경과 비교하면 보는 것만으로도 큰 위안이었다. 반면 플로리안은 자연의 이 도발적인 생산성을 잘 받아들이지 못했다. 며칠 전에도 자기 아버지에게 물을 낭비하는 게 파렴치한 수준이라며 트집을 잡았다. 이에 요제프는 기분이 상해서 잔디밭에 주는 물은 빗물을 저장했다 쓰는 것이라고 받아쳤다.

플로리안이 시부모와 나누는 대화는 매번 그렇게 논쟁으로 비화됐다. 그렇게 아무것도 아닌 일로 티격태격하던 부모 자식 간의 대화는 대부분 플로리안이 먼저 일어나 나가 버리는 것으로 끝났다.

엠마는 남편의 독선적이고 무례한 태도가 마음에 들지 않았다. 플로리안은 아직 그녀에게는 그런 모습을 보인 적이 없다. 인정하려고 들지는 않지만 그는 어릴 적 살던 집에 전혀 적응하지 못하고 있었다. 엠마는 그 이유가 뭔지 참 궁금했다. 엠마가 볼 때 시부모는 자식의 일에 간섭하거나 연락도 없이 자식의 집에 들이닥치거나 하지 않는, 친절하고 점잖은 분들이었기 때문이다.

"안녕하세요!"

누군가 부르는 소리에 엠마는 뒤를 돌아보았다. 수염투성이 얼굴에 꽁지머리를 한 남자가 자전거를 타고 오다가 그녀 옆에서 멈추었다.

"아, 그라세르 씨!"

엠마가 손을 들어 인사했다. 시부모는 헬무트 그라세르를 관리인이라고 불렀지만 엠마가 보기에 그는 관리인 이상의 존재였다. 항상 웃는 얼굴의 그는 정말 못 하는 것이 없다. 시부모가 외출을 할 때면 운전사 노릇을 했고 가구 조립, 전구 갈기, 건물 관리, 정원 일의 총감독도 그가 맡아 했다. 그는 주방 일을 하는 어머니 헬가와 함께 가운데 방갈로에 살았다.

"텔레비전은 이제 잘 나와요?"

얼굴에 잔주름이 가득한 그라세르가 잿빛 눈동자에 웃음기를 담뿍 담고 말했다.

"네, 그 일은 잊어주세요."

그저께 텔레비전이 나오지 않아서 그라세르를 불렀는데 알고 보니 리모컨이 비디오 모드로 돼 있었다. 그라세르가 그녀를 얼마나 한심한 사람으로 봤을지 생각하면 엠마는 아직도 창피했다.

"정말 고장 난 것보다는 낫죠. 오늘 낮에 수도 온도 조절 장치를 교체하러 가려고 하는데, 2시 괜찮아요?"

"네, 괜찮아요."

엠마가 웃으며 고개를 끄덕였다.

"그럼, 이따 봅시다."

그라세르는 다시 자전거 페달을 힘껏 밟으며 사라졌다.

엠마가 사무동 앞을 지나 막 집 쪽으로 돌아가려는데 '태양의 아이들' 재단의 총무인 코리나 비스너가 유리문을 열고 나왔다. 귀에 휴대전화를 댄 채 심각한 표정으로 통화를 하던 그녀는 엠마를 발견하고 환한 미소를 지으며 전화를 끊었다.

"어유, 내가 이 축제 때문에 정말 제 명에 못 죽지. 몸은 좀 어때? 피곤해 보인다."

"어제 잠을 많이 못 자서 그래요. 동창회가 있었거든요."

"아, 참, 그랬지! 동창회는 재미있었어?"

"네, 아주 좋았어요."

코리나는 언제 봐도 기운이 넘치는 여자로 웬만한 일에는 끄떡도 하지 않는 강심장에 기억력이 뛰어나고 항상 웃는 낯으로 사람을 대하는 분위기 메이커다. 재단 총무인 그녀는 한시도 쉴 틈 없이 일했다. 직원 관리와 재단 살림을 도맡아 했고, 보건복지부와 아동복지국 연락도 그녀 몫이었다. 게다가 쉼터 엄마들과 탁아소 아이들을 한 명도 빠짐없이 다 알았다. 무슨 일이든 그녀의 손을 거치지 않는 게 없었다. 어려운 일이 있으면 모두들 그녀를 찾아갔다. 그렇게 일이 많은데 코리나 자신도 아이가 넷이나 됐다. 막내가 루이자보다 두 살 위였다. 엠마는 코리나를 볼 때마다 한 번도 폭발하지 않고 어떻게 그 많은 일을 해내는지 신기하기만 했다. 코리나도, 코리나의 남편 랄프도 '태양의 아이들' 출신이었다. 랄프는 어려서 핑크바이너 집안에 양자로 들어왔고 코리나는 젖먹이 때 입양됐다. 둘 다 플로리안과 함께 자란 형제자매이자 오래된 친구였다.

"근데 얼굴은 아주 좋았던 것 같지 않은데…… 무슨 일 있는 거 아니야?"

코리나가 다정하게 어깨동무를 하며 물었다.

"루이자 때문에 걱정돼서요. 며칠 전부터 좀 이상해요. 계속 배가 아프다고 하고, 매사에 의욕도 없고……."

"소아과에는 가봤어?"

"플로리안이 진찰했는데 아무 이상 없대요."

코리나는 미간을 찌푸리며 인상을 썼다.

"당분간 좀 지켜보는 게 어떨까? 그런데 자기 몸은 좀 어때? 괜찮지?"

"네, 아기가 어서 나왔으면 좋겠어요. 더위 때문에 너무 힘들어요. 그나마 플로리안이 안정을 찾은 것 같아서 다행이에요. 최근 몇 주 동안 꽤 힘들어했거든요."

얼마 전 엠마는 코리나에게 플로리안에 대한 고민을 털어놓았다. 코리나는 좀 기다려보라며 남자들은 어른이 되어서 부모님 집에 돌아오는 것을 힘들어한다고 말했다. 특히나 플로리안처럼 오랫동안 위험 지역의 긴장 속에서 살던 사람이 갑자기 재화가 넘쳐나는 안정된 세계로 돌아왔을 때는 더욱 그렇다고 했다.

"잘됐네. 우리 출산하기 전에 함께 그릴 파티 한번 하자. 이렇게 가까이 살면 뭐해? 플로리안 본 지도 오래됐다."

코리나가 웃으며 말했다. 그때 그녀의 휴대전화가 울렸다. 코리나는 발신인을 확인했다.

"미안해, 받아야 하는 전화라서. 나중에 어머니 댁에서 보자. 손님 명단이랑 축제 계획 얘기해야지."

엠마는 활기찬 걸음걸이로 쉼터 쪽으로 걸어가는 코리나를 멍하니 바라보았다. 왜 플로리안을 본 지 오래됐다고 하는 거지? 어제 저녁 플로리안은 랄프와 코리나 집에 간다고 나가지 않았던가?

오랫동안 떨어져 있는 일이 많았던 엠마 부부에게는 신뢰가 매우 큰 역할을 했다. 엠마는 남편을 믿었다. 그녀는 질투라는 것을 몰랐다. 남편이 하는 말은 무조건 믿었다. 그런데 코리나의 말을 듣고 난 뒤 마음속 깊은 곳에서 작은 의심의 불씨가 피어올랐다. 남편이 자신에게 거짓말을 했다는 생각 하나만으로도 머릿속이 하얗게 변하는 것 같고 허망한 기분에 젖어들었다.

엠마는 천천히 걸음을 옮겼다. 코리나가 어제 플로리안을 보지

못한 데는 분명히 납득할 만한 이유가 있을 것이다. 꽤 늦은 시간
이었으니 하루 종일 힘들게 일한 코리나가 일찍 잠자리에 들었을
수도 있다. 그래, 그랬을 것이다. 플로리안은 절대로 그녀를 속일
리 없다.

*

그는 전화를 끊고 텔레비전을 뚫어지게 쳐다보았다. 카메라는 빨
간색과 흰색 경찰 통제선을 보여주더니 구경꾼들을 통제하고 있는
경찰관의 심각한 얼굴을 비추었다. 현장에서는 과학수사대가 증거
를 찾느라 여전히 분주하게 움직이고 있었다. 그러나 에더스하임에
서는 백날 찾아도 아무것도 발견하지 못할 것이다. 거기가 아니다.
수문은 이곳에서 강을 따라 내려가면 몇 킬로미터 되지 않는 거리
에 있다. 그는 거기가 어딘지 잘 알았다.
　화면이 바뀌고 케네디 가에 있는 프랑크푸르트 법의학연구소가
나왔다. 그 앞에 여기자가 서서 진지한 얼굴로 보도하기 시작했다.
화면은 곧 앳된 여자 얼굴을 보여주었다. 그는 자신도 모르게 마른
침을 꼴깍 삼켰다. 참 예쁜 얼굴이다. 아름다운 금발……. 하지만
죽었다. 높은 광대뼈, 앵두 같은 입술, 여리디어린 얼굴. 법의학연
구소에서 신경을 썼는지 그녀는 죽은 것 같아 보이지 않았다. 그냥
잠자고 있는 것 같았다. 그런데 다음 순간 그녀가 눈을 둥그렇게
뜨고 화난 얼굴로 그를 빤히 바라보았다. 그는 심장이 덜컥 내려앉
는 것 같았다. 컴퓨터그래픽을 통해 재현한 얼굴이었다. 놀랍도록
사실적인 그래픽일 뿐이라는 것을 알고 나서도 떨리는 가슴은 바
로 진정되지 않았다. 그는 리모컨을 끌어당겨 다시 볼륨을 높였다.

"나이는 열여섯 살에서 열일곱 살 사이로 추정되며 짧은 청치마에 H&M 상표의 XS 사이즈 노란색 민소매 티셔츠를 입고 있었습니다. 이 젊은 여성을 본 적 있거나 어디 사는지 아시는 분은 가까운 경찰서에 신고해주시기 바랍니다."

경찰이 벌써부터 시민들의 제보에 의지하는 것은 이상한 일이다. 아마도 그 아이가 누군지 전혀 모르는 상태에서 우연의 힘을 빌려보려는 것이리라. 그러나 방금 통화한 내용에 의하면 쓸 만한 제보는 전혀 없을 것이다. 나서기 좋아하는 사람들은 어디에나 있으니 그 아이를 보았다는 제보가 넘쳐나겠지만 경찰은 쓸모없는 제보에 이끌려 다니며 귀한 세금과 시간을 낭비할 것이 뻔하다. 막 텔레비전을 끄려는 순간 화면에 한 남자의 얼굴이 나왔다. 그 얼굴을 보자마자 그는 몸을 움찔했다. 오랜 세월 억눌려 있던 감정이 내면 깊은 곳에서부터 치솟아 오르는 것이 느껴졌다. 그는 몸을 부르르 떨었다.

"죽일 놈."

그는 중얼거리듯 욕설을 내뱉었다. 주체할 수 없는 분노가 치밀어 올랐다. 리모컨을 든 손에 어찌나 힘을 주었는지 배터리 뚜껑이 열리며 건전지가 튀어나왔다. 하지만 그는 눈치조차 채지 못했다.

"아직 수사 초기이기 때문에 부검 결과가 나오기 전에는 사고사인지 자살인지 아니면 타살인지 단언하기 어렵습니다."

부장검사 마르쿠스 마리아 프라이가 말했다. 각진 턱, 드문드문 흰머리가 나기 시작한, 뒤로 반듯하게 빗어 넘긴 잿빛 머리, 부드럽고 교양 있는 목소리, 신뢰감을 주는 다정한 밤색 눈. 어느 모로 보나 선해 보이는 인상이지만 그의 외모에 속아서는 안 된다. 검사들 사이에서 대부 돈 마리아로 통하는 그는 그야말로 두 얼굴을 가진 사나이다. 유려한 말솜씨와 위트, 매력으로 이득이 될 만한 사람을 자기편으로 만드는 능력이 있지만 다른 어두운 면도 있다. 몇 번이고 그의 야망에 찌든 검은 영혼을 깊숙이 들여다보았다. 프라이는 권력에 의해 움직이는 무자비하고 오만한 인간이다. 자신을 떠받들어 주지 않으면 견디지 못한다. 그런 인간이니 당연히 사건을 자기 쪽으로 빼 왔을 것이다. 이런 사건에는 언론의 이목이 집중되게 마련이고, 그것이야말로 프라이가 원하는 것이다.

다시 휴대전화가 울렸다. 튀김 가판대 사장이다. 뚱보 사장은 화가 나서 금방이라도 숨이 넘어갈 것처럼 소리를 질러댔다.

"지금이 몇 시야, 이 거지새끼야? 7시에 나오라고 했으면 7시까진 나와야지! 10분 안에 당장 나오지 않으면 국물도 없……."

텔레비전에서 프라이를 본 순간 그의 결정은 내려졌다. 튀김 가판대 일은 언제 어디서나 구할 수 있다. 지금 중요한 건 그게 아니다.

"국물 너나 많이 처먹어. 내일부턴 다른 멍청이를 알아봐."

그는 그렇게 말하고 전화를 끊었다. 할 일이 많다. 언제 경찰이 들이닥칠지 모르니 준비를 해야 한다. 경찰은 언제든 이곳에 들이닥쳐 캠핑카를 뒤집어 놓을 것이다. 돈 마리아가 사건을 맡았기 때문에 그럴 가능성은 더욱 높아졌다. 프라이는 기억력이 좋은 사람이다. 특히 그에 관한 일은 하나도 잊지 않았을 것이다.

그는 의자 밑에서 갈색 상자를 꺼내 식탁에 올려놓고 조심스럽게 뚜껑을 열었다. 맨 위에는 투명비닐 속에 사진 한 장이 들어 있었다. 그는 엄숙한 표정으로 사진을 들여다보았다. 이게 몇 살 때지? 일곱 살? 여덟 살? 그는 손으로 부드럽게 사진을 쓰다듬었다. 그리고 서랍 속 속옷 더미 밑에 사진을 집어넣었다. 그리움이 가슴에 사무쳤다. 그는 크게 심호흡을 하고 뚜껑을 닫은 후 상자를 옆구리에 끼고 캠핑카 밖으로 나갔다.

＊

보덴슈타인과 피아는 하루아침에 특별수사본부로 변한 2층 대기실을 나왔다. 이곳은 매스컴 타는 것을 좋아하던 전임 과장 니어호프가 기자들을 모아놓고 대대적으로 기자회견을 열곤 하던 곳이다. 피아는 요란하게 회의가 진행되는 동안 보덴슈타인에게 하려던 말이 뭔지 곰곰이 생각해보았다. 분명 뭔가 전달할 말이 있었는데 도무지 생각나지 않는다.

"우리 과장님, 오늘도 완전 멋졌죠?"

피아가 경찰서를 나와 주차장으로 가며 말했다.

"응, 최고야."

보덴슈타인은 바로 맞장구를 쳤다.

오늘 아침 9시 직전 검찰청에서 웬 풋내기 검사가 영화배우처럼 요란하게 등장했다. 사람 둘을 데리고 온 그는 느닷없이 회의실에 들이닥치더니 실종수사 전담반 '인어공주'의 대원들이 모두 보는 앞에서 피아에게 호통을 쳤다. 피아가 섣부른 판단으로 너무 일찍 언론에 정보를 흘렸다는 것이었다. 그는 그럴 권한이 전혀 없는데도 이제부터 검찰이 사건을 담당하겠다고 당당히 선포했다. 피아가 어쩔 줄 몰라 하는데 엥겔 과장이 나섰다. 엥겔 과장은 차갑게 몇 마디 내뱉어 그 애송이의 기를 팍 죽여놓았다. 건방진 풋내기 검사는 바로 꼬리를 내렸다. 피아는 그 상황을 생각하면 저절로 웃음이 나왔다.

유니폼을 입은 건장한 남자들 사이에서 흰색 리넨 투피스를 즐겨 입는 아담한 체구의 니콜라 엥엘은 무척 여려 보인다. 그래서 외모만 보고 만만하게 생각하는 사람도 많지만 그랬다가는 큰 코 다치게 마련이다. 게다가 아침에 온 애송이 검사는 여자라면 무조건 깔보는 부류의 인간이었다. 니콜라 엥엘은 진득하니 사람 말을 들을 줄도 알지만 입을 열면 원거리에서도 목표물을 명중시키는 대륙간 탄도 미사일에 버금가는 정확도로 요점을 짚어냈고, 그 파괴 효과 또한 엄청났다. 애송이 검사는 자신의 계획이 실패했음을 깨닫고 바로 퇴각했다. 하지만 그전에 피아에게 부검에 참석하라는 말을 잊지 않고 전했다. 어차피 부검에 갈 생각이었던 피아는 어깨만 으쓱했다.

처음 부임했을 때 걱정한 것과 달리 니콜라 엥엘은 지난 2년간 훌륭한 관리자의 모습을 보여주었다. 부하 직원들에게는 엄격하지만 공정하게 대했고, 언제나 직원들을 감싸 주고, 내부의 문제가 밖으로 새 나가지 않게 신경을 썼다. 직원들 사이에서 그녀의 위상은 확고부동했다. 전임 과장이 승진에 목매달며 어떻게든 정치권에 줄을 대려고 했던 것과 달리 그녀는 경찰 본연의 임무에 충실했다.

"엥겔 과장 진짜 괜찮은 것 같아요."

피아가 한마디 덧붙이며 보덴슈타인에게 차 열쇠를 내밀었다.

"반장님이 운전하실래요? 알리나 힌데미트에게 전화를 한 번 더 해봐야겠어요."

보덴슈타인은 고개를 끄덕이고 열쇠를 받았다.

회의가 끝난 뒤 그는 피아, 오스터만과 함께 어제 술 파티를 벌인 학생들의 이야기를 들었다. 피아가 시체를 발견한 여학생에게 물어서 그 자리에 있던 네 명 모두 부모를 대동하고 경찰서에 출두하라고 했던 것이다. 여학생 둘, 남학생 둘이었는데, 모두 기죽은 얼굴로 통 말이 없어서 별 도움이 되지 않았다. 모두 갈대숲에 떠 있던 소녀를 못 봤다며 무슨 일이 있었는지 기억나지 않는다고 입을 모았다. 넷 다 거짓말하는 게 틀림없었다.

"걔네들은 죽은 애를 보고 도망친 게 분명해요. 의식을 잃고 쓰러져 있는 알렉스를 그냥 두고 도망쳐 버린 거죠. 알리나도 마찬가지고요."

피아가 알리나의 전화번호를 찾으며 말했다.

"잘못하면 자살 방조죄로 걸릴 수도 있어."

보덴슈타인은 출구에서 잠시 멈췄다가 왼쪽 방향등을 넣고 다시 출발했다. 차에 에어컨이 없어서 후덥지근한 공기가 빠져나갈 때까지 창문을 열어놓고 달려야 했다.

"분명히 부모들이 말하지 말라고 입단속을 했을 거야."

"그랬겠죠."

피아도 보덴슈타인과 같은 의견이었다. 열일곱 살짜리 소년이 실려간 회히스트 병원에서는 좋은 소식이 들리지 않았다. 알렉스는 여전히 혼수상태로 인공호흡기에 의존하고 있었다. 담당의사는 산소 부족으로 인한 뇌 손상이 염려된다고 했다.

아무리 술에 취한 상태였더라도 의식을 잃고 쓰러져 있는 사람을, 그것도 친구를 버려둔 것은 죄질이 가볍지 않다. 그리고 넷 다 몸을 가눌 수 없는 만취 상태였다고 주장하지만 그랬을 가능성은 희박하다. 그곳에서 나오려면 높은 담을 넘어야 했기 때문이다.

신고센터에는 아침 일찍부터 제보자들의 전화가 빗발쳤다. 시민 제보 요청이 나가면 항상 이상한 전화가 쇄도한다. 이번에도 역시 죽은 소녀를 보았다는 제보 전화가 넘쳐났다. 별의별 장소가 다 거론됐다. 그 제보를 하나하나 확인해야 하는 경찰에게는 절대 즐거운 일이 아니다. 제대로 된 제보가 하나라도 있기를 바라는 수밖에 없다. 그러면 수사에 숨통이 트이는 것이다. 어제 기자들은 텔레비전에서 2001년 마인 강에서 익사체로 발견된 또 다른 소녀의 사건을 언급했다. 언론은 굶주린 짐승처럼 먹잇감에 달려들었다. 그런 언론을 진정시키고 시시각각 커져가는 경찰에 대한 비난을 잠식시키기 위해서는 무슨 수를 써서라도 빠른 시간 내 수사 성과를 내놓아야 한다. 피아는 수사에 일찌감치 언론을 끌어들인 이유를 그렇게 설명했다. 엥겔 과장은 그녀의 의견을 수긍했고, 전날 프라이 부장검사도 별말 없이 받아들였다.

보덴슈타인이 A66 고속도로에서 프랑크푸르트 방향으로 꺾어 가는 동안 피아는 계속 알리나에게 연락을 시도했다. 하지만 알리나의 아버지는 딸이 없다고만 했다.

"아유, 이 거짓말쟁이, 정말 지겹네. 중환자실에 혼수상태로 누워 있는 게 자기 자식이었으면 지금쯤 난리가 났을 거다."

피아가 짜증을 내자 보덴슈타인도 한마디 거들었다.

"부모들이 그러니 자식들이 뭘 보고 배우겠어? 조금이라도 책임질 일이 있으면 바로 남에게 미루고 도망치려고 하니……. 이 사회에서 윤리 의식이 사라져간다는 증거야."

그때 오스터만에게서 전화가 왔다.

"피아, 베로니카 마이스너 서류 어디 됐어? 여기 부검 보고서가 돌아다니는데 이렇게 따로 놔두면 안 될 것 같은데."

오스터만은 니켈 안경테와 꽁지머리, 캐주얼한 옷차림 때문에 종종 지저분하다는 오해를 받지만 피아가 만난 사람 가운데 가장 정리를 잘하는 사람이다.

"어제 한참 찾아도 없더라고. 사건 기록은 내 책상 밑에 보면 있을 거야."

순간 피아는 보덴슈타인에게 급히 말해야겠다고 생각했던 것이 뭔지 기억났다.

"반장님, 그런데 어제 누가 왔는지 알아요?"

피아는 전화를 끊자마자 말했다.

"아, 프랑크푸르트 교차로로 해서 경기장 쪽으로 가는 게 나아요. 시내로 가면 늦어요."

"누가 왔는데?"

보덴슈타인은 피아의 말대로 방향등을 넣었다.

"프랑크 벤케요. 양복에 넥타이까지 매고 왔더라고요. 옷은 쫙 빼 입었는데 성질은 옛날보다 더 더러워졌어요."

"그래?"

"지역범죄수사국에 들어갔대요. 게다가 내부감사팀이래요! 월요일부터 우리 계를 조사한다는데요. 우리 계에 부정 행위가 있었다는 제보가 들어왔다나 뭐라나."

"뭐?"

보덴슈타인은 믿기지 않는 듯 고개를 설레설레 저었다.

"처벌 불이행과 권한 없는 정보 수집 행위에 걸렸대요. 반장님을 노리는 게 분명해요. 그때, 백설공주 사건 때 모욕당한 걸 복수하려는 거예요."

"내가 무슨 모욕을 줬다는 거야? 자기가 그럴 만한 짓을 했으니까 조사받고 정직당한 거지. 내 잘못이 아니야."

"아마 벤케는 다르게 생각하는 거겠죠. 한번 삐치면 뒤끝 작렬이잖아요."

"어쨌든 난 잘못한 거 없으니까 무서울 것도 없어."

보덴슈타인이 어깨를 으쓱했다. 그러나 피아는 아랫입술을 잘근 잘근 씹으며 심각한 표정을 지었다.

"그렇지만도 않아요. 저랑 처음 맡았던 사건 기억나세요?"

"당연하지. 그게 왜?"

"프리트헬름 되링 말이에요. 그 인간이 거세당했을 때 수의사, 변호사, 약사 친구들을 중증상해 혐의로 수사하다가 중단했잖아요."

"그래, 하지만 그건 그 사람들 봐주느라고 그런 게 아니잖아. 감식반이 병원이며 수술실을 모두 다 뒤졌는데 증거가 하나도 안 나왔어! 의심 간다고 고문을 해서 자백을 받아낼 수는 없잖아!"

보덴슈타인의 목소리가 점점 커졌다. 생각할수록 벤케에게 화가 나는 모양이다.

"그냥 알고 계시라고 말씀드리는 거예요. 벤케는 분명 그것부터 물고 늘어질 거거든요."

"그래, 그 말이 맞아. 고마워."

보덴슈타인이 씁쓸하게 웃었다.

"하지만 자기 발밑부터 조심해야 할걸. 뭐 묻은 개가 뭐 묻은 개 나무란다더니!"

"그게 무슨 말이에요?"

피아는 엥겔 과장이 부임했을 때부터 벤케와 사이가 좋지 않았던 것을 기억하고 있었다. 당시 두 사람의 껄끄러운 관계가 프랑크푸르트 강력반 시절에 있었던 사건 때문이라는 말이 돌았다. 프랑크푸르트 경찰청 소속의 언더커버 요원이 동료 형사가 쏜 총에 맞아 죽은 사건이었다.

"오래된 일이야. 하지만 아직 공소시효가 지나지 않았어. 날 골탕 먹이고 싶으면 각오 단단히 해야 할 거야."

＊

“에이 씨!”

바로 눈앞에서 초록색 불이 빨간색으로 바뀌었다. 한나는 융호프가 주차장 입구에서 마지막 남은 주차 공간을 뺏기고 욕설을 내뱉었다. 그녀는 룸미러로 뒤를 확인한 후 후진 기어를 넣고 차를 돌렸다. 다행히 뒤에 따라오는 차가 없었고 마이케에게서 빌려온 미니는 덩치가 작아서 그렇게 해도 돌려 나갈 수 있었다. 12시에 쿠부 레스토랑에서 볼프강과 만나기로 했는데 10분밖에 남지 않았다. 조수석에는 오전 내내 만든 손실 최소화 전략 계획서가 놓여 있었다.

한나는 오른쪽으로 돌아 융호프 가로 나가다가 신호등 있는 곳에서 노이에마인츠 가로 들어섰다. 힐튼 호텔에 닿기 전에 은행가 쪽 오른쪽 차선에 붙어가다 보니 배달용 승합차와 검정색 리무진 사이에 주차 공간이 하나 남아 있었다. 그녀는 바로 방향등을 넣고 왼쪽으로 꺾었다. 그 바람에 갑자기 브레이크를 밟아야 했던 뒤차가 요란하게 빵빵거렸지만 그녀는 가볍게 무시했다. 시내의 주차 전쟁에서 살아남기 위해서는 예의고 뭐고 따질 여유가 없다. 그녀의 차라면 불가능했겠지만 몸집이 작은 미니는 그 좁은 공간에도 쏙 들어갔다.

한나는 서류가방을 옆구리에 끼고 차에서 내렸다. 파나메라는 오늘 아침 사람을 불러서 정비소에 맡겼다. 한 시간 후 정비소 사장이 전화해서 기물 파손으로 신고할 것인지 물었다.

그녀는 생각 중이라고 말했다. 사장이 구멍 난 타이어 네 개와 보닛을 증거물로 보관해주겠다고 하자 그러라고 했다. 갈보. 대체 누가 그런 짓을 했을까? 노면? 빈첸츠? 그 밖에 그녀가 사는 곳을 아는 사람이 누가 있지? 오전 내내 그 생각을 하지 않으려고 애썼는데 막상 생각이 다시 떠오르자 갑자기 무서워졌다.

한나는 지름길을 택했으나 바로 후회했다. 프레스가스는 엄청나게 붐볐다. 카페와 레스토랑 앞은 파라솔 아래 앉아 있는 손님들로 빈자리가 없었다. 근처 빌딩에서 쏟아져 나온 회사원들은 점심시간을 이용해 일광욕을 즐기고 있었다. 거리는 경쟁하듯 맨살을 드러낸 청소년들, 유모차를 끌고 나온 부인네들, 노인들로 가득했다. 더위에 모든 것의 속도가 느려진 듯 평소 프랑크푸르트 쇼핑가를 가득 채우던 바쁜 걸음걸이는 어디에서도 찾아볼 수 없다.

한나도 사람들 속에 섞여 느릿느릿 걸었다. 오늘은 옷차림도 하이힐과 정장이 아닌 청바지와 흰색 티셔츠, 편안한 운동화다. 한 무리의 일본인 관광객 사이에 섞여 노이에마인츠 가를 건넌 그녀는 오페라광장에서 쿠부 레스토랑 테라스로 들어갔다. 손님의 90퍼센트 정도는 근처 금융 회사에서 나온 양복쟁이들이고 정장 차림의 여자와 관광객은 소수에 불과했다. 볼프강은 테라스 구석 플라타너스 그늘 밑에 앉아 메뉴판을 열심히 들여다보고 있었다. 그녀가 다가가자 그는 반가운 얼굴로 고개를 들었다.

"어서 와, 한나!"

그는 자리에서 일어나 그녀의 양쪽 볼에 입맞춤한 뒤 그녀가 앉을 수 있도록 정중하게 의자를 뒤로 빼주었다.

"물 한 병하고 빵 먼저 시켰어."

"잘했어. 지금 배고파서 쓰러질 지경이거든."

한나는 메뉴판을 들어 오늘의 메뉴를 죽 훑어보았다.

"난 오늘의 스페셜로 할래. 람손(부춧과의 식물_역주)크림수프랑 서대구이."

"음, 괜찮을 것 같은데. 나도 같은 것으로 하지."

볼프강이 메뉴판을 덮으며 말했다. 그러자 기다렸다는 듯 여종업원이 와서 주문을 받았다. 그들은 오늘의 스페셜 메뉴 두 개와 피노 그리지오(이탈리아 화이트와인_역주) 한 병을 시켰다. 볼프강은 탁자에 팔꿈치를 괴고 손깍지를 끼며 한나를 빤히 쳐다보았다.

"어디 어떤 계획인지 한번 들어볼까?"

한나는 작은 접시에 올리브기름을 약간 따르고 굵은 소금과 후추를 뿌린 다음 빵을 찍어 먹었다. 오늘 아침 차 때문에 난리를 떠느라 아침을 먹지 못한 터라 우울해지기 직전이었다.

"공격적 수비."

한나는 빵을 씹으며 가방을 무릎 위에 올려놓고 준비해온 계획서를 꺼냈다.

"그 출연자들하고는 이미 연락된 상태야. 내일 아침에 브레멘에서 남자 출연자를 만나고 오후에는 도르트문트에 가서 여자 출연자를 만날 거야. 둘 다 아주 협조적이야."

볼프강은 만족스러운 듯 고개를 끄덕였다.

"음, 다행이네. 우리 이사진하고 대주주들은 아주 불안해하고 있어. 그런 일로 구설수에 오르내리기에는 지금 상황이 안 좋거든."

"나도 알아."

한나는 이마로 흘러내린 머리카락을 쓸어 넘기며 물을 마셨다. 그늘에서는 더위도 어느 정도 견딜 만했다. 볼프강은 넥타이를 풀어 돌돌 말더니 의자에 걸쳐 놓은 재킷 안주머니에 집어넣었다. 한나는 자신의 계획을 자세히 설명했고 볼프강은 귀 기울여 들었다. 수프가 나왔을 때쯤에는 피해를 최소화하자는 쪽으로 의견이 모아졌다.

"그건 그렇고 무슨 일 있어? 얼굴이 피곤해 보여."

볼프강이 화제를 돌렸다.

"이 일 때문에 그렇지, 뭐. 게다가 노먼이랑도 문제가 있었고 어제 마이케가 또 고약하게 굴었거든. 우리 모녀 사이는 영 좋아질 것 같지가 않아."

한나는 볼프강 앞에서는 무슨 얘기든 숨김없이 했다. 그를 알고 지낸 지도 한참 됐다. 그는 헤센 방송에서 뉴스 아나운서를 하던 그녀가 독일 방송계의 대스타로 성장하는 과정을 지켜본 사람이고, 어딘가에 초대받아 가야 하는데 파트너가 없을 때 부탁하면 언제나 흔쾌히 동행해주는 남자다. 그녀는 볼프강에게 비밀이 없었다. 마이케를 임신했을 때도 아기 아빠보다 볼프강에게 먼저 알렸다. 그녀가 결혼할 때 그는 결혼 입회인이었고 마이케가 영세를 받을 때는 대부가 되어주었다. 그녀가 남자 때문에 고민할 때는 인내심을 가지고 들어주었고, 행복해할 때는 함께 기뻐했다. 누가 뭐라고 해도 그녀에게 그만 한 친구는 없었다.

"그것도 모자랐는지 누가 밤중에 내 차 타이어를 모조리 찢어놓고 차에 낙서까지 해놨더라고."

한나는 일부러 아무렇지도 않은 듯 말했다. 두려움이란 녀석에게 한번 자리를 내주면 평생 그 횡포에 시달려야 한다.

"뭐? 세상에, 누가 그런 짓을 했지? 경찰에 신고는 했어?"

볼프강은 무척 놀란 표정이었다.

"아니, 아직. 아마 어느 형편없는 인간이 질투가 나서 그랬겠지. 내 파나메라가 눈엣가시였나 보지, 뭐."

한나는 빵 조각으로 접시를 깨끗이 닦아 먹고는 머리를 절레절레 흔들었다.

"그렇게 간단하게 생각할 일이 아니야, 한나. 안 그래도 숲가에 있는 큰 집에서 혼자 사는 게 걱정돼죽겠는데. 감시 카메라에는 뭐 안 찍혔어?"

"그거 바꿔야 해. 지금은 그냥 모양으로 붙여놓은 거야."

여종업원이 와서 술잔을 채워주고 수프 접시를 가져갔다. 볼프강은 종업원이 갈 때까지 기다렸다가 한나의 손을 잡았다.

"만약 무슨 일 있으면, 그리고 내가 도울 일이 있으면…… 내게 말만 하면 돼. 그거 알지?"

"그래, 알아. 고마워."

한나가 미소를 지으며 말했다. 순간 볼프강이 결혼을 하지 않았다는 사실, 진지하게 만나는 여자가 없다는 사실이 무척 고맙게 느껴졌다. 여자가 없는 것은 외모 때문이 아니었다. 그는 빼어난 미남은 아니지만 매력이 없는 건 아니다. 그리고 그는 한나가 아는 다른 남자들과 달리 나이가 들수록 점점 멋있어졌다. 어려 보이던 얼굴은 세월이 흐르면서 각이 지고 남성적으로 변했는데, 한나는 그에게 무척 잘 어울린다고 생각했다. 구레나룻에 흰머리가 나기 시작했고 눈가에 주름도 많아졌지만 그것 역시 그에게 잘 어울렸다.

몇 년 전 사귄 여자친구와는 꽤 진지한 사이였다. 창백한 얼굴의 별 볼 것 없는 변호사였는데 볼프강의 아버지가 좋아하지 않아서 결국 헤어졌다. 볼프강은 한 번도 그 얘기를 한 적이 없지만, 그 이후로는 여자를 사귀지 않았다.

서대구이는 바로 이어서 나왔다. 쿠부에서는 점심시간에 식사가 늦게 나오는 법이 없다. 모두 비즈니스 런치 손님이기 때문에 다들 시간이 없는 것을 아는 것이다.

"내가 그렇게 호락호락한 줄 알면 큰 오산이지."

한나가 냅킨을 집어 들며 힘 있게 말했다.

"방송에 관한 건 급한 불부터 먼저 꺼야 할 것 같아. 어때, 내 전략이 먹힐 것 같아?"

"응, 잘될 거야. 한나야 믿을 수 없는 것도 믿게 만드는 능력이 있으니까."

"바로 그거야! 우린 해낼 수 있어."

그들은 와인 잔을 들어 건배를 했다. 볼프강의 걱정스러운 눈빛이 희미한 실망의 빛으로 바뀌었지만 한나는 눈치채지 못했다.

*

케네디 가에 위치한 법의학연구소 주변을 아무리 돌아도 주차할 곳이 없었다. 보덴슈타인과 피아는 결국 에셴바흐 가에 주차하고 이삼백 미터 정도 걸어갔다. 피아가 기자들에게 현장을 개방한 이후 언론은 이 사건에 큰 관심을 보였다. 법의학연구소 앞은 대기하는 기자들과 카메라맨들로 북적거렸다. 그들은 누군가 건물 안으로 들어가거나 나오기만 하면 우르르 몰려들었다. 그중 누군가가 보덴슈타인과 피아를 알아보았고, 두 사람은 순식간에 기자들에게 포위되었다. 기자들이 부르짖다시피 던지는 질문을 들어보니 죽은 소녀 외에 알코올 과다 섭취로 죽은 학생이 있다는 소문이 돈 것 같았다. 기자들은 경찰이 자세한 내막을 밝혀야 한다고 요구했다. 과연 기자들이 병원에서 그들보다 빨리 정보를 입수했을까? 알렉스는 결국 죽은 걸까?

"왜 두 번째 희생자가 있다는 사실을 숨기셨습니까? 그럴 만한 이유가 있습니까?"

젊은 남자가 유난히 목청을 높이며 무슨 무기라도 되는 것처럼 피아의 얼굴 앞에 마이크를 쑥 내밀었다. 크게 소리를 지를수록 더 많은 정보를 얻을 수 있다는 듯 흥분하는 기자들은 어딜 가나 꼭 있다.

"두 번째 희생자는 없습니다. 이제 좀 들어갑시다."

보덴슈타인이 피아 대신 말하며 마이크를 옆으로 밀어냈다. 두 사람은 그렇게 기자들 사이를 뚫고 겨우 건물 앞에 다다랐다. 건물 안으로 들어서니 시원한 공기와 거의 경건하게 느껴지는 침묵이 그들을 맞이했다. 어디선가 컴퓨터 자판 두드리는 소리가 났다. 나무 패널을 댄 벽 끝에 강의실 문이 열려 있었다. 자리는 비어 있는데 사람 소리가 나는 것 같았다. 피아는 그 안을 살짝 들여다보았다. 부장검사 마르쿠스 마리아 프라이가 전화를 하면서 넓은 강당 안을 왔다 갔다 하고 있었다. 양복에 조끼, 반듯하게 가르마를 타 넘긴 머리. 오늘은 여느 때와 같은 말쑥한 차림이다. 피아를 본 그는 휴대전화를 주머니에 집어넣고 찡그린 얼굴을 활짝 폈다.

"오늘 아침에는 우리 검사가 크게 실례한 것 같습니다. 타누티 검사는 아직 의욕이 넘쳐서요."

그는 먼저 피아에게, 그리고 보덴슈타인에게 손을 내밀어 악수를 청했다.

"그럴 수도 있죠."

피아는 건성으로 대답했다. 피아는 이곳에서 그를 보게 되어 놀라울 따름이었다. 이제까지 그가 직접 부검에 참석한 일은 없었기 때문이다.

"엥겔 과장이 한 수 가르쳐준 것 같던데요."

부장검사의 얼굴에 희미하게 웃음이 스치는가 싶더니 금세 진지

한 표정이 떠올랐다.

"그나저나 두 번째 희생자 얘기는 뭡니까?"

"근거 없는 얘기입니다. 우리 팀원이 30분 전 병원에 전화해서 확인했습니다. 어제 시체 옆에서 발견된 남학생은 상태는 좋지 않지만 아직 살아 있습니다."

보덴슈타인이 답변했다. 그런 다음 세 사람은 함께 지하로 내려갔다. 부장검사의 전화기가 다시 울렸고, 그는 전화를 받느라 뒤처졌다.

제1부검실은 부검에 참석하기 위해 모인 사람들이 다 들어가기에는 너무 좁았다. 헤닝 키르히호프와 그의 상사인 토마스 크론라게 교수가 함께 집도했고, 조수 두 명이 붙었다. 검사 측에서는 프라이 부장검사 외에 세 명이나 더 따라왔다. 그중에는 오늘 아침에 본 젊은 애송이 검사도 있었다. 그리고 이름은 기억나지 않지만 경찰에서 나온 촬영 기사도 있었다.

"오늘은 만석입니다."

헤닝의 조수 로니 뵈메가 좁은 공간을 비집고 들어오는 피아와 보덴슈타인을 보며 농담을 했다.

"이건 검사들을 위한 법의학 강의가 아니거든요. 왜 네 명씩이나 와서 이렇게 길을 막아요?"

헤닝이 프라이 부장검사를 보며 구시렁거렸다. 법의학자들은 검사나 법정으로부터 부검을 부탁받는 일이 많기 때문에 서로 잘 아는 사이다. 검사들이 서로 머리를 맞대고 의논하더니, 그중 두 명이 안심하는 표정을 지으며 사라졌다. 남은 사람은 프라이 부장검사와 의욕 넘치는 메르차드 타누티였다.

"휴, 좀 낫네."

헤닝이 중얼거렸다. 나이 어린 사망자의 시체를 부검한다는 것은 부검 참석자들 모두에게 정신적으로 큰 부담을 의미한다. 참석자들 모두 잔뜩 긴장한 상태였다. 헤닝마저도 평소에 하는 냉소적인 농담을 자제했다. 어린아이나 청소년의 시체를 대하면 누구든 힘들어한다. 보덴슈타인도, 검사들도 부검이 처음은 아니었다. 피아는 말할 것도 없다. 헤닝과 결혼했을 때는 제1부검실이나 옆방인 제2부검실에서 숱한 밤과 주말을 보냈다. 헤닝은 워커홀릭을 넘어 광적으로 일에 매달렸기 때문에 가끔씩이라도 남편 얼굴을 보려면 부검실에 오지 않을 수 없었다.

그러는 동안 여러 부패 단계의 다양한 시체들을 보고 냄새를 맡아보았다. 익사체, 불에 탄 시체, 해골, 교통사고 시체, 재난 사고와 끔찍한 자살의 결과……. 가끔은 시체 앞에서 아주 일상적인 의논을 하기도 했고 심지어 싸우기까지 했다. 엄격한 스승인 헤닝의 끝없는 법의학 강의를 들어야 했던 적도 많다. 그러다 보니 사건 현장에서 필요한 식견이 넓어진 것도 사실이다.

그럼에도 불구하고 사건 현장이나 시체 발견 장소에 갈 때 이상한 기분이 드는 것은 어쩔 수 없었다. 가끔은 프로의 뚝심을 발휘하기 힘들 정도로 끔찍한 상황이 발생하기도 한다. 대부분의 경찰이 그렇듯 피아도 이 세상의 모든 범죄를 없애야 한다는 사명을 느끼거나 하지는 않았다. 하지만 일이 아무리 힘들어도 죽음의 상황에 얽힌 진실을 밝힘으로써 죽은 사람들에게 최소한의 존경심을 표한다는 것, 마지막 남은 인간의 존엄성을 돌려준다는 데서 경찰이라는 직업의 의미를 찾았다. 그녀는 신원도 알 길 없이 음식물 쓰레기처럼 아무데나 뒹구는 시체처럼 비참한 것은 없다고 생각했다. 수주 아니 수개월간 아무도 찾는 사람 없이 집 안에서 썩어가는 시체처럼 슬픈 운명은 또 없을 것이다.

피아에게 이번 사건은 오랜만에 직업적 사명을 느끼게 하는 사건이었다. 다른 동료들도 피아와 비슷할 것이다. 그러나 부검에 참석하는 것을 좋아하는 동료는 별로 없다. 그래서 피아는 자처해서 부검에 참석하는 일이 많았다. 일단 형광등 밑 차가운 스테인리스 부검대에 눕히면 시체는 더 이상 공포의 대상이 아니다. 부검 과정은 비밀스럽고 무서운 것과는 거리가 멀다. 법적 시체 해부는 검안과 함께 시작되며 엄격하게 정해진 규칙을 따른다.

*

사실 스쿠터로 가기에는 먼 길이었다. 한 시간 반 동안 플라스틱 안장 위에서 시달리다 보니 엉덩이에 불이 난 것처럼 아팠지만 기분은 좋았다. 온화한 바람이 피부에 닿는 느낌도 좋고 맨살에 내려앉는 햇볕의 따스함도 좋았다. 스쿠터 여행은 정말 오랜만이라 마구 젊어지는 기분이 들었다. 지금도 좋게 기억하는 친구와 함께 스쿠터로 여행을 한 것이 벌써 20년도 넘었다. 80cc 스쿠터로 국도를 따라 북해까지 갔었다. 밤에는 텐트를 치고 잤고, 텐트 치기 귀찮을 때는 별을 보면서 노숙을 했다. 돈은 없었지만 그렇게 자유로웠던 적은 없었다. 그 뒤로는 그런 자유를 한 번도 느껴보지 못했다. 그해 여름, 장크트 페터오르딩 해안(독일 북단에 위치한 해안_역주)에서 브리타를 만나 첫눈에 사랑에 빠졌다. 브리타는 바트 홈부르크에 살고 있었다. 그들은 여행에서 돌아온 뒤에도 계속 만났다. 그는 막 첫 번째 고시에 합격한 법대생이었고 그녀는 백화점 숙녀복 매장에서 일하고 있었다.

그렇게 만난 지 반년도 되지 않아 그들은 결혼을 했다. 양가 부모들은 큰돈을 들여 성대한 결혼식을 올려주었다. 시청 결혼식, 교회 결혼식, 네 마리의 백마가 끄는 마차, 바트 홈부르크 성에서 하객 200명을 초대해 피로연을 했고, 공원의 거대한 삼나무 아래서 야외촬영도 했다. 신혼여행은 그리스의 크레타 섬으로 갔다. 두 번째 고시에 합격한 뒤, 그는 프랑크푸르트에서 제일 잘나가는 변호사 사무실 중 하나에 취직했다. 거기서 그는 경제법과 세법을 다루었는데, 돈도 꽤 벌었다. 그들은 땅을 사서 멋진 집을 지었고 곧 딸이 태어났다. 그는 딸아이를 끔찍하게 사랑했다. 얼마 뒤 아들도 태어났다. 그들은 꿈같은 삶을 살았다. 여름날 저녁에는 이웃과 친구들을 초대해 그릴 파티를 열었다. 겨울에는 키츠뷜(오스트리아 티롤 주에 위치한 스키 휴양지_역주)로 스키를 타러 갔고, 여름에는 스페인 마주르카 섬이나 질트 섬(독일 북부의 해변 휴양지_역주)으로 여행을 갔다. 그는 박사 과정을 마쳤고 나이 서른에 파트너 변호사가 되었다. 이어서 그는 형법 전문 변호사가 되었고, 그의 고객은 탈세자나 비리를 저지른 기업 경영자에서 살인범, 납치범, 공갈범, 강간범, 마약 거래상, 살해자로 바뀌었다. 장인장모는 그런 변화를 탐탁지 않아 했지만 브리타는 상관하지 않았다. 그는 그녀가 원하는 모든 것을 살 수 있을 만큼 돈을 많이 벌었고, 친구 남편들 중에서 제일 잘나갔기 때문이다.

그렇다. 그때는 정말 살 만했다. 비록 주당 80시간이나 일해야 했지만 그는 성공에 취해 힘든 줄 몰랐다. 언론은 그를 새로운 롤프 보시라고 치켜세웠다. 그는 유명인 고객들과 자연스럽게 어울렸고 생일 파티나 결혼식에도 초대받았다. 그는 눈 하나 깜짝하지 않고 시간당 1000마르크의 수임료를 받았고, 고객들은 그중 1페니히도 아까워하지 않았다.

그런 좋은 시절은 이미 옛날에 지나갔다. 이제는 마세라티 콰트로포르테(이탈리아산 스포츠 리무진_역주)와 911터보(포르셰 브랜드의 스포츠카_역주) 대신 낡은 스쿠터를 타고, 정원과 풀장이 딸린 고급 저택 대신 캠핑카에 산다. 겉으로 볼 때는 삶이 많이 바뀌었지만 사람 자체는 변하지 않았다. 비밀스러운 욕망과 꿈, 동경은 그대로였다. 평상시에는 잘 참고 지냈다. 하지만 가끔은 이성보다 내적 열망이 강하게 치고 올라와 그것들을 통제하기 어려울 때가 있었다.

그는 랑엔젤볼트의 마지막 집을 지나쳤다. 이제 3킬로미터 정도만 가면 목장이 나온다. 목장은 찾기 힘든 위치에 있다. 주인들이 일부러 그런 집을 찾았다. 그들은 꽤 많은 시간을 들여 조건에 맞는 집을 찾아냈다. 넓은 부지에 지어진 오래된 목장으로 바로 뒤에 숲을 끼고 있어 길가에서는 전혀 보이지 않았다. 삐죽삐죽한 장식이 달린 높은 철문 앞에서 그는 스쿠터를 멈추었다. 오랜만에 다시 찾은 목장은 무척 많이 변해 있었다. 센서가 부착된 카메라가 그에게 바로 렌즈를 들이댔다. 허름하던 목장은 울타리에 둘러싸인 난공불락의 요새로 변해 있었다. 그는 헬멧을 벗었다.

"어서 오쇼, 변호사 나리. 점심시간에 딱 맞춰서 오셨네. 헛간 뒤로 와요."

인터폰에서 소리가 나더니 철문이 천천히 옆으로 열렸다. 그는 스쿠터를 타고 안으로 들어갔다. 소, 돼지를 키우던 축사 옆으로 퇴비가 산처럼 쌓여 있던 마당은 폐차장으로 변해 있고, 깨끗하게 리모델링된 헛간은 작업실로 꾸며져 있었다. 헛간 앞의 포장된 마당에는 반짝이는 크롬 재질의 할리데이비슨이 줄지어 서 있었다. 그 옆에 세우니 그의 낡은 스쿠터는 더욱 초라해 보였다. 반대편에서 개 짖는 소리가 나서 돌아보니 스태포드산 불테리어 몇 마리가 튼튼해 보이는 개장 속에서 그를 쳐다보고 있었다.

그는 가지고 온 종이 상자를 옆구리에 끼고 헛간 뒤로 돌아갔다. 만약 거기서 무엇이 기다리고 있는지 몰랐다면 그는 깜짝 놀랐을 것이다. 불 위에 걸린 커다란 그릴 위에서는 고기가 익어가고, 길게 늘어선 탁자에는 건장한 남자들이 앉아 있었다. 그들의 전과를 다 합치면 징역 1000년은 나올 것이다. 머리에 두건을 쓰고 멋들어지게 수염을 기른 키 큰 남자가 그늘에 앉아 있다가 일어나 그에게 다가왔다.

"변호사 나리, 오랜만이네요."

그는 낮고 굵은 목소리로 반겨주며 손끝에서 어깨까지 문신으로 빼곡한 근육질 팔로 그를 덥석 안았다.

"베른트, 잘 있었나? 정말 오랜만이야. 여기 온 지 10년도 넘은 것 같군."

"그러게 왜 한 번도 안 왔어요? 가게가 얼마나 잘되는데."

"자넨 원래 손기술이 좋았잖아."

"그럼요. 그리고 밑에 있는 동생들도 전부 괜찮은 애들이에요. 식사는 했어요?"

베른트가 담배를 꺼내 물며 물었다.

"식사는 됐고."

고기 굽는 냄새 때문에 위장이 뒤집힐 것 같아 식사는 생각할 수도 없었다. 그리고 국도를 50킬로미터나 달려온 데는 식사 말고 더 중요한 이유가 있었다. 어제저녁 베른트의 전화를 받은 후 애써 누르고 있던 기대감이 다시 치고 올라와 가슴이 두근거렸다. 이날을 얼마나 오랫동안 기다려왔던가!

"전화로 한 얘긴 뭐야? 새 소식이 있다고?"

"네, 엄청난 소식이에요. 들으면 놀랄걸요."

덩치 좋은 남자가 눈을 가늘게 뜨고 그를 쳐다보았다.

"빨리 알고 싶어서 좀이 쑤시나 본데요."

"아니야. 이렇게 오랫동안 기다렸는데, 뭘."

"그래요? 그럼 좀 앉아 있어요. 애들 학교 끝날 때 돼서 데리러 가야 하거든요. 혼자 있을 수 있죠?"

*

"168센티미터 키에 41.4킬로그램이면 심각한 영양실조인데."

크론라게 교수가 말했다. 비쩍 마른 소녀의 몸은 오래된 흉터와 생긴 지 얼마 되지 않은 상처들로 만신창이가 되어 있었다. 밝은 형광등 불빛 아래 드러난 화상, 피멍 자국, 찰과상의 흔적은 소녀가 당했을 수년간에 걸친 학대를 짐작하게 해주었다.

젊은 여자가 부검실로 들어오더니 실례한다는 말도 없이 피아와 보덴슈타인 사이를 뚫고 지나가 벽 앞에 놓인 컴퓨터 앞에 앉았다. 그녀가 자판을 이리저리 두드리자 잠시 후 모니터에 죽은 소녀의 골격도가 나왔다. 엑스레이 사진을 조명 박스에 걸어놓고 보던 시절은 지나갔다. 크론라게 교수와 헤닝은 검안을 중단하고 컴퓨터 옆으로 갔다. 얼굴, 늑골, 팔다리에서 총 24곳의 골절이 확인되었다. 겉으로 드러난 상처와 마찬가지로 오래되어 이미 나은 것도 있고 얼마 되지 않은 것도 있었다.

피아는 소녀가 죽기 전에 겪어야 했던 고난을 생각하니 치가 떨렸다. 부검의들은 뼈의 성숙도에 더 큰 관심을 보였다. 이들은 머리

뼈와 장골 끝에 있는 성장판이 얼마나 경화되었는지 보고 나이를 대충 짐작해냈다.

"적어도 열다섯 살, 하지만 열일곱 살 이상은 아니에요. 곧 좀 더 자세히 알 수 있을 겁니다."

헤닝이 말했다.

"오랫동안 학대받은 흔적이 선명해요. 비정상적으로 창백한 피부, 실험 결과 비타민 D가 전무하다시피 한 것도 이상하고."

크론라게가 덧붙여 설명했다.

"어떻게 이상하다는 겁니까?"

애송이 검사가 물었다.

"이 비타민 D라는 것은 진짜 비타민이 아니라 신경 조절 물질인 스테로이드 호르몬이에요. 태양빛에 노출되면 바로 생성되죠. 요즘 에는 세계적으로 비타민 D 부족 현상이 전염병처럼 퍼지고 있어요. 피부과 의사들과 건강관리공단에서 피부암에 걸린다며 SPF 30 이 상의 자외선차단제를 바르라고 하니……."

크론라게가 반원 모양의 안경 너머로 그를 건너다보며 대답했다. 타누티 검사는 초조한 듯 그의 말을 끊었다.

"죽은 여자애와 그게 무슨 상관입니까?"

"내 말을 끝까지 들어요."

크론라게 교수의 꾸짖는 듯한 말에 타누티는 그저 어깨를 으쓱 했다.

"미국에서 동절기가 지난 후 실시한 여러 차례의 조사로 확인됐 듯이 혈액 1밀리리터당 비타민 D 수치가 15에서 18나노그램이면 상당히 부족한 거라고 볼 수 있어요. 정상 수치는 50에서 65 정도 지요. 그런데 이 아이는 혈액 1밀리리터당 4나노그램이 나왔어요."

"그래서요? 그게 뭘 의미하는 거죠?"

타누티가 더욱 초조해진 말투로 물었다. 크론라게 교수는 태연한 얼굴로 계속 설명했다.

"젊은 검사 양반은 아무 생각이 안 드는지 모르겠지만 창백한 피부, 엑스레이 사진에서 볼 수 있는 골다공증 증세로 보아 오랜 기간 햇빛을 못 봤다는 결론에 이를 수밖에 없어요. 즉, 실내에 갇혀 있었다는 뜻이죠."

어느 누구도 입을 열지 않은 채 한동안 침묵이 흘렀다. 그때 갑자기 휴대전화가 울렸다.

"실례하겠습니다."

프라이 부장검사가 전화를 받기 위해 밖으로 나갔다.

죽은 소녀의 건강 상태는 무척 나빴다. 심각한 영양실조와 탈수증 상태로 방치되어 있었고 충치 치료도 한 번도 받은 적 없었다. 즉 치아 상태로 신원을 밝힐 수 있는 가능성도 없었다.

검안이 끝나고 본격적인 부검이 시작됐다. 크론라게 교수가 한쪽 귀에서 다른 쪽 귀까지 메스로 잘라 머리 가죽을 앞으로 넘기자 조수가 전동 톱으로 두개골을 자르고 뇌를 꺼냈다. 그동안 헤닝은 단 한 번에 목에서 치골까지 갈라 가슴과 배를 열고 늑골과 가슴뼈를 가위로 잘랐다. 그런 다음 내장을 꺼내 부검대 위에 있는 작은 판 위에 올려놓고 검사한 후 조직 표본을 떼어냈다. 각 내장의 상태, 크기, 형태, 색깔, 무게 등이 자세하게 기록됐다.

"아니, 이게 뭐야?"

위를 잘라 내용물을 검사하던 헤닝이 놀란 목소리로 중얼거렸다.

"뭔데 그래?"

피아가 물었다.

“무슨 천 같은데……”

헤닝은 찐득찐득해 보이는 덩어리를 핀셋 두 개로 펴서 불빛에 비춰 보았다.

“위산 때문에 너덜너덜해지긴 했는데 실험실로 보내면 자세한 걸 알 수 있을 거야.”

로니 뵈메가 증거물 봉투를 내밀었다. 그리고 봉투에 바로 내용물 목록을 기입했다.

어느새 시간이 흘러 한 시간이 지났다. 아까 나간 부장검사는 다시 돌아오지 않았다. 부검의들은 세심하고 면밀하게 부검을 이어갔다. 기록을 맡은 헤닝은 목에 걸린 마이크에 대고 소견을 하나하나 녹음했다. 로니 뵈메가 내장을 도로 집어넣고 시체를 꿰맸을 때 시간은 오후 4시가 되어가고 있었다.

“사망 원인은 익사가 분명합니다.”

부검을 마친 헤닝이 결론을 내렸다.

“하지만 심각한 내출혈이 있었습니다. 배, 가슴, 손발, 머리를 발로 차거나 손으로 때려서 난 상처입니다. 익사하지 않았어도 그 상처 때문에 죽었을 겁니다. 비장, 허파, 간, 직장이 파열됐습니다. 그리고 질과 항문에 큰 상처가 있는 것으로 보아 죽기 직전에 성적으로 학대당한 것 같습니다.”

보덴슈타인은 굳은 표정으로 그 말을 들었다. 가끔 고개를 끄덕이긴 했지만 질문도, 아무 말도 없었다. 헤닝은 그런 보덴슈타인을 빤히 쳐다보았다.

“반장님, 안됐지만 자살일 가능성은 없습니다. 사고사인지 타살인지는 이제 그쪽에서 밝혀내야 할 일입니다.”

“왜 자살일 가능성이 없다는 거야?”

피아가 물었다.

"그건 왜냐면⋯⋯."

헤닝이 막 대답을 하려는데 애송이 검사가 참지 못하고 끼어들었다.

"키르히호프 박사님, 그럼 내일 아침까지 제 책상 위에 보고서 준비돼 있을 것으로 알겠습니다."

"물론이죠, 검사님. 내일 아침에 이메일 편지함에 들어 있을 겁니다. 아니면 제가 직접 워드로 쳐드릴까요?"

헤닝이 과장된 친절함을 꾸며내 말했다.

"뭐, 그럼 더 좋고요."

자기가 가장 잘난 줄 아는 타누티는 그 순간 검찰청에서 가장 재수 없는 인간으로 낙인찍히는 줄도 모르고 태연하게 말했다.

"그럼, 피해자가 강물에 빠져 죽었다고 언론에 바로 발표하겠습니다."

"난 그렇게 말한 적 없는데요."

헤닝이 장갑을 벗어 세면대 옆 쓰레기통에 던져 넣으며 말했다.

"네?"

밖으로 나가려던 타누티가 고개를 돌렸다.

"방금 사망 원인이 익사라고 했잖습니까?"

"네, 그랬죠. 하지만 왜 자살이 아닌지 설명하려는데 말을 끊으셨죠. 이 아이는 절대 마인 강에서 죽은 게 아닙니다."

피아는 깜짝 놀란 얼굴로 전남편을 바라보았다.

"민물에서 죽으면 허파 조직이 불어서 가슴을 열 때 물이 넘칩니다. 전문용어로는 수성폐기종이라고 하죠. 그런데 이 경우는 물이 넘치지 않았습니다. 대신 폐부종이 발견됐습니다."

"그래서요? 좀 알아듣게 말해보세요. 내가 지금 여기 법의학 강의 들으러 온 줄 아십니까? 팩트를 말하세요, 팩트를!"

헤닝은 냉소가 번뜩이는 눈빛으로 그를 쏘아보았다. 타누티 검사는 영원히 헤닝의 눈 밖에 난 것이다.

"법의학 기본 지식을 아는 게 해가 되진 않죠. 특히나 매스컴에 잘 보이고 싶다면요."

헤닝의 이죽거림에 타누티는 얼굴이 빨개지더니 헤닝 앞으로 한 걸음 성큼 다가왔다. 그러나 그 순간 로니 뵈메가 시체가 실린 들것을 그 앞으로 밀었기 때문에 다시 한 걸음 뒤로 물러서야 했다.

"폐부종은 예를 들면 소금물 때문에 생깁니다."

헤닝은 태연하게 안경을 벗어 종이 타월로 쓱쓱 닦더니 깨끗한지 보려는 듯 실눈을 뜨고 불빛에 비춰 보았다.

"아니면 염소로 소독한 물 때문에 생길 수도 있죠. 예를 들면 수영장 물 같은 거요."

피아는 보덴슈타인과 빠르게 시선을 교환했다. 이건 중요한 단서가 아닐 수 없었다. 그런 단서를 끝까지 말하지 않고 있다니 정말 헤닝다운 행동이다.

"피해자는 염소로 소독한 물에서 익사했습니다. 허파에서 나온 물 표본은 실험실에서 정확히 분석할 거고요. 결과가 나올 때까지 며칠 걸릴 겁니다. 그럼, 전 이만 물러가겠습니다. 부검 보고서를 작성해야 해서요."

헤닝은 피아에게 눈을 찡긋하더니 방에서 나갔다.

"뭐 저런 인간이 다 있어?"

타누티 검사는 헤닝의 뒤에 대고 혼잣말로 구시렁대더니 씩씩거리며 방을 나갔다.

"오늘 임자 제대로 만났군."

보덴슈타인이 한마디 하자 피아가 맞장구를 쳤다.

"그것도 한꺼번에 두 명이나요. 오전엔 엥겔 과장, 오후엔 헤닝. 오늘은 그걸로 충분할 것 같은데요."

*

엠마가 루이자를 데리고 유치원에서 돌아왔을 때 테라스에는 이미 차와 케이크가 준비되어 있었다. 루이자의 할머니와 할아버지는 담쟁이덩굴이 칭칭 감겨 있는 등나무 그늘 아래 편안한 의자를 내놓고 앉아 스크래블 게임(주어진 알파벳으로 단어를 만들어 점수를 얻는 보드게임_역주)을 하고 있었다.

"저희 왔어요!"

"티타임에 딱 맞춰서 왔구나."

시어머니 레나테 핑크바이너가 돋보기안경을 벗으며 웃었다.

"그리고 내가 3대 2로 이기는 순간에 딱 맞춰서 왔어. 쿠아가, 이걸로 48점이니까 내가 이겼지?"

시아버지 요제프 핑크바이너가 말했다.

"세상에 그런 말이 어디 있어요? 지금 막 지어낸 거죠?"

레나테가 곱게 눈을 흘겼다.

"지어낸 거 아니야. 쿠아가는 멸종한 얼룩말의 종류야. 그냥 졌다고 인정해."

요제프 핑크바이너는 웃으며 아내의 뺨에 입을 맞췄다. 그리고 루이자를 향해 팔을 벌렸다.

"자, 우리 공주님, 할아버지한테 한번 와볼까? 할아버지가 튜브

수영장에 물 받아놨다. 얼른 가서 수영복 가지고 와요.”

“어머, 루이자는 좋겠네!”

엠마가 외쳤다. 사실 물속에 첨벙 뛰어들고 싶은 사람은 엠마였다. 원래 더위를 잘 타지 않는 체질이지만 습도가 높은 올여름 더위는 견디기 힘들었다.

루이자는 할아버지의 품에 가서 안겼다.

“우리 같이 가서 수영복 가져올까?”

엠마가 루이자에게 물었다.

“아니.”

루이자는 할아버지의 품에서 빠져나와 의자 위로 기어 올라갔다. 시선은 탁자에 고정되어 있었다.

“나 케이크 먹을래.”

“그래라.”

레나테는 케이크 위에 씌워두었던 덮개를 치웠다.

“어떤 거 먹을래? 치즈크림 아니면 딸기케이크?”

“치즈크림! 크림 많이!”

루이자가 눈을 빛내며 외쳤다. 레나테는 루이자와 엠마에게 치즈크림케이크를 한 조각씩 덜어주고 엠마에게는 다즐링을 한 잔 따라주었다. 루이자는 정신없이 케이크를 입안에 밀어넣었다.

“하나 더.”

루이자가 입에 케이크를 가득 문 채 말했다.

“부탁할 때는 뭐라고 해야 하지?”

스크래블을 다 치운 요제프가 물었다.

“주세요.”

루이자가 장난스럽게 웃으며 말했다.

"작은 조각으로 주세요."

엠마가 시어머니에게 말했다.

"아냐, 큰 거! 큰 거 줘!"

그렇게 외치는 루이자의 입에서 케이크 한 조각이 튀어나왔다.

"어허, 공주님이 그게 뭐야? 교양 있는 공주님은 음식이 입에 들어 있는 채로 말하면 안 돼요."

요제프가 머리를 절레절레 흔들었다. 루이자는 눈치를 보는 표정으로 할아버지를 빤히 쳐다보았다. 하지만 할아버지가 웃음기 없는 얼굴로 계속 쳐다보자 입속에 든 것을 꿀꺽 삼켰다.

"치즈크림케이크 하나 더 주세요."

루이자가 할머니에게 접시를 내밀며 말했다. 그리고 동시에 응석을 부리듯 할아버지를 쳐다보았다. 엠마는 그런 딸을 보며 할 말이 없었다. 요제프는 루이자에게 눈을 찡긋하며 고개를 끄덕였다. 그러자 루이자의 얼굴은 바로 밝아졌다. 순간 엠마는 질투의 감정을 느끼지 않을 수 없었다.

엠마는 아무리 노력해도 딸에게 다가가기 힘들었다. 시댁에 들어온 뒤로는 더욱 그랬다. 루이자는 할아버지와 아빠 말에는 거의 맹목적으로 순종하면서도 엄마 말은 듣지 않아 엠마는 서열에서 밀려난 기분을 지울 수 없었다. 도대체 이유가 뭘까? 엄마로서의 권위가 떨어지나? 과연 무엇을 잘못하고 있는 것일까? 코리나 말로는 그 나이 또래 여자아이들은 아빠를 좋아하고 엄마와 마찰이 잦게 마련이라고 했다. 엠마도 자녀교육서에서 그런 얘기를 종종 읽긴 했지만 그렇다고 해서 마음이 아프지 않은 것은 아니다.

"자, 그럼 숙녀분들끼리 티타임 즐기십시오. 전 물러가겠습니다."

요제프가 스크래블 상자를 옆구리에 끼고 일어나더니 정중하게 절하는 시늉을 했다. 그것을 본 루이자는 까르르 웃음을 터뜨렸다.

"레나테, 엠마, 우리 공주님, 좋은 시간 되세요."

"할아버지, 이따가 동화책 읽어줄 거예요?"

"음, 오늘은 안 되겠는데. 지금 바로 나가 봐야 하거든. 내일 읽어주마."

"알았어요."

루이자는 할아버지의 말에 흔쾌히 대답했다. 한마디 말대꾸도 없었다. 만약 엠마가 그런 부탁을 거절했다면 생난리를 쳤을 것이다. 엠마는 마지막 남은 케이크 조각을 입에 집어넣으며 시아버지의 뒷모습을 빤히 쳐다보았다. 시아버지를 존경하고 좋아하지만 이럴 때면 자녀 교육에 완전히 실패한 엄마라는 느낌이 팍팍 들게 하는 시아버지가 원망스럽기도 했다.

온화한 대기는 벌들의 웅웅거리는 소리로 가득 차 있었다. 벌들은 테라스를 빙 둘러싼 화단과 장미 넝쿨 사이를 날아다니며 부지런히 꿀을 모았다. 멀리 공원 녹지에서는 잔디 깎는 소리와 함께 싱그러운 풀 냄새가 풍겨왔다.

"엠마, 지금 손님 명단 가지고 있니?"

시어머니 레나테의 목소리가 엠마의 우울한 상념 속으로 파고들었다.

"아이들을 만날 생각을 하니 얼마나 좋은지 모르겠다."

엠마는 가방에서 플라스틱 파일을 꺼내 시어머니에게 내밀었다. 코리나는 엠마에게 초대장 꾸미기와 발송, 확인 연락하는 일을 맡겼다. 엠마는 더 이상 손님이 아니라 가족의 일원으로 대우받는 것 같아 기분이 좋았다. 레나테는 엠마가 엑셀 파일에서 뽑아낸 명단을 훑어보며 참석할 것이 확인된 이름을 발견할 때마다 기뻐서 소리를 질렀다. 엠마에게는 그중 95퍼센트 정도가 완전히 낯선 이름이었지만 아이처럼 좋아하는 시어머니를 보니 왠지 모르게 가슴이 뭉클했다.

레나테는 시종일관 웃는 얼굴로 작은 일에도 행복해하는 사람이다. 하지만 삶의 부정적인 면은 너무도 자연스럽게 외면했다. 세상에서 무슨 일이 일어나는지 아무런 관심도 없었고, 신문이나 뉴스도 보지 않았다. 플로리안은 자기 어머니를 세상물정 모르는 순진한 할머니라고 표현했다. 어머니가 너무 피상적이어서 피곤하다고 서슴없이 말했다. 사실 시종일관 과장된 미소를 짓는 그녀를 대하는 것이 엠마 역시 쉽지만은 않았다. 하지만 잔소리와 불평을 입에 달고 사는 자신의 어머니보다는 낫다고 생각했다.

"세상에, 세월이 정말 빠르다, 얘. 다 커서 이미 어른이 됐는데도 난 이 이름들을 보면 아직도 아이 적 얼굴이 생각나지 뭐니."

레나테는 엠마의 손을 다독거렸다.

"너희들이 축제에 같이 있어줘서 얼마나 좋은지 몰라."

"저희도 그래요."

말은 그렇게 했지만 플로리안도 같은 생각일지는 자신이 없었다. 플로리안은 부모님이 큰 재산을 들여 일궈낸 이 사업에 별로 좋은 감정을 가지고 있지 않았다.

"안 돼!"

엠마는 막 커다란 케이크 조각에 손을 뻗는 루이자를 제지했다.

"네 접시에 아직 반이나 남아 있잖아."

"부드러운 것만 먹을 거야!"

루이자가 케이크를 우물거리며 항의했다.

"밑에 있는 빵도 먹어야 하는 거야. 아니면 그건 버려?"

그 말에 루이자는 입을 비쭉 내밀었다. 그리고 곧 다시 조르기 시작했다.

"나 케이크 먹을래!"

"아가, 이미 큰 거 두 조각이나 먹었잖아."

레나테가 아이를 달랬다.

"그래도 먹을래!"

루이자는 욕심이 가득 찬 눈빛으로 막무가내로 고집을 피웠다.

"안 돼, 그만 먹어! 조금 있으면 저녁 먹어야 해. 오늘 유치원에서 뭐 했는지 할머니에게 얘기해드려."

엠마가 아이의 손에서 접시를 뺏으며 말했다. 루이자는 고집스럽게 입을 앙다물었다. 그리고 곧 정말 케이크를 더 먹을 수 없다는 것을 깨닫자 울음을 터뜨렸다. 그러더니 의자에서 내려와 잔뜩 화가 난 얼굴로 주위를 두리번거렸다.

"안 돼. 하지 마!"

엠마가 큰 소리로 야단쳤지만 루이자는 돌 위에 얹혀 있는 작은 조류용 사기 물통을 발로 밟아버렸다.

"아유, 그 귀한걸!"

시어머니가 안타까운 듯 외쳤다. 루이자는 이미 다른 목표물, 꽃이 탐스럽게 핀 제라늄 화분을 노리고 그리로 다가가고 있었다. 엠마는 얼른 딸의 팔을 붙잡았다. 루이자는 팔을 빼려고 버둥거리며 유리창이 깨질 듯한 고음으로 소리를 질러댔다. 그리고 닥치는 대로 발로 차고 팔을 내둘렀다. 가끔씩 성질을 부릴 때는 있지만 이런 적은 처음이라 엠마는 당황하지 않을 수 없었다.

"케이크! 케이크 먹을 거야!"

루이자는 얼굴이 시뻘게져서 정신 나간 사람처럼 울부짖었다. 그러다 눈물을 철철 흘리며 바닥에 냅다 누워버렸다.

"이게 무슨 짓이야? 그만두지 못해? 너 진정할 때까지 2층에 좀 가 있자."

"엄마 나빠! 엄마 나빠! 케이크! 케이크 줘!"

"저렇게 달라는데 케이크 한 조각 더 주자."

레나테가 끼어들었다.

"절대 안 돼요!"

엠마가 서슬 퍼런 눈으로 딱 잘라 말했다. 옆에서 이렇게 도와주지 않는데 어떻게 아이를 교육시킨단 말인가?

"케이크! 케이크! 케이크으으으!"

아이는 얼굴이 점점 더 빨개지며 숨이 넘어갈 듯 소리를 질렀다. 엠마는 인내심을 잃기 일보직전이었다.

"그만 애 데리고 올라갈게요. 뭐 때문인지 요즘 계속 이러네요."

엠마는 빽빽 소리를 지르며 우는 아이를 억지로 끌고 집으로 들어갔다. 오후의 한가로움은 이미 온데간데없었다.

*

평범한 일상이 반복되다 보면 그날이 어떤 날인지 기억하기가 쉽지 않다. 대부분의 사람들은 그런 날들을 그냥 흘려보내고 생일이나 명절, 그 밖의 특별한 날만을 기억하며 그것이 지나온 삶의 전부인 양 생각한다. 그래서 피아는 몇 년 전부터 일기를 쓰기 시작했다. 그날 무슨 일이 있었는지 짤막하게 요약해서 적어놓는 것이다. 가끔은 별로 대수롭지 않은 일을 적어놓은 것을 보고 혼자 웃기도 하지만 하루하루를 헛되게 보내지 않고 의식적으로 산다는 기분이 들어 나름 만족스럽다.

피아는 반대편에서 내려오는 트랙터에게 길을 비켜주기 위해 브레이크를 밟으며 오른쪽으로 차를 붙였다. 피아가 손을 들어 인사하자 한스 게오르크도 손을 들어 화답했다. 한스 게오르크는 윗마을 리더바흐에서 목장을 운영하는 농부로, 피아는 매번 그에게서 압축 건초를 구입한다.

요즘 같은 때는 일기장에 쓸 말이 별로 없다. 뭐라고 써야 한단 말인가? '소녀의 시체 발견. 말 안 듣는 고등학생 심문. 12시에서 4시까지 부검. 제보 전화를 126통 받았으나 하나같이 쓸모없음. 귀찮게 하는 기자들 따돌림. 하루 종일 빈속으로 다님. 카트린 파싱어 달램. 저녁에 잔디 깎았음.' 말도 안 된다.

비르켄호프에 도착한 피아는 차에서 내려 문을 열지 않고 리모컨을 눌렀다. 녹색 대문이 스르르 열렸다. 이것은 프랑크푸르트 시가 오랫동안 고집하던 철거 명령을 철회한 뒤 집수리를 하면서 새로 장만한 장치다. 열린 창문으로 싱그러운 풀 냄새가 들어왔다. 크리스토프가 선수를 친 모양이다. 자갈이 깔려 있는 진입로 왼쪽으로는 자작나무 집이라는 뜻의 비르켄호프라는 이름이 무색하지 않게 자작나무가 죽 늘어서 있는데 그쪽 잔디밭은 깨끗하게 정리되어 있었다.

엘할텐에 있는 라벤호프를 사지 않은 것은 잘한 일이었다. 그 오래된 목장을 수리하려고 들었으면 정말 죽을 때까지 못 갚을 정도의 빚더미에 올라앉았을 것이다. 마침 작년 여름 시청 도시계획과에서 비르켄호프 증축 허가가 나왔기 때문에 오두막 수준이긴 하지만 이곳을 고쳐보는 게 낫겠다는 결정을 내렸다.

피아는 차고 앞에 차를 세웠다. 건물 보수용 구조물, 건축 쓰레기, 뜯긴 바닥, 페인트통과 시멘트통 사이에서 10개월 넘게 산 끝에 드디어 몇 주 전 공사가 마무리되었다. 집은 한 층이 높아졌고 새 지붕과 새 창문이 생겼다. 벽에는 단열재를 넣었고, 주기적으로 전기세 폭탄을 안겨주던 전기 보일러 대신 제대로 된 난방장치도 설치했다. 그래서 이제는 현대적인 열교환기와 지붕 위에 설치된 태양 전지판이 난방과 온수를 담당한다. 피아는 이 장치를 갖추기 위해 무리하게 대출을 받아야 했지만 드디어 제대로 된 집의 모습을 갖추게 되어 기뻤다. 바트조덴의 집이 팔린 후 창고에 보관하고 있던 크리스토프의 가구들도 답답한 어둠에서 풀려났다.

힘든 하루를 마친 피아는 어서 씻고 식사를 한 다음 테라스에서 와인 한 잔 마시고 싶은 생각이 간절했다. 말들은 아직 울타리 안에 있는데 대문이 활짝 열려 있었다. 그런데 개들의 모습은 어디에도 보이지 않았다. 멀리서 트랙터 소리가 나는 것을 보니 크리스토프는 들판 뒤쪽에 개들과 함께 있는 것 같았다. 그때 낯익은 빨간 트랙터가 나타났다. 운전석 옆자리에 앉아 있던 금발의 조그만 아이가 피아를 보더니 양팔을 내두르며 방방 뛰었다.

"피이이이아! 피아!"

아이의 높은 목소리는 시끄러운 모터 소리를 뚫고 울려 퍼졌다. 헉! 하루 종일 정신없이 일에 매달리다 보니 오늘 릴리가 온다는 사실을 까맣게 잊고 있었다. 피아는 그리 반가운 마음이 들지 않았다. 이제 조용하게 와인 한잔하기는 글렀다.

크리스토프는 호두나무 밑에서 트랙터를 멈추었다. 릴리는 원숭이처럼 잽싸게 내려오더니 피아에게 달려왔다.

"피아! 피아! 보고 싶었어요! 독일에 와서 진짜 좋아요!"

릴리는 주근깨가 있는 얼굴에 함박웃음을 지으며 반갑게 외쳤다.

"그래, 나도 좋아죽겠다."

피아는 혼잣말을 하고는 달려오는 아이를 안았다.

"비르켄호프에 온 걸 환영한다, 릴리."

릴리는 피아의 목에 팔을 두르고 얼굴을 부볐다. 정말 순수하게 기뻐하는 아이를 보니 피아는 왠지 가슴이 뭉클했다.

"여기 진짜 좋아요. 개들도 진짜 귀엽고 말도 귀엽고 나무도 많고 우리 집보다 훨씬 좋아요!"

릴리는 지칠 줄 모르고 재잘거렸다.

"그래? 마음에 든다니 다행이네. 네 방은 어때? 마음에 드니?"

"네!"

릴리는 양손으로 피아의 손을 꼭 잡고 흔들었다.

"우리 맨날 스카이프 하니까 꼭 가족 같죠, 응? 난 그래서 진짜 좋은 것 같아요. 집에 가고 싶은 생각도 안 들 것 같아요."

크리스토프가 마당을 지나 그들에게 다가왔다. 개들은 혀를 땅바닥까지 늘어뜨린 채 그 뒤를 따랐다.

"나, 할아버지랑 같이 트랙터 타고 빙 돌았어요. 그런데 개들이 계속 따라왔어요. 그리고 말들을 울타리 안에 몰아넣고 할아버지가 맛있는 요리도 해줬어요. 내가 제일 좋아하는 미트볼이었는데, 내가 생각했던 거랑 똑같았어요!"

릴리는 눈을 동그랗게 뜨고 손으로 배를 쓰다듬었다. 그 모습을 본 피아는 소리 내 웃지 않을 수 없었다. 피아는 웃음기가 가시지 않은 얼굴로 크리스토프에게 시선을 돌렸다.

"할아버지, 그 맛있는 요리 내 몫도 좀 남겨놨어요? 배고파 죽겠어요."

*

　드디어 루이자가 잠들었다. 두 시간 동안 방 한구석에 웅크리고 앉아 엄지손가락을 입에 넣고 빨면서 멍하니 허공을 바라보다가 엠마가 손대려고 하면 마구 발길질을 해댔다. 그러다 어느 순간 꾸벅꾸벅 졸기 시작했다. 엠마는 지쳐 잠든 아이를 안아 침대에 눕혔다. 조금 전에 화가 나서 어쩔 줄 모르던 모습보다 엠마에게는 이런 모습이 더 낯설고 무서웠다. 엠마는 아이가 울면 들을 수 있는 베이비폰을 옆구리에 끼고 집을 나섰다. 코리나와 회의하기로 한 시간은 7시지만 그전에 시아버지와 루이자에 대해 이야기를 나누고 싶었다. 어쩌면 시아버지가 조언을 해줄 수 있을지도 모른다.

　시부모가 사는 1층으로 내려가니 현관문이 살짝 열려 있었다. 엠마는 문을 두드린 다음 안으로 들어갔다. 더위 때문에 창문 앞의 덧문은 모두 내려져 있었다. 어스름한 빛 속의 실내는 기분 좋을 정도로 시원했다. 공기 중에는 갓 내린 커피 향이 감돌았다.

　“계세요? 어머님? 아버님?”

　아무 대답도 들리지 않았다. 아직 테라스에 있는지도 모른다.

　엠마는 현관에 있는 커다란 거울에 비친 자신의 모습을 보고 깜짝 놀랐다. 흘러내린 땀에 축축하게 젖은 머리카락, 땀과 피지로 번들거리는 벌건 얼굴을 보니 저절로 인상이 찌푸려졌다. 엉덩이와 허벅지는 원래 고민하던 부위였지만 옷으로 가릴 수 있었는데 이제는 코끼리처럼 뚱뚱해져서 가려지지도 않는다. 거기다 다리는 더위에 통통 부어올랐다. 엠마는 절망적인 표정으로 엉덩이를 쓸어내렸다. 플로리안이 몇 달째 잠자리를 함께하고 싶은 생각이 없어 보이는 것도 이해가 됐다.

갑자기 두런두런 말하는 소리가 들려 엠마는 귀를 쫑긋 세웠다. 보통 남의 말을 엿듣거나 하지는 않지만 얘기하는 사람들의 목소리가 너무 커서 듣지 않을 도리가 없었다. 그때 문 하나가 열리며 코리나의 목소리가 들렸다. 평소와 달리 무척 흥분한 목소리였다.

"……축제 준비고 뭐고 다 때려치울 거예요!"

시아버지가 뭐라고 대꾸했지만 그 말은 잘 들리지 않았다.

"그게 무슨 상관이에요? 제가 제발 좀 적당히 하라고 몇 번이나 일렀는지 몰라요. 정말 이젠 너무 지겨워요. 안 그래도 할 일이 많아 죽겠는데!"

코리나가 매섭게 쏘아붙였다.

"코리나, 잠깐만!"

시아버지가 급하게 부르는 소리가 들리고, 서둘러 나오는 코리나의 발소리가 났다. 엠마는 어디로든 피하고 싶었지만 그러기엔 너무 늦었다.

"어머나, 엠마!"

코리나가 묘한 눈빛으로 엠마를 쳐다보았다. 엠마는 멋쩍게 웃으며 문 밖에서 대화를 엿들었다고 생각하지 않기를 바랐다.

"좀 일찍 왔는데 소리가 들려서 벌써 시작했나 했어요."

"그래, 잘했어. 일찍 왔으니까 우리 둘이 먼저 손님 명단하고 좌석 배정 훑어보자. 테라스로 나갈까?"

코리나는 언제 그랬냐는 듯 쾌활한 얼굴로 돌아왔다. 엠마는 마음이 놓여 웃으며 고개를 끄덕였다. 코리나가 왜 그렇게 화를 냈는지 알고 싶었지만 정말 엿들었다고 생각할까 봐 물어볼 수 없었다. 엠마는 테라스로 걸어가며 시아버지의 서재를 돌아보았다. 시아버지는 책상 앞에 앉아 두 손으로 얼굴을 가리고 있었다.

호프하임 경찰서 대기실은 팽팽한 긴장감으로 가득 차 있었다. 주말 동안 전화벨이 끊임없이 울려댔다. 수백 통의 시민 제보 전화가 있었고, 그중 열댓 명은 죽은 소녀를 봤다고 했다. 몇 건은 꽤 신빙성 있어 보였지만 막상 조사를 해보면 금세 사실이 아닌 것으로 드러났다. 실종 신고도 들어오지 않았고 쓸 만한 단서는 눈을 씻고 봐도 없었다. '인어공주' 사건은 금요일과 다를 바 없는 정체 상태였다. 시간이 갈수록 사건이 해결될 가능성은 옅어져갔다.

피아는 대기실에 모여 있는 사람들에게 부검 결과를 요약해 보고했다.

"피해자는 16세 내지 17세로 추정됩니다. 온몸에 다양한 상처의 흔적이 있는데 장기간에 걸쳐 심각한 학대를 당한 것으로 보입니다. 상처를 의사에게 보인 적은 없습니다. 예를 들어 상박, 하박, 쇄골의 골절이 잘못된 위치에서 치유된 흔적이 있습니다."

빠르게 주워섬기는 말 속에 숨겨진 사건의 잔인성은 말로 다할 수 없는 것이었다.

"몸통과 팔다리에서도 여러 개의 상처가 발견됐고, 성적 학대를 당한 것으로 보이며, 담뱃불로 지진 흔적도 있습니다. 그 밖에 비타민 D 결핍 현상이 두드러지는데요. 유난히 창백한 피부색, 뼈 구조에서 보이는 구루병 증상에서 알 수 있습니다. 즉, 피해자는 장기간 햇빛에 노출되지 않은 것으로 보입니다."

"물속에 얼마나 있었던 겁니까?"

다른 계 소속의 동료가 물었다. 현재 맡고 있는 사건이 없는 동료들은 소속에 상관없이 이번 작전에 모두 동원되었다.

"물속에 있었던 시간은 12시간에서 24시간 정도로 보입니다. 사망 시간은 정확히 밝혀지지 않았는데, 길어 봐야 시체가 발견되기 이틀 전으로 추정됩니다."

피아가 보고하는 동안 오스터만은 시체와 현장 사진만 붙어 있는 칠판에 짤막하게 요점을 정리해 적었다.

"사망 원인은 익사입니다. 하지만 가슴과 배에 가해진 폭력의 정도로 볼 때 살아날 가망은 없었습니다. 부검 결과 간, 비장, 방광에 파열이 일어나 심한 복강 출혈이 있었던 것으로 드러났습니다. 익사하지 않았더라도 내출혈로 죽었을 거라는 얘깁니다."

옆방에서 들리는 희미한 전화벨 소리뿐, 대기실 안은 쥐죽은 듯 조용했다. 24명의 남직원과 5명의 여직원 얼굴에서 피아는 당황스러움, 경악, 증오를 읽을 수 있었다. 피아 자신이 느꼈던 것과 똑같았다. 욱하는 감정의 결과로 저질러진 끔찍한 범죄들을 대하는 것도 쉽지 않지만 죽은 소녀가 수년간에 걸쳐 당했을 고통을 상상하는 것은 더욱 쉽지 않았다. 직원들 중에는 자녀를 둔 아버지도 많았다. 그들에게는 사건과 객관적 거리를 두는 것이 더 어려울 것이다.

"그런데 이 사건의 수수께끼는 피해자가 마인 강에 빠져 죽은 게 아니라 염소로 소독한 물에 빠져 죽었다는 겁니다. 정확한 검사 결과는 좀 더 기다려야 합니다. 질문 있으세요?"

피아는 보고를 마치고 물었다. 사람들은 고개를 젓거나 침묵했다. 질문은 없었다. 피아는 자기 자리에 앉았다. 오스터만이 바통을 이어받았다.

"피해자가 입고 있던 옷은 저가의 SPA 브랜드 옷이었습니다. 대량 생산되는 제품으로 언제 어디서 누구에게 샀는지 도저히 추적할 길이 없습니다. 치아 상태도 나와 있지 않습니다. 한 번도 치과에 간 적이 없다는 얘기죠. 위장 안에 남아 있는 내용물도 그 수상한 천 조각을 제외하면 단서가 될 만한 것이 전혀 없습니다. 손에 쥔 게 거의 없다고 봐야 하는 상황입니다."

"그런데 언론에서는 9년 전 사건과 비교하면서 계속 압력을 넣고 있어요. 그게 무슨 사건인지는 다들 알죠?"

피아가 덧붙여 말했다. 사람들은 말없이 고개를 주억거렸다.

9년 전 뵈르트슈피체 공원을 지나는 마인 강 지류에서 중동 출신으로 보이는 소녀의 시체가 발견됐다. 표범 무늬 침대 시트에 돌돌 말린 채 파라솔 기둥을 받치는 무거운 추에 매달려 있었다. 당시 특별수사본부 '표범'은 죽은 소녀의 신원을 밝혀내려고 갖은 애를 썼다. 수사관들이 아프가니스탄, 파키스탄, 북인도까지 파견됐고 전국 방방곡곡에 수배 포스터가 나붙었지만 현상금이 꽤 높았는데도 끝까지 찾아내지 못했다.

"향후 계획은 어떻게 되죠?"

니콜라 엥엘이 물었다. 보덴슈타인이 기침을 한 후 대답했다.

"피해자가 어디 출신인지, 그동안 어디서 머물렀는지 알기 위해 동위원소 분석을 의뢰할 생각입니다. 그게 밝혀지면 수사에 큰 진전이 있을 것으로 기대하고 있습니다. 그리고 시체가 어디서 떠내려왔는지 알기 위해서 마인 강의 조류 분석을 해볼 생각입니다."

"그건 제가 이미 신청했습니다. 바로 필요할 것 같아서요."

크리스티안 크뢰거가 말했다. 보덴슈타인은 고개를 끄덕였다.

"그럼, 그건 됐네요. 당분간은 지금까지처럼 계속할 겁니다. 언론과 접촉하면서 시민들의 제보를 기다리는 거죠. 그러다 보면 분명히 쓸 만한 단서가 잡힐 겁니다."

"알았어요."

니콜라 엥엘은 수긍의 뜻으로 고개를 끄덕였다.

"시체 옆에서 발견된 학생들은 어떻게 됐죠?"

"어제 그 남학생과 얘기했는데 전혀 기억이 안 난대요. 필름이 완전히 끊겼나 봐요. 혈중알코올농도 0.33퍼센트면 말 다했죠, 뭐."

이번에는 피아가 대답했다.

"다른 학생들은 뭐라고 해요?"

"시체를 전혀 보지 못했대요. 그런데 그중 두 명은 만취 상태가 아니었거든요. 제 생각엔 거짓말하는 게 분명해요. 하지만 뭔가 수사에 도움이 될 만한 것은 보지 못한 것 같아요. 그저 우연히 같은 장소에서 발견된 것 같아요."

그때 피아의 휴대전화가 진동음을 냈다.

"실례할게요."

피아는 전화를 받으며 밖으로 나갔다.

"아, 헤닝. 무슨 일이야?"

"피해자의 위에서 나온 천 조각 말이야."

헤닝은 역시나 인사 한마디 없이 바로 용건으로 들어갔다.

"면과 스판덱스로 이루어진 섬유인데 아마 배가 고파서 먹은 것 같아. 그거 말고는 위나 장에서 아무것도 발견된 게 없거든. 천 조각 몇 개는 잘 펴지더라고. 수사에 도움이 될 것 같아서 보내주려고. 이메일 첨부 파일로 보낼게."

회의가 끝나 가는 중이었기 때문에 피아는 사무실로 올라가 책상 앞에 앉았다. 그리고 메일함으로 들어가 헤닝의 메일을 열었다. 서버에서 파일을 다운받는 동안 피아는 초조하게 손가락으로 자판 언저리를 두드렸다. 헤닝은 이번에도 파일 용량을 작게 만드는 배려는 건너뛰었기 때문에 5.3메가바이트짜리 파일 세 개를 받는 데 시간이 한참 걸렸다. 드디어 사진이 열렸다. 피아는 멍청히 화면을 들여다보았다.

그때 카트린 파싱어와 오스터만이 사무실로 들어왔다.

"뭐야?"

오스터만이 궁금한 듯 등 뒤에 와서 함께 화면을 들여다보았다.

"헤닝이 피해자의 위장 속에 있던 천 조각을 찍어서 보냈는데 뭐가 뭔지 알아볼 수 있어야지."

"어디 내가 한번 볼게."

피아는 오스터만이 키보드와 마우스를 사용할 수 있도록 의자를 굴려 뒤로 물러났다. 오스터만이 사진을 작게 만들자 세 사람은 머리를 맞대고 화면을 들여다보았다.

"가장 큰 조각은 가로 7센티미터 세로 4센티미터야. 알파벳인데! 분홍색 바탕에 흰색 글씨가 박혀 있어."

오스터만이 설명했다. 피아와 카트린은 모니터에 얼굴을 바짝 갖다 댔다.

“이건 S 아니에요? 그다음은 I, 이건 N 아니면 M, 그리고 이건 D 아니면 P인 것 같아요.”

카트린이 말했다.

“그리고 이건 O.”

오스터만이 덧붙였다. 피아는 메모지에 ‘S-I-N(M)-D(P)-O’라고 썼다.

오스터만이 사진에 붙어 있는 헤닝의 메모를 읽었다.

“위산 때문에 섬유 조직이 해졌음. 타인의 DNA는 발견되지 않았고 이를 사용한 흔적도 없음. 손으로 찢거나 가위로 자른 것으로 보임.”

“그런데 어쩌다가 위장 속에 들어갔을까?”

카트린이 혼잣말처럼 중얼거렸다.

“헤닝 말로는 배가 고파서 먹었을 거라는데.”

“말도 안 돼요. 아무리 배가 고파도 그렇지 천을 먹는 사람이 어디 있어요? 그건 도저히 이해가 안 되는데요.”

피아의 말에 카트린은 오만상을 찡그렸다.

“누군가 강제로 먹였을 수도 있지. 그 아이가 죽기 전에 당한 일을 생각하면 그럴 가능성은 충분히 있어.”

오스터만이 다른 의견을 내놓았다. 그때 갑자기 복도가 소란스러워졌다.

“……그런 사소한 일로 지체할 시간 없어.”

보덴슈타인의 목소리가 들리더니 잠시 후 보덴슈타인이 문가에 모습을 드러냈다.

“방금 꽤 신빙성 있어 보이는 제보가 들어왔어. 피아, 지금 바로 출발하지.”

그렇게 말하는 보덴슈타인 뒤로 프랑크 벤케가 나타났다.

"내부감사팀의 공식적인 감사 업무를 사소한 일이라고 표현해도 될까요, 폰 보덴슈타인 씨? 귀족이라고 그렇게 고자세로 나오시면 곤란합니다. 그 뒷감당을 어떻게 하려고 그러시나?"

벤케가 저 잘난 맛에 이죽거렸다. 보덴슈타인은 뒤로 홱 돌아서 더니 머리 하나만큼이나 키가 작은 벤케를 한참 위에서 내려다보 며 차갑게 말했다.

"자네 협박이 내게 통할 줄 알았나? 지금 맡고 있는 사건이 끝나 면 그 중요한 법정에 서주지. 미안하지만 그전엔 시간 없어."

벤케는 얼굴이 붉으락푸르락해져서는 시선을 이리저리 돌리다가 그제야 옛 동료들을 알아보았다.

"오랜만이네요, 벤케 선배. 새로운 위장술이에요? 멋진데요."

카트린이 비꼬았다. 벤케는 원래부터 여자 동료들과 원만히 지내 지 못했다. 특히 자신과 동등하거나 더 능력 있는 여자들을 질색했 다. 그중에서도 카트린 파싱어는 단연 벤케의 주적이라 할 만했다. 벤케가 정직당한 것도 카트린이 벤케의 공격을 받은 이후 벤케를 신체상해로 고소했기 때문이었다.

벤케의 욱하는 성질은 여전히 그의 약점으로 남아 있었다.

"너 두고 봐라! 너희 모두 마찬가지야! 내가 가만히 안 둘 테니 두고 봐."

벤케는 보는 눈도 의식하지 않고 경솔한 언사를 서슴지 않았다.

"자기 동료를 염탐하는 놈들이 대체 어떤 놈들인가 했는데 이제 알겠네. 지난 일에 연연하고 열등감에 남의 등이나 치는 간사한 인 간들이었네. 한마디로 형편없는 쓰레기네."

카트린이 역겹다는 듯 말했다.

“너 그렇게 말한 거 언젠가는 후회할 줄 알아.”

벤케는 화가 나서 이를 바득바득 갈았다. 그러나 자신이 너무 속내를 내보였다는 것을 깨닫고는 바로 뒤돌아 성큼성큼 가버렸다.

“그런 말은 안 해도 되는 말이었잖아. 문제 될 말을 왜 해?”

보덴슈타인이 막내 팀원을 나무랐다.

“죄송해요, 반장님.”

카트린은 그렇게 말했지만 전혀 죄송한 표정이 아니었다.

“하지만 함부로 절 어떻게 하지는 못할걸요. 그러기엔 제가 너무 많은 것을 알고 있거든요. 옛날의 벤케, 그리고…… 에릭 레싱에 대해서요.”

카트린의 수수께끼 같은 말에 보덴슈타인은 순간 움찔하더니 눈썹을 추켜세웠다.

“그 얘긴 나중에 하지.”

보덴슈타인이 경고하듯 말했다.

“좋아요. 못 할 것도 없죠.”

카트린은 손을 바지 뒷주머니에 꽂으며 공격적으로 턱을 쑥 내밀었다.

*

“하고 싶은 대로 못 하게 하니까 화를 내지. 그 나이 때 아이들은 다 그래. 가끔씩 그렇게 고집도 부리고 하는 거야.”

플로리안은 의자에서 일어나 빈 커피 잔을 개수대에 넣었다.

“엠마, 너무 심각하게 받아들이지 마. 오늘은 완전히 정상으로 돌아왔잖아. 안 그래?”

엠마는 회의적인 눈빛으로 남편을 쳐다보았다.

"응, 언제 그랬냐는 듯이."

"그것 봐. 다 때가 있는 거라니까. 우리 셋 다 힘든 때인 것 같아."

플로리안이 아내를 품에 안으며 말했다. 엠마는 남편의 허리에 팔을 두르고 그의 가슴에 기댔다. 이런 애정 표현은 정말 오랜만이다. 앞으로 아기가 태어나면 더 줄어들지도 모른다.

"어디로 여행 한번 가자. 당신, 나, 루이자 이렇게 셋이서만."

"그럴 시간이 돼?"

뜻밖의 말에 놀라 엠마가 물었다.

"나흘이나 닷새 정도는 뺄 수 있을 거야. 10개월째 휴가를 한 번도 안 썼잖아. 그동안 내가 당신한테 너무 소홀했어."

"알긴 아네."

엠마가 픽 웃었다.

"그게 말이지……."

그는 잠시 말을 멈추고 적당한 표현을 찾았다.

"당신은 여기가 마음에 드는 거 알아. 그런데 난 말이지……. 갑자기 부모님 댁에 사니까 폐소공포증에 걸릴 것 같아."

"그냥 당분간만 머무는 거잖아."

엠마는 본심을 숨기고 말했다. 플로리안은 회의적인 눈빛을 보냈다.

"정말 그렇게 생각해?"

"그래, 여기가 마음에 드는 건 사실이야. 하지만 당신이 이상한 기분 드는 것도 이해해. 당신이 다시 외국에서 일하게 되면 나랑 아이들은 여기 있어야 하겠지만 독일에서 일자리를 찾으면 우리가 살 데를 찾아야겠지."

플로리안은 비로소 미소를 지었다. 꽤 마음이 놓인 표정이다.

"이해해줘서 고마워. 어떻게 될지 알려면 아직 좀 기다려야 하니까 그때 가서 계획을 세우자고."

플로리안은 침실로 가서 짐을 챙겼다. 강연을 하러 옛 동독 지역으로 떠나야 하기 때문이다. 남편이 다시 며칠 집을 비우게 됐지만 엠마는 오랜만에 마음이 편했다. 그녀는 두 손을 부른 배 위에 가만히 얹었다. 이제 5주만 있으면 아이가 태어난다.

플로리안은 몇 주째 꼭 필요한 말 말고는 하지 않았다. 그런데 부모님 집에서 사는 게 싫다는 말로 드디어 속마음을 털어놓았다. 이제 다 잘될 거다. 30분 후 플로리안은 준비를 마치고 나왔다. 엠마는 남편을 꼭 잡고 놓아주기 싫은 마음을 누르고 그를 배웅했다.

"도착하면 전화할게."

"그래, 잘 다녀와."

"응, 당신도 몸조심하고."

잠시 후 쿵쾅거리며 그가 나무 계단을 내려가는 소리가 나고 기름을 치지 않아 삐걱거리는 현관문이 열렸다가 가벼운 압력과 함께 닫히는 소리가 들렸다. 엠마는 한숨을 푹 쉬고는 세탁실로 발걸음을 옮겼다. 어쩌면 엠마가 신경이 예민해진 것인지도 모른다. 코리나의 말대로 이 상황은 플로리안에게 절대 편하지 않을 것이다. 하지만 일단 아기가 태어나면…….

엠마는 세탁실 문을 열고 벽에 붙어 있는 구식 다이얼을 돌려 불을 켰다. 형광등 불빛 말고 창문으로도 햇빛이 들어왔다. 한쪽에 세탁기와 건조기가 있고 빨랫줄이 세탁실을 가로지르며 처져 있는 세탁실에서는 세제와 섬유 유연제 냄새가 났다. 엠마는 흰 빨래, 검은 빨래, 조심해서 빨아야 할 것, 더운 물에 빨아야 할 것을 나누면서 플로리안과 처음 만났을 때를 떠올렸다. 만리타향에서 둘 다 타우누스 출신이라는 것을 우연히 알게 됐을 때 두 사람은 서로 가깝다는 착각에 빠졌다. 그러나 사실 둘 사이에 그런 친숙함이 있었던 적은 한 번도 없었다. 서로를 천천히 알아갈 시간조차 없었다. 몇 주 뒤 두 사람은 캠프에서 급히 결혼식을 올렸다. 엠마가 임신한 데다 플로리안이 급히 인도로 떠나야 했기 때문이다. 그 후 그들은 수개월간 이메일로 서로의 안부를 주고받았다. 엠마는 그의 유려한 문체, 비판적 사고, 다정한 말들, 달콤한 연애감정과 사랑에 빠졌다. 그는 그녀가 마음을 터놓을 수 있는 상대이며 오래전부터 알았던 것처럼 친밀하게 느껴진다고 썼다. 그러나 막상 눈앞에 대하고 보면 완전히 다른 사람이었다. 대화는 매번 겉돌았고 이메일에서 느꼈던 깊이와 절절함은 찾아볼 수 없었다. 그녀는 그를 대할 때마다 약을 먹은 뒤 남는 쓴맛 같은 실망감을 지울 수 없었다. 그와 더 가까워지고 싶은 욕심에 그를 압박하거나 힘들게 하는 것은 아닌지 막연한 두려움에 시달렸고 선뜻 애정 표현을 하지 못했다. 그들의 포옹은 그녀가 원하는 만큼 길게 이어진 적이 없었다. 그가 금방이라도 포옹을 풀고 다시 거리감을 둘 것 같은 생각에 그녀는 그 순간을 즐길 수 없었다. 그는 그녀가 온몸으로 원하던 안정감, 보호받고 있다는 느낌을 단 한 번도 주지 못했다.

엠마는 시간이 지나면 달라질 것이라고 믿었다. 그녀에게 마음을 열고 그녀가 원하는 것이 무엇인지 알아줄 것이라고 기대했지만 그는 변하지 않았다. 그리고 시댁에서 살게 된 뒤로는 더욱 알 수 없는 사람이 되었다.

"아, 내가 생각이 너무 많은 거야. 원래 그런 사람인걸, 뭐."

엠마는 자신을 나무라며 청바지를 뒤집었다. 그리고 동전이나,

휴지, 열쇠가 들어 있는지 보려고 바지 주머니를 뒤졌다. 뭔가 매끈한 것이 손에 만져졌다. 엠마는 그것을 꺼내 손바닥 위에 놓고 한참을 들여다보았다. 그녀의 이성은 그게 무엇을 의미하는지 알고 싶어 하지 않았다. 얼굴이 달아올랐다. 이마에선 진땀이 났고 심장이 오그라드는 것 같았다. 그러다 결국 눈물이 솟구쳤다.

청천벽력 같은 깨달음 속에서 그녀의 세계는 힘없이 무너져 내렸다. 그녀의 손안에는 뜯긴 콘돔 봉지가 놓여 있었고, 그 속에는 아무것도 들어 있지 않았다.

*

"안녕하세요, 헤르츠만 부인. 휴대전화가 꺼져 있어서 집으로 전화드려요. 늦어도 좋으니까 꼭 전화주세요. 중요한 일이니까 꼭 부탁드릴게요."

레오니 베르게스는 이제껏 한나에게 전화한 적이 한 번도 없었다. 한나는 너무 지쳐서 시원한 맥주를 한 잔 마시고 침대로 기어 들어가고 싶은 생각이 간절했지만 녹음된 목소리에서 느껴지는 다급함에 바로 전화를 걸지 않을 수 없었다. 레오니 베르게스는 막 수화기를 들려는 참이었는지 신호가 가자마자 전화를 받았다.

"헤르츠만 부인, 너무 늦은 시간에 전화드렸죠……."

레오니 베르게스는 자신이 건 전화가 아니라는 데 생각이 미쳤는지 바로 말을 중단했다.

"아, 제 말은…… 전화주셔서 고마워요."

"무슨 일 있어요?"

한나에게 심리상담사 베르게스는 감정의 흔들림이 없는 침착한 사람이었다. 20년 사이에 네 번이나 이혼한 경험이 삶에 미치는 파장은 생각보다 훨씬 컸다. 그래서 빈첸츠와 헤어진 후 심리상담을 받기로 결심했다. 하지만 절대 다른 사람들이 알아서는 안 됐다. 만약 황색신문에서 눈치채면 그 다음 날 바로 대문짝만하게 가십기사가 나갈 것이 뻔했기 때문이다. 한나는 인터넷을 뒤지다 우연히 레오니 베르게스를 찾아냈다. 병원은 너무 가깝지도 너무 멀지도 않았고, 사진 속의 얼굴도 호감이 갔다. 전공도 한나가 처한 상황에 맞는 것 같았다.

이제까지 상담을 열두 번 받았는데, 한나는 과연 이런 방식이 자신에게 맞는지 회의가 들었다. 사실 어두운 과거를 들쑤시는 것은 그녀가 사는 방식과 달랐다. 그녀는 현재의 삶에 충실하면서 앞날을 준비하는 사람이다. 지난번 상담 때 더 이상은 상담을 원하지 않는다고 말할 생각이었는데, 마지막 순간에 마음을 바꾸었다.

"아니요……. 아니, 있어요. 어떻게 말을 해야 좋을지 모르겠네요……. 이게 상당히…… 민감한 문제라서요……. 혹시 저희 집으로 와주실 수 있겠어요?"

"지금요?"

한나는 충전하느라 거치대에 얹어 놓은 휴대전화를 보고 시간을 확인했다.

"10시가 다 됐는걸요. 무슨 일인데 그래요?"

한나는 다시 리더바흐까지 운전해서 가고 싶은 생각이 없었다.

"그게…… 그러니까…… 그게 말이죠……. 저널리스트로서 헤르츠만 부인이 매우 관심 있어 할 만한 일이에요. 더 이상은 전화로 얘기하기 좀 그래요."

베르게스는 마지막 문장을 말하면서 목소리를 잔뜩 낮추었다. 베르게스의 꾀바른 전략은 적중했다. 한나는 일부러 그런 줄 알면서도 파블로프의 개가 종소리를 듣고 반응하듯 귀가 쫑긋하는 것을 어쩔 수 없었다. 프로 저널리스트로서의 본능적 호기심은 피로보다 강했다.

"30분 정도 걸릴 거예요."

한나는 그렇게만 말하고 전화를 끊었다. 마이케는 더 이상 밖에 나갈 일이 없다며 흔쾌히 미니를 빌려주었다. 5분 뒤 한나는 미니를 돌려 진입로를 빠져나가고 있었다. 그녀는 차 지붕을 걷고 아이폰을 콘솔에 연결한 다음 듣고 싶은 음악을 골랐다. 한나는 조깅할 때나 운전할 때 말고는 음악을 듣지 않는다. 앙증맞은 차에 스피커는 거대한 하르만 카르돈(미국의 오디오기기 메이커_역주)을 달아놓아 지붕을 열어놓았는데도 소리가 우렁찼다.

밤 시간이라 대기는 온화했으며 근처 숲에서는 매혹적인 향기가 마구 뿜어져나왔다. 어느새 피로는 씻은 듯 날아가고 없었다. 프레디 머큐리, 세기의 천재 가수가 노래를 부르기 시작했다. 한나는 등줄기에 흐르는 전율을 느끼며 귀청이 떨어져라 볼륨을 높였다. Love don't give no compensation, love don't pay no bills, love don't give no indication, love just won't stand still, love kills, drills you through your heart…….

미니는 수년간 덕지덕지 기워서 퀼트 이불을 연상시키는 길을 덜커덩거리며 내려갔다. 큰길로 나온 한나는 왼쪽으로 핸들을 꺾으며 중얼거렸다.

"어디 무슨 일인지 한번 가볼까?"

그리고 천천히 액셀을 밟았다.

＊

오후 내내 카트린 파싱어가 한 말이 피아의 머릿속에서 떠나지 않았다. 카트린은 어디서 벤케의 과거를 알아냈을까? 보덴슈타인 반장이 무슨 말을 해주지 않을까 기대했지만 아쉽게 한마디도 하지 않았다. 피아는 지난번 법의학연구소에 갈 때 잠깐 나왔던 말과 연관 있으리라는 심증만 가지고 있었다. 어쨌든 카트린이 그걸 어떻게 알아냈는지 너무나도 궁금했다.

9시 반쯤 집에 도착하니 릴리는 이미 잠들어 있었다. 피아는 신발을 벗고 냉장고에서 차가운 맥주를 꺼냈다. 크리스토프는 새로 만든 테라스에 앉아 있었다. 집수리를 하면서 집 뒤쪽에 새로 만든 테라스다. 피아는 오후 늦게 저녁식사 시간에 맞춰 가지 못할 것 같다고 전화를 했었다.

"나 왔어요."

피아는 크리스토프의 뺨에 입을 맞추었다.

"어, 왔어?"

크리스토프는 읽던 책을 내려놓고 돋보기안경을 벗었다. 옆에는 신문 더미와 컴퓨터에서 뽑아낸 자료들이 쌓여 있었다.

"그건 뭐예요?"

피아는 긴 의자에 앉아 머리 고무줄을 빼고 다리를 뻗었다. 근처 고속도로에서 나는 소음도 이곳에서는 거의 들리지 않았다. 정원 너머로 보이는 사과 과수원의 풍경도 옛날 테라스보다 훨씬 멋졌다. 이웃한 엘리자베탄호프 소유의 과수원은 멀리 타우누스 산까지 뻗어 있었다. 귀뚜라미 소리가 귓가에 울리고, 어디선가 젖은 흙 냄새와 라벤더 향이 풍겨왔다.

“전공 잡지에 실을 논문인데 며칠째 계속 미루고 있었어. 원래는 내일까지 주기로 했는데 영 집중이 안 되네.”

크리스토프가 크게 하품을 하면서 말했다. 릴리 때문에 하루 종일 피곤했을 것은 보지 않아도 알 수 있었다. 그러나 정작 크리스토프의 말을 들어보니 상황이 그리 나빴던 것 같지는 않았다. 동물원에 데리고 가서 사육사 두 사람에게 맡겨놓았는데 얌전하게 잘 있었다는 것이다.

“그 사람들, 아직 살아 있어요?”

피아가 웃음기를 담아 물었다.

“그럼. 릴리를 아주 예뻐하던데.”

“당연하죠. 동물원장 손녀에게 나쁜 말 할 순 없잖아요.”

피아는 속으로 은근히 릴리를 말썽꾸러기로 낙인찍고 있었다. 물론 귀엽긴 하지만 사람을 귀찮게 하는 데 재능이 있는 건 확실했다.

“그런 사람들 아니야. 내가 동물원에서 독재를 하고 있는 것도 아니고.”

랜턴 속의 촛불이 흔들렸다. 자살의 유혹에 빠진 나방 세 마리가 촛불 주위에서 춤을 추었다. 개 네 마리는 낮 동안 뜨끈하게 달궈진 현무암 블록에 배를 깔고 엎드려 꾸벅꾸벅 졸았다. 검은 털을 가진 뚱뚱한 수고양이와 줄무늬가 있는 회색 암고양이가 개들 옆으로 다가갔다. 지난봄 갑자기 나타나 제 마음대로 비르켄호프를 집으로 삼은 암고양이는 개들에게 거리를 두고 구석에 앉았지만, 수고양이는 우아한 걸음걸이로 개들의 다리와 몸통 사이를 건너다니며 마음에 드는 자리를 찾다가 결국 허스키 잡종인 심바의 다리와 몸통 사이에 자리를 잡았다. 개가 낮게 으르렁댔지만 겁을 주기 위한 것이 아니라 기분이 좋아서 내는 소리였다. 이렇듯 특이한 동물 간의 우정을 지켜보는 피아의 얼굴에는 저절로 웃음이 번졌다. 하루의 긴장과 스트레스가 확 풀리는 것만 같았다.

"독재라는 말을 들으니까 생각났는데 오늘 정말 웃기는 일이 있었어요. 글라스휘텐에서 일어난 일인데 완전히 첩보영화 저리 가라였어요."

피아가 맥주를 한 모금 마시고 말했다.

"재미있을 것 같은데."

"정말 창피해서 죽는 줄 알았어요."

이제는 뭘 봐도 동요하지 않을 것이라고 생각했던 피아는 인간이 그렇게까지 비열할 수 있다는 데 아직까지도 혀가 내둘러졌다.

"글라스휘텐에 사는 노부부에게 전화가 왔는데, 우리가 마인 강에서 발견한 그 여학생을 자기네 이웃집에서 반년째 가둬두고 하녀로 부리고 있었다는 거예요. 불쌍한 것이 온갖 수모를 다 당했는데, 밖에 나오지도 못해 햇빛을 못 봐서 알비노처럼 하얗더래요. 그런데 며칠 전부터 그 아이가 눈에 안 보이더라는 거예요."

피아는 당시 상황을 떠올리고는 머리를 절레절레 흔들었다.

"우리가 찾아갔더니 온갖 끔찍한 얘기를 다 하더라고요. 학대를 한다느니, 밤중에 섹스 파티를 하고 비명을 지른다느니, 사람을 두들겨 팬다느니……. 그리고 화요일 밤에는 그 집 남자가 시체를 자동차 트렁크에 싣는 것을 봤다는 거예요. 그래서 우리 반장님이 왜 좀 더 빨리 전화하지 않았느냐고 물었어요. 그랬더니 그 집 남자가 너무 폭력적이어서 겁이 나서 그랬다는 거예요. 우리는 길을 건너가서 이웃집 초인종을 눌렀어요. 혹시 몰라서 순경을 네 명이나 달고 갔지요. 이웃집 여자가 아이를 안고 나와서 문을 여는데 정말 어찌나 창피했는지!"

피아는 그 순간을 떠올리며 눈알을 위로 굴렸다.

"세상에, 내 동창 모니가 서 있는 거예요! 얼마 전 동창회에서 만났거든요. 아무것도 모르고 반갑다고 좋아하는데 정말 쥐구멍이 있으면 숨고 싶더라고요. 너무 창피했어요!"

크리스토프는 재미있다는 표정 반, 믿기지 않는다는 표정 반으로 피아의 이야기를 들었다.

"알고 보니 그 여자애는 스웨덴에서 온 오페어(외국 가정에서 집안일을 돌보거나 아이를 봐주며 언어를 배우는 젊은 여성_역주)였어요. 햇빛 알레르기가 있어서 밖에 잘 나오지 않는 거였고요. 그리고 남편 생일, 자기 생일이 연달아 있어서 실제로 최근에 파티를 자주 했대요."

"그럼 차 트렁크에 실었다는 시체는 뭐야?"

"골프 가방이었대요."

"말도 안 돼."

"정말 그런 일이 있었다니까요. 모니는 처음엔 막 화를 내더니 결국은 웃고 말더라고요. 3년 전에 집을 지어서 이사 왔는데 그 노부부의 친구들이 살던 집을 허물고 그 자리에 새로 집을 지었나 봐요. 그 집 주인들이 양로원에 들어갔거든요. 그런데 그 이후로 온갖 이상한 소리를 하고 다니면서 비방을 한다는 거예요. 모니의 큰아들이 마약 거래를 한다고 떠들고 다녀서 학교에서 문제가 있었고 교회 사람들에게는 모니의 딸이 몸을 판다고 했대요, 글쎄."

"그 정도면 명예훼손죄에 해당되지 않나?"

"우리 반장님도 모니에게 고소해도 된다고 말했어요. 안 그러면 그 노인네들은 자기들이 무슨 짓을 했는지 영영 모를 거라면서요."

피아는 아직도 기가 막힌 표정이었다.

"아무리 선한 사람이라도 이웃을 잘못 만나면 조용히 살 수 없는 법이지."

크리스토프가 의자에서 일어나 기지개를 켜며 말했다.

"오늘 일이 많았어. 그리고 릴리가 또 새벽 6시부터 일어나 설칠 테니 할아버지는 이제 슬슬 자야겠어."

피아가 그를 쳐다보며 쿡쿡 웃더니 경고조로 말했다.

"그거 버릇 들지 않게 조심해요!"

"그게 무슨 말이야?"

"스스로 삼인칭으로 할아버지라고 부르는 거 말이에요. 섹시함과는 거리가 한참 멀거든요."

크리스토프가 빙긋 웃었다. 어둠 속에서 하얀 치아가 빛났다. 그는 신문과 자료들을 한데 모아 들고 다른 손으로는 와인 병과 잔을 들었다.

"우리 아줌마도 얼른 씻고 할아버지 옆에서 주무시지 그래?"

크리스토프가 농담을 했다.

"할아버지 털 담요를 같이 덮어도 된다면 한번 생각해볼게요."

피아는 질세라 받아쳤다.

"당연히 되고말고."

크리스토프는 그렇게 말하고 촛불을 훅 불어 껐다. 개들은 벌떡 일어나 몸을 부르르 떨더니 늘어지게 하품을 하곤 천천히 집 안으로 들어갔다. 야외에서 자는 것을 좋아하는 고양이들은 밖에 남았다.

"자기 전에 릴리 좀 보고 갈까?"

크리스토프가 제안했다. 그들은 전에 침실로 쓰던 방으로 갔다. 지금은 손님방으로 바뀌었다. 크리스토프는 피아의 어깨에 팔을 두르고 곤히 잠든 아이를 바라보았다.

"정말 괜찮은 아이야. 참, 아까 당신에게 준다고 그림 그리는 거

같던데."

크리스토프가 작은 소리로 말하며 책상을 가리켰다.

"어머, 정말요? 귀여워라."

피아는 가슴이 뭉클해져서 그림을 보았다. 그러나 그림을 자세히 들여다보더니 금세 표정이 바뀌었다.

"혹시 이 그림 봤어요?"

"아니, 비밀이라고 못 보게 하던데."

피아는 크리스토프에게 그림을 내밀었다. 잠시 후 그는 웃음보가 터져서 재빨리 방을 나가야 했다.

"이런 괴물 덩어리 같으니라고!"

피아가 괘씸하다는 듯 중얼거렸다. 도화지에는 머리를 하나로 묶은 뚱뚱한 금발 여자가 그려져 있었다. 옆에는 말 한 마리, 개 네 마리가 있고 그림 위에는 '우리 양할머니 피아 아줌마'라고 씌어 있었다.

*

커다란 대문은 굳게 잠겨 있었다. 한나는 희미한 가로등 불빛에 의지해 초인종을 찾느라 애를 먹었다. 보통 때는 문이 활짝 열려 있어서 길 가던 사람들이 잘 가꿔진 마당을 들여다보곤 했다. 레오니 베르게스는 정원을 가꾸는 데 탁월한 재능이 있었다. 심리상담사 일을 그만두고 바로 정원사로 취직해도 괜찮을 정도다. 정원에는 색색의 꽃이 흐드러지게 피어 있었고 초록이 넘쳐났다. 크고 작은 화분과 화단 사이에는 귀여운 조각상들이 진열되어 있고, 집 바로 앞 처마 밑에는 살구나무도 한 그루 심어져 있었다. 문 뒤에서 발소리가 나더니 빗장 벗기는 소리가 나고 잠시 후 문 왼쪽에 있는 쪽문이 열렸다.

"아, 헤르츠만 부인이었군요."

베르게스가 숨죽인 소리로 말했다. 이 늦은 시간에 더 올 사람이 있단 말인가? 베르게스는 한나 뒤로 고개를 빼고 텅 비어 있는 거리를 살폈다.

"무슨 일이에요?"

평소에는 신중하기만 한 베르게스의 이상한 행동을 어리둥절하게 바라보며 한나가 물었다.

"들어오세요."

베르게스는 한나를 들어오게 하고 다시 문에 빗장을 질렀다. 거대한 자동차 한 대가 한나의 시선을 사로잡았다. 고풍스러운 돌바닥 위에 장갑차처럼 떡 버티고 선 자동차의 위협적인 분위기 때문에 정원의 평화는 온데간데없이 사라졌다. 마당에 켜놓은 전등 빛 아래서 검정색 차체와 짙은 선팅, 크롬이 번쩍거렸다. 그때 갑자기 근처 교회에서 11시를 알리는 종소리가 났다. 한나는 문득 불길한 예감에 사로잡혀 걸음을 멈추었다.

"도대체 무슨……."

베르게스는 말없이 등을 떠밀며 부드럽지만 단호한 손길로 한나를 집 현관으로 안내했다.

집 안에 들어서니 낮 동안 덥혀진 공기 때문에 숨이 막힐 지경이었다. 한나는 등줄기에서 땀이 솟았다. 밖에 앉아서 얘기해도 될 텐데 왜 더운 집 안에 틀어박혀 있는 것일까?

베르게스는 복도에서 걸음을 멈추더니 한나의 손목을 잡았다.

"헤르츠만 부인을 끌어들이는 게 잘하는 짓인지 모르겠어요. 그런데 다른 사람들이…… 그러자고 해서……."

베르게스는 거의 속삭이듯 말했다. 어둠 속에서 그녀의 잿빛 눈동자는 유난히 커 보였다.

다른 사람들? 굳게 닫힌 대문, 괴물 같은 검정색 자동차, 베르게스의 이상한 행동을 조합해보니 방 안에 이상한 사람들이 잔뜩 모여 비밀의식을 치르고 있을 것만 같았다. 그리고 한나는 그 의식의 한가운데로 밀려 들어가는 것이다.

"잠깐만요. 도대체 뭐 하는 거예요?"

속닥거리며 비밀스럽게 구는 것을 싫어하는 한나는 목소리를 낮추지 않았다. 힘든 하루 끝에 또 다른 깜짝 쇼는 원하지 않았다.

"다 설명드릴게요. 들어보고 직접 결정하세요."

베르게스는 한나의 손을 놓고 복도를 지나 주방으로 들어갔다. 그들이 들어서자 낮게 두런거리던 소리가 뚝 그쳤다. 문신을 새긴 구릿빛 피부에 근육 덩어리인 거구의 남자가 식탁 앞에 앉아 있다가 고개를 돌렸다. 너무 덩치가 커서 주방이 좁아 보일 정도였다. 2미터는 되어 보이는 거구가 의자에서 일어나자 한나는 자신도 모르게 경계 태세에 들어갔다. 모양을 내 다듬은 수염, 하나로 땋은 긴 머리, 흰색 티셔츠, 청바지, 카우보이 장화 차림이다. 신중해 보이는 잿빛 눈동자가 한나를 머리끝에서 발끝까지 빠르게 훑어봤다. 남자의 목에 새겨진 시퍼런 문신을 본 한나는 마른침을 꼴깍 삼켰다. 프랑크푸르트의 유명한 조폭 로드킹의 조직원들이나 하고 다닐 만한 문신이다. 저런 남자가 베르게스의 집 주방에서 무엇을 하고 있는 걸까?

"안녕하세요. 베른트라고 합니다."

거구의 남자가 저음의 거친 목소리로 말하며 손을 내밀었다. 오른손 약지에서 굵은 은색 해골반지가 빛나고 있었다.

"한나라고 해요."

한나는 그와 악수를 했다. 그제야 두 번째 남자가 눈에 들어왔다. 눈에 거슬릴 정도로 파란 눈동자를 본 순간 그녀는 온몸에 전기가 관통하는 것 같은 찌릿함을 느꼈다. 순간적으로 무릎이 휘청했다. 눈 때문에 다른 특징은 잘 보이지도 않았다. 그녀보다 한참 큰 키였지만 거구 옆에 있으니 난쟁이처럼 작아 보였다. 한나는 그제야 자신의 몰골이 어떤지에 생각이 미쳤다. 화장하지 않은 맨얼굴, 땀에 젖은 머리는 아무렇게나 묶었고 티셔츠에 청바지, 운동화 차림이다. 조깅할 때도 이런 차림으로 밖에 나가지는 않는다.

"마실 거 뭐 드릴까요? 물, 콜라 라이트, 무알콜 맥주가 있는데."

베르게스가 물었다.

"물 주세요."

한나는 짜증이 호기심으로 변하는 것을 느꼈다. 괜찮은 이야기의 냄새를 맡은 프로로서의 호기심이었다. 생각할수록 재미있는 앙상블 아닌가! 대체 이 남자들이 왜 심리상담사 베르게스의 주방에 모여 있는 것일까? 그리고 왜 잘 알지도 못하는 그녀를 자신들의 일에 끌어들이려는 것일까? 한나는 베르게스에게서 물 컵을 받아들고 왁스 코팅된 체크무늬 탁자보가 깔린 식탁 앞에 앉았다. 그녀 옆에는 파란 눈의 남자, 미스터 블루 아이즈가 앉았고 베르게스와 거구의 남자는 맞은편에 앉았다.

"담배 피워도 괜찮겠습니까?"

거구의 남자가 의외로 정중하게 물었다.

"네, 괜찮아요."

그는 담뱃갑에서 담배를 한 개비 꺼내 묵직해 보이는 라이터로 불을 붙였다. 그리고 한나가 담배를 피우고 싶어 하는 것을 눈치채고는 희미하게 웃었다.

"한 대 피우시겠습니까?"

그가 한나에게 담뱃갑을 내밀었다. 한나는 담배를 한 개비 꺼내며 고맙다는 뜻으로 고개를 끄덕였다. 손이 가볍게 떨렸다. 4주째 담배를 끊었다가 첫 모금을 빨아들이자 마치 조인트(마리화나를 담배처럼 말아 여러 명이 돌려 피우는 것_역주)를 피우는 것처럼 뇌에 강한 자극이 전해졌다. 두 번째, 세 번째 모금은 가슴의 떨림을 진정시켜주었다. 그녀는 미스터 블루 아이즈의 시선을 온몸으로 느꼈다. 가만히 있는데도 얼굴이 화끈거리고 심장이 팔딱팔딱 뛰었다. 그러고 보니 그는 자신의 이름을 말하지 않았다. 아니면 그녀가 흘려들은 것일까? 어쨌든 이제 와서 물어보기도 좀 그런 일이다.

한동안 긴장감 넘치는 침묵이 흘렀다. 모두 말없이 상대를 관찰하고 있었다. 마침내 침묵을 깨고 입을 연 것은 베르게스였다. 그녀는 마치 상담이라도 하듯 침착한 얼굴로 앉아 있었다. 하지만 겉으로만 침착해 보일 뿐 무척 긴장한 것을 알 수 있었다. 눈가와 입가에 보이지 않던 주름까지 패 있다.

"저희가 부인을 이곳으로 모신 것은 부인도 이 일에 관심이 있으리라 판단했기 때문입니다. 지금부터 제가 하는 얘기를 듣고 방송에 적합한지 아닌지 판단하시면 돼요. 만약 적합하지 않다고 생각되면 이 자리는 없었던 것으로 생각하시면 됩니다. 그리고 이야기를 시작하기 전에 꼭 아셔야 할 게 있는데……."

베르게스는 잠시 주저하다가 말을 이었다.

"이 일은 무척 민감한 사안이라 잘못하면 많은 사람이 피해를 입거나 위험에 빠질 수도 있어요."

잘못하면 피곤해질 수 있다는 얘기다. 지금 시점의 한나에게 코 위에 난 여드름만큼이나 반갑지 않은 것이 있다면 그것은 바로 트러블이다.

"그런데 하필이면 왜 저를 선택하셨어요?"

한나는 그렇게 말하며 얼음이 담긴 물병에 손을 뻗었다. 동시에 물병을 잡으려던 미스터 블루 아이즈와 손이 닿은 그녀는 불에 덴 듯 화들짝 놀라며 손을 거두었다.

"아, 미안해요."

그녀가 당황해서 얼른 말했다. 미스터 블루 아이즈는 짧은 미소를 짓더니 물병을 들어 먼저 그녀의 컵에 물을 따라주고 자신의 컵도 채웠다.

"왜냐면 한나 헤르츠만은 몸을 사리지 않으니까요. 방송을 봐서 압니다."

거구의 남자가 베르게스 대신 대답했다. 곧 베르게스도 자신의 의견을 밝혔다.

"전 원래 환자에 대한 얘기는 절대로 하지 않아요. 그게 심리상담사로서 제 의무지요. 그런데 이번은 특별한 경우라 그 의무 조항이 적용되지 않아요. 제 얘기를 들으면 아마 이해되실 거예요."

한나는 호기심이 강하게 일었지만 잠시 뜸을 들였다. 이것은 그녀가 평소 일하는 방식이 아니다. 그녀는 보통 신문, 인터넷, 길거리에서 팀과 함께 직접 주제를 찾아내고 조사에 들어갔다. 하지만 솔직히 말하면 그런 방법은 효과가 다한 지 이미 오래다. 실직자 가정, 보이스 피싱, 미혼모, 범죄에 빠진 이민자 자녀, 의료 사고 등은 우려먹을 대로 우려먹어서 식상할 정도다. 사실 지금이야말로 높은 시청률을 담보해줄 새로운 스토리가 절실했다.

"뭐에 관한 거죠? 우리 방송을 보셨다면 무슨 얘기를 다루는지 아실 텐데. 출연자의 사연 위주로 진행해요. 녹음해도 괜찮죠?"

한나가 녹음기를 꺼내 식탁 위에 놓으며 물었다.

"아니요. 녹음은 안 됩니다. 그냥 들으세요. 만약 함께하지 않겠다면 오늘 우린 만나지 않은 겁니다."

이름을 알 수 없는 푸른 눈의 남자가 말했다. 그를 바라보는 한나의 심장은 거칠게 뛰었다. 그 푸른 눈 때문에 그를 오래 쳐다볼 수 없었다. 강인함과 연약함이 뒤섞인 듯한 그의 눈빛은 그녀를 매료시키는 동시에 불안하게 만들었다. 이번에는 눈 말고 다른 것도 보였다. 윤곽이 뚜렷한 마른 얼굴에 높은 이마, 반듯한 코, 감각적이고 큰 입술, 강한 턱선, 흰머리가 드문드문 섞인 머리……. 그는 눈에 띄는 미남이었다. 나이가 몇이나 될까? 마흔여섯? 마흔일곱? 저 조폭 거구와는 무슨 관계일까? 그는 왜 레오니 베르게스의 주방에 앉아 있는 걸까? 어떤 비밀이 그의 영혼을 짓누르고 있을까?

한나는 시선을 떨어뜨렸다. 그 순간 결정도 내려졌다. 일 자체에도 관심이 있었지만 다른 요소가 결정적으로 작용했다. 오늘 처음 본 이 남자, 거슬릴 정도로 푸른 눈을 가진 이 미남은 너무도 갑작스럽게 그녀의 깊은 내면을 건드렸고, 아직 남아 있을 거라고 생각하지 못한 감정에 불을 붙였다.

"무슨 일인지 얘기해보세요. 좋은 스토리라면 전 절대 몸 사리지 않아요."

대기실은 며칠 전 원래 용도로 쓰기 위해 치웠기 때문에 강력반 K11의 회의는 여느 때처럼 2층 회의실에서 열렸다.

소녀의 시체가 발견된 후 2주간 특별수사팀 '인어공주'는 부지런히 뛰었지만 수사는 여전히 제자리걸음을 하고 있었다. 그동안 수많은 단서를 추적했고 여러 사람을 만나 탐문 수사를 벌였지만 모두 막다른 골목에서 멈추었다. 죽은 소녀를 봤다는 사람도, 찾는 사람도 없었다. 동위원소 분석 결과, 소녀는 벨라루스의 오르샤 근방에서 성장했으며 죽기 전 몇 년간만 독일 라인마인 지역에서 살았던 것으로 드러났다. 소녀의 손톱 밑에서 발견된 남성 유전자가 잠시 수사에 희망의 불씨를 던졌지만, 그 유전자는 어느 데이터뱅크에서도 발견되지 않았다.

사건과 관련된 시각에 마인 강을 지나간 배들도 모두 조사했다. 물론 조사 대상은 레이더를 갖춘 것으로 등록된 배들이었다. 프랑크푸르트 마인 강에 떠 있는 선상 레스토랑과 유람선까지 조사했지만 아무 성과가 없었다. 개인 소유의 스포츠용 선박은 조사 대상에서 제외되었다. 사실 다리에서 시체를 떨어뜨리거나 강가에서 버리는 것을 목격할 가능성은 얼마든지 있다. 그런데 이렇게 많은 인력과 기술적 노력을 동원하고도 성과가 전혀 없다니 미치고 팔짝 뛸 노릇이었다. 수사 결과를 눈 빠지게 기다리던 언론은 경찰이 혈세를 낭비하면서 천방지축으로 뛰어다닌다며 원색적인 비난을 일삼았다.

"민스크 경찰과의 공조 수사도 아무런 성과를 내지 못했습니다. 그곳에도 피해자 소녀를 찾는 실종 신고가 들어오지 않았고, 오르샤 지역에서 포스터를 배포했지만 아직 아무런 소식도 없습니다."

보덴슈타인이 우울한 보고를 계속했다. 소녀가 입고 있던 옷이나 위장에서 나온 천 조각은 구체적인 단서가 되기는커녕 수사의 실마리도 제공하지 못했다.

보덴슈타인은 침묵을 지키고 있는 팀원들을 둘러보았다. 여론의 관심 속에서 보낸 긴장된 시간과 주말도 없이 달려온 지난 2주간의 피로가 팀원들의 얼굴에 고스란히 드러나 있었다. 보덴슈타인은 힘없이 축 늘어진 팀원들을 이해할 수 있었다. 자신도 별반 다르지 않았기 때문이다. 여러 사건을 다뤄봤지만 이렇게 손에 잡히는 것이 없는 사건은 드물었다.

"다들 집에 가서 좀 쉬는 게 좋을 것 같군. 하지만 무슨 일 생기면 바로 달려올 수 있게 대기하고 있어."

보덴슈타인이 제안했다. 그때 노크 소리가 나고 니콜라 엥엘 과장이 들어왔다. 그와 동시에 오스터만의 노트북에서 짧은 멜로디가 울렸다.

"응답이 왔어요. '수사파일 XY'에서 우리 인어공주 사건을 내보내겠대요. 다음 주에 보덴슈타인 반장이 뮌헨에 갔다 와요. 지푸라기라도 잡아야죠."

니콜라 엥엘의 말에 보덴슈타인은 말없이 고개를 끄덕였다. 그는 얼마 전 이 문제로 피아와 의논한 적이 있다. 헤센 주에서는 하필이면 내일부터 여름휴가가 시작된다. 즉 여행 가는 사람이 많을 것이라는 얘기다. 텔레비전 방송은 쓸 만한 정보를 얻을 수 있는 마지막 기회인지도 모른다.

"반장님, 방금 비스바덴 과학수사연구소에서 메일이 왔는데 피해자의 허파에서 나온 물 분석 결과 나왔습니다."

오스터만이 알렸다. 죽은 소녀의 허파에서 염소 소독물이 나왔다는 것은 이 사건 최대의 수수께끼다. 보덴슈타인은 실험실에서 나온 결과를 무턱대고 믿는 사람이 아니지만 이번에는 적극적으로 물 분석 의뢰를 지시했다. 정말 지푸라기라도 잡는 심정으로 단서를 잡을 방법을 다방면으로 강구하고 있었다.

"어때? 뭐라고 나왔어?"

보덴슈타인이 초조한 목소리로 물었다. 오스터만은 잔뜩 집중한 얼굴로 보고서를 훑어 내려갔다.

"차아염소산, 수산화나트륨. 이건 수영장이나 월풀을 소독하는데 쓰이는 소독약의 화학 성분입니다. 거기에 황산알루미늄도 소량 발견됐습니다. 그런데 이건 단서라고 보기는 어렵습니다. 계속 사막에서 바늘 찾기인 셈이죠."

"공공 수영장에서 익사하지는 않았을 거예요. 그럼 밖에 나갔고 햇빛에 노출됐다는 말이잖아요. 언론에 얘기해서 집에 풀장이 있는 사람은 모두 경찰에 신고하라고 하면 어때요?"

카트린 파싱어가 말했다.

"말도 안 돼. 이 근처에는 풀장이 있는 집이 엄청나게 많아. 월풀은 말할 것도 없고."

피아가 반대 의견을 냈다.

"자기 풀장에서 그 애를 죽인 사람은 절대로 신고하지 않겠지."

오스터만이 덧붙였다. 고향인 터키로 여행을 갈 계획이었다가 사건 때문에 가족을 먼저 보낸 셈 알투나이도 거들었다.

"개인 풀장을 다 조사하려면 죽을 때까지 그것만 해야 할걸. 풀장이 있는 사람들에게 물 분석 결과를 제출하라고 할 거야?"

"아니, 그런 게 아니라 내 말은……."

카트린 파싱어가 기분이 상한 듯 변명하기 시작하자 보덴슈타인은 바로 말을 끊었다.

"됐어, 그만해. 이 분석 결과가 지금은 대단한 단서가 못 되지만 구체적으로 의심 가는 데가 생기면 퍼즐을 푸는 열쇠가 될 수도 있어."

"이제 할 얘기는 다 한 건가요? 오늘은 반나절 쉬기로 했잖아요."

피아의 말에 보덴슈타인이 고개를 끄덕였다.

"그래, 오늘은 여기까지 하지. 하지만 전화기 켜놓고 대기하는 거 잊지 마. 만약의 경우를 생각해야지."

모두들 고개를 끄덕였다. 그것으로 회의는 끝났다. 셈과 카트린이 먼저 나가고 오스터만이 사건 파일과 노트북을 옆구리에 끼고 그 뒤를 따랐다.

"그럼 이제 우리도 가볼까?"

니콜라 엥엘이 말했다.

"어딜?"

보덴슈타인이 엥겔 과장을 돌아보았다.

"내 일정표에 보덴슈타인 반장은 오늘 2시에 지역범죄수사국에 가는 것으로 돼 있는데, 잊어버렸어?"

"아뿔싸! 그 생각을 못 했네."

보덴슈타인은 낭패라는 표정으로 고개를 끄덕였다. 오늘 저녁 6시에 코지마, 공증인과 함께 집 살 사람을 만나기로 했다. 게다가 사건 수사 때문에 일부러 이른 저녁 시간에 약속을 잡았다. 형식적인 질문일 테니 길어야 한 시간이면 될 것이다.

2주 전 보덴슈타인과 부딪친 후 벤케는 빈 사무실에 차렸던 임시 법정을 접고 뜻을 이루지 못한 채 지역범죄수사국으로 돌아갔다. 그리고 이틀 뒤 보덴슈타인 앞으로 공문 한 장이 날아들었다.

2005년 9월 7일 프리트헬름 되링에 대한 중증상해 수사 중단과 관련하여 범죄 사실을 알고도 묵인했는지, 지위를 이용해 공무집행을 방해했는지 여부에 대해 징계위원회 질문에 답변해주기 바랍니다.

"그런데 왜 같이 가려는 거야? 어차피 형식적인 거일 텐데."

보덴슈타인이 복도를 걸어가며 물었다.

"내 밑에 있는 사람이 그런 의심을 받는데 과장이 가만히 있으면 되겠어? 벤케는 지금 사적인 복수전을 펼치고 있어. 필요하면 내가 따끔하게 한마디해주려고."

*

"어서 와, 한나. 오랜만이야."

볼프강은 얼굴 가득 미소를 지으며 의자에서 일어났다. 그리고 한나에게 다가와 양쪽 볼에 입을 맞추었다.

"잘 있었어? 갑자기 부탁했는데 시간 내줘서 고마워."

"괜찮아, 사람을 그렇게 궁금하게 만들어놓고는……."

볼프강이 한나를 회의 탁자로 안내하며 말했다.

"뭐 좀 마실래?"

"아니, 괜찮아. 글뤼바인(감기 예방을 위해 겨울철에 마시는 와인 음료_역주)이라면 모를까."

한나는 가방을 의자 등받이에 걸어놓고 추운 듯 두 손바닥으로 팔을 문질렀다. 널찍한 사무실에는 어스름한 빛이 가득하고 에어컨이 추울 정도로 세게 켜져 있었다.

"여기 있다가 밖에 나가면 더위 먹겠다! 밖은 지금 35도야."

"어차피 11시나 돼야 나갈 거니까 괜찮아. 밤에는 그렇게 덥지 않잖아."

볼프강은 미소를 지으며 한나 앞에 앉았다.

"그동안 왜 그렇게 연락이 없었어?"

약간의 서운함이 담긴 볼프강의 말에 한나는 바로 죄책감이 들었다.

"내가 너무 소홀했다는 거 알아. 그런데 다 그럴 만한 이유가 있었어."

한나는 목소리를 한층 낮췄다.

"우연히 발견한 스토리인데 정말 엄청나. 너무 거짓말 같아서 나도 직접 증인들을 만나보고 나서야 믿을 수 있었다니까. 내가 장담하는데 이건 확실한 대박이야. 내 생각엔 여름휴가가 끝나고 나서 첫 방송을 이걸로 가는 게 좋을 것 같아. 몇 주 전부터 광고로 엄청나게 띄워놓는 거지. 전 국민의 절반 정도가 저녁 9시 반에 텔레비전 앞에 앉아 있도록 말이야."

"완전히 불이 붙었네. 혹시 다른 이유가 더 있는 거 아니야?"

볼프강이 고개를 갸웃하며 떠보는 듯한 미소를 지었다.

"아니야. 다른 이유는 무슨!"

한나는 손사래를 치며 큰 소리로 웃었다. 자신이 듣기에도 너무 꾸민 티가 나는 웃음이었다. 매번 잊어버리지만 볼프강은 그녀를 너무 잘 안다.

"내 방송 인생에서 이런 대어는 처음이야. 그리고 확실한 독점 인터뷰라고."

그녀는 노먼이 입을 잘못 놀려 초래한 위기 상황을 거뜬히 극복 했고 언론에 공식적으로 반성하는 모습을 보임으로써 이미지 실추 로 이어질 수도 있었던 위기에서 오히려 점수를 따며 빠져나왔다. 방송사와 주주들도 만족스러워했다. 그동안 괜찮은 프로듀서도 구 했고, 지금은 지난 일은 지난 일이라 생각하며 잊어버리려 애쓰고 있다. 차도 사흘 뒤에 새것처럼 반짝이는 상태로 되돌아왔다. 마이 케가 작센하우젠에 사는 친구가 칠레인지 중국인지에서 여름을 보 낸다며 그 집으로 옮기겠다고 했을 때도 한나는 별로 놀라지 않았 다. 전에는 너무 중요하다고 생각했던 일들이 갑자기 별일 아닌 것 처럼 느껴졌다. 베르게스의 집에 간 날 이후 그녀의 내면에는 큰 변화가 있었다. 그녀 자신에게도 낯선 변화였다.

"엄청나게 민감한 사안이야. 인터뷰했던 사람들이 익명을 보장해 달라고 했지만 그건 그렇게 큰 문제가 되지 않을 거야."

그녀는 가방에서 종이 몇 장을 꺼내 볼프강에게 내밀었다. 그러 나 그가 그것을 받으려는 순간 손을 뒤로 쑥 뺐다.

"볼프강, 이건 일급비밀이야. 절대 다른 사람에게 말해선 안 돼. 믿어도 되지?"

"당연하지. 그동안 말 옮긴 적 한 번도 없잖아."

볼프강은 약간 서운해하는 표정을 지었다. 한나는 그제야 네 장짜리 문서를 내밀었다. 그는 문서를 받아 읽기 시작했다.

한나는 초조함에 온몸이 근질거리는 것만 같았다.

제발 빨리 좀 읽어라. 어서 소감을 말하라고!

그러나 볼프강은 아무 말이 없었다. 무표정이라 무슨 생각을 하는지조차 알 수 없었다. 유일하게 그의 감정을 드러내 주는 것은 미간에 잡힌 주름이었다. 그 주름은 종이가 한 장 한 장 넘어갈 때마다 더 깊어졌다.

한나는 손바닥으로 책상을 탁 치고 싶은 것을 겨우 참았다.

드디어 그가 읽기를 마치고 얼굴을 들었다. 한나는 기대감에 들떠서 그를 쳐다보았다.

"어때? 내 말이 맞지? 진짜 원자폭탄급이지? 이건 정말 인간이 처할 수 있는 비운의 끝판이라고밖에 할 수 없어. 게다가 그냥 의심해볼 만한 정도가 아니라 증인이 있는 진짜라고! 내가 직접 만나봤다니까. 실명, 장소, 날짜, 팩트 다 있어! 나도 처음에는 도저히 믿을 수 없었어! 홍보만 잘하면 기록적인 시청률이 나올 거야!"

볼프강은 여전히 말이 없었다. 원래도 달변은 아니다. 한번 자기 의견을 말하려면 한참씩 걸리기도 한다. 그가 질문에 답을 하기 전에 한나의 생각은 이미 저만치 달려가고 있을 때가 많다. 그래서 가끔은 너무 말이 빠르고 수다스러운 자신이 이상하게 생각되기도 했다.

"한나, 무례하게 굴고 싶은 생각은 없지만 이 주제는…… 이런 상태라면 너무…… 진부해. 언론에서 항상 다루는 얘기잖아."

다시 화가 날 정도로 긴 침묵이 이어졌다. 그가 다시 입을 열었다.

"사람들이 아직도 이런 데 관심이 있을 것 같아?"

회의에 찬 그의 얼굴을 본 순간 기대감에 부풀었던 그녀는 바람 빠진 풍선처럼 기운이 쏙 빠졌다. 그리고 화가 났다. 그에게도 화가 났지만 너무 성급하게 혼자만 들떠 있던 자신에게도 화가 났다.

"응, 내 생각엔 관심이 있을 것 같아. 그리고 언론에서 더 자주 다뤄야 할 주제라고 생각해. 괜히 시간 뺏어서 미안해."

한나는 주먹을 쥐었다 폈다 하며 차분한 말투를 유지하려고 애썼다. 볼프강은 잠시 망설였다. 그리고 문서를 돌려줄 생각이 없는지 책상에 대고 탁탁 쳐서 종이를 고르게 정리했다.

"어떤 주제를 다룰 것인지는 결국 방송을 만드는 사람의 결정에 따르는 거지. 하여튼 내 의견을 물어봤으니 말해줄게."

볼프강은 미안한 듯 미소를 짓더니 다시 표정이 진지해졌다.

"하지 마."

"뭐?"

한나는 자기 귀를 의심했다. 도대체 그는 무슨 생각을 하는 걸까? 그는 얼른 시선을 떨어뜨렸다. 그러나 한나는 그의 묘한 눈빛을 놓치지 않았다. 미간에 깊이 잡힌 주름은 그의 내적 긴장을 말해주었다. 무엇이 그의 마음을 그토록 산란하게 만든 것일까?

"친구로서 조언하는데 그 스토리 내보내지 마. 무슨 일인지 잘 알지도 못하면서 뛰어드는 건 좋지 않아. 예감이 별로 안 좋아. 여기 적혀 있는 대로라면 그 사람들은 자기네 얘기가 방송에 나가도록 그냥 놔둘 사람들이 아니야."

그가 목소리를 낮춰 말했다.

“방송사의 명예가 실추될까 봐 걱정하는 거야? 소송이 들어올까 봐? 아니면 뭐야?”

“아니야. 한나 네 걱정을 하는 거야. 이 일을 너무 쉽게 생각하고 있어.”

“우리가 이런 얘기 다루는 게 뭐 한두 해 된 일이야? 민감한 주제를 가리지 않는 게 우리 프로그램의 특징이잖아.”

한나가 반론을 폈다. 두 사람은 한참 동안 서로를 말없이 쳐다보았다. 그러다 결국 그가 한숨을 쉬며 시선을 돌렸다.

“어차피 하고 싶은 대로 할 거지? 그래도 다시 한 번 숙고해보길 권할게.”

그는 그렇게 말하고 한나의 손을 다독거렸다. 볼프강은 한나에게 있어서 가장 오래된 친구일 뿐 아니라 정말 좋아하는 친구다. 그래서 그의 장점이 뭔지 잘 안다. 하지만 동시에 그의 약점도 잘 안다. 그는 이성적이고 차분하고 믿을 만한 사람이지만, 바로 이 장점들이 방해가 될 때가 있다. 그 장점의 이면에는 위험이 두려워 큰일을 하지 못하는 우유부단한 겁쟁이가 도사리고 있다.

“알았어. 다시 한 번 잘 생각해볼게. 충고 고마워.”

한나는 애써 미소를 지으며 고개를 끄덕였다.

*

금요일 오후의 마인타우누스 센터는 쇼핑 나온 인파로 북새통을 이루었다. 피아는 주차장을 여러 번 돌고 나서야 겨우 차를 세워둘 곳을 찾아낼 수 있었다.

“뭐 살 거예요?”

릴리는 호기심 가득한 얼굴로 종종걸음 치며 쫄랑쫄랑 따라왔다.

"먼저 신발 맡긴 거 찾고, 그다음엔 우리 둘 다 오늘 저녁에 입을 옷을 사야 해."

"오늘 저녁에 무슨 일이 있는데요?"

"아까 얘기했잖아. 미리엄 아줌마네 할머니가 파티를 해서 거기 가야 돼."

"할아버지도 가요?"

"아니, 할아버지는 오늘 뒤셀도르프에 가셨어."

"에이, 같이 가면 좋은데!"

"왜 나랑 가는 거 싫어?"

피아가 픽 웃으며 물었다.

"아니요! 둘 다 같이 가는 게 좋아요!"

피아는 아이의 머리를 쓰다듬었다. 끊임없이 조잘대는 통에 가끔은 혼이 싹 달아나는 것 같지만 앞뒤 재지 않는 솔직함에는 언제나 가슴이 뭉클해진다. 2주 후 릴리가 호주로 돌아가고 나면 아마 보고 싶어질 것이다.

"DVD 하나 사면 안 돼요?"

전자제품 가게를 지나가면서 릴리가 졸랐다. 피아는 쇼윈도 건너편을 흘깃 쳐다보고는 고개를 저었다. 가게 안은 사람들로 득실득실했다.

"중요한 것부터 먼저 사고."

피아는 이번 주 내내 쇼핑센터에 가서 여름 원피스를 사야겠다고 생각만 하다가 결국 실천에 옮기지 못했다. 피곤한 상태로 집에 돌아오면 사람 많은 곳에 나가고 싶은 생각이 들지 않았다. 인터넷에서 예쁜 원피스를 발견하긴 했지만 아니나 다를까 피아의 사이즈는 가을 시즌에나 입고될 예정이었다. 그때 여름 원피스가 왜 필요하단 말인가?

"어? 저기 아이스크림 가게가 있어요!"

릴리는 아이스크림에 정신이 팔려 피아의 손을 자꾸 그리로 잡아당겼다.

"아이스크림 먹고 싶어요. 너무 더워요!"

"아이스크림 들고 가게에 못 들어가. 아이스크림은 이따가 먹자."

피아가 릴리의 손을 잡아끌며 말했다. 옷가게 앞에 도착했을 때 릴리는 이미 꼭 사고 싶은 것을 다섯 개 정도 점찍어 놓은 뒤였다.

피아는 슬슬 짜증이 치밀어 올랐다.

"너 계속 이러면 다시는 쇼핑 안 데리고 나온다. 먼저 옷을 사고 다른 건 그다음에 살 거야. 알았어?"

"바보 멍청이."

릴리는 입을 비쭉 내밀었다.

"반사."

피아도 아무렇지도 않은 척 받아쳤다. 이런 식의 대화가 교육적으로 좋은지 어떤지는 알 수 없지만 효과는 있었다. 릴리는 드디어 입을 다물었다.

첫 번째 가게에서는 마음에 드는 옷이 없었다. 두 번째 가게에서는 원피스 두 벌이 후보에 올랐지만 둘 다 몸에 잘 맞지 않았다. 마치 앞치마를 두른 것 같았다. 피아는 더욱 기분이 나빠졌다. 비좁은 탈의실에서 옷을 갈아입는 것도 힘들었지만 너무 밝은 형광등 불빛 아래 적나라하게 드러난 땀에 젖은 얼굴이 기분을 우울하게 만들었다. 어두침침한 불빛이 매상 올리는 데는 훨씬 좋을 거라고 누군가 옷가게에 조언을 해줘야 할 필요가 있다. 세 번째 가게에는 마음에 드는 물건이 있었다. 피아는 릴리에게 밖에서 얌전히 기다리라고 하고 탈의실 안으로 들어갔다. 속옷 차림으로 옷에 몸을 끼워넣는 순간 커튼이 열리고 릴리가 머리를 쏙 들이밀었다.

"언제 끝나요? 나 쉬하고 싶어요."

"금방 나갈 테니까 조금만 참아."

"조금이 얼마만큼인데요?"

"5분."

"그렇게 오래 못 참아요."

아이가 칭얼댔지만 피아는 잘 올라가지 않는 지퍼를 올리느라 대답할 여유가 없었다. 얼굴과 등줄기에서 마구 땀이 솟았다.

"너무 뚱뚱해서 그래요."

릴리가 뚱한 얼굴로 말했다. 순간 인내심이 한계에 달한 피아가 버럭 소리를 질렀다.

"나가 있어! 밖에 있으라니까 왜 들어와서 그래? 금방 끝나!"

그러자 릴리는 혀를 쭉 내밀더니 커튼을 완전히 옆으로 걷어버렸다. 몸에 딱 붙는 민소매 셔츠를 입은 가냘픈 몸매의 여학생 둘이 피아를 보고 킥킥 웃었다.

피아는 자선 파티 같은 것을 여는 미리엄의 할머니를 원망하고 프랑크푸르트에 가겠다고 덜컥 약속해버린 자신을 원망했다. 그러나 옷을 입고 보니 그렇게 나쁘지 않았다. 몸에 잘 맞고 보기에도 괜찮을 뿐만 아니라 가격도 적당했다.

피아는 탈의실에서 나와 릴리를 찾았다. 그런데 아이의 모습이 보이지 않았다. 아마 피아를 약 올리려고 옷걸이 사이에 숨었을 것이다. 피아는 계산대로 가서 짧아 보이는 줄에 섰다. 그러나 그것은 엄청난 착오였다. 앞에 줄 선 사람 중 하나가 옷을 14벌이나 샀는데 체크카드가 읽히지 않았다. 피아는 짜증을 삭이며 릴리를 찾아 주위를 두리번거렸다. 드디어 계산이 끝났다. 피아는 옷을 담은 봉지를 옆구리에 끼고 아이를 찾아 나섰다.

그러나 괴물 꼬맹이의 모습은 여성복 매장에서도 남성복 매장에서도 보이지 않았다. 피아는 직원에게 화장실이 어딘지 물어보고 에스컬레이터를 타고 지하로 내려갔다. 그러나 지하 화장실에서도 릴리를 찾을 수 없었다. 피아의 짜증은 점점 걱정으로 변하기 시작했다. 어린아이를 책임지고 돌보는 일에 피아는 전혀 익숙하지 않았다. 피아는 다시 옷가게로 올라가 구석구석 찾아보고 직원 모두에게 머리를 길게 땋은 금발 여자아이를 보지 못했는지 물어본 후 밖으로 나왔다. 쇼핑센터는 골목골목 사람들로 넘쳐났다. 이렇게 많은 사람 속에서 어떻게 그 작은 아이를 찾아낸단 말인가! 피아는 진땀이 났다. 쇼핑센터에서 아이들이 흔적도 없이 사라진 사건이 떠올랐다. 아이들은 아이스크림이나 장난감을 사준다는 말에 현혹되어 낯선 사람을 따라가곤 한다.

피아는 아까 릴리가 핑크색 진주 목걸이를 점찍어 둔 싸구려 장신구 가게로 달려갔다. 그러나 릴리를 보았다는 사람은 아무도 없었다. 아이스크림 가게도, 2층 전자제품 상가의 DVD 코너도 마찬가지였다. 피아는 공포에 질린 얼굴로 사람들과 어깨를 부딪쳐 가며 다시 분수대 있는 곳으로 갔다. 어깨를 부딪친 사람들은 미안하다는 말도 없이 지나가는 피아를 돌아보며 욕했다. 처음에는 아이를 어떻게 혼낼지 생각했지만 30분 정도 지나자 무사히 돌아오기만을 바라는 마음뿐이었다.

안내 데스크 앞에는 줄이 길게 늘어서 있었다.

"저 좀 앞에 끼워주시겠어요? 아이가 없어져서 찾아야 해요."

피아가 숨을 헐떡이며 말했다. 대부분은 이해심을 보이며 앞으로
가라고 했지만 할머니 두 명은 아이 찾는 것보다 자기 일이 더 중
요하다며 끼워주지 않았다. 첫 번째 할머니는 천연덕스러운 얼굴로
상품권 세 장을 샀고 두 번째 할머니는 가게 위치를 물어보았는데
안내 여직원이 하는 말을 잘 알아듣지 못했다. 드디어 피아 차례가
되었다.

"아이가 없어졌어요. 제……."

피아는 거기서 말문이 막혔다. 릴리는 그녀에게 무엇이란 말인
가? '동거인의 손녀를 찾고 있는데 방송 좀 내보내 주세요'라니 얼
마나 우습게 들리겠는가!

"네, 뭐요?"

뚱뚱한 여직원이 화려하게 칠한 긴 손톱으로 가슴팍을 벅벅 긁
으며 시큰둥하게 피아를 쳐다보았다.

"저기 제가……."

피아는 다시 입을 뗐지만 어떻게 말해야 할지 몰라 쉬운 방법을
택하기로 했다.

"딸을 잃어버렸어요. 방송 좀 내보내 주세요."

"이름이 뭐예요? 어디로 오라고 할까요?"

뚱보 여직원이 느릿느릿한 말투로 물었다.

"이름은 릴리예요. 릴리 산더."

"이름이 뭐요?"

이런 멍청한 여편네 같으니라고!

"L, Y, L, L, Y, 릴리. 분수대로 오라고 해주세요. 아니요. 잠깐만요.
아이스크림 가게 앞으로 오라고 해주세요. 이곳을 잘 모르거든요."

결국 방송이 나가긴 했지만 피아는 릴리가 그 말을 제대로 알아

들었을 것 같지 않았다.

"고맙습니다."

피아는 아이스크림 가게 앞으로 가 주위를 두리번거렸다. 그 밖에 더 무엇을 할 수 있단 말인가? 무릎이 휘청거리고 위장이 쪼그라드는 느낌이었다. 그것은 두려움이었다. 금발의 예쁘장한 여덟 살짜리 여자아이에게 일어날 수 있는 갖가지 사고가 머릿속에 획획 지나갔다. 피아는 그 생각들을 떨치려고 이를 악물었다.

아이를 잃어버린 부모의 마음이 어떤 것인지 피아는 난생 처음 느낄 수 있었다. 아무것도 할 수 없는 무기력함과 무작정 기다려야 하는 불확실한 상황은 1분 1초가 그대로 지옥이었다. 그 지옥을 몇 주, 몇 달, 몇 년씩 견뎌야 한다면 그 심정은 말로 표현할 수 없을 것이다. 최선의 노력을 다해 아이를 찾아드리겠다는 경찰의 말이 그런 부모에게 별 위안이 되지 않을 것은 분명했다.

금발 아이만 보면 릴리인 것 같아 깜짝깜짝 놀랐다. 그러다 아닌 것을 확인하고 나면 허망한 마음에 눈물이 솟구쳤다. 사람들은 느릿느릿 지나갔다. 피아는 아무것도 안 하고 하염없이 기다려야 하는 상황에 괴로워하다가 무작정 걷기 시작했다. 직접 발로 찾아 나서기라도 해야지 그렇지 않으면 미쳐버릴 것만 같았다. 경찰로서 실종 아동의 부모에게 직접 말해준 적 있는 이성적 행동 지침 따위는 까맣게 잊어버렸다.

그녀는 가방과 장바구니를 든 채 릴리와 함께 들른 적이 있는 모든 가게를 뒤지기 시작했다. 아이스크림 가게와 싸구려 장신구 가게에 다시 가봤고 릴리가 헝겊 인형 하나를 봐둔 장식품 가게에도 가봤다. 그리고 마지막으로 전자제품 상가에 가서 보이는 사람마다 붙잡고 이러이러하게 생긴 아이를 봤는지 물었지만 릴리를 본 사람은 아무도 없었다.

한참을 헤매던 피아는 장바구니를 차에 갖다 놓고 다시 찾아보기로 하고 주차장으로 향했다. 순찰 도는 경찰관들을 부를까 하는 생각이 들었다. 아이 걱정에 눈이 뒤집힌 부스스한 차림의 여자보다는 정복 입은 경찰이 물어보면 사람들이 더 진지하게 질문에 응할 것이다.

크리스토프에게는 대체 뭐라고 해야 한단 말인가? 피아는 아이를 찾지 못한 채 집에 갈 순 없다고 생각을 굳히며 가방에서 차 열쇠를 빼 들었다. 그리고 고개를 든 순간 자신의 눈을 의심했다. 릴리가 차 뒷바퀴에 기댄 채 쪼그리고 앉아 있었던 것이다.

"피아! 왜 이렇게 늦게 왔어요?"

아이가 벌떡 일어나 피아에게 달려왔다. 순간 피아는 가슴을 짓누르던 큰 짐을 벗는 기분이었다. 무릎에서 힘이 빠지며 바람 빠지는 소리가 났다. 눈물이 왈칵 쏟아졌다. 피아는 가방, 장바구니, 열쇠 할 것 없이 다 내던지고 아이를 껴안았다.

"이 녀석아! 너 때문에 걱정돼 죽는 줄 알았어! 내가 얼마나 찾아다녔는지 알아?"

릴리는 작은 손으로 피아의 목을 껴안고 자기 얼굴을 피아의 뺨에 갖다 댔다.

"쉬가 너무 급했어요. 그런데 다시 와보니까 아줌마가 없었어요. 그래서 난…… 아줌마가 나한테 화나서 그냥…… 나 버리고 간 줄 알고……."

아이가 훌쩍거리며 말했다.

"왜 그런 생각을 해? 절대로 그럴 일 없어."

피아는 아이의 머리를 쓰다듬고 꽉 껴안은 채 흔들었다. 다시는 떨어지지 않고 그냥 그렇게 계속 있고 싶었다.

"자, 우리 둘 다 많이 놀랐으니까 아이스크림 하나씩 사 먹고 그 다음에 네 옷 사러 가는 게 어때?"

"좋아요. 아이스크림 먹으러 가요."

눈물이 그렁그렁한 아이의 눈에 환한 미소가 비쳤다.

"자, 그럼 가자."

피아가 일어나며 말했다. 릴리는 피아의 손을 꼭 잡았다.

"나도 이제 손 꼭 잡고 안 놓을 거예요."

*

청문감사는 15분도 걸리지 않았다. 옛 상사에게 한 방 먹이려던 벤케의 계획은 수포로 돌아갔다. 보덴슈타인은 2005년 프리트헬름 되링에 대한 중증상해 의혹을 수사할 당시 피의자 세 명에 대한 수사를 양심적으로 수행했으며 증거 부족으로 수사를 중단했다는 것을 사건 기록과 보고서를 토대로 명백하게 증명해냈다.

세 명으로 이루어진 징계위원회는 그 대답에 만족해하며 보덴슈타인과 엥겔을 돌려보냈다. 얼굴이 시뻘게진 벤케는 끓어오르는 분노에 어쩔 줄 몰랐다. 폭발하기 직전의 압력밥솥처럼 양쪽 귀에서 삐 소리와 함께 증기가 뿜어져 나온다고 해도 이상하지 않을 것 같았다.

엥겔 과장이 내부감사팀을 관리하는 국장실 조정관과 얘기를 나누는 동안 보덴슈타인은 복도에서 기다리면서 아이폰을 들여다보았다. 그동안 특별히 중요한 메시지는 들어오지 않았다. 그는 공증인과 만날 약속에 늦고 싶지 않았기 때문에 일이 순조롭게 끝난 것이 무척 기뻤다. 루퍼츠하인에 있는 땅콩주택의 집주인과는 지난주에 합의가 됐다. 그리고 전날 저축은행에서 대출이 가능하다는 소식을 들었다. 잉카는 바로 관리업체에 연락을 했고, 7월 중순부터 다시 작업에 들어가겠다는 약속을 받아냈다. 늦어도 반 년 뒤에는 다시 자기 집에서 살 수 있을 거라는 생각에 보덴슈타인은 가슴이 부풀었다. 2년여의 긴 방황 끝에 드디어 스스로 삶의 방향을 정하는 주체의 위치로 돌아온 것이다. 보통 남자들이 중년의 위기를 겪는 시기는 쉰 넘어서인데 보덴슈타인에게는 그 위기가 몇 년 일찍 찾아온 셈이다. 그는 엥겔 과장을 기다리는 동안 어떤 가구를 살 것인지, 정원을 어떻게 꾸밀 것인지 머릿속에 그려보았다. 코지마와 함께 25년 동안 살았던 집이 팔린다. 공식적으로 집을 처분하는 순간 과연 어떤 기분이 들까?

"보덴슈타인!"

누군가 부르는 소리에 뒤를 돌아보니 벤케가 성큼성큼 다가오고 있었다. 그의 눈에 억눌린 분노가 일렁이고 있었다. 순간 보덴슈타인은 혹시 벤케가 총을 빼 들고 자신을 쏘는 것은 아닐까 하는 상상을 했다. 물론 지역범죄수사국 건물에서 그런 일이 일어날 리 없었다.

"또 어떻게 손을 썼는지 모르지만 제가 반드시 알아낼 겁니다. 다들 한통속인 것 모를 줄 알아요?"

벤케가 앙다문 이 사이로 내뱉듯이 말했다. 보덴슈타인은 한때 가장 아꼈던 부하 직원의 얼굴을 빤히 쳐다보았다. 자신을 해하려다 실패한 것이 고소하지도 않았고 미운 감정이 들지도 않았다. 그저 안됐다는 생각이 들 뿐이었다. 벤케의 삶은 언제부턴가 좌초하기 시작했다. 절망이 그를 갉아먹었고 결국 그에게 남은 것은 자격

지심과 복수심뿐인 것 같았다. 보덴슈타인은 다른 직원들이 불공평하다고 느낄 정도로 오랫동안 벤케를 감싸 주었다. 그러나 그 기간이 너무 길었다. 벤케에게는 더 이상 어떤 경고도 먹히지 않았다. 결국 보덴슈타인도 자신에게 불똥이 튀지 않도록 그에게서 거리를 두어야 하는 지경에까지 이르렀다.

"프랑크, 이제 그만 잊어버려. 난 오늘 일도 잊어버릴 생각이야."

보덴슈타인이 부드럽게 달래는 투로 말했다.

"어이구, 자비로우셔라! 그런데 어쩌죠? 전 아무것도 잊어버릴 생각이 없는데. 피아 키르히호프가 오자마자 반장님은 절 뜨거운 감자 떨어뜨리듯 내동댕이쳤어요. 제가 그걸 잊을 것 같습니까? 그리고 키르히호프하고 파싱어 그 두 년이 허구한 날 내 욕을 하고 다니면서 날 얼마나 덜떨어진 인간 취급 했는지 알아요? 반장님은 모든 걸 알면서 그냥 구경만 했어요."

보덴슈타인은 어이없어 인상을 찌푸렸다.

"잠깐, 잠깐. 우리 팀원들에 대해서 그런 식으로 말하는 건 더 이상 용납할 수 없어. 그리고 그건 자네가 너무 민감하게 받아들이는 거라……."

"아니요, 전혀 아닙니다!"

벤케가 중간에 말을 툭 끊었다. 보덴슈타인은 벤케의 질투가 얼마나 심각한 수준으로 발전했는지 그제야 깨달았다.

"뭐, 반장님이야 항상 여자들 치맛자락에 매달려서 살았죠. 그러니 부인은 바람나고……."

벤케는 일부러 말을 끊고 그 긴장감을 즐기는 듯 악의적인 미소를 지었다.

"그리고 반장님, 엥겔 과장과 잔 적도 있잖아요. 안 그래요?"

“맞아요.”

갑자기 뒤에서 소리가 들렸다. 니콜라 엥엘이 차갑게 웃으며 서 있었다.

“그것도 한두 번이 아니에요. 왜냐하면 우린 약혼한 사이였거든요. 지금으로부터 약 30년 전에요.”

벤케는 당황한 기색을 보이지 않으려고 애쓰는 모습이 역력했다. 제 딴에는 마지막 카드랍시고 꺼내든 것인데 이것마저 실패로 돌아간 것이다.

니콜라 엥엘은 벤케에게 성큼 다가갔다. 순간 벤케는 뒤로 한 걸음 물러섰다. 권력에 복종하는 자의 반사적인 행동이었다. 자신의 그 행동 때문에 벤케는 더 짜증이 나는 것 같았다.

“지금 이 자리가 어떻게 해서 오게 된 자리인 줄 알아요? 내가 끼어들지 않았다면 가능하지도 않았어요. 그리고 이게 마지막 기회니까 조심해요. 앞으로 이런 식으로 사적인 감정을 앞세우면 경찰학교에 가서 칠판이나 닦게 될 테니까 그런 줄 알아요.”

니콜라 엥엘의 목소리는 낮았지만 퍼렇게 날이 서 있었다.

“방금 조정관하고 얘기했는데 나도 보덴슈타인 반장도 오늘 일은 없었던 걸로 할 거예요. 내가 뒤 봐주는 거 벌써 서너 번째예요. 이것으로 우리 계산은 끝났어요. 내 말 무슨 뜻인지 알죠?”

벤케는 이를 앙다문 채 내키지 않는 듯 억지로 고개를 끄덕였다. 그리고 말 한마디 없이 그대로 뒤돌아 가버렸다. 그의 눈동자는 살인적인 적대감으로 빛나고 있었다.

“아마 크게 일 한번 낼 거야. 움직이는 시한폭탄이라니까.”

니콜라 엥엘이 음울한 표정으로 중얼거렸다.

“내가 그렇게 오랫동안 싸고도는 게 아니었는데……. 그러지 말고 심리상담을 받게 했어야 했는데……."

보덴슈타인의 말에 니콜라 엥엘은 눈썹을 치켜세우며 고개를 저었다.

"아니, 그때 자살 시도했을 때 죽었어야 돼."

그 말에서 풍기는 싸늘한 기운에 보덴슈타인은 등골이 오싹했다. 그러나 동시에 그녀가 어떻게 그렇게 가파르게 승진 가도를 달려올 수 있었는지 이해가 됐다. 그녀는 그와 달리 정에 연연하지 않았다. 니콜라 엥엘은 성공하기 위한 조건을 모두 갖춘 여자다.

*

플로리안이 집을 나간 뒤 엠마는 작은 일에도 예민하게 반응하고 늘 불안해했다. 외도의 증거, 그리고 비난과 질문에도 굳게 침묵하는 남편을 보며 엠마는 자신에게 그에 대한 확신이 없다는 사실을 분명하게 깨달았다. 이제 그녀는 그를 믿지 못했다. 그것이 그가 외도했다는 사실보다 훨씬 더 그녀를 우울하게 만들었다.

쾨니히슈타인 시내는 차와 사람으로 들끓었다. 엠마는 룩셈부르크 성 근처까지 올라가서야 주차할 자리를 찾을 수 있었다. 만삭의 몸이 아니었다면 이렇게까지 우울하지 않았을지도 모른다. 아니, 이렇게 뚱뚱해지지만 않았다면 이렇게까지 되지 않았을 것이다. 엠마는 솟구치는 눈물을 누르며 놀이터를 지나 보행자거리로 접어들었다. 제발 아는 사람이 나타나지 말기를! 사람을 만나고 싶은 생각도 없었고, 틀에 박힌 식상한 대화를 나누고 싶은 생각도 없었다. 임산부라고 하면 사람들은 으레 아기를 기다리는 행복한 얼굴을 기대하지 눈물 젖은 얼굴을 떠올리진 않는다.

엠마는 서점에 가서 주문해놓았던 책 세 권을 찾은 다음 바로 옆에 있는 카페 크라이너로 갔다. 차양 아래 자리가 하나 남아 있었다. 몸은 온통 땀에 젖었고 종아리는 부어서 금방이라도 터질 것 같았다. 엠마는 생크림을 잔뜩 얹은 아이스초코를 주문했다. 여기서 조금 더 먹는다고 해서 크게 달라질 것은 없었다.

앞으로 어떻게 살아야 할지 막막했다. 이제 2주 정도 지나면 갓난아기와 큰아이를 데리고 남편도, 집도, 돈도 없이 시댁에 얹혀사는 신세가 된다. 그 생각은 어두운 그림자처럼 그녀를 따라다녔다. 밤에는 걱정돼서 잠도 못 잤다. 게다가 플로리안이 주말에 루이자를 데려가겠다고 나섰다. 가족에게서 벗어나 좋아할 줄 알았는데 격주로 아이를 볼 권리를 주장하고 나선 것이다. 엠마는 영 내키지 않았지만 어쩔 수 없이 동의했다. 안 된다고 해야 할까? 아이를 어디로 데려가는지 알 게 뭐람! 어느 여관에 머물고 있다고 하는데, 여관은 여섯 살짜리 아이가 있을 만한 곳이 아니다. 게다가 루이자는 지금 무척 예민한 상태다.

엠마는 아이스초코를 한 모금 마셨다. 주위 사람들은 웃고 떠들며 마냥 행복해 보였다. 걱정거리가 있는 사람은 이 세상에 그녀 한 사람뿐인 걸까?

플로리안과 그녀 사이에 무슨 일이 있는지 아는 사람은 아무도 없었다. 플로리안은 오랫동안 외국에 머무는 일이 잦았기 때문에 집을 비워도 아무도 이상하게 생각하지 않았다. 시부모에게는 강연 여행을 갔다고 둘러댔는데 아무 의심 없이 믿는 것 같았다. 오늘은 플로리안이 아이를 데려갈 테니 사실을 말해야 할 것이다.

"어머, 엠마!"

엠마는 깜짝 놀라 고개를 들었다. 사라가 양손 가득 쇼핑백을 든 채 서 있었다.

"놀라게 하려는 건 아니었는데…… 잠깐 앉아도 돼?"

사라가 탁자 옆에 짐을 내려놓으며 물었다.

"아, 사라! 그럼, 앉아도 되고말고."

"후, 오늘 정말 덥다."

그러나 사라는 더위에 무척 강했다. 그늘에서도 40도까지 올라가는 날씨에도 땀 한 방울 흘리지 않았다. 사라는 어려서 플로리안의 집에 입양되었는데, 까맣고 둥그런 눈과 섬세한 얼굴이 마치 인형 같다. 탐스러운 검은 머리칼은 오늘도 길게 땋아 내렸고, 초록색 민소매 원피스에 색을 맞춘 여름용 구두를 신었다. 인도 쪽 조상에게 물려받은 보드라운 갈색 피부에 완벽하게 어울리는 조합이다. 엠마는 굶지 않고 운동을 안 해도 언제나 날씬한 사라가 무척 부러웠다.

"왜 그래? 힘들어 보여. 무슨 일 있어?"

사라가 엠마의 손을 잡으며 물었다. 엠마는 한숨을 푹 내쉬며 어깨를 으쓱했다.

"무슨 일인데 그래?"

사라가 계속 물었다. 엠마는 뭔가 말을 하려고 입을 열었다. 그녀는 '아무 일도 없어, 괜찮아'라고 말하고 싶었다.

"플로리안이 속 썩여?"

사라는 가끔 점쟁이 뺨치는 예지력을 발휘할 때가 있다. 엠마는 입술을 꽉 깨물었다. 그녀는 자기 관리가 철저하고 실용을 추구하는 사람이다. 친구들 앞에서 엉엉 울며 불평을 해대는 그런 여자가 아니다. 어려서부터 문제가 생기면 스스로 해결했지 좀처럼 남들에게 털어놓지 않았다. 문제가 있으면 차라리 일을 하면서 잊어버리려고 애썼다. 그리고 이제까지 그렇게 잘 살아왔다. 그런데 갑자기 생각이 너무나 많아져버렸다. 그건 좋은 징후가 아니다.

"괜찮으니까 얘기해봐. 가끔은 그냥 말하는 것만으로도 도움이
될 때가 있어."

사라가 부드럽게 말했다. 말, 말, 말! 엠마는 정말이지 아무 말도
하고 싶지 않았다.

"플로리안이 외도를 했어."

엠마가 속삭이듯 중얼거렸다. 눈물이 왈칵 쏟아졌다.

"작년 11월 이후로 같이 잔 적이 없어! 전에는 일주일에 세 번씩
섹스를 했거든. 그런데 이제는 만지려고만 해도 피해. 그게 얼마나
굴욕적인지 알아?"

엠마는 손등으로 눈물을 닦았다. 하지만 봇물이 터진 듯 눈물은
그칠 줄 모르고 흘러내렸다.

"내가 이런 꼴이 된 데는 그 사람 책임도 있는 거 아냐? 그런데
이건 마치 날 벌 주려고 하는 것 같단 말이야. 임산부인 것도 너무
싫고 아기가 나오는 것도 전혀 기쁘지 않아!"

"엠마!"

사라는 탁자에 바싹 다가앉으며 엠마의 손을 잡았다.

"그런 말 하면 못써! 새 생명이 태어나는 것은 세상에서 가장 큰
축복이야! 우리 여자들만이 누릴 수 있는 특권이지. 힘들고 아프고
많은 희생이 따르지만 일단 아기가 태어나면 다 잊어버리잖아. 남
자들 중에는 은근히 그걸 부러워하는 사람도 있어. 하지만 아내의
배 속에서 아기가 자라기 시작하면 갑자기 두려움에 빠지기도 해.
그래서 이해가 안 되는 행동을 하기도 하지만 그건 금방 끝나. 그
러지 말고 남편에게 관대해져봐. 상처 주려고 그러는 건 분명 아닐
거야."

"지……지금 플로리안을 두둔하는 거야? 2주 전에 바지 주머니에서 빈 콘돔 껍질을 발견했어. 그런데 지금까지 변명 한마디 없었다고! 다른 여자가 있느냐고 물어도 묵묵부답이야! 그리고 어쨌는지 알아? 짐을 싸 가지고 나갔어. 프랑크푸르트의 여관인지 어디로 나갔다고! 나랑 자기 부모님을 벗어날 수 있어서 아주 좋아하는 것 같았어! 그런데 나더러 아기 낳을 때까지 부모님 댁에 있으라고 한 사람은 그 사람이거든!"

사라는 아무 말 없이 듣기만 했다.

"밖에 나가서 무슨 짓을 하고 다니는지 알 게 뭐야? 그동안 여자가 몇 명이나 있었는지, 몇 주씩 캠프에 나가 있을 때 무엇을 하고 돌아다녔는지 알 게 뭐냐고! 이젠 못 견디겠어!"

엠마는 소리를 빽 지르며 사라의 손을 뿌리쳤다. 갑자기 눈앞에 검은 반점이 둥둥 떠다녔다. 찌는 듯한 더위에 혈액순환이 안 돼서 현기증이 느껴졌다. 아기가 움직이며 발로 배를 차는 것이 느껴졌다. 순간 엠마는 강한 이물감을 느꼈다.

"난 완전히 혼자야! 병원에 가야 할 때가 되면 루이자는 어쩔 거야? 또 앞으로 어떻게 살아야 하고? 어린애 둘을 데리고 돈도 없이 어떻게 살아?"

엠마는 절망적으로 부르짖었다. 사라는 그런 엠마의 어깨를 다독거리며 부드럽게 말했다.

"그런 걱정은 마. 아이 낳을 때가 되면 우리 조산원에서 낳으면 되고, 루이자는 어머니나 코리나, 아니면 내가 봐줄게. 그리고 순산하면 다음 날 바로 집에 갈 수도 있어."

그 말을 들은 엠마는 뒤통수를 한 대 맞은 기분이었다. 그러고 보니 자신의 처지가 딱 '태양의 아이들'의 취지에 맞았다. '태양의 아이들'은 남편에게 버림받고 아이를 낳아야 하는 여자들의 쉼터로 만들어졌다. 해결책을 찾은 셈이지만 그렇다고 해서 마음이 가벼워진 것은 아니었다. 오히려 반대로 자신의 처지가 얼마나 곤궁한지 확실하게 가슴에 와 닿았다. 그리고 주체할 길 없는 의심의 불길이 치솟았다. 처음부터 둘째를 원하지 않았던 남편이 혹시 계획적으로 부모님에게 자신을 맡긴 게 아닐까? 양심의 가책 없이 다른 여자와 도망치기 위해서 일부러 그런 게 아닐까?

엠마는 그동안 의심의 여지없이 친구라고 여겼던 사라를 의심의 눈초리로 바라보았다. 어쩌면 사라는 그 사실을 알고 있었는지도 모른다! 혹시 코리나와 시부모님도?

"왜 그래, 엠마?"

사라가 걱정스러운 얼굴로 물었다. 그러나 그것이 연기가 아니라고 누가 장담한단 말인가? 엠마는 더 이상 아무도 믿을 수 없었다. 그녀는 지갑에서 5유로짜리 지폐를 꺼내 탁자 위에 놓은 다음 자리에서 일어섰다.

"이제…… 루이자를 데리러 가야 해."

엠마는 대충 얼버무리고 황급히 그 자리를 떴다.

*

기다리던 고속열차 ICE가 아니라 그보다 느린 IC가 함부르크 중앙역으로 들어왔다. 그렇다면 기껏 예약해둔 좌석이 없어지는 셈이다. 플랫폼에 사람이 북적이는 것을 보고 좌석을 예약하길 잘했다고 생각하고 있었는데 낭패였다. 열차 안은 사람으로 미어터졌다. 그는 배낭을 다리 사이에 낀 채 복도에 서 있어야 했다.

독일 철도는 믿을 만하다고들 하는데 당최 믿을 수가 없다. 요즘은 차표를 스마트폰에 담아갈 수도 있고 인터넷으로 예약할 수도 있지만 알고 보면 30년 전과 많이 달라졌다고 할 수 없다.

그는 옛날부터 다른 사람들과 살 부딪치는 것을 싫어해서 되도록 비행기를 타거나 자가용을 이용했다. 바로 옆에 서 있는 여자에게서는 싸구려 향수에 목욕하고 그 물에 옷을 빨아 입은 것처럼 지독한 냄새가 났다. 왼쪽에서는 견딜 수 없이 심한 땀 냄새가 풍겨왔다. 차 안에 있는 누군가는 마늘을 먹은 게 분명했다. 그는 한때 자신의 민감한 후각을 자랑스럽게 생각했는데, 지금 같은 상황에서는 고통으로밖에 느껴지지 않았다.

그래도 여행에서 건진 게 있으니 그나마 다행이다. 잠깐 스치듯 보긴 했지만 평범한 USB 스틱에 담겨 있는 수많은 사진과 동영상은 그가 원하던 그대로였다. 암시장에 내놓으면 꽤 높은 가격에 팔릴 것이다. 물론 그런 물건을 가지고 있다가 경찰에게 발각되면 집행유예는 끝장나는 것이다. 하지만 그런 위험도 감수해야만 한다.

그는 혹시 전화가 왔는지 확인했다. 전화도 문자도 들어온 것이 없었다. 그녀에게 연락이 있기를 그토록 바랐건만…….

그는 넓은 열차 안을 둘러보았다. 과거의 삶이 남긴 회색 브리오니 양복에 와이셔츠, 넥타이 차림의 그는 다른 비즈니스맨들 사이에서 크게 눈에 띄지 않았다. 이상하게 쳐다보는 사람도 없었다. 단, 비스듬히 맞은편 창가에 앉은 예쁘장한 잿빛 머리 여자가 힐끔힐끔 그를 쳐다보았다. 그녀는 약간 도전적이면서도 애교스럽게 미소 지었다. 하지만 그는 그 미소를 무시했다. 지금 가장 피하고 싶은 것이 있다면 그것은 원하지 않는 대화를 해야 하는 상황이다. 열차를 타면 책을 읽거나 잠을 청할 생각이었는데, 둘 다 서서는 하기 힘든 일이다. 그는 몽상과 사념에 빠져들었고, 즐거웠던 일을 떠올리려고 애썼다. 하지만 점점 더 많은 회의가 밀려와 그것마저도 쉽지 않았다.

그녀는 왜 연락이 없는 것일까? 오늘 아침 전화나 문자로 연락하라고 문자를 보낸 후 그는 이제나저제나 연락이 오기만을 기다렸다. 그러나 연락은 오지 않았다. 전화기의 침묵이 오래될수록 그의 회의는 짙어져만 갔다. 그는 그녀에게 한 말을 하나하나 곱씹으며 혹시 잘못 말한 것이 있거나 그녀가 기분 나빠 할 만한 표현을 쓴 것은 아닌지 돌이켜보았다. 오늘 아침 함부르크로 떠날 때 느꼈던 고무적인 기분은 연기처럼 사라져버렸다.

열차가 프랑크푸르트에 도착하기 30분 전에야 바지 주머니 속에서 휴대전화가 진동했다. 드디어 왔다! 문자일 뿐이지만 그게 어딘가. 문자를 읽는 그의 얼굴에 환한 미소가 번졌다. 고개를 드는데 창가에 앉은 잿빛 머리 여자와 눈길이 부딪쳤다. 그녀는 눈썹을 살짝 치켜세우더니 보란 듯이 창밖으로 고개를 돌렸다. 드디어 떨어져나간 것이다.

＊

조명이 꺼졌다. 카메라맨들은 카메라를 뒤로 빼고 헤드폰을 벗었다. 관객들이 박수갈채를 보냈다.

"네, 여기까지요! 모두 수고했어요!"

감독이 외쳤다. 한나는 속으로 안도의 한숨을 쉬며 두 시간 내내 웃느라 경직된 얼굴 근육을 풀었다. 여름휴가 전 마지막 방송인 90분짜리 여름 스페셜 '운명인가 우연인가'는 높은 집중력을 요구했다. 출연자들이 전혀 고분고분하지 않았기 때문에 한나는 모두에게 동등하게 발언권을 주기 위해 애를 써야만 했다. 귀에 꽂은 무전기로 자꾸만 잔소리를 해대던 감독은 광고 나갈 때 한나가 뭘 어떻게 해야 하는지 다 아니까 제발 잡음 좀 넣지 말라고 핀잔을 주고 나서야 조용해졌다.

그래도 팀워크는 괜찮았다. 마이케와 신임 프로듀서 스벤이 사전 작업을 완벽하게 해놓은 덕택이다. 한나는 관객들이 사인을 해달라고 몰려들기 전에 얼른 대기실로 피했다. 옥상에서 열리는 애프터 쇼 파티에 가고 싶은 생각은 전혀 없었다. 하지만 팀과 손님들을 생각하면 30분 정도라도 얼굴을 내밀어야 할 것이다. 분장 때문에 얼굴이 근질거리고 뜨거운 조명 밑에 서 있느라 온몸이 땀에 젖었다. 게다가 어제 거의 한숨도 자지 못했다. 몸은 녹초가 됐지만 한나는 온몸에 에너지가 전율하는 것을 느꼈다. 요 며칠간 그녀는 강한 전기에 감전된 것처럼 살았다. 노먼이 야기한 불쾌한 사건은 이미 옛날 이야기가 됐다.

한나는 휴대전화를 들고 안락의자에 털썩 몸을 던졌다. 그리고 미지근한 생수를 들이켜며 전화기를 들여다보았다. 젠장, 또 수신이 안 되잖아! 안테네프로, 그리고 홀딩 소속 방송사의 다른 스튜디오들은 모두 오버우르젤의 칙칙한 산업단지 내에 있다. 2층은 편집부, 컨트롤러, 그 외 다른 부서 사람들이 쓰고, 높으신 분들은 언제부턴가 비싼 동네로 옮겨가서 2년 전부터는 프랑크푸르트 베스트 엔드의 팔멘가르텐에 있는 아르누보 양식의 빌라를 사무실로 쓰고 있었다.

"엄마?"

마이케는 여느 때와 같이 노크도 없이 문을 벌컥 열었다.

"손님들이 찾아요. 얼른 올라와요."

"10분만 있다가."

"5분요."

마이케는 문을 쾅 닫고 사라졌다. 지금 옷을 갈아입는 것은 별 의미가 없을 것이다. 옥상에 올라가면 적어도 30도는 될 것이다. 조금이라도 일찍 집에 가려면 지금 바로 올라가야 한다. 안 그러면 모두들 취해서 놔주지 않을지도 모른다. 한나는 하이힐을 벗고 굽이 낮은 단화로 갈아 신었다. 그리고 가방을 들고 대기실을 나갔다.

옥상에서는 뻑적지근하게 파티가 벌어지고 있었다. 여름휴가와 크리스마스 전 방송은 보통 때보다 훨씬 힘들고 신경이 많이 쓰인다. 수줍음이 많고 요구하는 것도 없는 일반인 출연자들과 달리 스페셜 방송 출연자들은 유명인인 경우가 많아 까다롭기 때문이다.

올라가다 보니 다시 신호가 잡혔다. 한나는 옥상 밑 계단참에 서서 문자메시지를 확인했다. 성공적인 방송을 축하하는 볼프강의 문자, 전화해달라는 빈첸츠의 문자, 그리고 그 밖에 다양한 문자와 이메일이 들어와 있지만 기다리던 소식은 없었다. 한나는 실망감을 감추지 못했다. 그녀는 인내심과는 거리가 멀었다.

"한나! 잠깐, 기다려!"

얀 니뮐러는 항상 계단을 두 칸씩 뛰어다닌다.

"오늘 방송 정말 좋았어! 축하해!"

"고마워."

그는 가쁜 숨을 몰아쉬더니 그녀를 포옹하려고 했다. 한나는 얼른 뒤로 한 걸음 물러섰다.

"하지 마. 땀을 너무 많이 흘렸어."

그 말에 니뮐러의 표정이 싹 변했다. 한나는 남은 계단을 다시

오르기 시작했고 니묄러는 그 뒤를 따랐다.

"오늘 볼프강 마테른하고 통화했어?"

니묄러가 물었다.

"아니, 왜?"

"오늘 낮에 나한테 전화가 왔는데 좀 이상해서. 둘이 싸웠어?"

"왜 그런 생각을 하는데?"

"그냥, 여름휴가 끝나고 나갈 첫 방송 얘기하면서 혼자 우물우물하는 거야."

"정말이야?"

한나는 멈춰 서서 뒤를 돌아보았다. 그렇게 일급비밀이라고 주의를 줬건만!

"무슨 일인데 그래? 어떤 스토리야? 요즘은 통 연락도 없잖아."

니묄러는 궁금증과 의심이 담긴 눈초리로 한나를 쳐다보았다. 다행히 볼프강이 다 말한 것 같지는 않다. 한 번 더 입조심을 시켜야 할 필요가 있다.

"큰 건 하나 물었어. 아마 대박 날 거야."

"다시 한 번 물을게. 무슨 내용이야?"

"나도 아직 잘 몰라. 더 알게 되면 얘기해줄게."

"뭔데 그렇게 쉬쉬해? 이제껏 무슨 얘기를 내보낼지 항상 같이 결정했잖아. 나 몰래 무슨 일 꾸미고 있는 거 아냐?"

니묄러는 실눈을 뜨고 한나를 흘겨보았다.

"그런 거 없어. 그리고 아직 동네방네 떠들 단계가 아냐."

한나가 딱 잘라 말했다.

"하지만 마테른에게는 이미 얘기했잖아……."

니묄러는 검은 백조 역할을 다른 사람에게 뺏긴 프리마돈나처럼 샐쭉해져서 투덜거리기 시작했다. 한나는 얼른 그의 말을 끊었다.

"얏, 조금만 기다리면 금방 알려줄 테니 어린애처럼 굴지 마. 그리고 볼프강은 프로그램 디렉터일 뿐만 아니라 내 친구이기도 해."

"친구가 친구가 아닐 수도 있지."

니뮐러는 여전히 샐쭉한 얼굴로 불퉁거렸다. 한나는 마지막으로 한 번 더 휴대전화를 확인한 후 프로다운 미소를 지었다.

"자, 이제 파티하러 가자고. 힘들게 일했으니 즐겨야지."

한나가 그의 팔짱을 끼며 말했다. 그러나 니뮐러는 그녀의 팔을 뿌리쳤다.

"아냐, 난 파티할 기분이 아니야. 집에나 가야겠어."

"그러든가, 그럼. 잘 가."

한나는 어깨를 으쓱하며 말했다. 가지 말라고 잡을 줄 알았다면 큰 착각이다. 그는 요즘 들어 부쩍 간섭이 많아졌다. 그럴수록 한나는 짜증이 났다. 슬슬 후임자를 찾아봐야 할 때가 됐다. 남자보다는 여자가 나을 것이다.

*

미리엄의 할머니가 사는 대저택은 고풍스러운 빌라가 즐비한 고급 주택가에 위치해 있었다. 대저택의 넓은 녹지에는 프랑크푸르트와 포더타우누스 지역에서 이름만 대면 알 만한 사람들이 모두 모여 득시글거리고 있었다. 오래된 가문과 신진 가문, 대대로 내려오는 부잣집 사람들과 신흥 부자들이 어깨를 나란히 하고 서서 웃고 즐기는 가운데 파티 분위기는 점점 고조됐다. 샤를로테 호로비츠가 젊은 음악가를 소개하는 자리에는 누구든 기꺼이 달려왔다. 오늘은 열여덟 살짜리 피아니스트가 소개되었다. 쇼핑센터에서 헤매느라 느지막이 도착한 피아는 그 훌륭한 연주의 마지막 몇 소절 정도만 들을 수 있었다. 그러나 그게 많이 아쉽지는 않았다. 피아의 목적은 맛있는 음식에 있었기 때문이다. 호로비츠 할머니의 파티에서는 맛있는 음식을 기대해도 된다. 뷔페에서 피아는 헤닝과 마주쳤다.

"오늘도 정확하게 지각한 거야? 그러다가 들켜."

헤닝이 비꼬았다.

"당신만 아니면 안 들켜. 여기 나한테 신경 쓰는 사람이 누가 있다고? 그리고 피아노 딩동거리는 거 별로 좋아하지도 않아."

"피아 아줌마는 문외한이에요. 어제 우리 할아버지가 그랬어요."

옆에 있던 릴리가 애어른처럼 말했다.

"암, 너희 할아버지 말씀이 옳단다."

헤닝이 크게 고개를 끄덕이며 말했다.

"나 참. 누가 아니라고 했나?"

피아의 눈은 뷔페의 다양한 음식들을 죽 훑고 있었다. 음식을 보니 더 배가 고팠다. 자, 어디서부터 시작할까?

그때 미리엄이 양팔을 벌린 채 다가와 피아의 두 볼에 입을 맞추었다.

"옷 예쁘네. 새로 샀어?"

"응, 오늘 샤넬에서 하나 건졌어. 2000유로면 껌값이지."

피아가 농담을 했다.

"아닌데. 왜 거짓말해요?"

릴리가 항의했다.

"농담이야, 농담! 그러지 말고 우리가 무슨 모험을 하느라 늦었는지, 왜 그 훌륭한 피아노 연주를 놓쳐야만 했는지 미리엄 아줌마에게 얘기해줘."

피아가 미리엄을 보며 한쪽 눈을 찡긋했다. 미리엄은 할머니가 후원하는 음악가들이 피아에게 아무런 의미도 없다는 것을 잘 알았다. 릴리는 쇼핑센터에서 있었던 일을 자세히 이야기하기 시작했다. 피아가 산 원피스의 가격이 59.90유로라는 것도 빠트리지 않았다. 그 돈이면 미리엄이 입고 있는 원피스의 10제곱센티미터쯤 살 수 있을까?

"내가 애 때문에 제 명에 못 죽지."

피아가 머리를 절레절레 흔들었다.

"나 쟤 알아요! 오펠동물원에서 봤어요."

릴리가 부모와 함께 온, 아홉 살 정도 되어 보이는 남자애를 가리켰다.

"그렇게 손가락으로 사람을 가리키면 못써."

"그럼 뭐로 가리켜요?"

피아는 한숨을 푹 내쉬었다.

"가서 놀아. 멀리 가지 말고 15분마다 한 번씩 어디 있는지 알려줘야 해."

릴리는 남자아이를 향해 곧장 걸어갔다. 수줍음 같은 것은 전혀 모르는 아이다.

"그런데 남자애 옆에 서 있는 저 남자, 프라이 검사 아니야? 저 사람이 여기서 뭐 하고 있는 거지?"

피아가 눈을 가늘게 뜨고 보며 헤닝에게 물었다.

"프라이는 핑크바이너 재단의 후견인이야."

설탕에 조린 갑각류와 오이를 넣어 차갑게 식힌 수프를 작은 잔으로 떠먹던 미리엄이 헤닝 대신 대답했다.

“아는 사이야?”

“프랑크푸르트 검사들은 대충 알지. 얼마 전에는 몸소 현장에 나타나더니 그 다음 날에는 부검하는 데까지 왔더라고.”

“그 사건은 좀 진전이 있어?”

헤닝이 물었다. 그리고 바로 덧붙였다.

“어? 저기 샤를로테가 오는데? 오기 전에 얼른 먹어. 먹고 싶어 죽겠다, 도저히 참을 수 없다 하는 표정인데.”

피아는 헤닝을 무섭게 노려보았다. 하지만 음식을 먹기에는 너무 늦었다. 샤를로테 호로비츠는 피아를 알아보고 이쪽으로 오는 중이었다. 미리엄의 할머니는 웬일인지 오래전부터 피아를 예뻐했다. 그리고 몇 년 전 가까운 친구의 죽음을 해결해준 뒤로는 무슨 일이 있을 때마다 피아를 초대했다. 피아는 30분 정도 지난 뒤에야 다시 뷔페 근처로 올 수 있었다.

비가 오려는지 하늘은 찌뿌드드하고 모기가 극성을 부렸다. 일기예보에서는 오늘 밤 소나기가 내릴 것이라고 했다. 피아는 비가 오기 전에 돌아가야겠다고 생각하며 접시 한가득 맛있는 음식을 담았다. 그리고 미리엄을 찾아 나섰다. 미리엄은 헤닝, 다른 몇몇 사람들과 함께 정원에 있었다. 오래된 말밤나무 밑에 있는 정자에는 화기애애한 분위기가 흘렀다. 다들 아는 사이라서 서로 놀려대며 농담을 주고받았다. 헤닝은 피아의 원피스를 가지고 또 놀리기 시작했다. 피아는 더 이상 안 되겠다 싶어서 반격을 감행했다.

“그런 안경 쓰고 다니는 사람이 무슨 패션 운운해? 그냥 조용히 있으면 중간은 갈 텐데?”

그 말에 모두 웃음을 터뜨렸다.

“그것 봐. 그 말 자체가 패션엔 문외한이라는 걸 증명하는 거라고. 이 안경테 하나만 해도 800유로야. 렌즈는 말할 것도 없고.”

“어디서 샀는데? 나나 무스쿠리한테 싸게 하나 구입했나 보지?”

사람들은 폭소를 터뜨렸고, 놀림의 대상이 되는 것을 견디지 못하는 헤닝은 금세 삐친 표정을 지었다.

피아는 문득 릴리가 어디 있는지 궁금해졌다. 릴리가 한참 동안 눈에 보이지 않았던 것이다.

손님들은 거의 집 안으로 들어갔고, 이미 집에 돌아간 사람도 많았다. 내일은 평일이고 주중에 자정 지나서까지 있는 건 실례다. 앞마당에서 릴리를 찾지 못한 피아는 금세 다시 신경이 날카로워졌다. 정말이지 그런 가슴 졸이는 경험은 하루에 한 번이면 족했다.

“피부 밑에 추적 장치를 심어놓든가 해야지 정말! 오늘 그 일로 한 10년은 늙은 것 같다니까.”

피아는 함께 아이를 찾아 나선 헤닝과 미리엄에게 말했다.

그들은 결국 정원 살롱에서 릴리를 찾아냈다. 릴리는 아까 그 남자아이와 함께 소파에 누워 자고 있었는데, 하필이면 프라이 부장검사의 다리를 베고 잠들어 있었다. 프라이는 손을 아이의 머리에 가만히 올려놓은 채 앞에 앉은 다른 손님들과 이야기를 나누고 있었다.

“미녀와 야수. 그림이네요.”

헤닝이 중얼거렸다.

“아, 키르히호프 부인! 키르히호프 박사!”

프라이가 편안한 미소를 지으며 돌아보았다.

“그 집 아이였군요. 자는데 깨우기가 그래서요. 그런데 이제 나도 슬슬 일어나야겠습니다.”

“네, 지금 바로 데려갈게요. 죄송해요. 너무 버릇없이 굴지 않았는지 모르겠어요."

피아는 아이를 제대로 간수하지 못한 계모처럼 느껴져 무색함을 감추지 못했다.

"아닙니다. 아주 재미있게 얘기를 나눴습니다."

돈 마리아 프라이는 잠든 아이를 조심스럽게 안아 올리더니 피아에게 건넸다.

"정말 매력적인 꼬마 아가씨예요. 명랑하고 똑똑하고."

릴리는 피아의 어깨에 머리를 기대고 품에 폭 안겼다.

"괜찮겠어요? 아니면 제가 차까지 안고 갈까요?"

"아니에요. 괜찮아요. 혼자 할 수 있어요."

피아가 미소를 지으며 답했다.

"우리 집에는 아이가 셋입니다. 여기 있는 막시가 우리 막둥이죠. 이 둘은 아마 동물 교실에서 만난 모양입니다."

"아, 그래요?"

피아는 겸연쩍게 웃으며 고개를 끄덕였다. 사람들을 만나다 보면 이렇게 갑작스럽게 놀랄 때가 있다. 송곳으로 이마를 찔러도 피 한 방울 안 나올 것 같은 프라이 검사에게 이렇게 부드럽고 인간적인 면이 있을 줄이야!

그들은 공손하게 인사를 나누고 헤어졌다. 차로 걸어가는 도중에 릴리가 깨서 웅얼거렸다.

"벌써 집에 가는 거예요?"

"벌써는 무슨? 11시 다 돼가는데. 지금쯤 할아버지가 왜 안 오나 하고 걱정하고 계실 거야."

"오늘 같이 다녀서 진짜 재미있었어요. 피아 아줌마는 내 독일 엄마예요."

릴리가 하품을 하더니 피아의 목에 팔을 둘렀다. 피아는 애정이 담뿍 담긴 말을 아무렇지도 않게 하는 아이의 순진함에 놀라 마른 침을 꼴깍 삼켰다. 처음에 느꼈던 거부감과 짜증은 눈 녹듯 사라지고 없었다. 피아는 아이에게 가만히 속삭였다.

"나도 재미있었어."

*

한나는 크리프텔 나들목에서 고속도로를 벗어나 L3011 도로를 타고 호프하임 방향으로 차를 몰았다. 땀으로 끈적끈적해지고 녹초가 된 그녀는 어서 샤워를 하고 싶은 생각뿐이었다. 아니, 풀장을 한 바퀴 돈다면 더욱 좋을 것이다. 무엇보다 잠을 자두어야 한다. 다음 날 저녁 비스바덴 쿠어하우스에서 갈라 쇼 사회를 보기로 했기 때문이다.

물론 애프터 쇼 파티에서 30분 만에 빠져나오지는 못했다. 얀이 어린아이처럼 삐쳐서 가버렸기 때문에 한나는 혼자서 그 많은 손님을 다 상대해야 했다. 자정이 될 때까지 웃는 얼굴로 사람들과 대화를 나누다가 소나기 핑계로 빠져나왔다. 계속해서 사람들과 이야기를 했지만 머릿속에 생각이 너무 많아서 대화에 집중할 수 없었다. 마이케. 차의 긁힌 자국, 심리상담사가 개입된 기묘한 스토리, 전화로 협박해놓고 다시 연락이 없는 노먼. 그러나 가장 그녀를 신경 쓰이게 하는 것은 미스터 블루 아이즈였다. 심지어 방송 중에도 그의 얼굴이 떠올라 당황한 적이 몇 번 있었다.

그들은 그새 많이 가까워졌다. 두 사람의 관계는 육체적인 데 그치지 않았다. 하지만 여전히 그에 대해 아는 것이 없었기 때문에 제대로 파악하기가 힘들었다. 옛날 같았으면 눈 딱 감고 불같은 연애에 빠져들었겠지만 돌이켜보면 남자들과 관련해 잘못 판단한 적이 많았기 때문에 이번에는 조심스럽기만 하다. 그때 라디오에서 그녀가 좋아하는 노래가 나왔다. 한나는 운전대에 붙어 있는 버튼으로 볼륨을 높이고 스피커에서 커다랗게 울려 나오는 노래를 따라 불렀다. 바람이 불고 하늘에서 번개가 치는 게 곧 소나기가 쏟아질 것 같다. 오버우르젤에는 이미 비가 쏟아지기 시작해서 도로가 개울로 변했다는 보도가 나왔다. 소나기는 곧 이곳에 도달할 것이다. 그때 헤드라이트 불빛 속으로 뭔가 휙 지나가는 것이 보였다. 한나는 본능적으로 운전대를 왼쪽으로 꺾었다. 강한 긴장감이 온몸을 훑고 지나갔다. 한나는 액셀에서 발을 뗐다. 맞은편에서 오는 차가 없어서 천만다행이었다. 한나는 몇백 미터 더 가 크라이스하우스 앞에서 방향등을 넣고 랑엔하인 방향으로 꺾었다. 그런데 갑자기 숲 묘지 바로 앞에서 검정색 자동차가 튀어나와 그녀를 추월했다.

"이런 미친!"

한나는 깜짝 놀라며 브레이크를 밟았다. 이렇게 어두컴컴한 곳에서 무턱대고 추월하다니 죽으려고 환장했나? 그런데 곧 앞차의 뒷창문에 빨간 글씨로 '경찰 차량-따라오시오'라는 신호가 들어왔다.

이런 젠장! 아마 경찰이 뒤따라오다가 아까 운전대 꺾는 것을 보고 음주운전이라고 생각한 것이리라. 그러나 파티에서 마신 것이라고 해봐야 맥주 두 잔뿐이다. 그걸로 혈중알코올농도 0.05퍼센트가 나오지는 않을 것이다.

검정색 차는 오른쪽으로 꺾어 큰 숲 주차장으로 들어갔다. 한나는 한숨을 쉬며 방향등을 넣고 음악 소리를 줄였다.

경찰차 뒤에 주차하고 창문을 내리니 남자 두 명이 차에서 내렸다. 사복을 입은 경찰관이 손전등으로 한나의 차 안을 비추었다.

"수고하십니다. 잠시 검문 있겠습니다. 운전면허증, 신분증, 자동차 등록증 좀 보여주십시오."

한나는 서류가 다 있어서 다행이라고 생각하며 조수석에 놓인 가방에서 지갑을 꺼냈다. 서류가 다 준비되어 있으니 조금이라도 빨리 집에 갈 수 있을 것이다. 한나는 사복 경찰이 검정색 차로 걸어가는 것을 보며 초조하게 운전대를 두드렸다. 두 번째 남자는 그녀의 차 앞에 약간 비껴서 있었다.

미스터 블루 아이즈에게 문자를 보낼까? 아니면 그가 먼저 연락할 때까지 기다리는 게 나을까? 절대 그녀가 쫓아다닌다는 느낌을 주고 싶지는 않았다. 이윽고 차창에 굵은 빗방울이 떨어지기 시작했다. 높은 나무 주위에서 바람이 윙윙 소리를 냈다. 언제까지 기다려야 하는 걸까? 벌써 1시가 다 되어가는데…….

드디어 경찰관이 왔다.

"내려서 트렁크 여십시오."

거부하면 아마 음주 측정기를 불라고 할 테니 시키는 대로 하는 게 나을 것이다. 어쩌면 야간 근무를 하다가 지루해져서 그러는 것인지도 모른다. 그녀의 자동차는 이런 사람들의 관심과 질투심을 자극하게 되어 있다. 파나메라를 탄 이후로 경찰이 잡는 일이 부쩍 많아졌다. 한나는 트렁크 열림 버튼을 누른 다음 차에서 내렸다.

차가운 빗방울이 끈적끈적한 피부에 떨어졌다. 숲에서 풍겨오는 약초 냄새, 젖은 아스팔트 냄새, 여름 내내 메말라 있던 땅에 오랜만에 빗방울이 떨어지면서 비릿한 흙 냄새가 났다.

"삼각 표지판, 안전 조끼, 구급상자 어디 있어요?"

젠장, 별걸 다 보여달라고 하네! 빗방울은 점점 굵어지고 한나는 한기를 느꼈다.

"삼각 표지판하고 안전 조끼 여기 있잖아요."

한나는 트렁크 뚜껑 안쪽을 가리켰다.

"구급상자는 여기 있어요. 이제 됐어요?"

순간 번개가 쳤다.

한나는 옆에서 뭔가 움직이는 것을 느꼈다. 두 번째 경찰이 그녀 바로 뒤에 서 있었다. 목덜미에 타인의 입김이 느껴졌다. 그녀는 본능적으로 위험에 처했음을 깨달았다.

경찰이 아니었어! 억센 두 손이 그녀의 어깨를 붙잡는 순간 그녀의 머릿속에서 경보가 울렸다 그녀는 재빨리 앞으로 허리를 숙이며 한 걸음 뒤로 물러났다. 그러자 남자의 팔에서 힘이 빠졌다. 그녀는 그새를 틈타 뒤돌아서며 무릎으로 그의 사타구니를 가격했다. 한나의 반응은 반사적인 것이었다. 거의 2년간 스토커에게 시달리다가 배운 호신술의 효과를 본 것이다. 남자는 잠시 비틀거리다가 욕설을 내뱉으며 몸을 웅크렸다. 한나는 그 틈을 타 도망치려고 했지만 공범의 존재를 잊고 있었다. 갑자기 눈앞에 불꽃이 튀며 뒤통수에서 아픔이 느껴졌다. 곧이어 무릎에 힘이 빠지며 한나는 그대로 바닥에 쓰러졌다. 남자들의 바짓부리와 신발이 희미하게 보였다. 빗줄기가 점점 거세졌다. 흙바닥에 빗물이 고이기 시작했다. 잠시 뒤 시점이 바뀌었지만 한나는 무슨 일이 일어나는지 알 수 없었다. 순간적으로 몸이 공중에 붕 뜬 느낌이 들면서 방향감각이 없어졌다. 그리고 다음 순간, 건조하고 따뜻하고 어두운 곳에 있었다. 모든 것이 너무 빨리 지나가서 두려움을 느낄 시간조차 없었다.

*

그녀는 마구간에 있는 것이 좋았다. 그녀에게 있어서 마구간은 세상에서 가장 편안한 장소였다. 형제자매들 중에 그녀만큼 말을 좋아하는 사람은 없었다. 그들은 그녀가 마구간에서 돌아오면 말똥 냄새가 난다며 코를 움켜쥐었다. 그녀는 마상곡예도 잘했다. 체구가 작은 그녀는 다른 아이들과 달리 자유 종목 연습도 열심히 참가했다. 그녀는 말 등 위에서 동작을 할 때의 그 가볍고 안정적인 느낌을 사랑했다. 다른 사람은 땅 위에서도 못 하는 동작을 말 등 위에서 할 때 몸이 날아오르는 듯한 전율을 느꼈다.

연습이 끝나면 가비 선생님을 도와 아스테릭스의 말굽을 긁어내고 박스 안에 들여놓는 일을 했다. 아스테릭스는 세상에서 가장 예쁜 말이다. 따뜻한 갈색 눈을 가진 백마로 갈기가 은색으로 빛난다. 다른 아이들은 모두 집에 돌아갔지만 그녀는 집에 가고 싶지 않았다. 그래서 구유 옆에 앉아 아스테릭스가 건초 먹는 모습을 지켜보았다.

"어머나, 아직 안 갔니?"

그녀의 머리 바로 위에서 가비의 목소리가 들렸다.

"얼른 나와. 안 그러면 오늘 밤 그 안에서 자야 한다."

그녀는 차라리 그러고 싶었다. 아스테릭스의 박스 안에 있으면 악몽에 시달릴 필요도 없고 훨씬 안전하게 느껴졌다. 가비가 박스 안으로 들어와 그녀 앞에 쭈그리고 앉았다.

"왜 그래? 선생님이 집에 데려다 줄까? 벌써 어두워졌어. 부모님이 걱정하시겠다."

그녀는 말없이 고개를 저었다. 집에 갈 생각만 해도 무서워서 오금이 저렸다. 하지만 다른 사람에게는 절대 말하면 안 되는 비밀이다. 절대 말하지 않겠다고 아빠에게 굳게 약속했다. 어젯밤에도 꿈에 늑대가 나와서 얼마나 무서웠는지 모른다. 리하르트 삼촌은 며칠 전에도 비밀을 말하면 늑대가 와서 잡아먹을 거라고 단단히 주의를 주었다. 그녀는 너무 무서워서 화장실에도 못 가고 이불에 오줌을 쌌다. 그래서 아침에 엄마에게 엄청 혼났고 다른 형제자매들에게 놀림을 받았다.

"집에 가기 싫어요."

그녀가 기어들어 가는 소리로 말했다. 가비는 이상하다는 듯 그녀를 쳐다보았다.

"왜 가기 싫은데?"

"왜냐면…… 왜냐면…… 아빠가 맨날 아프게 해요."

그녀는 감히 고개를 들지 못했다. 이제 약속을 어겼으니 분명 큰일이 일어날 것이라고 생각했다. 그러나 아무 일도 일어나지 않았다. 그녀는 가만히 고개를 들었다. 가비 선생님은 한 번도 본 적 없는 진지한 표정을 짓고 있었다.

"그게 무슨 뜻이니? 아빠가 어떻게 아프게 하는데?"

순간 용기가 없어진 그녀는 더 이상 아무 말도 할 수 없었다. 그때 다른 좋은 생각이 떠올랐다.

"선생님 집에 가면 안 돼요?"

가비 선생님은 그녀를 수제자라고 부르며 예뻐했다. 다른 아이들과 함께 선생님 집에 놀러 간 적도 있다. 거기서 말 사진을 보고 코코아도 마셨다. 가비 선생님은 어른이고 무서워하는 것도 없으니까 늑대가 와도 물리쳐 줄 것이다.

"미안하지만 그건 안 돼. 선생님이 집에 데려다 주고 너희 엄마랑 얘기해볼게."

그녀는 가비 선생님을 올려다보았다. 금방이라도 눈물이 쏟아질 것 같았다.

"하지만 그러면 나쁜 늑대가……."

그녀가 속삭이듯 중얼거렸다.

"나쁜 늑대? 혹시 나쁜 꿈 꿨니?"

가비 선생님이 자세를 바꾸며 물었다. 그녀는 고개를 푹 숙인 채 자리에서 일어났다. 그리고 안아주려는 가비 선생님을 뿌리쳤다.

"잘 있어, 아스테릭스."

그녀는 말에게 인사하고 마구간을 나왔다. 밖에 나오니 두려움이 마구 밀려왔다. 애써 참은 눈물 때문에 눈두덩이 뜨겁게 달아올랐다. 그녀는 약속을 어기고 비밀을 누설했다. 늑대가 가비 선생님에게 나쁜 짓을 하면 어쩌지?

"휴대전화가 계속 꺼져 있는데요. 집 전화는 안 받고요."

마이케는 걱정돼 어쩔 줄 몰라 하는 직원들의 얼굴을 둘러보았다. 회의실의 타원형 탁자에 둘러앉은 헤르츠만 프로덕션 직원 아홉 명은 커피를 사발로 마셔대며 점점 공황 상태에 빠져들었다. 마이케는 속으로 마치 대장을 잃은 멍청한 양떼 같다고 생각했다.

"문자 보내봤어?"

이리나 치데크가 물었다. 그녀는 거의 회사의 한 부분이라고 할 수 있을 만큼 오래전부터 비서실을 지키고 있다. 그녀는 무슨 이유에선지 한나를 맹목적으로 따랐고, 그동안 한나의 남편, 애인, 추종자, 매니저, 프로듀서, 어시스턴트, 편집자, 실습생, 컨트롤러가 바뀌는 것을 숱하게 봐왔다. 그러니 한나 헤르츠만을 가까이하고 싶은 사람은 절대 그녀에게 밉보여서는 안 된다. 이리나는 자신을 희생해서라도 한나에게 충성할 사람이다. 겉으로 보면 존재감 없는 노

처녀처럼 보이지만 알고 보면 심지가 굳고 뚝심이 있어 절대 호락
호락하게 볼 상대가 아니다.

"전화기가 꺼졌는데 어떻게 문자를 읽어요? 그냥 늦잠을 자나 봐
요. 아니면 배터리가 나갔거나."

이리나는 창가로 가서 회사 뒷마당을 내려다보았다.

"내가 한나를 안 지 꽤 오래됐는데 연락 없이 늦은 적은 한 번도
없었어. 이젠 정말 걱정이 되는데……."

"그런 소리 마요. 금방 나타날 거예요. 어제 파티가 늦게 끝났잖
아요."

마이케가 어깨를 으쓱했다. 분명 어느 놈팡이와 함께 있을 것이
다. 요즘 낌새가 이상했다. 한나가 연애를 시작하면 어떻게 변하는
지 마이케는 너무 잘 안다. 일단 호르몬이 기승을 부리기 시작하면
열 일 제치고 연애에 빠져드는 것이 한나다. 요즘 들어 한나는 딴
사람처럼 변했다. 몇 시간씩 휴대전화를 꺼놓아서 연락이 두절되는
가 하면 그녀가 산장 같은 엄마 집이 아니라 작센하우젠 시내 한복
판에 있는 친구 집에서 여름방학을 보내겠다고 했을 때도 별 말이
없었다. 사실 마이케는 한나가 울고불고 애원하며 매달리기를 은근
히 바랐다. 그러나 한나는 '그게 더 나을 것 같으면'이라고 짧게 대
꾸했을 뿐이다. 마이케는 속으로 '또 남자가 자식보다 중요하군'이
라고 생각했다. 이제 그 의심이 사실로 드러난 것이다. 물론 한나가
그런 얘기를 꺼낸 것은 아니다. 마이케도 죽으면 죽었지 절대 어머
니에게 그런 걸 물어보지는 않았다. 어머니가 어떻게 살든 마이케
는 아무 상관없다고 생각했다. 돈이 급히 필요하지 않았다면 이 아
르바이트도 절대 하지 않았을 것이다.

"누가 한나 집에 가봐야 할 것 같은데. 어제 좀 이상했어."

얀 니뮐러가 잠을 못 잔 듯 꺼칠한 얼굴로 말했다. 면도하지 않은 얼굴에 눈은 벌겋게 충혈돼 있고 신경이 잔뜩 곤두서 있었다.

그래, 이상한 게 당연하지. 애인에게 달려갈 생각뿐이었을 테니까. 마이케는 속으로만 생각하고 말로 꺼내지는 않았다. 여기서 한나에 대해 부정적인 발언을 해봐야 득될 것이 없다. 이리나와 얀은 진지한 표정으로 어떻게 하는 것이 좋을지 상의하기 시작했다. 마이케는 그들을 도무지 이해할 수 없었다.

얀이 사소한 일을 가지고도 난리법석 떠는 것을 보면 정말 웃기지도 않았다. 얀과 이리나는 한나의 충복 자리를 놓고 오랫동안 암투를 벌여왔다. 자기가 없는 동안 상대가 한나에게 점수를 딸까 봐 심지어 열이 40도가 넘어도 회사에 나오고, 누가 언제 한나를 위해 무엇을 할 것인지를 놓고 피 터지게 싸웠다. 한나는 그 유치한 싸움을 이용해 자기에게 유리한 것만 쏙쏙 빼먹었다.

이리나와 얀은 여전히 열띤 토론 중이다. 마이케는 의자를 뒤로 밀고 일어나 가방을 둘러멨다.

"지금 랑엔하인까지 운전해서 가고 싶은 생각은 별로 없지만 두 분이 너무 걱정하니까 제가 가볼게요."

"그래줄래?"

이리나와 얀이 합창하듯 이구동성으로 말했다. 둘이 이렇게 마음이 맞는 일은 드물다.

"그동안 한나에게서 연락 오면 전화할게."

이리나가 한층 안심된다는 듯 웃는 얼굴로 말했다.

마이케는 그 자리에서 빠져나올 수 있어서 기뻤다. 오늘 다시 회사에 돌아가는 일은 없을 것이다. 더구나 날씨가 정말 더럽게 좋았다.

2주간 숨 가쁘게 바빴던 K11에 다시 일상이 찾아왔다. 새로운 단서나 증거가 나오지 않았고 핫라인의 전화벨이 울리는 것도 뜸해졌다. 신문에서도 다른 사건 사고들 때문에 마인 강에서 건져 올린 소녀의 시체는 이미 관심의 뒷전으로 밀려났다.

한편 보덴슈타인은 요즘 들어 더욱 사건에 집중하는 모습을 보이고 있었다. 오전에도 '수사파일 XY' 편집자와 긴 통화를 했다. 그는 그 방송에 큰 기대를 걸고 있었다. 한 가지 못내 아쉬운 점이 있다면 방송이 나가는 시점이 헤센 주에서 여름휴가가 시작된 첫 번째 주라는 것이었다. 보덴슈타인이 방송에 나가는 것은 이번이 처음이 아니다. 세 번 방송에 나갔는데, 두 번은 범인을 잡는 데 큰 덕을 봤다. 하지만 세 번째는 방송이 별 도움이 되지 않았다. 보덴슈타인은 탁자 위에 '인어공주' 사건 기록과 다음 주 뮌헨에 가지고 갈 서류를 나란히 펼쳐놓고 편집자가 사진, 증거물과 함께 필요하다고 한 내용을 메모하고 있었다. 밖에서 문 두드리는 소리가 났다.

"반장님, 긴급 신고입니다. 피아에게는 이미 연락했습니다. 10분 내 온답니다."

오스터만이 말했다. 그러나 탁자 위에 꼼꼼하게 정리된 파일을 보더니 말을 바꾸었다.

"셈과 카트린에게 가라고 할까요? 아직 엡슈타인 자살 현장에 있을 텐데."

"아니야. 내가 가지."

보덴슈타인이 말했다. 잠시 나가서 신선한 공기를 마시는 것도 나쁘지 않을 것 같았다.

"이 사진하고 옷가지 들을 오늘 안에 우편으로 보내야 하는데 좀 해주겠어? 주소는 여기 적어놨어."

"네, 알겠습니다. 출동할 곳은 바일바흐입니다. 차 트렁크에서 여자가 발견됐다고 합니다. 더 자세한 건 모르겠습니다."

"정확히 어디야?"

자리에서 일어난 보덴슈타인은 재킷을 챙겨야 할지 잠시 망설였다. 어제 내린 비는 잠깐 시원한 느낌을 줬을 뿐이다. 오늘은 불볕더위에 70퍼센트에 육박하는 습도가 더해져 비 오기 전보다 더 덥게 느껴졌다.

"프랑크푸르트 방향으로 가는 바일바흐 고속도로 휴게소 뒤 들판입니다. 감식반은 이미 출발했습니다."

"알았어."

보덴슈타인은 의자 등받이에 걸쳐 놓았던 재킷을 들고 방을 나섰다.

강에서 익사체로 발견된 소녀의 사건에 보덴슈타인은 크게 신경이 쓰였다. 이제까지 형사 생활을 하면서 갖은 노력을 했는데도 범인을 잡지 못한 사건이 두 건 있다. 하나는 프랑크푸르트 강력반에 있을 때 열네 살짜리 소년이 프랑크푸르트 회히스트 지구에 있는 지하보도에서 변사체로 발견된 사건이다. 다른 하나는 2001년 마인 강 뷔르트슈피체에서 일어난 사건으로 강에서 소녀의 시체가 발견됐다. 두 사건 모두 아직 어린 청소년들에게 가해진 범죄로, 범인들은 지금쯤 자유롭게 거리를 활보하고 있을 것이다. 과연 그런 일이 또 일어나도 될까? 독일에서 사람의 목숨에 관련된 강력 사건 해결률은 꽤 높은 편이다. 그러나 시체를 발견한 지 3주가 지난 시점에 이렇다 할 증거가 없다는 것은 결코 좋은 징조가 아니다.

*

"엄마?"

마이케는 복도에 서서 귀를 기울였다. 열쇠가 있지만 혹시나 엄마가 남자와 있는 장면을 목격하게 될까 봐 밖에서 초인종을 두 번이나 눌렀다.

"엄마!"

아무 소리가 없는 것을 보니 이미 나간 모양이다. 마이케는 주방으로 들어가 식당과 거실을 거쳐 서재로 건너갔다. 그리고 언제나처럼 혼잡해 보이는 서재를 쓱 훑어본 다음 2층 침실로 갔다. 침대는 사용하지 않은 채였고 옷장 문은 열려 있었다. 옷걸이에는 옷이 몇 벌 걸려 있고 여러 켤레의 구두가 흩어져 있었다.

아마 방송에서 무슨 옷을 입어야 할지 결정하지 못했던 모양이다. 한나는 스타일리스트가 골라준 옷보다는 자신의 옷을 입는 일이 많았다. 침실에서 열정적인 밤을 보낸 흔적 같은 것은 없었다. 그보다는 주인이 아예 집에 들어오지 않은 것 같은 인상을 주었다.

마이케는 다시 아래층으로 내려왔다.

그녀는 이 집을 좋아하지 않았다. 이 집에 있으면 소름이 끼쳤다. 어릴 때는 집 앞에 차가 다니지 않아서 참 좋았다. 동네 아이들과 함께 롤러스케이트도 타고 미니 카트도 탔다. 고무줄놀이도 하고 종이로 포춘 텔러도 접고 숲으로 몰려다니기도 했다. 그러다 어느새 집이 지옥으로 변하기 시작했다. 부모님이 몇 달간 싸우기만 하더니 아빠가 갑자기 사라졌다. 엄마는 항상 일 때문에 바빴고 마이케는 수시로 바뀌는 보모와 함께 방치되었다. 사춘기가 되어서는 지옥 그 자체였다. 세상에서는 삶과 젊음이 요동치고 있는데 늙은

이처럼 산에서 인생을 허비하는 것 같았다.

　마이케는 우편함에서 편지 한 다발을 꺼내 빠르게 훑어보았다. 간혹 가다 마이케 앞으로 온 편지도 있었다. 그러다 편지 사이에 끼워져 있던 쪽지 한 장이 바닥으로 떨어졌다. 마이케는 허리를 굽혀 쪽지를 주웠다. 다이어리에서 찢어낸 낱장이었다.

　1시 30분까지 기다리다 가요. 보고 가려고 했는데…… 휴대전화 배터리가 나갔어요. 여기 주소 적어놓을게요. BP가 기다리고 있을 거예요. 전화해요. K.

　이게 무슨 뜻이지? 그리고 K라는 사람이 써놓은 이 랑엔젤볼트 주소는 또 뭐란 말인가?

　마이케는 불현듯 호기심이 일었다. 인정하기 싫지만 최근 엄마에게 일어난 변화가 마음에 들지 않았다. 한나는 어디를 가는지, 어디에 있었는지 아무에게도 말하지 않고 비밀스럽게 굴었다. 심지어 이리나조차도 한나의 행방을 알지 못했다. K라는 사람이 한나의 새 애인일까? 그렇다면 기다리고 있다는 BP는 또 누구란 말인가?

　마이케는 휴대전화로 시간을 확인했다. 막 11시가 지나고 있었다. 랑엔젤볼트에 가서 그 주소에 뭐가 있는지 보고 와도 될 시간이었다.

＊

　보덴슈타인은 문 열림 버튼을 누르고 제한 구역으로 나갔다. 방탄유리 뒤에 앉아 있는 당직자에게 눈인사를 건네자 당직자가 문을 열어주었다. 피아는 이미 차 시동을 걸어놓고 기다리고 있었다. 보덴슈타인은 차 안에 앉으며 크게 숨을 쉬었다. 기분 좋은 서늘함에 숨통이 트이는 것 같았다. 드디어 에어컨 달린 차량을 확보한 것이다.

"자세한 얘기 들었어?"

보덴슈타인이 안전벨트를 매며 물었다.

"차 트렁크에서 여자 시체가 발견됐다고 들었는데요."

피아는 왼쪽으로 꺾어 고속도로 방향으로 차를 몰았다.

"어제 공증인 만난 건 어떻게 됐어요?"

"응, 집을 팔았어."

"서운했겠네요."

"아니, 이상하게도 전혀 안 그렇더라고. 나중에 집을 치울 때는 서운하겠지. 하지만 루퍼츠하인 집이 있으니까 괜찮아."

보덴슈타인은 어제 공증인 사무실에서 코지마와 만난 일을 떠올렸다. 2년 전 코지마와 안 좋게 헤어진 이후 그렇게 감정이 섞이지 않은 대화를 나눈 것은 어제가 처음이었다. 코지마는 세 아이를 낳아 기르며 함께 반평생을 살아온 여자다. 그런데 이제 좋은 감정도 나쁜 감정도 없이 얘기를 나눌 수 있게 됐다. 그 사실에 그는 한편으로는 놀랍고 다른 한편으로는 안심이 됐다. 앞으로 두 사람은 그 기초 위에서 관계를 유지하게 될 것이다.

바일바흐로 가는 동안 보덴슈타인은 지역범죄수사국에서 있었던 일을 이야기했다. 벤케의 계획이 실패했다는 얘기를 하는데 피아의 휴대전화가 날카롭게 울렸다. 엥겔 과장과 벤케의 결전에 대해 이야기할 것인가 말 것인가 고민하던 보덴슈타인은 자연스럽게 언급하지 않는 쪽으로 결정을 내렸다.

"좀 받아주실래요? 크리스토프예요."

보덴슈타인은 전화를 받아 피아의 귀에 대주었다.

"오늘 어떻게 될지 모르겠어요. 다른 사건을 받아서 지금 현장으로 가는 중이거든. 음…… 그럴 좋죠. 냉장고에 누들샐러드가 있기는 한데, 장 보러 갈 거면 세제 좀 사 와요. 쪽지에 쓰는 거 깜박했어요."

한 집에 사는 남녀 사이의 전형적인 대화가 오갔다. 보덴슈타인도 코지마와 숱하게 나누었던 대화다. 지난 2년간 인생의 비상사태를 겪으면서 종종 그 순간이 그리웠다. 지금 누리는 이 자유가 얼마나 소중한지, 새로운 가능성이 열려 있다는 것이 얼마나 흥분되는 일인지 스스로에게 계속 주입시켰지만 내면 깊은 곳에서는 집다운 집과 삶을 함께 나눌 수 있는 사람을 절실하게 원하고 있었다. 장기적으로 볼 때 보덴슈타인은 독신자의 삶에 적합한 인간이 아니다.

한동안 별 대꾸 없이 듣고 있던 피아는 그녀에게서 좀처럼 보기 힘든 미소를 지었다.

"알았어요. 이따 전화할게."

통화가 끝나자 보덴슈타인은 전화기를 운전석 옆에 있는 받침대에 놓았다.

"뭐 좋은 일 있나 봐?"

"아, 우리 집 꼬맹이 때문에요. 예뻐죽겠어요. 가끔은 정말 상상도 못 할 말을 한다니까요." 피아가 앞을 보며 활달하게 말했다. 그러다 금세 표정이 진지해졌다. "금방 다시 간다고 생각하면 서운할 정도예요."

"며칠 전하고 완전히 다른데? 그때는 짜증 난다면서 그 애가 가는 날까지 달력에 줄을 좍좍 그었잖아."

보덴슈타인은 재미있다는 표정을 지었다.

"네, 그때는 그랬는데 릴리랑 저 그동안 많이 친해졌어요. 집에 어린애가 하나 있으니까 정말 분위기가 확 달라지더라고요. 그리고 생각도 못 하고 있었는데, 애를 기른다는 건 정말 엄청난 일 같아요. 가끔은 너무 어른스러워서 아직 돌봐 줘야 하는 아이라는 걸 잊어버린다니까요."

"맞아."

보덴슈타인의 막내딸도 지난 12월에 다섯 살이 됐다. 아이가 격주로 주말에, 가끔은 평일에도 놀러 오는데, 그 나이의 어린아이들은 정말 손이 많이 가고 신경 쓸 것도 많지만 얼마나 큰 기쁨을 주는지 모른다.

그들은 하테르스하임 초입에서 A66 고속도로를 나가 L3265 국도 키스그루베 방향으로 빠졌다. 들판에 구조 헬기가 앉아 있어 멀리서도 현장이 어디인지 금방 알 수 있었다. 헬기의 회전날개가 천천히 돌고 있었다. 들판과 이웃한 밀밭 옆에는 경찰차, 구급차가 서 있었다.

피아는 속도를 늦추고 방향등을 넣었다. 그러나 차를 꺾기 전에 정복 차림의 경찰관이 길을 막으며 길가에 주차하라는 신호를 보냈다. 보덴슈타인과 피아는 차에서 내려 50미터 정도 되는 길을 걸어갔다. 차에서 나오니 습하고 더운 공기에 숨이 턱 막히는 것만 같았다. 보덴슈타인은 피아를 따라 잡초로 뒤덮인 좁은 길을 걸어갔다. 전날 내린 비에 땅이 물러진 곳에 길게 통제선이 쳐 있었다. 밀밭의 밀은 폭우를 견디지 못하고 쓰러지거나 꺾인 것이 많았다.

"거기 바깥쪽으로 걸어요!"

크뢰거가 들판 쪽을 가리키며 외쳤다. 좁은 오솔길에 경찰 통제선이 쳐져 있었다. 감식반장 크뢰거는 세 명의 직원과 함께 흰색 비닐로 된 오버올을 머리끝까지 뒤집어쓰고 있었다. 아무리 둘러봐도 나무 그늘 하나 보이지 않는 땡볕에서 그러고 있는 것을 보니 감식반이 안 된 게 다행이라는 생각이 절로 들었다.

"어떻게 된 거야?"

보덴슈타인이 크뢰거에게 물었다.

"차 트렁크에서 여자가 나체로 발견됐는데 의식이 없어요. 보기만 해도 끔찍합니다."

"죽은 게 아니었어?"

보덴슈타인이 물었다.

"시체를 헬기로 운반하는 거 봤어요? 안 죽었어요. 고속도로 관리소 사람 두 명이 휴게소에서 차를 발견하고 이상해서 와봤나 봐요. 그런데 이 멍청이들이 흔적을 다 망가뜨렸지 뭐예요."

사건 현장의 흔적을 망가뜨리는 것은 크뢰거에게 있어서는 죽을 죄에 해당한다. 하지만 경찰이 아니고서야 들판에 세워진 주인 없는 차를 보고 누가 바로 범죄를 떠올리겠는가?

"차 문은 잠겨 있지 않았고 열쇠도 꽂혀 있었답니다. 그리고 저 여자를 발견한 거죠."

보덴슈타인은 검정색 포르셰 파나메라 옆을 지나가면서 활짝 열린 트렁크 안을 힐끗 쳐다보았다. 피로 보이는 어두운 얼룩이 흥건했다. 구급차 안에서는 의사 두 명이 응급처치를 하고 있었다. 보덴슈타인이 환자의 상태를 묻자 의사 한 명이 돌아보았다.

"중상입니다. 거기다 심각한 탈수 상태예요. 이 더위에 트렁크 안에 갇혀 있었으니, 한두 시간만 더 있었으면 살아남지 못했을 겁니

다. 운반 가능한 상태로 만드는 중입니다. 혈액순환이 안 돼서 죽을
둥 살 둥이에요.”

보덴슈타인은 의사의 비전문가적 표현에 별로 거부감을 느끼지
않았다. 구조 헬기에서 일하는 의사들은 사건 현장의 최전방에서
일하기 때문에 다른 의사들보다 못 볼 모습을 많이 봐 입이 거친
편이다. 의사 뒤로 피멍과 찢긴 상처로 일그러진 여자의 얼굴이 보
였다.

“폭행에 강간. 아주 잔인하게 당했어요.”

구급의사가 감정을 배제한 채 말했다.

“발견 당시 나체였다고 하던데.”

“네, 나체였어요. 전선 묶는 끈으로 손발이 묶여 있었고 입에는
테이프가 감겨 있었어요. 세상에 죽일 놈들 많아요.”

“반장님.”

피아가 부르는 소리에 보덴슈타인은 뒤를 돌아보았다.

“피해자를 발견한 관리소 직원들과 얘기하고 오는 길이에요.”

피아는 낮은 소리로 말하며 구급차가 만든 그늘 안으로 한 걸음
들어왔다.

“그 사람들 말로는 저기 휴게소 뒤 주차장이 상대 안 가리고 섹
스하는 사람들이 모이는 장소로 알려져 있기도 하대요.”

“그 말은 여기 섹스 파트너를 찾으러 왔다가 이상한 놈에게 걸렸
다는 거야?”

보덴슈타인은 들판 너머 휴게소 쪽으로 시선을 던졌다. 이 세상
에 병적인 미친놈과 변태 들이 얼마나 많은가 하는 생각에 그는 오
만상을 찌푸렸다.

“그럴 가능성도 있죠. 그리고 차 번호 조회됐어요. 프랑크푸르트

소재의 한 회사 앞으로 등록돼 있던데요, 헤더리히 가에 있는 헤르츠만 프로덕션이에요. 차 안에 가방이나 신분증은 없었어요. 그런데 이 회사 이름 어디선가 들어본 것 같지 않아요?”

피아는 미간에 깊은 주름을 잡으며 생각에 집중했다. 그러나 정작 생각이 떠오른 사람은 보덴슈타인이었다. 텔레비전을 열심히 보는 편은 아니니까 최근에 어디서 읽었거나 어감 때문에 쉽게 기억이 났을 것이다.

“방송 사회자, 한나 헤르츠만.”

*

침대, 책상, 의자, 밝은 색상의 무늬목 옷장. 작은 창문. 물론 창문에는 쇠창살이 쳐 있다. 한쪽 구석에는 뚜껑 없는 변기 하나, 세면대 위 벽에는 철로 마감한 거울이 붙어 있다. 소독약 냄새. 앞으로 3년 반 동안 그의 세계가 될 8평방미터의 풍경이다.

그의 뒤에서 육중한 문이 쾅 소리를 내며 닫혔다. 주위가 너무 조용해서 심장 뛰는 소리가 바로 귓가에서 들리는 것 같았다. 그는 휴대전화를 들고 누군가에게 전화하고 싶은 충동을 느꼈다. 사람의 목소리를 듣고 싶었다. 그러나 이제 그에게는 휴대전화가 없다. 컴퓨터도 없다. 개인 의복도 없다. 오늘부로 그는 명령 수행자, 교도관들의 변덕과 규제에 내맡겨진 수감자일 뿐이다. 이제 그는 자신이 원하는 일을 할 수 없다. 그는 삶을 자신의 의지대로 영위할 권리를 박탈당했다. 내가 이걸 견딜 수 있을까? 그는 혼자 속으로 생각했다.

형사들이 수색영장을 들고 와서 집과 사무실을 발칵 뒤집어 놓고 컴퓨터를 압수한 날 이후로 그는 쇼크 상태에서 헤어나지 못하고 있었다. 문 앞에 그의 여행가방을 내려놓으며 다시는 눈앞에 나타나지 말라고 소리를 지르던 브리타의 눈에는 혐오감이 가득했다. 다음 날 자녀들을 만나서는 안 된다는 예비 금지 명령이 떨어졌다. 친구들, 회사 직원들, 직장의 파트너들 모두 그에게서 등을 돌렸다. 그리고 도주 또는 증거 인멸의 우려가 있다는 이유로 결국 경찰에 구속됐다. 보석에 의한 석방도 불가능했다.

구치소 수감, 재판으로 이어진 지난 몇 주간은 그에게 악몽처럼만 느껴졌다. 언젠가 꿈에서 깨면 모두 사라질 것만 같았다. 전날 판사가 판결문을 읽고 36개월을 감옥에서 보내야 한다는 것이 확실해진 뒤에도 할 수 있다는 자신감이 있었다. 그에게 그 무엇보다 소중한 아이들을 열세 살, 열한 살이 될 때까지 볼 수 없다는 사실도 담담하게 받아들였다. 얼마 전까지 변호하는 입장에서 많은 시간을 보냈던 법정에서 유죄판결을 받고 물러날 때, 손에 수갑이 채워진 채 몰려드는 카메라들 사이를 지나갈 때만 해도 자제심을 잃지 않았다. 완전하게 권리를 박탈당하는 모욕적인 입감 절차와 신체검사도 잘 견뎌냈다. 앞서 간 수많은 사람이 입었을 낡은 수의를 입고 교도관이 자신의 옷을 자루에 쑤셔넣고 시계와 지갑을 압수할 때만 해도 그는 바꿀 수 없는 이 상황을 차분하게 지켜볼 수 있었다.

그는 고개를 돌려 감방 문을 쳐다보았다. 손잡이와 자물쇠가 없는 문. 자신은 절대 열 수 없는 문이다. 순간 그는 이것이 현실이라는 것, 잠에서 깨면 사라지는 악몽이 아니라는 것을 실감했다. 쓰디쓴 자각이 잔인하리만치 선명하게 다가왔다. 무릎에서 힘이 빠지고 위장이 뒤틀리는 것만 같았다. 불현듯 공포가 엄습했다. 혼자라는 사실, 누구에게도 도움을 청할 수 없는 상황, 다른 수감자들에 대한 두려움 등 온갖 감정이 밀려들었다. 아동 성폭행범은 교도소에서도 가장 저질 취급을 받는다. 독방에 수감된 것은 그의 안전을 위한 조치였다.

그는 삶에 대한 통제권을 잃었다. 더 이상 어떻게 해볼 수 없는 상황이고, 자기 의지대로 사는 것은 이제는 먼 과거의 일이 되었다. 가정은 완전히 파괴되었고 사회적으로 돌이킬 수 없는 오명을 뒤집어썼다. 그의 인격과 삶을 구성하던 모든 것, 그의 정체성 자체가 와이셔츠, 양복, 구두와 함께 녹색 자루 속에 처박혔다. 이제 그는 하나의 숫자에 불과했다. 그리고 앞으로 1080일 동안 그러할 것이다.

그는 시끄러운 종소리에 잠에서 깼다. 심장이 거칠게 뛰었고 온몸은 땀으로 범벅돼 있었다. 잠에서 깨고 나서도 그것이 꿈이라는 것을 깨닫기까지는 약간 시간이 걸렸다. 꿈이 너무 사실적이어서 회색 리놀륨 장판에 고무신이 끌리는 소리가 귀에 생생했다. 오줌 냄새, 땀 냄새, 음식 냄새, 소독약 냄새가 뒤섞인 교도소 특유의 냄새가 지금도 나는 것 같았다.

그는 끙 소리를 내며 일어났다. 그리고 탁자로 가서 시끄러운 소리로 그를 깨운 휴대전화를 확인했다. 캠핑카 안의 공기는 숨이 막힐 정도로 탁했다. 잠깐 쉬려고 누웠다가 그만 깊이 잠들고 만 모양이다. 눈이 따갑고 등이 아팠다. 그는 새벽녘까지 산더미처럼 쌓인 기록물, 신문 기사, 녹음 테이프, 대화 내용을 메모한 것, 회의 기록, 일기를 읽으며 중요한 내용을 정리했다. 어마어마한 분량의 자료에서 필요한 내용을 추려내는 것은 쉽지 않았다.

휴대전화는 서류 더미 밑에 묻혀 있었다. 전화가 몇 통 왔지만 그가 기다리던 전화는 없었다. 그는 대기 모드의 노트북을 켜기 위해 자판을 가볍게 건드렸다. 이메일을 확인해봤지만 역시 기다리던 메일은 없었다. 실망감이 독처럼 온몸에 퍼졌다. 무슨 일일까? 내가 뭔가 잘못한 걸까?

의자에서 일어나 옷장 앞으로 간 그는 잠시 망설이다가 서랍 하나를 열었다. 그리고 티셔츠 사이에서 사진을 꺼냈다. 진한 회색 눈, 금발, 귀여운 미소. 사실 이 사진은 진즉에 없앴어야 한다. 그러나 차마 그럴 수 없었다. 그녀를 향한 그리움이 가슴을 도려내는 듯한 아픔으로 다가왔다. 그 아픔을 진정시킬 수 있는 것은 이 세상에 없었다.

*

"목적지에 도착했습니다. 목적지는 왼쪽입니다."

내비게이션이 말했다. 마이케는 차를 멈추고 주위를 둘러보았다.

"어디에 뭐가 있는데?"

마이케는 혼잣말로 중얼거리며 선글라스를 벗었다. 주위는 온통 숲이었다. 햇빛이 눈부셔서 처음에는 나무와 덤불, 군데군데 황금빛 햇살이 수놓인 짙푸른 녹색만 보였다. 그러나 곧 비좁은 비포장도로와 미국 서부영화에 나올 법한 양철 우체통이 보였다. 마이케는 결심한 듯 방향등을 넣고 비포장도로로 접어들었다. 빨간색 미니는 꼬불꼬불한 길을 덜컹거리며 올라갔다. 마이케의 긴장감은 점점 고조되었다. BP는 누굴까? 그리고 K는? 과연 이 길의 끝에는 무엇이 기다리고 있을까? 숲이 끝나 가는 곳에 이르자 갑자기 엄청난 햇빛이 쏟아져 눈을 똑바로 뜰 수 없었다. 커브를 돌자 난데없이 요새를 연상시키는 큰 집이 나타났다. 견고해 보이는 철문에는 감시카메라가 설치되어 있고, 외부의 시선을 차단하는 울타리 위에는 가시철조망이 길게 쳐져 있다. 개 조심이라는 문구가 쓰여 있는 위험 표지판에는 그 밖에 고압선과 지뢰의 위험도 명시되어 있었다.

이게 대체 뭐지? 마인-킨치히 지역 한가운데 이런 준군사시설이 있었단 말인가? 마이케는 후진 기어를 넣고 온 길을 되돌아갔다. 이윽고 갈림길이 나타났다. 인적이 드문 길 같았지만 그녀가 가려는 방향으로 나 있었다. 마이케는 이런 곳에선 튀기 마련인 빨간색 미니가 눈에 띄지 않도록 도로에서 충분히 떨어진 곳에 차를 세웠다. 그리고 글러브박스에서 쌍안경을 꺼내고 차 덮개를 닫은 다음 그 길로 계속 걸어갔다. 50미터쯤 가자 길이 끝났다. 거기서 오른쪽으로 조금 더 가니 숲 가장자리가 나왔다. 철문에서 충분히 떨어져 있었고 문 위에 붙어 있는 감시카메라의 촬영 범위에서도 벗어난 곳이었다. 전나무 보호구역 가장자리에 망루가 하나 보였다. 쐐기풀과 엉겅퀴가 허리 높이까지 자라 있어서 청바지와 운동화 차림인 게 다행이라는 생각이 들었다. 망루는 오랫동안 사용하지 않은 듯 나무 사다리에 이끼가 잔뜩 끼어 있고 나무도 성하지 않아 보였다. 마이케는 조심조심 사다리를 밟고 올라가 의자가 튼튼한지 확인한 후 앉았다. 위에 올라와서 보니 시야가 탁 트여서 확실히 주위가 잘 보였다.

쌍안경의 초점을 맞추니 큰 창고 같은 건물이 시야에 들어왔다. 열린 창고 문 앞에는 스무 대는 더 되어 보이는 커다란 오토바이들이 크롬을 반짝이며 늘어서 있었다. 대부분 할리데이비슨이고 로열 엔필드도 두세 대 끼어 있었다. 그 옆 철조망 너머는 자동차와 오토바이 부품, 폐타이어, 드럼통 같은 것들이 산더미처럼 쌓여 있는 폐차장이었다. 창고 옆 큰 말밤나무 밑에는 긴 탁자와 의자가 늘어서 있고 그릴에서 연기가 나고 있는데 사람은 한 명도 보이지 않았다. 넓은 마당의 반대편에는 문 앞의 위험표지판에서 경고한 대로 보기에도 무시무시한 투견들이 철창 안에서 곤히 낮잠을 자고 있었다. 멀리서 들리는 경비행기 모터 소리를 빼고는 무척 조용했다. 근처 덤불에선 벌들이 윙윙거렸고 간혹 깊은 숲 속에서 뻐꾹새가 울었다.

높은 데서 보니 울타리로 둘러쳐진 거대한 공간이 한눈에 들어왔다. 키 큰 나무들 사이에 정원으로 둘러싸인 집이 한 채 있었다. 정원에는 잘 손질된 산울타리와 꽃이 만발한 화단이 있고 잔디는 에메랄드 빛으로 반짝였다. 테라스에서 멀지 않은 곳에 풀장이 있고, 정원 뒤편에는 그네, 모래판, 정글짐, 미끄럼틀이 있는 놀이터가 있었다. 가시철조망과 오토바이 부대, 철창에 갇힌 투견 사이에 저런 평화로운 풍경이 있다니! 도대체 뭐 하는 곳인지 궁금하지 않을 수 없었다.

마이케는 아이폰을 꺼내 사진을 몇 장 찍고 구글 맵에서 현재 위치를 찾아보았다. 생긴 지 얼마 안 됐는지 위성사진을 확대해봐도 울타리나 폐차장이 보이지 않았다. 예전에는 아마 평범한 목장이었던 듯했다. 어떤 이상한 집단이 이런 곳에 저런 요새를 만들었을까? 딱 봐도 범죄의 냄새가 물씬 풍겼다. 마약? 자동차와 오토바이 장물 거래? 인신매매? 아니면 정치적인 조직이 연루된 것일까?

마이케는 다시 쌍안경을 들어 집을 관찰했다. 그녀는 어깨를 움찔했다. 1층 창문에 어떤 남자가 서 있는데 쌍안경으로 정확하게 이쪽을 보면서 전화를 하고 있었다. 젠장, 들켰다!

마이케는 부리나케 사다리를 내려왔다. 그러다가 디딤대 하나가 부러지면서 쐐기풀 사이로 떨어졌다. 그녀는 욕설을 내뱉으며 벌떡 일어섰다. 숲 쪽에서 썬팅된 창문이 달린 커다란 검정색 차가 다가오고 있었다. 오토바이 네 대가 그 뒤를 따랐다. 그 행렬은 집 쪽으로 가지 않고 망루가 있는 곳으로 곧장 올라왔다. 마이케는 생각할 겨를도 없이 쐐기풀과 가시덤불 사이로 달리기 시작했다. 사실 그녀는 두려움이라는 것을 몰랐다. 베를린에 살던 때도 가장 위험한 동네 중 하나에 살았고, 누구에게든 공격을 당하면 방어할 수 있었다. 하지만 지금은 상황이 다르다. 여긴 아무것도 없는 허허벌판이고 그녀가 여기 온 것을 아는 사람은 아무도 없었다.

자동차와 오토바이가 멈추고 차 문 열리는 소리, 사람들이 말하는 소리가 들렸다. 마이케는 도망치는 가운데도 뒤를 돌아보았다. 두건, 굵은 금 목걸이, 검정색 가죽옷, 수염, 문신……. 저곳이 혹시 오토바이족 조폭의 은신처인가? 갑자기 개 한 마리가 짖었다. 그러다 곧 조용해졌다. 나뭇가지가 바스락거리는 소리가 들렸다. 개를 풀어서 그녀를 잡을 생각인가? 그녀는 개에게 잡히기 전에 차가 있는 곳에 도달하기만을 바라면서 전속력으로 달렸다. 그들의 은신처에는 아무도 모르게 불청객을 사라지게 할 만한 것들이 수도 없이 많을 것이다. 거름 구덩이, 염산이 가득 들어 있는 드럼통, 시멘트 화분이 빠르게 머릿속을 스쳐 지나갔다. 그녀의 미니를 순식간에 분해해서 폐차시키거나 트렁크에 그녀의 시체를 실은 채 프레스 기계 밑에 넣을지도 모른다. 그때 나무줄기 사이에서 뭔가 빨간 것이 보였다! 심장이 터질 것처럼 뛰고 옆구리에선 통증이 느껴졌다. 마이케는 숨이 턱에 닿은 상태에서도 차 열쇠를 꺼내 리모컨을 누르는 데 성공했다. 그 순간 개 한 마리가 그녀 앞을 가로막았다. 근육질의 검정색 덩어리가 이빨을 드러내며 그녀에게 달려들었다. 눈처럼 흰 이빨과 벌어진 아가리 속으로 시뻘건 목구멍이 보였다. 짐승의 헐떡이는 소리가 가까이 들렸다.

"엎드려!"

누군가가 소리쳤다. 마이케는 누군지 확인할 겨를도 없이 그 말에 따랐다. 다음 순간 고막을 찢을 듯한 총소리가 났다. 공중으로 뛰어오른 개는 그 자세로 멈춘 듯하더니 묵직한 소음과 함께 빨간 미니의 차체에 부딪쳤다.

*

"어제 방송 끝나고 애프터 쇼 파티에서 본 게 마지막입니다."

헤르츠만 프로덕션 매니저가 말했다. 키가 훌쩍 크고 비쩍 마른 남자로 나이는 40대 후반으로 보였다. 나이에 어울리지 않게 젊은 남자들이 하는 것처럼 턱수염을 길렀다. 피아는 까만 뿔테 안경 너머로 보이는 남자의 충혈된 눈을 보며 잠을 못 잔 것이 분명하다고 생각했다.

"몇 시쯤이었죠?"

"11시쯤이었습니다. 아마 11시 10분쯤 됐을 겁니다. 전 그 이후로 파티에 돌아가지 않았기 때문에 한나가 몇 시까지 있었는지는 모르겠습니다."

머리끝에서 발끝까지 검정색으로 차려입은 얀 니뮐러가 어깨를 으쓱하며 말했다.

"자정 직전까지 있었어요. 소나기가 내리기 전에 나갔지요."

한나 헤르츠만의 비서인 이리나 치데크가 끼어들었다.

"어디로 간다고 말하던가요?"

피아가 물었다.

"원래 그런 말은 잘 하지 않습니다. 사생활은 끔찍하게 비밀에 부쳤죠."

얀 니뮐러가 끼어들어 대답했다.

"왜 한나가 죽었다는 듯이 얘기해요?"

이리나 치데크가 버럭 화를 내더니 코를 팽 풀었다.

"한나는 비밀로 한 것이 하나도 없어요. 매니저님이 몰랐던 것뿐이에요."

얀 니뮐러는 삐친 듯 약간 언짢은 표정을 지었다. 이리나 치데크와 사이가 좋은 것 같지 않았다.

"발견됐을 당시 헤르츠만 부인에게는 신분증, 휴대전화, 가방 같은 게 아무것도 없었어요. 차량 번호를 조회했더니 이 회사 앞으로 돼 있더라고요. 자택은 어디죠?"

"랑엔하인요. 호프하임에 있는 동네예요. 로트켈헨 가 14번지."

"헤르츠만 부인의 사적인 상황이 어떤지 얘기해주시겠어요?"

"몇 달 전에 남편과…… 헤어졌습니다."

얀 니뮐러가 대답했다. 피아는 그가 대답을 하면서 망설인다는 느낌을 받았다.

"누가 먼저 헤어지자고 한 거죠? 합의였나요?"

"한나가 빈첸츠를 떠났어요."

이리나 치데크가 단호하게 말했다.

"헤르츠만 부인과 무척 가까운 사이인가 봐요?"

"네, 맞아요. 우리는 함께 일한 지 15년도 더 됐는걸요. 우리 사이에는 비밀이 없어요."

애써 미소 짓는 이리나 치데크의 눈에는 눈물이 그렁그렁했다.

"헤르츠만 씨의 주소와 연락처를 알 수 있을까요?"

"코른비힐러예요. 빈첸츠 코른비힐러. 한나는 결혼할 때 남편 성을 따르지 않았어요. 제가 가지고 있는 건 휴대전화 번호뿐이지만 얼른 찾아드릴게요."

이리나 치데크가 태블릿 PC에서 전화번호를 찾는 동안 피아는 널찍한 회의실을 둘러보았다. 어디를 봐도 한나 헤르츠만뿐이었다. 자신감 있는 얼굴로 환하게 웃는 사진이 새하얀 벽에 열 개도 넘게 걸려 있었다. 매 순간 자신의 얼굴을 마주 대하는 기분은 과연 어떨까? 유명인들에게는 성격적 결함이 하나씩 있다고들 하던데 한나 헤르츠만의 결함은 허영심일까?

피아는 액자에 걸린 포스터와 사진을 보며 잔인하게 학대당한 그녀의 얼굴을 떠올렸다. 누가 그녀에게 그런 짓을 했을까? 30분 전 한나 헤르츠만이 입원해 있는 병원에서 연락이 왔다. 심각한 내출혈로 즉시 수술을 해야 한다고 했다. 자세한 것은 나중에 법의학자에게 들어야 할 것이다. 범인의 무자비한 잔인성으로 볼 때 감정이 개입되었다는 의심을 지울 수 없었다. 증오, 분노, 실망, 이런 감정들은 어떤 관계든 간에 개인적으로 아는 사이에서만 가능하다.

"최근에 다른 문제나 변화가 있지는 않았습니까?"

그동안 듣기만 하던 보덴슈타인이 물었다. 끔찍한 소식을 듣고 충격과 놀라움에 사로잡혔던 매니저와 비서는 어느새 정신을 차리고 수비진을 쳤다. 한동안 침묵이 이어졌다. 반쯤 열린 창으로 거리의 소음이 조그맣게 들려왔다. 가끔 전철이 덜컹덜컹 소리를 내며 지나갔다.

"한나만큼 성공한 사람에게는 질시의 시선이 따르게 되어 있죠. 지극히 당연한 일입니다."

얀 니뮐러는 회피성 대답으로 질문을 비켜 가려고 했다.

"하지만 사람을 폭행하고 강간한 뒤 알몸으로 차 트렁크에 가두는 건 절대 당연한 일이 아니죠."

보덴슈타인이 일부러 적나라하게 말했다. 두 사람은 서로 눈치를 살폈다. 그러더니 이리나 치데크가 입을 열었다.

"3주 전쯤 한나가 오랫동안 함께 일해온 프로듀서를 해고했어요. 하지만 노먼은 절대 그렇게 끔찍한 일을 저지를 사람이 아니에요. 파리 한 마리도 못 죽이는 사람이거든요. 그리고…… 여자를 좋아하지도 않고요."

사람들은 주변 사람을 판단하는 데 있어서 얼마나 큰 착각을 하는지 모른다. 법 없이도 살 사람이라고 입을 모으는 사람도 빠져나갈 길 없는 절망적 상황에 처하거나 더 이상 통제할 수 없는 감정적 비상사태에 빠지면 얼마든지 살인자로 변할 수 있다. 가끔은 술이 기폭제가 되기도 한다. 그러면 파리 한 마리도 못 죽이던 사람이 폭력에 취해 제어력을 상실하고 잔인한 범죄자로 둔갑하기도 한다.

"통계에 의하면 전문 킬러가 저지르는 강력 범죄는 극소수에 불과합니다. 대부분의 범죄는 주변에 있는 가까운 사람들이 저지르지요. 헤르츠만 부인이 해고한 사람의 이름이 뭐예요? 그리고 어디가면 그 사람을 만날 수 있죠?"

피아의 질문에 이리나 치데크는 마지못해 노먼의 연락처를 찾아 전화번호와 보켄하임 주소를 불러주었다.

"최근 머리기사에서 헤르츠만 부인의 이름을 본 것 같은데, 방송 출연자들이 불공정한 대우를 받았다고 항의했다죠?"

보덴슈타인이 떠보듯 물었다.

"그런 일이 종종 있습니다. 카메라 앞에서 신나게 떠들어놓고는 나중에 내가 왜 그런 소리까지 했나 싶어지니까 우리에게 불평을 하는 겁니다. 그게 답니다."

얀 니묄러가 별일 아니라는 듯 말했다. 그는 의자에 앉지 않고 방 안을 어슬렁거리는 보덴슈타인이 영 못마땅한 눈치였다.

"이번 건은 단순한 불평이 아니었던 것 같은데요. 헤르츠만 부인이 다른 방송에 나와서 시정하겠다고 말하지 않았나요?"

보덴슈타인이 창가에 기대서서 말했다.

"네, 그건 맞습니다."

얀 니묄러는 불편한지 의자에 앉은 채 이리저리 몸을 뒤척였다. 위아래로 오르락내리락하는 목젖의 움직임이 눈에 띄었다.

"한 번이라도 방송에 항의한 사람들의 명단을 뽑아주셨으면 좋겠습니다. 빠른 시간 내 가능하다면 더 좋구요."

보덴슈타인이 명함을 건네며 말했다.

"명단을 뽑으려면 끝도 없을 겁니다. 저희는……."

"어머 내 정신 좀 봐!"

니묄러가 난색을 표하는데 갑자기 이리나 치데크가 소리를 쳤다.

"마이케에게 전화해줘야죠. 지금 아무것도 모르고 있을 텐데!"

"마이케가 누구죠?"

보덴슈타인이 물었다.

"한나의 딸이에요."

이리나 치데크는 건성으로 대답하며 휴대전화로 전화를 걸었다.

"여름방학 동안 우리 회사에서 제작 어시스턴트로 아르바이트를 하고 있는데 오늘 아침 한나가 편집 회의에 나오지 않고 전화도 안 받아서 집으로 찾으러 갔어요. 지금쯤 연락이 왔어야 하는데……."

*

"아빠 언제 와?"

루이자가 다시 물었다. 똑같은 질문을 열 번쯤 반복하고 있다. 엠마는 그때마다 가슴이 무너졌다.

"2시. 5분만 더 있으면 돼."

오늘 유치원에서 한 시간 일찍 데려온 루이자는 가장 좋아하는 인형을 안고 주방 창문 앞 벤치에 올라가 계속 창밖을 내다보고 있었다. 어서 엄마에게서 벗어나고 싶어서 안달이 난 것 같은 딸의 모습이 엠마에게는 남편의 외도보다 더 큰 상처로 다가왔다.

루이자는 예전부터 유난히 아빠를 따랐다. 플로리안이 자주 집에 있지 않아서 딸을 돌볼 시간이 없었는데도 말이다. 그가 집에 오면 둘은 떼어놓을 수 없을 정도로 사이가 좋았다. 그럴 때마다 엠마는 혼자만 따돌림당하는 기분이었다. 그녀는 내심 떼려야 뗄 수 없는 부녀 사이를 질투하기도 했다.

"저기 아빠 차가 보여!"

아이가 갑자기 외치더니 작은 동물을 연상시키는 민첩한 동작으로 벤치에서 내려왔다. 그러고는 가방을 챙겨 현관을 향해 달려갔다. 신이 난 아이는 깨금발을 짚는 것도 잊지 않았다. 계단을 올라온 플로리안에게 문을 활짝 열어주는 아이의 두 볼은 발갛게 상기되어 있었다. 아이는 즐거운 비명을 지르며 아빠의 품에 안겼다.

"아빠! 아빠! 우리 지금 바로 동물원 가는 거야?"

"그럴까?"

플로리안이 아이의 얼굴에 뺨을 비비며 말했다. 아이는 좋아하며 아빠의 목에 매달렸다.

“왔어?”

“응.”

플로리안은 엠마의 시선을 외면했다.

“여기 루이자의 짐이야. 옷가지 몇 개하고 잠옷, 신발도 필요할 것 같아서 썼고, 기저귀도 두 장 넣었어. 잘 때 가끔 필요한 경우가 있거든…….”

엠마는 목이 메어 더 이상 말을 이을 수 없었다. 이게 대체 무슨 짓이란 말인가? 냉정하고 사무적으로 아이를 넘겨주는 이런 의식을 격주 주말마다 치러야 한단 말인가? 플로리안에게 다시 집으로 들어오라고 해야 할까? 그리고 외도한 사실을 눈감아 주어야 할까? 그런데 만약 플로리안이 들어오지 않겠다고 하면 어쩌지? 집에서 나갈 수 있어서 좋아하고 있는지 누가 안단 말인가?

“헤어지는 거 진지하게 생각하고 있는 거야?”

엠마가 꽉 잠긴 목소리로 물었다.

“쫓아낸 사람은 당신이잖아.”

플로리안은 여전히 그녀의 시선을 피했다. 이제 더 이상 믿을 수 없게 된 타인이다. 그런 사람에게 아이를 맡겨야 하다니!

“해명해야 할 거 아냐.”

플로리안은 말이 없었다. 한마디 변명도, 미안하다는 말도 없이 그저 침묵했다.

“그건 다음에 해.”

그는 언제나처럼 대화를 미루었다. 아빠의 품에 안긴 루이자가 칭얼거렸다.

“아빠, 얼른 가! 빨리 가자!”

루이자는 꾸미지 않은 솔직한 표현이 엄마의 마음을 얼마나 아프게 하는지 모르고 어서 가자고 졸라댔다. 엠마는 팔짱을 낀 채 서서 눈물을 흘리지 않으려고 숨을 참으며 안간힘을 썼다.

"애 잘 봐."

더 이상의 말은 나오지 않았다.

"내가 언제 애를 못 본 적이 있나?"

"어쩌다 집에 있을 때나 잘 봤겠지."

너무 오랫동안 마음에 담아두었던 말이라 비난조로 나왔다.

플로리안과 시부모는 루이자가 하자는 대로 다 해주고 응석을 부려도 다 받아준다. 그러니 야단치고 안 된다고 혼내는 역할은 엠 마 혼자서 해야 한다. 그런 엄마를 루이자가 좋아할 리 없다.

"당신은 옛날부터 주말 아빠였어. 일상에서 겪는 스트레스는 모 두 내게 미루고 주말에만 와서 내가 교육적인 이유로 안 된다고 한 걸 다 하도록 해줬지. 정말 불공평하다고 생각하지 않아?"

플로리안은 드디어 고개를 들고 그녀를 쳐다보았다. 하지만 말은 한마디도 하지 않았다.

"애를 어디로 데려가는 거야?"

엠마에게는 그것을 알 권리가 있었다. 지난주에 아동복지국 직 원, 가족법 변호사와 오랫동안 통화하면서 알게 된 사실이다. 한쪽 부모에게 아이와의 접촉을 금지시키려면 알코올중독이나 마약 남 용 같은 근거가 있어야 한다고 했다. 아동복지국 직원은 유아의 경 우 대개 집 밖에서 자는 것을 허용하지 않지만 그것은 결국 엄마의 판단에 달려 있다고 말했다.

엠마는 저녁에 아이를 도로 데려오라고 할까 한참 동안 고민했 다. 하지만 루이자는 이번 주말을 아빠와 함께 보낼 기대에 잔뜩 부풀어 있었다. 엠마는 아이가 부모의 이기적인 권력 싸움에 희생

되는 것을 원치 않았다.

"조센하임에 집을 얻었어. 반지하에 있는 셋방이야. 거실, 방 하나, 주방, 욕실이 전부지만 아이 하나 재우는 데 부족하지는 않을 거야."

플로리안이 건조하게 말했다.

"그럼 루이자는 어디서 재울 거야? 여행용 침대 가져갈래?"

"내 방에서 같이 잘 거야. 이제까지 항상 그렇게 했어. 내가 집에 있을 때는 말이야."

플로리안은 아이를 내려놓고 엠마가 가져온 가방을 들었다.

그렇다. 플로리안이 집에 오면 아이는 항상 그들의 침실에 들어왔고 플로리안은 아이를 자기 옆에서 재웠다. 아이가 자기 침대에 익숙해지게 해야 한다고 아무리 말해도 소용없었다. 아침이 되면 부녀는 서로 간지럼을 태우고 킥킥거리며 엎치락뒤치락하면서 한참 동안 놀다가 일어났다. 내일, 모레도 두 사람은 그렇게 아침을 맞을 것이다. 평소와 다른 점이 있다면 이번에는 엠마가 옆에 있지 않다는 것이다. 엠마는 문득 아동복지국 직원이 한쪽 부모에게 접촉 및 방문을 금지시킬 수 있는 요건을 나열하면서 언급한 더럽고 추악한 단어를 떠올렸다.

"사람들이 알면 뭐라고 할지 생각해봤어? 성인 남자가 어린 여자아이와 단둘이 집에 있으면서 한 침대에서 자면 뭐라고 수군댈 것 같아?"

엠마가 자기도 모르게 내뱉은 말에 플로리안의 턱 근육이 바르르 떨렸다. 그는 흔들리는 눈빛으로 말없이 엠마를 바라보았다. 엠마도 그를 쳐다보았다.

"당신, 머리가 어떻게 된 거 아냐?"

플로리안이 경멸을 가득 담아 말했다. 그때 아래층에서 문 열리는 소리가 들렸다.

"플로리안?"

시어머니의 목소리가 현관에 울려 퍼졌다. 루이자는 아빠의 손을 잡아끌었다.

"할머니 할아버지에게 안녕 할 거야."

엠마는 아이 앞에 쭈그리고 앉아 아이의 얼굴을 쓰다듬었다. 하지만 아이는 다른 데 정신이 팔려 엄마에게는 관심도 없었다.

"잘 다녀와."

엠마는 눈물을 참을 수 없을 것 같아 아이와 남편을 뒤로 하고 달아나듯 주방으로 갔다. 그리고 주방 창문으로 그들이 출발하는 모습을 지켜보았다. 플로리안은 아이를 뒷좌석 카시트에 앉히고 안전벨트를 매주었다. 시아버지는 현관문 앞에 서 있었고, 시어머니는 차 있는 곳까지 따라가 웃으며 아이의 가방을 챙겨주었다. 플로리안이 부모님에게 뭐라고 말했는지는 모르지만 사실대로 말하지 않은 것만은 확실했다.

이윽고 플로리안은 운전석에 앉더니 차를 후진시켰다가 출발했다. 눈물로 흐려진 엠마의 시야에 시부모가 손을 흔드는 모습이 들어왔다. 엠마는 손으로 입을 막으며 울음을 터뜨렸다. 그리고 속으로 생각했다. 남편을 잃고 이제 아이까지 잃는구나.

*

피아와 보덴슈타인이 로트켈헨 가에 도착해서 보니 크리스티안 크뤼거가 직원들과 함께 이미 집 앞에 와 있었다.

"여긴 웬일이에요? 그 여자 죽었어요?"

크뢰거가 놀란 표정을 감추지 못했다.

"우리 아니면 누구를 기다렸는데?"

보덴슈타인이 물었다.

"전 K13 사람들이 올 줄 알았죠."

K13은 성폭행 담당이다. 하지만 직원 셋 중 둘은 휴가 중이고 나머지 한 사람도 K11이 사건을 맡는 데 별 이의가 없었다.

"마음에 안 들어도 우리랑 잘해 봐야겠어."

보덴슈타인이 농담처럼 대꾸했다. 이리나 치데크는 마이케 헤르츠만에게 계속 전화를 걸어도 연락이 되지 않자 형사들에게 집 열쇠를 내주었다. 한나 헤르츠만의 집은 부동산 중개업자들이 재벌 기업가들이 선호하는 주택이라고 추켜세울 만한 집으로 숲 바로 옆 막다른 골목에 위치하고 있었다. 집은 오랫동안 관리하지 않은 듯했다. 지붕에는 이끼가 두텁게 끼었고 흰색 벽에서도 녹색 얼룩이 많이 눈에 띄었다. 진입로와 현관 계단에 깔려 있는 석판은 스팀 청소기로 대청소를 한번 해야 할 것 같았다.

"나라면 저 전나무부터 베어버리겠어요. 햇빛을 다 가리잖아요."

"나도 사람들이 앞마당에 왜 전나무를 심는지 정말 이해가 안 돼. 더군다나 바로 뒤에 숲이 있는데 말이야."

보덴슈타인은 피아의 말에 맞장구를 치면서 자물쇠에 열쇠를 꽂았다.

"동작 그만! 문에서 물러나!"

갑자기 크뢰거가 다급하게 소리를 질렀다. 공포가 깃든 목소리였다. 보덴슈타인은 불에 덴 듯 열쇠에서 손을 뗐고 피아는 재빨리 주위를 둘러보며 본능적으로 총에 손을 가져갔다. 문에 연결된 폭탄 장치의 전선을 발견한 것일까? 아니면 나무 뒤에 저격수라도 숨어 있는 것일까?

"무슨 일이에요?"

피아가 사색이 된 얼굴로 물었다.

"오버올이랑 덧신 신고 들어가. 현장에 머리카락, 비듬 다 뿌려놓을 참이야?"

"정신 나갔어? 놀라서 간 떨어지는 줄 알았잖아. 그렇게 소리를 버럭 지르면 어떡해?"

보덴슈타인이 크뢰거를 나무랐다.

"미안해요. 요새 잠을 못 자서 그래요."

크뢰거는 어깨를 으쓱하며 무안한 표정을 지었다. 피아는 총을 도로 집어넣고 크뢰거가 내미는 작은 비닐 팩을 받으며 머리를 절레절레 흔들었다. 피아와 보덴슈타인은 문 앞에서 비닐 오버올을 입고 덧신을 신었다.

"이제 들어가도 되겠습니까?"

보덴슈타인이 과장된 정중함으로 물었다.

"놀리고 싶으면 놀리세요. 하지만 반장님도 분석실의 그 꼼꼼쟁이들에게 잔소리 한번 들어보세요. 유전자 분석을 했는데 반장님하고 피아 것이 한 스무 개 정도 나와 봐요. 분석실에서는 난리가 난다고요."

"알았어요. 이제 그만하세요."

피아가 크뢰거를 진정시켰다.

집 안은 겉에서 보는 것보다 훨씬 넓었다. 널찍한 현관은 석판, 무쇠, 어두운색 목재로 이루어져 있어 전체적으로 어두침침한 분위기를 풍겼다. 한쪽에는 2층으로 올라가는 계단이 있고 문 바로 옆에는 긴 장식장이 놓여 있었다. 피아는 장식장 위에 쌓여 있는 편지 더미를 살펴보았다.

"누가 편지를 모아서 위에 올려놨어요. 우편물은 문에 뚫려 있는 구멍으로 배달되나 봐요."

"아마 이 집 딸이 그랬겠지."

보덴슈타인이 주방으로 들어가며 말했다. 식탁 위에는 맥주병 네 개와 사용한 잔들이 놓여 있고, 개수대에는 음식 찌꺼기가 남아 있는 접시와 포크, 나이프 등이 들어 있었다. 거실에 있는 긴 소파에는 누군가가 잠시 눈을 붙인 듯 구겨진 담요 한 장이 펼쳐져 있고 소파 앞 탁자에는 빈 잔과 담배꽁초 몇 개가 들어 있는 재떨이가 있었다. 감식반에게는 유전자 천국이 따로 없을 것이다.

천장에서 바닥까지 닿는 큰 창문으로 테라스와 드넓은 정원이 보였다. 현관 반대편에 있는 서재는 다른 방에 비해 많이 어질러져 있었다. 책상에 서류 더미와 서류철이 쌓여 있고 이동식 서랍장의 서랍 하나는 열린 채였다. 책상 밑 휴지통 속에서 나온 듯한 종이가 바닥 여기저기에 흩어져 있었다. 피아는 날카로운 눈으로 서재를 죽 훑어보았다. 그동안 숱하게 현장을 봐왔기 때문에 직접적인 싸움의 흔적이나 핏자국이 없어도 뭔가 이상하다는 것을 본능적으로 느낄 수 있었다. 말로 설명하기는 힘들지만 이곳 또한 뭔가 불안정하고 균형이 맞지 않았다.

"여기 누군가가 있었어요. 집주인이 아닌 다른 사람이 들어와서 책상과 서류를 뒤졌어요."

피아가 말했다. 보덴슈타인은 왜 그렇게 생각하는지 굳이 묻지 않았다. 오랫동안 함께 일하면서 피아의 육감이 적중하는 것을 많이 봐왔기 때문이다.

그들은 서재로 들어갔다. 이곳도 벽이 온통 집주인의 사진으로 도배되어 있었다. 하지만 사무실과 달리 그 사진들 사이에 가족사진이 끼어 있었다. 남자는 계속 바뀌는데 여자아이는 아이 때부터 아가씨가 될 때까지 계속 같은 사람이었다.

"얘가 마이케인 모양인데요."

피아가 사진을 들여다보며 말했다. 잘 웃는 명랑한 아이였다가 여드름투성이의 뚱뚱한 10대로 자란 마이케는 아름다운 엄마의 그늘 밑에서 불행한 듯 시큰둥한 표정이었다.

"남자가 꽤 많았나 봐요."

"적어도 헤르츠만과 코른비힐러가 있었던 건 확실하지."

보덴슈타인은 허리를 굽히고 책상 밑을 들여다보았다.

"노트북도 PC도 안 보이는데."

"침실에 있는지 모르죠. 아니면 도둑맞았든가."

피아는 보덴슈타인 옆으로 가서 서류들을 살펴보았다. 메모, 조사 자료, 계약서, 기획안, 연설문, 진행 대본으로 보이는 것이 잔뜩 있는데 모두 손으로 쓴 것들이었다.

"한나 헤르츠만 같은 여자가 정말로 섹스 파트너를 찾아서 고속도로 휴게소 같은 데 갔을까요? 남자를 만나는 데는 아무 문제가 없었을 것 같은데……."

피아가 혼잣말처럼 말했다.

"꼭 그런 이유로만 사람들이 그런 곳에 가는 건 아니지. 그런 데 가는 사람들은 파트너가 없어서라기보다는 그런 곳에서만 느낄 수 있는 자극과 위험을 즐기는 거겠지."

그때 피아의 휴대전화가 울렸다. 수술 전에 한나 헤르츠만을 검사한 법의학자였다. 피아는 휴대전화를 스피커 모드로 돌려놓고 보덴슈타인과 함께 그녀의 보고에 귀를 기울였다. 보고가 이어질수록 두 사람의 표정은 심하게 일그러졌다. 한나 헤르츠만이 당한 성폭행은 그냥 단순한 강간이 아니었다. 범인이 뾰족한 물건으로 질과 항문을 학대하는 과정에서 내장에 큰 손상을 입었고 얼굴뼈, 갈비뼈, 가슴뼈, 오른쪽 팔뼈가 부러질 정도로 심하게 폭행을 당했다. 한나 헤르츠만은 그런 지옥 같은 폭행을 견디고 용케도 살아남은 것이다.

"이건 증오 그 자체예요. 개인적인 동기가 있는 게 분명해요."

통화를 끝낸 후 피아가 말했다.

"글쎄, 물건을 이용한 것을 보면 꼭 개인적인 동기는 아닌 것 같은데."

보덴슈타인은 무심코 손을 바지 주머니에 넣으려고 했다. 하지만 비닐 오버올에는 주머니가 없었다.

"심리적으로 성폭행이 불가능한 상태였거나 동성애자였을 수도 있죠."

"해고당했다는 노먼처럼 말이야?"

"네, 맞아요."

"그 사람을 바로 만나봐야겠군."

그들은 계속해서 집을 둘러보았다. 2층에서는 침입의 흔적이 발견되지 않았다. 침대는 사용한 흔적이 없고 옷가지가 여기저기 걸려 있었다. 욕실에도 이상한 것은 없었다. 다른 방들도 깨끗했다. 지하에는 사우나, 보일러실, 세탁실, 수영장, 책장에 아이스박스와 종이 상자가 가득 들어 있는 방이 있었다. 보덴슈타인과 피아는 다시 위로 올라왔다.

"여기서 뭐 하는 거예요? 우리 집에 무슨 일 있어요?"

열린 문 앞에 젊은 여자가 의아한 표정으로 서 있었다.

보덴슈타인과 피아는 오버올의 모자를 벗었다.

"누구시죠?"

피아는 한나 헤르츠만의 딸을 바로 알아보았지만 일부러 모르는 척했다. 마이케는 서재에 있던 사진 속의 고집스러운 10대에서 젊은 처녀로 성장해 있었다. 아이라이너가 번져서 눈가에 흘러내린 것을 보니 운 것 같기도 했다. 이미 소식을 들은 것일까?

"그러는 당신들은 누군데요? 이게 대체 어떻게 된 일인지 설명해 보세요."

마이케는 당돌한 명령조로 말했다. 말하는 투를 보니 운 것 같지는 않다.

마이케는 어머니와 닮은 구석이 없었다. 회색 눈과 칙칙한 금발은 전체적으로 빛바랜 인상을 주었고, 이목구비 중 어느 것 하나도 예쁘다는 느낌이 들지 않았다. 턱은 너무 뾰족하고 코는 너무 길고 눈썹은 너무 짙었다. 그러나 단 하나 입만은 예뻤다. 도톰한 입술, 완벽한 치열, 새하얀 치아. 아마 수년간 고통스러운 치아 교정을 견디고 얻은 결과일 것이다.

"호프하임 경찰서 강력반 피아 키르히호프라고 해요. 이쪽은 우리 반장님이고요. 마이케 헤르츠만 씨 맞나요?"

마이케는 말없이 고개를 끄덕였다. 그리고 얼굴을 찡그리며 아이처럼 가느다란 팔뚝을 벅벅 긁었다. 아토피가 있는지 벌겋게 된 팔뚝에는 부스럼이 잔뜩 나 있었다.

"여기 사나요?"

"아니요. 방학 동안에만 와 있어요."

마이케는 대답을 하면서도 눈으로는 집 안을 어슬렁거리는 감식반 직원들을 훑어보았다.

"대체 무슨 일이죠?"

"어머니에게 안 좋은 일이 생겨서……."

"아, 그래요? 죽었나요?"

마이케가 피아의 말을 끊고 물었다. 피아는 아무렇지도 내뱉는 마이케의 말에 순간적으로 충격을 받았다. 어머니의 일에 이렇게 냉정할 수 있다니!

"아니요, 살아 계십니다. 폭행과 강간을 당했습니다."

마이케는 돌처럼 차가운 눈빛에 경멸을 담아 말했다.

"내 그럴 줄 알았지. 그렇게 남자를 밝히더니."

*

레오니 베르게스는 짜증스러운 얼굴로 시계를 쳐다보았다. 30분째 한나 헤르츠만을 기다리는 중이다. 늦으면 늦는다고 문자라도 보낼 것이지……. 그들은 오늘을 위해 수주에 걸쳐 준비를 해왔다. 그녀 자신만 치면 몇 개월, 아니 몇 년이 걸렸는지 모른다.

11년 전 엘트빌레 정신병원에서 처음 미하엘라를 만났을 때 그녀는 이렇게 커다란 숙제를 안게 될지 몰랐다. 대학을 마친 그녀는 트라우마를 겪는 사람들을 대상으로 작업을 시작했다. 별의별 사람을 다 만나봤지만 미하엘라만큼 특이한 병증을 가진 사람은 없었다. 미하엘라는 생애의 대부분을 정신병원에서 보냈다. 정신분열증에서부터 망상성 인격장애, 자해성 인격장애, 비정형 정신병, 자폐에 이르기까지 두루뭉술한 진단이 이어졌고, 병적 행동이 어디서 기인하는지 모른 채 수십 년간 강한 정신과 약을 처방받았다.

여러 번의 상담을 거치면서 레오니는 미하엘라에게 무슨 일이 있었는지 조금씩 알게 되었다. 기억이 도무지 연결되지 않았고 가끔은 완전히 딴사람처럼 말하고 행동하며 지난번 상담에서 한 말을 기억하지 못했기 때문에 큰 인내심을 필요로 했다. 몇 번이나 상담을 접고 이 복잡한 환자의 치료를 포기하려고 했지만 결국에는 그 원인을 알아내는 데 성공했다. 미하엘라의 자아는 독립적으로 존재하는 여러 인격으로 구성되어 있는데, 하나의 인격이 의식을 통제하면 다른 인격들은 완벽하게 뒷전으로 물러났고 서로의 존재에 대해 알지도 못했다.

미하엘라 본인마저도 레오니의 진단에 충격을 받았고 그 사실을 받아들이지 않으려고 했다. 하지만 그 진단에는 의심의 여지가 없었다. 미국정신병학회에서 발간한 정신병 진단 지침서 4판에 의하면 미하엘라의 병증은 해리성 정체성 장애로도 불리는 다중인격장애로, 심각한 형태의 분열증으로 분류된다.

미하엘라에게 무슨 일이 있었는지 알아내는 데는 꼬박 2년이라는 시간이 걸렸다. 그때부터가 정말 힘들었다. 미하엘라가 그녀의 기억에서 지워진 시기, 즉 다른 인격에 의해 경험된 시기의 일을 받아들이려고 하지 않았기 때문이다. 레오니는 일찍부터 미하엘라의 자아가 분열된 이유가 뭔가 끔찍한 일을 겪었기 때문이라고 추측했다. 그러나 열 개 남짓한 기억의 파편에서 실제로 드러난 그림은 너무 잔인하고 끔찍해서 그 진실성을 의심하게 될 정도였다. 사람이 그런 일을 겪고도 살아남을 수 있다는 것이 신기했다. 미하엘라가 살아남을 수 있었던 것은 그녀의 영혼이 어린 시절부터 자신의 경험을 분열, 즉 해리했기 때문이었다. 아이들은 특히 전쟁, 살인, 큰 사고, 재난 등 트라우마의 경험을 이런 식으로 이겨내곤 한다.

그 후 10년 이상 미하엘라의 상태는 나아지지 않았지만 정체성의 변환, 일명 '스위치'라고 부르는 상태가 찾아오면 자신에게 무슨 일이 일어나는지는 알게 되었다. 자신 안에 있는 다른 인격들을 받아들이기 시작한 것이다. 미하엘라는 마인 강에서 소녀의 시체가 발견되기 전까지만 해도 지극히 조용한 삶을 살았다.

레오니는 전화기를 들고 한나 헤르츠만에게 전화를 걸었다. 여기서 언제까지고 그녀를 기다리고 있을 수는 없는 일이다. 3주 전 그녀는 용감무쌍하지만 위험천만한 결정을 내렸다. 이 일을 언론에 공개하겠다는 결정이 어떤 결과를 초래할지 아무도 몰랐다. 하지만 미하엘라를 비롯해 관련된 사람들 모두는 그것이 얼마나 위험한 일인지 잘 알고 있었다.

한나의 휴대전화가 여전히 꺼져 있었기 때문에 레오니는 집으로 전화를 걸었다. 뚜우, 뚜우…… 다섯 번쯤 신호가 가더니 누군가가 전화를 받았다.

"헤르츠만입니다."

여자 목소리지만 한나는 아니다.

"저…… 저기…… 거기…… 한나 헤르츠만 씨 계시나요?"

당황한 레오니가 말을 더듬었다.

"누구시죠?"

"베르게스라고 합니다. 헤르츠만 부인이 4시에 상담 오시기로 했는데 안 오서서요."

"어머니는 지금 안 계세요."

레오니가 뭐라고 더 묻기도 전에 통화 중 신호가 들렸다. 한나의 딸인 듯한 여자가 전화를 뚝 끊어버린 것이다. 이상한 일이다. 레오니는 걱정되지 않을 수 없었다. 한나를 썩 좋아하지는 않지만 연락이 안 되니 무척 걱정됐다. 뭔가 좋지 않은 일이 일어난 게 분명하다. 이 약속을 지키지 못할 정도라면 무척 심각한 일일 것이다. 오늘은 한나가 미하엘라를 처음으로 만나기로 한 날이었다.

*

"헤르츠만 씨 무슨 일 있어요?"

여형사가 손님용 화장실의 문을 두드렸다.

"아니요."

마이케가 변기 물을 내리며 대답했다.

"저희 지금 갈 건데요, 오늘 내로 호프하임 경찰서에 와서 조서를 작성하세요."

"알았어요."

마이케는 세면대 위 거울에 비친 자신의 얼굴을 보고 입술을 비죽 내밀었다. 얼룩덜룩한 피부, 퉁퉁 부은 눈꺼풀, 번진 마스카라. 한마디로 가관이었다. 아직도 손이 떨리고 귀가 울렸다. 15미터도 떨어지지 않은 곳에서 울린 총소리가 고막을 찢어놓았는지도 모를 일이다. 그녀의 목숨을 구한 산지기는 처음에는 차를 타고 숲에 들어온 마이케를 혼내려고 했다. 그러나 차로 숲 속을 헤집고 다니는 사람들보다 그가 더 싫어하는 것은 사냥 금지 기간에 개를 풀어놓는 사람들이었다. 그런 경우 그는 절대 용서하지 않았다.

아이라이너를 찾아 가방을 뒤지다 보니 오늘 아침에 발견한 불운의 쪽지가 손에 잡혔다. 경찰에게 줘야 하나? 아니다. 한나는 방송에 관한 한 매우 엄격하다. 게다가 아직 준비 중인 프로젝트의 자료를 경찰에게 빼돌린다면 아무리 딸이라 해도 바로 모가지를 칠 것이다. 그리고 만약 그 프로젝트가 정말 오토바이족 조폭과 관련 있다면 경찰서는 가장 마지막으로 찾아가야 할 곳이다.

마이케는 손이 너무 심하게 떨려서 화장 고치는 것을 포기했다. 대신 흐르는 찬물에 손을 대고 식혔다.

오토바이족에게서는 정말 아슬아슬하게 빠져나왔다. 마이케는 무작정 차를 타고 도망쳤다. 산지기가 차량 번호를 외웠을지도 모르지만 그 조폭들에게 알려주지는 않을 것이다. 돌아오는 길에 마이케는 설움이 북받쳐 울었다. 그리고 어머니에게 따지려고 곧장 랑엔하인으로 차를 몰았다. 그런데 집에 와보니 어머니는 없고 경찰이 바글바글했다. 게다가 멍청한 질문을 연이어 해댔다.

마이케는 아까 그녀가 정 떨어지게 대답했을 때 형사들의 표정이 어땠는지 정확하게 기억했다. 그것은 혐오의 표정이었다. 그녀는 일부러 무례하게 행동함으로써 그런 반응을 유도하는 일이 많았다. 옛날에는 누구에게나 친절하고 예의 바르게 행동하려고 노력했다. 속마음이 어떻든 간에 항상 웃는 얼굴로 괜찮다고 거짓말을 했다. 그러다 체중이 급격히 불어나 심리상담을 받았는데 심리상담사가 모든 걸 속으로 삭이기 때문에 살이 찌는 거라고 말했다. 그때부터 속에 있는 말을 밖으로 꺼내 하기 시작했다. 처음에는 솔직하고 정직하게 자신을 표현하려는 의도였다. 그러나 시간이 갈수록 사람들을 화나게 하는 데 재미가 들렸다. 물론 평판은 무척 안 좋아졌다. 사실 어머니에게 닥친 일을 들었을 때 놀라기보다는 화가났다. 도대체 왜 그런 반사회적인 사이코 범죄 집단과 어울린단 말인가? 불 옆에 가면 데는 법이다. 아버지가 늘 입에 달고 살던 멍청한 속담 중 하나지만 틀린 말은 아니다.

한나에게 적이 있거나 최근 싸운 사람이 있느냐는 질문을 받았을 때 마이케는 노먼과 얀 니묄러를 언급했다. 얀 니묄러는 어제 주차장에서 기다리고 있다가 한나가 나오자마자 붙잡고 말을 걸었다. 마이케는 현재 양아버지인 사람의 이름도 입에 올렸고, 최근 한나의 차를 긁어놓고 간 사람이 있다고도 말했다.

그 쪽지 또한 심상치 않다. 한나가 그 오토바이족에 대해 뭔가 알아낸 걸까? 아니면 무슨 일인가로 그들의 분노를 산 것일까? 한나를 공격한 것은 정말 그들일까? 경찰에게 쪽지에 대해 말해야 하는 게 아닐까?

마이케는 무릎이 떨려서 변기 뚜껑을 덮고 그 위에 앉았다. 어느 정도 떨쳐냈다고 생각했는데 두려움이 다시 검은 파도처럼 엄습해왔다. 속이 뒤집힐 것 같았다. 그녀는 양팔로 몸을 감싸고 몸을 잔뜩 웅크렸다.

한나가 폭행, 강간당한 채 발견됐다. 몸이 묶이고 의식도 없는 상태로 알몸으로 차 트렁크에서 발견됐다. 맙소사! 어떻게 이런 일이 일어났단 말인가? 이런 일이 일어나도 되는 걸까? 마이케는 절대 병원에 가지 않으리라 다짐했다. 아프고 약한 어머니는 도저히 볼수 없을 것 같았다. 그렇다면 이제 어떻게 해야 하지? 누군가에게 얘기를 하고 조언을 구해야 한다. 하지만 누구에게 도움을 청한단말인가? 마이케의 눈에서 갑자기 눈물이 흐르기 시작했다. 한번 터진 눈물은 다시는 멈추지 않을 것처럼 뺨을 타고 하염없이 흘렀다.

"엄마, 어떡해? 이제 난 어떡해야 하는 거야?"

휴대전화가 진동음을 내더니 계속 울려댔다. 이리나! 부재중 통화 13건, 문자메시지 4건. 이리나는 그런 이야기를 할 만한 상대가 아니다. 아버지도 안 된다. 고민을 들어줄 만한 친구도 없다. 마이케는 휴지를 한 조각 뜯어 눈물을 닦고 휴대전화 주소록을 맨 위부터 죽 훑어 내렸다. 그러다 어느 순간 손가락의 움직임이 멈췄다. 있다! 전화할 수 있는 사람이 한 사람 있다! 왜 여태 그 생각을 못 했을까?

*

빈첸츠 코른비힐러의 사회적 추락은 엄청난 것이었다. 숲가에 있는 널찍한 전원주택에서 걱정 없이 살던 그는 슈발바흐 리메스피어텔에 위치한 방 하나짜리 14층 아파트로 옮겨야 했다. 문이 열리고 빈첸츠 코를비힐러가 나타난 순간 피아는 한나 헤르츠만이 그를 왜 좋아했는지 알 것 같았다. 적어도 외모만 보면 좋아하지 않을 이유가 없었다. 선해 보이는 밤색 눈, 숱 많은 어두운색 금발, 호감 가는 얼굴, 단단한 체구를 가진 그는 40대 초반이지만 소년 같은 매력을 풍겼다.

"들어오십시오."

그는 힘 있게 악수를 하며 형사들의 눈을 똑바로 쳐다보았다.

"미안하지만 거실로 안내할 수는 없겠습니다. 잠시 머무는 곳이라서 많이 부족합니다."

보덴슈타인과 피아는 기숙사 같은 작은 방으로 들어갔다. 가구라고는 소파침대, 옷장, 작은 책상이 전부였다. 벽에는 작은 거울이 붙어 있고, 문 뒤에는 접어놓은 빨래 건조대와 다리미대가 세워져 있었다.

"언제부터 여기 사셨죠?"

피아가 물었다.

"몇 주 안 됐습니다."

“좋은 집을 두고 왜 여기 사세요?”

그 말에 코른비힐러는 인상을 찌푸렸다. 단단해 보이는 팔뚝, 좋은 옷, 깨끗하게 손질된 손톱으로 보아 그는 외모에 꽤나 신경을 쓰는 남자인 것 같았다.

“와이프가 이제 제가 싫답니다.”

그는 아무렇지도 않게 말했지만 씁쓸함을 감추지 못했다.

“정기적으로 남편을 바꾸는 취미가 있거든요. 별로 대수롭지 않은 일 때문에 집에서 쫓겨나고 카드도 다 막혔습니다. 6년간 아내에게 모든 걸 바친 결과죠.”

“별로 대수롭지 않은 일이란 게 뭐죠?”

“아, 뭐 그냥 잠깐 바람피운 것뿐입니다. 무슨 대단한 일이라도 된다는 듯이 난리를 치더군요.”

그는 피아의 시선을 외면하고 뒤에 붙어 있는 거울을 바라보았다. 그리고 거울 속에 비친 자신의 모습이 마음에 드는지 흡족한 미소를 지었다.

그는 천국 같은 집에서 쫓겨난 이유에 대해서는 더 이상 언급하지 않고 자신이 한나에게 얼마나 불공평한 대우를 받았는지에 대해서만 구구절절 늘어놓았다. 경찰의 눈에 자신이 얼마나 의심스럽게 비칠지는 전혀 생각하지 못하는 듯했다.

“듣고 보니 부인에게 화가 많이 나신 것 같네요.”

피아가 말했다.

“화나는 게 당연하죠. 전 와이프를 위해서 회사까지 포기했습니다. 그런데 이제 집도 절도 없는 거지 신세가 됐어요! 게다가 내가 전화를 하면 아예 받지도 않습니다.”

“어젯밤에 어디 계셨습니까?”

조용히 듣고 있던 보덴슈타인이 물었다.

"어젯밤? 언제요?"

코른비힐러는 그 질문에 뜻밖이라는 표정을 지었다.

"11시부터 3시 사이에요."

한나 헤르츠만의 남편은 미간에 깊은 주름을 잡으며 잠시 생각하는 표정을 지었다.

"바트조덴에 있는 술집에서 술을 마셨는데요. 아마 10시 반부터일 겁니다."

"그 술집에 몇 시까지 있었나요?"

"글쎄요, 12시 반 아니면 1시쯤까지 있었을 겁니다. 그건 왜 물으시죠?"

"거기 있었다는 걸 증명해줄 사람이 있습니까?"

"네, 친구 몇 명하고 같이 있었습니다. 종업원도 분명히 절 기억할 겁니다. 그런데 무슨 일 있습니까?"

피아는 날카로운 눈으로 그를 응시했다. 아무것도 모르는 듯한 그의 반응은 꾸민 것 같지는 않았다. 하지만 연기를 아주 잘하는 것일 수도 있다. 정말 무슨 일이 있었는지 전혀 모르고 그들이 찾아온 이유도 전혀 짐작하지 못하는 것일까?

"차는 어떤 걸 타시죠?"

피아가 물었다.

"포르셰요. 포르셰 911, S4 컨버터블입니다. 와이프가 뺏기 전에는 그걸 탔죠."

코른비힐러가 씁쓸한 미소를 지었다.

"바트조덴의 술집에 가기 전에는 어디 계셨습니까?"

보덴슈타인이 물었다. 피아가 막 하려던 질문이었다. 피아는 가끔씩 보덴슈타인과 자신이 오래 같이 산 부부 같다는 생각을 하며 속으로 웃었다. 그동안 수도 없이 많은 심문과 탐문을 함께했으니 사실 이상할 것도 없는 일이다.

보덴슈타인의 질문에 코른비힐러는 기분이 나빠진 것 같았다.

"그냥 좀 돌아다녔습니다. 왜 그게 궁금하죠?"

그는 대답을 회피하며 반문했다.

"어젯밤 부인이 폭행과 강간을 당했습니다. 부인은 중상을 입고 정신을 잃은 채 오늘 아침에 차 트렁크 안에서 발견됐어요. 그런데 부인의 이웃집 사람이 어제 집 앞에서 코른비힐러 씨를 봤다더군요."

＊

마르쿠스 마리아 프라이는 비싼 양복 대신 청바지와 단체 티셔츠를 입고 다른 학부형 두 명과 함께 그릴 앞에 서 있었다. 그는 이번 주 내내 학교 축제를 손꼽아 기다렸다. 일이 바쁘지만 아이들을 위해서라면 언제든 시간을 내는 그는 아이들 학교의 학부모회장도 맡고 있다. 이번 축제를 준비하는 데도 큰 역할을 했다. 음식을 판매해서 얻은 수익과 기부금 들어온 것은 전부 학내 도서관을 신축하는 데 쓰일 것이다. 아버지들이 열심히 손을 놀렸지만 그릴 앞에 늘어선 줄은 줄어들지 않았다. 쾨니히슈타인 주민들은 통이 크고 좋은 일을 위해서라면 베푸는 데 인색하지 않다. 학부모회에서는 이미 축제 수익금에 돈을 더 얹어서 기부하기로 결정을 내렸다. 축제에 걸맞은 좋은 날씨였고 전체적으로 생기 넘치는 축제 분위기였다.

프라이는 교대할 사람이 오자 그릴 앞에서 물러나 심판 겸 도우미를 하기 위해 체육대회장으로 향했다. 자루 뛰기, 수레 끌기, 입으로 사과 물기, 줄다리기. 아이들도 학부모들도 무척 즐거워했다. 지켜보는 그 역시 즐거웠다. 게임에 완전히 집중한 아이들의 표정은 정말 귀여웠다. 발갛게 상기된 뺨, 반짝이는 눈, 맑은 웃음소리. 세상에서 이보다 더 아름다운 것이 있을까? 게임이 끝나고 상을 줄 때면 아이들은 그의 주변에 벌떼처럼 몰려들었다. 그는 이기지 못한 아이들에게 격려의 말과 함께 위로상을 주는 것도 잊지 않았다. 아이들이 없다면 세상은 정말 삭막할 것이다. 게임에 진 아이를 위로하고 무릎이 까진 아이를 치료해주고 싸우는 아이들을 말리느라 오후 시간은 빠르게 지나갔다.

"검찰청 일이 지겨워지면 언제라도 우리 유치원으로 오세요."

프라이는 뒤를 돌아보았다. 시립 탁아소 소장 쉬르마허 부인이 웃는 얼굴로 서 있었다.

"아, 쉬르마허 부인."

"고맙습니다!"

그가 흐트러진 머리를 새로 땋아준 여자아이가 벌떡 일어나더니 다른 아이들이 있는 곳으로 쪼르르 달려갔다.

"아이들이 검사님에게 딱 달라붙어서 떨어지지 않네요."

프라이는 즐거운 표정으로 뜀뛰기 매트 안으로 뛰어드는 여자아이를 보며 미소를 지었다.

"네, 저도 아이들이 좋습니다. 아이들과 있으면 기분 전환이 되고 스트레스가 풀리는 것 같아요."

"저희 연극 프로젝트의 후원자가 돼주셔서 다시 한 번 감사드려요. 제가 이메일 보낸 적 있는데 기억하시나요?"

프라이는 항상 적극적으로 일하는 쉬르마허 부인을 좋게 생각해왔다. 그녀가 돌보는 아이들 중에는 문제가정 아이들도 꽤 된다. 지역자치단체에서 주는 보조금이 점점 줄어드는 상황에서도 그녀는 아이들을 위해 갖은 애를 썼다.

"네, 그럼요. 기억하고말고요. 핑크바이너 재단의 비스너 씨와 이미 얘기가 됐습니다."

그들은 들판을 가로질러 천천히 걸어갔다. 그릴과 음료수 가판대 앞에는 여전히 길게 줄이 늘어서 있었다.

"저희 재단에서는 원래 외부 프로젝트를 후원하지 않습니다만 이번 경우는 특별히 예외를 허용하기로 했습니다. 문제가정과 저소득층 아이들이 혜택을 볼 수 있는 훌륭한 프로젝트라고 생각합니다. 그런 프로젝트에는 당연히 도움을 드려야지요. 저도 도울 수 있는 부분은 돕겠습니다. 그리고 재단에서 5000유로를 기부하기로 했습니다."

"어머나, 고맙기도 해라! 정말 감사합니다!"

쉬르마허 부인은 너무 감격한 나머지 눈물을 글썽이면서 그의 뺨에 입을 맞췄다.

"저희는 자금이 부족해서 프로젝트를 중단해야 하는 것 아닌가 생각하고 있었어요."

마르쿠스 마리아 프라이는 겸연쩍게 웃었다. 별것 아닌 일로 이렇게까지 인사를 받는 게 당황스러웠다.

"아빠!"

큰아들 제롬이 숨이 턱에 차게 달려와 휴대전화를 내밀었다.

"아빠가 아까 그릴 옆에 놔두고 갔는데 계속 전화가 왔어요."

"그래? 고맙다, 아들."

프라이는 휴대전화를 받으며 제멋대로 헝클어진 아이의 머리를 쓰다듬었다. 그때 다시 전화기가 울리기 시작했다.

"잠깐 실례하겠습니다. 전화 좀 받아야겠네요."

그가 발신인을 확인하며 말했다.

"네, 그러세요."

쉬르마허 부인이 고개를 끄덕였다. 그는 몇 걸음 떨어진 곳으로 갔다.

"지금은 전화 받기 곤란한데 내가 이따가……."

전화를 받자마자 성급하게 내뱉던 그는 상대방의 다급한 목소리에 말을 끊고 귀를 기울였다. 짜증스럽던 얼굴에 당혹스러운 빛이 떠올랐다. 더위에도 불구하고 등줄기에 소름이 돋았다.

"100퍼센트 확실한 거야?"

커다란 나무 밑으로 간 그는 나지막하게 물으며 손목시계를 보았다. 즐겁기만 하던 밝은 풍경에 무거운 회색빛 그림자가 드리워졌다.

"한 시간 뒤에 만나지. 약속 장소 정해서 연락해."

그는 머릿속이 뒤죽박죽이 된 기분이었다. 이 나라에서 사람이 그렇게 감쪽같이 사라질 수 있는 것일까? 14년간 아무도 그녀를 본 사람이 없다. 시체 없는 장례식, 그런 것이 가능하단 말인가? 주인이 없는 무덤 앞에 비석, 꽃다발, 촛불을 놓았단 말인가? 부고 소식을 접하고 사람들은 깊은 슬픔에 잠겼다. 그러나 안도하는 마음이 훨씬 컸다. 모두가 두려워하던 위험이 완전히 사라졌다고 생각했기 때문이었다. 전화 통화를 끝낸 프라이는 잠시 허공을 응시했다. 방금 들은 것이 사실이라면 앞으로 어떤 끔찍한 일이 일어날지 알 수 없다. 악몽이 처음부터 다시 시작되는 것이다.

"세상에! 난…… 난 그런 줄도 모르고! 한나는…… 아니…… 어떻게 그런 일이!"

코른비힐러는 눈이 휘둥그레져서 어쩔 줄 몰랐다.

"랑엔하인에는 왜 가셨습니까? 목적이 뭐였어요?"

"그건…… 그건 말이죠……."

소파침대에 앉은 그는 몸을 비비 꼬며 안절부절못했다. 이제 거울에 비친 자신의 모습에는 관심도 없었다.

"설마…… 설마 내가 내 와이프를 강간하고 때렸다고 생각하는 건 아니겠죠?"

화가 났다기보다는 놀란 말투였다.

"그런 생각을 하는 건 아닙니다. 코른비힐러 씨는 그냥 우리가 하는 질문에 대답만 해주시면 됩니다."

보덴슈타인이 차분하게 말했다.

"그런데 왜 아무도 내게 연락을 안 했지? 이리나나 얀이 전화를 했을 법도 한데."

코른비힐러는 이해가 안 된다는 듯 머리를 절레절레 흔들며 스마트폰을 쳐다보았다.

"랑엔하인에 있는 부인 집에는 왜 간 거죠? 그리고 왜 거기 갔다고 바로 말하지 않았습니까?"

보덴슈타인이 피아의 질문을 반복했다.

"11시에서 3시 사이에 어디 있었는지 물었잖아요. 그리고 무슨 일 때문인지 몰랐으니까요."

코른비힐러가 딱 부러지게 말했다.

"그럼 강력반 형사들이 왜 찾아왔다고 생각했어요?"

"솔직히 말하면 아무 생각 없었습니다."

피아의 질문에 그는 어깨를 으쓱했다. 피아는 그의 표정 변화를 주의 깊게 관찰했다. 자존심에 상처를 입고 화가 많이 나 있긴 하지만 과연 이 남자가 그런 잔인한 짓을 할 수 있는 인간일까?

"부인에게 특별히 적이 있거나 최근에 협박 받은 일이 있습니까?"

"네, 한때 심하게 스토킹당한 적이 있습니다. 우리가 만나기 직전에 있었던 일인데 범인은 나중에 잡혀서 감옥에 들어갔습니다."

새로운 사실이다. 코른비힐러는 스토커의 이름을 알지 못했지만 이리나 치데크에게 물어보겠다고 약속했다.

"그리고 함께 일하던 직원 중에 노먼 자일러라는 사람이 있는데 한나에게 원한이 깊습니다. 한나가 2주 전에 해고했거든요. 그리고 얀 니묄러라는 사람도 항상 수상했어요. 한나에게 깊이 빠져 있는데 한나는 본 척도 안 했거든요. 그 밖에도 토크쇼에 나와서 창피를 당하고 분개하는 출연자들이 수두룩합니다."

피아는 그의 입에서 나온 이름들을 수첩에 받아 적었다. 노먼 자일러는 더 이상 바랄 게 없을 정도로 동기가 확실하지만 알리바이 또한 확실하다. 그제 베를린에 갔다가 오늘 오전 11시 반에야 공항에 도착했다. 그가 참석했다는 일정은 조사해본 결과 모두 사실로 확인되었다. 반면 얀 니묄러의 알리바이는 그리 견고하지 않았다. 그는 애프터 쇼 파티에서 나와 바로 집에 갔다고 했지만 마이케 헤르츠만은 그가 주차장에서 한나를 기다리고 있었다고 진술했다. 그리고 그는 집에 가서 실컷 잤다고 했지만 피아가 봤을 때 그는 잠을 못 잔 얼굴이었다.

"얼마 전에 차를 타고 가다가 우연히 랑엔하인 근처를 지나갔습니다. 자정이 다 되어가는 시간이었는데 집 앞에 검정색 허머가 서 있더라고요. 처음엔 벌써 내 후임이 들어왔구나 했죠. 그냥 지나치려고 했는데…… 어디 그럴 수가 있어야죠. 그래서 차에서 내려서 정원으로 들어갔습니다. 그런데 남자가 한 명이 아니라 두 명이더라고요.”

피아는 보덴슈타인에게 재빨리 시선을 던졌다.

“그게 언제였죠?”

“음…… 그제니까 수요일 밤입니다. 좀 이상한 기분이 들더라고요. 한나가 절 쫓아내긴 했지만 전 아직 한나에게 좋은 감정을 가지고 있거든요.”

“왜 이상한 기분이 들었다는 거죠?”

“엄청난 덩치가 한 명 있었는데 수염에 두건에…… 정말 환한 대낮에도 마주치기 싫은 그런 사람 있잖아요. 얼굴만 빼고 온몸에 문신을 해서 시퍼런 게 스머프 저리 가라였어요.”

“그 사람들이 어떻게 했습니까? 부인을 협박하던가요?”

보덴슈타인이 물었다.

“아니요. 그냥 앉아서 차를 마시면서 얘기를 했습니다. 그러다 12시 반쯤 덩치 스머프가 먼저 일어났어요. 그리고 몇 분 더 있다가 두 번째 남자가 한나와 함께 차를 타고 어디론가 갔습니다. 전 한나의 차를 미행했어요. 그렇다고 절 스토커로 보시면 안 됩니다. 정말 걱정이 돼서 따라간 거거든요. 한나는 조사 중인 스토리에 대해선 말을 아껴 무슨 일인지는 알 수 없었지만 수상쩍은 일로 만나는 사람 중에는 아주 위험한 사이코들도 있게 마련이거든요.”

“그래서 어디로 가던가요?”

“디덴베르겐까지 따라갔는데 기름이 떨어져서 고속도로 휴게소에서 주유를 했습니다. 그러다 놓쳤죠, 뭐."

"어디서 주유하셨죠? 바일바흐 휴게소였나요?"

피아는 마인-타우누스 지역의 지형을 대충 꿰고 있었다.

"그렇죠, 뭐. 그 시간엔 문 연 주유소가 없으니까요."

피아는 앞에 앉아 있는 코른비힐러를 가만히 노려보았다. 아내에게 쫓겨나 원한을 품고 있는 그가 주유한 휴게소에서 500미터도 떨어지지 않은 곳에서 36시간 후 한나 헤르츠만이 발견됐다. 이것을 우연이라고 봐야 할까?

"그 차의 차량 번호를 외워두셨습니까?"

보덴슈타인이 물었다.

"아니요. 오토바이에 붙이는 것 같은 작은 번호판이었는데, 주위가 어두워서 보이지 않았습니다."

코른비힐러의 말은 사실일 가능성이 컸다. 거실 탁자에서 발견된 빈 잔들은 손님이 있었음을 말해주는 단서일 수 있다. 그러나 코른비힐러가 법적으로는 아직 헤어지지 않은 아내의 집 주변을 여러 차례 기웃거렸다는 것은 그가 한나 헤르츠만에게 강한 감정을 품고 있다는 것을 의미했다. 자존심에 상처를 입고 돈은 없고 질투심에 불타는 그는 작은 불씨 하나만으로도 폭발하기에 충분한 폭약 같은 존재였다. 아내가 한밤중에 낯선 남자와 함께 차를 타는 장면이 불씨로 작용한 것일까?

"그게 수요일 일이라는 거죠. 그럼 목요일에는요?"

"그건 이미 말했잖아요."

코른비힐러가 인상을 쓰며 말했다.

"아니요. 언제요?"

피아가 친절함을 가장해 물었다.

"자, 목요일에 그 집에 가서 뭘 했죠?"

"아무 짓도 안 했어요. 그냥 차 안에 앉아 있었어요."

스마트폰을 만지작거리는 불안한 손놀림, 끝없이 움직이는 시선, 쉼 없이 까딱거리는 발. 그의 신체 언어는 그의 심리 상태가 매우 불안함을 말해주었다. 처음의 차분하고 여유 있는 태도는 온데간데없고 꾸며낸 자신감도 시간이 지날수록 옅어져만 갔다.

피아는 가방에서 투명 비닐에 담긴 사진을 꺼냈다. 그리고 만신창이가 된 한나 헤르츠만의 얼굴 사진을 말없이 그의 눈앞에 들이댔다. 그것을 본 그는 몸을 움찔하며 놀랐다.

"지금 뭐 하자는 겁니까?"

코른비힐러는 화가 난 척했지만 좋은 연기는 아니었다.

"저희랑 함께 좀 가시죠, 코른비힐러 씨."

보덴슈타인이 자리에서 일어나며 말했다.

"아니, 왜요? 내가 지금 다 말을 했잖⋯⋯."

코른비힐러는 거세게 항의했지만 피아가 그의 말을 끊었다.

"코른비힐러 씨, 긴급체포하겠습니다. 일정한 주소지가 없기 때문에 목요일 밤 알리바이가 확인될 때까지 국가에서 제공하는 숙소에서 재워드릴 거예요."

이어서 피아는 형법조항 127과 127b에 명시된 범죄 용의자의 권리와 의무를 줄줄이 주워섬겼다.

＊

그녀는 오싹한 한기를 느꼈다. 몸은 납덩이처럼 무거웠고 머릿속 한구석에서는 고통과 통증이 희미하게 느껴졌다. 입안은 바싹바싹

타들어 갔고 혀가 부어서 침조차 삼킬 수 없었다. 규칙적으로 삐이, 삐이 하는 소리와 윙윙거리는 소리가 마치 귀에 솜뭉치를 꽂고 있는 것처럼 아련하게 들렸다.

여긴 어디지? 무슨 일이 일어난 거지?

그녀는 눈을 떠보려고 했지만 아무리 해도 눈이 떠지지 않았다.

어서 눈을 떠, 한나. 힘을 내보라고!

그녀는 안간힘을 써서 왼쪽 눈을 가늘게 뜨는 데 성공했다. 하지만 보이는 것은 모두 초점이 맞지 않아 불분명했다. 어스름한 빛, 창문 앞에 내려진 블라인드, 휑한 흰색 벽.

여긴 뭐 하는 곳이지?

그때 고무 밑창을 삑삑거리며 누군가가 다가왔다.

"헤르츠만 부인, 제 말 들리세요?"

여자 목소리다. 한나는 알아들을 수 없는 말이 낮은 신음으로 바뀌는 소리를 들었다. 그리고 곧 그것이 한나 자신이 낸 소리임을 깨달았다.

여긴 어디죠? 그녀는 그렇게 물으려고 했다. 그러나 입술과 혀가 마비된 듯 아무 느낌도 없고 말을 듣지 않았다. 안개처럼 불투명한 의식 속에서도 한나는 더럭 겁이 났다. 내게 무슨 일이 생긴 거다! 이건 꿈이 아니라 현실이다!

"전 닥터 푸어만이라고 해요. 그리고 여긴 회히스트 병원 중환자실이에요."

여자가 말했다. 중환자실. 병원. 삑삑대며 끊임없이 신경을 거스르는 소음은 병원이기 때문에 나는 소리였다. 하지만 내가 왜 병원에 있는 거지?

한나는 어떻게 된 일인지 기억을 더듬었지만 마치 필름이 끊긴 것처럼 아무것도 생각나지 않았다. 왜 병원에 오게 됐는지 설명해 주는 기억이 전혀 없었다. 머릿속이 텅 빈 블랙홀로 변한 것 같았다. 머릿속에 남아 있는 마지막 기억은 파티가 끝난 다음 얀과 싸운 일이다. 난데없이 주차장에 나타난 얀은 무척 화가 나 있었다. 한나는 그 모습에 덜컥 겁을 집어먹었다. 그는 그녀의 팔을 우악스럽게 잡아챘다. 아마 지금쯤 팔에 시퍼렇게 멍이 들었을 것이다. 도대체 무슨 일 때문이었을까?

그녀의 머릿속에서는 기억의 파편들이 박쥐 떼처럼 날아올랐고 스쳐 지나가는 하나의 그림이 되었다가 금세 흩어졌다. 마이케, 빈첸츠, 파란 눈, 더위, 천둥과 번개, 땀. 얀은 왜 그렇게 화가 났을까? 다시 잔주름에 둘러싸인 파란 눈이 떠올랐다. 하지만 얼굴이 생각나지 않고 이름도 떠오르지 않는다. 기억이 없다. 비. 물웅덩이. 암흑. 아무것도 기억나지 않는다. 젠장.

"통증이 느껴지세요?"

통증? 아니, 아주 둔탁하게 당기는 느낌과 화끈거리는 느낌이 있을 뿐이다. 어디서 기인한 것인지는 모르겠지만 참지 못할 정도는 아니다. 그런데 머리가 지끈지끈 아프다. 사고가 난 것일까? 교통사고가 났는지도 모른다. 내가 타고 다니던 차가 뭐였지? 그녀는 자신이 타고 다니던 차종이 뭔지 기억나지 않는다는 사실이 왠지 지금 자신이 처한 처지보다 더 끔찍하게 느껴졌다.

"강한 진통제를 맞고 있기 때문에 자꾸 졸리고 피곤할 수도 있어요……."

의사의 목소리는 멀리서 울리는 메아리처럼 희미해지다가 점점 의미 없는 자음과 모음의 나열로 변해갔다.

피곤해. 졸려. 한나는 눈을 감고 잠 속으로 빠져들었다.

다시 눈을 떴을 때 창밖은 이미 어두워져 있었다. 눈 하나 뜨는 것도 여전히 힘들었다. 어딘가에서 들어오는 전구의 불빛이 빈 방을 희미하게 비추었다. 한나는 침대 옆에서 누군가가 움직이는 것을 느꼈다. 녹색 가운에 녹색 두건을 쓴 남자가 주삿바늘이 꽂힌 한나의 손을 잡은 채 고개를 푹 숙이고 앉아 있었다. 한나는 그가 누군지 알아채고 얼른 눈을 감았다. 그녀가 깨어났다는 것을 눈치채지 못했기를! 그녀는 그에게 이런 모습을 보이고 싶지 않았다.

"미안해, 한나."

그의 목소리는 낯설게 들렸다. 울었나? 그녀 때문에? 그렇게 많이 다친 건가?

그는 다시 미안하다는 말을 반복했다.

"미안해. 이렇게 될 줄은 몰랐어."

*

보덴슈타인은 사무실 책상 앞에 앉아 마이케 헤르츠만에 대해 생각했다. 아직 새파랗게 젊은데 세상 다 산 사람처럼 씁쓸한 얼굴을 하고 있었다. 그녀에게선 힘겹게 누르고 있는 분노와 커다란 두려움이 느껴졌다. 크게 긴장한 것도 눈에 띄었지만 그것보다 더 이상한 것은 어머니에게 안 좋은 일이 일어났다는 소식을 듣고도 무감정하고 냉정한 태도를 보였다는 것이다. 그것은 절대 정상적인 반응이 아니다. 반응이 없기는 빈첸츠 코른비힐러도 마찬가지였다. 처음에는 숨길 것 없다는 듯 솔직한 태도로 나왔지만 대화가 진행되는 동안 반대로 변했다. 사실 수요일에 한나 헤르츠만의 집에 갔었다는 말은 하지 않아도 되는 말이었다. 의도하지 않은 말이 실수로 나온 걸까? 아니면 죄의식을 견딜 수 없게 된 범인이 말하고 싶은 충동을 이기지 못한 걸까?

코른비힐러가 기름이 떨어져서 미행을 접어야 했을 때 한나 헤르츠만은 그 낯선 남자와 어디로 가고 있었을까?

수요일 밤 1시 13분 바일바흐 휴게소에서 주유했다는 코른비힐러의 말은 사실로 확인됐다. 주유소 감시카메라에 녹화가 됐다. 목요일 밤의 바트조덴 술집 알리바이는 오늘 확인하도록 부탁해놓았다. 나머지는 사실일 수도 있고 아닐 수도 있다.

보덴슈타인은 한나 헤르츠만의 법의학적 검사 결과가 적힌 임시 보고서를 한 번 더 읽었다. 그녀는 지금쯤 어떻게 됐을까? 마취에서 깨어나 자신에게 무슨 일이 일어났는지 들었을까? 육체적인 상처는 언젠가 회복되겠지만 그런 학대를 당했다는 사실을 정신적으로 극복할 수 있을까? 그 점에 있어서 보덴슈타인은 매우 회의적이었다.

헤르츠만의 상처는 마인 강에서 건져 올린 소녀와 유사한 형태였다. 어떤 괴물이 그렇게 잔인하고 무자비한 짓을 할 수 있단 말인가? 보덴슈타인은 20년도 넘게 살인자와 상해자를 보아왔다. 그러나 어떻게 사람이 다른 사람을 죽이거나 죽음에 버금가는 상태로 만들 수 있는지 이해할 수 있었던 적은 한 번도 없었다. 그러다 절망과 모욕감으로 어찌할 바 모르는 상황에 몰려 자제력을 잃고 자신의 아내를 공격할 뻔한 일이 있었다. 그 후에야 비로소 사람이 얼마나 쉽게 살인자가 될 수 있는지 깨달았다. 그는 창피함에 고개를 들 수 없었다. 그 뒤로도 그 일을 두고두고 후회했다. 그 이후로는 감정적 살인을 저지르는 사람의 심리가 어떤 것인지 안다. 물론 그런 행동을 옹호하거나 절망이나 분노가 크다고 해서 사람을 죽여도 된다고 생각하는 것은 아니다. 하지만 한나 헤르츠만이나 '인어공주'로 불리는 죽은 소녀에게 가해진 방종한 폭력에 비하면 이해가 된다는 것이다.

보덴슈타인은 한숨을 쉬며 보안경을 벗었다. 그리고 하품을 하며 뻐근한 목을 문질렀다. 밖은 이미 어두워져 있었다. 시간이 어느새 11시를 지나고 있다. 긴 하루가 끝난 것이다. 그는 집에 갈 준비를 했다. 막 스탠드를 끄고 재킷에 팔을 꿰는데 책상 위에 있는 전화기가 울렸다. 호프하임 지역번호다. 보덴슈타인은 그의 휴대전화로 통화가 연결되기 전에 수화기를 들었다.

"안녕하세요. 전 카타리나 마이젤이라고 하는 사람인데요."

여자 목소리가 들렸다.

"오늘 저희 남편하고 얘기하셨죠? 저희는 헤르츠만 부인의 이웃이에요. 제가 너무 늦게 전화했나요?"

"아니요, 괜찮습니다. 무슨 일이신가요?"

보덴슈타인이 하품을 누르며 말했다.

"방금 집에 왔더니 남편이 끔찍한 일이 있었다고 얘기해주더라고요."

카타리나 마이젤의 목소리에는 평범한 사람들이 강력반 형사와 대화할 때 느끼는 긴장감이 묻어났다.

"제가 뭘 봤는데요, 처음에는 대수롭지 않게 생각하고 넘겼어요. 그런데…… 그런 얘기를 듣고 보니까……."

"아, 네. 계속 말씀하세요. 뭘 보셨죠?"

보덴슈타인은 다시 책상 앞으로 가서 스탠드를 켜고 의자에 앉았다.

마이젤 부인은 밤 10시쯤 마당에 나와 화단에 물을 주다가 낯선 남자가 이웃집 근처에 서 있는 것을 보았다. 스쿠터를 타고 온 남자는 처음에는 숲가에 서 있었다. 그렇게 10분쯤 있다가 그녀가 쳐다보는 것을 알아챘는지 한나 헤르츠만의 집 문에 붙은 우편함에 쪽지를 집어넣고는 사라졌다.

"네, 아주 중요한 걸 목격하셨네요. 그 남자의 인상착의가 기억나십니까? 아니면 스쿠터의 생김새라도요."

"네, 기억나요. 제 앞으로 지나갈 때 10미터도 떨어지지 않았었거든요. 지나가면서 눈인사까지 했어요. 음, 나이는 40대 중반 정도고요, 단정한 차림새에 몸은 마른 편이었어요. 키는 180센티미터 정도 되고 머리는 짧게 깎았어요. 어두운 금발인데 회색머리가 많이 섞여 있고요. 가장 특이한 건 눈이었어요. 그렇게 파란 눈은 처음 봤거든요."

"정말 잘 관찰하셨네요. 다시 보면 알아보실 수 있겠어요?"

"그럼요. 그런데 그게 다가 아니에요. 그날 밤 저는 늦게까지 잠을 못 잤어요. 날이 너무 덥고 아들이 처음으로 혼자 차를 끌고 나간 날이었거든요. 비가 온다고 해서 전 걱정이 많이 됐어요. 그래서 자꾸 창밖을 내다봤는데, 저희 집 침실 창문에서 보면 헤르츠만 부인 차고가 바로 보이거든요. 1시 10분쯤 헤르츠만 부인의 차가 차고로 들어가더라고요."

순간 보덴슈타인은 피로가 싹 가시며 정신이 바짝 들었다.

"그게 정말입니까? 확실해요?"

"네, 헤르츠만 부인의 차가 어떤 건지 알아요. 항상 리모컨으로 차고 문을 열고 차를 집어넣은 다음 바로 문을 닫아요. 차고에서 집 안으로 들어갈 수 있기 때문에 다시 나올 필요가 없거든요."

"헤르츠만 부인을 보셨습니까?"

"음…… 제가 본 건 헤르츠만 부인의 차뿐이에요. 항상 있는 일이라 자세히 보지는 않았어요. 15분쯤 뒤에 아들이 돌아와 들어가서 잤어요."

보덴슈타인은 마이젤 부인에게 고맙다고 인사하고 통화를 마쳤다. 그녀가 본 것은 분명 사실일 것이다. 그러나 보덴슈타인에게는 수수께끼가 아닐 수 없었다. 이제까지 그들은 한나 헤르츠만이 집에 가는 길에 봉변을 당했을 것이라는 전제에서 생각해왔다. 그런데 방금 들은 바에 의하면 집에서 일이 터진 것이다. 빈첸츠 코른비힐러는 아내의 습관을 알고 있었을 것이다. 그리고 차고에서 집으로 바로 들어가는 길이 있다는 것도 알았을 것이다. 범인은 그녀를 폭행하고 강간한 뒤 차 트렁크에 넣고 바일바흐로 갔다. 그렇다면 거기서는 어떻게 다시 돌아왔을까? 범인이 두 명일까? 코른비힐러에게 공범이 있을까? 아니면 이건 모두 착각일까? 코른비힐러가 봤다는 문신투성이 덩치를 의심해야 하는 걸까?

보덴슈타인은 휴대전화로 크리스티안 크뢰거에게 전화를 걸었다. 크뢰거는 바로 전화를 받았다.

"그 집 차고 조사했어?"

보덴슈타인이 방금 들은 내용을 간략하게 말한 뒤 물었다.

"아니요."

크뢰거는 잠시 망설이다가 말했다.

"빌어먹을, 왜 내가 그 생각을 못 했지?"

"집을 사건 현장이라고 생각하지 않았으니까."

보덴슈타인은 크뢰거의 완벽주의 성향을 잘 알고 있었다. 중요한 단서를 간과했다는 사실에 그가 혼자서 얼마나 화를 내고 있을지 안 봐도 뻔했다.

“그 사이코가 흔적을 지워버리기 전에 지금 바로 가봐야겠어요.”

크뢰거가 단호하게 말했다.

“사이코라니 누구 말이야?”

보덴슈타인이 영문을 몰라 물었다.

“그 집 딸 말이에요. 정상은 아니에요. 그래도 다행히 집 열쇠는 주더라고요.”

보덴슈타인은 손목시계를 쳐다보았다. 자정이 다 되어가고 있었지만 정신이 말짱하고 잠이 올 것 같지도 않았다.

“이봐, 나도 거기로 갈게. 30분 내로 올 수 있겠어?”

“반장님이 버스 가지고 오면요. 아니면 호프하임에 들렀다 가야 하거든요.”

＊

그의 손가락은 노트북 자판 위에서 현란하게 움직였다. 어젯밤 내린 소나기는 잠시 청량감을 주었을 뿐 오늘은 전날보다 더 후텁지근하고 더웠다. 하루 종일 태양 볕에 달궈진 양철지붕 밑에선 숨 쉬기가 힘들 정도다. 거기에 컴퓨터, 텔레비전, 냉장고가 열기를 더했다. 그러나 40도나 41도나 그다지 다를 것은 없었다. 몸을 움직이지 않고 가만히 앉아만 있어도 등줄기에 땀이 비 오듯 흐르고 턱으로 땀이 줄줄 흘러내렸다.

원래는 메모, 일기, 기록으로 이루어진 방대한 자료에서 중요한 사실만을 뽑아낼 작정이었다. 그러나 자료들을 한 권의 책으로 만들자는 그녀의 제안이 자꾸만 머릿속을 맴돌았다. 일에 집중하다 보니 그녀에게 무엇을 잘못했을까 하는 생각을 더 이상 하지 않아도 돼서 좋았다. 그녀는 이제까지 무척 믿음직한 모습을 보여주었다. 연락도 없이 약속을 어기는 것은 그녀와 전혀 어울리지 않는 행동이었다. 24시간째 아무런 연락이 없다니 그는 도무지 이해가 되지 않았다. 처음에는 휴대전화가 켜져 있기는 했다. 그런데 이제는 전화기도 꺼져 있고 문자나 이메일에도 답장이 없다. 목요일 새벽에 헤어질 때만 해도 아무런 문제가 없었는데, 아니면 그가 아무 것도 알아채지 못한 걸까? 도대체 무슨 일일까?

그는 잠시 손을 멈추고 물병을 잡았다. 냉장고에서 빼낼 때는 차갑던 물병이 어느새 실내온도와 똑같아졌다. 표면에 물방울이 잔뜩 맺혀 있는 물병은 미끄덩거리며 그의 손에서 빠져나가려고 했다.

그는 의자에서 일어나 몸을 쭉 폈다. 티셔츠와 트렁크가 땀에 흠뻑 젖어 있었다. 시원한 에어컨이 못 견디게 그리웠다. 그는 잠시 에어컨이 빵빵하게 돌아가던 옛날 사무실의 쾌적함을 떠올렸다. 그때는 그런 사치를 전혀 사치라 생각하지 않았다. 고급 단열재와 삼중 유리를 써서 한여름에도 시원한 집에 살았지만 그것 역시 당연하게만 여겼다. 그때는 이런 조건에서는 일에 집중하는 것이 불가능하다고 생각했다. 하지만 사람은 필요하면 아무리 극한 상황에도 적응하게 되어 있는 모양이다. 살아남기 위해서는 스무 벌의 맞춤 양복도 열다섯 켤레의 고급 수제화도 서른일곱 장의 랄프로렌 셔츠도 필요하지 않았다. 화구 하나짜리 가스레인지에 냄비 두 개, 프라이팬 하나만 있어도 요리를 할 수 있다. 요리를 하는데 반드시 대리석 판과 아일랜드 식탁이 있는 5만 유로짜리 럭셔리 키친이 필요한 것은 아니다. 모두 불필요하다. 행복은 물질적 풍요를 제한하는 데 있다. 잃을 것이 없으면 잃어버릴 걱정도 없기 때문이다.

그는 노트북을 덮고 모기와 나방이 더 꼬이지 않도록 불을 껐다.

그리고 냉장고에서 차가운 맥주를 꺼내 들고 밖으로 나와 빈 맥주 박스 위에 앉았다. 모두 일찌감치 잠자리에 들었는지 야영장은 오늘따라 조용했다. 아무리 술 마시고 노는 것을 좋아하는 사람도 이런 더위에는 알코올에 쉽게 마비되는 모양이다. 그는 맥주를 한 모금 들이켠 후 뿌연 밤하늘을 바라보았다. 손톱 같은 달과 몇 개의 별이 희미하게 보였다. 이제는 거의 사라졌지만, 일을 마친 후 마시는 맥주 한 잔은 오래전부터 간직해온 그만의 의식 가운데 하나다. 예전에는 동료 변호사나 고객과 함께 시내 중심가에 있는 바에서 한 잔씩 하고 집으로 가곤 했다. 이미 오래전 얘기다.

그동안 그는 무엇에도 마음을 뺏기지 않고 살았다. 그렇게도 살 수 있었다. 그런데 지금은 상황이 달라졌다. 왜 직업적으로 유지해야 하는 거리를 지키지 못한 걸까? 그녀의 침묵은 인정하기 싫을 정도로 그를 불안하게 했다. 너무 가까운 관계는 헛된 희망만큼이나 위험하고 해롭다. 특히나 그처럼 낙인찍힌 사람에게는 말이다.

갑자기 어디선가 오토바이 소리가 났다. 낮은 회전수에서 나는 할리데이비슨 특유의 깊고 묵직한 소리다. 그는 오토바이의 주인이 그를 찾아왔다는 것을 알고 바짝 긴장했다. 이제까지 그들이 야영장에 찾아온 적은 단 한 번도 없었다. 헤드라이트 불빛이 그의 얼굴을 비췄다. 오토바이는 부릉부릉 소리를 내며 울타리 옆에서 멈추었다. 그는 자리에서 일어나 멈칫거리며 방문객에게 다가갔다.

"어이, 변호사 나리. 베른트가 뭐 좀 갖다 주라고 해서요. 전화로 말하기가 좀 그렇답니다."

방문객이 오토바이에서 내리지 않은 채 말했다. 그는 50미터쯤 떨어져 있는 가로등 불빛으로 방문객의 얼굴을 알아보고는 눈인사를 했다.

방문객이 반으로 접힌 서류봉투 한 장을 내밀었다.

"급한 일이랍니다."

방문객은 낮은 목소리로 말하고 다시 오토바이를 출발시켰다. 그는 모터 소리가 들리지 않을 때까지 오토바이가 사라진 방향을 보고 있다가 캠핑카 안으로 들어가 봉투를 뜯었다.

월요일 오후 7시. 프린젠그라흐트 85. 빈넨슈타트 암스테르담.

"드디어 왔군."

그는 혼잣말로 중얼거리며 크게 심호흡을 했다. 이 약속이 잡히기를 얼마나 애타게 기다렸는지 모른다.

*

금요일은 원래 그녀가 가장 좋아하는 날이다. 마상 곡예 연습이 있는 날이기 때문이다. 그런데 2주째 연습에 빠졌다. 지난주에는 배가 아파서 못 가겠다고 했다. 그것은 거짓말이 아니었다. 오늘은 엄마에게 속이 안 좋다고 말했다. 그것도 거짓말이 아니었다. 학교에서부터 속이 안 좋았다. 점심시간에 거의 음식을 먹지 못했는데, 그나마 먹은 것도 바로 토했다. 다른 형제자매들은 점심 식사가 끝나자마자 바로 사라졌다. 오늘은 방학이 시작되고 모두가 손꼽아 기다리던 인디언 천막 체험이 있는 날이다. 숲 속 빈터에 인디언 천막을 치고 저녁에는 소시지를 구워 먹고 노래를 부르며 캠프파이어를 한다.

미하엘라는 문을 살짝 열어놓고 침대에 누워 집 안에서 나는 소리에 귀를 기울였다. 전화기가 울렸다. 그녀는 전기에 감전된 사람처럼 벌떡 일어나 복도로 나갔다. 그러나 한 발 늦었다. 엄마가 이미 전화를 받았다.

"……누워 있어요. ……토했어요. 왜 그런지 저도 모르겠네요. ……아, 네. 네. 알려주셔서 고마워요. ……네, 물론이죠. 아유, 전혀 아니에요. 우리 애가 워낙 상상력이 풍부해서 우리도 가끔 어떻게 받아들여야 할지 모르겠어요. ……네, 네. 고마워요. 다음 주에는 분명히 나갈 거예요. 말 타는 걸 세상에서 제일 좋아하잖아요."

그녀는 2층 계단 앞에 서서 전화 통화 내용을 들었다. 심장이 터질 듯이 뛰고 무서워서 머리가 돌아버릴 것 같았다. 전화를 한 사람은 분명 가비 선생님일 것이다! 가비는 엄마에게 뭐라고 한 걸까? 그녀는 재빨리 침대로 돌아가 이불을 머리끝까지 뒤집어썼다. 아무 일도 일어나지 않았다. 천천히 시간이 갔다. 몇 시간인가 지났다. 창밖이 어두워지기 시작했다.

지금쯤 다른 아이들은 아스테릭스와 곡예 연습을 하고 있을 것이다. 거기 함께 있을 수 있다면 얼마나 좋을까! 미하엘라는 베개에 얼굴을 묻고 흐느껴 울었다. 아빠가 집에 돌아왔다. 밑에서 엄마와 아빠가 두런두런 얘기하는 소리가 들렸다. 갑자기 문이 열리고 불이 켜졌다. 그리고 누군가가 이불을 확 걷어냈다.

"가비에게 무슨 소리를 지껄인 거야?"

아빠는 무척 화가 난 것 같았다. 입안이 바싹바싹 타고 심장이 목 밖으로 튀어나올 것처럼 거칠게 뛰었다.

"또 무슨 거짓말을 지어냈는지 어서 말하지 못해?"

그녀는 마른침을 꼴깍 삼켰다. 아무 말도 하지 않았다면 좋았을 것을. 가비가 배신하다니! 가비도 늑대가 무서웠던 걸까?

"따라와."

아빠가 말했다. 그녀는 지금부터 무슨 일이 일어날지 잘 알았다. 자주 있는 일이기 때문이다. 그래도 침대에서 일어나 아빠를 따라 다락으로 올라갔다. 아빠는 다락방 문을 닫고 천장 대들보 밑에서 승마용 채찍을 꺼냈다. 그녀는 추운 다락방에서 옷을 벗으며 덜덜 떨었다. 그는 그녀의 머리채를 잡고 낡은 소파에 그녀를 내동댕이 쳤다. 그리고 채찍으로 때리기 시작했다.

"이런 나쁜 년! 뒤로 돌아! 어디 혼 좀 나봐라! 어디서 그런 헛소리를 하고 다녀?"

그는 정신 나간 사람처럼 채찍을 휘둘렀다. 채찍은 공중을 가르며 바람 소리를 냈고 그녀의 다리 사이를 매섭게 내리쳤다. 그녀의 눈에서는 눈물이 하염없이 흘러내렸다. 그러나 입 밖으로는 낮은 신음 소리밖에 나오지 않았다.

"다시 한 번 그따위 소리를 하고 다니면 죽여버리겠어!"

아빠의 얼굴은 분노로 무섭게 일그러졌다.

아빠를 쾌활하고 다정한 사람으로만 알고 있는 미하엘라는 이미 그 자리에 없었다. 아래층 방에서부터 산드라가 깊은 무의식에서 빠져나와 미하엘라의 자리를 대신했다. 아빠가 이렇게 화를 내며 매질을 할 때면 언제나 산드라가 나왔다. 산드라는 모진 매질과 고통과 증오를 참을 줄 알았다. 내일 아침에 일어나면 미하엘라는 이 일을 기억하지 못할 것이다. 그저 몸에 난 멍 자국과 채찍 자국을 바라보며 이상하게 생각할 것이다. 이제 다시는 그 누구도 믿지 못할 것이다. 그때 미하엘라의 나이는 아홉 살이었다.

최근의 안 좋은 일들이 쌓이더니 무시무시한 악몽이 되어 나타났다. 험상궂은 폭주족, 이빨을 드러내며 달려드는 개, 총을 쏴대는 산지기, 거기에 경찰까지. 빈첸츠와 얀도 무슨 역할인가 했는데 잘 기억나진 않았다. 마이케는 누구에게, 혹은 무엇에 그렇게 쫓겼는지 모르지만 경마 대회에 나간 말처럼 정신없이 달리다가 새벽 2시에 온몸이 흠뻑 땀에 젖은 채 잠에서 깨어났다. 그녀는 일어나 샤워를 하고 목욕수건을 두른 채 좁은 발코니에 나가 앉았다. 열대야 때문에 다시 잠이 올 것 같지는 않았다.

마이케는 전날부터 계속 어머니가 조사 중인 프로젝트가 무엇인지에 대해 생각하고 있었다. 어머니가 당한 일과 프로젝트가 무슨 상관이 있는 걸까? 볼프강 역시 아무것도 몰랐다. 어머니의 소식을 듣자 크게 놀랐고, 마이케가 폭주족과 투견에게 쫓긴 일을 이야기하자 당분간 자기 집에 와 있으라고도 했다. 마이케는 그의 제안이

내심 기뻤지만 정중히 거절했다. 그러기에는 자신의 나이가 너무 많다고 느꼈기 때문이다.

마이케는 발코니 난간에 다리를 올렸다. 경찰이 가고 나서 그녀는 어머니의 서재를 샅샅이 뒤졌다. 그러나 노트북도 스마트폰도 찾을 수 없었다. 마이케의 시선은 맞은편 건물에 가 머물렀다. 더워서 대부분의 창문이 열려 있었다. 모두 불이 꺼져 있는데 유일하게 4층의 한 창문에서만 푸르스름한 빛이 새어 나왔다. 한 남자가 팬티 차림으로 컴퓨터 앞에 앉아 있었다.

"그렇지!"

마이케는 자리에서 벌떡 일어났다. 사무실에 있는 한나의 컴퓨터를 잊고 있었다! 마이케는 재빨리 옷을 입고 가방과 열쇠를 챙긴 다음 집을 나섰다. 미니는 어제 주차할 곳을 찾지 못해 서너 골목 떨어진 곳에 세워놓았다. 헤더리히 가로 가려면 거기까지 가서 차를 가져가느니 그냥 걸어가는 게 빠르다.

새벽 2시에서 3시 사이는 거리가 가장 한적한 시간이다. 어쩌다 자동차가 한 대씩 지나갈 뿐 인적이 드물었다. 텍스토어 가 모퉁이에 있는 트램 정거장에 부랑자가 두 명 앉아 있다가 마이케를 보더니 술 취한 목소리로 뭐라고 떠들어댔다. 마이케는 그들을 무시하고 발걸음을 빨리했다. 성 폭행범들도 잠들었을 시간이긴 하지만 한밤중의 거리는 여자에게 무서울 수밖에 없다. 그녀의 가방 속에는 어제 랑엔하인 집에서 가져와 배터리를 교체한 50만 볼트짜리 전기 충격기와 가스총이 언제라도 사용할 수 있는 상태로 들어 있었다. 빈첸츠의 전임자인 마리우스, 즉 한나의 세 번째 남편은 언제나 걱정이 넘쳐나는 남자였는데 한나가 한창 스토커에게 시달리고 있을 때 만약의 경우에 대비해야 한다며 한나에게 호신도구들을 사줬다. 하지만 한나는 그 물건들을 가지고 다닌 적이 한 번도 없다. 전기 충격기로 목요일 밤의 습격을 막아낼 수 있었다면 한나는 그것을 챙겼을까? 맞은편에서 한 남자가 걸어오는 것을 본 마이케는 가방 속의 전기 충격기 손잡이를 꽉 움켜쥐었다. 만약 이상한 짓을 하면 한시도 주저하지 않고 들이댈 준비가 되어 있었다.

15분 뒤 회사에 도착한 마이케는 열쇠로 문을 따고 들어갔다. 밤에는 엘리베이터가 작동하지 않기 때문에 6층까지 계단으로 올라가야 했다.

컴퓨터 패스워드는 잘 알고 있었다. 한나는 패스워드를 바꾸는 법이 없고 모든 로그인에 몇 년째 같은 패스워드를 사용하고 있다. 경솔하게 인터넷뱅킹도 예외가 아니었다. 마이케는 어머니의 책상에 앉아 컴퓨터를 켰다. 그리고 어머니에 대해 생각하지 않으려고 무척 애를 썼다. 어머니의 병실을 지키고 앉아 있느니 이런 방식으로 돕는 게 낫다는 생각으로 죄의식을 달랬다.

창밖은 새벽빛으로 서서히 밝아지고 있었다. 한나의 우편함은 이메일로 넘쳐났다. 마이케는 보낸 사람의 이름을 읽으며 메일을 죽 훑어 내려갔다. 한나가 마지막으로 메일을 확인한 목요일 오후 4시 52분 이후로 132개의 메일이 더 들어와 있었다. 그걸 다 읽을 수는 없었다. 보낸 사람의 이름을 봐도 누가 누군지 알 수 없었기 때문에 제목만 훑어보기로 했다.

6월 16일에 도착한 메일 한 통이 마이케의 관심을 끌었다. 제목은 '답장: 지난번 대화', 보낸 사람은 레오니 베르게스다. 레오니 베르게스라는 이름이 왠지 낯설지 않았다. 분명 최근에 어디선가 들어본 이름인데 어디서 들었지? 마이케는 메일을 읽기 시작했다.

안녕하세요, 헤르츠만 부인. 조건이 맞으면 개인적으로 만날 수 있다는 답변을 들었습니다. 이미 알고 계시겠지만 외부에서의 만남은 불가능합니다. 환자의 남편과 킬리안 로테문트 씨가 동석하고 저희 집에서 만난다는 조건에서 만남이 성사될 듯합니다. 지난번에 말씀드린 대로 자료는 로테문트 씨에게 보냈으니 자료를 보고 싶으면 그쪽에 연락하시기 바랍니다. 레오니 베르게스 드림.

마이케는 미심쩍은 표정을 지었다. 환자? 한나가 조사 중이던 프로젝트가 의료 스캔들에 관한 거였나? 킬리안 로테문트라……. 킬리안. K! 폭주족의 주소가 적힌 쪽지를 우편함에 넣은 사람일까?

마이케는 메일에서 인터넷으로 옮겨가 구글에서 '레오니 베르게스'를 검색했다. 포인투, 야스니, 123피플, 야메다 등의 사람 찾기 포털에서 바로 결과가 나왔다. 레오니 베르게스는 심리상담사로 리더바흐에서 진료소를 운영하고 있었다. 개인 홈페이지는 없지만 트라우마 연구 센터 홈페이지에 사진, 주소, 약력이 공개되어 있었다. 그제야 그 이름을 어디서 들었는지 기억이 났다. 경찰들이 집에 와 있을 때 전화해서 어머니를 찾은 사람이다.

좋아. 수수께끼 하나는 풀렸다. 마이케는 검색창에 '킬리안 로테문트'라고 쳤다. 1초도 안 돼 5812개의 결과가 쏟아져 나왔다. 호기심이 발동한 마이케는 첫 번째 링크를 누르고 내용을 읽기 시작했다.

"이런, 때려죽일……."

킬리안 로테문트가 어떤 사람, 아니 어떤 괴물인지 알게 된 마이케는 입속으로 저주의 말을 중얼거렸다.

"때려죽여도 시원찮을 놈!"

＊

"성폭행은 집 차고에서 일어난 것이 분명합니다."

보덴슈타인은 이 말로 K11 조회를 시작했다.

"과학수사연구소에서 보내온 결과에 의하면 범인이 한나 헤르츠만을 성폭행하는데 사용한 기구는 파라솔을 세울 때 쓰는 막대기였습니다. 막대기에 묻은 피가 한나 헤르츠만의 혈액형과 동일하고 분변이 묻어 있는 것으로 보아 법의학적 감정과 일치합니다."

보덴슈타인은 어젯밤에 거의 잠을 자지 못했다. 크뢰거와 함께 새벽 3시까지 한나 헤르츠만의 차고에서 혈흔, 족적, 지문을 채취하고 사진을 찍은 뒤 집에 가서 몇 시간이라도 자보려고 했지만 도저히 잠이 오지 않았다. 사건의 순서가 불분명해지면서 그들이 세운 가설이 모두 틀어져 버렸다.

"범인은 차고에서 한나를 기다렸을 거예요. 그렇다면 빈첸츠 코른비힐러가 의심스러워요. 열쇠 없이 집으로 들어가는 방법을 알고 있을 테니까요."

"나도 처음엔 그렇게 생각했는데 코른비힐러는 12시 50분까지 바트조덴에 있는 '에스바'라는 술집에 있었어. 이건 어제 확인됐어. 그다음에 친구 두 명이랑 길거리에서 30분 동안 얘기를 했대. 그 사람은 확실하게 아니야. 내가 궁금한 건 한나 헤르츠만이 집에 가는데 왜 그렇게 시간이 오래 걸렸느냐 하는 점이야."

한나 헤르츠만이 오버우르젤에서 파티장을 나와 집으로 향한 것은 자정 무렵이다. 그리고 이웃집 여자가 그녀의 자동차가 차고에 들어가는 것을 본 것은 1시 10분경이다. 오스터만이 구글맵에서 스튜디오가 있는 오버우르젤, 안덴드라이하젠에서 한나 헤르츠만의 집이 있는 호프하임-랑엔하인, 로트켈헨 가까지 노선을 조회한 결과 31.4킬로미터, 자동차로 26분이 소요되는 것으로 나왔다. 비가 와서 천천히 달렸다고 해도 한 시간이나 걸리는 거리는 아니다.

"거기엔 수천 가지 이유가 있을 수 있죠. 가다가 주유소에 들렀을 수도 있고 빙 돌아 갔을 수도 있잖아요."

"내가 그 노선에 있는 주유소에 순경들을 보내서 알아봤거든."

오스터만이 노트북 화면을 보며 말했다.

"만약 피해자가 A661, A5, A66 고속도로를 이용해 크리프텔 나들목까지 갔다면 중간에 들를 수 있는 고속도로 휴게소는 타우누스블릭 휴게소랑 바트조덴 진입로 앞에 있는 아랄 주유소 딱 두 개야. 만약 타우누스를 가로질러 갔다면 그 시간에 문을 연 주유소는 아예 없어."

"마이케 헤르츠만은 얀 니묄러가 주차장에서 기다렸다가 한나와 이야기를 했다고 했어."

밤새 잠들지 못하고 사건의 진행 상황을 머릿속에 그려본 보덴슈타인이 다시 입을 열었다.

"그런데 그 사람은 우리에게 한나를 마지막으로 본 게 11시라고 했거든. 그건 거짓말을 했다는 뜻이지. 그래서 사람 보내서 데려오라고 했어."

"그러니까 범인은 한나의 집 차고에서 기다렸거나 한나가 집으로 가는 도중 차에 올라탔다는 얘기가 되잖아요."

피아가 혼잣말처럼 추리를 이어갔다.

"그다음에 한나를 차 트렁크에 싣고 바일바흐로 갔단 말이에요. 왜 하필 바일바흐로 갔을까요? 그리고 범인은 거기서 어떻게 집으로 간 거죠?"

"공범이 있거나 휴게소로 택시를 불렀을 수도 있죠."

셈 알투나이가 추리에 동참했다.

"말도 안 돼. 휴게소에는 감시카메라가 있잖아."

오스터만이 그 가능성을 단칼에 잘랐다.

"참, 코른비힐러가 말한 그 스토커에 대해서는 뭐 알아낸 거 없어요?"

피아가 갑자기 생각난 듯 물었다.

"그것도 어제 내가 알아보라고 시켰는데……."

보덴슈타인의 입가에는 자조적인 미소가 감돌았다.

"그 사람이 범인이라면 너무 쉬울 뻔했지. 그런데 작년에 사고로 죽었대. 그러니까 전혀 불가능해."

그때 갑자기 문이 열리고 크리스티안 크뢰거가 들어오더니 사진 한 장을 탁자 위에 탁 내려놓았다.

"자동 지문 인식 시스템에서 하나 건졌습니다! 차량 내부와 외부, 주방, 거실에 있던 유리잔에서 킬리안 로테문트라는 사람의 지문이 나왔어요."

"이 사람이 왜 시스템에 들어 있는 거죠?"

그때까지 조용히 듣고 있던 니콜라 엥엘이 사진을 집어 찬찬히 들여다보았다.

"아동 성폭행. 아동 포르노 사진 및 동영상 소지 때문에요. 그걸로 3년 살았습니다."

크뢰거가 셈과 피아 사이에 있는 빈 의자에 앉으며 말했다.

킬리안 로테문트라……. 보덴슈타인에게도 완전히 낯선 이름은 아니었다.

"2001년 10월 실형 선고를 받기 전까지는 프랑크푸르트에서 변호사로 일했어요."

컴퓨터에 가까운 기억력을 자랑하는 오스터만이 자세히 설명해주었다.

"처음에는 경제법 전문이었다가 나중에 형법으로 바꿨는데, 베르크너 헤슬러 체르벤카 로펌에서 일했어요. 프랑크푸르트 조폭 로드 킹이 주고객이었죠."

"그래, 이제 기억나는군. 지저분한 사건이었지."

보덴슈타인이 고개를 끄덕이며 말했다.

"그럼 막대기로 성폭행한 것도 다 설명이 되네요. 소아 성애자가 성인 여성에게 뭘 느끼겠어요?"

카트린 파싱어가 불쑥 말했다. 한동안 침묵이 이어졌다. 용의자와 함께 범인이 드러난 것일까?

"사진 좀 줘보시겠어요?"

보덴슈타인이 손을 내밀자 니콜라 엥엘이 그쪽으로 사진을 밀었다. 사진 속의 남자는 40대 중반의 미남으로 진지해 보이는 푸른 눈을 가지고 있었다. 병적인 성적 취향을 겉으로 드러내는 얼굴은 아니었다. 보덴슈타인은 무의식 속에서 뭔가 꿈틀거리는 느낌이 들었지만 그게 뭔지 바로 떠오르지는 않았다.

그때 책상 위에서 전화기가 울렸고 오스터만이 전화를 받았다. 보덴슈타인은 사진을 옆 사람에게 건네주고 머릿속으로 생각을 정리해보았다.

"폴 뉴먼(미국의 영화배우_역주) 같은 눈이네."

피아가 지나가듯 던진 말을 듣는 순간 보덴슈타인의 머릿속에서 퍼즐 조각이 맞아떨어지는 소리가 났다.

"가장 특이한 건 눈이었어요. 그렇게 파란 눈은 처음 봤거든요."

어제 한나 헤르츠만의 이웃집 여자가 전화로 한 말이다. 보덴슈타인은 수많은 추측과 연관성 없는 사실 관계가 난무하는 가운데 이거다 싶은 실마리를 잡았을 때 느껴지는 흥분에 사로잡혔다. 드디어 논리적 구성을 가능하게 하는 단서를 찾은 것이다!

"이번엔 제대로 걸린 것 같아."

보덴슈타인이 오스터만의 말을 끊는 줄도 모르고 말했다.

"한나 헤르츠만의 이웃집 여자가 목요일 밤 10시경에 스쿠터를 타고 와서 헤르츠만 집 우편함에 뭔가를 집어넣는 남자를 목격했다고 제보했어."

보덴슈타인은 의자를 뒤로 당기며 좌중을 둘러보았다.

"그 여자가 묘사한 인상착의를 종합해보면 그 남자는 바로 킬리안 로테문트야."

＊

엠마에게 그날 밤은 마치 지옥 같았다. 루이자가 태어난 이후 열두 시간 이상 떨어져본 적이 없는 그녀는 밤새 잠을 못 이루고 집안을 어슬렁거리다가 다림질을 하고 찬장 청소까지 하고 나서야 겨우 루이자의 침대에 쓰러져 잠이 들었다. 머릿속에서는 별의별 상상이 들고 나며 활개를 쳤다. 플로리안이 다른 여자와 함께 있는 모습, 키스를 하고 같이 자는 모습을 상상하는 것도 힘들었지만 루이자가 그 여자를 좋아할 수도 있다고 생각하니 더욱 괴로웠다. 플로리안, 낯선 여자, 루이자 셋이서 퍼즐을 놓고 메모리 게임을 하고 텔레비전을 보고 어린이 영화를 보고 베개 싸움을 하며 노는 모습, 함께 산책을 하고 아이스크림을 사 먹으며 즐거워하는 모습과 시댁에 혼자 외롭게 남겨진 자신의 모습, 걱정과 질투에 속이 탈 대로 타버린 자신의 모습이 대비되어 너무 괴로웠다. 엠마는 플로리안에게 전화를 하려고 열두 번도 넘게 수화기를 들었다 놨다 했다. 그러나 결국 전화를 하지는 않았다. 전화를 걸어서 뭐라고 한단 말인가? 루이자는 잘 있어? 잠은 잘 잤고? 밥은 뭐 먹었어? 지금 그 여자도 같이 있어? 그렇게 물을 수는 없지 않은가! 말도 안 된다.

엠마는 루이자가 돌아오는 일요일 오후까지의 시간을 세기 시작했다. 이 견딜 수 없는 외로움과 고통을 정말 격주마다 참아내야 한단 말인가?

엠마는 루이자의 베개에 얼굴을 묻고 울기도 하고 주체할 수 없는 분노를 봉제 인형들에 풀기도 했다. 플로리안은 이렇게 쉽게 새 삶을 시작했는데 그녀는 곧 태어날 아기에게 온 신경과 시간을 쏟아야만 한다. 플로리안은 그 틈을 이용해 루이자를 더욱 자신에게 묶어놓으려고 할 것이다! 엠마는 그렇게 수심에 젖어 있다가 어느 순간 피로에 지쳐 아이의 침대에서 잠이 들었다.

그러다가 7시쯤 잠이 깼다. 작은 침대에서 불편한 자세로 잔 탓에 몸이 뻐근하고 목에 뭔가 배겼다. 베개를 탁탁 치다가 밑에 뭔가 딱딱한 것이 만져져서 보니 며칠 전에 없어진 주방용 가위가 있었다. 왜 주방용 가위가 루이자의 베개 밑에 있는 거지?

엠마는 가위를 주방에 가져다 놓으며 월요일에 바로 물어봐야겠다고 생각했다. 샤워를 해도 별로 시원한 느낌이 들지 않았다. 그래도 땀이 가시고 나니 끈적끈적하지 않아서 좋았다.

코리나는 7월 2일에 있을 시아버지 생신 축하 겸 행사를 위해 9시에 회의를 소집했다. 지금쯤 플로리안이 집을 나갔다는 사실을 모두 알고 있을 것이다. 엠마는 사람들의 호기심 섞인 질문보다 동정 어린 시선이 더욱 싫었다. 그래도 집에서 혼자 우울해하느니 차라리 밖에 나가는 게 좋을 것 같았다. 엠마는 기름기로 번들거리는 얼굴에 분을 약간 바르고 속눈썹에 마스카라를 칠했다. 마스카라는 바르자마자 바로 번져버렸다. 그녀는 면봉으로 눈 밑에 번진 검은 얼룩을 지웠다. 발로 밟아 여는 휴지통은 어느새 가득 차 있었다. 그녀는 한숨을 쉬며 쓰레기를 꺼내 주방에 있는 큰 쓰레기통으로 가져갔다. 쓰레기를 비우던 그녀는 순간 몸을 움찔했다. 방금 그게 뭐지? 구겨진 휴지와 면봉 들 사이에서 엷은 갈색 천이 보였다. 그것을 끄집어내자 초록색 플라스틱 눈알이 바닥으로 데구루루 굴러 떨어졌다.

엠마는 루이자가 좋아하는 늑대 손가락 인형을 바로 알아보았다. 천으로 된 엷은 갈색 몸통에 펠트지로 만든 빨간 혀와 하얀 이빨이 있는 늑대 인형이다. 엠마는 인형 조각을 식탁 위에 늘어놓았다. 여섯 살짜리 딸이 커다란 주방용 가위로 인형을 자르는 모습을 상상하니 소름이 끼쳤다. 언제 이런 짓을 한 거지? 도대체 왜? 봉제 인형과 손가락 인형이 수도 없이 많지만 루이자가 가장 좋아하는 인형은 단연 볼피였다. 볼피는 항상 루이자의 머리맡 VIP석을 차지했고 낮에도 손에서 놓지 않을 때가 많았다. 볼피를 손가락에 끼우고 한참 동안 연극을 보여줘야만 잠을 자던 때도 있었다. 엠마는 루이자가 마지막으로 볼피를 가지고 다녔던 것이 언제인지 기억을 더듬었지만 도통 떠오르지 않았다. 그녀는 의자에 앉아 턱을 괴고 인형의 잔해를 멍하니 바라보았다. 분명 뭔가가 잘못됐다. 루이자가 최근 보인 이상한 행동들은 그저 그럴 때가 돼서 그런 게 아니었던 것이다. 엄마 아빠가 너무 자신들의 문제에 몰입하다 보니 아이가 소외감을 느낀 걸까? 그렇다면 인형을 찢어서 방바닥에 그냥 두지 아무도 보지 못할 곳에 숨기지는 않았을 것이다. 이상하고 무서운 일이었다. 더 이상 다른 핑계를 대거나 어린아이의 변덕으로 치부해버릴 순 없었다. 엠마는 최대한 빨리 루이자가 변한 이유를 알아내야겠다고 마음속으로 다짐했다.

*

레오니 베르게스는 수돗물을 틀어놓고 물뿌리개에 차례로 물을 받았다. 보통 저녁에 물을 받아놓았다가 나쁜 성분이 가라앉고 미지근해지면 그 물을 장미와 수국에 준다. 그런데 어제는 물을 받아놓는 것을 깜박했다. 그녀가 12년 전 니더호프하임 가에 있는 이 농장을 샀을 때는 마당과 헛간에 낡은 가구와 쓰레기가 가득한 허름한 농장이었다. 쓰레기를 치우고 울타리를 치고 화단을 조성하는 데 수개월의 시간이 걸렸다. 하지만 결국 그녀가 바라던 천국으로 만들 수 있었다. 담벼락에는 장미 넝쿨이 풍성하게 자라고 뒷마당에 있는 정자는 그녀가 가장 좋아하는 장미, 사과 향이 살짝 나는 뉴돈의 연한 핑크빛으로 뒤덮여 아무것도 보이지 않을 정도다.

낡은 가구 속에서 찾아내 리폼한 동그란 모자이크 상판 탁자 위에는 라디오가 켜진 채 놓여 있었다. 그녀는 콧노래를 흥얼거리며 수국에 물을 주었다. 수국은 버들가지로 만든 바구니와 큰 화분 속에서 줄기가 부러질 듯 가득 피어 있었다. 매일같이 사람들의 아픔을 상대해야 하는 직업은 투철한 전문성에도 불구하고 그녀의 일상에 음울한 그림자를 드리울 때가 많았다. 정원 일은 그런 직업적 단점을 중화시켜주는 최상의 취미였다. 가지치기, 비료 주기, 분갈이, 물 주기를 하면서 기분 전환을 하고 긴장이 풀리면 새로운 에

너지를 얻을 수 있었다. 레오니는 물 주기가 끝나자 제라늄의 시든 꽃잎을 떼어내기 시작했다.

"베르게스 부인?"

그녀는 느닷없는 사람 소리에 놀라 고개를 들었다.

"놀라게 해서 죄송합니다. 초인종을 눌렀는데 일에 심취해서 못 들으신 모양입니다."

처음 보는 남자가 말했다.

"여기서는 초인종 소리가 들리지 않아요."

레오니는 그렇게 말하며 방문객들을 훑어보았다. 남자는 40대 중반쯤으로 보이는데 초록색 폴로 셔츠에 청바지를 입었다. 몸에 긴장감이 없는 것을 보니 오랫동안 책상 앞에 앉아 있는 직업을 가진 듯했다. 딱히 잘생기지도 못생기지도 않은 평범한 얼굴이지만 호감이 가고 눈빛이 살아 있다. 여자는 남자보다 훨씬 어리고 무척 말랐다. 뾰족한 얼굴에는 짙게 화장한 눈과 빨갛게 칠한 입술만 동동 떠 있었다. 보통 남녀가 짝지어 돌아다니는 여호와의 증인들로는 보이지 않았다. 손님이 반갑지 않은 레오니는 대문을 잠그지 않은 것을 후회했다.

"무슨 일로 오셨죠?"

레오니는 시든 꽃잎과 이파리를 빈 화분에 버리며 물었다. 가끔 맞은편 빵집에 온 손님들이 꽃 농장인 줄 알고 잘못 들어오는 경우가 있다.

"마이케 헤르츠만이라고 합니다. 한나 헤르츠만이 저희 어머니예요. 이쪽은 볼프강 마테른 씨. 어머니가 일하는 방송사의 프로그램 디렉터이자 좋은 친구세요."

"아, 네."

레오니의 의심은 점점 커졌다. 그들은 어디서 그녀의 이름과 주소를 알아냈을까? 한나는 절대 외부에 알리지 않겠다고 굳게 다짐했는데!

"어머니가 목요일 밤에 폭행과 강간을 당하고 지금 병원에 누워 계세요."

마이케는 어머니가 당한 일을 요약해서 말했다. 혐오감을 불러일으키는 세부적인 내용도 빼놓지 않았다. 마치 남의 얘기 하듯 아무런 감정적 변화를 보이지 않고 담담하게 이야기했다. 레오니는 등줄기가 오싹했다. 뭔가 안 좋은 일이 일어났을 거라는 불길한 예감이 현실이 되어가고 있었다. 그녀는 꼼짝도 않고 서서 마이케의 말을 들었다.

"끔찍하네요. 그런데 왜 저를 찾아오셨죠?"

"혹시 저희 어머니가 조사 중이던 스토리가 뭔지 아실까 해서요. 열흘쯤 전에 저희 어머니에게 이메일을 보내셨죠? 그 메일에 환자 중 한 분이 어머니와 만날 준비가 됐다고 쓰셨던데요. 그리고 킬리안 로테문트라는 이름도 언급하셨고요."

레오니는 그 말을 듣는 순간 피가 얼어붙는 것 같았다. 동시에 한나의 부주의함에 화가 치밀었다. 얼마나 민감한 사안인지 그 위험성에 대해 충분히 주의를 줬건만 그새 입을 놀리고 이메일 계정에 다른 사람이 접근할 수 있게 한 것이다! 빌어먹을, 이제 모두가 위험에 빠졌다고 봐야 한다. 어쩌면 심사숙고해서 짠 계획이 무용지물이 될지도 모른다. 처음에 한나 헤르츠만을 끌어들일 때부터 왠지 예감이 좋지 않았다. 한나는 오만한 인물로, 아무도 자신을 건드리지 못할 거라는 근거 없는 자신감에 빠져 있었다. 그래서 레오니는 한나에게 동정심을 느낄 수 없었다.

"우연히 주소를 알게 돼서 랑엔젤볼트에 있는 농장에 가봤어요. 아마 폭주족의 아지트 같은데 개를 풀어서 쫓아내더라고요."

레오니는 공포가 목덜미를 타고 오르는 것을 느꼈다. 땀구멍에서 식은땀이 솟았다. 그녀는 떨리는 손으로 팔짱을 끼며 표정 관리를 하느라 안간힘을 썼다.

"그래서 경찰에 알렸나요?"

그때까지 별말 없이 서 있던 남자가 헛기침을 했다.

"아니요. 아직 알리지 않았습니다. 한나는 우리 방송사와 일한 지 14년이나 됐고 저와 오래전부터 아는 사이라 스토리를 조사하는 일에 관한 한 얼마나 예민한지 잘 압니다. 그래서 그런 일을 당한 것이 조사 중이던 스토리와 관련이 있는지 저희가 직접 알아봐야 겠다고 생각했습니다."

관련이 있고말고! 하지만 레오니는 모르는 척하기로 했다.

"헤르츠만 부인은 몇 달 전부터 제게 상담을 받아왔어요. 하지만 무슨 스토리를 조사하고 있는지 얘기한 적은 없어요. 이메일은…… 헤르츠만 부인이 옛날 제 환자 중 한 명을 아신다고 해서 그 얘기를 한 거고요. 죄송하지만 더 자세한 건 밝힐 수 없습니다."

레오니는 마이케의 꿰뚫어보는 듯한 적대적인 시선을 느꼈다. 그 눈빛은 마치 '넌 지금 거짓말을 하고 있어. 내가 모를 줄 알고!'라고 말하는 듯했다. 하지만 다른 방법이 없었다. 무슨 수를 써서든 미하엘라를 보호해야만 했다.

남자는 고맙다고 말하며 명함을 내밀었다. 레오니는 그 명함을 받아 앞치마 주머니에 넣었다.

"혹시라도 저희에게 도움이 될 만한 게 떠오르시면 언제든 연락 주십시오."

남자는 그렇게 말하고 젊은 여자의 어깨에 살짝 손을 올렸다.

"마이케, 이제 가지."

레오니는 대문 앞까지 그들을 배웅했다. 차 다섯 대가 주차할 수 있는 빵집 앞에 프랑크푸르트 차량 번호가 붙은 자동차가 서 있었다. 레오니는 그들이 차에 타는 것을 확인하고 문을 걸어 잠갔다. 그리고 집 안으로 들어갔다. 전화를 해야 한다. 급하다. 아니, 전화를 하지 않는 게 좋을지도 모른다. 그녀는 잠시 복도에 서서 망설이다가 현관문 옆에 붙은 열쇠 걸이에서 차 열쇠를 빼들었다. 직접 가는 것이 좋을 것 같았다. 아직 늦지 않았는지도 모른다. 최대한 손실을 줄여야 한다.

*

오스터만은 킬리안 로테문트의 흔적을 찾아 세 시간 동안이나 데이터뱅크를 뒤졌지만 헛수고였다. 로테문트는 어디에도 공식적으로 등록돼 있지 않았다. 교도소에서 출감한 이후 그는 세상에 없는 것이나 마찬가지였다. 국가로부터 돈을 받지도 않았고 국가에 돈을 내지도 않았다. 보호관찰 담당자의 휴대전화는 옛날 번호였고 집 전화로 전화하니 자동응답기가 튀어나와 메시지를 남길 수 없다는 말만 되풀이했다.

"다 왔어요. 오라니엔 가 112번지."

피아는 평지붕에 전면이 유리로 만들어진 집 맞은편에 차를 세웠다. 앞마당에 정원이 예쁘게 꾸며져 있고 문이 두 개짜리 차고에는 새하얀 SUV가 주차되어 있었다. 즉, 누군가 집에 있다는 뜻이다.

피아와 보덴슈타인은 차에서 내려 길을 건넜다. 아직 오전이지만 아스팔트는 운동화 바닥으로도 열기가 전해질 만큼 뜨겁게 달궈져 있었다. 오스터만이 로테문트의 옛 주소를 알아냈는데 새로 이사 온 사람들이 혹시나 전 집주인의 행방을 알고 있지 않을까 해서 찾아온 것이다.

피아가 우편함 옆에 달려 있는 초인종을 눌렀다. K. H.라는 이니셜로는 안에 누가 사는지 짐작할 수 없었다.

"누구세요?"

스피커에서 소리가 울려나왔다.

"경찰인데요. 문 좀 열어주시죠. 물어볼 게 있어서 왔습니다."

피아가 말했다.

"잠깐만요."

잠깐이라고 했지만 3분이 지나도 문이 열리지 않았다.

"에이, 왜 이렇게 오래 걸려?"

피아가 앞머리를 후 불며 구시렁거렸다. 경찰이라고 하면 궁금해서 얼른 문을 여는 사람도 있지만 구린 데가 있는지 되도록 늦게 문을 여는 사람도 있다.

"남이 보아서는 안 될 서류를 파쇄기에 집어넣고 있거나 부자 할머니의 시체를 지하실로 옮기는 중인지도 모르지."

보덴슈타인이 히죽 웃으며 말했다. 피아는 한심하다는 표정으로 눈을 흘겼다. 예전에 보덴슈타인에게서는 이런 식의 유머를 찾아볼 수 없었다. 매일 깎던 수염을 가끔씩만 깎고 넥타이를 잘 매지 않는 것도 보덴슈타인에게 생긴 변화다. 보덴슈타인 반장이 요 몇 달 간 큰 변화를 보였다는 데는 의심의 여지가 없다. 그리고 피아는 그 변화를 좋게 받아들였다. 언제나 우거지상으로 다니며 정신을 못 차리고 헤매는 상사와 일하는 것이 쉽지는 않았기 때문이다.

"하나도 안 웃겨요, 반장님."

피아가 다시 초인종에 손을 갖다 대려는 순간 문이 열리고 40대 중반의 여자가 나타났다. 날씬하고 관리가 잘된 느낌을 주는 외모다. 아직 매력적이지만 늙고 지쳐 보이는 인상이었다. 일광욕을 너무 많이 했거나 지방이 없는 사람은 마흔이 되는 순간부터 피부의 무자비한 복수에 시달리게 마련이다.

"샤워하는 중이었거든요."

그녀는 변명조로 말하며 흰색 브리지가 들어간 긴 잿빛 머리를 뒤로 쓸어 넘겼다. 머리카락이 아직 젖어 있었다.

"괜찮습니다. 비가 오는 것도 아닌데요, 뭘."

보덴슈타인이 쾌활하게 대꾸했다. 그리고 신분증을 들어 보이며 자신들을 소개했다. 주인 여자는 불안한 미소를 지으며 그들을 쳐다보았다.

"무슨 일 때문에 오셨죠?"

"성함이 어떻게 되시는지……?"

"하크슈필이에요. 브리타 하크슈필."

"아, 네. 하크슈필 부인, 저희는 전에 여기 살았던 사람을 찾는 중입니다. 킬리안 로텐문트라고요."

그 이름을 듣는 순간 여자의 얼굴에서 미소가 싹 사라졌다. 그녀는 팔짱을 끼며 크게 심호흡을 했다. 몸 전체로 거부감을 표현하고 있었다.

"내 그럴 줄 알았지. 전 그 인간……."

여자는 앙다문 이 사이로 내뱉듯 말하다가 무슨 생각이 들었는지 생각을 바꾸었다.

"그러지 말고 들어오세요. 우리 집에 또 경찰이 왔다고 동네방네

소문낼 필요는 없으니까요.”

보덴슈타인과 피아는 유리로 된 현관으로 안내되었다. 벽이 대부분 유리로 된 집이었다.

“킬리안 로테문트는 제 전남편이에요. 감옥에 갈 때 이혼했어요. 그게 2001년이었지요. 그 뒤로 한 번도 본 적 없어요.”

브리타 하크슈필은 겉으로는 태연한 척했지만 속은 부글부글 끓는 듯했다. 팔짱을 낀 팔 위에서 손이 불안하게 오르락내리락했다.

“전 그런 변태랑 결혼했다는 사실을 도저히 용납할 수 없었어요. 그때는 제 아이들이 아직 어렸기 때문에 그 변태가 우리 애들에게도 손을 뻗친 게 아닌지 나중에도 두고두고 꺼림칙했어요.”

그녀의 목소리에서는 9년이 지나도 가시지 않은 강한 혐오감과 증오가 느껴졌다.

“그 사람이 우리 가족, 그리고 친정 부모님에게 끼친 피해는 말로 다할 수 없어요. 텔레비전에서는 흉측한 보도를 끊임없이 내보냈지요. 정말 우리에게는 지옥 같았어요. 잘 안다고 생각했던 남자가 아동 성폭행범이라는 걸 알게 되는 게 얼마나 끔찍한 일인지 아세요? 정말 그 모욕감은 말로 표현할 수 없어요.”

그녀가 피아를 쳐다보며 말했다. 피아는 그녀가 얼마나 깊이 상처받았는지 알 수 있었다.

“친구들은 모두 제게서 등을 돌렸어요. 죄도 없이 사형선고를 받은 거나 마찬가지였어요. 한동안은 남편이 그런 게 저 때문이 아닐까 하는 생각도 했어요. 제게도 책임이 있을지 모른다는 죄의식 때문에 심리상담을 3년이나 받았어요.”

범죄자의 가족은 종종 그런 죄의식에 시달린다. 그런 결과가 나온 데 자신의 책임도 있다는 생각을 하는 것이다. 친구나 이웃이 등을 돌리는 경우에는 그런 현상이 더욱 두드러지게 나타난다. 갑자기 아동 성폭행범의 아내로 낙인찍히고 같은 부류로 취급받는 심정이 얼마나 끔찍했을지 피아는 이해할 수 있을 것 같았다.

"왜 이사를 가지 않으셨죠?"

"어디로요?"

피아의 물음에 브리타 하크슈필은 메마른 웃음을 토해냈다.

"집을 지을 때 빌린 대출금을 아직 못 갚은 상태였고 돈은 한 푼도 없었어요. 이혼할 때 전 재산이 제 소유로 넘어오긴 했지만 친정에서 도와주지 않았으면 지금쯤 다 날리고 아무것도 남지 않았을 거예요."

"전남편이 지금 어디에 사는지 혹시 아십니까?"

보덴슈타인이 물었다.

"아니요. 알고 싶지도 않아요. 법정에서는 바로 접근 금지 명령을 내렸고 아이들을 만날 수 없게 했어요. 이 조건을 어기면 나온 곳으로 바로 들어가게 돼 있어요. 다시 감방에 처박히는 거죠."

그렇게 말하는 그녀의 얼굴에는 짙은 그늘이 드리워져 있었다. 그녀는 절대 치유될 수 없는 깊은 상처를 입은 것 같았다.

그때 검정색 BMW가 차고로 들어와 흰색 SUV 옆에 섰다. 키가 크고 이마가 벗어진 남자와 남자아이 한 명, 그리고 금발의 여학생이 내렸다.

"남편과 아이들이에요. 경찰이 왔다는 걸 가족이 꼭 알아야 할 필요는 없을 것 같네요."

브리타 하크슈필이 굳은 표정으로 말했다. 아들은 열세 살쯤 되어 보이고 딸은 열다섯 살 정도로 보이는데 한눈에 봐도 눈에 띄는 미인이었다. 어두운색 눈동자에 피부가 곱고 머리는 등허리까지 길렀다. 피아는 순간 릴리를 떠올렸다. 어머니로서 브리타 하크슈필이 걱정하는 이유를 알 것 같았다.

9년 전 그녀가 남편의 병적 변태 성향을 알게 되었을 때 그녀의 딸은 지금의 릴리만 했을 것이다. 남편이 어떤 사람인지 모르고 살았다는 황당함에 아이들에 대한 걱정, 사회적 냉대까지 겹쳐 얼마나 힘들었을까. 아버지가 자기 아이들을 성폭행하는 경우는 애석하게도 그리 드문 일이 아니다. 대부분 폭력 사건은 가정이라는 소우주 안에서 일어나지만 지속적인 캠페인에도 불구하고 그런 일을 밖으로 드러내는 것은 금기시되는 경우가 많다.

피아는 브리타 하크슈필에게 명함을 내밀었다.

"혹시 뭔가 알게 되면 꼭 연락주세요. 중요한 일이에요."

브리타의 딸이 계단을 올라왔다. 귀에 흰색 이어폰을 꽂고 어깨에는 스포츠백을 메고 있었다. 가방 사이로 하키스틱이 삐죽이 드러나 보였다.

"엄마, 나 왔어."

"어서 와라, 시아라. 연습은 어땠니?"

브리타 하크슈필이 웃으며 물었다.

"괜찮았어."

딸은 시큰둥하게 말하며 미심쩍은 눈빛으로 형사들을 번갈아 쳐다보았다.

"그럼, 이만 가보겠습니다. 도움이 많이 됐습니다. 주말 잘 보내십시오."

보덴슈타인이 뒤돌아서며 말했다.

"안녕히 가세요."

브리타 하크슈필은 피아의 명함을 세로로 한 번, 가로로 한 번

접었다. 명함은 아마 곧장 쓰레기통에 던져질 것이다. 그리고 그녀가 피아에게 연락하는 일은 없을 것이다. 그러나 피아는 그 심정을 이해할 수 있을 것 같았다.

*

오후 4시를 기해 킬리안 로테문트에 대한 수배령이 전국적으로 내려졌다.

사진은 최근 것이 아니었다. 경찰 컴퓨터에 들어 있던 9년 전 사진이긴 하지만 없는 것보다는 나았다. 비스바덴에 있는 과학수사연구소에서는 한나 헤르츠만 사건에 새로운 빛을 던지는 분석 결과가 도착했다. 한나의 집 거실에 있던 유리잔 중 하나에서 대충 닦기는 했지만 완전히 지워지지 않은 지문이 발견된 것이다.

"베른하르트 안드레아스 프린츨러."

크리스티안 크뢰거와 K11 팀원 전체가 모인 회의에서 오스터만이 보고했다.

"전적이 화려한 친구입니다. 전과 기록이 두루마리 화장지만큼 길어요. 살해, 중증상해, 불법 무기 소지, 성매매, 공갈, 협박……. 법에 걸리는 거라면 안 해본 게 없을 정도입니다. 하지만 14년 전 유죄 선고를 받은 이후로는 소식이 없습니다. 오랫동안 프랑크푸르트 로드킹의 지도부에 있었던 인물입니다."

"코른비힐러가 거실에서 봤다는 문신투성이 덩치가 그 사람이겠군. 그럼 나중에 한나와 함께 차를 타고 나갔다는 남자는 누구지?"

피아가 혼잣말처럼 물었다.

"킬리안 로테문트. 집 안 곳곳에서 지문이 발견됐어. 컵에 묻은 지문을 닦으려고 한 것 같지도 않고.”

오스터만이 대답했다.

“그렇지. 프린츨러와는 대조적이지. 다른 사람 집에 가서 컵에 묻은 지문을 닦는 이유가 뭘까?”

이번에는 보덴슈타인이 물었다.

“법에 걸리는 짓을 많이 한 사람이라 습관적으로 그랬던 거 아닐까요?”

크리스티안 크뢰거가 말했다.

“아니면 다시 돌아올 속셈이었을 수도 있죠.”

셈 알투나이가 말했다. 그러나 피아는 머리를 설레설레 흔들었다.

“뭔가 좀 아귀가 맞지 않는 느낌 아니에요? 프린츨러와 로테문트가 한나 집에 가서 티 파티라도 하듯 앉아 있었다. 그러다 한나는 로테문트와 함께 집을 나섰다. 그런데 로테문트가 밤에 다시 와서 우편함에 뭔가를 넣었다는 게 말이 돼요?”

“그런데 우편함에 넣은 게 뭐래요?”

카트린 파싱어가 물었다.

“그건 아직 몰라. 마이케 헤르츠만에게 연락이 안 돼. 사무실로도 전화 안 왔지, 카이?”

“안 왔는데.”

오스터만이 말했다. 보덴슈타인은 자리에서 일어나더니 화이트보드에 킬리안 로테문트와 베른트 프린츨러의 이름을 써넣고 노먼 자일러와 빈첸츠 코른비힐러의 이름에는 줄을 그었다.

“니뮐러는 어떻게 됐지? 누가 니뮐러랑 얘기했나?”

보덴슈타인의 물음에 셈이 손을 들었다.

“카트린하고 저요. 목요일 밤의 알리바이는 없습니다. 한나 헤르츠만과 싸운 이유가 뭐냐고 했더니 조사 중인 스토리에 대해서 말을 안 해줘서 그랬답니다. 자꾸 숨기니까 소외감을 느낀 모양입니다. 오버우르젤에서 바로 집으로 갔고, 기분이 안 좋아서 술 마시고 잤답니다. 증인은 없습니다."

"제가 보기에 거짓말은 아닌 것 같아요. 그리고 그 사람이 그런 잔인한 짓을 했다고는 도저히 상상이 안 돼요. 그냥 비쩍 마르고 소심한 그런 사람 있잖아요."

카트린 파싱어가 말했다. 보덴슈타인은 아무런 대꾸도 하지 않았다. 그 사람이 무슨 짓을 할 수 있는 사람인지 겉모습으로 알 수 있는 경우는 드물다. 보덴슈타인도 얀 니묄러를 범인으로 보지는 않았지만 한나 헤르츠만에 대한 정보를 기대하고 있었다. 예를 들면 조사 중인 스토리가 무엇인가 하는 것 말이다.

"병원에서는 무슨 연락 없었어?"

"한나 헤르츠만은 아직 심문이 불가능한 상태입니다."

셈이 말했다. 그는 카트린과 함께 회히스트 병원으로 찾아갔지만 두 번째 수술 후 아직 마취에서 깨어나지 않았다는 말만 듣고 돌아왔다. 의사들은 아직 상태를 지켜봐야 한다고 했다.

"로테문트는 이 근처 어딘가에 있는 게 틀림없어. 랑엔하인에 스쿠터를 타고 왔다고 했잖아."

보덴슈타인이 생각에 잠긴 말투로 중얼거렸다.

"프린츨러의 주소를 찾았습니다."

카이 오스터만이 노트북에서 고개를 들며 말했다.

"긴하임에 살아요. 페터빌러 가 143번지입니다. 제 생각엔 로테문트가 전 고객의 집에 얹혀살고 있는 게 틀림없는 것 같습니다. 빚진 게 많거든요. 로테문트는 변호사 시절 프린츨러의 변호를 여러 차례 맡았습니다. 중증상해 두 건에서 증거 부족으로 무죄판결을 얻어냈어요."

보덴슈타인은 그럴 법하다고 생각하며 고개를 끄덕였다. 만약 그렇다면 수사에 큰 진전이 있을 것이다. 그러나 프린츨러가 순순히 잡혀줄지는 미지수다.

"그럼 지금 바로 출발하지."

보덴슈타인이 손목시계를 보며 말했다.

"카이, 프랑크푸르트에 지원 요청해. 5시 반까지 최소한 여섯 명쯤 그 주소로 보내달라고 해."

운이 좋으면 몇 시간 후 한나 헤르츠만 사건은 해결될 것이다. 그러면 아직 이름도 없이 부검실 냉장실에 누워 있는 '인어공주' 사건에 집중할 수 있게 된다.

＊

한나는 시간 감각을 잃어버렸다. 여기 누워 있은 지 얼마나 된 걸까? 하루? 일주일? 오늘은 며칠일까? 무슨 요일일까?

아무것도 기억나지 않는다는 사실이 답답해 미칠 것 같았지만 아무리 기억하려고 해도 머릿속은 짙은 안개가 낀 것처럼 뿌옇기만 하다. 자신의 이름도 알고 생일도 기억하고 파티 후에 얀과 싸울 때까지의 일은 순서대로 잘 기억나는 걸 보면 특정한 시간의 기억만 사라진 것 같았다.

오늘 아침 그녀를 두 번째로 수술실에 밀어넣기 전 의사들은 짤막하게 설명을 해주었다. 머리뼈 골절과 심한 뇌진탕 때문에 단기기억상실이 나타날 수 있으니 너무 기억해내려 애쓰지 말고 기다리면 저절로 기억이 돌아올 것이라고 했다. 머리뼈 골절? 뇌진탕? 왜 수술을 또 한 걸까? 왜 전혀 몸을 움직일 수 없는 걸까?

문이 열리고 몇 번 본 적 있는 여의사가 들어왔다.

"기분은 좀 어떠세요?"

그런 멍청한 질문을 하다니! 기억상실증에 걸려 중환자실에 누워 있는데 하나 있는 딸조차 병문안을 오지 않는 사람의 기분이 좋을 리 없다.

"좋아요. 무슨 일이 일어난 거죠? 왜 수술을 한 거예요?"

적어도 이제는 알아듣게 말을 할 수 있다. 의사는 침대 위의 모니터를 조작하더니 의자를 끌어다 앉았다. 그리고 심각한 얼굴로 입을 열었다.

"헤르츠만 부인은 범죄의 희생양이 되셨어요. 구타와 성폭행을 당했고 그 과정에서 심한 내상과 외상을 입으셨어요. 그래서 자궁을 들어내고 장의 일부분을 잘라낸 다음 임시로 인공항문을 달았어요."

한나는 말없이 의사의 얼굴을 쳐다보았다. 충격이 파도처럼 밀려왔다. 교통사고가 아니라 성폭행을 당한 것이다. 이런 일이 일어나다니! 이런 일은 다른 사람들에게나 일어나는 일이다. 그녀는 그런 사람들의 이야기를 전하는 입장이었다. 범죄의 희생양이라니 말도 안 돼! 그녀는 희생자이기 싫었다. 동정과 호기심의 시선에 내맡겨진 희생자이고 싶지 않았다.

"어…… 언론에 알려졌나요?"

한나가 더듬거리며 물었다. 황색신문의 1면 기사가 눈앞에 보이는 것 같았다. '한나 헤르츠만, 잔인하게 폭행당하다!' 그 밑에는 반쯤 벗은 사진이 실릴지도 모른다. 상상만으로도 끔찍했다.

의사는 다행스럽게도 고개를 저었다.

"병원에서 정보 유출을 금지시켰어요. 경찰은 헤르츠만 부인이 회복되기만 기다리고 있어요."

그렇지. 경찰이 빠질 수 없지. 이제 그녀는 피해자가 아닌가. 성폭행 피해자. 더럽혀지고 학대당하고 만신창이가 된 여자. 방송에서 그런 여자들을 수도 없이 만나보았다. 그들은 그녀에게 트라우마, 두려움, 범인에 대해 이야기했고 수개월, 심지어 수년간에 걸친 심리상담과 피해자 모임 경험을 털어놓았다. 그녀는 모든 걸 이해한다는 표정으로 동정을 꾸며냈다. 하지만 속으로는 은근히 그들을 경멸하고 욕했다. 그렇게 창녀 같은 차림새로 돌아다니니까 그렇지, 혹은 그렇게 겁먹은 병아리처럼 날 잡아먹으세요 하고 있으면 당연히 공격을 받고 성폭행을 당하는 거 아니냐고 혼자 속으로 비아냥거렸다. 그런데 이제 그녀가 그들과 같은 처지가 된 것이다. 생각할수록 기가 막히는 일이다.

"너무 심각하게 생각하지 마세요. 원하시면 심리상담사를 불러드릴게요."

의사가 한나의 어깨를 손으로 짚으며 말했다. 한나는 그녀의 눈에서 동정의 빛을 보았다. 한나가 가장 싫어하는 것이 있다면 그것은 바로 동정받는 것이다.

한나는 눈을 질끈 감았다. 아예 생각을 하지 말자. 기억이 나지 않으면 쉽게 잊어버릴 수 있을지도 모른다. 한나는 한시바삐 에이전트에게 연락해서 언론에 던져줄 이야기를 만들어내라고 해야겠다고 생각했다. 언론은 곧 한나에게 무슨 일이 있다는 걸 눈치챌 것이다. 그리고 계속 숨길 수도 없는 노릇이다. 교통사고 정도면 적당할 것이다. 그래, 교통사고는 누구나 당할 수 있다.

헤드라이트 불빛 속으로 뭔가 휙 지나가는 것이 보인다. 한나는 본능적으로 운전대를 왼쪽으로 꺾었다.

순간 한나는 몸을 움찔했다. 그 순간의 상황이 너무 선명하게 기억났기 때문이다. 집에 가는 길이었다. 그런데 갑자기 짐승 한 마리가 차 앞으로 휙 스쳐 지나갔다. 그녀는 짐승을 피하는 데 성공했다. 그러나 그다음에…… 시끄러운 음악 소리. 헤드라이트 불빛 안에 들어온 짐승. 오소리나 라쿤 같은 작은 짐승이었다. 경찰 차량, 따라오시오. 안전표지판. 기억의 파편들이 안갯속처럼 뿌연 머릿속에서 중구난방으로 번뜩였다. 한나는 그런 기억이 전혀 반갑지 않았다. 그녀는 성폭행을 당했다. 그녀를 발견한 사람은 누구일까? 만신창이가 되어 벌거벗겨진 채 누군가 알지도 못하는 사람에게 발견됐을까?

한나는 주먹을 꽉 쥐며 솟구치는 눈물과 싸웠다. 맙소사! 이런 모욕을 당하고 어떻게 살 수 있단 말인가?

*

보덴슈타인, 크뢰거, 셈, 피아가 페터빌러 가에 도착했을 때 집 앞에는 기대했던 경찰차 두 대 대신 특별기동대가 기다리고 있었다.

"이게 어떻게 된 거예요?"

보덴슈타인이 기동대장에게 물었다. 알고 보니 오스터만이 지원 요청을 할 때 체포 대상이 로드킹 소속이라는 말을 했고 그 말이 조직범죄부서까지 전해져서 특별기동대가 출동한 것이다.

"그럼 그냥 초인종 누르고 들어가려고 했어요?"

기동대장이 한심하다는 듯 말했다.

"그럼요. 그리고 그렇게 할 겁니다. 괜히 일을 크게 만들고 싶지 않습니다. 테스토스테론이 넘쳐나는 전쟁 무기들로 상대를 자극할 필요는 없어요."

보덴슈타인의 차가운 대꾸에 기동대장은 경멸하는 표정을 지었다.

"촌구석 경찰들이 상황 판단을 잘못해서 문제를 크게 만들기 일쑤인데, 난 그런 것 때문에 몇 시간씩 확인서를 쓰고 싶지 않아요. 내가 작전을 지휘할 겁니다. 우리 대원들은 이런 상황에서 어떻게 해야 하는지 잘 압니다."

행인들의 관심이 점점 그들에게 집중되었고 창문을 열고 내다보거나 발코니에 나와 구경하는 주민들의 수도 많아졌다. 피아는 보다 못해 머리를 절레절레 흔들었다. 보덴슈타인은 싫은 소리를 너무 못 해서 탈이다.

"그렇게 계속 토론하고 있다간 용의자가 도망가겠어요. 빨리 해치우고 집에 갑시다."

피아가 끼어들었다.

"아니 도대체 무슨 생각으로……."

기동대장이 다시 반박하기 시작했다. 그의 거만하고 마초적인 태도가 도무지 마음에 들지 않았던 보덴슈타인은 점점 화가 치밀었다.

"됐어요. 지금 들어갈 겁니다. 이러고 있다간 방송사에서 취재하러 나오고 체포 대상이 집에 앉아서 뉴스에 자기 얘기 나오는 것을 보겠어요. 기동대는 밑에서 기다리면서 퇴로 차단이나 해요."

"방탄조끼도 안 입었잖아요. 나랑 부하 한 명이 동행하겠습니다."

기동대장이 잔뜩 기분 상한 얼굴로 고집을 피웠다.

"정 그러시겠다면 어쩔 수 없죠. 하지만 앞으로 나서진 마세요."

보덴슈타인이 어깨를 으쓱하며 말했다.

143번지는 1960년대에 지어진 개성 없는 콘크리트 건물 중 하나였다. 토요일 오후라 주민들은 대부분 밖에 나와 시간을 보내고 있었다. 어른들은 발코니에 나와 앉아 있고 아이들은 건물과 건물 사이의 잔디밭에서 축구를 하며 놀았다. 세차 중인 젊은 남자 두 명이 보였다. 막 143번지의 문을 열려는 순간 젊은 여자 둘이 유모차를 밀고 나오다 미심쩍은 표정으로 그들을 쳐다보았다.

"무슨 일이에요?"

한 여자가 기동대를 보고 물었다.

"아무것도 아니에요. 그냥 가던 길 가요."

기동대장이 불친절하게 내뱉었다. 물론 반응은 반대로 나왔다. 여자들은 그 자리에 멈춰 섰고 한 여자는 휴대전화를 꺼내 들었다. 마음이 급해진 피아는 걸음을 재촉했다. 일이 너무 커지고 있었다.

"프린츨러. 4층인데요."

셈이 문 옆에 붙어 있는 명패에서 초인종을 찾아 눌렀다. 복도로 들어서니 음식 냄새가 났다.

"피아와 나는 엘리베이터로 갈 테니까 자네들은 계단으로 가."

보덴슈타인이 셈과 크뢰거에게 말했다.

"왜요? 계단을 이용하셔야죠."

피아가 엘리베이터 버튼을 누르는 보덴슈타인에게 말했다. 무슨 대답을 할지 뻔했지만 상사를 놀리는 재미를 포기할 수 없었다. 작년 여름 보덴슈타인은 헬스니 식이요법이니 하며 요란 떨지 않아도 평소 계단을 이용하면 몇 킬로그램 정도는 쉽게 뺄 수 있다며 앞으로 엘리베이터를 타지 않겠다고 선언했다. 그 뒤로 두세 번 정도 엘리베이터 대신 계단을 이용하는 것을 보기는 했다.

엘리베이터가 도착했다.

"그때는 내가 참 경솔했지. 왜 그런 말을 해가지고 사서 고생인지 모르겠어. 죽을 때까지 따라다니면서 왜 계단을 이용하지 않느냐고 잔소리 할 거 아냐. 이따가 내려갈 때는 계단을 이용하자고."

엘리베이터 문이 닫힌 후 보덴슈타인이 말했다.

"음, 그것도 평소랑 똑같네요."

피아가 의미심장한 표정을 지으며 웃었다. 잠시 후 그들은 흠집이 많이 난 문 앞에 서 있었다. 문에는 플라스틱 화환이 걸려 있고 바닥에 깔린 매트에는 '웰컴'이라고 씌어 있었다. 보덴슈타인이 초인종을 눌렀다. 그러나 톱밥을 압축해 만든 싸구려 나무 문 뒤에서는 라디오 소리만 크게 날 뿐 아무런 움직임이 없었다. 두 번째로 초인종을 누르자 라디오 소리가 뚝 그쳤다. 보덴슈타인이 문을 두드렸다.

그리고 일련의 사건이 연달아 터졌다. 문이 살짝 열리는 순간 기동대장과 기동대원이 피아와 보덴슈타인을 지나쳐 문을 향해 달려들었고, 문이 벽에 꽝 소리를 내며 부딪치는 동시에 날카로운 비명 소리가 났다. 곧이어 두 번째 비명 소리가 났고 쿵 하는 소리와 함께 캑캑거리는 소리가 났다. 그리고 문 안에서 흰 고양이가 번개같은 속도로 튀어나와 야옹 소리를 내며 피아의 다리 사이로 빠져나갔다.

피아와 보덴슈타인은 서둘러 집 안으로 들어갔다. 그곳에는 기괴한 장면이 펼쳐져 있었다. 엷은 회색 카펫이 깔려 있는 복도에 흰 머리를 곱게 파마한 작은 체구의 노파가 가스 스프레이를 들고 서 있고 그 발밑에는 기동대장이 몸을 웅크린 채 쓰러져 있었다. 나머지 한 명은 벽에 기댄 채 눈물을 흘리며 기침을 해댔다. 누구도 예상치 못한 깜짝 선물이 된 셈이다.

"손들어!"

노파는 기세등등하게 보덴슈타인에게도 스프레이를 들이댔다. 보덴슈타인은 평생 80대 노인에게 위협을 받아본 적이 없지만 표정이 하도 단호해서 일단 시키는 대로 했다.

"진정하십시오, 부인. 전 호프하임 경찰서 강력반에서 나온 보덴슈타인이라고 합니다. 제 동료들이 무례하게 군 점 대신 사과드리겠습니다."

"그 할망구 체포해요. 이건 신체상해에 해당된다고요."

기동대장이 겨우 일어나며 말했다.

"그럼 난 가택 침입으로 고소할 테다, 이 나쁜 놈아. 내 집에서 썩 꺼지지 못해!"

노파가 딱 부러지게 받아쳤다.

밖에는 점점 많은 구경꾼이 몰려들어 집 안을 힐끔거렸다.

"엘프리데, 괜찮은 거야?"

문 밖에서 노인의 목소리가 났다.

"네, 네. 괜찮아요."

용감한 노파는 밖에 대고 외치며 스프레이 통을 옷걸이 위 선반에 올려놓았다.

"그런데 너무 놀라서 셰리주 한 잔 마셔야지 안 되겠네."

그리고 보덴슈타인에게 살피는 듯한 시선을 던졌다.

"들어오게, 젊은 양반. 이 젊은이는 그래도 예의는 바르네. 내 문을 부술 뻔한 놈들하고는 달라."

보덴슈타인과 피아는 노파를 따라 거실로 들어갔다. 참나무로 만든 오래된 가구, 꽃무늬 벽지, 장식 소품으로 가득한 장식대, 자수

쿠션이 가득 올려져 있는 천 소파, 주석 접시와 주전자가 진열돼 있는 유리 장식장. 모든 것이 반세기 전을 연상시키는 거실에서 유일하게 현대적인 물건은 커다란 평면 텔레비전뿐이었다. 이런 집에 바이크용 장화와 가죽 조끼를 입은 2미터 장신의 덩치가 들락거릴 것 같지는 않았다.

"젊은 양반도 한잔하겠소?"

"아니요, 전 괜찮습니다."

노파가 술을 권하자 보덴슈타인은 정중히 거절했다.

"앉아요, 앉아."

노파가 유리 장식장을 열며 말했다. 장식장 안에는 다양한 종류의 술이 빼곡히 들어차 있었다. 노파는 잔을 꺼내 반도 넘게 술을 따랐다.

"도대체 뭐 때문에 이 난리인 거요?"

"저희는 베른트 프린츨러를 찾고 있습니다. 혹시 부인의 아드님인가요?"

"베른트. 네, 우리 아들이죠. 아들 넷 중 하나라오. 그놈이 또 무슨 말썽을 피웠나 보구먼."

엘프리데 프린츨러는 별로 걱정하는 기색도 없이 셰리주를 목 안에 털어 넣었다.

그때 크리스티안 크뢰거가 문가에 나타났다.

"깨끗합니다. 최근에 다른 사람이 와서 머문 흔적은 없어요."

"누가 와서 머물러요? 내 아들? 아이고, 그놈 본 지 몇 년 됐는지 기억도 안 납니다."

노파는 텔레비전 앞에 놓인 안락의자에 앉더니 혼자 킥킥거렸다.

"가스 스프레이를 쏜 건 이해하시구려."

노파가 재미있다는 듯 웃었다. 피아는 노파가 방금 마신 셰리주가 오늘 들어 첫 잔이 아님을 알 수 있었다.

"이 근처에는 워낙 이상한 놈들이 많아서 장 보러 갈 때나 묘지에 산책 갈 때 스프레이를 들고 다녀요."

"오히려 저희가 죄송하죠. 놀라게 해드릴 생각은 없었는데 저희 동료들이 너무 성급했나 봐요."

엘프리데 프린츨러는 손사래를 쳤다.

"아유, 괜찮아. 내 나이가 여든일곱이에요. 나이가 이쯤 되면 사는 게 아주 지루하거든. 그런데 이런 일이 터졌으니 앞으로 몇 달간은 그 얘기를 하며 지낼 거 아니오?"

노파가 그토록 가볍게 받아들인 것은 참으로 다행이었다. 다른 사람 같았으면 고소했을 수도 있다. 사실 그럴 만한 일이기도 했다.

"그런데 우리 베른트에게는 무슨 볼일이 있으신지?"

노파가 호기심 담긴 얼굴로 물었다.

"몇 가지 물어볼 게 있어서요. 어디 가야 만날 수 있는지 아십니까? 혹시 전화번호 모르세요?"

피아는 거실을 한 바퀴 둘러보고는 장식대 앞으로 갔다. 장식대 위에는 최근 사진들이 진열돼 있고 벽에는 젊었을 때의 엘프리데 프린츨러와 남편을 찍은, 빛바랜 옛날 사진들이 걸려 있었다.

"아니요. 몰라요. 다른 아들들은 명절이면 꼭 어미를 보러 오는데 그놈은 일찌감치 자기 길을 갔어요. 어렸을 때부터 그랬어. 가끔씩 베른트 앞으로 편지가 오는데 그건 내가 하나우에 있는 사서함으로 보낸다오."

그녀는 잠시 말을 멈추고 어깨를 으쓱했다.

"베른트에게는 아무 소식이 없으면 좋은 거예요. 무소식이 희소식이지."

"여기 이게 베른트예요?"

피아가 은색 액자에 끼워진 사진을 가리켰다. 헐크 호건(미국의 유명한 프로레슬러_역주) 같은 남자가 검정색 차 앞에서 아내, 아들 둘, 피트불테리어와 찍은 사진이었다.

"예, 맞아요. 문신이 끔찍하지? 죽은 우리 영감 표현대로 꼭 뱃놈 같다니까."

"이 사진을 받은 지는 얼마나 됐어요?"

"작년에 받은 거야."

"이 사진을 제가 좀 빌려가도 될까요? 다음 주에 바로 돌려드릴 게요."

"응, 가지고 가요."

언제 돌아왔는지 아까 달아났던 흰 고양이가 그르렁거리며 노파 의 무릎 위로 뛰어올랐다.

"고맙습니다."

피아는 액자에서 사진을 꺼내 뒷면을 살펴보았다. 인터넷에서 주 문한 사진엽서 같았다.

즐거운 성탄절 보내세요, 어머니! 항상 건강하시고요. 2009년 베른트, 엘라, 니콜라스, 펠릭스 올림.

피아는 우표에 랑엔젤볼트 우체국 소인이 찍혀 있는 것을 보고 속으로 쾌재를 불렀다. 그리고 사진 속의 차량 번호도 부분적으로 알아볼 수 있었다.

그로부터 15분 뒤 그들은 노파의 집에서 나왔다. 밖에는 사람들이 잔뜩 모여 있었다. 셈은 전화로 오스터만에게 사서함 주소를 불러주었다. 그러나 주말이라 우체국 쪽에서 정보를 얻을 가능성은 희박했다.

"에이, 아까운 시간만 낭비했잖아. 이게 무슨 짓인지!"

크뢰거가 차 세워둔 곳으로 걸어가며 푸념을 늘어놓았다.

"아주 시간 낭비만 한 건 아니에요. 여기서 뭔가 알아낼 수 있을 것 같은데요."

피아가 증거물 봉투에 넣은 사진엽서를 건네며 말했다. 크뢰거는 사진을 자세히 보더니 얼굴이 환해졌다.

"역시 똑똑해! 이거 한나 헤르츠만 집 앞에 세워져 있던 검정색 허머잖아."

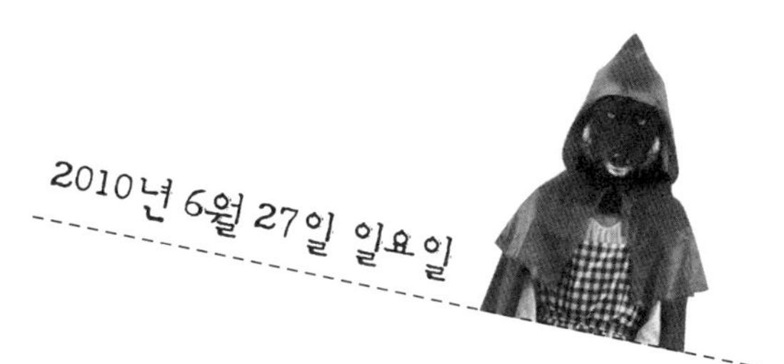

새벽 3시 50분. 어슴푸레한 가로등 불빛 아래 거리는 죽은 듯 고요했다. 루돌프 식당도 문을 닫았고 창문의 불도 모두 꺼져 있었다. 베른트는 차에서 내려 대문을 열기 전 주위에 낯선 차가 있는지 확인해보라고 단단히 주의를 주었다. 집에 데려다 주겠다고 말했지만 그녀가 거절했다. 그녀는 천천히 거리를 따라 직진하다가 왼쪽으로 돌아 하인그라벤으로 들어갔다. 그리고 루돌프 식당에서 다시 알테니더호프하임 가로 들어섰다. 이상한 점은 없었다. 이웃집 차는 모두 알았고 모르는 차들도 모두 MTK(마인타우누스 지역의 도시명 약자_역주) 차량 번호를 달고 있었다. 계속 이러다간 피해망상증에 걸리고 말 것이다. 레오니는 집 앞에서 차를 멈춘 다음 쪽문을 열었다. 센서가 작동하면서 문 위에 설치된 환한 조명등이 켜졌다. 그녀는 빗장을 열고 대문을 열었다. 그녀는 원래 겁이 없는 편이고 혼자 산 지도 꽤 오래됐다. 하지만 요 며칠간은 밤만 되면 왠지 이상한 기분이 들었다. 그리고 그녀의 예감은 잘 틀리지 않는다. 처음부터 예감을 믿고 오만방자하고 저 잘난 줄만 아는 한나 헤르츠만을 끌어들이지 않았더라면 지금 이런 문제는 생기지 않았을 텐데! 한나에 대한 그녀의 짜증은 극에 달해 있었다. 방금도 한나 일로 크게 싸우고 돌아오는 길이다.

레오니는 차를 마당으로 들여놓은 다음 대문을 닫고 다시 빗장을 걸었다. 그리고 집으로 들어가 냉장고에서 콜라 라이트부터 꺼냈다. 혀가 입천장에 달라붙을 것처럼 목이 말랐던 그녀는 0.5리터짜리 콜라를 단숨에 비웠다. 한 손으로는 '집에 잘 도착했어요. 아무 이상 없어요'라고 문자메시지를 보냈다.

그녀는 신발을 벗고 손님용 화장실로 들어갔다. 하루 종일 위장이 더부룩해서 화장실에 가고 싶었지만 그녀는 집이 아닌 다른 곳에서는 볼일을 보지 못한다. 볼일을 본 그녀는 창문을 비스듬히 열어놓고 밖으로 나왔다. 그리고 복도 벽에 붙은 전등 스위치를 무심코 눌렀다가 소스라치게 놀랐다. 검정색 야구모자에 복면을 한 남자 둘이 복도에 서 있었던 것이다.

"누……누구세요? 여긴 어떻게 들어왔어요?"

레오니는 심장이 목 밖으로 튀어나올 것처럼 뛰었지만 목소리에 힘을 실으려고 노력했다.

젠장! 휴대전화는 주방 식탁 위에 있다. 그녀는 천천히 뒷걸음질을 치며 생각했다. 재빨리 계단을 뛰어 올라가 침실 문을 잠그고 창문 밖으로 도와달라고 외치면 될 것이다. 침실 문에 열쇠가 꽂혀 있었던가? 한 걸음만 더. 계단까지는 1.5미터 정도 남았다. 뒤를 보면 안 된다. 갑자기 뛰어서 깜짝 효과를 노려야 한다. 전력질주하면 가능할 수도 있다. 그녀는 온몸의 근육을 긴장시킨 후 뒤돌아

냅다 뛰기 시작했다. 그런데 두 명의 괴한 중 키 큰 남자의 반응이 의외로 빨랐다. 한 손으로 그녀의 팔을 붙잡더니 다른 손으로 그녀의 목을 잡아 벽에 내동댕이쳤다. 그 힘이 어찌나 센지 그녀는 그대로 무릎을 꿇으며 쓰러졌다. 눈앞에 별이 왔다 갔다 하고 세상이 두 개로 보이더니 뜨끈한 액체가 뺨을 타고 흘러내려 바닥으로 뚝뚝 떨어졌다. 레오니는 한나를 생각했다. 그녀도 한나처럼 구타와 성폭행을 당하게 될까? 다음 순간 테이프 찢는 소리가 공기를 갈랐다. 두려움은 숨통을 죄어오는 공포로 바뀌었다. 잠시 후 그녀는 괴한에게 발목을 잡힌 채 상담실로 질질 끌려갔다. 상담실 문틀을 잡고 잠시 발버둥 쳐보았지만 곧 옆구리에 강한 발길질이 가해졌고 그녀는 숨이 막혀 문틀을 놓을 수밖에 없었다. 그녀는 거친 숨을 몰아쉬며 애원했다.

"부탁이에요. 제발 살려주세요."

*

잠에서 깬 마이케는 자신이 어디에 있는지 알 수 없어서 잠시 눈을 껌벅거렸다. 그러나 곧 기분 좋게 기지개를 켠 다음 머리 뒤로 손깍지를 끼고 창밖에서 나는 참새 소리를 들었다. 블라인드 사이로 들어오는 환한 아침 햇살이 윤기 나는 나무 바닥 위에 또렷한 줄무늬 그림자를 드리웠다. 어제저녁에는 늦게까지 밖에 있었다. 볼프강과 함께 프랑크푸르트에서 저녁을 먹었는데 그녀는 술을 꽤 많이 마셨다. 볼프강은 다시 자기 집에 머물라고 권했다. 그녀 혼자 랑엔하인 집에 있는 게 영 마음에 걸린다고 했다. 마이케는 순순히 그러겠노라고 했다. 이미 몇 주 전에 랑엔하인 집을 나와 작센하우젠에 있는 친구 집으로 들어갔다는 말은 하지 않았다.

그녀는 어려서부터 대부 가족의 흰색 빌라를 무척 좋아했다. 엄마가 여행을 가는 등 집을 비울 때면 이 집에 와서 지내는 일이 많았다. 볼프강의 어머니는 친할머니처럼 마이케를 예뻐했고 마이케도 그녀를 잘 따랐다. 그래서 9년 전 그녀가 자살했을 때 마이케의 충격은 이루 말할 수 없이 컸다. 이렇게 예쁜 집에 살고 돈도 많고 어디서든 환영받는 사람이 왜 식량 저장고에서 목을 매야 했는지 도저히 이해가 되지 않았다. 엄마는 크리스티네가 오랫동안 우울증을 앓았다고 설명해주었다. 마이케는 크리스티네의 장례식을 아직도 선명하게 기억하고 있다. 9월의 어느 맑은 가을날이었다. 수백 명의 조문객이 아직 덮이지 않은 무덤 앞에서 작별을 고했다. 그날 가장 기억에 남는 것은 볼프강이 아이처럼 서럽게 울던 모습이다. 그때까지만 해도 아빠와 친했지만 언젠가 볼프강에게 고함을 치며 욕하는 것을 본 뒤로는 아빠가 무서워졌다. 크리스티네 마테른의 장례식이 끝나고 얼마 되지 않아 엄마는 다른 남자와 결혼을 했다. 한나의 두 번째 남편 게오르크는 볼프강과 한나의 우정을 심하게 질투했기 때문에 마이케가 오버우르젤 빌라에 가는 일은 자연스럽게 줄어들었다.

전날 마이케는 볼프강과 하루 종일 함께 다니며 무척 기분이 좋았다. 그는 한 번도, 그녀가 아직 아이였을 때도 그녀를 아이 취급한 적이 없다. 그는 항상 그녀의 친구였다. 그는 그녀가 유일하게 속마음을 털어놓을 수 있는 상대다. 아버지나 어머니에게 말할 수 없는 일도 그에게는 말할 수 있었다. 그는 그녀가 거식증 때문에 여러 요양원을 전전할 때도 자주 병문안을 왔고, 한 번도 그녀의 생일을 잊은 적이 없으며, 한나와 그녀 사이에서 다리 역할을 하려고 많이 노력했다. 가끔 그녀는 왜 볼프강에게 여자가 없을까 생각했다. 자라서는 혹시 남자를 좋아해서가 아닐까 하는 생각도 해보았지만 그런 징후는 보이지 않았다. 언젠가 한번은 한나에게 물어본 일도 있다. 한나는 어깨를 으쓱하더니 원래 옛날부터 그랬다며 혼자인 게 편해서일 거라고 했다.

어머니 생각을 하자 죄의식이 밀려들었다. 아직도 병원에 가보지 않았다. 어제는 이리나와 통화를 했다. 이리나는 물론 일찌감치 병원에 다녀왔다. 그런데 이리나에게 얘기를 듣고 나니 병원에 가는 것이 더욱 망설여졌다. 마이케는 한기가 느껴져 이불을 턱밑까지 끌어올렸다. 이리나는 그녀를 비난하고 잔소리를 해댔다. 물론 언젠가는 갈 것이다. 그러나 오늘은 아니다. 오늘은 볼프강의 멋진 에스턴 마틴(영국제 고급 스포츠카_역주) 컨버터블을 타고 라인가우에 식사를 하러 갈 것이다. 볼프강은 '우리 마이케 기분 전환 하라고' 라고 말했다.

침대 옆 탁자 위에서 스마트폰이 진동음을 냈다. 마이케는 충전 케이블을 뽑고 화면을 들여다보았다. 지난 24시간 동안 모르는 번호로 22통의 전화가 왔다. 원래도 발신 번호 표시 제한으로 오는 전화는 받지 않지만 경찰인 것 같아서 더 받기가 싫었다. 이번에는 문자가 왔다.

헤르츠만 씨, 중요한 일이니 연락 부탁합니다. 꼭 연락주세요! P. 키르히호프.

중요하다고? 누구에게 중요한데? 난 아니야.

마이케는 휴대전화를 던져버리고 무릎을 끌어당기며 생각했다.

제발 귀찮게 좀 하지 말라고.

*

신고 센터에 제보 전화가 걸려온 것은 9시 10분이었다. 그로부터 50초 후 보덴슈타인에게 연락이 왔고, 보덴슈타인은 다시 피아에게 전화를 걸었다. 피아는 이미 회히스트 병원으로 출발한 뒤였다.

보덴슈타인은 호프하임으로 차를 타고 가면서 오스터만, 셈, 크뢰거에게 전화를 걸어 사무실로 나오라고 했다. 그리고 당직 검사에게도 연락해 킬리안 로테문트의 거주지에 대한 수색영장을 신청했다. 제보 전화가 걸려온 시점으로부터 45분 뒤 피아를 제외한 K11 팀원 전원이 사무실에 집합했다. 그러나 그들은 알짜배기 정보를 짤막한 두 문장으로 전달한 전화 속의 목소리가 남자인지 여자인지조차 구분해낼 수 없었다.

"경찰이 찾는 그 남자는 슈반하임 회힉스터 벡에 있는 야영장에 삽니다. 지금 가보면 있을 거예요."

쥐트헤센 전체 지역신문에 킬리안 로테문트의 사진이 나간 이후 처음 들어온 구체적인 정보였다.

"그 야영장으로 순찰차 두 대를 보내라고 하세요."

보덴슈타인이 센터 당직자에게 지시했다.

"우리도 바로 출발하지. 오스터만, 수색영장이 오면 말이야……."

보덴슈타인은 지시를 하다 말고 말끝을 흐렸다. 수색영장이 오면 어떻게 한다?

"이메일에 첨부해서 반장님 아이폰으로 보내드릴게요."

카이 오스터만이 얼른 말했다.

"그게 돼?"

보덴슈타인이 놀란 얼굴로 물었다.

"그럼요. 스캔해서 첨부하면 돼요."

오스터만이 웃으며 고개를 끄덕였다. 스마트폰에 많이 익숙해졌다고는 해도 보덴슈타인에게는 아직 현대적 커뮤니케이션이 낯설기만 하다.

"그럼 그걸 어떻게……?"

"어떻게 받는지는 내가 알아요. 자, 범인 놓치기 전에 어서 가죠."

크뢰거가 답답한 듯 말했다.

그로부터 30분 뒤 그들은 마인 강가에 위치한 야영장에 도착했다. 순찰차 두 대는 이미 도착해 '마인 리비에라'라는 거창한 간판이 붙어 있는 노란색 건물 앞에서 기다리고 있었다. 음식점 겸 술집과 야영장 주민들을 위한 위생 시설이 갖춰져 있는 건물이었다.

보덴슈타인은 재킷을 차에 벗어두고 와이셔츠 소매를 걷어붙였다. 아직 이른 시간인데도 땀이 차서 셔츠가 등에 쩍쩍 달라붙었다. 넘쳐나는 쓰레기통에서는 불쾌한 냄새가 솔솔 풍겼고 그 옆에는 빈 맥주 박스가 처마 밑까지 쌓여 있었다. 열린 창문 앞에는 구멍 난 방충망이 달려 있는데, 그 뒤로 좁고 지저분한 주방이 들여다보였다. 닦지 않은 그릇과 컵으로 넘쳐나는 주방을 보니 그 안에서 만들어진 음식을 먹는다는 것이 너무 끔찍하게 느껴졌다.

순경 한 명이 마인 리비에라의 주인을 찾아냈다. 보덴슈타인과 크뢰거는 자갈 섞인 시멘트를 바닥에 깔아놓고 비어 가든이라고 번듯하게 이름을 붙여놓은 테라스로 갔다. 저녁이 되어 어두워지고 술기운이 오르면 색색의 전구와 플라스틱 야자수에서 휴양지의 분위기가 느껴질 법도 하지만 쨍쨍한 햇볕 아래서는 그 남루하고 추한 본색이 적나라하게 드러나 보는 것만으로도 우울해졌다.

주인 부부는 빛바랜 파라솔 아래 오붓하게 앉아 비닐 탁자보가 씌워진 탁자에서 아침 식사를 하는 중이었다. 아침 식사는 주로 커피와 담배로 이루어진 것 같았다. 비쩍 마른 대머리인 주인 남자는 니코틴에 찌들어 누렇게 된 손가락으로 일요일자 황색신문을 넘기고 있었다. 표정을 보아 하니 일요일 아침에 들이닥친 경찰이 영 못마땅한 눈치다. 체크무늬 작업복 바지와 티셔츠를 입고 있었는데 땀에 절었는지 기름에 절었는지 색깔도 누렇고 땀 냄새가 심하게 나는 것이 빨아 입은 지 한참 된 것 같았다.

"그런 사람 몰라요."

그는 크뢰거가 내민 사진을 흘낏 쳐다보더니 짤막하게 내뱉었다. 그의 아내는 밭은기침을 하며 꽁초로 넘쳐나는 재떨이에 담배를 비벼 껐다.

"어디 이리 줘봐요."

그녀가 손을 내밀었다. 금반지를 낀 통통한 손가락에 새빨간 매니큐어를 칠하고 앞머리를 잔뜩 부풀려서 하나로 묶은 모양이 1960년대의 유행을 그대로 따른 것 같았다. 덩치가 좋고 풍만한 몸매에 뚝심 있어 보이는 그녀는 술 취한 손님들을 상대하는 데도 문제가 없을 것 같았다. 쓰레기에서 나는 달큼한 썩은 내가 테라스 쪽으로 몰려왔다. 보덴슈타인은 인상을 찌푸리며 숨을 참았다.

"누군지 아시겠어요?"

그가 코맹맹이 소리로 물었다.

"네, 박사예요. 49번에 살아요. 저 길을 따라 죽 내려가다 보면 녹색 천막이 쳐진 캠핑카가 보일 거예요."

여자가 사진을 자세히 들여다보더니 말했다. 남편이 그녀를 죽일 듯이 쳐다보았지만 그녀는 눈길도 주지 않았다.

"문제 일으키지 마세요. 세입자들이 경찰하고 시비 붙어도 우리 책임은 없거든요."

그녀가 크뢰거에게 사진을 돌려주며 말했다. 의식 한번 건전하군. 보덴슈타인은 속으로 그렇게 생각하며 고맙다고 하고 마인 리비에라를 나왔다. 곧 부부가 다투는 소리가 들렸다. 대머리가 킬리안 로테문트에게 전화로 알려주기 전에 어서 49번 캠핑카를 찾아내야 했다. 어떤 순서로 번호가 매겨져 있는지 한눈에 알 수 있는 시스템이 아니었기 때문에 보덴슈타인은 부하 직원들을 동서남북으로 흩어지게 했다. 결국 셈이 반대편 한참 끝에서 찾아내 연락을 해왔다. 천막은 40년 전쯤에나 녹색이었을 법한 빛바랜 색이지만 번호는 맞았다. 젊은 남자 몇 명이 그 옆에 의자를 내놓고 앉아 있다가 호기심 가득한 표정으로 쳐다보았다.

"거긴 아무도 없어요."

독일 국가대표 축구팀의 티셔츠를 입은 청년이 말했다.

이런, 젠장.

젊은이들의 캠핑카는 축구 애국자 삼촌의 소유인데, 여름이 되면 파티를 여느라 가끔씩 주말에 이용한다고 했다. 그들은 이웃과 친하지 않다고 했지만 사진 속의 로테문트는 바로 알아보았다. 말을 주고받은 적은 없고 인사 정도만 하는 사이라며 전날 저녁 할리데이비슨을 탄 손님이 찾아왔고 오늘 아침 로테문트가 스쿠터를 타고 나가는 것을 보았다고 했다.

"항상 혼자 노트북 앞에 앉아 있기만 했지 이곳 사람들하고는 전혀 어울리지 않았어요. 그런데 가끔씩 이상한 사람들이 찾아오곤 했어요. 요 앞 술집에서 들으니까 한때 변호사였다고 하더라고요.

그런데 지금은 가판대에서 감자튀김을 판다는 거예요. 인생이라는 게 참 알 수 없어요.”

보덴슈타인은 청년의 애늙은이 같은 말에는 대꾸하지 않고 계속 질문했다.

“찾아온 손님들이 어떤 사람들이었어요? 남자였나요, 아니면 여자였나요?”

“다양해요. 관공서 같은 곳과 문제 있을 때 도와준다고 하더라고요. 말하자면 캠핑장의 스타 변호사라고나 할까요?”

그 말에 청년의 친구들이 웃음을 터뜨렸다.

캠핑카 주인의 조카인 청년은 로테문트의 캠핑카를 수색하는 데 증인이 되어줄 수 있겠느냐는 말에 흔쾌히 고개를 끄덕였다. 문은 크뢰거가 간단히 땄다.

“뭘 어떻게 해야 하는데요?”

울타리 사이의 좁은 틈으로 들어온 청년이 호기심 가득한 표정으로 물었다.

“그냥 문 앞에 서서 지켜보면 돼요.”

보덴슈타인이 로테문트의 캠핑카로 걸어가며 말했다.

“나 들어가도 돼?”

“네, 하지만 아무것도 만지지 마세요.”

흰색 오버올을 입고 장갑과 덧신으로 무장한 크뢰거가 대답했다. 캠핑카 안에서는 퀴퀴한 냄새가 났지만 모든 것이 깨끗하게 정돈되어 있었다. 크뢰거는 옷장과 찬장부터 조사하기 시작했다.

“옷, 냄비, 책, 다 그대로 있고 침대도 정리된 상태예요. 노트북은 안 보이는데요.”

몇 개 안 되는 서랍을 뒤지던 그는 옷더미 밑에서 구겨진 사진한 장을 끄집어냈다.

"한번 맛 들인 건 못 고치는 모양이네."

크뢰거가 찌푸린 얼굴로 말하더니 보덴슈타인에게 사진을 내밀었다. 여섯 살이나 일곱 살쯤 되어 보이는 예쁘장한 금발 여자아이의 사진이었다.

"딸이야. 지금은 열다섯쯤 됐겠더군. 딸, 아들 모두에게 접근 금지 명령이 내려진 상태야."

"이상할 것도 없죠."

크뢰거는 수색을 계속했지만 의심스러워 보이는 것이나 단서가 될 만한 것은 찾아내지 못했다.

"우리 직원들을 불러서 한번 철저하게 뒤집어 봐야겠어요. 오스터만이 수색영장 보냈어요?"

"글쎄, 잘 모르겠는데."

보덴슈타인은 주머니에서 스마트폰을 꺼냈다.

"어떻게 보는 거지?"

크뢰거가 홈 버튼을 눌렀다. 그리고 힐난의 눈초리로 보덴슈타인을 쳐다보았다.

"비밀번호도 설정 안 하셨어요? 만약 이거 잃어버리면 주운 사람이 마음대로 전화할 수 있어요."

"비밀번호를 항상 잊어버려. 세 번 틀리면 엄청 복잡하고 귀찮아지더라고."

"반장님도 참!"

크뢰거는 어쩔 수 없다는 듯 웃으며 머리를 흔들었다. 그리고 '1'이라고 표시되어 있는 편지 그림을 눌렀다.

"여기 보세요. 이메일이 와 있죠. 여기서 스크롤해서 죽 밑으로 내려가면 PDF 링크가 나와요."

"자네가 해봐. 난 피아에게 전화해봐야겠어."

보덴슈타인은 이렇게 말하곤 크뢰거의 휴대전화에 손을 뻗쳤다. 크뢰거는 한숨을 푹 쉬었다.

"잠깐만요. 제 메일로 돌릴게요. 그러면 바로 전화할 수 있어요. 반장님, 모바일 기초 과정 같은 거 이수하셔야 할 것 같은데요."

보덴슈타인은 고개를 끄덕였다. 로렌츠가 집에서 나간 뒤로는 현대 기술을 영 따라가지 못하고 있는 게 사실이다. 그는 다른 사람들에게 알려지지 않도록 아홉 살짜리 조카에게 도움을 받을 생각을 하고 있었다.

크뢰거가 전화기를 내밀었다. 피아의 전화번호를 누르려는 순간 전화가 왔다. 잉카! 일요일 아침에 잉카가 무슨 일일까?

"올리버, 로잘리 일 기억하고 있지?"

보덴슈타인은 미간을 찌푸렸다. 뭔가 잊어버린 건가?

"로잘리? 로잘리가 왜?"

"오늘 12시에 라디송 블루 호텔에서 요리 대회가 있잖아. 코지마가 못 간다고 해서 우리라도 꼭 가겠다고 했잖아."

젠장! 요리 대회는 정말 까맣게 잊고 있었다. 로잘리에게 무슨 일이 있어도 가겠다고 호언장담했는데. 이 요리 대회는 참가하는 것만으로도 큰 영광이기 때문에 로잘리에게 무척 중요한 일이다. 사건 때문에 못 간다고 했을 때 로잘리가 이해해줄 가능성은 거의 제로에 가까웠다. 그리고 제수씨 마리루이제도 두고두고 잔소리를 할 것이다.

"지금 몇 시지?"

"10시 40분."

"사실은 잊어버리고 있었어. 하지만 꼭 가봐야지. 연락해줘서 고마워."

"고마울 건 없어. 그럼 12시 15분 전에 호텔 앞에서 만나."

"그래. 이따 봐."

보덴슈타인은 전화를 끊은 뒤 평소에는 절대 하지 않는 욕설을 내뱉었다. 크리스티안 크뢰거가 뜨악한 표정으로 그를 쳐다보았다.

"집안일로 지금 좀 가봐야겠어. 무슨 일 있으면 피아에게 연락하라고 해."

*

너무 지쳐버린 그녀는 그 불편한 자세에도 불구하고 잠이 들었다. 방 안은 컴컴했지만 창문 앞에 내려진 롤 블라인드 사이로 들어오는 가느다란 빛이 대낮임을 알려주었다. 대체 얼마나 잔 것일까? 그녀는 밤새 일어난 일이 꿈이었기를 바랐지만 손목을 쥐어오는 케이블 타이가 헛된 희망임을 일깨워 주었다. 입을 막고 머리를 여러 번 둘러 고정한 테이프는 고개를 움직일 때마다 머리카락을 심하게 잡아당겨서 불쾌감을 가중시켰다. 그러나 그것은 지금 상태에서 가장 견딜 만한 불편함에 속했다. 그녀는 상담실 한가운데 놓인 의자에 꽁꽁 묶인 채 앉아 있었다. 발목은 의자 다리에, 손은 등 뒤로 꺾인 채 의자 등받이에 묶여 있고 허리도 의자에 단단히 묶여 움직일 수 없었다. 유일하게 움직일 수 있는 것은 머리였다. 말도 안 되는 상황에 처해 있기는 하지만 그래도 살아 있는 것이 다행이다. 죽도록 얻어터지지도 않았고 강간당하지도 않았다. 이 타는 듯한 갈증과 방광에 가해지는 압력만 아니라면!

그때 책상 위의 전화기가 울렸다. 세 번 정도 전화벨이 울리다가 그치더니 자동응답기에서 그녀의 목소리가 흘러나왔다.

"안녕하세요. 레오니 베르게스의 심리상담실입니다. 7월 11일까지 휴무라 연락이 되지 않습니다. 메시지를 남겨주시면 빠른 시일 내 전화 드리겠습니다."

삐 소리를 내며 녹음기가 돌아가기 시작했다. 그러나 전화를 건 사람의 목소리는 들리지 않고 거친 숨소리, 헉헉거리는 소리에 가까운 숨소리만이 들려왔다.

"레오니……."

그녀는 자신을 부르는 소리에 소스라치게 놀랐지만 곧 자동응답기에서 흘러나오는 소리라는 것을 깨달았다. 일부러 꾸며낸 목소리임에 틀림없었다.

"목이 많이 마르지? 앞으로 더 많이 목이 마를 거다. 말라 죽는 것이 가장 괴로운 죽음 중 하나라는 거 알고 있나? 몰랐어? 흠……. 그럼 내가 설명해주지. 죽는 데는 삼사 일 정도 걸려. 지금처럼 더울 때는 더 빨리 죽을 수도 있지. 하루 내지 하루 반나절 정도 지나면 증상이 나타나기 시작해. 수분 부족으로 오줌이 어두운 색깔로 변하지. 거의 주황색에 가까워져. 그리고 더 이상 땀이 남지 않아. 몸은 당장 필요하지 않은 내장 기관에서 수분을 빼내 쓰기 시작해. 그러면서 위, 장, 간, 신장이 말라 쪼그라들어. 물론 건강에는 안 좋지만 그 정도로 죽지는 않아. 좋은 점은 이제 소변을 참을 필요가 없어진다는 거야."

전화기 너머의 목소리가 심술궂은 웃음소리로 바뀌었다. 레오니는 눈을 질끈 감았다.

"수분은 생명을 유지하는 데 필요한 기관, 그러니까 심장과 뇌에 사용되지. 하지만 그것들도 언젠가는 쪼그라들게 돼 있어. 그러면 뇌가 더 이상 제대로 작동하지 않아서 헛것이 보이고 패닉에 빠지게 돼. 더 이상 제대로 생각할 수 없게 되는 거야. 그런 다음엔 혼수상태가 되지. 그때부터 죽는 건 시간문제야. 별로 재미있는 상상은 아니지. 안 그래?"

다시 아까 그 역겨운 웃음소리가 흘러나왔다.

"그러게 친구를 가려서 사귀어야지. 그런 쓰레기 같은 인간들과 어울리니까 이렇게 말라 죽는 거 아냐. 문 앞에 팻말을 내걸어준 건 아주 고마워. 그래야 혼수상태에 빠질 때까지 방해하는 사람이 없을 테니까. 그리고 며칠 뒤에 자기는 아주 예쁜 시체로 발견되는 거야. 파리가 들어와 콧구멍이나 눈구멍에 알을 낳지 않는다면 말이야. 뭐 그런다고 해도 이미 죽었으니까 상관은 없을 테지만. 그럼, 잘해봐. 그리고 너무 심각하게 생각하지 말고. 어차피 누구나 한 번은 죽는 거니까."

비웃는 듯한 웃음소리가 레오니의 귓가에 울려퍼졌다. 전화 끊는 소리와 함께 웃음소리도 뚝 그쳤다. 크게 다치지 않았다는 사실에 안도하며 누군가 구하러 와줄 거라고 믿었던 레오니는 불현듯 자신이 얼마나 막막한 상황에 처해 있는지 깨달았다. 두려움이 쇠망치처럼 뒤통수를 쳤다. 심장이 거칠게 뛰고 온몸의 땀구멍에서 땀이 솟았다. 그녀는 절망적인 마음에 몸을 마구 흔들어보았지만 견고하게 옭아맨 포박은 단 1밀리미터도 움직이지 않았다. 그녀는 치솟는 눈물을 꾹꾹 눌러 참았다. 아까운 수분을 낭비하면 위험해진다는 것을 알기 때문이기도 했지만 입으로 숨을 쉴 수 없는 상황에서 코가 막히면 숨을 쉬지 못할까 봐 두려웠기 때문이다.

진정해! 그녀는 스스로에게 주문을 걸었지만 진정하는 것이 생각처럼 쉽지 않았다. 그녀는 집 안에 갇혀 있었고 대문에는 '7월 11일까지 휴무'라고 적힌 팻말이 걸려 있었다. 전날 그녀가 직접 내걸었다. 그 팻말과 창문 앞에 내려진 롤 블라인드를 보면 누구라도 집에 아무도 없다고 생각할 것이다. 휴대전화는 식탁 위에 있고 전화기는 의자에서 5미터 떨어진 책상 위에 있다. 그런데 집으러 갈 수가 없다. 이렇게 앉아 있은 지 얼마나 된 걸가? 레오니는 주먹을 쥐었다 폈다 해보았다. 피가 전혀 통하지 않는 것처럼 엄청난 통증이 느껴졌다. 그녀는 벽에 붙어 있는 시계를 보려고 고개를 잔뜩 뒤로 뺐다. 그러나 너무 어두워서 아무것도 알아볼 수 없었다. 외부에서 도움의 손길을 기대하기는 힘들다. 그렇다면 스스로 해결하거나 죽거나 둘 중 하나다.

*

엠마는 너무나 흥분한 나머지 크론베르크로 가는 교차로에서 빨간불을 보지 못했다. 간발의 차이로 앞차를 박을 뻔한 그녀는 겨우 차를 세우고 양손을 운전대에 얹은 채 욕설을 내뱉었다.

그녀는 10분 전 플로리안에게서 루이자가 바트홈부르크 병원에 있다는 전화를 받았다. 베어하임에 있는 로흐뮐레 말 목장에서 루이자가 망아지를 타다가 떨어졌다는 것이다! 엠마는 루이자가 아직 말을 타기에는 이르며 망아지를 타더라도 이삼 년은 기다려야 한다고 입이 아프게 말했다. 그러나 루이자는 이때다 하고 아빠를 졸라댔을 것이고 플로리안은 딸에게 점수를 따고 싶은 생각에 결국 허락하고 말았을 것이다.

신호등이 녹색으로 바뀌었고 엠마는 왼쪽으로 꺾어 오버우르젤 방향으로 달렸다. 제한 속도를 훨씬 넘어섰지만 그런 것에 신경 쓸 때가 아니었다. 플로리안은 크게 다친 건 아니라고 했지만 병원에 데리고 갔다면 가벼운 상처는 아닐 것이다. 뼈가 박살 나고 피가 철철 흐르는 루이자의 모습이 눈에 선했다. 이 사고가 나서 유일하게 좋은 점은 바로 아동복지국에 전화해서 오늘 저녁 아이를 집에 데려오도록 조치할 수 있다는 것이었다. 여관이든 아파트든 이제 루이자가 다른 곳에서 자는 일은 없을 것이다.

그로부터 20분 뒤 엠마는 빠른 걸음으로 병원 로비를 가로질러 갔다. 응급실 대기실에는 아무도 없었다. 그녀는 반투명 유리 앞에 가서 벨을 눌렀다. 한참 지나서야 문이 열렸다.

"딸이 응급실에 실려 왔어요. 바로 만나야겠어요. 지금 당장요. 망아지를 타다가 떨어져서……."

"성함을 말씀해주세요."

파란색 의사 가운을 입은 여드름투성이 청년은 흥분한 환자 가족들을 많이 봐서인지 시종일관 무감각한 표정이었다.

"핑크바이너요. 우리 딸은 지금 어디 있어요?"

엠마는 그의 어깨 너머를 건너다보았지만 보이는 것이라고는 텅 빈 복도뿐이었다.

"이쪽으로 오세요."

엠마는 두근거리는 가슴을 억누르고 젊은 의사를 따라 진료실로 들어갔다. 루이자는 창백한 얼굴로 진찰대에 누워 있었다. 이마에 커다란 흰 붕대가 붙어 있고 왼쪽 팔에는 부목이 대어져 있었다. 아이가 무사한 것을 확인한 엠마는 하마터면 크게 울음을 터뜨릴 뻔했다.

"엄마!"

루이자가 힘없이 한 손을 들었다. 그 모습을 본 엠마는 가슴이 무너지는 것만 같았다.

"아이고, 우리 아기!"

엠마에게는 처량하게 서 있는 플로리안도 여의사도 눈에 들어오지 않았다. 엠마는 루이자를 안고 뺨을 쓰다듬었다. 아이의 뺨은 보드랍고 푸르스름한 핏줄이 비칠 정도로 연약했다. 이렇게 연약한 아이를 그런 위험에 방치하다니!

"아빠한테 뭐라고 하지 마, 엄마. 내가 탄다고 고집 부렸어."

엠마의 마음 한구석에서 질투 섞인 분노가 치솟았다. 아이를 벌써 이렇게까지 구워삶아 놓다니!

"핑크바이너 부인."

의사가 부르는 소리에 엠마는 고개를 들었다.

"뭐가 어떻게 잘못된 거예요? 골절인가요?"

"네, 왼쪽 팔이 부러졌는데 뼈가 약간 밀려났어요. 수술해야 될 것 같아요. 뇌진탕은 며칠 지나면 괜찮아질 거고요."

의사는 비쩍 마르고 단단해 보이는 여자로 붉은 기가 섞인 금발 커트머리에 밝은 회색 눈동자가 냉철해 보였다.

"그런데 말이죠……."

"네, 뭔데요?"

엠마가 초조하게 물었다. 여기서 또 뭐가 잘못됐단 말인가?

"두 분에게 할 얘기가 있어요. 간호사가 루이자 옆에 있을 테니까 잠시 제 방으로 가시죠."

엠마는 이 커다랗고 휑한 방에 루이자를 혼자 두고 가려니 발길이 떨어지지 않았지만 의사와 플로리안의 뒤를 따라 나갔다. 옆방으로 들어간 의사는 책상 앞에 앉더니 맞은편에 놓인 의자 두 개를 가리켰다. 엠마는 플로리안과 몸이 닿지 않도록 조심하며 의자에 앉았다.

"이런 얘기 하는 게 저도 편하지는 않은데요……."

의사가 두 사람을 번갈아 쳐다보며 말을 꺼냈다.

"루이자를 진찰하다 보니까…… 성추행으로 의심되는 상처가 발견됐습니다."

"뭐요?"

엠마와 플로리안이 합창을 하듯 외쳤다.

"허벅지 안쪽에 타박상과 멍 자국이 있고 질에도 상처가 있어요."

한동안 침묵이 이어졌다. 엠마는 너무 어이가 없어서 할 말을 찾지 못했다. 루이자가 성추행을 당했다고?

"정신 나간 거 아닙니까?"

플로리안은 얼굴이 붉으락푸르락해지더니 벌떡 일어났다.

"루이자는 말에서 떨어졌어요! 떨어질 때 잘못 떨어졌을 수도 있습니다. 나도 의사입니다. 떨어질 때 그런 상처가 생길 수도 있어요."

"진정하세요."

"진정 못 하겠습니다!"

의사가 말렸지만 플로리안은 화를 내며 마구 소리를 질렀다.

"이건 말도 안 되는 비방입니다! 도저히 가만히 앉아서 듣고 있을 수가 없군요!"

의사는 양 눈썹을 추켜세우더니 의자 등받이에 등을 기댔다. 그리고 차분한 목소리로 말을 이었다.

"그냥 의심된다고 말씀드리는 거예요. 요즘은 그런 쪽에 많이 민감하잖아요. 물론 다른 원인이 있을 수도 있지요. 하지만 제가 볼 때는 성추행에서 나타나는 전형적인 상처고 생긴 지도 좀 됐어요. 요즘 아이가 이상한 행동을 보이지는 않았는지, 전에는 하지 않던 행동을 하지는 않았는지 한번 천천히 생각해보세요. 말수가 적어졌다거나 공격적으로 변하지는 않았나요?"

엠마는 조각난 늑대 인형과 얼마 전 정원 테라스에서 루이자가 난동 피운 일을 떠올렸다. 갑자기 등골이 오싹해지면서 속이 부글부글 끓었다. 그녀가 걱정되어 요즘 아이가 이상하다고 말했을 때 플로리안은 자연스러운 성장 과정이라는 말로 일축했다. 그때 이미 그녀의 육감은 뭔가 잘못됐다는 것을 알고 있었던 걸까? 세상에 맙소사! 그녀는 의자 손잡이를 꽉 움켜쥐며 머리를 흔들었다. 그러나 머릿속에 떠오른 망측한 생각은 떨쳐지지 않았다. 만약 플로리안이 루이자를 건드렸다면? 그런데 그녀가 그를 집에서 내쫓음으로 해서 더 자유로운 환경을 만들어주었다면? 아버지가 친딸을 강간하고 임신시키고 절대 남에게 말하지 못하도록 으름장을 놓는다는 얘기를 신문이나 텔레비전에서 보기는 했지만 엠마는 그런 일이 일어나는데도 어머니가 아무것도 모른다는 것은 말이 안 된다고 생각했다. 그러나 이제는 그런 일이 가능할 수도 있겠다는 생각이 들었다.

엠마는 앞으로 태어날 아기 아빠의 얼굴을 차마 쳐다볼 수 없었다. 루이자의 아빠이자 그녀의 남편인 그 남자는 마치 생전 처음 보는 사람처럼 낯설기만 했다.

*

피아는 변기 뚜껑을 덮고 그 위에 앉았다. 그리고 휴지를 한 조각 뜯어 이마에 난 식은땀을 닦은 후 숨을 골랐다. 중환자실 병동에 있는 한나 헤르츠만의 병실에서 나온 그녀는 힘겹게 여자 화장실에 도착했고 화장실에 들어가자마자 속에 있는 것을 다 토해냈다. 작년에 살인 사건 피해자의 부검에 참관할 때 그러더니 그 이후로 강력범죄 피해자를 대할 때마다 갑자기 혈압이 떨어지고 토해야 할 정도로 속이 뒤집히는 일이 반복되고 있다. 이 일에 대해 아는 사람은 헤닝뿐이다.

피아는 힘겹게 세면대를 짚고 일어나 거울을 보았다. 눈 밑에 짙은 그늘이 지고 유령처럼 허연 얼굴이 그녀를 마주보고 있었다. 경찰 생활 20년 동안 괜찮다가 갑자기 왜 그러는지 도통 알 수 없었다. 지금까지는 크리스토프에게도 동료들에게도 말하지 않았다. 직장에 알렸다간 당장 심리상담에 보내질 것이고, 더 이상 현장 일을 못 하게 될지도 모른다. 물론 이런 상황을 피하는 방법도 있다. 핑곗거리를 만들어 다른 직원들을 보내면 된다. 하지만 피아에게는 절대 그렇게 하지 않겠다는 원칙이 있었다. 그런 식으로 피해가다 보면 이 일을 계속할 수 없기 때문이다.

화장실에 들어간 지 15분쯤 지난 후 피아는 밖으로 나와 엘리베이터를 타고 1층으로 내려갔다. 주차장으로 가면서 휴대전화를 확인해보니 보덴슈타인에게서 여러 번 전화가 와 있었다. 다시 전화를 걸었지만 이번에는 보덴슈타인이 받지 않았다.

경찰서에 도착할 때까지도 한나 헤르츠만의 병실에서 받은 충격은 가시지 않았다. 잔인한 폭력의 결과를 무미건조한 법의학 보고서로 읽는 것과 두 눈으로 직접 보는 것에는 큰 차이가 있었다. 한나 헤르츠만은 알아보기 힘들 정도로 망가져 있었다. 얼굴은 온통 피멍으로 얼룩졌고 몸에도 멍들고 찢기고 채찍질당한 상처가 가득했다. 잠시 한나와 시선이 마주쳤을 때 보았던 초점 없는 멍한 눈을 생각하면 아직도 소름이 끼쳤다.

피아는 여자로서 더럽혀지고 능욕당하는 것이 어떤 것인지 경험으로 안다. 고등학교를 졸업하고 여행 갔을 때 만난 남자가 있다. 피아에게는 여름 휴가지에서의 짧은 만남이었지만 그 남자에게는 아니었다. 그는 프랑크푸르트까지 쫓아왔고 어두운 집에서 기다리고 있다가 그녀가 돌아오자 성폭행했다. 피아는 그 사실을 전남편에게조차 숨겼고, 없었던 일로 생각하고 잊어버리려 애썼다. 하지만 그것은 불가능했다. 분노에 찬 남자의 완력에 한번 당해본 여자는 저항할 수 없는 상황에서의 수치심, 끝날 것 같지 않은 두려움의 순간들, 자기결정권과 자신의 몸에 대한 주도권을 잃어버린 데서 오는 상실감을 절대 잊지 못한다. 피아는 그 일이 일어난 집에서 더 이상 살 수 없었다. 법학과도 두 학기만 다니다가 그만두고 경찰이 되었다.

이후 그때 왜 그런 결정을 내렸는지 많이 생각해봤다. 무의식적으로 내린 결정이기는 했지만 그때 당한 성폭행이 큰 역할을 했다는 것은 잘 알고 있었다. 경찰이 됨으로써 적으로부터 자신을 방어할 수 있는 입장이 된 것이다. 꼭 총을 소지할 수 있어서가 아니다. 경찰이 된 후 의식 자체가 달라졌다. 그리고 신체적으로 열세여도 일대일 대결에서 이길 수 있다는 것을 훈련으로 배웠다.

사무실에 들어서니 주말인데도 오스터만이 자리를 지키고 있었다. 드문 일은 아니었다.

"다른 사람들은 아직 슈반하임에 있어. 로테문트가 살던 야영장에 갔는데 이미 달아나고 없대."

"아이고, 되는 일이 하나도 없네."

피아는 방문객용 의자 위에 배낭을 아무렇게나 던져놓고 자기 자리에 앉았다. 아직도 속이 약간 울렁거리는 것 같았다.

"반장님은?"

"비밀스러운 집안일 때문에 일찍 가셨어. 이제 자기가 보스야. 아, 오늘 진짜 되는 일 없네."

"그리고 분석실에서 새로운 결과가 나왔어. 한나 헤르츠만의 질에서 발견된 정액은 유전자 검사에 따르면 킬리안 로테문트의 것이 분명해. 빈첸츠 코른비힐러에게 순경을 보내서 알아봤는데, 대조용 사진 네 장 중에서 로테문트를 정확하게 뽑아냈어. 그날 밤한나 헤르츠만과 함께 차를 타고 나간 사람은 로테문트야."

피아는 천천히 고개를 끄덕였다. 이것으로 킬리안 로테문트에 대한 의심은 더욱 견고해졌다. 어느 정도 짐작하고는 있었지만 갑자기 새로운 생각이 떠오르거나 하지는 않았다. 피아는 경찰청 조회 시스템에서 로테문트의 사진을 불러내 한참 동안 들여다보았다.

한나 헤르츠만은 무슨 짓을 했기에 그런 증오심을 불러일으킨 것일까? 로테문트는 겉으로 보기에는 교양 있고 호감이 가는 얼굴이다. 저 잘 빚어진 얼굴과 푸른 눈동자 뒤에 어떤 깊은 어둠이 숨어 있는 것일까?

"내가 무슨 생각까지 했는지 알아?"

오스터만이 불쑥 말했다.

"몰라."

"조류 분석 결과에 의하면 우리 인어공주는 니다 강이 마인 강으로 유입되는 곳 어디쯤에선가부터 떠내려 왔어. 그런데 로테문트가 사는 야영장은 강 상류 쪽으로 몇 킬로미터 떨어지지 않은 곳에 있거든."

“로테문트가 인어공주 사건과도 관련 있다는 거야?”

“좀 생뚱맞게 들리지만 잘 생각해보면 그렇지도 않아. 인어공주와 한나 헤르츠만의 상처는 비슷한 데가 많아. 질과 항문에 무언가를 삽입한 점, 무자비한 폭력을 사용한 점도 닮았고……”

피아는 다시 모니터 속의 사진에 시선을 돌렸다.

“그러기엔 이 사람, 너무 정상적으로 보이지 않아? 거의 호감이 갈 정도의 얼굴인데.”

“열 길 물속은 알아도 한 길 사람 속은 모른다잖아.”

“인어공주에게서 나온 유전자는 어떻게 됐어? 뭐 다른 할 얘기 있어?”

“아니. 그것 때문에 로테문트가 인어공주의 살인자일 거라는 내 이론이 흔들린단 말이지. 등록되지 않은 유전자야. 인터폴에도 없더라고.”

오스터만은 찌푸린 얼굴로 고개를 저었다.

그때 피아의 휴대전화가 울렸다. 크리스티안 크뢰거가 캠핑카 감식이 끝났다는 소식을 전했다.

“뭐 좀 알아냈어요?”

피아가 물었다. 어느새 위장이 회복됐는지 꾸르륵 소리가 났다.

“아니, 아주 깨끗해. 침대는 각 맞춰서 정리돼 있고 닦을 수 있는 건 모조리 염소계 표백제로 닦아놨어. 심지어 배수구에까지 들이부어놨더라고. 캠핑카 문에서 지워진 지문 몇 개가 발견됐을 뿐이야. 유일하게 건진 게 있긴 해. 머리카락 한 올.”

“머리카락요?”

“응, 진갈색 긴 머리. 소파 사이에 끼어 있었어. 잠깐만, 피아……”

크뢰거가 누군가 다른 사람과 얘기하는 소리가 들렸다.

한나 헤르츠만도 진갈색 긴 머리다. 수요일 밤 로테문트를 집에 데려다 준 것일까? 그리고 캠핑카 안에 들어갔을까? 하지만 그 두 사람을 연결하는 끈이 무엇이란 말인가? 한나가 조사 중이던 스토리가 정말 조폭 로드킹에 관한 것이었을까?

"베른트 프린츨러의 차량 등록 조회는 어떻게 됐어?"

피아가 오스터만에게 물었다. 크뢰거의 대화는 논쟁으로 바뀌고 있었다.

"그것도 막혔어."

오스터만이 커피를 한 모금 마시고 말했다. 오스터만은 카페인 중독자다. 아침부터 저녁까지 쓰디쓴 커피를 끊임없이 마셔댄다. 다 식어버린 커피도 전혀 개의치 않고 마신다.

"프린츨러 앞으로 등록돼 있기는 한데 주소지가 어머니 집으로 돼 있어. 잘해야 주소지 변경 등록 기한을 지키지 않은 것으로나 문제 삼을 수 있을 거야."

피아는 한숨을 푹 내쉬었다. 이번 사건은 정말이지 꼬이고 꼬여서 풀릴 줄 몰랐다. 마이케 헤르츠만은 연락이 안 되고, 제1용의자는 도주 중이고, 제2용의자는 독일에서 사서함과 가짜 주소 뒤에 숨어서도 아무 문제없이 살 수 있다는 것을 보여주는 대표적 예다. 한나 헤르츠만이 어떤 스토리를 조사 중이었는지 아는 사람은 아무도 없는 것 같다. 게다가 한나 헤르츠만의 휴대전화 통화 내역 조회를 의뢰한 통신사는 늑장을 부리고 있다.

"이제 얘기 끝났어."

크뢰거가 신경질 난 목소리로 말했다.

"난 검사들이 내 일에 끼어드는 거 질색인데."

"검사가 캠핑카 수색하는 데까지 왔어요?"

"프라이 부장검사 나리가 직접 나오셨는데."

크뢰거가 콧방귀를 뀌었다. 그들은 잠시 더 얘기를 나누었다. 그러다 피아에게 다른 통화가 들어왔다. 모르는 번호지만 마이케 헤르츠만일 수도 있다는 생각에 피아는 전화를 받았다.

"피아? 나야, 엠마. 지금 통화 가능해?"

피아는 전화를 건 사람이 누군지 파악하는 데 잠시 시간이 걸렸다. 고교 동창의 목소리는 금방이라도 울 것처럼 떨리고 있었다.

"아, 엠마. 괜찮아. 무슨 일이야?"

"저기…… 내가…… 얘기할 사람이 필요한데, 너라면 어떻게 해야 할지 알 것 같아서. 아니면 다른 사람을 소개시켜주든가. 우리 딸 루이자가 오늘 병원에 갈 일이 있었는데…… 의사가 하는 말이…… 아, 정말 어떻게 해야 할지 모르겠어."

엠마의 흐느끼는 소리가 들렸다.

"루이자가…… 루이자에게 상처가 있는데…… 그게…… 성추행 당한 것일 수도 있대."

"세상에."

"피아, 우리 빠른 시간 내 만날 수 있을까?"

"지금 바로 만나는 건 어때?"

피아는 그렇게 말하며 손목시계를 보았다. 막 1시가 되어가고 있었다.

"켈크하임과 피시바흐 사이에 있는 곳인데, 김바허호프라고 혹시 아니?"

"그럼, 알지."

"20분 뒤에 그리로 갈게. 거기서 커피 한잔 마시면서 얘기하자. 알겠지?"

"그래, 알았어. 고마워. 그럼 거기서 봐."

"그래."

피아는 전화를 끊고 일어나 배낭을 걸머졌다.

"방금 크뢰거 반장님에게 들었는데 프라이 부장검사가 로테문트의 캠핑카에 나타났대."

피아가 오스터만에게 말했다.

"뭐 놀랄 것도 없지. 로테문트를 감옥에 처넣은 게 바로 프라이 검사니까."

오스터만은 모니터에서 눈을 떼지 않은 채 말했다.

"와, 그건 또 어떻게 알았어?"

"사건 기록 읽는 게 내 취미거든."

오스터만이 고개를 들고 씩 웃었다.

"그리고 그 사건이 일어났을 때 나도 프랑크푸르트에 있었어. 의족을 하고 나서 막 일을 다시 시작했을 때거든. 세간의 이목이 집중된 사건이었어. 잘생긴 변호사의 타락을 들먹거리면서 여론이 사건을 엄청나게 부풀렸더랬지. 프라이와 로테문트는 법대 동문이자 친구였어. 둘 다 2차 사법고시 합격한 뒤에 검사 생활을 시작했는데 나중에 로테문트가 변호사로 전업했지. 사실 프라이는 사건을 조용히 처리할 수도 있었어. 그런데 자기 친구를 여론에 먹잇감으로 내준 거지. 그런데 그렇게 유명한 사건을 어떻게 모르는 거야?"

"난 그때 가정주부로서 살림하느라고 바빴거든. 살림 안 할 때는 거의 법의학 연구소 지하에서 살다시피 했고."

피아가 어깨를 으쓱하며 말했다.

"나 가서 점심 좀 먹고 올게. 무슨 일 있으면 전화해."

*

　더위와 갈증은 견딜 수 없을 정도로 심해졌다. 이것 또한 환각일까? 쪼글쪼글 말라가는 두뇌가 부리는 장난일까? 레오니가 이 집에 산 지는 꽤 오래됐다. 지은 지 200년도 넘은 집이라 벽이 두꺼워서 요즘 사람들이 단열재로 쓰는 스티로폼을 넣은 것보다 열 차단이 훨씬 잘된다. 그녀가 이 집을 좋아하는 이유도 겨울에는 따뜻하고 여름에는 시원하기 때문이다. 그런데 지금은 왜 이렇게 더운 걸까? 이마에서 흘러내린 땀방울이 눈으로 들어가 불에 덴 듯 아팠다. 그녀는 1에서 3600까지 두 번이나 셌다. 시간감각을 잃지 않기 위해서, 그리고 그렇게라도 하지 않으면 미칠 것 같아서. 그녀가 집에 돌아온 것은 새벽 3시 45분이었다. 중간에 잠깐씩 잠들긴 했지만 아직 오줌을 누지 않았으니 아주 긴 시간이 지나지는 않았을 것이다. 롤 블라인드가 내려져 있기는 하지만 서쪽으로 나 있는 오른쪽 창문에 해가 비치는 것으로 봐서는 오후 4시나 5시쯤 됐을 것이다. 해가 질 때도 이런 식으로 알 수 있을 것이다.

　혀가 모래를 끼얹은 듯 거칠고 무겁게 느껴졌다. 태어나서 이렇게 심한 갈증을 느껴본 적이 없다. 그녀는 누가 자신에게 이런 짓을 했는가보다는 왜 그랬는지가 더 궁금했다. 그녀가 이런 벌을 받을 만한 짓을 했던가? 전화를 건 사람은 친구를 가려 사귀지 않았기 때문이라고 했다. 그렇다면 한나 헤르츠만과 관계된 것일까? 아니면 그녀가 한나를 끌어들인 그 일과 관련이 있는 것일까? 하지만 그녀는 친구가 아니라 환자다. 친구와 환자는 분명히 구별되어야 한다.

　책상 위의 전화기가 다시 울렸다. 레오니는 깜짝 놀라 몸을 움찔했다.

"레오니, 아직 의자에 얌전히 앉아 있군."

비웃는 듯한 기분 나쁜 소리에 레오니는 잠시 두려움을 잊고 분노에 휩싸였다. 말을 할 수 있다면 미친 사디스트, 정신병자라고 마구 욕을 퍼붓고 싶었다. 그런다고 도움이 되지는 않겠지만 말을 하고 나면 속은 시원할 것 같았다.

"아주 뜨끈뜨끈하지? 따뜻하게 잘 죽으라고 보일러를 잔뜩 틀어 놨지."

아, 그래서 이렇게 더웠구나!

"내가 말라 죽는 데도 단계가 있다고 얘기했지? 그런데 좀 잘못 말한 것 같아. 중요한 건 더우면 더울수록 더 빨리 죽는다는 거야. 그러니 걱정 말라고. 삼사 일이나 기다리지 않아도 될 거야."

웃음소리.

"용감하게 울지도 않더군. 아직 누군가가 구하러 올 거라고 기대하는 건가?"

울지 않았다는 걸 어떻게 알지? 이렇게 어두운데 뭔가 볼 수 있다는 건가? 레오니는 이리저리 고개를 돌리며 두리번거렸다. 그러나 빛이 너무 약해서 희미한 윤곽 말고는 아무것도 알아볼 수 없었다.

"카메라를 찾고 있나? 하긴 내가 말을 해버렸으니까. 레오니, 그거 알아? 사실 넌 빨리 죽어줘야 했어. 그런데 사람이 고통에 시달리다 죽는 장면을 보고 싶어 안달이 난 사람들이 생각보다 많거든. 그 사람들이 그런 데 얼마나 많은 돈을 쓰는지 알아? 물론 이번 건 편집을 많이 해야겠지. 누가 너같이 못생긴 여자가 의자에 앉아 있는 걸 24시간 동안이나 보고 싶어 하겠어? 안 그래?"

전화기 너머의 목소리는 낮고 부드러웠다. 사투리 억양도 전혀 없다. 이런 상황이 아니라면 상냥한 목소리라고도 할 수 있을 것이다.

"하지만 결말은 볼 만할 거야. 죽기 직전의 몸부림, 경련……. 하, 나도 그런 건 아직 못 봤는데 말이야. 정말 기대되는군. 그리고 죽은 다음에 아무도 시체를 찾아내지 못한다면 더 재미있어지겠지. 썩지 않고 그대로 말라서 미라가 될지도 몰라."

순간 레오니는 전화를 건 사람이 타인이 고통받는 것을 보면서 흥분을 느끼는 정신병자라는 것을 늦게나마 깨달았다. 전에 키드리히 정신병원에 감금된 환자들 중에 그런 사람을 몇 명 본 적이 있다. 그녀가 트라우마를 겪은 여성들을 전문으로 하게 된 것도 그때 경험이 바탕이 됐다. 그런 변태적 괴물들의 희생양이 된 트라우마 환자들을 돕고 싶었던 것이다.

갑자기 삐 소리가 나며 자동응답기가 꺼졌다. 구식이라 테이프가 다 돌아간 것이다. 주위에는 침묵이 감돌았다. 들리는 것이라고는 그녀 자신의 숨소리뿐이다. 코는 완전히 메말라서 숨 쉬기조차 힘들었다. 숨을 쉴 때마다 사우나에서 덥고 건조한 공기가 코털을 자극하는 것 같은 느낌이 들었다. 그러나 더 이상 땀은 나지 않았다. 이 방에서 살아서 나가지 못할 거라는 깨달음, 그녀의 안전한 보금자리였던 이 집에서 죽게 됐다는 생각이 주체하기 힘든 공포와 함께 밀어닥쳤다. 이제 전화기 너머의 그 미친 변태가 그녀를 관찰하고 있든 말든 상관없었다. 그녀는 온힘을 다해 몸부림치며 입을 틀어막고 있는 테이프에 대고 목이 쉬도록 소리를 질렀다. 머리가 뻥 터져버릴 것 같은 느낌이 들 때까지 고래고래 악을 썼다. 그녀는 죽음의 공포에 눌리고 싶지 않았다. 그녀는 죽고 싶지 않았다!

*

　김바허호프 레스토랑은 무척 붐볐다. 앞뜰의 오래된 거목 밑에 마련된 긴 나무 식탁과 의자는 빈자리가 없을 정도로 손님으로 꽉 차 있었다. 켈크하임과 피시바흐 사이 계곡에 위치한 이 역사적인 교외 레스토랑은 이렇게 날씨가 좋을 때면 가족 단위 손님과 나들이 나온 손님으로 항상 붐볐다. 프라이 검사와 로테문트 생각에 잠겨 있던 피아는 놀이터에서 신나게 뛰노는 아이들을 보고서야 그런 생각이 들었다. 반면 엠마는 주위에서 일어나는 일에 아무런 관심도 없어 보였다. 그녀는 여전히 쇼크 상태에서 헤어나지 못하고 있었다. 그도 그럴 것이 그녀에게는 여러모로 참담한 상황이었다. 루이자에 대한 걱정도 걱정이지만 아직 태어나지 않은 아기도 걱정되고 남편이 아동 성학대자일 수도 있다는 끔찍한 의심과 싸워야 했기 때문이다.

　피아는 프랑크푸르트 여성 쉼터에서 일하는 경륜 있는 상담사의 연락처를 주며 찾아가 보라고 했다. 아동 성범죄는 피아가 이제까지 경찰 일을 하면서 한 번도 다뤄보지 않은 분야다. 언론에서 다룬 사건들을 계속 지켜봤지만 그저 외부의 시선에 그쳤을 뿐 감정이입이 된 적은 한 번도 없었다. 그런데 어린 딸의 정신적, 육체적 상처를 걱정하며 절망에 빠져 어찌할 바 모르는 엠마를 대하고 보니 도저히 남의 일 같지 않았다. 릴리 때문에 피아도 민감해진 것일까? 어린 자녀를 보호해야 하는 부모의 책임은 실로 엄청나다. 외부의 적이라면 어느 정도 지킬 수 있겠지만 정작 가장 믿고 의지해야 할 사람, 바로 옆에 있는 남편이 그런 파렴치한 속내를 드러낸다면 어떻게 해야 할 것인가?

한 시간쯤 지난 뒤 엠마는 병원에 있는 딸에게 가야겠다면서 자리에서 일어났다. 피아는 친구가 탄 차가 떠나는 것을 오랫동안 지켜보다가 한참 아래 세워놓은 자기 차로 걸어갔다. 엠마의 눈빛에서 그녀는 두려움, 분노, 깊은 상처가 뒤섞인 감정을 보았다. 브리타 하크슈필을 연상시키는 눈빛이었다. 킬리안 로테문트는 유죄 선고를 받은 아동 성범죄자다. 그는 당시 법정에서 절대 아니라고 무죄를 주장했지만 증거가 너무 확연했다. 검사 측에서는 나체인 로테문트가 어린아이들과 오해하기 힘든 포즈로 찍은 사진, 그의 노트북에 저장돼 있는 아동 포르노 사진과 동영상을 증거로 제출했다.

한나 헤르츠만의 질에서 로테문트의 유전자가 나온 이후 보덴슈타인은 로테문트를 확실한 범인으로 점찍고 있었다. 어쩌면 베른트 프린츨러와 함께했을지도 모른다고 생각했다. 두 남자의 범행 동기는 여러 방향으로 생각해봐야 할 것이다. 모든 단서가 로테문트를 범인으로 지목하고 있지만 피아에게는 의심스러운 구석이 없지 않았다. 한나 헤르츠만은 마흔일곱 살의 성인이다. 거기다 자부심이 강하고 직업적으로 성공했으며 여성성이 두드러지는 몸매의 소유자다. 즉, 소아 성애 편력이 있는 남자가 좋아하지 않을 조건을 두루 갖췄다. 물론 무자비한 폭력은 분노와 증오에서 비롯될 수 있고 강간은 권력, 우위 선점과 관계 있지 성적 끌림과는 상관이 없다. 그럼에도 불구하고 피아는 그런 식의 결론이 너무 간단하고 빤하게 여겨졌다.

피아는 켈크하임을 가로지른 뒤 슈타트미테에서 철로 뒤로 돌아 왼쪽으로 꺾었다. 그리고 가게른링을 따라 분데스 가까지 달렸다. 거기서 오른쪽 방향등을 넣었지만 곧 생각을 고쳐먹고 왼쪽으로 꺾었다. 알텐하인을 거쳐 바트조덴으로 갈 생각이었다. 얼마 뒤

피아는 킬리안 로테문트가 살았던 동네에 도착했다. 길가에 주차할 곳이 없어서 들판 옆에 차를 세워놓고 집까지 걸어갔다. 초인종을 누르자 어제 잠깐 봤던 브리타 하크슈필의 남편이 나타났다. 경찰이라는 말을 듣자 그의 얼굴에서 웃음이 싹 사라졌다.

"지금은 일요일 오후예요. 꼭 오늘이어야 합니까? 손님도 와 계시는데."

피아가 부인을 만나고 싶다고 하자 하크슈필은 쓸데없는 말을 늘어놓았다. 경찰이 찾아오면 별의별 핑계를 대서 쫓아내려는 사람들이 있다. 형사 생활을 하다 보면 어쩔 수 없이 겪게 되는 일이라 피아는 그런 반응에 익숙했다.

"그냥 몇 가지 질문만 하고 바로 갈 거예요."

피아가 아무런 동요 없이 말했다.

"도대체 왜 이렇게 브리타를 귀찮게 하는 겁니까? 그 빌어먹을 놈 때문에 시달릴 만큼 시달렸어요. 다 잊어버리고 조용히 사는 사람을 왜 이렇게 들쑤셔요? 가세요. 내일 다시 오든가 해요."

피아는 그를 빤히 쳐다보았다. 그도 적대감을 숨기지 않은 채 피아를 노려보았다. 리하르트 하크슈필은 킬리안 로테문트와 완전히 반대되는 외모로, 키가 크고 다부지지 못한 인상에 커다란 주먹코, 붉은 얼굴, 술주정뱅이의 흐린 눈빛을 가지고 있었다. 그는 어딘지 모르게 거만한 인상을 풍겼다. 피아는 그 빌어먹을 놈이 살았던 집에 사는 기분이 어떠냐고 묻고 싶었다.

"지금 제가 청소기 팔러 온 게 아니거든요. 지금 바로 부인을 데려오셔도 되고요, 아니면 제가 순찰차를 보낼 테니 경찰서로 오셔도 돼요. 선택은 알아서 하세요."

피아는 그를 화나게 하려고 일부러 살살 웃으며 말했다. 원래는 이렇게 경찰입네 내세우는 것을 좋아하지 않지만 이렇게 하지 않으면 말을 못 알아듣는 사람들이 종종 있다. 하크슈필은 입을 앙다문 채 돌아섰다. 잠시 후 그는 브리타 하크슈필을 데리고 다시 나타났다.

"또 무슨 일이세요?"

브리타 하크슈필이 팔짱을 끼며 차갑게 물었다. 집 안으로 안내할 생각은 전혀 없어 보였다. 피아도 우회적으로 부드럽게 말할 기분이 들지 않았다.

"전남편 일로 왔어요. 전남편이 여자를 알아볼 수 없을 정도로 구타하고 고문한 다음 차 트렁크에 감금할 수 있는 사람이라고 보세요?"

브리타 하크슈필은 마른침을 꼴깍 삼켰다. 피아는 그녀의 내면 깊은 곳에서 급작스러운 싸움이 시작됐음을 엿볼 수 있었다.

"아니요. 그럴 수 있는 사람은 아니에요. 킬리안을 안 이후로 사람 때리는 것을 본 적은 한 번도 없어요. 물론……."

그녀의 얼굴이 굳어졌다.

"물론 어린아이들을 성적 대상으로 본다는 것도 전혀 생각하지 못한 일이지만요. 20년을 안 사람이에요. 킬리안은 가정적인 사람이었어요. 일이 바빴지만 해야 할 일을 다 하고 아이들이나 제게 소홀한 적도 없었어요."

그녀는 어깨를 축 늘어뜨렸다. 스스로를 지키느라 냉담하게 유지하던 거리감도 사라졌다. 피아는 그녀가 다시 말을 할 때까지 조용히 기다렸다. 이런 경우에는 질문을 자제하고 가만히 기다리는 게 상책이다. 특히 브리타 하크슈필의 경우처럼 감정적인 요소가 강하게 작용할 때는 더욱 그렇다.

"킬리안은 다정한 아빠, 자상한 남편이었어요. 우린 언제나 함께 의논하고 계획을 세웠어요. 서로에게 비밀도 없었고요. 아마 그랬기 때문에…… 그랬기 때문에…… 더 충격이 컸겠죠. 전 항상 그 사람을 믿고 의지했어요. 그런데 어느 날 갑자기 모든 게 거짓으로 드러난 거예요."

킬리안 로테문트의 전부인은 눈물을 글썽이며 말을 맺었다.

"언론의 보도를 보면 전남편을 고소한 검사가 전에 전남편과 아는 사이였다고 하던데 사실인가요?"

"네, 맞아요. 마르쿠스와 킬리안은 같은 대학 출신이고 친한 친구 사이였어요. 그해 여름, 킬리안과 제가 처음 만났을 때도 그는 마르쿠스와 함께 스쿠터로 여행하는 중이었어요. 그러다 언제부턴가 우정이 깨졌죠." 그녀는 길게 한숨을 내쉬었다. "킬리안은 변호사가 됐고 돈을 많이 벌었어요. 둘 사이에 무슨 일이 있었는지는 모르겠어요. 하지만 그 악의적인 언론 플레이는 다 마르쿠스가 부추긴 거였어요."

"전남편에게 가해진 비난에 대해 의심해본 적이 한 번이라도 있으세요?"

브리타 하크슈필은 떨리는 입술로 심호흡을 했다. 그녀는 자제력을 유지하려 애쓰고 있었다.

"네, 처음엔 그랬어요. 킬리안은 무죄를 주장했고 전 그 말을 믿었어요. 그 사람을 안다고 생각했으니까요. 그런데 그…… 역겨운 동영상을 보고 나서는……."

그녀는 속삭이듯 겨우 말했다.

"더 이상 부인할 수 없었어요. 그 사람은 저를 배신했고 제 믿음을 완전히 저버렸어요. 그건 앞으로도 절대 용서 못 할 거예요. 아이들 때문에 완전히 연을 끊을 수는 없겠지만 인간으로서는 이미 죽은 것이나 마찬가지예요."

*

왼쪽 발목에서 딱 하는 소리가 나자 그녀는 잔뜩 긴장했다. 갑자기 발이 움직여지는 것을 보니 의자 다리에 묶어놓은 케이블 타이가 풀린 것 같았다. 심지어 엄지발가락으로 바닥을 만질 수도 있었다! 새로운 희망이 온 혈관에 퍼졌다. 그녀는 발가락으로 바닥을 누르며 몸을 움직여보려고 용을 썼다. 실제로 의자가 약간 뒤로 밀렸다. 2센티미터는 밀린 것 같았다. 다시 힘을 주니 약간 더 밀렸다. 레오니는 가쁜 숨을 내쉬었다. 그새 몸이 많이 약해졌나 보다. 눈앞에서 반짝이는 점들이 춤을 추었지만 밖에는 시커먼 어둠뿐이었다. 롤 블라인드 사이로 빛 한 점 들지 않는 것을 보니 밤인 것 같았다. 주방에서 콜라 라이트를 마신 지 스물네 시간이 넘었다. 레오니는 발가락으로 바닥을 누르며 의자를 움직여보려고 애를 썼다. 그러나 아무리 용을 써도 의자는 더 이상 움직이지 않았다. 상담실의 낡은 나무 바닥에는 편평하지 않은 곳이 많다. 어딘가 울퉁불퉁한 곳에 의자 다리가 끼어버린 것이 분명했다. 레오니는 절망적으로 몸을 뺐으며 온몸의 근육을 긴장시켰다. 그리고 다음 순간 의자가 뒤로 벌렁 나자빠졌다. 몸이 의자 등받이에 묶여 있어서 무게중심을 앞으로 옮길 수 없었다. 그녀는 머리를 바닥에 꽝 찧으며 의자와 함께 넘어졌다. 그녀는 한동안 그렇게 가만히 있었다. 상황이 나아진 것일까, 더 나빠진 것일까? 그녀는 마치 뒤로 나자빠진 딱정벌레처럼 공중에 다리가 들린 채 그나마 자유로운 왼쪽 발을 버둥거렸다. 가슴팍이 위아래로 크게 오르내렸다. 아까보다 덜 덥다는 느낌이 들었다. 더운 공기는 위로 올라가기 때문에 바닥이 훨씬 시원했다. 레오니는 방의 구조를 머릿속에 그려보았다. 책상으로부터 몇 미터나 떨어져 있을까? 하긴 그걸 안다고 해서 무슨 도움이 되겠는가? 꼼짝도 할 수 없는 신세인데! 그녀는 분노에 악이 받쳐 온몸을 흔들어대며 막막하기만 한 처지에 저항했다. 책상 위의 전화기가 울렸다. 그러나 자동응답기에서는 테이프가 다 됐다는 안내 음성만 나왔다. 그 사이코가 의자 넘어지는 걸 본 게 틀림없다. 심장이 목 밖으로 튀어나올 것처럼 거칠게 뛰었다. 그가 올 것인가? 와서 그녀를 죽일 것인가? 그는 어디에 있는 걸까? 여기까지 오는 데 시간이 얼마나 걸릴까? 그녀에게 남은 시간은 과연 얼마나 될까?

벌써 9시가 다 되어가고 있었다. 9시에는 코리나가 소집한 축제 준비 회의가 시작된다. 엠마는 오는 금요일에 열릴 축제를 생각하면 걱정이 앞섰다. 그날은 어쩔 수 없이 플로리안을 만나야 한다. 시아버지의 생일 파티를 망치지 않으려면 좋은 낮으로 하기 싫은 연기를 해야 한다.

엠마는 잔디밭을 가로질러 가는 빠른 길을 택했다. 전날 내린 비로 잔디가 촉촉하게 젖어 있었다. 여의사는 루이자의 상태가 나쁘지 않으니 걱정하지 말라고 했다. 그러나 플로리안이 루이자를 만나는 길을 공식적으로 차단해야겠다고 굳게 마음을 먹은 엠마는 아동복지국 직원에게 꼭 전화해달라고 메시지를 남겨놓았다.

피아가 소개해준 상담사와의 대화는 걱정을 덜어주었다기보다는 그녀를 더 불안하게 만들었다. 엠마는 병원 의사의 소견을 전하고 최근 루이자의 달라진 행동에 대해서도 이야기했다. 플로리안은 그

336

것을 여섯 살짜리 아이들이 겪는 평범한 과정으로 치부했다. 상담사는 섣불리 판단할 수 없다며 꽤 신중한 자세를 취했다. 늑대 인형을 가위로 자른 일, 분노의 폭발과 힘없이 늘어진 상태가 반복되는 현상, 엄마에 대한 공격적인 태도에는 실제로 다른 이유가 있을 수도 있으니 아이의 행동을 눈여겨보고 관찰하는 것을 소홀히 하지 말라고 했다. 그리고 아버지, 삼촌, 할아버지, 혹은 가족의 친구에 의한 아동 성폭행은 사람들이 생각하는 것보다 훨씬 흔한 일이라고 말했다.

"어린아이들은 이게 나쁜 짓이구나 하는 것을 본능적으로 알아차려요. 하지만 믿는 사람이 그런 행동을 하면 저항하지 않지요. 그런 경우 범인들은 아이를 공범으로 믿게 만들어요. '이건 우리끼리만 아는 비밀이니까 엄마나 오빠, 동생에게 말하면 절대 안 돼. 내가 너만 예뻐한다는 걸 알면 그 사람들이 슬퍼할 수도 있고 질투할 수도 있거든.' 이런 식으로 아이를 구슬리는 거죠."

앞으로, 그리고 당장 아기가 태어나고 나면 어떻게 행동해야 하는지 묻는 질문에는 상담사도 뾰족한 답안을 내놓지 못했다. 그저 믿을 만한 사람에게 루이자를 맡기는 게 좋을 거라고만 했다.

코리나와 시부모는 믿을 수 있지만 그들이 플로리안이 루이자를 만나려고 할 때 어떻게 막는단 말인가? 만나지 못하게 해야 하는 이유를 설명하려면 플로리안에 대한 의심을 털어놓아야 한다. 그러나 시집 식구들이 그런 의심에 어떤 반응을 보일지 전혀 알 수 없었다. 아니, 짐작조차 할 수 없었다. 히스테리를 부린다고 엠마를 비난하거나 이런 식으로 복수하려는 것 아니냐고 몰아붙일지도 모를 일이다.

엠마는 깊은 생각에 잠겨 철쭉 꽃밭 옆을 지나갔다. 철쭉은 수십

년간 불어나 거의 숲을 이루고 있었다.

"안녕."

누군가가 부르는 소리에 엠마는 소스라치게 놀랐다. 흰색 작업 가운을 입은 늙은 여자가 철제 벤치에 앉아 담배를 피우고 있었다. 흰 머리는 망을 씌워 올렸고, 맨발에는 플라스틱 샌들을 신고 있었다.

"안녕하세요."

엠마는 예의 바르게 인사를 했다. 그제야 그녀는 헬가 그라세르를 알아보았다. 핑크바이너 집안의 마당쇠 노릇을 하는 헬무트 그라세르의 어머니로 잠깐 본 적이 있을 뿐 잘 알지는 못했다.

"이제 슬슬 때가 되어가나?"

헬가 그라세르가 담배를 밟아 끄며 물었다.

"이제 2주 남았어요."

엠마는 출산 이야기를 하는 줄 알고 그렇게 대답했다.

"그 얘기가 아니고."

헬가 그라세르는 끙 하는 소리와 함께 벤치에서 일어나 엠마에게 다가왔다. 그녀는 키가 크고 건장했다. 붉은 기가 도는 얼굴에는 주름과 혈관이 터진 흔적이 가득했고 가운에서는 땀 냄새가 진동했다. 가운은 한 치수 작은 것을 입었는지 가슴과 배 부분의 단추가 터질 듯 위태로워 보였다. 벌어진 틈 사이로 맨살이 보이는 것을 본 엠마는 몸을 움찔했다. 그녀는 가운 밑에 아무것도 안 입고 있었다.

"저, 회의에 가야 해서요."

엠마가 그 말과 함께 도망치려 하는데 헬가 그라세르가 갑자기 엠마의 손목을 움켜쥐었다.

"빛이 있는 곳에는 그림자도 있는 법이야."

그녀가 의미심장한 표정으로 속삭였다.

"늑대와 양 이야기 알아? 몰라? 내가 해줄까?"

엠마는 그녀에게서 빠져나가 보려고 했지만 팔을 꽉 잡혀서 움직일 수 없었다.

"옛날, 옛날에 엄마 양이 살았어. 엄마 양은 여섯 마리의 새끼 양을 무척 사랑했지. 엄마가 아기를 사랑하는 것과 똑같이 말이야."

"원래는 새끼 양이 일곱 마리 아닌가요?"

엠마가 이의를 제기했다.

"내 이야기에서는 여섯 마리야. 계속 들어봐."

헬가는 마치 재미있는 농담이라도 한 듯 눈을 찡긋거렸다. 엠마는 그 자리가 점점 불편해졌다. 언젠가 코리나가 헬가에 대해 정신지체가 있지만 주방에서는 반드시 필요한 인력이라고 말한 것이 떠올랐다. 플로리안의 표현은 더 적나라했다. 40년 전 뇌막염을 앓은 후 완전히 정신이 나갔다고 했다. 플로리안의 말에 의하면 어렸을 때 형제자매들은 모두 헬가를 무서워했는데 틈만 나면 잔인한 동화를 들려주었기 때문이라고 한다. 헬가는 오랫동안 정신병원에 감금돼 있었는데 그 이유는 플로리안도 몰랐다.

헬가는 쉰 목소리로 속삭이며 엠마에게 얼굴을 들이댔다.

"어느 날 엄마 양이 여행을 떠나게 됐어. 그래서 새끼 양 여섯 마리를 모두 불러다 앉혀놓고 말했지. '얘들아, 엄마가 며칠 동안 여행을 가야 한단다. 부디 늑대를 조심하고 절대 다락방에 올라가서는 안 된다! 거기서 늑대에게 발견되면 통째로 잡아먹힌단다. 나쁜 늑대는 늑대가 아닌 척하겠지만 걸걸한 목소리와 검은 털을 보면 늑대라는 것을 금방 알 수 있을 거야.' 그러자 새끼 양들이 대답했어. '엄마, 조심할 테니까 걱정 말고 다녀오세요.' 그래서 엄마 양은 메에에에 울면서 안심하고 길을 떠났지."

"저 정말 가봐야 해요."

엠마가 얼굴에 튄 침을 닦으며 말했다.

"너도 날 미쳤다고 생각하는 거지?"

헬가가 엠마의 팔을 놓아주며 말했다.

"하지만 난 미치지 않았어. 수년 전에 말이야, 이곳에서 아주 끔찍한 일이 있었어. 왜? 내 말 못 믿겠어?"

엠마의 뜨악한 표정을 본 헬가는 킥킥거리며 웃었다. 송곳니 두 개를 제외하고는 이가 하나도 없는 아래턱이 드러났다. 위턱에도 달랑 금니 두 개뿐이었다.

"못 믿겠으면 네 남편에게 쌍둥이 여동생이 어디 갔는지 물어봐."

그때 코리나가 모퉁이를 돌아 나왔다. 그녀의 시선은 하얗게 질린 엠마의 얼굴에 가 박혔다.

"헬가! 또 잔인한 이야기를 하고 있는 거예요?"

코리나가 허리춤에 손을 얹으며 나무랐다.

"흥!"

헬가는 그 말만 하더니 터덜터덜 주방 쪽으로 걸음을 옮겼다. 코리나는 헬가가 철쭉 뒤로 사라질 때까지 기다렸다가 걱정스러운 듯 엠마의 어깨를 다독였다.

"많이 놀랐나 보네. 헬가가 뭐라고 했어?"

"늑대와 일곱 마리 아기 양 이야기를 했어요. 정말 이상한 할머니예요."

엠마는 별일 아니라는 듯 애써 웃음을 지었다.

"헬가가 하는 말은 그냥 흘려들으면 돼. 가끔씩 제정신이 아니긴 하지만 해를 끼치진 않아. 자, 가자. 이러다 늦겠다."

＊

헤르츠만 프로덕션의 안내 데스크는 텅 비어 있었다. 다른 사무실도 마찬가지였다. 피아와 보덴슈타인은 사람을 찾아 이 방 저 방 문을 열어보고 다니다가 회의실에 모여 있는 전 직원과 맞닥뜨렸다. 아홉 명의 직원은 둥근 탁자에 모여 앉아 가운데 앉아 있는 남자의 말에 귀를 기울이고 있었다. 그는 형사들을 보자마자 말을 멈추었다. 얀 니묄러가 일어나더니 직원들을 밖으로 내보냈다. 그리고 피아와 보덴슈타인에게 안테네프로의 프로그램 디렉터 볼프강 마테른을 소개했다. 나가는 직원들의 표정으로 미루어보건대 그가 좋은 소식을 전한 것 같지는 않았다.

"그쪽은 잠깐 얘기 좀 해요."

피아가 다른 직원들 사이에 끼어 은근슬쩍 도망치려는 마이케의 앞을 가로막았다.

"왜 전화 안 했어요?"

"하기 싫어서요."

마이케는 바로 날카로운 발톱을 드러냈다.

"그럼 어머니 병문안도 가기 싫어서 안 간 거겠네요?"

"댁이 무슨 상관이에요?"

마이케의 퉁명스러운 반문에 피아는 어깨를 으쓱했다.

"그렇죠, 상관없죠. 어쨌든 병원에 가봤는데 어머니 상태가 아주 안 좋아요. 그리고 난 어머니를 그렇게 만든 범인을 찾고 있어요."

"그래서 국가에서 세금으로 월급 주잖아요."

피아는 이 성질 더러운 아가씨에게 입바른 말을 퍼부어 주고 싶었지만 꾹 참았다.

"목요일 아침에 어머니 집에 가서 우편물을 정리했죠? 우편물을 모아서 장식대 위에 쌓아뒀던데 그중에서 편지나 쪽지 같은 거 못 봤어요?"

"못 봤어요."

피아는 마이케가 보덴슈타인과 대화 중인 안테네프로의 프로그램 디렉터에게 던지는 시선을 놓치지 않았다.

"거짓말."

피아는 마이케에게 당하고만 있을 생각이 없었다.

"왜 거짓말을 하죠? 어머니를 그렇게 만든 범인들과 한통속인가요? 그 사람들하고 무슨 관계예요? 어머니가 죽으면 유산을 물려받을 목적으로 그런 건가요?"

마이케는 얼굴이 붉으락푸르락해지더니 어이없다는 듯 한숨을 쉬었다.

"증거물을 숨기고 내놓지 않음으로써 수사를 방해하는 것도 처벌 대상이에요. 만약 지금 그러고 있는 거라면 나중에 아주 골치 아파질 거예요."

피아는 마이케의 눈빛이 불안하게 흔들리는 것을 놓치지 않고 보았다.

"지금 머물고 있는 곳의 주소를 적어서 주고 앞으로 우리가 전화하면 받아요. 싫다면 증거 인멸 우려가 있기 때문에 체포할 수도 있어요."

물론 말도 안 되는 소리다. 하지만 마이케는 법에 대한 지식이 전혀 없는지 겁먹은 표정이 되었다. 피아는 그런 마이케를 혼자 놔두고 보덴슈타인과 마테른에게 갔다. 볼프강 마테른 또한 한나가 어떤 스토리를 조사 중이었는지 모른다고 대답했다.

"저는 방송사의 매니저이자 프로그램 디렉터입니다. 상대하는 제작사가 아주 많기 때문에 누가 무슨 방송을 만드는지 다 알 순 없어요. 일주일 단위로 만들어지는 방송은 더더욱 모르고요. 저는 시청률을 체크하지 내용을 보지는 않습니다."

그는 한나를 오래전부터 알았으며 친하긴 하지만 직업적인 관계라고 말했다. 피아는 그의 진술을 말없이 들었다. 볼프강 마테른은 어느 모로 보나 사업가였다. 갖춰야 할 예의는 갖추지만 사무적이고 뺀질뺀질했다. 한나 헤르츠만이 시청률의 보증수표라는 것 말고도 헤르츠만 프로덕션의 지분 30퍼센트가 그의 회사에 속한다는 사실을 생각하면 그에게도 회사의 캐시카우인 프로그램이 계속 결방되는 것이 이롭지는 않을 것이다. 피아가 킬리안 로테문트와 베른트 프린츨러에 대해 물어보려는 순간 휴대전화가 울렸다. 크리스토프다! 릴리에게 무슨 일이 생긴 걸까? 크리스토프는 피아가 중요한 사건에 매달려 있을 때 전화하는 일이 드물다. 가끔 문자메시지를 보내는 정도다.

"피아! 언제 와요? 본 지 너무 오래됐어요."

릴리의 목소리에 피아는 안심했다.

"릴리! 어제저녁에 봤잖아. 지금 어디니?"

피아가 탁자를 돌아 나가며 목소리를 낮추었다.

"할아버지 사무실에 있어요. 오늘 큰 진드기가 내 머리에 붙었어요! 그런데 할아버지가 떼줬어요."

"어유, 아팠겠네."

피아는 웃음이 나서 벽 쪽으로 얼굴을 돌렸다. 그리고 한동안 릴리의 말을 듣고 난 다음 오늘은 다른 날보다 일찍 들어가겠다고 약속했다.

“할아버지가 오늘 저녁에 세상에서 제일 맛있는 감자샐러드 만들 거래요.”

“그래? 그럼 더 일찍 들어가야겠네.”

그때 보덴슈타인이 가자는 신호를 보냈다. 피아는 릴리에게 작별인사를 하고 휴대전화를 청바지 뒷주머니에 넣었다. 릴리가 곧 떠난다고 생각하니 마음이 아팠다.

“한나 헤르츠만이 무슨 스토리를 쫓고 있었는지 주변 사람들이 전혀 몰랐다는 게 이상하지 않아요? 그리고 그 딸도 아주 수상해요. 어떻게 어머니 일에 그렇게까지 냉담할 수 있어요?”

건물을 나와 주차장으로 가면서 피아가 말했다. 피아는 방금 마친 탐문의 결과가 영 마음에 들지 않았다. 사건이 이렇게까지 더디게 흘러가는 경우는 드물다. 오늘 조회에서 엥겔 과장은 처음으로 압력을 넣었다. 인어공주 건도 헤르츠만 건도 전혀 진전이 없기 때문이다. 보덴슈타인은 하나우 경찰에게 협조를 요청했다. 전국의 주민등록부를 다 뒤졌는데도 베른트 프린츨러의 주거지를 알아내지 못하자 하나우 우체국 사서함에 24시간 감시를 붙이는 것만이 길이라고 본 것이다.

“수요일에 ‘수사 파일 XY’가 나가고 나면 뭔가 성과가 있을 거야. 날 믿어봐.”

“하늘이 돕기를 바라야죠.”

보덴슈타인의 말에 피아는 건조하게 대꾸하고 차 문을 열었다. 그때 누군가 쳐다보는 것 같은 느낌이 들어 피아는 위를 쳐다보았다. 6층 창문에서 마이케가 그녀를 내려다보고 있었다. 피아는 혼잣말로 중얼거렸다.

“넌 내가 가만히 안 둘 거야. 내가 너한테 속을 줄 알고?”

*

　회의를 마치고 돌아와 보니 시부모는 이미 공항으로 출발하고 없었다. 엠마는 오전 내내 헬가 그라세르가 한 말이 머릿속에서 떠나지 않았다. 물론 플로리안에게 전화를 걸어 왜 한 번도 쌍둥이 여동생에 관해 이야기를 하지 않았느냐고 물어볼 수도 있다. 하지만 최근 일어난 일들을 생각하면 그러기가 껄끄러웠다.

　엠마는 시부모의 집 앞에 서서 잠시 망설였다. 시부모의 집은 언제나 문이 열려 있어서 마음대로 드나들 수 있다. 그럼에도 불구하고 아무도 없는 집에 들어가 두리번거리고 있으니 도둑질하는 느낌이 들었다. 레나테는 거실 책장에 앨범을 보관한다. 엠마는 연도순으로 정리된 앨범 중에서 플로리안이 태어난 해인 1964년의 앨범을 꺼냈다. 그리고 한 시간 동안 열 권도 넘는 앨범을 차례로 넘겨보았지만 양자, 양녀로 들어온 형제자매들, 다른 여러 아이와 찍은 사진은 있어도 쌍둥이 여동생으로 보이는 여자아이와 찍은 사진은 보이지 않았다. 엠마는 한편으로는 실망스러웠지만 다른 한편으로는 마음을 놓으며 시부모의 집을 나왔다. 코리나의 말대로 헬가는 동화 들려주기를 좋아하는 미친 늙은이일 뿐인 걸까? 하지만 왜 늑대와 일곱 마리 아기 양 이야기를 그렇게 바꿨을까? 엠마는 현관문에 열쇠를 꽂고 돌렸다. 왜 아기 양을 여섯 마리라고 했을까? 플로리안과 형제자매들을 뜻하는 걸까? 플로리안, 코리나, 사라, 니키, 랄프…… 하나가 모자란다. 그건 누굴까? 엠마는 다락으로 올라가는 나무 계단으로 시선을 돌렸다. 레나테가 집 구경을 시켜줄 때 딱 한 번 가본 적이 있다. 헬가의 이야기에 다락이 나오지 않았던가? 엠마는 열쇠를 다시 뺀 다음 좁은 나무 계단을 올라가기 시작했다.

톱밥을 압축해 만든 다락문은 뻑뻑해서 잘 열리지 않았다. 엠마가 어깨로 밀자 요란한 소리와 함께 문이 열리고 숨이 막힐 것 같은 더운 공기가 확 뿜어져 나왔다. 거의 단열이 되지 않는 지붕 밑이라 낮 동안의 더위가 그대로 쌓여 있었다. 손바닥만 한 지붕창으로 들어오는 빛의 양은 적었지만 꼼꼼하게 쌓아놓은 상자들, 못 쓰게 된 가구들, 그 밖에 40년간 쌓인 자질구레한 물건들을 알아보기에는 충분했다. 삐걱거리는 나무 바닥에는 먼지가 두껍게 쌓여 있었고 천장의 대들보에는 여기저기 거미줄이 쳐져 있었다. 오래된 나무 냄새, 먼지 냄새, 좀나방 냄새가 났다.

엠마는 어디서부터 뒤져야 할지 몰라 주위를 두리번거렸다. 그러다 잔뜩 좀이 슨 벨벳 커튼을 옆으로 젖혔다. 순간 엠마는 어두컴컴한 곳에서 자신과 마주보고 서 있는 여자를 보고 흠칫 놀랐다. 그러나 곧 그것이 거울에 비친 자신의 모습이라는 것을 깨달았다. 벽에 커다란 거울이 세워져 있는데 오래돼서 얼룩덜룩하고 거의 시커멓게 변해 있었다. 커튼 뒤에도 꼼꼼하게 내용물을 표기해놓은 상자가 여럿 쌓여 있었다. 겨울옷, 기차 레일 세트, 플레이 모빌, 나무 장난감, 상장, 플로리안 책, 코리나 학교 물건, 아기 옷, 축제 의상, 성탄 트리 장식, 성탄 카드 1973~1983.

요제프와 레나테는 다음 날이 되어서야 베를린에서 돌아온다. 상자와 서랍을 열어볼 시간은 충분하다. 그런데 어디서부터 시작해야 한단 말인가?

결국 엠마는 '플로리안, 유치원, 초등학교, 김나지움'이라고 표기되어 있는 상자를 골랐다. 뚜껑을 열자 잔뜩 쌓여 있던 먼지가 날리면서 재채기가 났다. 플로리안의 어머니는 정말 아무것도 버리지 않고 모아둔 것 같았다. 공책, 교과서, 미술 시간에 그린 그림, 우유 급식 영수증, 수영 배지, 어린이 전국체전 참가 증명서, 심지어 'FF'라고 이니셜을 수놓은 준비물 주머니까지 있었다. 엠마는 빛바랜 잉크로 쓰인 삐뚤빼뚤한 글씨로 가득한 공책을 하나하나 넘겨 보았다. 플로리안은 어린 시절의 흔적이 이렇게 남아 있다는 것을 알고 있을까?

그녀는 상자를 닫아 제자리에 올려놓고 다락을 어슬렁거리며 다른 물건들을 훑어보았다. 표면에 상처가 많이 난 가구들, 흠집 난 유아 의자, 구식 아기 저울, 이베이에 내놓으면 비싸게 팔릴 법한 오래된 타자기. 엠마는 계속 재채기를 해댔다. 땀이 차서 티셔츠가 등에 찰싹 달라붙었고 눈도 가려웠다. 이제 그만 포기하고 내려가야겠다고 생각한 순간 경사진 지붕 구석의 난로 뒤에 숨겨져 있는 상자 하나가 눈에 들어왔다. 또박또박 대문자로 쓴 이름은 처음 들어보는 것이어서 엠마의 호기심을 자극했다. 만삭이라 쭈그리고 앉는 것이 힘들었지만 엠마는 구석에서 상자를 꺼내 열어보았다. 플로리안의 어린 시절 기록이 차곡차곡 정리돼 있던 것과 달리 이 상자는 아무렇게나 처박아 놓은 것 같은 인상을 주었다. 책, 공책, 그림, 인형, 봉제 인형, 사진, 증명서, 옷, 열쇠가 달린 꽃무늬 앨범, 빨간 모자. 엠마는 상자에서 작은 신발 상자를 꺼내 뚜껑을 열어보았다. 1960년대에 유행하던 흰색 테두리 쳐진 흑백사진을 본 순간 엠마는 숨을 멈추었다. 그녀의 심장은 곧 빠른 스타카토로 뛰기 시작했다. 사진은 레나테가 금발 아기 두 명을 양팔에 안고 카메라를 향해 환하게 미소 짓는 모습을 담고 있었다. 그들 앞에는 초가 두 개씩 꽂힌 케이크 두 개가 나란히 놓여 있었다. 엠마는 떨리는 손으로 사진을 뒤집었다.

플로리안과 미하엘라 두 돌 기념. 1966년 12월 16일.

*

　사무실로 돌아온 피아는 바로 컴퓨터 앞에 앉아 구글 검색창에 '볼프강 마테른+안테네프로'라고 쳤다. 수백 개의 결과가 순식간에 쏟아져 나왔다. 1965년생인 볼프강 마테른은 방송계의 거물인 하르트무트 마테른의 아들이었다. 하르트무트 마테른은 민영 방송의 가능성을 일찌감치 알아보고 투자해서 큰돈을 번 사람이다. 그는 79세의 나이에도 아직 회사 이사장직을 맡고 있는데, 그의 회사는 수많은 민영 및 유료 채널, 다른 회사들, 회사의 지분 형태로 이루어진 거대 그룹이다. 볼프강은 대학에서 경영학과 정치학을 전공하고 정치학 박사 학위를 땄다. 프랑크푸르트 암 마인을 본거지로 하는 마테른 그룹의 홈페이지에는 그의 직함이 그룹 이사로 표기되어 있고 그룹에 속한 여러 민영 방송의 경영자이자 프로그램 디렉터로 소개되어 있었다. 사진은 주로 아버지와 함께 강연, 수상식, 방송 갈라 쇼 등 공식 행사에 참석한 모습을 담은 것이었다. 볼프강 마테른의 사생활에 관한 것은 인터넷에서 거의 찾아볼 수 없었다. 진짜 프로라서 언론으로부터 사생활을 보호하는 법을 잘 아는지도 모른다. 볼프강 마테른의 이름만 쳐봤지만 결과는 그리 다르지 않았다. 한마디로 시간낭비였다.

　병원에서는 새로운 소식이 없었다. 한나 헤르츠만은 여전히 심문이 불가능한 상태고, 킬리안 로테문트는 깜깜무소식이며, 하나우 우체국 프린츨러의 사서함에서 우편물을 가져간 사람도 없었다.

　피아는 할 일도 없고 해서 소셜 네트워크를 모조리 뒤지기 시작했다. 그러나 볼프강 마테른은 어디에서도 나오지 않았다.

"또 어디 가면 이 남자에 대한 정보를 알 수 있을까?"

피아가 오스터만에게 물었다.

"린케딘, 123피플, 야스니, 사일렉스, 피르마24.de."

오스터만은 모니터에 눈을 고정시킨 채 소셜 네트워크의 이름들을 주워섬겼다.

"이미 다 해봤어."

피아는 머리 뒤로 손깍지를 끼며 의자 등받이를 뒤로 젖혔다.

"아우, 이 남자가 내 마지막 희망인데. 이건 뭐 단서가 나와야 수사를 하든지 말든지 하지. 한나 헤르츠만이 무슨 스토리를 쫓고 있었는지 아는 사람이 분명히 있을 텐데 말이야. 이거 정말 답 없네!"

"딸을 한번 찾아봐."

"이미 찾아봤어. 인터넷에서는 거의 존재하지 않는 인물이나 마찬가지야."

"스테이 프렌즈도 있어."

오스터만이 생각났다는 듯 말하더니 모니터에서 고개를 들었다.

"아, 배고프다. 서랍에 뭐 먹을 거 없어?"

"없어. 얼마 전에 내 마지막 감자칩을 가져갔잖아. 배고파서 우울해지기 전에 얼른 가서 뭐 좀 사 와."

피아는 '친구 찾기 사이트'라고 광고하는 스테이 프렌즈의 주소를 주소창에 쳤다.

"되너 아니면 햄버거?"

오스터만이 자리에서 일어나며 물었다.

"되너. 고기, 치즈, 매운 소스 추가야. 그렇지! 내 이럴 줄 알았어."

피아가 갑자기 외쳤다.

"뭔데?"

"볼프강 마테른이라는 사람 역시 좀 수상했어!"

피아는 흡족한 얼굴로 모니터를 가리켰다.

"스테이 프렌즈에 등록돼 있는데 한나 헤르츠만도 여기 등록돼 있어. 그리고 둘이 같은 학교 출신이야. 그런데 잘 알지는 못한다고 했거든! 왜 그런 거짓말을 했을까?"

"귀찮은 일에 휘말릴까 봐 그랬겠지. 갔다 올게."

오스터만이 나간 후 피아는 웹사이트에 푹 빠져들었다. 한나 헤르츠만과 볼프강 마테른의 프로필을 클릭하고 니던하우젠 소재 쾨니히스호펜 사립 김나지움 1982년 11학년 학급 사진도 보았다. '골드 회원'이 아니어서 내용을 다 볼 수는 없었지만 두 사람은 분명 가까운 사이였다. 훨씬 오래전부터 잘 아는 사이이면서 거짓말을 한 것이다. 더 재미있는 것은 두 사람이 대학 동창이라는 것이었다. 뮌헨 루드비히 막시밀리안 대학을 나온 두 사람은 동창회에서 활동하고 있었다. 피아는 그 후 한 시간 반 동안 인터넷에 돌아다니는 한나 헤르츠만의 사진을 찾기 시작했다. 사진이 너무 많았지만 다 식어빠진 되너의 마지막 조각을 먹을 때쯤 원하는 사진을 찾을 수 있었다. 1998년 연예 잡지에 실린 사진으로 웨딩드레스를 입고 환하게 웃는 한나가 두 번째, 혹은 세 번째 남편과 함께 서 있고, 한나의 다른 쪽에는 볼프강 마테른이, 그 앞에는 뚱뚱한 마이케가 시큰둥한 표정으로 서 있었다. 사진 밑에는 '결혼식 증인을 선 볼프강 마테른(35)은 신부의 친한 친구이자 신부의 딸 마이케(12)의 대부다. 그리고 방송계 거물 하르트무트 마테른의 아들이기도 하다' 라고 씌어 있었다.

"그렇지!"

피아는 사진을 클릭해서 인쇄를 눌렀다. 안테네프로의 프로그램 디렉터가 이 사진을 보고 뭐라고 해명할지 벌써부터 궁금했다. 아직 따끈따끈한 복사용지를 들고 보덴슈타인의 방으로 들어가던 피아는 방에서 나오는 보덴슈타인과 하마터면 부딪칠 뻔했다.

"반장님, 제가 뭘 발견했는지……"

하지만 보덴슈타인은 피아가 끝까지 말하게 놔두지 않았다.

"로테문트의 스쿠터가 중앙역에서 발견됐어. 그리고 로테문트를 봤다는 사람이 나타났어. 오늘 아침 10시 44분 암스테르담행 ICE에 타는 걸 봤대! 네덜란드 경찰에는 내가 이미 연락했어. 5시 22분에 열차가 도착하면 역에서 기다렸다 체포하기로 했어. 잘하면 오늘 내로 잡을 수 있겠어."

*

마이케는 맞바람이라도 통하게 하려고 집 안의 모든 창문을 열어놓았다. 브래지어와 팬티 차림인데도 땀이 났다. 회사에서는 한나의 컴퓨터가 없어진 것을 아무도 눈치채지 못했다. 꽤 영리해 보이는 금발 여형사도 거기까지는 생각하지 못한 것 같다. 오늘부터는 넘치는 게 시간이다. 휴가를 받았기 때문이다. 이리나와 얀만 남아서 회사를 지키기로 하고 다른 사람들은 한나가 다시 텔레비전 카메라 앞에 설 수 있을지 결정이 될 때까지 남은 휴가를 쓰기로 했다. 안테네프로는 공정한 대우를 해주었다. 방송을 바로 없애지 않고 당분간 재방송을 내보내기로 한 것이다.

마이케는 이제까지 살면서 어제처럼 행복한 적이 없었다. 오버우르젤의 아름다운 빌라에서 아침을 먹고, 점심은 라인가우의 슈바르첸슈타인 성에서, 그다음에는 애스턴 마르틴 컨버터블을 타고 드라이브를 하고, 저녁에는 화려한 은행 건물들이 내려다보이는 프랑크푸르터 호프 호텔의 테라스에서 샴페인을 마셨다. 마이케로선 처음 누려보는 호사였다. 사람들은 그들을 커플로 보는지 흘깃흘깃 쳐다보았다. 남녀 사이에 스무 살 이상 차이나는 경우는 드물지 않다. 자신보다 훨씬 나이 많은 남자와 다니는 여자도 많다. 볼프강은 그녀의 대부다. 태어날 때부터 알았던 셈이다. 남자로 느낀 적은 없었다. 이제까지는 그랬다. 그런데 갑자기 그의 손이 얼마나 예쁜지, 그에게서 얼마나 좋은 냄새가 나는지 느껴지기 시작했다. 그녀는 그의 손과 입술을 쳐다보지 않으려고 엄청나게 애를 썼다. 그러나 그와 키스를 하면 어떤 느낌일까, 같이 자는 건 어떨까 하는 생각이 머릿속에서 떨쳐지지 않았다. 이제까지 그녀는 진짜 사랑에 빠져본 적이 없다. 제대로 된 남자친구를 가져본 적도 없다. 남자 경험도 거의 없다고 봐야 한다. 그런데 어제는 한 남자에게 속한다는 것이 얼마나 행복한 일인지 어느 정도 짐작할 수 있었다. 볼프강은 넘치는 매너와 자상함으로 그녀를 대해주었다. 차에 탈 때는 문을 열어주고 의자에 앉을 때는 의자를 밀어주고 그녀의 어깨를 다정하게 감싸 안기도 했다.

마이케는 밤새 잠을 이루지 못하고 볼프강이 한 말을 되새겨 보았다. 그는 안테네프로에 실습생으로 들어올 생각이 없는지 물었다. 아직 학교를 졸업하지 않아서 조건이 되지 않지만 볼프강은 이미 방송 일을 많이 경험했기 때문에 괜찮다고 했다. 그런데 그는 왜 그런 제안을 했을까? 그녀가 한나의 딸이기 때문일까? 사실 엄밀히 따져보면 볼프강이 한 말 중에 사심이 있다는 인상을 주는 말은 하나도 없었다. 그저 친절하게 대해준 것뿐이었다. 하루 종일 행복감에 도취되어 있던 그녀는 순식간에 실망감에 빠져들었다. 남자가 조금 잘해주니까 금방 호르몬이 춤을 추다니 이 얼마나 적나라한 빈곤의 증거인가!

"아야!"

마이케는 책상 밑에 들어가 뒤엉켜 있는 전선을 풀어 한나의 컴퓨터 뒤에 꽂다가 책상 상판에 머리를 꽝 부딪쳤다. 다행히 이 집의 주인인 친구는 모니터, 키보드, 마우스와 함께 컴퓨터를 그대로 남겨두고 갔다. 마이케는 아픈 머리를 매만지며 한나의 컴퓨터를 켰다. 컴퓨터는 문제없이 잘 켜졌다. 제어판에 들어가 무선 랜을 설정하니 곧 인터넷에 들어가는 것도 가능해졌다. 마이케는 먼저 이리나가 관리하는 한나의 페이스북 팬사이트에 들어갔다. 병원이나 습격에 대한 말은 전혀 없었다. 있었어도 이리나가 바로 지웠을 것이다. 구글에도 그런 얘기는 나오지 않았다. 가장 최근 소식은 출연자들의 불평과 여름 스페셜에 관한 것이었다. 다음은 이메일 차례다. 100통도 넘는 새 메일이 도착해 있었다. 개인 이메일에 들어온 것은 14통이다. 그중 눈에 확 띄는 이름이 있었다. 킬리안 로테문트! 어머니가 이 아동 성범죄자와 무슨 관련이 있는 걸까? 마이케는 토요일 11시 43분에 들어온 메일을 열고 그 내용을 읽어보았다.

한나, 왜 연락이 없는 건가요? 무슨 일이 생겼나요? 내가 뭐 잘못한 거라도 있나요? 기다릴 테니 꼭 연락줘요. 레오니와도 연락이 안 되고 있어요. 하지만 월요일에는 일정대로 A로 가서 B가 연결시켜준 사람들과 만날 생각이에요. 그 사람들도 이제는 나와 얘기할 준비가 된 것 같아요. 언제나 당신을 생각해요! 날 잊지 말아줘요. K.

어? 이건 또 뭐지? 마이케는 황당한 표정으로 모니터를 바라보다가 메일을 반복해서 읽었다. 언제나 당신을 생각해요, 날 잊지 말아줘요? 로테문트와 어머니는 대체 어떤 관계인 걸까? 킬리안 로테문트는 분명 우편함에 랑엔젤볼트의 오토바이족 아지트의 주소가 쓰인 쪽지를 넣고 간 K와 동일 인물일 것이다. 하지만 레오니 베르게스는 무슨 상관이란 말인가? 한나는 정말 조폭 로드킹을 취재하고 있었던 걸까? 로테문트는 전에 변호사였고 로드킹을 위해 일한 적이 있기 때문에 관계가 있을 수 있다. 하지만 그 거짓말쟁이 심리상담사는 어떻게 연결된단 말인가?

마이케는 턱을 괸 채 생각에 잠겼다. 볼프강에게 전화해서 이 소식을 알려줘야 할까? 아니다. 그는 오늘 아침 자기가 전화하겠다고 했다. 사랑에 빠진 사춘기 소녀처럼 전화질을 해댈 수는 없다.

어쩌면 다른 메일이 더 있을 수도 있다. 한나는 보통 메일을 노트북으로 옮겨놓지만 목요일 이후에는 그러지 않았을 가능성이 크다. 마이케는 저장된 메일을 찾아 컴퓨터를 뒤졌지만 도저히 찾을 수 없었다. 한나는 데이터를 쌓아놓고 절대 지우지 않고 정리도 체계적으로 하는 것이 아니라 마음 내키는 대로 하는 유형이라 컴퓨터 전문가에게는 악몽이나 다름없다. 마이케는 그렇게 한 시간쯤 뒤지다가 포기하고 어떻게 할까 궁리해보았다. 뭔가 더 알아내려면 그 심리상담사 아줌마와 얘기를 해야 할 것 같았다.

모니터 하단의 시계를 보니 8시 23분이다. 리더바흐에 다녀오기에 아직 늦은 시간은 아니다.

＊

어둠이 짙어지자 마인 리비에라의 흉측한 테라스에는 수백 개의 알전구가 화려하게 켜졌다. 몇 안 되는 손님들은 끈적끈적한 이탈리아 유행가를 들으며 지중해의 휴양지를 연상시키는 환상에 휩싸였다. 실내 바에는 슬리퍼와 트레이닝복 차림의 야영장 단골들이 모여 앉아 커다란 텔레비전으로 축구 경기를 보고 있었다. 보덴슈타인은 시원한 맥주 생각이 간절했다. 배가 고파서 꼬르륵거리는 소리까지 났다. 금방이라도 비가 내릴 것처럼 따뜻한 바람이 불고 천둥 번개의 조짐이 보였지만 보덴슈타인은 테라스에 앉아 바이젠 맥주를 시켰다. 잠시 후 맥주를 가져온 종업원이 컵받침에 표시를 하고 말없이 기름때 묻은 갈색 플라스틱 메뉴판을 내밀었다.

"식사는 안 할 겁니다."

보덴슈타인은 아무리 배가 고파도 여기서 뭔가 먹지는 못할 것 같았다. 옆 탁자에 놓여 있는 접시를 보니 배고픈 생각이 싹 가셨다. 접시보다 클 것 같은 거대한 슈니첼 위에 노란 소스가 끼얹어져 있고 그 옆에는 기름이 뚝뚝 떨어지는 감자튀김이 아무렇게나 놓여 있다. 게다가 샐러드는 고속도로 가장자리에 난 풀을 뜯어다 인스턴트 소스를 끼얹은 모양새다. 어제 로잘리에게 영예의 3등 상을 안겨준 예술적인 요리와는 그야말로 천지차이다.

"뭐 싫다면 어쩔 수 없고요."

종업원이 어깨를 으쓱하고 사라지자 보덴슈타인은 맥주를 한 모금 마셨다. 네덜란드 경찰은 로테문트를 잡지 못했다. 로테문트가 정말 그 기차에 탔는지도 알 수 없는 일이다. 한나 헤르츠만의 휴대전화 통화 내역이 도착했지만 결과는 별로 신통치 않았다. 가장 자주 통화한 번호는 익명의 프리페이드 폰으로 추적이 불가능했다. 베른트 프린츨러의 소재도 여전히 오리무중이다. 사서함에 편지를 찾으러 온 사람도 없었고 프랑크푸르트 조폭과 관련해서 구체적인 정보를 아는 사람도 나타나지 않았다. 사실 그리 이상할 것도 없는 일이다. 보덴슈타인이 듣기로는 프린츨러가 로드킹과 연을 끊은 지 이미 꽤 됐기 때문이다.

굵은 빗방울이 파라솔 위로 떨어지자 사람들이 하나둘씩 실내로 자리를 옮겼다. 보덴슈타인도 맥주잔과 컵받침을 들고 사람들의 뒤를 따랐다. 그는 열린 문 앞에 서서 쏴아 하는 소리와 함께 찬 공기를 앞세우고 마인 강을 건너오는 회색빛 비의 장막을 바라보았다.

"어이, 문 좀 닫아! 바람 들어오잖아!"

단골 중 누군가가 외쳤지만 종업원들은 들은 척도 하지 않았다. 보덴슈타인은 문을 닫고 안으로 들어갔다. 단골들의 호기심과 적대감 섞인 시선이 느껴졌지만 그는 못 본 척했다. 그때 텔레비전에서 골이 터졌는지 바에 앉아 있던 남자들이 고래고래 소리를 지르기 시작했다. 그중 유난히 크게 소리를 지르던 붉은 얼굴의 뚱보가 갑자기 발작적으로 기침을 했다. 그는 의자에서 일어나 비틀비틀 문 쪽으로 걸어갔다. 그리고 방금 보덴슈타인이 닫은 문을 열고 밖으로 나가 숨을 헐떡거리며 처마 밑 벽에 몸을 기댔다.

"구급차를 불러드릴까요?"

보덴슈타인이 따라 나와 물었다. 그의 술친구들은 별로 걱정하지 않는 듯했다.

"아니요……. 이제 곧 괜찮아질 거예요."

뚱뚱한 남자가 힘들게 숨을 쉬며 손사래를 쳤다.

"그놈의 천식 때문에……. 사실 이것 때문에 절대 흥분하면 안 되거든요. 축구는 내게 독이나 다름없지요……."

그는 계속 콜록거리다가 문 옆에 있는 꽁초가 넘칠 것 같은 재떨이에 누런 덩어리를 퉤 뱉었다.

"미안합니다."

그래도 예의를 모르는 사람은 아닌가 보다.

"괜찮습니다."

보덴슈타인은 짤막하게 대꾸했다.

"40년 동안 티코나 화학 공장에서 주야간 근무를 번갈아 하다 보니 건강이 말이 아니게 악화됐어요. 폐가 완전히 망가졌지요."

"아, 네."

보덴슈타인은 이해한다는 듯 고개를 끄덕였다. 그러나 속으로는 주야간 근무 때문이 아니라 그동안 피워온 수십만 개비의 담배 때문일 것이라고 생각했다. 사람들은 일이 잘못되면 자신보다는 외부에서 그 이유를 찾게 마련이다.

"그런데…… 경찰에서 나온 거 맞지요?"

다시 숨을 쉴 수 있게 된 뚱보가 보덴슈타인을 위아래로 훑어보며 말했다.

"예, 그런데요. 왜요?"

"박사를 찾는다고 들었습니다. 내가 얘기를 하면 뭐 떨어지는 게 있을까요?"

그는 잘 알지 않느냐는 듯한 표정으로 엄지와 검지를 비볐다.

"유용한 정보를 제공할 경우 포상금이 지급되기도 합니다."

그때 종업원이 열린 문 사이로 고개를 쏙 내밀었다.

"괜찮아, 칼하인츠? 주인이 죽으려면 술값부터 내라는데……."

"저 혼자 다 처먹으라고 해. 안 죽었으니까 맥주나 한 잔 밖으로 내와."

칼하인츠는 꿍 소리와 함께 벽에서 떨어지더니 은밀한 목소리로
말을 이었다.

"유용한 정보인지는 모르겠지만 말입니다. 내가 박사 바로 맞은
편 집에 살거든요. 그리고 우리 마누라도 나도 하루 종일 집에 있
는 것이나 다름없거든요."

그는 궁금증을 키우려는 듯 방금 한 말이 효과를 나타낼 때까지
아무 말도 하지 않고 기다렸다. 그러나 보덴슈타인은 조용히 그를
바라보기만 했다. 이제까지의 경험으로 미루어보아 이런 사람들은
가만히 놔둬도 말하고 싶은 욕구를 이기지 못하고 저절로 떠들게
되어 있다. 아니나 다를까, 그는 곧 입을 열었다.

"얼마 전에 말입니다, 한 삼사 주쯤 됐을 겁니다. 박사에게 손님
이 찾아왔는데 그날 온 사람은 상담하러 온 손님처럼 보이지 않았
습니다. 아주 어린 처녀가 왔더란 말입니다. 금발에 얼굴도 아주 예
쁘고 어깨가 다 드러난 옷을 입고 있었어요. 우리 마누라 말로는
잘해야 열여섯 살 정도 됐을 것 같다는데, 무슨 일이 있었는지 아
세요?"

잠시 침묵이 흘렀다.

"그 처녀 아이가 캠핑카 안으로 들어갔어요. 그리고 다시 나오는
걸 못 봤어요. 그런데 며칠 뒤에 강물에서 처녀 아이 시체를 건졌
잖아요. 그게 그 아이가 분명하다니까요……."

*

주룩주룩 내리는 장대비 속에서 와이퍼가 정신없이 돌아가는 동

안 마이케는 주차할 곳을 찾아 천천히 레오니 베르게스의 집 주변을 돌았다. 충동적으로 차에 올라탄 마이케는 목적지가 가까워질 때쯤에야 베르게스에게 무엇을 어떻게 물어봐야 할지 생각하기 시작했다. 마이케는 볼프강과 함께 그녀를 찾아갔을 때를 생각하면 화부터 났다. 이 심리상담사 아줌마는 그 아동 성범죄자와 한통속이고 한나를 무슨 일인가에 끌어들인 게 분명한데 왜 아무것도 모른다고 했을까?

빵집 앞 주차장은 꽉 차 있었다. 마이케는 혼자 씩씩거리며 한 바퀴 더 돌기 위해 왼쪽으로 차를 돌렸다. 이 빗속에 걸어다니다가 물에 젖은 생쥐 꼴이 되기는 싫었다. 그때 커다란 검정색 자동차가 레오니 베르게스의 헛간 앞에 주차하는 것이 보였다. 프랑크푸르트 번호판이다! 랑엔젤볼트에서 본 문신한 남자의 괴물 자동차가 분명하다! 그런데 그 남자가 여기서 무엇을 하고 있는 걸까? 마이케는 몇 미터 앞에서 미니가 겨우 들어갈 만한 주차 공간을 발견하고 주차를 했다. 이제 빗줄기는 그렇게 거세지 않았다. 그녀는 길을 따라 걷다가 주차된 자동차 두 대 사이에 숨어서 상황을 살펴보았다. 레오니 베르게스의 집은 두 갈래 길이 만나는 곳에 위치하고 있다. 헛간에 문이 하나 있는데 그리로 들어가면 분명 마당으로 통하는 길이 나올 것이다. 그녀는 스웨터에 달린 모자를 푹 뒤집어썼다. 낮 동안의 더위 뒤에 찾아온 비는 차갑게 느껴졌다. 자, 이제 어떻게 해야 할까? 헛간 문이 열려 있는지 한번 볼까? 아니다. 죽고 싶어서 환장했나? 지금으로서는 휴대전화로 검정색 괴물 자동차 사진을 몇 장 찍어두는 게 상책일 것이다. 한나가 습격당한 일에 그 폭주족들이 관련된 것이 분명하기 때문이다.

그때 녹색 나무 문이 세게 열리고 남자 두 명이 어깨를 잔뜩 움츠린 채 나와 차 쪽으로 바삐 걸어갔다. 마치 유령에게 쫓기는 듯 불안한 걸음걸이였다. 마이케는 얼른 몸을 숨겼다. 잠시 후 시동 거는 소리가 나고 헤드라이트 불빛이 켜지더니 덩치 큰 검정색 허머가 그녀 옆으로 미끄러지듯 지나갔다. 그녀는 잠시 기다리다가 반쯤 열려 있는 문으로 재빨리 들어갔다. 이렇게 늦은 시간에 뒷문으로 들어가는 것이 예의가 아닌 줄은 알지만 베르게스는 그녀가 누군지 알면 문을 열어주지 않을 게 분명했다. 마이케는 흙 포대와 크고 작은 화분이 쌓여 있는 헛간을 지나 화단과 화분으로 발 디딜 틈 없는 마당으로 들어섰다. 현관문이 살짝 열려 있고 문 위에 달려 있는 전등이 마당을 환히 비추고 있었다.

"계세요?"

마이케는 열린 현관문 앞에서 사람을 불렀다.

"아무도 안 계세요?"

아무 소리도 없어서 그녀는 살그머니 안으로 들어갔다. 후, 덥다, 더워! 좁은 복도 끝에 있는 방에 불이 켜져 있었다. 살짝 열린 문틈으로 새어나온 불빛이 붉은색 타일이 깔린 복도에 길게 빛을 드리우고 있었다.

"베르게스 부인! 집에 안 계세요?"

마이케는 너무 더워서 땀이 줄줄 흘렀다. 이 아줌마는 도대체 어디 있는 거지? 화장실 변기에 앉아 있나? 마이케는 복도를 따라 걸어가면서 모자를 벗었다. 이윽고 '상담실'이라는 팻말이 붙어 있는 방 앞에 다다른 그녀는 문을 똑똑 두드렸다. 그러니까 엄마가 여기 왔었단 말이지? 그런 얘기를 딸에게는 한마디도 하지 않다니! 어떻게 해서라도 완벽해 보이려고 애쓰는 한나를 생각하면 이상할 것도 없는 행동이다. 아니, 한나의 그런 행동은 거의 강박에 가까웠다.

마이케는 호기심에 눈을 반짝이며 상담실 문을 열었다. 문을 열자 건조하고 더운 공기가 훅 뿜어져 나왔고 오줌 냄새가 심하게 났다. 눈앞에 펼쳐진 상황을 파악하는 데는 약간의 시간이 필요했다. 방 한가운데 레오니 베르게스가 의자에 묶인 채 쓰러져 있었다. 의자가 뒤로 벌렁 넘어간 것이다.

"세상에."

마이케는 혼잣말을 중얼거리며 베르게스에게 가까이 다가갔다. 청테이프로 입이 막혀 있고 눈은 크게 벌어져 있었다. 그런데 한 번도 깜박이지 않았다. 청색 빛이 나는 커다란 파리 한 마리가 베르게스의 얼굴에 달라붙더니 그녀의 콧구멍 속으로 기어 들어갔다. 마이케는 욕지기가 나는 것을 느끼고 손으로 입을 틀어막았다. 레오니 베르게스는 더 이상 살아 있는 사람이 아니었다.

*

칼하인츠 뢰스너의 아내는 남편이 한 증언을 확인해주었다. 그리고 어린 처녀가 킬리안 로테문트의 캠핑카에 찾아온 것이 한두 번 아니라고 말했다. 이로써 킬리안 로테문트는 여성 미성년자에게 접근하는 것을 금지한다는 법의 명령을 어긴 셈이다. 뢰스너 부부가 왜 이런 사실을 더 빨리 경찰에 알리지 않았는지는 뻔했기 때문에 보덴슈타인은 굳이 그들을 탓하지 않았다. 야영장에 모여 사는 사람들은 모두 실패한 인생들이다. 자기 인생이 너무 비참하기 때문에 세상에서, 혹은 바로 옆집에서 무슨 일이 일어나는지에 신경 쓸 여유가 없다. 보덴슈타인은 다시 한 번 로테문트의 캠핑카를 들여다본 다음 술집으로 가 맥주 값을 치르고 차를 세워둔 곳으로 갔다. 로테문트가 캠핑카 안에서 무슨 짓을 했을지, 이웃들의 이기적인 무관심 아래 벌건 대낮에 역겨운 욕망에 몰두했을 것을 상상하는 것은 정말이지 견디기 힘들었다. 대체 무슨 미끼로 어린애들을 꾀었을까? 보덴슈타인은 소피아를 떠올리지 않을 수 없었다. 소피아는 아직 어리고 사람을 너무 잘 믿는다. 모르는 사람에게는 절대 아무것도 받지 말라고 주의를 주지만 아는 사람이나 친척이 나쁜 의도를 가지고 접근하면 아이를 보호할 방법은 없는 것이나 마찬가지다. 그렇다고 해서 아이를 너무 감싸고 도는 것도 문제다. 결국 아이도 언젠가는 사회에서 혼자 살아가야 하기 때문이다. 그런 생각을 할수록 로테문트의 캠핑카에 왔다는 어린 처녀가 그들이 찾는 인어공주일 것이라는 확신은 강해져만 갔다. 그러고 보니 야영장에는 풀장도 하나 있다. 그저 하늘색으로 칠해놓은 시멘트 구멍이긴 하지만 제대로 된 소독 시설이 갖추어져 있다.

소나기가 지나가자 아스팔트에서 김이 올라왔다. 어디선가 젖은 흙냄새가 풍겨왔다. 보덴슈타인이 막 차 앞에 왔을 때 전화벨이 울렸다. 이 시간에 피아의 이름이 발신인으로 뜬다는 것은 좋은 일이 아니다.

"리더바흐에서 시체가 발견됐어요. 지금 현장으로 가는 중이에요. 헤닝에게도 연락했어요."

피아가 주소를 불러주었다. 보덴슈타인은 바로 그곳으로 가겠다고 하고 전화를 끊었다. 그리고 운전대 앞에 앉으며 한숨을 푹 내쉬었다. 내일은 아침 일찍 크뢰거를 야영장으로 보내서 풀장의 물과 인어공주의 폐에서 나온 물을 비교분석해보라고 할 생각이다.

그로부터 20분 후 보덴슈타인은 현장 근처의 도로로 꺾어 들어가고 있었다. 멀리서부터 푸른 경광등이 깜빡거리는 것이 보였다.

바로 앞에 헤닝의 은색 벤츠가 보였고 감식반이 타고 온 폭스바겐 버스는 순찰차와 함께 활짝 열려 있는 농장 대문 앞에 주차해 있었다. 시체가 발견됐을 때 필요한 인력들을 피아가 모조리 집합시킨 것이다. 보덴슈타인은 차에서 내려 허리를 굽히고 경찰 통제선 안으로 들어갔다. 인도에는 구경꾼들이 모여 있었다. 피아는 어떤 남녀 커플에게 질문을 하며 메모를 하는 중이었다. 그녀는 보덴슈타인을 보더니 질문을 끝내고 그에게 다가왔다.

"사망자는 레오니 베르게스라는 심리상담사인데요, 여기서 10년도 넘게 살았대요. 하지만 이웃들과 친하게 지내지는 않았다고 하네요. 방금 그 사람들은 맞은편에서 빵집을 하는 부부인데 최근에 흥미로운 것을 봤다고 했어요."

왼손에는 스테인리스 가방을 들고, 오른팔에는 흰색 오버올을 걸친 채 헤닝 키르히호프가 길을 건너왔다.

"어머나, 안경 또 새로 했어?"

피아가 인사 대신 물었다. 헤닝은 별로 달갑지 않은 듯 미소를 지었다.

"나나 무스쿠리가 안경을 돌려달라고 해서. 어디로 가야 해?"

"저기 마당으로 들어가."

"경찰 보이스카우트 단장 왕단순 아메바 씨도 와 있나?"

"크뢰거 반장님 얘기하는 거야? 물론이지. 집 안에 있어."

"그 인간은 왜 휴가도 안 가? 흥, 오늘은 나도 당하고만 있지는 않을 거야."

헤닝은 혼잣말로 구시렁거리며 집 안으로 들어갔다.

"빵집 주인이 차 번호 두 개를 적어놨는데요. 그 차들이 자주 오더래요."

피아는 수첩을 보며 말을 계속했다. 말하는 속도가 빠른 것을 보니 뭔가 단서를 잡은 것이 분명했다.

"하나는 F-X 562. 검정색 허머. 이건 베른트 프린츨러 거예요! 나머지는 HG 번호판이 붙은 어두운색 콤비라는데 바로 차량 조회 해 보려고요."

피아의 생각은 언제나처럼 보덴슈타인보다 몇 걸음 앞서 있었다. 아직 로테문트에 대한 생각에서 헤어나지 못하고 있던 보덴슈타인은 무슨 말인지 따라가느라 정신을 집중해야 했다.

"여기서 대체 무슨 일이 벌어진 거야?"

보덴슈타인은 집으로 들어가며 피아의 말을 끊고 물었다.

"테이프로 입이 막힌 채 의자에 포박된 상태로 죽어 있었어요. 이웃들은 대문 앞에 팻말이 붙어 있어서 휴가 간 줄 알았대요. 그래서 찾는 사람도 없었고요."

그리 크지 않은 집 안은 흰색 오버올을 입은 사람들로 득시글거렸고 무지막지하게 더웠다.

"히터가 최고치로 틀어져 있었습니다. 피해자는 꽤 오랫동안 이 상태로 있었던 것 같습니다."

누군가가 말하는 소리가 들렸다.

피아와 보덴슈타인이 방으로 들어가는데 카메라 플래시가 터졌다. 크뢰거가 현장 사진을 찍고 있었다.

"아유, 여긴 왜 이렇게 더워?"

피아가 혼잣말로 외쳤다.

"정확히 37.8도야. 아마 원래는 이것보다 더 더웠을 거야. 우리가 왔을 때 문이 열려 있었거든. 이제는 창문 열어도 돼."

크뢰거가 말했다. 그러자 시체 옆에 쭈그리고 앉아 있던 헤닝이 곧장 항의했다.

"아직 안 돼. 체온 재고 나서 열어. 크뢰거 반장은 도대체 몇 번을 말해야 그걸 아실는지, 쯧쯧."

크리스티안 크뢰거는 그 말을 못 들은 척 태연하게 사진 찍기에 열중했다.

"어떻게 죽은 거예요?"

보덴슈타인이 헤닝에게 물었다.

"매우 고통스럽게요. 내가 보기엔 말라 죽었어요. 건조하고 푸석한 피부, 푹 들어간 관자놀이가 그 증거지요. 흠, 눈동자도 노랗게 변했어요. 신장이 제 기능을 하지 못했다는 뜻이죠. 말라 죽은 경우 수분 부족으로 혈액이 응축됩니다. 그러면 생체기관에 혈액이 잘 전달되지 못하고 결국 내장기관이 전반적으로 기능을 하지 못해 사망에 이르게 됩니다. 대부분의 경우 제일 먼저 고장 나는 건 신장이죠."

피아와 보덴슈타인은 헤닝이 사체의 손목과 발목에 묶인 케이블 타이와 허리에 감긴 빨랫줄을 펜치로 자르는 것을 지켜보았다.

"오랫동안 저항한 흔적이 보이죠?"

헤닝이 손목과 발목에 난 상처와 피멍을 가리켰다. 그리고 머리와 입에 감긴 테이프를 조심스럽게 뜯었다. 머리카락이 무더기로 뽑혀 나왔다.

"그렇게 머리카락이 쉽게 뽑히는 것도 말라 죽었다는 증거죠."

크뢰거가 불쑥 끼어들어 말했다.

"잘난 척은!"

헤닝이 으르렁거렸다.

"잘난 척은 혼자 다 해놓고!"

크뢰거가 바로 맞받아쳤다.

"그 여자를 누가 죽였는지 알아요."

갑자기 문가에서 가느다란 여자 목소리가 들렸다. 피아와 보덴슈타인은 깜짝 놀라 뒤를 돌아보았다. 모자 달린 검정색 스웨터를 입은 여자가 비에 흠뻑 젖은 채 유령처럼 서 있었다.

"아니, 여기서 뭐 하고 있는 거예요?"

피아가 그녀를 보자마자 외쳤다.

"베르게스 부인에게 물어볼 게 있어서 왔어요."

마이케 헤르츠만은 뾰족한 얼굴과 시커멓게 화장한 커다란 눈 때문에 만화에 나오는 캐릭터처럼 보였다.

"얼마 전에…… 여기 왔었어요. 그런데 그때는…… 어머니가 무슨 이야기를 취재 중이냐고 물었더니 모른다고 했어요. 하지만 그건 거짓말이었어요. 베르게스 부인이 킬리안 로테문트와 아는 사이라는 걸 제가 알아냈거든요."

"아, 그래요? 그걸 언제 경찰에 알리려고 했어요?"

피아는 마이케를 한 대 때려주고 싶은 심정이었다.

"누가 베르게스 부인을 죽였나요?"

피아가 폭발하기 전에 보덴슈타인이 얼른 물었다.

"문신한 폭주족요."

마이케는 마치 최면에 걸린 사람처럼 베르게스의 시체에서 눈을 떼지 못한 채 작은 소리로 중얼거렸다.

"제가 막 도착했을 때 그 사람하고 다른 남자가 마당에서 나왔어요. 그리고 차를 타고 도망쳤어요."

"베른트 프린츨러 말인가요?"

보덴슈타인이 그녀의 시야를 가리며 물었다. 마이케는 말없이 고개를 끄덕였다. 평소의 까칠한 태도는 어디에서도 찾아볼 수 없고 죄의식에 가득 찬 작은 아이가 되어 있었다.

"문 옆 히터 위에 미니 카메라 있는 거 다들 봤어요?"

크뢰거가 불쑥 물었다. 그 말을 들은 피아와 보덴슈타인은 바로 문 쪽으로 고개를 돌렸다. 정말 벽에 붙어 있는 히터 위에 아이 주먹만 한 크기의 작은 카메라가 놓여 있었다.

"저건 또 뭐야?"

"누군가가 죽음의 순간을 촬영한 거죠. 비겁한 놈들!"

보덴슈타인은 마이케를 데리고 주방으로 가고 피아는 책상 앞으로 가서 자동응답기의 재생 버튼을 눌렀다. 메시지가 일곱 개 녹음돼 있는데 그중 세 번은 아무 말도 없이 끊겼고 네 번째에는 녹음이 되어 있었다.

"목이 많이 마르지? 앞으로 더 많이 목이 마를 거다. 말라 죽는 것이 가장 괴로운 죽음 중 하나라는 거 알고 있나? 몰랐어? 흠……
그럼 내가 설명해주지. 죽는데는 삼사 일 정도 걸려. 지금처럼 더울 때는 더 빨리 죽을 수도 있지."

피아와 크뢰거는 서로 얼굴을 마주보았다.

"역겨워. 이젠 볼 꼴 못 볼 꼴 다 봤다고 생각할 때마다 더 끔찍한 꼴을 보게 돼요. 정말 누군가가 피해자가 죽는 과정을 지켜봤던 거예요."

"지켜봤을 뿐만 아니라 촬영까지 했지. 일명 '스너프 무비'라고 해서 실제로 사람 죽이는 동영상을 찍어서 파는 인간들이 있어. 그런 걸 거금 들여 사는 사람들도 있고."

　엠마는 도무지 마음의 안정을 찾을 수 없었다. 딸이 보고 싶으면서도 루이자가 다시 집에 오는 순간이 두려웠다. 이제까지 한 번도 아이 돌보는 일을 부담으로 느낀 적이 없었다. 그런데 이제는 큰 부담으로 다가왔다. 게다가 그녀 혼자 떠맡아야 하는 부담이었다. 루이자와 곧 태어날 아기를 보호하는 일은 그녀의 몫이었다.

　엠마는 플로리안이 왜 이제까지 쌍둥이 여동생에 대해 한마디도 하지 않았는지 이상하기만 했다. 또 무엇을 숨겼는지 알 게 뭐람? 그리고 앞으로 어떻게 살아가야 할지 막막하기만 했다. 많지는 않지만 모아둔 돈이 있고 프랑크푸르트에는 돌아가신 아버지가 물려준 집이 있다. 당분간은 집세를 받아서 생활할 수 있을 것이다. 엠마는 그런 생각을 하다가 한밤중에 전 직장의 상사에게 자신이 일할 만한 자리가 있는지 알아봐 달라고 부탁하는 이메일을 썼다. 그리고 밤새도록 인터넷에서 학대당한 아이를 둔 어머니들의 모임을 찾았다. 자상한 남편이자 다정한 아버지가 아동 성범죄자의 본색을 드러낸 사연들이 허다했다. 엠마는 사연들을 읽으면서 자신의 삶, 플로리안과의 공통점을 찾아보았다. 아이를 학대하는 남자들은 대부분 어린 시절에 트라우마를 경험했거나 자신도 학대당한 경우가 많았다. 어딘가에는 소아 성애 성향이 유전이라고 되어 있었다.

엠마는 6시 반이 되어서야 노트북을 닫았다. 정말 플로리안이 루이자를 학대했을 수도 있겠다는 생각이 들었다. 이제까지는 설마 하는 마음이 컸지 이렇게 사실감 있게 다가오지 않았었다. 엠마가 남편을 그럴 수 있는 사람이라고 생각한 순간 그들의 결혼 생활은 끝난 것이나 다름없었다. 그녀는 이제 절대 그를 믿지 못할 것이고 아이와 함께 두지도 못할 것이다. 이건 너무 역겹다, 너무 병적이다! 그런데 엠마에게는 얘기할 사람조차 없었다. 심리상담사나 아동복지국 직원과 얘기를 해봤지만 그건 다르다. 그들은 그녀의 말에 귀를 기울였고 앞으로 어떻게 행동해야 하는지 가르쳐주었다. 하지만 엠마는 플로리안을 아는 사람과 대화를 하고 싶었다. 그래서 그 사람이 절대 그럴 일 없다며 그녀를 안심시켜주기를 바랐다. 시부모에게 그런 이야기를 할 수는 없다. 게다가 시아버지의 생일 잔치가 며칠 남지 않은 시점에 이런 불미스러운 일로 그들을 괴롭힐 수는 없다.

그렇지, 코리나가 있다. 코리나는 언제나 진실한 모습으로 그녀를 대했고, 그녀는 언제나 코리나의 조언을 고맙게 받아들였다. 그리고 어쩌면 플로리안의 쌍둥이 여동생에 대해 알고 있을지도 모른다! 엠마는 바로 휴대전화를 들고 코리나에게 15분 정도 시간을 내줄 수 있는지 문자를 보냈다.

1분도 안 돼서 답장이 왔다.

일찍 일어났네! 1시에 우리 집으로 와. 점심도 먹고 얘기도 하자. C.

엠마는 답장을 보냈다.

알았어요. 고마워요.

엠마는 길게 한숨을 내쉬었다. 남편의 비밀을 다른 사람에게 들어야 한다는 것이 썩 내키지 않았지만 플로리안이 그렇게 입을 꾹 닫고 있으니 어쩔 수 없는 일이다.

*

"문 닫아요. 추워요."
크뢰거가 회의실 창문을 열자 카트린 파싱어가 신경질을 냈다. 지난밤에 내린 비로 기온이 조금 내려갔는지 시원한 바람이 불어와 답답한 공기를 밀어냈다.
"춥긴. 지금 21도야. 그리고 공기도 답답하고."
크뢰거가 말했다.
"그래도요. 내 자리가 바로 바람 들어오는 곳이잖아요. 저녁에 잘 때 목이 뻣뻣해진단 말이에요."
"그럼 다른 데 앉으면 되잖아."
"난 항상 여기 앉는단 말이에요!"
"한 10분 환기 좀 시킨다고 죽지는 않아. 그리고 난 밤새 일을 하고 와서 신선한 공기가 필요하다고."
"혼자 일을 다 하는 것처럼 굴지 마요."

카트린이 퉁명스럽게 쏘아붙이더니 일어나서 창문을 닫으려고 했다. 그러나 크뢰거가 창문 손잡이를 잡고 놓아주지 않았다.

"그만들 해! 창문은 열어놔. 정신들 좀 차려. 카트린은 10분간만 다른 자리에 앉고."

보덴슈타인이 위엄 있는 목소리로 말했다. 카트린은 씩씩거리면서도 가방을 들고 다른 자리로 옮겼다. 피아는 오늘 아침 벌써 세 잔째 커피를 마시고 있지만 하품이 연달아 나오는 것을 참을 수 없었다. 그녀는 동료들을 둘러보았다. 모두 피곤에 전 얼굴에 눈이 벌겋게 충혈되어 있었다. 새 사건이 터져서 할 일이 많은 데다 이미 3주째 주말에도 퇴근할 엄두도 내지 못하고 늦게까지 일하고 있었기 때문에 모두 신경이 예민해질 만도 했다. 무엇보다도 변변한 성과가 없다는 것, 수사에 아무런 진전이 없다는 사실 때문에 힘들어하고 있었다. 슬슬 인내심을 잃어가는 것은 피아뿐만이 아니었다. 피아는 어젯밤에도 2시 50분에야 집에 도착했고 긴장을 풀고 잠드는 데 한 시간이 걸렸다.

오스터만이 피해자에 관한 중요 사항을 나열한 뒤 크뢰거가 보고를 이었다. 의자와 문틀에서 발견된 지문은 베른트 프린츨러의 것으로 밝혀졌다. 그러나 상담실에서 발견된 카메라가 언제부터 어디로 영상을 보냈는지는 지역수사국 사람들도 밝혀내지 못했다. 그뿐 아니라 레오니 베르게스의 노트북 비밀번호도 아직 풀지 못했고 자동응답기에 녹음된 으스스한 목소리도 발신번호 표시 제한이라 추적할 수 없었다.

크뢰거가 이끄는 감식반은 현장에서 캐비닛에 가득 들어 있는 환자 기록부를 찾아냈지만 그걸 다 볼 수도 없는 노릇이다. 게다가 범인이 환자 중 한 사람이라는 증거도 없었다. 트라우마 연구센터 홈페이지에 따르면 베르게스는 트라우마 경험을 가진 여자들을 전문으로 했지 남자 환자들은 상대하지 않았다.

"여자 환자의 남편이나 애인이 원한을 품고 그랬을 수도 있지 않을까요?"

카트린이 말했다.

"베른트 프린츨러의 지문이 문틀과 의자에서 나왔잖아. 그런데 어떻게 집 안으로 들어갔을까?"

피아가 혼잣말처럼 말했다.

"피해자를 의자에 묶어놓고 카메라를 설치한 다음 집 열쇠를 가지고 가지 않았을까요?"

이번에는 셈이 말했다.

"그럼 왜 다시 그 집으로 돌아간 거지?"

피아는 계속 혼잣말로 추리를 하며 칠판을 응시했다. '레오니 베르게스'에서 한나와 마이케 헤르츠만, 프린츨러와 로테문트 방향으로 화살표가 나 있었다. 피아는 한나 헤르츠만 습격 사건이 레오니 베르게스 살인 사건과 관련 있다는 데 한 치의 의심도 없었다. 심지어 동일범의 소행일 수도 있다고 생각했다. 어제는 그 생각을 하지 못했지만 오늘 아침 잠에서 깼을 때 전날 경찰에 신고한 사람이 누구인지에 생각이 미쳤다. 마이케 헤르츠만은 아니다. 피아는 조금 전 신고센터에 녹음 테이프를 달라고 부탁했다. 밤 10시 22분 어떤 남자가 이름을 밝히지 않은 채 '리더바흐, 알트 니더호프하임 22번지에 시체가 있습니다. 대문과 현관문은 열려 있습니다'라고 신고를 했다.

피아의 질문은 계속되었다.

"프린츨러의 차는 베르게스의 집 주변에서 여러 번 목격됐잖아.

동태를 살피러 갔던 걸까, 아니면 베르게스를 알았던 걸까?"

"나 같으면 동태를 살피러 가면서 그렇게 눈에 띄는 차를 가져가지는 않을 거야. 게다가 그 적외선 카메라는 아무 데서나 파는 물건이라 출처를 캐기가 힘들어."

오스터만이 말했다. 가만히 듣고 있던 보덴슈타인이 헛기침을 하며 입을 열었다.

"난 킬리안 로테문트가 레오니 베르게스와 무슨 관계였는지가 궁금하군. 로테문트는 프린츨러와 함께 한나 헤르츠만의 집에 갔었어. 내 생각에 우린 지금 로테문트에게 집중해야 해. 로테문트는 한나 헤르츠만을 강간했고 아동 성범죄 전과도 있어. 그는 허름한 야영장의 캠핑카에서 사회와 동떨어진 삶을 살면서 미성년자들을 만나고 있었어. 로테문트가 우리 인어공주와 관련 없다면 난 그게 더 이상할 것 같아."

"동기가 뭔데요? 어린아이를 좋아하는 사람이 성인 여자를 강간하고 그 여자의 심리상담사를 고통스러운 방법으로 살해한 이유가 뭘까요?"

피아가 물었다.

"그야 사이코니까 그렇죠. 어쩌면 한나와 레오니가 로테문트의 범죄가 다시 시작됐다는 사실을 알아냈을 수도 있어요. 보호관찰 규정을 어겼잖아요. 아니면 로테문트가 인어공주를 죽였다는 사실을 알았을 수도 있고요. 경찰에 신고할까 봐 그런 거 아닐까요?"

카트린의 말에 한동안 침묵이 이어졌다. 모두 그 가능성에 대해 생각해보는 것 같았다.

"그리고 프린츨러는 로테문트와의 옛정을 생각해서 범행을 돕거나 숨겨주고 있는 거죠."

오스터만이 덧붙였다.

"그럼 그 두 사람은 레오니를 어떻게 알게 됐을까?"

보덴슈타인이 질문을 던졌다. 좋은 질문이지만 대답은 돌아오지 않았다.

"만약 카트린의 말대로라면 한나 헤르츠만은 큰 위험에 처해 있는 거잖아요. 죽지도 않았고 기억이 다시 돌아올 수도 있으니까요."

피아의 말에 보덴슈타인은 고개를 끄덕였다.

"그래, 맞아. 당장 신변보호 붙여야겠어."

그때 전화벨이 울렸다. 마이케 헤르츠만이 밑에 와 있다는 연락이었다. 전날 마이케는 쇼크 상태여서 제대로 진술을 하지 못했다. 그녀는 다음 날 경찰서에 나오기로 약속하고 돌아갔다. 카트린이 일어나 마이케를 데리러 갔다.

"오늘은 여기까지 하지. 나랑 피아는 그 아가씨를 심문할 테니까 오스터만은 한나 헤르츠만 신변보호 요청하고, 셈은 카트린이랑 같이 11시에 레오니 베르게스 부검에 참석해."

모두들 고개를 끄덕였다. 셈과 오스터만이 먼저 일어나 자리를 떴다.

"어디 오늘은 뭐라고 하는지 한번 봐야겠네."

피아는 창문을 닫고 방이 너무 빨리 햇볕에 달궈지지 않도록 블라인드를 내렸다.

잠시 후 마이케 헤르츠만은 창백한 얼굴로 회의실 탁자 앞에 앉아 있었다. 그녀는 심각한 표정으로 입을 열었다.

"어제 어머니 병실에 갔었어요. 여전히 상태가 좋지 않아요. 기억도 못 하고요. 진즉 경찰서에 오지 않은 건…… 제가…… 제가 잘못한 거예요. 그런데…… 그런데 이렇게까지 심각해질 줄은 정말 몰랐어요. 너무……."

마이케는 떨리는 목소리로 말끝을 흐렸다. 그리고 가방에서 종이 두 장을 꺼냈다.

"이건 제가 어머니 컴퓨터에서 찾아낸 킬리안 로테문트의 이메일이에요. 그리고 이건…… 이건 어머니 집 우편함에 들어 있던 쪽지예요."

피아는 마이케가 내미는 쪽지를 들여다보았다. 메모장에서 뜯어낸 낱장이었다.

1시 30분까지 기다리다 가요. 보고 가려고 했는데…… 휴대전화 배터리가 나갔어요. 여기 주소 적어놓을게요. BP가 기다리고 있을 거예요. 전화해요. K.

피아는 쪽지를 뒤집어 주소를 확인했다. 그리고 이메일을 프린트한 종이를 들고 읽었다.

한나, 왜 연락이 없는 건가요? 무슨 일이라도 생겼나요? 내가 뭐 잘못한 거라도 있나요? 기다릴 테니 꼭 연락줘요. 현재 레오니와도 연락이 안 되는 상태예요. 하지만 월요일에는 일정대로 A로 가서 B가 연결시켜준 사람들과 만날 생각이에요. 그 사람들도 이제는 나와 얘기할 준비가 된 것 같아요. 언제나 당신을 생각해요! 날 잊지 말아줘요. K.

마이케는 시험 시간에 커닝하다 들킨 아이처럼 기가 죽은 채 앉아 있었다. 피아는 화가 머리꼭지까지 치솟았다. 이런 앙큼한 계집애 같으니라고!

"이 정보를 은닉해서 무슨 일이 벌어졌는지 알기나 해요?"

피아는 치솟는 화를 간신히 억누르며 종이를 보덴슈타인에게 건 넸다.

"우리가 지금 며칠째 프린츨러와 로테문트를 찾고 있는지 알아 요? 아가씨가 그렇게 비협조적으로 나오지만 않았다면 레오니 베 르게스는 죽지 않았을지도 모른다고요."

마이케는 아랫입술을 깨물며 죄의식에 고개를 떨어뜨렸다.

"이거 말고 또 숨기는 거 없어요?"

보덴슈타인이 마이케에게 물었다. 피아는 그의 목소리를 들으며 보덴슈타인이 얼마나 화가 났는지 알 수 있었다. 하지만 그는 피아 와 달리 감정을 절제할 줄 알았다.

"없어요."

마이케가 웅얼거렸다. 텅 빈 눈빛에 절망적인 표정이었다.

"전…… 말해도 이해 못 하실 거예요."

"그래요, 어떻게 이런 짓을 할 수 있는지 도저히 이해가 안 돼요."

보덴슈타인이 차갑게 말했다.

"우리 엄마가 어떤 사람인지 모르시잖아요!"

마이케의 눈에서는 갑자기 눈물이 흘러내렸다.

"취재에 조금이라도 방해되면 불같이 화를 낸단 말이에요. 그래 서…… 그래서 제가 혼자 그 주소에 가본 거예요. 뭔가 알아내면 연락드리려고 했어요."

"뭘 어쨌다고요?"

피아가 소리를 질렀다.

"오래된 목장인데, 폐차장도 있고 주변에 높은 울타리가 쳐 있는 곳이에요."

마이케가 훌쩍거리며 말했다.

"망루에 올라가서 자세히 보려고 했는데 폭주족들이 무서운 개를 풀어서 저를 죽이려고 했어요. 그런데…… 우연히 산지기 같은 사람이 나타나서…… 개를 쏘았어요. 그래서 전 도망쳤어요."

피아가 할 말이 없어지는 경우는 그렇게 흔하지 않다. 그런데 지금 피아는 기가 막혀 아무런 말도 할 수 없었다.

"아가씨는 중요한 정보를 은닉했어요. 그것 때문에 무고한 사람이 죽었을 수도 있어요. 어머니 컴퓨터는 어디 있어요? 거기서 이메일을 뽑았다면서요."

보덴슈타인이 물었다.

"제가 사는 집에요."

마이케가 잠시 망설이다가 말했다.

"그럼 지금 그 집에 가서 컴퓨터를 가져옵시다."

보덴슈타인이 손바닥으로 탁자를 가볍게 치며 일어섰다.

"그리고 아가씨가 한 행동은 그냥 넘어가지 않을 테니까 그리 알아요."

＊

엠마는 코리나 앞에 서면 항상 작아지는 느낌이 들었다. 코리나가 번쩍이는 스테인리스 주방에서 집에 오는 시간이 다 다른 네 아들의 점심을 준비하는 동안 엠마는 뭍에 표류한 고래처럼 땀에 젖은 초췌한 모습으로 식탁 앞에 앉아 있었다. 네 아들을 돌보며 살림하느라 매일 아침 6시에 하루를 시작하는 코리나는 이미 오전 근무를 마치고 집안일을 하고 있는데 엠마는 애 하나 키우기도 힘들어 허덕거리고 있다. 엠마도 전에 직장 일을 할 때는 힘들고 어려운 상황에서 일을 기획하고 조직하고 즉흥적으로 해결해가면서 불가능한 일을 가능하게 만드는 저력을 보였다. 스무 살에 독립해서 혼자 살기 시작했지만 문제없이 모든 난관을 헤치며 잘 살아왔다.

그런데 무엇이 잘못된 것일까? 언제부터 이렇게 아무것도 하지 못하는 바보가 된 것일까? 전에는 수십 톤, 수백 톤의 생필품과 의약품을 세계 구석구석에 전달하는 역할을 했던 사람이 이제는 슈퍼마켓에서 장 보는 것 하나도 힘겨워하고 있다.

토마토, 바질, 마늘 냄새가 향긋하게 퍼지고 고기 굽는 냄새가 났다. 엠마는 시장기에 위장이 쪼그라드는 느낌이 들었다. 코리나는 요리를 하는 틈틈이 식기세척기 안의 그릇을 정리하면서 금요일에 있을 축제에 대해 이야기했다.

"이제 금방 끝나. 잠깐 기다릴 수 있지?"

코리나가 미소를 지으며 말했다. 하루 종일 기다릴 수 있어요. 엠마는 속으로 생각하며 겉으로는 말없이 고개를 끄덕였다. 코리나가 남편과 아들 얘기 하는 것을 들으면서 엠마는 갑자기 질투심이 일었다. 나도 내 집이 있었으면! 저녁이면 난데없이 초밥을 사 가지고 들어오고 정원에 물을 주고 아이들과 잘 놀아주고 와인 한 잔을 마시며 함께 하루를 마무리할 수 있는 남편이 있었으면! 코리나에 비하면 그녀의 삶은 어떤가? 낯선 가구에 둘러싸여 시댁에서 살고 있고, 남편이라는 사람은 둘째 아이가 태어나기 직전 만삭인 아내를 버리고 집을 나갔다. 그가 루이자에게 무슨 짓을 했는지에 대한 생각은 하고 싶지도 않았다. 엠마는 이러다 플로리안을 영영 잃게 되는 게 아닐까 두려웠다. 그런 걱정은 점차 사실로 굳어져가고 있었다. 그래, 한번 일어난 일을 되돌릴 수는 없는 법이다.

"자, 이제 얘기해봐."

코리나가 맞은편에 와 앉으며 말했다. 엠마는 없던 용기를 그러모았다.

"플로리안은 자신에게 쌍둥이 여동생이 있다는 말을 한 번도 하지 않았어요. 다른 사람들도 마찬가지고요."

그 말을 들은 코리나의 얼굴에서 미소가 싹 사라졌다. 그녀는 식탁에 팔꿈치를 괴고 손깍지를 꼈다. 그리고 양손으로 입과 코를 감쌌다. 엠마는 대답을 못 들을 것 같다고 생각하며 거의 포기했다. 그렇게 한참 동안 침묵하고 있던 코리나가 천천히 손을 내리고 한숨을 길게 쉬었다.

"미하엘라는 핑크바이너 가족에게는 무척 슬프고 가슴 아픈 이야기야. 어렸을 때부터 정신이상이었어. 지금이야 다르지만 1970년대에는 아동심리학이 그렇게 발달하지 않아서 다중인격이 뭔지도 몰랐고 그저 고집스럽고 거짓말 잘하는 아이라고만 생각했지. 미하엘라에게는 안된 일이지만 다들 몰랐기 때문에 어쩔 수 없었어."

"세상에, 그런 일이 있었군요."

뜻밖의 사실에 놀란 엠마가 작은 소리로 중얼거렸다.

"아버지와 어머니는 다른 아이들보다 미하엘라에게 많은 관심과 정성을 쏟았어. 하지만 그 병은 애정으로 어떻게 할 수 있는 게 아니었어. 열세 살 때 처음 집을 나갔고 그 뒤로 계속 경찰과 부딪치는 일이 생겼어. 처음에는 아버지도 인맥을 동원해 막으려고 노력했지. 미하엘라는 그것도 모르고 술과 마약에 빠져들었어. 우리 중 그 누구도 미하엘라에게 접근할 수 없었어. 플로리안에게는 더욱 힘든 일이었지."

쾌활하던 코리나의 얼굴에서 더 이상 기쁨의 빛을 찾아볼 수 없었다. 엠마는 코리나가 그렇게 힘들어하는 것을 보고 괜한 이야기를 꺼냈다고 후회했다.

"하지만 왜 그런 얘기를 한 번도 안 했을까요? 어느 집안에나 말썽꾸러기는 하나씩 있는 법이고, 저도 그 정도는 이해했을 텐데."

"그건 엠마가 이해해야 해. 플로리안에게는 무척 힘들고 괴로운 시간이었어. 집을 떠난 것도 그것 때문이야. 플로리안은 언제나 미하엘라의 그늘에서 살았어. 아무리 말을 잘 듣고 공부를 잘해도 부모님에게는 항상 미하엘라가 우선이었지."

"그래서 미하엘라는 어떻게 됐어요?"

"열여섯 살 때 학교를 그만두고 마약 살 돈을 벌기 위해 거리에서 몸을 팔았어. 그러다 결국 사창가로 흘러들어 갔어. 아버지는 거기서 미하엘라를 꺼내 오려고 갖은 애를 썼지. 하지만 미하엘라는 도움을 받으려고 하지 않았어. 그러다 자살을 시도한 후에 정신병원에 몇 년간 감금돼 있었어. 하지만 부모님이나 우리들과는 절대 만나려고 하지 않았어."

엠마는 문득 코리나가 미하엘라에 대해 과거형으로 말하고 있다는 것을 깨달았다.

"미하엘라는 지금 어디 있는데요? 지금도 소식을 아는 사람이 있어요?"

불 위에서 국수 삶을 물이 쉭쉭 소리를 내며 끓었다. 그때 창밖에 차 한 대가 멈춰 섰다. 곧 시동이 꺼졌고 차 문 닫히는 소리가 났다.

"엄마, 나 배고파!"

아이가 외치는 소리가 들렸다. 하지만 코리나에게는 그 소리가 전혀 들리지 않는 듯했다. 몸에서 모든 에너지가 빠져나간 듯 힘없는 얼굴로 입술을 깨무는 그녀는 말할 수 없이 슬퍼 보였다.

"미하엘라는 몇 년 전에 죽었어. 나랑 랄프, 니키, 사라만 장례식에 참석했어. 그 이후로 미하엘라의 이름을 입에 올리는 사람은 아무도 없어."

엠마는 충격을 받은 표정으로 멍하니 코리나를 바라보았다.

"엠마, 내 말 들어. 오래된 상처를 헤집어서 좋을 거 없어. 아버지와 어머니는 미하엘라 때문에 시달릴 만큼 시달렸어."

코리나는 엠마의 어깨를 한 번 다독이고 일어나 끓는 물에 국수를 넣으러 갔다. 코리나의 막내아들 토르벤이 우당탕거리며 들어오더니 책가방을 구석에 던져놓고 주방으로 들어왔다. 토르벤은 엠마를 못 본 척하며 큰 소리로 외쳤다.

"엄마! 나 배고파 죽겠어!"

"가서 손 씻어. 가방은 위에 갖다 놓고. 10분 뒤에 밥 먹을 거야."

코리나는 여전히 근심 어린 표정으로 아이의 머리를 쓰다듬었다. 그리고 테라스 쪽으로 고개를 돌렸다.

"애 데려다 줘서 고마워요, 헬무트. 파스타 할 건데 같이 먹어요."

그제야 엠마는 테라스 앞에 서 있는 관리인 헬무트 그라세르를 알아보고 일어섰다.

"안녕하세요."

"날이 더워서 힘드시겠어요, 핑크바이너 부인."

헬무트 그라세르가 사람 좋은 미소를 지었다.

"그럭저럭 견딜 만해요."

엠마는 겨우 미소를 지었다. 코리나에게 루이자 이야기를 할 생각이었지만 토르벤과 관리인이 있는 데서 그 얘기를 꺼낼 수는 없었다.

"이만 가볼게요."

엠마가 일어나는데도 코리나는 잡을 생각이 없어 보였다. 그저 수심이 가득한 얼굴로 냄비 뚜껑을 열고 고기 소스를 휘저을 뿐이었다. 플로리안의 쌍둥이 여동생 얘기를 꺼내서 화난 걸까?

"솔직히 말해줘서 고마워요. 그럼 내일 봐요."

엠마는 평소처럼 포옹 인사를 할 엄두가 나지 않아 그 말만 하고 돌아섰다.

"그래, 내일 봐. 플로리안을 나쁘게 생각하지 말고."

코리나가 억지 미소를 지으며 말했다.

*

보덴슈타인은 마이케 헤르츠만의 미니 조수석에 겨우 다리를 끼워넣고 앉았다. 마이케가 그들을 따돌릴 가능성이 충분하다고 생각했기 때문이다. 피아는 근무 차량을 몰고 그 뒤를 따랐다. 그동안 오스터만은 베른트 프린츨러에 대한 구속영장과 토지 및 가옥에 대한 수색영장을 신청해놓았다. 피아는 마이케가 한 짓을 생각하면 아직도 혀가 내둘러졌다. 프랑크푸르트 메세투름을 지나가는데 휴대전화가 울렸다.

"키르히호프 형사, 나 프라이 검사입니다. 방금 들으니까 사건에 진척이 있다고요?"

피아는 프랑크푸르트 검사들 사이에서 이처럼 소식이 빨리 퍼지는 데 새삼 놀랐다.

"네, 한나 헤르츠만 사건과 새로운 살인 사건 용의자의 주소를 알아냈어요."

"새로운 살인 사건요?"

흠, 소식이 그렇게 빠른 건 아닌 것 같군.

피아는 레오니 베르게스 사건을 요약해서 설명하고 베른트 프린츨러가 현장 주변에서 목격됐음을 말해주었다.

"베른트 프린츨러는 프랑크푸르트 로드킹의 일원인데, 한나 헤르츠만과도 접촉이 있었고 죽은 베르게스의 집에서는 지문이 발견됐어요. 리더바흐에서 차량이 여러 차례 목격되기도 했고요. 그 밖에 헤르츠만의 강간상해 혐의로 찾고 있는 킬리안 로테문트와도 아는 사이인 것으로 보입니다."

"그 두 사람은 아는 사이일 수밖에 없죠. 로테문트가 일하던 법률사무소에서 프린츨러 일당을 계속 변호했으니까요."

"로테문트가 암스테르담으로 갔다는 정보도 입수했는데요. 열차 안에서 목격되기까지 했는데 네덜란드 경찰이 그만 놓쳤어요. 그 밖에 로테문트가 보호관찰 규정을 어겼다는 사실도 알아냈고요."

"규정을 어떻게 어겼다는 거죠?"

"야영장 이웃들이 미성년자가 로테문트의 캠핑카 안으로 들어가는 걸 봤대요. 그걸로 다시 감방행이죠."

"믿기지 않는군요."

"그렇죠? 저희는 마인 강에서 발견된 익사체도 로테문트와 관련 있는 거 아닌가 생각하고 있어요. 어쨌든 헤르츠만 사건과 레오니 베르게스 사건 사이에는 관계가 있는 게 분명해요. 우리 반장님이 내일 저녁에 '수사파일 XY'에 나가시거든요. 거기서 쓸 만한 제보가 들어오기를 기대하고 있어요. 뭔가 본 사람이 있거나 로테문트가 있는 곳을 아는 사람이 나타날 수도 있으니까요."

"좋은 기회죠."

프라이 부장검사도 피아의 말에 수긍했다.

그때 마이케가 노란불에서 교차로를 지나갔기 때문에 피아는 그들을 따라잡기 위해 속력을 냈다. 그때 빨간 불이 번쩍 하고 빛났다.

"이런 제길!"

피아는 자기도 모르게 욕설이 튀어나왔다.

"뭐라고요?"

"아니에요. 죄송해요. 방금 단속 카메라에 사진이 찍혔어요. 빨간 불에 주행 중 통화까지요."

"벌금이 꽤 나오겠는데요."

프라이 검사가 재미있다는 듯 말했다.

"보고 잘해줘서 고마워요. 아, 릴리는 잘 지내나요?"

"네, 잘 지내요. 왕진드기에게 물려서 아주 극적인 수술로 떼어낸 것만 빼면요."

피아가 웃으며 대답했다. 전화기 너머에서도 웃는 소리가 났다.

"함께 시간을 많이 보내지 못해서 아쉬워요. 하지만 곧 사건이 해결되겠죠."

"그래요. 잘되기를 빌게요. 혹시 내가 도울 일 있으면 바로 연락하세요."

피아는 그러겠노라고 하고 전화를 끊었다. 그런데 전화를 끊고 나니 로테문트의 전부인과 오스터만이 한 말이 생각났다. 프라이 검사와 로테문트는 한때 친한 친구 사이였는데 프라이 검사가 친구를 고소했을 뿐만 아니라 언론에 먹잇감으로 내줬다는 사실이 떠오른 것이다. 피아는 다시 전화를 걸어 그 얘기를 물어볼까 하다가 그만두었다. 당시 두 친구 사이에 무슨 일이 있었던 간에 그건 그리 중요하지 않다는 생각이 들었기 때문이다. 잠시 후 작센하우젠에 도착한 피아는 보덴슈타인이 마이케의 집에서 컴퓨터를 가지고 나오기를 기다렸다. 한나의 컴퓨터를 빼돌린 마이케에게도 화가 났지만 피아는 자신에게 더 화가 났다. 그제 아침 헤르츠만 프로덕션에 갔을 때 분명히 그 생각을 했는데 릴리의 전화를 받고 왕진드기 얘기를 듣느라 그만 깜박했던 것이다. 그것은 실수가 아니라 다시는 일어나지 말아야 할 과실이었다.

*

원래 피아는 부검에 참석한 셈, 카트린과 함께 랑엔젤볼트로 가서 베른트 프린츨러를 체포할 생각이었다. 그러나 엥겔 과장이 그들의 계획을 저지하고 나섰다. 프린츨러는 14년째 범죄 기록이 없지만 한때 프랑크푸르트 로드킹의 핵심 인사였던 만큼 폭력적이고 위험한 인물이라는 것이 이유였다. 엥겔 과장은 특별기동대와 함께하는 '집중적 작전'을 지시했다. 보덴슈타인은 너무 과한 처사라며 반대했지만 엥겔 과장은 고집을 꺾지 않았다. 엥겔 과장의 주장에 의하면 초인종을 누르고 문을 열어달라고 하면 프린츨러가 경찰이 온 것을 알고 대응할 시간을 갖게 된다, 그러니 느닷없이 치고 들어가야 한다는 것이었다. 엥겔은 작전 준비도 자신이 직접 맡겠다고 했으므로 피아는 뜻하지 않게 빨리 퇴근할 수 있었다. 평소보다 이르게 퇴근한 덕에 리더바흐 슈퍼마켓에 들른 그녀는 저녁거리를 사 가지고 집으로 돌아갔다. 요 몇 달간 요리는 크리스토프의 전담 분야가 되어버렸다. 요리를 좋아하고 피아보다 솜씨가 훨씬 낫기도 하지만 피아는 일을 마치고 집에 돌아오면 요리하고 싶은 생각이 전혀 들지 않았기 때문이다. 그런데 오늘은 달랐다. 그녀는 주방 앞

테라스에 전기 그릴을 켜놓고 호박과 가지를 썰어서 올려놓았다. 그리고 채소가 구워지는 동안 올리브기름, 소금, 후추, 다진 마늘을 섞어 양념을 만들었다.

레오니 베르게스의 부검 결과는 헤닝이 처음에 추측한 대로 나왔다. 체내 수분 고갈로 인한 장기 기능 마비가 사망 원인이었다. 끔찍한 죽음이다. 두 시간만 일찍 발견했어도 살릴 수 있었을지도 모른다. 이렇게 고통스러운 죽음을 맞는 사람의 심정은 어떨까? 끝까지 도움의 손길을 기다렸을까? 아니면 죽는다는 사실을 알고 체념했을까? 그녀는 왜 죽어야만 했을까? 게다가 왜 그렇게 잔인한 방법으로 죽어야 했을까? 정확히 의자에 초점이 맞춰져 있던 카메라와 자동응답기에 녹음된 협박은 범인이 사디스트임을 말해준다. 주로 신체상해와 총기 사용으로 법을 어겼던 베른트 프린츨러와는 사실상 어울리지 않는다. 그러나 오랜 경찰 생활 끝에 알게 된 것 중 하나는 범죄자들이 논리적 행동 방식에 따라 범죄를 저지르진 않는다는 것이다.

한나 헤르츠만이 레오니 베르게스에게 상담을 받은 것은 분명한 사실이다. 레오니를 매개로 한나와 로테문트가 서로를 알게 되었을까? 아니면 그 반대일까? 프린츨러와 로테문트는 전부터 아는 사이였다. 이것 또한 분명한 사실이다. 어서 한나에게 기억이 돌아오기를! 이 얽히고설킨 사건에 빛을 던져줄 수 있는 사람은 오직 한나 헤르츠만뿐이다.

피아는 깊은 생각에 잠긴 채 호박을 양념 그릇에 넣고 그릴 위에 가지를 올렸다. 그리고 주방 창가에 바질, 레몬밤, 로즈마리와 함께 놓여 있는 샐비어 화분에서 꽃잎을 뜯었다. 릴리는 피아가 샐비어, 파마셍켄, 케이퍼, 마늘을 넣고 만드는 스파게티를 좋아한다. 크리스토프도 항상 용감하게 함께 먹는다.

집 앞에서 개들이 반가워서 어쩔 줄 모르는 소리로 짖기 시작했다. 크리스토프와 릴리가 집에 돌아온 것이다. 릴리는 길게 땋은 머리를 흔들며 주방으로 뛰어 들어왔다. 그리고 눈을 반짝이며 속사포처럼 수다를 떨기 시작했다. 트램펄린, 할아버지, 망아지, 치타, 아기 기린……. 그런 릴리를 보고 있으니 저절로 웃음이 났다.

"천천히, 천천히! 그렇게 빨리 말하면 무슨 말인지 하나도 알아들을 수가 없잖아."

"시간 없으니까 빨리 말해야 해요. 피아 아줌마가 집에 있을 때 빨리 다 말해야 한단 말이에요!"

릴리는 여덟 살짜리만이 지을 수 있는 진지한 표정으로 말했다.

"저녁에 시간 많잖아."

"맨날 말은 그렇게 하고 전화가 오면 할아버지랑 나만 남겨두고 나가잖아요."

그때 크리스토프가 개들을 이끌고 주방에 들어섰다. 그는 봉지에 든 것을 조리대 위에 놓고 피아에게 다가와 입을 맞추었다.

"틀린 말은 아닌 것 같은데."

그리고 피아가 늘어놓은 재료들을 보더니 눈썹을 추켜올렸다.

"샐비어스파게티인가?"

"나 그거 먹고 싶었어요! 나 샐비어스파게티 엄청 좋아해요! 할아버지는 양고기 샀어요. 우웩!"

"둘 다 먹으면 돼. 스파게티하고 양고기는 잘 어울려. 그전에 양념에 잰 호박과 가지를 먹을 거야."

"그리고 그전에는 목욕해야지."

크리스토프의 말에 릴리는 인상을 찡그리며 고개를 갸우뚱했다.

"좋아요. 하지만 피아 아줌마도 같이 해요."

"좋아."

피아는 일에 대한 생각을 멀리멀리 떨쳐버렸다. 어차피 전화가 올 때까지 오래 걸리지는 않을 것이다.

*

"엄마, 나 왔어."

희미한 전등불이 밝히고 있는 병실에서 마이케는 침대 발치에 서서 한나의 얼굴을 바라보았다. 처참하게 망가진 어머니의 얼굴을 보는 것이 쉽지 않았지만 얼굴을 돌리진 않았다. 부은 것은 좀 가라앉았지만 피멍은 아침보다 더 심해진 것 같았다. 그래도 오늘은 중환자실에서 일반병동으로 옮겨 왔다. 병실 앞에는 보덴슈타인이 말한 대로 정복 경찰이 앉아 있었다.

"마이케, 왔구나. 의자 가지고 와서 앉아."

마이케는 어머니가 시키는 대로 했다. 쪽지를 숨기지 않았다면 레오니 베르게스가 죽지 않았을 수도 있다는 형사들의 비난이 하루 종일 그녀를 괴롭혔기 때문에 기분은 말할 수 없이 참담했다. 이것은 변명이나 용서가 통하지 않는 일이다. 어머니의 취재를 방해하지 않기 위해서였다고 스스로를 합리화했지만 사실 그런 것 따위는 안중에도 없었다.

한나는 마이케에게 손을 뻗었다. 그리고 마이케가 주저하면서 그 손을 잡자 짧은 한숨을 토해냈다.

"무슨 일 있었니?"

한나가 낮은 목소리로 물었다. 마이케의 내면에서는 자신과의 싸움이 시작됐다. 아침에 왔을 때도 레오니 베르게스가 죽었다는 말을 하지 못했다. 지금도 도저히 그 말을 할 수 없을 것 같았다. 마이케는 그녀를 둘러싼 세계가 산산이 부서지는 것만 같았다. 이름을 알고 말을 주고받았던 사람이 죽었다. 그녀가 다른 사람들은 전혀 생각하지 않고 자기 마음대로 행동하는 동안 베르게스는 극심한 고통 속에서 죽어갔다. 그녀는 이제까지 자신을 희생자라고 생각하며 살아왔다. 불공평한 대우를 받았고 사랑도 받지 못했다고 생각했기 때문에 고집으로 다른 사람들의 관심을 얻으려고 했다. 고집 때문에 고도비만이 되도록 처먹었고 고집 때문에 뼈와 거죽만 남을 때까지 음식 먹기를 거부했다. 사람들에게 아무렇지도 않게 상처를 주고, 악의가 담긴 말, 부당한 행동을 일삼았다. 그 모든 것이 관심과 애정을 얻기 위한 절망적인 몸짓이었다. 어머니에게 항상 이기적이라고 욕했지만 정작 이기적인 사람은 그녀 자신이었다. 언제나 내가 받지 못한 것만 생각했지 남에게 줄 생각은 하지 않았다. 그렇다. 그녀는 절대 착하지 않았다. 그러니 단짝 친구나 남자친구가 있었을 리 없다. 자기 자신을 사랑하지 않는 사람이 어떻게 다른 사람의 사랑을 받겠는가? 항상 있는 그대로의 모습으로 그녀를 받아들인 사람은 어머니뿐이었다. 그녀가 적으로 간주하고 비난하기에 여념이 없었던 어머니 말이다. 사실 마이케가 어머니를 그토록 미워한 것은 은근히 질투심을 느꼈기 때문이었다. 그녀가 갖고 싶은 모든 것, 그러나 절대 갖지 못할 것들을 어머니는 다 가지고 있었다. 자신감, 아름다운 외모, 남자들을 끌어들이는 매력.

"그래. 너도 힘들지?"

한나는 불분명한 발음으로 중얼거리며 마이케의 손을 잡았다. 마이케의 눈에서 뜨거운 눈물이 솟구쳤다. 어머니의 무릎에 고개를 처박고 하염없이 울고 싶은 심정이었다. 이제까지 잘못한 것, 어머니에게 함부로 대한 것이 생각나서 너무나 부끄럽고 창피했다. 후회하고 용서를 빌 수 있는 용기라도 있다면!

엄마, 내가 엄마 차를 긁고 타이어를 펑크 냈어. 엄마 컴퓨터를 몰래 엿봤고, 볼프강에게 잘 보이려고 엄마 앞으로 온 쪽지를 경찰에게 보여주지 않았어. 어쩌면 그것 때문에 레오니 베르게스가 죽었는지도 몰라. 난 시기심 많고 심술궂고 나쁜 아이야. 엄마가 관대함과 인내심으로 대해줄 필요도 없어.

마이케는 이 모든 것을 속으로만 생각했지 입 밖으로는 한마디도 말하지 못했다.

"새 아이폰 좀 구해줄래? 사무실 책상 서랍에 트윈카드가 있거든. 동기화에 필요한 정보는 책상 깔개 밑에 있어."

한나가 작은 소리로 말했다. 마이케는 목이 메어 겨우 대답했다.

"응, 알았어. 내일 아침에 바로 해줄게."

"그래, 고맙다."

한나의 눈이 스르르 감겼다. 마이케는 한동안 그렇게 앉아서 잠든 어머니의 얼굴을 바라보았다. 병원에서 나와 차에 탔을 때에야 몸 상태가 어떤지 묻지도 않은 게 생각났다.

헬리콥터 한 대가 나무 꼭대기 위에 나타난 것은 새벽 5시 정각이었다. 그와 동시에 베른트 프린츨러의 집을 둘러싼 숲가에서 부산한 움직임이 일었다. 검은 유니폼에 복면을 한 사람들이 나무 밑에서 빠져나와 집 울타리를 에워싸기 시작했다. 해는 아직 습기를 머금고 있는 축축한 안개 속에 숨어 있었다. 보덴슈타인, 피아, 셈, 카트린은 숲 쪽에서 작전을 지켜보았다. 프린츨러의 집 근처 들판 위 상공에서 열 명의 무장한 특공대원들이 밧줄에 대롱대롱 매달린 채 내려왔다. 기다란 절단기 밑에서 대문의 쇠창살이 단번에 끊어졌고 특공대의 검정색 작전차량 다섯 대가 쏜살같이 대문 안으로 들어가더니 마당 쪽으로 진입했다. 그렇게 해서 헬리콥터가 나타난 지 3분 만에 프린츨러의 요새는 점령당했다.

"빠르긴 하네."

셈이 손목시계를 들여다보며 말했다.

"대포로 참새 잡는 격이지."

보덴슈타인이 중얼거렸다. 무표정한 얼굴이지만 피아는 그가 엥겔 과장에게 잔뜩 화가 나 있다는 것을 알고 있었다. 이곳으로 오는 도중 보덴슈타인과 엥겔 과장 사이에 짧지만 강력한 신경전이 있은 후 차 안에는 내내 침묵이 감돌았다. 어제저녁 엥겔 과장의 주도 아래 위성사진을 분석하고 랑엔젤볼트와 휘텐게제스 사이의 숲 뒤에 숨어 있는 프린츨러의 가옥 위치를 파악하는 작업이 진행됐다. 특공대와 전경 중대를 투입하겠다는 계획에 보덴슈타인은 배보다 배꼽이 더 크겠다며 소중한 세금을 낭비하는 짓이라고 비난했다. 이에 니콜라 엥엘은 3주간 아무런 성과도 내지 못하지 않았느냐, 그것 때문에 주정부에서 얼마나 욕을 먹는지 아느냐며 매섭게 몰아붙였다. 피아와 셈은 서로 눈치만 볼 뿐 둘 다 입을 꾹 다물었다. 그런 상황에서 말 한마디라도 잘못했다간 화약통에 불을 붙이는 꼴이 될 수도 있기 때문이었다.

갑자기 주위가 어수선해지자 한 무리의 노루가 유연한 동작으로 뛰어 도망쳤다. 그러나 나무 위의 새들은 밑에서 일어나는 일에는 아랑곳없이 자신들만의 아침 콘서트를 즐기고 있었다.

"과장님 말에 왜 그렇게 신경 쓰세요? 작전이 실패해도 우리 책임은 아니잖아요."

피아가 보덴슈타인에게 물었다.

"그것 때문이 아니야. 프랑크푸르트와 지역범죄수사국은 이미 프린츨러의 거주지를 알고 있었어. 이제까지 계속 감시만 해오다가 드디어 수색할 근거가 생긴 거지."

"뭐라고요? 이 목장의 존재를 알고 있었다고요? 그런데 왜 우리에게 정보를 주지 않은 거예요? 적어도 우리가 프린츨러의 어머니 집을 찾아갔을 때는 그쪽도 우리가 프린츨러를 찾고 있다는 걸 알았을 거 아니에요?”

피아가 믿기지 않는 얼굴로 말했다.

“그 사람들의 눈에는 우리가 아무것도 모르는 촌동네 형사들로 보이는 거지.”

보덴슈타인이 면도를 하지 않아 듬성듬성 수염이 나 있는 턱을 문지르며 말했다.

“이번엔 그냥 넘어가지 않을 거야. 프린츨러가 베르게스 살인범이라는 게 밝혀지면, 그리고 프랑크푸르트에서 정보를 공유해줬을 경우 범행을 방지할 수 있었다면 누구 하나 모가지가 잘릴 거야.”

피아의 손에 들린 무전기에서 지직거리는 소리가 났다.

“내부 진입 성공. 남자 한 명, 여자 한 명, 어린아이 두 명. 저항 없음.”

“가지.”

보덴슈타인이 말했다. 그들은 마른 낙엽이 깔려 있는 비탈길을 내려가 도랑을 하나 건너서 프린츨러의 집에 도착했다. 왼쪽으로는 큰 헛간이 있고 그 앞에는 그릴이 걸려 있었다. 그릴 옆으로는 긴 의자와 탁자가 놓여 있고, 거기서 약간 떨어진 곳에는 높은 철망 뒤로 자동차와 오토바이 부품이 종류별로 쌓여 있는 폐차장이 보였다. 집은 한참 뒤쪽에 있었다. 커다란 나무와 화려한 꽃으로 둘러싸인 집 뒷마당에는 풀장과 어린이 놀이터가 갖춰져 있었다. 실로 천국 같은 풍경이었다.

집에서 멀리 떨어지지 않은 잔디밭 위에 한 남자가 등 뒤로 양손이 묶인 채 엎드려 있었다. 맨발에 티셔츠와 트렁크 차림인 그를 경찰관 두 명이 일으켜 세웠다. 강제로 연 현관문 앞에는 잿빛 머리 여자가 두 아들과 함께 서 있었다. 열세 살 정도 되어 보이는 아이는 엄마에게 기대 울고 있었다. 엄마만큼이나 키가 자란 큰아들은 눈물을 보이진 않았지만 새벽부터 무력으로 들이닥친 경찰을 보고 놀란 표정이 역력했다.

회색 바지 정장에 방탄조끼를 입고 거구의 프린츨러 앞에 선 니콜라 엥엘은 마치 골리앗 앞에 선 다윗처럼 작아 보였다. 그러나 언제나처럼 자신감 넘치는 얼굴에선 무엇에도 놀라지 않는 단호함이 엿보였다.

"프린츨러 씨를 긴급체포합니다. 권리에 대해서는 말 안 해도 잘 아시겠죠?"

"이런 멍청한 짭새들!"

프린츨러가 흥분해서 외쳤다. 낮고 허스키한 목소리는 레오니 베르게스의 자동응답기에 녹음된 목소리와는 완전히 달랐다.

"왜 우리 가족을 이렇게 놀라게 하는 거야? 집 앞에 초인종 있잖아, 초인종!"

"내 말이 그 말이야."

보덴슈타인이 혼잣말로 중얼거렸다.

"압송해."

니콜라 엥엘이 대원들에게 지시했다.

"그러기 전에 옷 좀 입어도 되겠습니까?"

"안 돼요."

엥겔 과장은 프린츨러의 부탁을 냉정하게 거절했다. 프린츨러는 욕이라도 한차례 퍼부을 기세였지만 그렇게 한들 상황이 나아지지 않을 것임을 아는지 엥겔의 비싼 하이힐 바로 옆에 침을 뱉고는 당당하게 특공대원들에게 끌려갔다. 검정색 버스로 그를 끌고 가는 두 명의 대원은 난쟁이처럼 작아 보였다.

"보덴슈타인 반장과 키르히호프 형사는 가서 프린츨러의 부인과 얘기해보세요."

"프린츨러의 부인이 아니라 프린츨러와 얘기를 해야죠."

엥겔 과장이 매서운 눈초리를 보냈지만 보덴슈타인은 주눅 들지 않고 그녀를 마주보았다. 그때 집 쪽이 어수선하더니 누군가 반지하에 젊은 여자 두 명이 있다고 외치는 소리가 났다. 그 말을 들은 엥겔의 얼굴에 회심의 미소가 떠올랐다.

"그러면 그렇지. 내 그럴 줄 알았어."

*

마이케는 어제저녁 병원에서 나오면서 볼프강에게 문자를 보낸 후 계속 답장을 기다렸다. 그러나 아무리 기다려도 답장이 오지 않았다. 일요일 이후로 아무런 연락도 없다. 물론 월요일 아침에 사무실에서 잠깐 보기는 했지만 개인적인 대화는 나누지 못했다. 마이케는 버려진 듯한 느낌이 들었다. 아무 일도 생기지 않게 돌봐주겠다고 하지 않았던가? 볼프강은 도대체 왜 연락이 없는 걸까? 그녀가 뭔가 잘못한 걸까? 기분 나쁘게 하는 말이라도 했나? 마이케는 밤중에도 여러 번 일어나 문자나 이메일이 오지 않았는지 확인했다. 시간이 갈수록 그녀의 실망은 커져만 갔다. 이제까지 살아오면서 믿고 의지할 수 있는 유일한 사람이 있다면 바로 볼프강이었다. 실망은 분노로 변했고, 분노는 걱정으로 변했다. 만약 볼프강에게도 무슨 일이 생긴 거라면 어떡하지?

아침 9시경 마이케는 도저히 견디지 못하고 볼프강에게 전화를 걸었다. 두 번 신호가 간 후 바로 그의 목소리가 들렸다. 그가 그렇게 빨리 받을 줄 몰랐던 마이케는 당황해서 겨우 인사를 할 수 있었다.

"안녕하세요."

"아, 마이케. 네 문자 오늘 아침에야 봤어. 전화기를 무음 모드로 해놨거든."

마이케에게는 그 말이 진실로 들리지 않았다.

"아, 괜찮아요. 엄마 상태가 나아졌다고 알려드리려고 한 것뿐이에요. 어제 병원에 두 번이나 갔거든요."

"그래, 잘했다. 엄마를 잘 돌봐드려야지."

"그런데 아직 아무것도 기억이 안 난대요. 의사 말로는 좀 시간이 걸릴 거래요. 아예 기억이 안 돌아올 수도 있고요."

"차라리 기억이 돌아오지 않는 게 나을 수도 있지."

볼프강은 헛기침을 두어 번 했다.

"마이케, 지금 중요한 회의가 있어서 들어가 봐야 하거든. 내가 이따가……."

"레오니 베르게스가 죽었어요."

"뭐? 누가 죽어?"

"엄마의 심리상담사요. 토요일에 리더바흐에 함께 갔었잖아요."

"저런! 어쩌다 그런 일이……."

볼프강이 놀라서 외쳤다.

"넌 그걸 어떻게 알았니?"

"거기 갔었거든요. 엄마 일 때문에 물어볼 게 있어서 갔는데……문이 열려 있고…… 정말 끔찍한 걸 봤어요."

마이케는 일부러 떨리는 목소리로 말했다. 볼프강에게는 이 전략이 항상 통한다. 이렇게 놀라서 떨고 있는 어린아이처럼 말하면 불쌍하게 여겨서 자기 집에 와서 자라고 할지도 모른다.

"누군가가 의자에 묶어놓고 입을 테이프로 붙여버렸더라고요. 아마 말라 죽은 것 같아요. 그러고 나서 경찰이 왔어요. 형사들이 엄마 컴퓨터를 달라고 해서 줬는데, 잘못한 건 아니겠죠?"

볼프강이 대답하는 데는 약간 시간이 걸렸다. 그는 이성적이고 사려 깊은 사람이라 생각 없이 말하는 법이 없다. 아마 지금도 심사숙고하고 있을 것이다. 뒤에서 사람들이 두런거리는 소리가 났다. 곧이어 발걸음 소리가 나더니 문 닫히는 소리가 나고 이내 조용해졌다.

"당연히 잘못한 게 아니지."

드디어 볼프강의 입에서 대답이 나왔다.

"마이케, 경찰 일은 경찰이 하게 놔두고 넌 아무 데도 끼어들지 마. 지금처럼 그러면 위험해질 수도 있어. 며칠 아버지 집에 가 있는 건 어떠니?"

마이케는 자신의 귀를 의심했다. 이런 말도 안 되는 제안을 하다니! 마이케는 용기를 냈다.

"저…… 며칠 동안 아저씨네 집에 가 있으면 안 돼요? 엄마가 병원에 누워 있는데 저마저 슈투트가르트로 가버리면 어떡해요?"

마이케가 어린아이 말투로 말했다. 볼프강이 대답하기까지는 긴 시간이 걸렸다. 마이케의 느닷없는 요구에 당황한 것 같았다. 자기 집에 와 있으라는 말은 진심이 아니었던 것이다. 마이케는 '그래, 그러렴' 하고 흔쾌히 대답해주기를 바랐지만 볼프강의 대답이 늦어지는 것을 보니 적당한 변명을 찾고 있는 게 확실했다.

"미안하지만 안 되겠는데. 주말까지는 집에 손님이 많을 거거든."

그가 난감한 듯 말했다. 마이케는 그가 자신 때문에 괴로워한다는 생각에 심술궂은 만족감을 느꼈다. 그리고 속으로는 거절당한 것이 분해서 빽 소리를 지르고 싶으면서도 겉으로는 아무렇지 않은 척했다.

"그럼 어쩔 수 없고요. 참, 실습생 얘기는 어떻게 됐어요? 저 이제 실업자거든요."

다른 남자들 같았으면 신경질을 냈겠지만 볼프강은 천성이 점잖은 사람이라 그러지도 못했다.

"그건 나중에 다시 전화로 얘기하자. 그런데 지금 모두 날 기다리고 있어서 바로 들어가 봐야 돼. 기운 내고 조심해라!"

마이케는 전화기를 소파에 던져버리고 울음을 터뜨렸다. 도대체되는 일이 없다. 젠장! 왜 아무도 날 좋아하지 않는 거지? 옛날 같았으면 정말 아버지에게 달려가 울면서 동정심을 유발했을 것이다. 그런데 두 번째 애인이 생기고 나서는 아버지도 그녀에게 영 관심을 두지 않는다. 지난번에 슈투트가르트에 갔을 때는 그 애인이라는 여자가 제발 이제는 사춘기 아이처럼 굴지 말고 어른이면 어른답게 행동하라고 잔소리까지 했다. 그 뒤로는 그 집에 발도 들여놓지 않는다. 그녀는 소파에 엎드려 어떡할까, 누구에게 전화를 걸까 생각했다. 하지만 전화 걸 만한 사람이 떠오르지 않았다.

＊

베른트 프린츨러의 집 반지하에서 발견된 두 명의 젊은 여자는 경찰이 그들을 '구출'해준 것을 별로 기뻐하지 않았다. 작전 지도부는 그들이 러시아 국적이고 그들이 있던 방이 좀 허름하다는 사실만으로 그들을 감금된 채 몸을 파는 불법체류자라고 판단해버렸다.

게다가 그런 성과를 거두었다는 데 너무 들떠서 그녀들에게 개인 물건을 챙기지 못하게 했기 때문에 나타샤와 루드밀라 발렌코바 자매가 매춘과는 전혀 관계없다는 사실은 나중에 프랑크푸르트 경찰청에 가서야 드러났다. 나타샤는 프린츨러 집안의 오페어로 여권과 체류 허가증을 모두 갖추고 있었다. 언니인 루드밀라는 전에 프린츨러 집안의 오페어였다가 현재는 학생 비자를 받아 프랑크푸르트 대학에서 경영정보학을 전공하는 대학생 신분이었다.

새벽부터 난리법석을 떨며 실시된 작전은 그렇게 아무 성과도 없이 돈만 낭비한 결과로 마무리됐다. 그러나 보덴슈타인은 자신이 옳았음을 내세우며 기뻐하지 않았다. 오히려 그는 골이 잔뜩 나 있었는데, 프랑크푸르트 경찰이 아직까지도 프린츨러와 애기할 기회를 주지 않았기 때문이었다. 새벽에 치러진 삽질 작전이 가져온 한 가지 이득이 있다면 보덴슈타인이 프랑크푸르트 경찰청에서 킬리안 로테문트 사건을 담당한 옛 동료를 만났다는 것이다. 루츠 알트뮐러는 특별수사팀 '표범'의 일원이기도 했다는 점에서 더욱 흥미로웠다. '표범' 사건은 2001년 7월 31일 마인 강에서 여학생이 시체로 발견된 사건으로, 범인을 찾지 못한 미제 사건이다. 알트뮐러는 피아, 크뢰거, 셈과 대화할 시간을 내겠다며 공항 근처에 있는 운터슈바인슈티게 레스토랑을 약속 장소로 잡았다. 보덴슈타인을 공항에 데려다 주기로 한 피아는 약속 장소가 공항 근처인 게 다행이라고 생각했다. 보덴슈타인은 뮌헨으로 가는 2시 반 비행기를 타야 한다. 짐은 기내에 들고 갈 것뿐이다. 오스터만이 인터넷으로 체크인하고 탑승권을 아이폰으로 보냈기 때문에 1시 반까지 출국장A 앞에 데려다 주기만 하면 된다. 시간은 넉넉했다.

운터슈바인슈티게에 도착한 피아는 주차장에 주차하고 나와 길을 건넜다. 피아가 빌딩과 공항 호텔 사이에서 레스토랑을 찾아 두리번거리는데 미리 와서 기다리고 있던 셈과 크뢰거가 손을 흔들었다.

루츠 알트뮐러는 입구 바로 옆 탁자에 앉아 허브 소스를 친 커다란 소가슴살스테이크와 삶은 감자를 먹고 있었다. 하루 종일 굶은 피아는 음식을 보자 입안에 침이 고였다.

"약속 시간이 점심 때라 식사를 겸하는 게 좋겠다 싶어서요."

서로를 소개하고 나서 알트뮐러가 말했다.

"자, 앉으세요. 식사는 하셨습니까? 여기 허브소스가 아주 괜찮아요."

그는 나이프와 포크를 휘둘러가며 얘기했다.

"보덴슈타인 반장은 어디 두고 온 겁니까?"

"반장님은 뮌헨에 가셨어요. 오늘 저녁에 '수사파일 XY'에 출연하시거든요."

피아가 대답했다.

"아, 그렇지. 그 얘기 합디다."

루츠 알트뮐러는 한때 육상 선수였다고 하는데 사실 믿기 힘들었다. 1996년 애틀랜타 올림픽에 출전해서 프랑크푸르트 경찰청에서 특별 대우를 받았다는데 지금은 근육이 모두 물렁물렁한 지방으로 변해서 보기에 과히 좋지 않았다. 기름진 음식과 운동 부족의 조합이 만들어낸 결과다.

"자, 알고 싶은 게 뭡니까?"

그는 천으로 된 냅킨으로 입과 얼굴을 닦더니 사과주를 한 모금 마시고 의자에 등을 기댔다. 그의 육중한 몸뚱이를 받치느라 의자가 삐걱거렸다.

“저희는 지금 세 가지 사건을 수사 중이에요. 그런데 이 세 사건에서 킬리안 로테문트와 베른트 프린츨러라는 이름이 반복해서 나오고 있어요. 프린츨러는 오늘 아침에 체포했는데 로테문트는 아직 도주 중이에요. 킬리안 로테문트에 대해서 아는 대로 얘기해주셨으면 좋겠어요.”

알트뮐러는 피아의 설명에 귀를 기울였다. 몸은 둔해졌는지 몰라도 기억력은 아직 녹슬지 않은 것 같았다. 2001년 7월 그는 여학생의 시체가 발견된 현장으로 제일 먼저 달려간 경찰관 중 한 사람이었고 특별수사팀을 꾸리는 데도 큰 역할을 했다. 시체가 발견되고 나서 사흘 뒤 특별수사본부에 한 통의 제보 전화가 걸려왔다. 죽은 여학생에 대해 알고 있다는 것이었다. 그것이 첫 번째이자 마지막 단서였다. 제보자는 신원을 밝힐 수 없다며 변호사를 대리인으로 내세웠다.

“그게 킬리안 로테문트군요.”

피아가 말했다.

“맞아요. 우리는 작센하우젠의 한 술집에서 로테문트와 만났어요. 로테문트는 죽은 여학생이 아동 포르노 마피아의 희생물이 된 것 같다며 의뢰인의 신원을 밝힐 수는 없지만 의뢰인 본인도 그 집단의 피해자이기 때문에 잘 안다고 했어요. 그러면서 배후 조종자와 교사자들의 이름을 댈 수 있다고 했죠. 그의 말을 무조건 믿기에는 너무 막연한 구석이 있었지만 그게 유일한 단서였기 때문에 우린 거기 매달릴 수밖에 없었어요. 그런데 며칠 후에 검찰청에서 로테문트를 수사하기 시작했어요. 사무실과 집을 압수수색했는데 아동 포르노 사진과 동영상이 엄청나게 나온 거예요. 게다가 로테문트가 어린아이와 성관계하는 동영상까지 나왔어요.”

"하지만 그게 상식적으로 말이 됩니까? 로테문트가 범인이라면 왜 그런 식으로 자신을 드러냈겠어요?"

크뢰거가 이의를 제기했다.

"내 말이 그 말이에요."

알트뮐러는 고개를 끄덕이며 미간에 주름을 잡았다.

"그 사건은 이상한 데가 많았어요. 어쨌든 로테문트는 재판을 받고 감방에 들어갔죠. 로테문트의 의뢰인은 끝까지 익명으로 남았고 다시는 연락하지 않았어요. 그 사건은 그렇게 해서 미제 사건으로 남게 되었지요."

"그리고 그로부터 9년 후 우리가 학대받은 흔적이 있는 또 다른 여학생 시체를 강에서 건진 거죠. 이번에도 역시 로테문트에게 수사의 초점이 맞춰졌고요."

크뢰거가 말했다.

"지금까지는 추측일 뿐이죠. 로테문트가 정말 우리 '인어공주'와 관련이 있는지 밝혀지지는 않았어요."

셈이 한마디 거들었다. 그때 종업원이 와서 알트뮐러의 접시를 치웠다. 피아는 배 속에서 꼬르륵 소리가 나는 것을 무시하고 콜라 라이트만 주문했다. 셈과 크뢰거도 식사를 주문하지 않았다.

알트뮐러는 음료가 나올 때까지 기다렸다가 탁자 위로 몸을 기울이며 낮은 목소리로 말을 이었다.

"그때 우리끼리는 로테문트가 함정에 빠진 거라고 결론을 내렸어요. 아동 포르노 마피아는 자기들 조직이 드러날 것 같으면 그것을 막으려고 별의별 수단을 다 쓰거든요. 인정사정없어요. 인맥도 엄청나게 깔려 있고요. 장차관급, 공기업 요직, 정치경제계의 큰손들……. 그러니 누가 손을 델 수 있겠어요? 그놈들 중 하나라도 잡

아넣으려면 몇 년이 걸립니다. 조직 전체를 뿌리 뽑는 건 말할 것
도 없고요. 대부분 모르는 척하고 넘어가거든요. 돈, 커넥션, 기술
장비 할 것 없이 경찰하고는 비교도 안 되게 잘 갖추고 있어요. 우
린 항상 몇 걸음 뒤에 따라가는 거예요.”

“만약 로테문트가 무죄라면 왜 항의하지 않았을까요?”

피아가 물었다.

“항의했죠. 그는 마지막 순간까지도 증거 자료는 자신과 상관없
다고 주장했어요. 하지만 증거가 워낙 확실해서 법정은 그의 반박
을 고려 대상으로 삼지 않았죠. 게다가 언론에서 밑밥을 어지간히
뿌렸어야죠. 참 이상한 게 언론매체의 접근을 철저하게 금지했는데
도 정보가 다 새 나갔어요. 그리고 또 마르쿠스 마리아 프라이 검
사의 잊지 못할 기자회견이 있었죠. 프라이 검사는…….”

“한때 로테문트의 절친이었다면서요?”

피아가 얼른 끼어들었다. 알트뮐러는 고개를 끄덕였다.

“네, 모두 그렇게 알고 있었죠. 그런데 그 우정은 로테문트가 중
범죄자들을 변호하면서 깨졌어요. 로테문트는 수사기관과 검찰의
소송 과정에서 있었던 실수를 증명해냄으로써 여러 건의 재판에서
이겼거든요. 세간의 주목을 받으며 엘리트 변호사로 이름을 날리고
있었죠. 고급 빌라에 맞춤 양복에 비싼 차에……. 내 생각엔 프라이
가 친구를 질투했던 게 틀림없어요. 그래서 기회가 되니까 좋아, 어
디 맛 좀 봐라 한 거죠.”

“그렇게 비열한 방법으로요?”

크뢰거가 머리를 절레절레 흔들었다.

“뭐 그렇게 생각할 수도 있는데…… 그래도 상상을 해봐요. 옛날
에 가깝던 친구에게 공식적인 자리에서 계속 창피를 당한 거예요.

그런데 그 친구가 엄청난 실수를 한 거죠. 그럼 검사로서 어떻게 하겠어요? 직무상의 본분 때문에라도 수사하겠죠.”

“그건 맞는 말씀입니다. 특히나 아동 성범죄인데요. 그런데 개인적 이유로 기피 신청을 했어야 하는 거 아닌가요?”

셈은 알트뮐러의 말에 동의하더니 다른 부분을 지적했다.

“사실 그렇게 했어야죠. 그런데 자기 조직의 명예를 회복시키고 자기 얼굴도 세울 수 있는 기회라고 생각한 거겠죠. 그 사람이 그냥 30대 중반에 부장검사가 된 게 아니에요. 야망 있고 냉혹하고 대쪽 같은 인물이죠.”

“베른트 프린츨러는 어떤 사람이에요?”

피아가 화제를 돌렸다.

“한때 로드킹의 핵심 인물이었죠. 사람들은 로드킹을 그저 그런 양아치들이 모인 폭주족 집단으로만 보는데 사실은 그렇지 않아요. 거의 군대에 가까운 엄격한 서열 체계를 갖춘 조직이에요. 코소보 알바니아 조직과 러시아 조직이 패권 다툼을 하다 보면 부차적 피해가 발생해요. 그래서 그중 한두 놈은 법정에도 서고 감옥에도 가고 그러거든요. 그런데도 경찰이 걔네들을 그냥 두고 보는 게 저희들끼리 싸우고 또 저희들끼리 엄격하게 질서를 세워요. 그러면 우리 일이 줄어들거든요. 프린츨러는 1990년대 프랑크푸르트계의 넘버 투였어요. 모두 두려워하고 무서워하는 존재였죠. 그러다 어느 날 갑자기 그 동네에서 싹 사라졌어요. 처음에는 동료들에게 밉보여서 매장된 거다, 어디선가 시체가 나올 거다, 그렇게 생각했죠. 그런데 알고 보니 사업에서 손을 떼고 조직 내 다른 업무를 맡은 거였어요.”

“그게 어떤 업무였습니까? 그리고 이유는요?”

크뢰거가 물었다.

"그건 나도 어림짐작할 뿐이에요. 그때 언더커버 요원을 하나 심어놨는데 일제단속에서 총에 맞아 죽었거든요. 어쨌든 우리가 알고 있는 정보로는 프린츨러가 결혼해서 이제 더 이상 전면에 나서지 않으려고 한다는 거였어요."

"오늘 아침에 보니까 부인과 아들 둘이 있더라고요. 아이들이 열세 살, 열일곱 살 정도 됐겠던데요."

셈이 그 말을 확인시켜주었다.

"시간적으로 딱 맞아떨어지네요."

피아는 알트뮐러가 쏟아내는 정보에 조용히 귀를 기울였다. 수많은 정보가 퍼즐 조각처럼 머릿속을 날아다녔다. 피아는 아직 턱없이 모자란 퍼즐 판의 퍼즐을 맞추려고 애썼지만 질문에 대한 답을 얻었다기보다는 새로운 질문만 더 생겨난 기분이었다. 한나 헤르츠만은 정말 로드킹을 취재하고 있었을까? 그녀가 로테문트, 프린츨러와 접촉하게 된 계기는 무엇일까? 그리고 전체 그림에서 레오니 베르게스가 차지하는 역할은 뭐지?

"언더커버 요원이 총에 맞은 게 언제죠?"

피아가 알트뮐러에게 물었다. 무의식이 보내는 신호가 있기는 한데 손에 잡힐 듯 말 듯 희미해서 도저히 그 정체를 알 수 없었다.

"한참 됐죠. 그게 1998년이던가, 1997년이던가. 아무튼 프린츨러가 아직 활동할 때였어요. 로테문트가 성공적으로 변호해서 무사히 빠져나갔지요. 그리고 언더커버 요원과 그쪽 조직원 두 명을 쏜 게 로드킹이 아니라 우리 쪽 사람이라는 게 밝혀졌거든요."

"에릭 레싱."

피아가 불쑥 내뱉었다. 계산하려고 막 종업원을 향해 손짓하던 알트뮐러의 붉은 얼굴에 창백한 기운이 돌았다.

"아니, 그 이름을 어떻게 알아요?"

그 대답이 모든 설명을 대신해주었다. 피아의 두뇌가 빠르게 회전하기 시작했다. 에릭 레싱. 카트린. 벤케. 니콜라 엥엘. 킬리안 로테문트. 엥겔 과장이 벤케를 좋아하지 않는 이유와 프랑크푸르트 시절의 오래된 사건. 벤케가 아무런 제재 없이 제 마음대로 행동할 수 있었던 이유는 뭐지? 수많은 과실에도 불구하고 해임되기는커녕 지역범죄수사국 내부감사팀으로 들어갈 수 있었던 이유는? 누군가 높은 자리에 있는 사람이 뒤를 봐주고 있는 걸까? 그렇다면 그 이유는 뭐지?

"그것도 검사 측의 과실이었나요? 지금 우리가 다루는 사건과 관계가 있을까요?"

피아는 알트뮐러의 질문을 무시하고 계속 다른 질문을 쏟아냈다.

"상상력이 너무 풍부한 거 아닌가?"

알트뮐러가 고개를 설레설레 저으며 혼잣말처럼 말했다. 어쨌든 그에게서 더 이상 무슨 말을 들을 수 있을 것 같지는 않았다. 그는 병원에 예약해놔서 가봐야 한다며 종업원을 불러 계산을 했다. 셈과 크뢰거는 큰 도움이 됐다며 인사를 했다. 그리고 막 레스토랑을 나서는데 피아의 뇌리를 스치고 지나가는 생각이 있었다. 피아는 순간적으로 짜릿한 전율이 흐르는 것을 느꼈다. 그래, 그렇게 된 거였어!

"알트뮐러 씨, 그때 로테문트가 의뢰인에 대해서 뭐라고 하던가요? 의뢰인이 남자였나요, 아니면 여자였나요?"

피아가 알트뮐러를 돌아보며 물었다. 알트뮐러는 레스토랑 앞에 있는 높은 탁자에 뚱뚱한 몸을 기댄 채 생각을 집중했다.

"글쎄, 그건 사건 기록을 달라고 해서 봐야 알겠는데요."

그가 인상을 써가며 한참 생각해보더니 말했다.

"그때 대화 내용을 녹음해서 사본으로 남겨놨거든요. 서에 들어가면 한번 물어볼게요."

"고맙습니다. 그리고 의뢰인 본인도 피해자라고 했는데, 어떤 식으로 무슨 피해를 입었다는 거예요?"

알트뮐러는 생각에 잠긴 표정으로 대머리를 쓱 문질렀다.

"흠, 내 기억엔 그 의뢰인도 아동 포르노 마피아의 희생자라는 뜻이었어요. 얘기할 기회가 그때 단 한 번뿐이었기 때문에 다시 물어볼 수는 없었죠."

피아의 머릿속에서는 퍼즐 조각이 저절로 제자리를 찾아 들어갔다. 피아는 그동안 베른트 프린츨러에게 가려 보지 못한 게 뭔지 깨달았다. 그녀는 갑자기 마음이 바빠졌다.

"에릭 레싱이 누구야? 그 사람이 그 이름을 듣고 왜 그렇게 놀란 거야?"

알트뮐러가 뚱뚱한 몸을 이끌고 사라진 후 크뢰거가 물었다.

"그냥 한번 찔러본 거였어요. 저도 뭐가 뭔지 아직 잘 모르겠는데 레오니 베르게스의 집에 다시 한 번 가봐야겠어요. 왠지 환자 기록부 속에 사건의 열쇠가 숨어 있을 것 같아요."

*

바트 홈부르크 병원에서 집으로 오는 동안 루이자는 한마디도 말하지 않고 내내 엄지손가락만 빨았다. 집에 도착해서도 계단을 걸어서 올라가지 않겠다고 떼를 썼다. 초콜릿 푸딩을 주겠다며 달래도 보고 이성에 호소해보기도 하고 야단도 쳐보았지만 도무지 말을 듣지 않았다. 눈물이 나올 지경이 된 엠마는 어쩔 수 없이 만삭의 몸으로 아이를 안고 계단을 올라갔다. 마침 그때 관리인 그라세르가 시부모 집에서 나오다가 그 모습을 보고 달려왔다. 그리고 루이자가 항의할 틈을 주지 않고 얼른 아이를 받아 계단을 올라갔다. 나중에 코리나와 사라가 작은 선물을 들고 찾아왔지만 루이자는 미소 한 번 짓지 않았다. 그리고 자기 방으로 들어가 문을 쾅 닫아버렸다.

그 순간 엠마는 참았던 눈물이 터지고 말았다. 루이자의 팔이 부러진 것은 그녀의 책임이 아니다. 하지만 그녀는 죄책감에 시달렸고, 도대체 이 상황을 어떻게 헤쳐나가야 할지 막막하기만 했다. 한편으로는 플로리안이 옆에서 도와주기를 바랐지만 다른 한편으로는 절대 그것만은 허용해서는 안 될 것 같았다. 코리나와 사라는 그녀를 위로하며 루이자를 잘 돌봐 주겠다고 약속했다. 그리고 재단 시설에서 아이를 낳으면 바로 옆에 데리고 있는 것이나 마찬가지라며 그녀를 안심시켰다.

"그때까지는 플로리안이 돌아오겠지."

코리나가 말했다.

"그럴 일은 없을 거예요."

엠마가 흐느끼며 말했다. 그리고 곧 속에 쌓여 있던 말이 줄줄 쏟아져 나왔다. 청바지 주머니에서 빈 콘돔 봉지를 발견하고 따졌지만 묵묵부답이었고 외도 사실을 시인하지도 부정하지도 않은 일, 그래서 집을 나가 달라고 한 일을 모두 털어놓았다. 그 말을 들은 코리나와 사라는 뜨악한 표정을 지을 뿐 아무 말도 하지 못했다.

"그것뿐이 아니에요. 병원에 갔을 때 의사가 그러는데…… 루이자가 성추행을 당했을 수도 있대요."

엠마의 눈에서는 봇물 터지듯 눈물이 하염없이 흘러내렸다.

"허벅지 안쪽과…… 사타구니에 피멍이 들었대요. 말에서 떨어져서 그런 건 아니래요. 플로리안은 그 말을 듣고 의사에게 엄청나게 화를 냈어요. 그 뒤로 연락도 없어요. 그 사람이 그런 짓을 했을지도 모르는 상황에서 루이자를 2주마다 한 번씩 데려가게 할 수는 없어요!"

엠마는 루이자가 보인 행동의 변화, 감정을 자제하지 못하고 분노를 폭발시킨 일, 유치원에서의 공격적 태도, 깜짝 놀랄 정도로 무력한 상태가 주기적으로 찾아오는 상황, 늑대 인형을 갈기갈기 찢어놓은 사건을 이야기했다.

"프랑크푸르트 여성쉼터의 상담사랑 상담도 하고 인터넷에서도 찾아봤어요. 루이자처럼 어린아이가 성적 학대를 받을 때 나타나는 전형적인 증상이래요. 아이가 가정에서 더 이상 안전하게 보호받는다고 느끼지 못하기 때문에 스스로를 지키기 위해 만들어내는 일종의 정신적 보호반응이래요."

엠마는 코를 팽 풀며 코리나와 사라의 놀란 얼굴을 쳐다보았다.

"제가 왜 루이자를 혼자 두지 못하는지 이제 아시겠어요? 그런데 앞으로 아기가 태어나면 루이자에게만 관심을 집중할 수 없으니 어떻게 해야 할지 모르겠어요."

"플로리안은 뭐라고 하는데? 아이를 학대한 적이 있느냐고 직접 물어봤어?"

코리나가 물었다.

"아니요! 그걸 물어볼 시간이 있었어야죠? 지난번에 병원에서 본 게 마지막이에요."

"내가 한번 얘기해볼까?"

"그러세요. 전 이제 뭘 어떻게 해야 할지 도저히 모르겠어요. 아무것도 모르겠어요."

"먼저 마음을 진정시켜야지."

사라가 그녀의 어깨를 쓰다듬으며 말했다.

"루이자를 대할 때도 너무 부담 느끼지 말고. 루이자 또래의 아이들은 병원에 있다가 나오면 무척 낯설어해. 아무리 엄마가 옆에 있어도 갑자기 낯선 공간에서 낯선 사람들에게 둘러싸이는 거니까. 이제 집에 왔으니까 며칠 있으면 다시 적응하고 괜찮아질 거야."

"이제 루이자에게 가봐야겠어요. 선물도, 이야기를 들어준 것도 고마워요."

엠마가 한숨을 쉬며 일어섰다. 그리고 그들과 포옹한 뒤 문까지 배웅했다. 혼자 남은 그녀는 크게 심호흡을 하고 루이자의 방으로 갔다. 루이자는 방 한구석에 앉아 엠마가 들어가도 쳐다보지도 않았다. CD 플레이어에서는 신데렐라 이야기가 흘러나오고 있었다. 멍한 표정으로 엄지손가락을 빨고 있는 아이를 보니 엠마는 가슴이 미어졌다.

"비스킷 먹을래? 아니면 사과를 줄까?"

엠마가 아이 앞에 앉으며 물었다. 루이자는 그녀를 쳐다보지 않은 채 머리만 흔들었다.

"할머니, 할아버지가 잘 계시는지 전화해볼까?"

루이자는 다시 머리를 좌우로 흔들었다.

"그럼, 우리 어깨 주물러주기 할까?"

아이는 다시 고개를 저었다. 엠마는 그런 아이를 근심 어린 표정으로 바라보았다. 마음 같아서는 내 옆에 있으면 안전하니 두려워할 필요 없다고 아이를 안심시켜주고 싶었다. 그러나 사라 말대로 너무 부담스럽게 다가가면 안 될 것 같았다.

"여기 같이 앉아서 신데렐라 이야기 들을까?"

그 말에 아이는 어깨를 으쓱했다. 아이의 시선은 불안하게 두리번거리며 방 안을 훑어보고 있었다. 그들은 한동안 그렇게 앉아서 동화를 들었다. 그러다 갑자기 루이자가 입에서 엄지손가락을 빼고 말했다.

"아빠한테 와서 나 데려가라고 해."

*

니콜라 엥엘 과장의 방에 모인 K11팀 전원은 텔레비전 앞에 앉아 '수사파일 XY'가 시작되기만을 기다렸다. 모두 긴 하루를 보냈지만 보덴슈타인의 출연을 기다리는 그들의 눈은 초롱초롱 빛났다. '수사파일 XY'는 평균 700만 명이 시청하는 방송이다. 휴가 기간이라 평소보다 적기는 하겠지만 이렇게 넓은 시청자층을 만날 수 있는 기회는 흔치 않다.

마인 강에서 건진 여학생에 대한 정보가 너무 적어서 그 사건 하나만으로는 프로그램을 채우기 어려웠다. 그래서 한나 헤르츠만 사건을 영화로 만들어서 끼워 넣었다고 했다.

이윽고 방송이 시작됐고 보덴슈타인이 첫 번째 순서로 등장했다. 보덴슈타인의 얼굴이 화면에 나오자 과장실은 바늘 떨어지는 소리도 들릴 만큼 조용해졌다. 보덴슈타인은 카메라 앞에서 딱딱하게 굳어버리는 다른 형사들과 달리 진행자에게 뒤지지 않을 만큼 자연스러운 태도로 유려한 말솜씨를 뽐냈다. 피아는 루츠 알트밀러를 만나고 온 다음부터 머릿속이 복잡해서 방송에 제대로 집중할 수 없었다. 단서를 잡았다 싶다가도 다음 순간 정보의 파편들이 마구 뒤섞여 버려 머릿속이 혼란스러워졌다. 이 방에 앉아 있는 사람 중 적어도 두 사람은 그녀의 혼란을 잠재워 줄 수 있었다. 니콜라 엥엘은 홍등가 일제단속 과정에서 언더커버 요원과 로드킹 조직원 두 명이 사살됐을 때 프랑크푸르트 경찰서 강력반의 책임자였다. 그리고 카트린은 에릭 레싱이라는 이름을 알고 있다.

피아는 오후 내내 레오니 베르게스의 집에서 환자 기록부를 뒤졌다. 그러나 학대받은 여자들, 트라우마에 시달리는 여자들, 정신병에 걸린 여자들의 슬픈 운명 등 읽는 것만으로도 우울해지는 기록들뿐이었고 로테문트, 프린츨러, 혹은 한나 헤르츠만과의 연관 관계를 추측해볼 수 있는 단서는 없었다.

텔레비전 화면에 킬리안 로테문트의 사진이 나왔다. 역시 잘생기긴 했다. 그의 푸른 눈동자는 눈에 띄어서 목격자가 없다면 그게 더 이상할 노릇이다. 만약 로테문트가 정말 파렴치한 음모의 희생양이 된 것이라면? 피아는 사이가 벌어진 친구가 있는데 그 친구가 아동 성범죄자라는 말이 돈다면 어떻게 받아들일지, 그 친구가 그렇지 않다고 주장할 때 자신은 어떻게 반응할지 생각해보았다. 사이가 좋지 않아도 그 친구의 말을 믿을까? 텔레비전 화면은 막 0800/22449898이라는 제보 전화번호로 바뀌고 있었다.

"내려가서 얼른 담배 한 대 피우고 올게요."

옆자리에 앉아 있던 카트린이 의자에서 일어서며 말했다.

"잠깐, 나도 같이 가."

피아는 가방을 둘러메며 따라 일어섰다. 오스터만은 보덴슈타인이 출연한 후 제보 전화가 올 것에 대비해 전화기를 가까이 두고 지키고 있었다. 피아는 카트린을 따라 지하까지 내려갔다. 그리고 사람들이 잘 사용하지 않는 지하 휴게실을 통해 밖으로 나갔다.

"반장님은 배우 해도 되겠어요. 난 카메라 앞에 서면 제대로 말도 못 할 것 같은데."

카트린이 담배에 불을 붙이며 말했다.

"성과가 있어야 할 텐데."

피아도 담배를 꺼내 물며 벽에 등을 기댔다. 오늘은 새벽 3시에 일어났지만 전혀 피곤하지 않았다. 모두가 기다려온 수사의 전환점에 서 있다는 생각, 사건 해결이 임박했다는 예감에 오히려 흥분을 느꼈다. 그들은 잠시 말없이 담배를 피웠다. 높은 철망 너머 이웃집에서 사람들이 웃고 떠드는 소리와 함께 유혹적인 그릴 냄새가 풍겨 왔다.

"카트린, 뭐 좀 물어봐도 돼?"

"네, 물어보세요."

카트린이 호기심에 눈을 반짝이며 말했다.

"얼마 전에 벤케 형사가 왔을 때 말이야, 반장님한테 에릭 레싱이라는 이름을 말했지? 그 이름을 어디서 들었어?"

"그게 왜 궁금한데요?"

카트린의 눈에는 호기심 대신 미심쩍은 빛이 돌았다.

"우리가 수사 중인 사건하고 관련 있을 수도 있어서……."

담배 연기를 깊이 빨아들이던 카트린은 눈에 연기가 들어갔는지 눈을 껌벅거렸다. 그리고 연기를 길게 뿜어냈다.

"벤케 선배가 괴롭히기 시작할 때쯤 한 남자를 알게 됐어요. 비스바덴 세미나에 갔다가 세미나 진행자하고…… 그 사람이랑 가까워졌어요."

피아는 갑자기 카트린의 외모가 변했던 때를 기억해내고 고개를 끄덕였다. 하루아침에 멋진 안경, 모던한 헤어 스타일로 바꾸고 옷차림도 완전히 변했었다.

"그 사람하고 한참 동안 만났어요. 하지만 유부남이라 드러내 놓고 사귈 수는 없었어요. 그 사람은 이혼하겠다고 했지만 결국 그렇게 안 되더라고요. 그 사람이 필요로 하는 게 상처받은 자아를 되살리기 위한 애인이라는 걸 깨닫는 데 시간이 좀 걸렸죠."

카트린은 길게 한숨을 쉬었다.

"어쨌든 어느 날 얘기하다 보니까 벤케 선배를 알더라고요. 무슨 특수부대에 같이 있었다던가? 그런데 그 사람, 열등감이 엄청 심해서 옛날에 있었던 일을 얘기하면서 끊임없이 자기자랑을 하는 경향이 있었거든요. 어느 날인가는 언더커버 요원이 죽은 그날에 대해 얘기를 했어요."

피아는 자신의 귀를 의심하며 눈을 동그랗게 떴다.

"엘베 가 사창가에 일제단속 나간 건 아무도 몰랐대요. 특별기동대도 관여하지 않았고요. 정복 경찰 몇 명이 한 가게를 덮쳤는데 그때 마침 에릭 레싱하고 로드킹 조직원 둘이 그 가게에 자릿세를 받으러 와 있었던 거예요. 그래서 유곽 뒷마당에서 총격전이 벌어졌는데…… 그다음이 중요해요."

카트린은 잠시 말을 멈추었다. 그러나 피아는 뒤에 무슨 말이 나올지 알 것 같았다.

"그 세 사람을 쏜 게 벤케 선배였어요. 그것도 경찰에 등록되지 않은 총을 사용했대요. 그 총이 나중에 어느 로드킹 조직원의 차에서 발견됐는데 그 사람은 알리바이가 확실했대요. 그 사람의 변호사가 기소되기도 전에 빼냈다고 하더라고요. 그리고 그 일은 없는 일처럼 흐지부지됐고, 벤케 선배는 잠깐 정신병원에 있다가 호프하임으로 발령받은 거죠. 그런데 이게 지금까지도 일급비밀이래요.”

피아는 담배꽁초를 밟아 껐다.

“그 남자는 그걸 어떻게 알았대?”

“벤케가 술에 취해서 다른 사람에게 말하지 말라고 하면서 얘기하더래요.”

“그게 언제 일이야?”

“제가 제대로 기억하고 있다면 1996년 3월쯤일 거예요.”

“카트린이 그 얘기 아는 거 반장님이랑 과장님이 아셔?”

“제가 에릭 레싱의 이름을 말한 날, 반장님이 얘기 좀 하자고 하긴 했는데 지금까지도 아무 말씀 없으세요.”

카트린이 어깨를 으쓱하며 말했다.

“어쨌건 전 별로 상관없어요. 벤케 선배가 또 괴롭힐 경우에 대비해서 반격용으로 준비해둔 거니까요.”

*

야간 당직 간호사가 들어오는 바람에 한나는 잠에서 깼다. 병원의 간호사들과 간호조무사들은 조용히 있고 싶어 하는 한나의 바람을 존중해서 꼭 필요하지 않으면 말을 시키지 않는데 유일하게 눈치 보지 않고 떠들어대는 사람이 야간 당직 레나다. 레나는 기운 넘치는 금발 여자로, 헬스 트레이너처럼 병실에 들어서자마자 유쾌하게 지껄이기 시작한다. 이불을 걷어내고 손뼉을 치며 튜브와 주삿바늘이 달린 팔로 윗몸일으키기를 하라고 시키지 않는 게 다행으로 여겨질 정도다.

“어머나, 아이폰 새로 받으셨네요.”

레나는 체온과 혈압을 잰 후 높은 목소리로 노래하듯 말했다.

"예쁘다! 하얀색이네. 진짜 예뻐요. 나도 이런 거 하나 사고 싶은데, 엄청 비싸죠? 제 남자친구도 그거 샀는데 요즘 앱 다운받는다고 맨날 전화기만 들여다보고 있다니까요."

한나는 눈을 감고 레나 혼자 떠들게 놔두었다. 마이케는 새 스마트폰에 데이터를 동기화시켜서 가져다주었다. 그래서 이제 이메일을 확인할 수 있다. 무엇보다 좋은 것은 시간감각이 전혀 없다가 이제 오늘이 며칠인지 알 수 있게 됐다는 것이다.

"방금 '수사파일 XY'에 나오셨더라고요. 간호사실에서 다 같이 봤어요. 그 영화로 재연하는 거 있잖아요. 그거 정말 너무 무서운 거 같아요."

그 말을 들은 한나는 속으로 움찔하며 눈을 떴다.

"뭘 재연했는데요?"

한나가 날카로운 목소리로 물었다. 왜 아무도 그 말을 해주지 않았을까? 이리나, 얀, 마이케, 아니면 하다못해 에이전시에서라도 알았을 텐데!

"차 트렁크에서 발견된 거요."

레나는 왼손을 허리춤에 얹은 채 말을 이었다.

"그리고 그전에 차고 장면이 있었고요. 스튜디오에서 나와서 차를 타러 가는 데서부터 시작해요."

맙소사!

"내 이름도 나왔어요?"

"다 나오지는 않고 계속 방송인 요한나 H 씨라고 하던데요."

그렇다고 해도 나을 건 별로 없다. 독일에서 가장 시청률이 높은 방송에 이름이 나왔는데 언론 접촉을 차단해봐야 무슨 소용이란 말인가? 당장 내일부터 문의 전화가 쇄도할 게 뻔하다.

"거기서는 헤르츠만 씨가 습격당한 게 심리상담사 살인 사건하고 관련 있다고 나오던데요."

레나는 눈치 없이 생각나는 대로 지껄이며 욕실로 들어갔다.

"그게 무슨 말이에요? 누가 죽었나요?"

한나가 쉰 목소리로 겨우 내뱉었다. 레나는 다시 방으로 돌아왔지만 한나의 질문을 듣지 못한 듯 계속 자기 말만 했다.

"생각만 해도 끔찍하지 않아요? 온몸이 묶이고 입을 테이프로 막힌 채로 천천히 말라 죽는다고 생각을 해보세요. 으, 끔찍해! 세상에 무서운 사람 진짜 많아요! 병원에서도 끔찍한 걸 보긴 하지만……."

레나의 말은 마치 물속에 던져진 돌멩이처럼 그녀의 의식 속으로 파고 들어왔다. 그녀를 잠재우던 나른한 안개가 물러가고 충격의 파도가 연속적으로 몰려왔다. 갑자기 커튼을 걷어버리듯 어떤 준비도 없이 단번에 기억이 되살아났다. 한나는 순간적으로 공포에 휩싸이며 가쁜 숨을 토해냈다. 온몸이 뻣뻣하게 굳는 것이 느껴졌다.

가짜 경찰들. 소나기. 트렁크에 갇힌 자신의 모습. 그녀는 공포에 떨며 벗어나려고 애쓰던 순간을 떠올렸다. 차고. 언제나 안전하게 느꼈던 장소다. 뚝 하고 뼈 부러지는 소리. 그리고 입안에 느껴지던 비릿한 피의 맛. 말로 표현할 수 없는 고통. 죽음의 공포. 이제 죽었구나 싶었던 순간의 깨달음. 힘겹게 내쉬는 숨소리와 킬킬거리는 웃음소리가 들렸다. 그리고 눈물로 흐려진 시야에 카메라의 빨간 불빛이 들어왔고 남자들의 지독한 땀 냄새가 코를 찔렀다.

"너랑 상관도 없는 일에 왜 끼어들어서 지랄이야, 이 미친년아! 너 그러다 죽어. 네가 어디 가서 숨든 우리가 못 찾아낼 것 같아? 너도, 네 딸도 다 찾아내서 죽일 거야. 오늘 찍은 거 인터넷에서 보면 네 팬들이 아주 좋아할 거다.”

그날 밤의 기억은 숨이 멎을 정도의 거센 충격과 함께 되살아났다. 한나는 마음을 진정시키려고 노력했지만 무의식 깊은 곳에서 잠자던 기억은 화산이 터지는 것 같은 강도로 폭발하며 그녀를 시커먼 공포의 심연으로 몰아넣었다.

“왜 그러세요? 어디 안 좋아요?”

레나는 그제야 뭔가 잘못됐다는 것을 눈치채고 양손으로 한나의 어깨를 눌렀다.

“진정해요, 호흡 가다듬고! 숨 쉬는 거 잊어버리면 안 돼요.”

한나는 옆으로 고개를 돌리며 저항하려고 했지만 그럴 힘이 남아 있지 않았다. 곧 두려움에 질린 날카로운 울음소리가 그녀의 귓가를 파고들었다. 처음에는 몰랐지만 그 끔찍한 소리는 그녀 자신의 입에서 나오는 소리였다.

*

루이자는 8시 반에 잠들었다. 다시 플로리안을 찾지는 않았다. 엠마는 딸이 한 말을 서운하게 생각하지 않으려고 노력했다. 여섯 살짜리 아이가 아빠를 찾는 것은 당연한 일이다, 아마 아빠와 함께 있었다면 엄마를 찾았을 것이다, 라고 스스로에게 계속 이야기했다. 하지만 그것은 생각일 뿐이고 마음 깊은 곳에서는 아이의 분명한 거절 의사에 말할 수 없이 자존심이 상하고 가슴이 아팠다. 어린아이가 하는 말이다, 병원에 있으면서 무섭고 혼란스러운 경험을 한 아이다, 아빠를 웃음소리, 아이스크림, 놀이, 베개 싸움과 동일시하고 엄마를 엄격함, 의무, 일상과 동일시하는 것뿐이라고 스스로를 위로했지만 서운한 마음은 쉽게 가시지 않았다.

그리고 루이자의 행동이 아무리 이성적으로 설명될 수 있는 것이라고 해도 그저 잠깐씩 집에 들러 아이와 놀아준 게 전부인 플로리안이 그렇게까지 아이의 마음을 독차지했다는 사실이 너무 불공평하게 느껴졌다. 정작 태어날 때부터 한시도 곁에서 떠나지 않고 아이를 돌본 사람은 그녀다. 태어난 지 3개월 됐을 때 밤새도록 쉬지 않고 울어대는 아이의 배를 문질러준 사람도, 처음 이가 났을 때 잇몸에 연고를 발라준 사람도 그녀다. 밤낮으로 칭얼거리는 아이를 달래고 기저귀를 갈아주고 안아준 사람, 잠 잘 때 요람을 흔들어주고 자장가를 불러주고 책을 읽어주고 분유를 주고 몇 시간씩 함께 놀아준 사람도 그녀다. 그런데 이게 그 보답이란 말인가!

엠마는 미지근해진 재스민 차가 담긴 찻잔을 두 손으로 움켜쥐었다. 차도 지겨웠다. 진한 커피 한 잔, 쓸쓸하면서도 달콤한 에스프레소 한 잔, 와인 한 잔이 못 견디게 그리웠다. 어쩌다 잠이 들면 꿈에 나올 정도다. 엠마는 너무 지쳤고, 너무 피곤했다. 아이에 대한 걱정 없이 깨지 않고 10시간 정도 잘 수 있으면 정말 좋을 것 같았다. 적어도 2주 후에는 아기가 태어날 테고 그러면 모든 관심을 둘째에게 쏟아야 한다. 그런데 그녀는 이미 육체적으로 정신적으로 기력이 쇠진한 상태였다. 20대 초반이 출산 적령기인 것은 모든 조건을 고려한 자연의 조화이리라. 나이가 들수록 스트레스를 견디는 힘이 딸렸다. 남편도 없이 어린아이 둘을 키우기에 그녀는 너무 나이가 많았다.

내일모레는 플로리안과 마주해야 한다. 시아버지의 생일 파티에 나타날 것이기 때문이다. 엠마는 플로리안 생각을 떨쳐버리고 일어섰다. 오늘은 루이자가 방에서 나갈 생각을 하지 않아서 하루 종일 집에만 있었다. 아이가 깊이 잠들었으니 잠시 산책을 하면서 신선한 공기를 마시고 걸어야겠다는 생각이 들었다. 엠마는 베이비폰을 옆구리에 끼고 계단을 내려갔다. 그리고 대문 앞에서 크게 심호흡을 했다. 날은 이미 어두워졌고 공기 중에는 달콤한 라일락 향기가 가득했다. 엠마는 고무 샌들을 벗어 들고 맨발로 걸었다. 촉촉하게 젖은 잔디가 양탄자처럼 푹신했다. 걸으니 확실히 마음이 진정되는 것 같았다. 엠마는 어깨를 쭉 펴고 의식적으로 심호흡을 했다. 멀리 갈 생각은 없었다. 루이자는 내일 아침 7시 이전에는 일어나지 않을 테지만 공원 중간에 있는 분수대까지만 갈 생각이었다. 분수대까지 온 엠마는 물속에 발을 담그고 앉았다. 낮 동안 햇볕을 받은 물은 따뜻했다. 멀지 않은 숲에서 개구리, 귀뚜라미 우는 소리가 들려왔다.

엠마는 버릇처럼 베이비폰을 확인했다. 물론 무선으로 연결되는 범위는 이미 벗어난 상태였다. 베이비폰을 살 때 플로리안이 거세게 반대하던 일이 떠올랐다. 전자파가 아기에게 나쁜 영향을 미친다는 주장이었다. 하긴 그는 일회용 기저귀도 통풍이 되지 않아 부스럼과 습진을 유발한다고 반대했다.

이상한 일이다. 남편을 생각하면 왜 나쁜 기억만 떠오를까? 그때 갑자기 시끄럽게 말하는 소리가 들리더니 누군가가 날카롭게 외치는 소리가 났다. 엠마는 벌떡 일어나 집 쪽으로 걷기 시작했다. 화난 듯한 그 목소리는 방갈로 쪽에서 들렸다. 목소리의 주인은 다름 아닌 코리나였다. 엠마는 회양목 울타리 앞에 서서 소리가 나는 쪽을 처다보았다. 코리나의 집에 환하게 불이 켜져 있었다. 그리고 놀랍게도 그 집 거실에 시부모가 앉아 있었다. 요제프와 레나테 말고도 사라, 니키, 랄프가 모여 있었다. 엠마는 코리나가 그렇게 화내

는 모습을 본 적이 없다. 테라스 문이 닫혀 있었기 때문에 뭐라고
하는지는 알아들을 수 없었지만 코리나는 계속해서 요제프에게 소
리를 질렀다. 랄프가 진정하라는 듯 코리나의 어깨에 손을 얹었다.
코리나는 어깨를 흔들어 그 손을 떨쳐버렸지만 곧 목소리를 낮추
었다. 엠마는 마치 연극의 한 장면 같은 광경을 넋을 잃고 바라보
았다. 요제프, 레나테, 코리나는 더할 나위 없이 친한 사이다. 왜 저
렇게까지 의견 충돌이 생긴 걸까? 무슨 일이 있는 걸까?

레나테는 소파에서 일어나 거실을 나갔다. 갑자기 니키가 끼어
들어 뭐라고 하더니 코리나가 비틀거릴 만큼 세게 따귀를 때렸다.
엠마는 깜짝 놀라 숨을 훅 들이마셨다. 그 순간 레나테가 테라스로
나오더니 엠마를 향해 곧장 걸어오기 시작했다. 엠마는 얼른 회양
목 뒤에 주저앉아 몸을 숨겼다. 다시 일어나 코리나의 집을 바라봤
을 때는 모두 떠나고 요제프 혼자 소파에 앉아 손으로 얼굴을 감싸
고 있었다. 얼마 전에도 요제프는 코리나와 싸우고 나서 책상에 앉
아 똑같은 자세를 취하고 있었다. 코리나는 왜 아버지에게 저런 행
동을 하는 것일까? 그리고 왜 랄프는 니키가 자기 아내를 때리는데
도 가만히 있는 걸까? 엠마는 도대체 일이 어떻게 돌아가는 건지
알 수 없었다. 큰 행사를 앞두고 있어서 부담감과 스트레스가 너무
큰 건지도 모른다. 결국은 코리나도 인간일 뿐 아닌가.

*

킬리안 로테문트는 네덜란드에 머무는 동안 휴대전화를 계속 꺼
놓았다. 교도소에 있는 동안 현대적 통신 기술의 변화를 쫓아가지
는 못했지만 경찰이 로밍 기능이 꺼져 있는 상태에서도 인터넷이

가능한 휴대전화를 추적할 수 있다는 사실은 알고 있었다. 인터넷 카페나 호텔의 와이파이 설비 같은 것은 잘 알지 못해도 철저하게 안전을 대비한 상태에서만 만남을 허용했던 두 남자의 흔적을 절대 남겨서는 안 됐다. 그들의 증언과 그에게 넘긴 증거물의 위력은 엄청났다. 신문 가판대를 지나다가 발행부수가 많은 네덜란드 일간지 〈드 텔레그라프〉에 자신의 사진이 실려 있는 것을 본 로테문트는 자신이 국제적으로 수배된 상태임을 알았다. 그는 유창하지는 않지만 네덜란드어를 띄엄띄엄 읽을 줄 알았다. 기사 내용은 성범죄 전과가 있는 킬리안 로테문트를 찾고 있으며 수사 전략상의 이유로 수배 근거는 댈 수 없다는 것이었다.

야영장에서 알게 된 고객이 보내준 문자메시지에 따르면 일요일에 경찰이 그의 캠핑카를 수색했으며 그는 현재 수배 중이라고 했다. 그리고 베른트에게서 레오니 베르게스가 죽었다는 소식도 들었다. 사실 놀라야 할 일이지만 그는 그다지 놀라지 않았다. 토요일에 베른트의 집에서 그녀를 만났다. 레오니는 중요한 일이라고 그렇게 일렀는데도 불구하고 사안의 심각성을 깨닫지 못하고 한나가 누군가에게 입을 놀렸다고 주장했다. 그 자리에서는 한나를 옹호했지만 그 역시 한나를 살짝 의심하고 있는 상태였다. 목요일 이후 문자, 이메일, 전화 등 모든 연락이 두절되었기 때문이다. 그렇게 한 시간 이상 얘기가 진행됐을 무렵 레오니가 심술궂은 얼굴로 한나에 대해 말하며 그런 일을 당해도 싸다고 말했다. 한나가 목요일 밤 구타와 성폭행을 당하고 병원에 입원해 있다는 말을 들은 그는 깜짝 놀랐다. 그리고 그 말을 아무렇지도 않게 하는 레오니에게 엄청나게 화를 냈다. 그렇게 레오니와 싸우고 난 후 그는 한밤중에 스쿠터를 끌고 랑엔하인까지 갔다. 한나의 딸이 있으면 자세한 이야기를 들으려는 심산이었으나 한나의 집은 불이 모두 꺼진 채 깜깜했다.

네덜란드에서 얻은 성과가 과연 앞으로 쓸모가 있을지 알 수 없는 상황이었다. 그들은 벌집을 쑤셔놓았고 벌들은 잔인한 공격으로 반응했다. 레오니는 죽었고, 한나는 중상을 입고 병원에 누워 있으며, 킬리안 자신은 경찰에게 쫓기는 신세가 되지 않았는가. 베른트는 당분간 미하엘라에게 이 소식을 전하지 않겠다고 했다. 그녀가 어떻게 받아들일지 판단이 서지 않기 때문이다.

킬리안은 왜 하필이면 네덜란드 신문에 자신의 수배 기사가 실렸는지 곰곰이 생각해보았다. 그가 암스테르담에 왔다는 사실을 누군가 알고 있는 걸까? 아니면 유럽의 큰 신문사에 다 내보낸 걸까?

정오가 될 무렵 그는 여기서 얻은 중요한 자료들을 우편으로 미리 독일에 보내기로 결정을 내렸다. 집에 가는 도중에 체포될 가능성을 생각한 것이다. 그는 안전봉투를 산 다음 누구에게 보낼 것인지를 두고 한참 고민하다가 우체국에 가서 소포를 부쳤다. 그리고 암스테르담 중앙역 근처에 있는 카페에 앉아서 7시 15분 기차를 기다렸다. 출발 5분 전, 그는 커피 두 잔과 케이크 값을 지불하고 플랫폼으로 갔다.

그는 프랑크푸르트에 도착하면 경찰이 기다리고 있을 것으로 예상했다. 그런데 플랫폼에 난데없이 전투복 차림의 남자들이 나타났다. 그중 하나가 신분증을 눈앞에 들이대며 네덜란드 억양의 독일어로 체포되었음을 알렸다. 킬리안은 저항하지 않았다. 언젠가는 독일로 넘겨질 것이고, 그러면 그동안 부족했던 증거를 손에 쥐게 될 것이다. 무엇으로도 뒤집을 수 없는 확실한 증거와 명단을 드디어 입수한 것이다. 그 조직은 히드라처럼 수많은 머리를 가졌고 머리들은 잘라내도 금세 다시 자라났다. 그러나 이제 증거를 입수했으니 그 파렴치한 변태들을 약화시킬 수 있다. 그는 그렇게 해서 자신의 더럽혀진 이름을 씻고 명예를 회복할 생각이다.

*

방송이 나가는 도중에도 제보 전화가 오기 시작했지만 가장 중요한 전화는 XY 스튜디오가 아닌 오스터만에게 전달됐다. 강력반 직원들은 바로 긴장 태세에 들어갔다. 피아가 보덴슈타인과 전화 연결이 된 것은 11시 10분이었다.

피아는 경비실 앞 계단에 앉아 담배를 피우며 보덴슈타인에게 상황 보고를 했다. 전화를 한 사람은 한 여성인데 5월 초 회히스트 에머리히 요제프 가에서 그 소녀를 보았다고 했다. 막 장을 봐서 집에 도착한 그녀는 문을 열려고 열쇠를 찾고 있었는데 금발 여학생 하나가 겁에 질린 모습으로 헐레벌떡 달려오더니 억양이 심한 독일어로 제발 숨겨달라고 애원하더라는 것이다. 잠시 후 은색 자동차가 그들 옆에 와서 섰고 금발 여학생은 문가에 웅크리고 앉아 양팔로 얼굴을 가렸다. 그 모습이 무척 딱해 보였다고 했다. 그런데 차에서 내린 남자와 여자가 자기네 딸인데 정신병에 걸려서 환상에 시달린다며 정중하게 사과했고, 소녀는 저항하지 않고 그들을 따라가 얌전히 차에 타더라는 것이다. 왜 빨리 경찰에게 연락하지 않았느냐는 말에 그녀는 3주간 크루즈 여행을 갔다가 돌아왔는데 그 일을 까맣게 잊고 있다가 오늘 텔레비전에서 죽은 소녀의 사진을 보고 생각이 났다고 말했다. 그리고 숨겨달라고 애원하던 그 금발 소녀가 확실한 것 같다며 다음 날 아침 경찰서에 나와 진술하겠다고 약속했다.

"음, 이번엔 확실한 것 같은데. 그나저나 이제 집에 가서 좀 쉬어. 난 내일 아침 7시 비행기로 돌아갈 거니까 8시 반에는 사무실에 도착할 거야."

피아는 다음 날 보자고 인사하고 전화를 끊었다. 계단에서 일어나 주차장까지 가는 데는 엄청난 의지가 필요했다. 게다가 차를 맨 뒤에 세워두었다.

"피아! 잠깐만!"

뒤에서 누군가 부르는 소리가 났다. 멈춰서 돌아보니 크리스티안 크뢰거가 빠른 걸음으로 다가오고 있었다. 피곤해서 쓰러질 것 같은 피아는 저것이 인간인가, 잠이 필요 없는 뱀파이어인가 하는 의문이 절로 들었다. 오늘 새벽부터 같이 일했고 요 며칠 잠을 못 잔 것이 분명한데도 그는 쌩쌩해 보였다.

"오늘 하루 종일 머릿속에 떠돌던 생각인데 한번 들어봐. 그냥 우연일 수도 있지만 아닐 수도 있거든. 레오니 베르게스의 이웃이 그 동네에서 자주 봤다고 한 차량 있잖아."

크뢰거는 피아와 함께 경찰서 건물과 도로 사이에 있는 어두컴컴한 주차장을 걸어가며 말했다.

"프린츨러의 검정색 허머요?"

"아니, 그거 말고 다른 거. 그 은색 콤비 말이야. 차량 번호 적어 놨었잖아. 차량 조회를 해봤더니 팔켄슈타인에 있는 태양의 아이들 재단 앞으로 등록돼 있더라고."

"네, 그런데요?"

"프라이 검사가 그 기관이 운영하는 핑크바이너 재단의 후견인 이거든."

"네, 저도 알아요."

자신의 차 앞에 도착한 피아는 걸음을 멈추었다.

"프라이가 요제프 핑크바이너의 양자라는 사실도 알고 있었어?"

크뢰거는 기대감에 찬 눈길로 피아를 쳐다보았다. 그러나 오늘 피아의 두뇌 용량은 꽉 차서 더 이상 머리가 돌아가지 않았다.

"프라이는 핑크바이너 재단의 장학금으로 법학을 공부했어."

"그래서요? 하고 싶은 말이 뭔데요?"

크리스티안 크뢰거는 박학다식한 사람으로 별의별 희한한 이야기를 다 알고 있고, 한번 들은 것은 절대 잊어버리지 않는다. 그는 언제라도 그 정보를 불러낼 수 있도록 머릿속에 저장해가지고 다닌다. 그런데 주변 사람들이 그 재능을 따라가지 못하는 일이 많아서 종종 의사소통에 불편이 초래되곤 했다.

"프라이 같은 사람들은 사회 활동을 많이 하잖아요."

피아는 턱이 떨어질 듯 크게 하품을 했다. 피로 때문에 눈이 시큰거렸다.

"그리고 양아버지의 재단을 위해서 일하는 것도 이상할 것 없지 않아요?"

"그래, 맞는 말이야. 그냥 한번 해본 생각이야."

크뢰거가 이마에 주름을 잡으며 말했다.

"저 지금 너무 피곤해요. 그 얘기는 내일 다시 해요."

"그래. 그럼 조심해서 가."

"반장님도요. 그리고 잠 좀 자요."

피아가 운전대에 앉으며 말했다.

"어? 지금 내 걱정 해주는 거야?"

크뢰거가 고개를 갸웃하며 씩 웃었다.

"물론이죠. 내가 제일 좋아하는 반장님인데."

“그건 보덴슈타인 반장 아니었나?”

“보덴슈타인 반장님은 직속 상사잖아요.”

피아는 크뢰거의 장난기 어린 농담을 받아치며 시동을 걸었다. 그리고 후진했다가 차를 빼며 크뢰거에게 한쪽 눈을 찡긋했다.

“그럼, 내일 봐요!”

호프하임 강력반에는 희망적인 분위기가 넘쳐났다. 보덴슈타인이 '수사파일 XY'에 출연한 이후 새로운 제보가 계속해서 들어왔기 때문에 할 일이 많았다. 제보자 카렌 베닝은 아침 9시 정각에 경찰서에 나타나 놀랄 만한 기억력으로 5월 7일에 있었던 일을 세세히 진술했다. 그녀는 그날 자신에게 도움을 청한 소녀가 경찰이 찾는 인어공주라는 것을 확신했고 지역범죄수사국 담당자와 함께 자신들을 부모라고 소개한 남녀의 몽타주를 작성할 의사가 있음을 밝혔다.

"프랑크푸르트 극장 분장사래요. 그래서 사람 얼굴을 볼 줄 아나 봐요. 영화, 텔레비전, 연극에서 다양하게 일한 경험도 있고요."

셈과 함께 증인 심문을 마친 피아는 막 사무실에 도착한 보덴슈타인에게 내용을 보고했다.

"믿을 만해?"

보덴슈타인은 재킷을 벗어 의자 등받이에 걸었다.

“네, 확실해 보여요.”

피아는 보덴슈타인의 책상 맞은편에 앉아 전날 루츠 알트밀러에게 들은 내용을 요약해서 들려주었다.

“그럼, 로테문트가 범인이 아니라고 생각하는 거야?”

“네. 로테문트와 한나 헤르츠만 사이에는 직업적 이해관계에서 벗어난 감정이 있었어요. 한나 헤르츠만은 수요일 밤 로테문트를 집에 데려다 주고 캠핑카 안으로 들어갔을 거예요. 거기서 발견된 머리카락은 한나의 것으로 밝혀졌어요. 만약 그날 두 사람이 합의하에 성관계를 가진 것이라면 어떨까요?”

“그럴 수도 있겠지. 그럼 프린츨러는 어때?”

“프랑크푸르트에서 오늘 오후에 프로인게스하임으로 오시라고 연락 왔더라고요.”

피아가 프랑크푸르트서의 동료들을 비꼬아 말했다.

“그리고 반장님 말씀대로 프린츨러 가옥을 압수수색한 것은 헛짓거리였어요. 총기, 마약, 도난 차량, 불법체류 중인 여자들…… 아무것도 발견되지 않았어요.”

보덴슈타인은 커피를 홀짝거릴 뿐 별다른 대꾸는 하지 않았다. 피아는 레오니 베르게스의 환자 기록부를 뒤졌지만 별 성과가 없었다고 보고했다.

“환자 기록부는 왜 뒤졌는데?”

“그냥 제 느낌인데, 한나 헤르츠만이 취재하던 게 로드킹 스토리가 아니란 생각이 자꾸 들어서요. 그리고 한나 헤르츠만 사건과 레오니 베르게스 사건 사이에는 분명히 연관관계가 있어요. 어쩌면 동일범의 소행일 수도 있고요.”

피아가 팔짱을 끼며 말했.

"아, 그래? 왜 그런 생각을 하게 됐지?"

"오스터만, 크뢰거 반장님이랑 함께 프로파일링을 해봤거든요. 저희가 보기에 범인은 마흔에서 쉰 사이의 남자로 여자들과 유대관계를 맺는 데 있어서, 혹은 일반적으로 여자와의 관계에서 문제가 있고 자존감이 적은 사람이에요. 가학적이고 관음증적인 성향이 있고 희생자가 죽어가면서 고통받는 것을 보면서 즐거움을 느껴요. 자기보다 강한 사람을 강제로 묶어놓고 굴욕감을 주고 그 사람이 살려달라고 비는 걸 좋아하는 거죠. 윤리적 가치 감정이 없고 성급한 기질을 지녔지만 반면 지능이 높고 교양 있는 사람일 수도 있어요."

보덴슈타인이 놀라는 것을 본 피아는 회심의 미소를 지었다.

"오스터만을 교육 보내길 잘한 것 같지 않아요?"

"대단한데! 그런데 그 프로필이 우리 용의자들 중 누구에게 해당된다고 생각해?"

"사실 프린츨러도 로테문트도 그 정도로 잘 알진 못하죠. 그래서 오늘 프로인게스하임에 갈 때 오스터만이든 크뢰거 반장님이든 함께 가려고요."

"응, 그건 알아서 해. 그럼 다 된 건가?"

보덴슈타인이 남은 커피를 다 마시고 물었다.

"아니요."

아직 가장 민감한 문제가 남아 있었다.

"죽은 에릭 레싱에 대해서 좀 알고 싶어요."

막 커피 잔을 내려놓으려던 보덴슈타인의 손이 허공에서 멈추었다. 그의 얼굴은 마치 블라인드가 내려진 창문처럼 급속하게 무표정해졌다.

"거기에 대해서는 아는 바가 없는데. 이제 그만 회의실로 가지."

보덴슈타인은 잔을 내려놓고 일어섰다. 생각하지 못했던 바는 아니지만 그의 반응은 피아에게 큰 실망감을 안겨 주었다.

"에릭 레싱과 로드킹 조직원 두 명을 쏜 게 벤케 형사였나요?"

문 쪽으로 걸어가던 보덴슈타인이 걸음을 멈추었다.

"왜 그런 걸 물어보나? 그게 우리 사건과 무슨 상관이 있지?"

그가 피아를 돌아보지 않은 채 물어보았다. 피아는 벌떡 일어나 그에게 다가갔다.

"제 생각엔 사람들이 벤케 형사를 이용해서 에릭 레싱을 죽인 것 같아요. 에릭 레싱은 언더커버로 로드킹에 들어간 뒤 뭔가 알아서는 안 되는 사실을 알아낸 거예요. 그건 과실도 아니고 정당방위도 아니었어요. 그건 명백한 살인이에요. 누군가가 그 세 사람을 죽이라고 지시한 거죠. 뭐라고 하면서 지시를 내렸는지는 모르겠지만 벤케 형사는 지시를 이행했고 동료 형사를 죽였어요."

보덴슈타인은 깊이 한숨을 쉬며 뒤를 돌아보았다.

"다 알고 있으면서 뭘 알려달라는 거야?"

잠시 침묵이 흘렀다. 밖에서 조그맣게 전화벨 소리가 들릴 뿐 방 안은 바늘 떨어지는 소리도 들릴 정도로 조용했다.

"왜 그 얘기를 한 번도 안 하셨어요? 전 벤케 형사가 왜 그런 특별 대우를 받는지, 반장님이 왜 그렇게 벤케 형사를 두둔하는지 항상 궁금했어요. 절 그렇게 믿지 못하신다니 정말 서운해요."

"믿고 안 믿고와는 상관없는 일이야. 그때 난 다른 부서에 있었기 때문에 그 일과는 상관도 없어. 내가 그 일에 대해 알고 있는 건 단지……."

그는 주저하며 말끝을 흐렸다.

"엥겔 과장님이죠? 니콜라 엥엘 과장이 당시 담당 부서의 책임자였죠. 제 말이 맞죠?"

보덴슈타인은 말없이 고개를 끄덕였다. 그들은 한동안 서로를 응시했다.

"피아, 이건 무척 민감한 사안이야. 그것은 지금도 마찬가지야. 난 구체적인 이름은 몰라. 하지만 그때 높은 자리에 있었던 사람들이 아직 그 자리에 그대로 있을 가능성이 높아. 사람 목숨을 없애가면서까지 막으려고 했던 일이야. 지금이라고 다르진 않을 거라고."

"그게 누군데요?"

"나도 몰라. 니콜라가 모르는 게 좋다면서 자세한 건 말해주지 않았어. 나도 더 이상 알려고 하지 않았고."

피아는 보덴슈타인 반장을 뚫어지게 쳐다보았다. 그는 정말 진실을 말하고 있는 걸까? 그는 과연 무엇을 알고 있을까? 피아는 문득 자신이 보덴슈타인을 더 이상 믿지 못한다는 사실을 깨달았다. 자신과 다른 사람들을 보호하기 위해 그는 어디까지 갈 수 있는 사람일까?

"그걸로 뭘 어쩔 생각인 거야?"

"그런 거 없어요. 다 지난 사건이고 지금 할 일도 산더미인걸요."

피아는 어깨를 으쓱하며 거짓말을 했다. 짧은 순간이지만 그녀는 그의 눈에 안도의 빛이 번뜩이는 것을 본 것 같았다.

그때 노크 소리가 나고 오스터만이 문 사이로 고개를 들이밀었다.

"막 전화가 왔는데요, 한나 헤르츠만이 습격당한 날 밤 바일바흐 휴게소에서 이상한 걸 봤다는 사람이 있습니다."

옆에서 지진이 나도 눈 하나 꿈쩍하지 않을 태연함으로 동료 직원들의 혀를 내두르게 하는 오스터만이 잔뜩 들떠 있는 것을 보니 이번 사건이 얼마나 사람을 긴장시키는지 알 것 같았다.

“새벽 2시경 국도를 타고 하터스하임에서 바일바흐로 가고 있었는데 갑자기 불도 안 켠 차량이 왼쪽 들길에서 도로로 끼어들었답니다. 너무 놀라서 길가 도랑에 빠질 뻔했는데 그래도 운전자의 얼굴을 잠깐 봤답니다.”

“그런데?”

보덴슈타인이 물었다.

“수염이 나고 머리를 뒤로 묶은 남자였답니다.”

“베른트 프린츨러인가?”

“인상 착의로만 보면 맞는 것 같습니다. 차종이나 차량 번호는 못 봤다고 합니다. 그냥 크고 어두운 색이었대요. 프린츨러의 허머일 가능성이 크죠.”

보덴슈타인은 생각에 집중했다.

“좋아. 프린츨러를 이리 데려와서 당장 내일 아침에 증인과 대면시켜.”

＊

운전석에 앉은 피아는 손을 데일 듯 뜨거워진 운전대에 아무 생각 없이 손을 댔다가 낮은 비명을 내질렀다. 차를 햇볕 아래 세워 두었더니 차 안이 오븐 속처럼 더웠다. 피아는 방금 일어난 일을 어떻게 받아들여야 할지 알 수 없었다. 혼자 생각할 시간이 필요했다. 경찰서에서 멀리 떨어지지 않은 곳에 넓은 들판이 하나 있다. 대규모 과수원과 딸기밭이 A66 고속도로까지 펼쳐진 곳이다. 피아는 왼쪽으로 꺾어 일명 딸기밭 길이라고 불리는 L3016 국도로 들어가서 첫 번째 들길에 차를 세우고 걷기 시작했다.

해는 가차 없이 열기를 내뿜었고 공기 중에는 습도가 높아 후텁지근했다. 아마 저녁쯤에는 소나기가 올지도 모른다. 지난번 내린 비로 풀밭에는 군데군데 진흙탕이 만들어져 있었다. 프랑크푸르트의 스카이라인도, 왼쪽에 보이는 타우누스의 산등성이도 맑은 날과 달리 멀리 있는 것처럼 느껴졌다.

피아는 바지 주머니에 손을 찌르고 고개를 푹 숙인 채 사과나무와 자두나무 사이를 걸었다. 보덴슈타인이 그런 비밀을 가지고 있다는 사실이 너무 충격적으로 다가왔다. 그녀에게 보덴슈타인은 남들이 뭐라고 하든 자신이 옳다고 생각하는 가치는 끝까지 지키는 줏대 있는 사람이었다. 정의롭고 도덕적이며 청렴하고 공정하고 솔직담백한 사람이었다. 그가 벤케에게 관대하게 대한 것도 오랫동안 함께 일한 부하 직원이 집안일과 돈 문제로 방황하는 것을 보고 측은히 여겼기 때문이라고 믿었다. 보덴슈타인 본인의 입으로 그렇게 말한 적이 있기 때문이다. 그런데 그것이 모두 거짓말이었다.

피아와 보덴슈타인은 상호보완하는 관계로 처음부터 잘 맞았다. 두 사람 사이에 거리감이 존재하기는 했지만 그것도 보덴슈타인이 이혼하고부터는 달라졌다. 그들은 신뢰를 바탕으로 한 친구 같은 사이로 발전했다. 그런데 그것은 피아 혼자만의 착각이었다. 알고 보니 그 신뢰의 바탕이 너무 얇았다. 피아는 보덴슈타인이 그의 주장과 달리 에릭 레싱 사건에 깊이 관련되어 있을 수도 있다고 생각했다. 그런 생각을 하면 그저 기가 막힐 따름이었다. 그녀는 가만있지 않을 생각이다. 카트린의 예전 남자친구가 누군지 알아내서 그와 얘기를 하고 필요하면, 벤케도 다그칠 생각이다. 절대 옛날 사건으로 치부할 일이 아니다. 피아는 그 일이 한나 헤르츠만 습격, 레오니 베르게스 살인 사건과 연관되어 있음을 본능적으로 느꼈다.

그때나 지금이나 로테문트와 프린츨러가 거론되는 것은 절대 우연이 아니다.

휴대전화가 울렸다. 피아는 처음에는 무시하려고 했지만 결국 의무감 때문에 전화를 받았다. 크리스티안 크뢰거였다.

"어디야?"

"점심시간이라 쉬고 있어요. 왜요?"

피아가 짤막하게 대답했다.

"길가에 차가 세워져 있는 게 보여서 물어보는 거야. 할 이야기가 있는데 어제 다 못 했어. 언제 와?"

"2시 11분 43초요."

피아는 평소와 달리 삐딱하게 말했다. 그러나 곧 크뢰거에게 화풀이하는 게 미안하게 느껴졌다. 그래서 바로 사과했다.

"미안해요. 그럼 같은 딸기밭에서 같이 산책 좀 할래요? 신선한 공기를 마시며 좀 걷고 싶어서 나왔어요."

"산책 좋지."

피아는 크뢰거에게 어느 길로 와야 하는지 알려주고 길가의 큰 바위에 걸터앉았다. 그리고 얼굴에 내리쬐는 따듯한 햇볕을 만끽하며 지그시 눈을 감았다. 종달새 한 마리가 높은 소리로 지저귀면서 파란 하늘로 솟구쳐 올랐다. 멀리서 귀에 익숙한 고속도로 소음이 들렸다. A66 고속도로 바로 옆에 위치한 비르켄호프가 직선 거리로 3킬로미터도 떨어지지 않은 곳에 있기 때문이다. 크뢰거는 피아만큼 걷고 싶은 생각이 없었는지 감식반이 쓰는 파란색 폭스바겐 버스를 들길까지 뒤뚱뒤뚱 몰고 들어왔다. 피아는 일어나서 크뢰거에게 다가갔다.

"무슨 일 있어?"

크뢰거가 피아의 표정을 살피더니 물었다. 크뢰거가 이렇게 자상한 면을 보일 때마다 피아는 놀라지 않을 수 없다. 남자 동료들 중에 그런 말을 할 줄 아는 사람은 크뢰거뿐이었다. 다른 사람들은 그녀를 대할 때도 남자들에게 하듯 했다. 상대방의 기분이나 감정 상태를 물어보느니 혀를 깨물고 죽을 인간들이다.

"좀 걸어요."

피아가 대답 대신 말했다. 그들은 한동안 말없이 걸었다. 크뢰거는 자두를 몇 알 따서 피아에게 권했다.

"자두 도둑."

피아는 한 번 씩 웃고는 자두를 바지에 쓱쓱 닦아 한입 깨물었다. 상당히 맛있었다. 햇볕에 따뜻하게 달궈진 달콤한 자두는 어린 시절의 기억을 떠오르게 했다.

"배고파서 한두 개 따먹는 건 괜찮아."

크뢰거는 씩 웃더니 곧 심각한 얼굴로 돌아왔다.

"내 생각엔 프라이 검사의 이력에 어두운 구석이 있는 것 같아."

피아는 걸음을 멈추었다.

"왜 그런 생각을 했는데요?"

"갑자기 신문기사가 하나 생각났거든. 로테문트가 구속된 직후 로테문트 부인이 인터뷰를 했는데 프라이가 자기 남편에게 개인적인 복수를 하는 거라고 말했어. 프라이가 박사 학위를 돈 주고 샀다는 사실을 로테문트가 알아냈기 때문이라는 주장이었어."

그는 길가에 자두 씨를 뱉었다.

"그래서 어젯밤에 좀 찾아봤는데, 프라이의 박사 과정 담당 교수가 누구냐면 에른스트 하슬링어라는 사람이야. 그런데 이 사람도 핑크바이너 재단의 일원이거든. 괴테대학 부총장 겸 법학부 학장으로 있다가 나중에 칼스루에 연방법원으로 갔어."

"그게 왜 중요한가요? 그리고 왜 그렇게 프라이 검사에게 관심이 많아요?"

"우리 사건에 유난히 관심을 갖는 게 이상해."

크뢰거는 걸음을 멈추었다.

"내가 현장에서 일한 지 10년도 넘었는데 부장검사가 가택수색 하는데 직접 나오는 건 처음 봤어. 필요하면 대개 아랫사람들을 보 내거든."

"직업적인 선을 떠나서 관심이 있나 보죠. 로테문트와 친한 친구 사이였다면서요."

"그럼 우리가 강에서 죽은 여학생을 건졌을 때는 왜 에더스하임 에 있었지?"

"친구들하고 가까운 데서 그릴 파티 하다가 왔다고 했잖아요."

피아는 프라이 검사를 만난 기억을 더듬었다. 사실 피아도 그날 밤 프라이 검사가 그곳에 나타난 것을 의아하게 생각했다.

"그릴 파티를 하다가 왔다는 말은 사실일 수도 있지. 하지만 가 까운 데 있었다는 말은 믿기지 않는데."

"무슨 말을 하고 싶은 거예요?"

"사실 나도 잘 모르겠어."

크뢰거는 풀잎 하나를 뜯어 무심코 손가락에 돌돌 감았다.

"하지만 우연이 너무 많지 않아?"

그들은 계속 길을 걸었다.

"피아는 왜 그러는데?"

피아는 에릭 레싱 사건에 벤케가 개입됐다는 것을 말해야 할지 고민했다. 누군가와 의논을 하긴 해야 하는데 오스터만은 너무 현재 사건에 얽매여 있고, 셈은 그만큼 잘 알지 못하고, 보덴슈타인과 카트린은 중립적인 입장이 아니다. 사실 직장에서 그녀가 신뢰할 수 있는 유일한 사람은 크뢰거다. 피아는 결국 용기를 내서 속마음을 털어놓았다.

"세상에! 그 얘기를 들으니까 이해가 되네. 특히 벤케가 왜 그렇게 행동했는지 말이야."

"레싱을 없애라는 지시를 누가 내렸을까요? 반장 위치에 있었던 엥겔이 그런 지시를 했을 리는 없어요. 경찰서장? 내각? 연방범죄수사국? 벤케는 현재까지도 누군가의 비호를 받고 있어요. 사실 이제까지 한 짓으로만 치면 정직이 아니라 해임을 당해도 싸죠."

"레싱을 없애서 이득을 보는 사람이 누군지 생각해야지. 레싱은 과연 뭘 알아낸 걸까? 뭔가 대단히 민감한 건이었겠지. 높은 사람 중 누군가에게 큰 위협이 되는 일이지 않겠어?"

"매수, 마약매매, 인신매매."

"그건 언더커버 요원으로서 공식적으로 알아내야 하는 거였지. 그런 거 말고 뭔가 개인적인 문제였을 거야. 알려지면 사회에서 완전히 매장되는 그런 거."

"그건 프린츨러에게 물어보자고요."

피아가 시계를 보며 말했다.

"한 시간 뒤에 프로인게스하임에 갈 건데 같이 갈래요?"

＊

"오지 말아야 하는 건 아는데 오지 않을 수 없었어."

볼프강은 주위를 두리번거리며 손에 든 꽃다발을 만지작거렸다.

"거기 탁자 위에 놔. 이따가 간호사가 꽃병에 꽂을 거야."

마음 같아서는 꽃다발을 도로 가져가라고 하고 싶다. 장례식과 묘지를 연상시키는 흰 백합이라니! 한나는 그 진한 향기가 싫었다. 꽃은 정원에 있어야지 환기가 안 되는 실내에 있어서는 안 된다.

어제저녁 그녀는 볼프강에게 병원에 오지 말라고 문자를 보냈다. 이런 상태에서 의사가 아닌 다른 남자에게 얼굴을 보이는 것이 싫었기 때문이다. 그녀는 자신이 어떤 몰골일지 상상할 수 있었다. 손으로 얼굴을 만져보면 부은 곳과 이마, 왼쪽 눈썹, 턱에 꿰맨 자국이 느껴졌다. 이렇게 망가진 얼굴로 다시 텔레비전 카메라 앞에 설 수 있으려면 분장사가 마술이라도 부려야 할 것이다.

마지막으로 거울을 본 것은 스튜디오 분장실에서였다. 그때만 해도 주름 몇 개를 제외하고는 매끈하고 아름다운 얼굴이었다. 이제는 거울을 보고 싶지 않았다. 거울에 비친 자신의 모습을 견디지 못할 것을 알았기 때문이다. 자신을 쳐다보는 사람들의 눈빛만으로도 충분했다.

"잠깐 앉아."

한나의 권유에 볼프강은 침대 옆으로 의자를 밀어놓고 앉았다. 그리고 팔에 꽂힌 수많은 호스 때문에 어쩔 줄 몰라 하며 그녀의 손을 잡았다. 그는 그녀의 얼굴을 똑바로 보지 않으려고 시선을 피했다.

"좀 어때?"

"좋다고 하면 거짓말이겠지."

한나가 메마른 소리로 말했다. 두 사람은 자꾸만 끊기는 대화를 겨우겨우 이어갔다. 잔뜩 긴장한 볼프강은 잠을 못 잔 듯 피곤해 보였다. 눈 밑에는 전엔 본 적 없는 짙은 그늘이 보였다. 이야깃거리가 바닥나자 그는 입을 다물었다. 그녀도 침묵을 지켰다. 그에게 무슨 말을 한단 말인가? 인공항문을 달고 사는 게 얼마나 힘든지 털어놓아야 할까? 몸과 마음이 처참하게 망가진 상태로 앞으로 어떻게 살아가야 할지 막막하다고 하소연해야 할까? 옛날 같으면 그런 이야기를 했을 수도 있다. 그러나 이제는 조금 달라졌다. 이제는 옆에 앉아서 손을 잡아주는 사람이 다른 사람이기를 바랐다.

"아, 한나. 정말 미안해. 이런 일을 당해야 하다니. 내가 뭔가 도울 수 있는 일이 있다면 좋을 텐데. 이런 짓을 할 만한 사람이 누가 있을지 짚이는 데 없어?"

한나는 다시금 밀려오는 두려움의 기억과 싸우느라 숨을 꼴깍 삼켰다. 그 순간에 느꼈던 공포와 고통이 다시 되살아났다.

"아니, 없어."

한나가 들릴락말락한 소리로 말했다.

"내 심리상담사 레오니 베르게스가 살해당했다고 하던데, 알고 있어?"

"응, 마이케에게 들었어. 너무 끔찍한 일이지."

"어떻게 된 일인지 도무지 모르겠어. 경찰은 내 사건의 범인으로 두 명의 남자를 지목하고 있는데 둘 다 확실히 아니거든."

한나는 말하는 것이 슬슬 힘에 부쳤다.

"그 사람들이 그런 짓을 할 이유가 없어. 그 사람들은 나와 함께 일한 사람들이야. 그보다는 내가 취재하던……."

한나는 문득 떠오르는 것이 있었다.

"볼프강, 혹시 그 얘기 다른 사람에게 안 했지?"

그녀는 몸을 일으키려고 했지만 그럴 힘이 없었다. 볼프강은 눈치를 살피더니 난처한 듯 말했다.

“안 했지. 내 말은 아버지만 빼고. 아버지가 별로 안 좋아하시더라고. 사실 아버지랑 크게 싸웠어. 아버지의 주장은 시청률이 다가 아니라는 거야. 평소에는 그렇게 시청률을 강조하시는 분이!”

볼프강은 괴로운 듯 허탈하게 웃었다.

“그런 입증되지도 않은 비방 스토리를 내보낼 수는 없다면서 막화를 내시더라고. 그리고 그 명단을 가장 마음에 안 들어 하셨어. 고소당하거나 홍보가 잘못될까 봐 걱정하시는 것도 같고. 정말…… 정말 미안해, 한나. 진심이야.”

“알았어, 됐어.”

한나는 착잡한 얼굴로 고개를 끄덕였다. 볼프강의 아버지를 30년 넘게 알아온 그녀는 그가 어떻게 반응했을지 눈에 선했다. 볼프강을 안 지도 30년이다. 권위적인 아버지에게 말할 게 뻔한데 왜 그 생각을 못 했을까? 그는 아버지를 무서워하고 아버지 말이라면 죽는 시늉까지 한다. 아직도 아버지 집에서 살고 프로그램 디렉터라는 직업도 아버지에게 잘못 보이면 하루아침에 잃을지 모른다. 일을 잘하고 성실하지만 용기가 없고 의지를 관철시키는 배짱도 없다. 평생을 언론계의 거물 하르트무트 마테른의 아들로만 살았다. 친구인 한나와의 관계에서도 항상 한나가 뭐든 더 잘하고 더 똑똑하고 더 강한 역할이었다. 한나는 그가 그것을 고깝게 생각하지 않는다는 것을 잘 알았다. 하지만 40대 중반이 되어서도 아버지의 말 한마디에 벌벌 떨고 자기 마음대로 일을 처리했다고 직원들 앞에서 욕을 먹는 심정이 어떨지에 대해서는 생각해보지 않았다. 볼프강이 그런 얘기를 한 적도 없다. 아니, 그는 아예 자기 얘기를 하지 않는다. 잘 생각해보면 한나는 그에 대해 아는 것이 없었다. 항상 그녀를 중심으로 모든 것이 돌아갔기 때문이다. 그녀의 방송, 그녀의 성공, 그녀의 남자들. 한없는 이기주의에 빠져 한 번도 그런 생각을 해본 적이 없던 한나는 이제야 그것이 잘못됐다는 생각이 들었다. 이제까지 살면서 그런 일이 한둘이겠는가.

한나는 말을 너무 많이 해서 목이 아프고 눈꺼풀이 무거워지는 것을 느꼈다.

"이제 그만 가봐. 말을 많이 했나 피곤하네."

한나가 고개를 옆으로 돌리며 말했다.

"어, 그래. 알았어."

볼프강은 한나의 손을 놓고 일어섰다. 한나의 눈이 스르르 감겼다. 그녀의 정신은 견디기 힘들 정도로 밝고 적나라한 현실을 벗어나 어슴푸레한 빛이 지배하는 중간세계로 돌아가고 있었다. 그녀가 아직 건강하고 행복하고…… 사랑에 빠져 있던 때로.

"잘 살아, 한나."

볼프강이 말하는 소리가 아주 멀리서 나는 소리처럼 아련하게 들려왔다.

"언젠가는 날 용서해줄지도 모르지."

*

"루이자! 루이자!"

엠마는 온 집 안을 헤매며 아이를 찾았다. 잠깐 화장실에 다녀온 사이 아이가 없어진 것이다.

"루이자! 할머니와 할아버지가 기다리셔. 할머니가 너 주려고 특별히 당근 케이크도 만드셨대."

아무 반응이 없다. 밖에 나간 걸까?

엠마는 현관문을 확인해보았지만 문은 안에서 잠긴 상태로 열쇠가 꽂혀 있었다. 언젠가 실수로 열쇠를 안에 두고 밖에 나간 뒤로는 항상 이렇게 해놓는다. 그때 루이자는 관리인 그라세르가 와서 문을 따줄 때까지 엉엉 울면서 집 안을 돌아다녔다.

도대체 어디로 가버린 거지? 인내심이 극에 달한 엠마는 빽 소리를 지르고 싶은 심정이었지만 꾹 참았다. 언제나 참는 사람은 그녀다. 그녀를 위해 참아주는 사람이 누가 있단 말인가?

"루이자, 여기 있니?"

엠마는 아이 방으로 들어갔다. 옷장 문이 살짝 열려 있었다. 옷장을 열어본 엠마는 원피스와 외투 사이에 웅크리고 앉아 있는 루이자를 발견하고 깜짝 놀랐다. 아이는 엄지손가락을 빨면서 멍한 눈길로 허공을 응시하고 있었다.

"에구, 깜짝이야! 이런 데서 뭐하고 있어?"

엠마가 옷장 앞에 웅크리고 앉아 물었다. 그러나 아이는 더 세게 엄지손가락을 빨면서 검지손가락으로는 계속 코를 문질렀다. 코는 이미 빨개져 있었다.

"우리, 할머니 할아버지 집에 가서 생크림 넣은 당근 케이크 먹을까?"

아이는 거세게 머리를 흔들었다.

"그럼, 옷장에서 나오는 건 어때?"

아이는 다시 고개를 저었다. 엠마는 어찌해야 할지 몰라 가슴이 답답하기만 했다. 정신과 치료라도 받아야 하는 걸까? 도대체 어떤 두려움이 아이를 이토록 괴롭히는 것일까?

"그럼 엄마가 할머니에게 전화해서 못 간다고 얘기하고 옆에 앉아서 동화책 읽어줄까?"

아이는 눈을 맞추지 않은 채 크게 고개를 끄덕였다.

엠마는 힘겹게 일어나 전화기가 있는 곳으로 갔다. 걱정이 되면서도 화가 나서 견딜 수가 없었다. 만약 정말로 플로리안이 아이에게 무슨 짓을 한 거라면 가만히 두지 않을 생각이다. 그녀는 시어머니에게 전화를 걸어 차 마시러 가기로 한 약속을 취소했다. 그리고 시어머니가 안타까워하며 잔소리를 늘어놓으려 하자 얼른 전화를 끊었다.

루이자는 여전히 옷장 속에 앉아 있었다.

"무슨 책 읽어줄까?"

"프란츠 한과 조니 마우저."

루이자가 엄지손가락을 빼지 않은 채 입속으로 중얼거렸다. 엠마는 책장에서 책을 빼 들고 자루 소파를 옷장 옆에 끌어다 놓고 앉았다.

만삭의 상태에서 바닥에 앉는 것은 여간 불편하지 않다. 먼저 왼쪽 다리에 쥐가 나더니 오른쪽 다리에도 쥐가 나기 시작했다. 하지만 루이자가 반응을 보였기 때문에 참고 계속 책을 읽었다. 루이자는 손가락 빨기를 멈추었고, 그림을 보려고 옷장에서 나와 엠마 옆에 바짝 다가앉았다. 그리고 다 아는 이야기이지만 그림을 보고 깔깔거리며 좋아했다. 이윽고 책 읽기가 끝나자 루이자는 눈을 감으며 한숨을 내쉬었다.

"엄마."

"응, 왜?"

엠마는 아이의 얼굴을 부드럽게 쓰다듬었다. 아이는 너무 작고 순수했다. 피부도 너무 투명해 이마에 핏줄이 비칠 정도다.

"나 엄마랑 절대 안 떨어질래. 나쁜 늑대 너무 무서워."

엠마는 순간 숨이 턱 막혔다.

"집에 있는데 뭐가 무서워? 여기 늑대가 올 리 없잖아."

그녀는 목소리가 안정적으로 들리도록 애를 썼다.

"아니야, 와."

루이자가 졸린 듯한 목소리로 속삭였다.

"엄마가 없을 때마다 찾아와. 하지만 이건 비밀이야. 엄마에게 말하면 안 된다고 했어. 안 그러면 늑대가 날 잡아먹을 거라고 했어."

*

유치장에서 하룻밤을 보낸 베른트 프린츨러는 아침에 영장 실질심사를 받고 프로인게스하임 구치소로 옮겨졌다. 피아와 크뢰거는 구치소 면회실에서 프린츨러가 올 때까지 30분이나 기다려야 했다. 프린츨러를 데려온 두 명의 교도관은 피아보다 키가 컸지만 프린츨러 옆에 있으니 머리 하나는 작아 보였다. 피아는 프린츨러가 순순히 심문에 응하지 않으리라는 것을 잘 알고 있었다. 수년간 감옥 생활을 한 사람이라 난생 처음 감방을 경험한 사람들과 달리 주눅이 들 리 없었다. 프린츨러 같은 남자들은 보통 변호사를 불러달라고 할 뿐 입을 굳게 다물기 일쑤다.

"프린츨러 씨, 전 호프하임 강력반에서 나온 피아 키르히호프라고 합니다. 이쪽은 제 동료인 크뢰거 반장님이고요."

프린츨러의 무표정한 얼굴에서 감정적 동요 따위는 찾아볼 수 없었다. 그러나 뜻밖에도 그의 짙은 눈동자에는 수심이 가득했다.

"앉으세요."

피아가 프린츨러에게 말하고 교도관들에게는 밖에서 기다려달라고 했다.

프린츨러는 다리를 쩍 벌리고 앉아 문신이 가득한 팔뚝으로 팔짱을 낀 채 피아를 뚫어지게 쳐다보았다. 밖에서 문 잠그는 소리가 들렸다.

"무슨 일로 날 보자고 한 겁니까?"

그의 목소리는 낮고 허스키했다.

"우린 레오니 베르게스 사건을 조사 중입니다. 레오니 베르게스의 시체가 발견된 날 프린츨러 씨가 다른 남자 한 명과 함께 그 집에서 나오는 걸 본 사람이 있어요. 그 집에서 뭘 했죠?"

"우리가 들어갔을 때는 이미 죽어 있었습니다. 그래서 내가 내 휴대전화로 경찰에 신고했습니다."

프린츨러는 첫 번째 질문에는 순순히 대답했지만 피아와 크뢰거가 번갈아 가며 내놓는 다음 질문에는 전혀 반응하지 않았다.

"베르게스 부인의 집에는 왜 갔죠?"

"베르게스 부인과 어떻게 아는 사이입니까?"

"그 집 주변에서 프린츨러 씨의 차가 자주 목격됐는데 무슨 일로 간 거죠?"

"베르게스 부인의 집에 함께 간 남자는 누구입니까?"

"킬리안 로테문트를 마지막으로 본 게 언제죠?"

"6월 24일 밤에 어디서 뭐하셨습니까?"

이윽고 그는 천천히 입을 열었다.

"왜 그걸 알려고 합니까?"

"그날 밤 누군가는 방송 사회자 한나 헤르츠만을 습격해 잔인하게 구타하고 성폭행했거든요."

피아는 프린츨러의 눈이 순간적으로 깜박이는 것을 놓치지 않고 보았다. 곧 턱이 움직이며 이 가는 소리가 들렸고 엄청난 목 근육이 실룩거렸다.

"난 여자를 강간할 필요도 없고 이제까지 살면서 여자를 때려본 일도 없어요. 24일에는 만하임에서 열린 바이커 모임에 갔습니다. 증인이 한 500명은 될 겁니다."

어쨌든 그는 한나 헤르츠만을 모른다고 잡아떼지는 않았다.

"그럼, 그 전날 킬리안 로테문트와 함께 헤르츠만 부인의 집에 간 이유는 뭐죠?"

침묵. 프린츨러가 수다스럽게 입을 놀릴 것이라고는 생각하지 않았지만 피아는 수사관의 제1덕목인 인내심이 다하는 것을 느꼈다. 지금은 이러고 있을 시간이 없다. 좀 색다른 전략을 써야 할 필요가 있었다.

"프린츨러 씨, 솔직히 우린 프린츨러 씨를 이 두 사건의 범인이라고 생각하지는 않아요. 누군가를 보호하거나 감싸 주려고 하시는 것 같은데 그건 다 이해합니다. 하지만 우린 어린 여학생을 무자비하게 학대하고 폭행해서 물에 빠뜨려 죽이고 그 시체를 쓰레기처럼 강가에 버린 사이코를 찾아야 하는 입장입니다. 프린츨러 씨도 자녀가 있으니까 아시잖아요."

프린츨러는 그 말에 약간 놀란 듯했다. 그의 눈빛에서 일말의 존경심 같은 것을 볼 수 있었다.

"범인은 한나 헤르츠만을 파라솔 기둥으로 잔인하게 성폭행하고 차 트렁크에 가뒀어요. 내출혈이 너무 심해서 다 죽어가다가 기적적으로 살아난 거예요. 레오니 베르게스는 의자에 묶인 채 말라 죽었어요. 고통스럽게 죽어가는 모습을 카메라로 촬영했고요. 그 사이코를 잡는 데 프린츨러 씨가 도움을 주신다면, 그래서 그놈을 잡아 죗값을 받게 할 수 있다면 정말 감사하겠어요."

"내가 여기서 나갈 수 있게 해주면 나도 도울 수 있습니다."

"우리는 당장에라도 내보낼 수 있죠. 그런데 높은 사람들이 개입돼 있어요."

피아는 안타깝다는 듯 어깨를 으쓱했다.

"여기서 며칠 지내는 건 전혀 문제가 안 돼요. 날 어떻게 할 증거도 없잖아요. 내 변호사가 구속에 항의할 겁니다. 그러면 여기서 보낸 일수만큼 보상금도 나와요."

부분적으로 수염을 민 그의 얼굴은 돌로 만든 것처럼 빈틈없어 보였다. 그는 어떤 감정도 드러내지 않았지만 걱정스러운 눈빛만큼은 숨기지 못했다. 그동안 숱하게 심문을 받았을 테고 거친 말투에도 익숙할 것이다. 절대 소심한 성격도 아니다. 그런 그가 깊은 수심에 휩싸여 있었다. 보호하려고 하는 사람이 누군지는 몰라도 무척 사랑하는 사람일 것이다. 피아는 예감대로 무작정 한번 찔러보기로 했다.

"가족이 걱정되시면 신변보호를 받게 해드릴 수 있어요."

프린츨러의 입가에 살짝 웃음이 비쳤다. 자신의 가족이 경찰의 신변보호를 받는다는 것이 우습게 생각되는 것 같았다. 그는 이내 심각한 표정으로 돌아왔다.

"그러지 말고 오늘 내로 날 내보내 주는 건 어때요? 주소지가 확실하니까 도망갈 염려도 없잖아요."

"그러려면 우리가 하는 질문에 대답을 해야죠."

크뢰거가 말했다. 그러나 프린츨러는 그에게는 눈길도 주지 않았다. 그는 평소 같으면 경멸해 마지않았을 경찰에게, 그것도 여형사에게 도움을 청하고 있었고, 그 사실을 충분히 의식하고 있었다.

“헤르츠만 부인이 발견된 곳에서 프린츨러 씨를 봤다는 사람이 있어요. 내일 증인 대면이 있을 거예요.”

“그날 어디 있었는지 이미 말했잖습니까?”

프린츨러는 모욕적인 말이나 마초적 행동, 은어의 사용을 의식적으로 자제했다. 그는 상당히 영리한 사람이었다. 14년 전 로드킹 사업에서 손을 떼고 한때는 집과 같았을 클럽과 홍등가를 떠나 깊이 숨겨진 곳에 보금자리를 꾸몄다. 과연 무엇이 그에게 그런 결정을 하게 만들었을까? 지금 나이가 50대 중반이니 당시에는 30대 후반이었을 것이다. 베른트 프린츨러 같은 남자가 그 나이에 조폭 생활을 청산하고 은퇴한다는 것은 말이 안 된다. 그리고 그는 범죄와 상관없이 사는 현재도 눈에 띄지 않으려고 무척 노력하고 있다. 누구로부터 숨어 지내는 걸까? 그리고 그 이유는 과연 무엇일까?

시간은 점점 흘렀지만 입을 여는 사람은 아무도 없었다.

“에릭 레싱은 왜 죽어야 했죠? 그 사람이 알아낸 게 뭐였나요?”

피아가 침묵을 깨고 허공에 던지듯이 말했다. 프린츨러는 표정 관리를 잘하고 있었지만 순간적으로 눈썹이 위로 올라가는 것을 막지는 못했다.

“지금도 바로 그게 문제입니다.”

그가 낮은 목소리로 중얼거리듯 말했다.

“그러니까 그 문제가 뭐냐고요?”

피아는 그의 시선을 피하지 않았다.

“잘 생각해보세요. 이제부터는 변호사 없이 한마디도 하지 않겠습니다.”

*

　그녀는 화가 났다. 너무너무 화가 나고 자존심이 상했다.

　나쁜 자식, 날 이렇게 박대하다니! 마이케는 뜨거운 분노의 눈물이 치솟는 것을 느끼며 무거운 걸음걸이로 터벅터벅 계단을 내려갔다.

　그녀는 병원에 들렀다가 볼프강을 만나러 오버우르젤로 향했다. 왜 갑자기 그가 그녀에게 그렇게 중요한 사람이 됐는지, 그리고 왜 그가 거짓말을 한다고 느꼈는지 그녀도 알 수 없었다. 이 의심은 도대체 어디서 비롯된 것일까? 그에게 전화해서 빌라에 가도 되냐고 했을 때 그는 아버지의 손님 때문에 안 된다고 했고 그녀는 그 말을 믿지 않았다.

　그러나 막상 빌라에 도착해보니 자갈이 고르게 정돈된 마당에 고급 승용차들이 빽빽이 주차돼 있었다. 칼스루에, 뮌헨, 슈투트가르트, 함부르크, 베를린, 심지어 외국에서 온 차도 있었다. 마이케는 그냥 돌아가야 할지 아니면 초인종을 누를 것인지 잠시 고민했다. 집에 파티가 있으면 초대할 수도 있을 텐데, 그녀가 집에 혼자 있는 걸 뻔히 알면서 왜 초대하지 않았을까? 한나는 어느 파티에나 초대하면서! 마이케는 그녀가 그토록 사랑하는 빌라를 올려다보았다. 고풍스러운 쇠창살이 붙어 있는 높은 창문, 진녹색 덧창, 둥근 기와로 덮인 맞배지붕, 옥외계단 여덟 칸. 그 계단을 올라가면 양쪽으로 열리는 진녹색 문이 나온다. 놋쇠로 만든 사자 머리 모양의 문고리가 달려 있는 문이다. 집 앞에 피어난 라벤더는 온화한 여름날 저녁 그 어느 때보다 진한 향기를 내뿜었다. 마이케는 그 냄새를 맡자 바로 남프랑스 여행을 떠올렸다. 볼프강의 어머니에게 프로방스에서 라벤더를 가져다준 사람은 다름 아닌 한나였다.

옛날에는 한나와 함께 빌라에 자주 왔다. 마이케는 이 빌라를 항상 외할머니 집과 같은 포근함으로 기억했다. 그런데 크리스티네 아주머니는 죽고 한나는 죽은 거나 다름없는 몰골로 병원에 누워 있다. 이제 그녀를 기다리는 사람도, 찾아가 위로받을 수 있는 사람도 없다. 오랜 세월을 함께하면서 볼프강은 아버지를 대신하는 사람, 마음을 터놓고 의지할 수 있는 유일한 사람이 되었다. 양아버지들은 그저 잠시 머물다 가는 사람이었다. 그들은 마이케를 한나 때문에 어쩔 수 없이 받아들여야 하는 귀찮은 존재로 여겼다. 질투의 여신과 결혼한 친아버지는 말할 것도 없다.

마이케는 다시 한 번 빌라에 눈길을 준 다음 힘없이 돌아섰다. 그때 검정색 마이바흐가 마당으로 미끄러져 들어왔다. 현관 계단 앞에서 멈춘 차에서 마른 체구의 백발 신사가 내렸다. 그와 시선이 부딪치자 마이케는 웃으며 손을 흔들었다. 마이케를 알아본 페터 바이스베커의 표정이 굳어졌다. 배우이자 방송 사회자인 페터는 독일 방송계의 전설 같은 존재로 한나와 오래전부터 알고 지내는 사이다. 마이케는 어렸을 때부터 그를 알았고, 이 나이에도 그렇게 부르기는 민망하지만 그를 항상 피티 아저씨라고 불렀다.

"오, 마이케! 이제 아가씨가 다 됐구나. 오랜만이다. 엄마랑 같이 온 거니?"

그는 과장된 표정으로 반가움을 표시하며 형식적인 포옹을 했다.

"아니요. 엄마는 병원에 있어요."

그녀가 그에게 팔짱을 끼며 말했다.

"어유, 저런! 어디 많이 아픈 건 아니지?"

두 사람은 함께 계단을 올라갔다. 현관문이 활짝 열리고 볼프강의 아버지가 나타났다. 마이케를 보자 그 역시 표정이 일그러졌다. 그는 배우인 피티 아저씨와 달리 감정을 숨기는데 서툴렀다.

"넌 어쩐 일이냐?"

하르트무트 마테른이 못마땅한 얼굴로 물었다. 그의 반응은 불친절 그 자체였다. 따귀를 맞았더라도 이렇게 기분이 나쁘지는 않을 것 같았다.

"안녕하세요, 하르트무트 아저씨! 요 근처를 지나다가 잠깐 인사나 하려고 들렀어요."

마이케는 천연덕스럽게 거짓말을 했다.

"오늘 저녁엔 안 된다. 손님 있는 거 안 보이니?"

하르트무트 마테른의 싸늘한 반응에 마이케는 기가 탁 막혔다. 이제까지 그녀를 이런 식으로 홀대한 사람은 없었다. 그때 문 뒤에서 볼프강이 잔뜩 긴장한 표정으로 나타났다. 볼프강의 아버지와 피티 아저씨는 어머니에게 안부 전하라는 형식적인 인사 한마디 없이 집 안으로 사라졌다. 마이케는 무척 자존심이 상했다.

"이건 무슨 파티예요? 신사들의 밤 행사라도 되나요? 아니면 엄마도 초대받았나요?"

볼프강은 그녀의 팔을 잡고 밖으로 끌고 나갔다.

"마이케, 오늘은 정말 안 된다니까. 오늘 행사는…… 일종의…… 주주 모임이야. 어른들끼리 모여서 사업 얘기 하는 거야."

그는 사람들이 듣지 못하도록 목소리를 잔뜩 낮췄다. 안 봐도 뻔한 거짓말이었다. 마이케는 문전박대당한 것보다 그 거짓말이 더 굴욕적으로 느껴졌다.

"전화는 도대체 왜 안 받는 거예요?"

마이케는 자신도 모르게 신경질적으로 내뱉었다. 그녀는 히스테리를 부리는 것 같은 자신의 말투에 더 신경질이 났다.

"이번 주에 일이 너무 많았어. 마이케, 부탁이니 제발 여기서 난동 부리지 말아줘."

그가 그녀를 달랬다.

"제가 무슨 난동을 부린다고 그래요? 전 그냥 아무 때나 와도 된다는 말이 진심이라고 생각했어요. 그래서 온 것뿐이에요."

마이케가 씩씩거리며 말했다. 볼프강은 당황한 듯 긴급회의, 구조조정 어쩌고 하며 말끝을 흐렸다. 비겁하기는! 마이케는 어깨에 올린 그의 손을 휙 뿌리쳤다. 그녀의 실망감은 말할 수 없이 컸다.

"알았어요. 무슨 말인지 잘 알겠어요. 그냥 마음에 걸려서 말만 그렇게 했던 거죠? 사실은 제가 어떻게 되든 아무 상관없는 거죠? 파티 재미있게 하세요."

"마이케, 잠깐만! 잠깐 기다려봐! 그런 게 아냐!"

그녀는 그가 따라와 달래고 미안하다고 말할 것을 기대하며 계속 걸었다. 그러다 감동적으로 용서해주려고 뒤를 돌아봤는데 이미 문은 닫혀 있고 그의 모습도 보이지 않았다. 이제까지 살면서 이렇게 외롭고 초라해진 적은 한 번도 없었다. 그들이 그녀에게 보여준 친절과 호감은 그녀 개인을 향한 것이 아니었다. 그저 유명 연예인 한나의 딸이기 때문에 못생기고 성격도 나쁘지만 어쩔 수 없이 받아들였던 거라는 깨달음이 너무도 아프게 가슴을 파고들었다.

마이케는 너무 서러워서 눈물이 쏟아질 것 같았지만 꾹 참고 걸었다. 그리고 진입로를 나와 길을 건너기 전 아이폰으로 주차돼 있는 차들의 사진을 몇 장 찍었다. 흥, 이게 주주 모임이라면 난 레이디 가가다. 저 안에서는 뭔가 비밀스러운 일이 벌어지고 있다. 그게 뭔지 밝혀내고 말 테다, 이 멍청이들아!

*

"세상에!"

피아는 목을 뒤로 젖히고 하테스하임 실러링의 을씨년스러운 회색빛 고층 아파트를 올려다보았다.

"언제부터 여기 살았지? 여기로 이사 왔는지 몰랐네."

"왜? 전에는 어디 살았는데?"

크리스티안 크뢰거가 물었다. 그는 눈을 가늘게 뜨고 수많은 명패가 달린 초인종 판 속에서 벤케의 이름을 찾고 있었다.

"작센하우젠요. 헤닝이랑 제가 살던 데서 멀지 않은 곳이었어요."

피아는 아까 컴퓨터에서 프랑크 벤케의 현주소가 이곳으로 나왔을 때도 적잖이 놀랐다. 보덴슈타인에게는 퇴근한다고 했지만 그로부터 20분 뒤에 하터스하임 레알마트 앞에서 크뢰거와 만났다. 보덴슈타인에게 거짓말을 한 것이 양심에 거리끼지는 않았다. 그 사건에서 보덴슈타인이 정확히 무슨 역할을 했는지는 몰라도 직접적으로 개입되지 않은 것만은 확실하다. 그러니 보덴슈타인 몰래 몇 가지 물어보고 다닌다고 해서 그에게 해가 될 것은 없을 것이다.

"아, 찾았다. 그런데 뭐라고 하지?"

크뢰거가 옆에 서 있는 피아에게 물었다.

"이름을 말해야죠. 벤케랑 문제 있었던 적 없잖아요."

크뢰거는 초인종을 눌렀다. 잠시 후 "누구세요?" 하는 소리가 들렸고 크뢰거는 자신의 이름을 댔다. 곧 삐 소리를 내며 문이 열렸다. 그들은 건물 안으로 들어갔다. 내부는 밖에서 상상했던 것보다 훨씬 깨끗했다. 1976년에 만들어졌다고 씌어 있는 엘리베이터는 삐걱거리는 소리 때문에 17층까지 타고 가는 게 영 불안했다. 복도에서는 음식 냄새와 락스 냄새가 났다. 우중충한 황갈색으로 칠해진 벽 때문에 창문도 없는 복도는 더욱 답답해 보였다.

벤케는 기초생활수급자를 대상으로 하는 이런 대규모 공동주택과 그곳에 사는 사람들에게 심한 편견을 가지고 있다. 그 사실을 잘 아는 피아는 막상 그 안에서 살아야 하는 벤케의 심정을 이해할 수 있을 것 같았다.

문이 열리고 꺼칠한 얼굴의 벤케가 나타났다. 후줄근한 회색 트레이닝복 바지, 얼룩이 묻은 티셔츠, 맨발 차림이었다.

"저 여자랑 온 거 알았으면 문 안 열어줬을 거야. 무슨 일이야?"

벤케가 술 냄새를 풍기며 말했다.

"잘 있었어? 안에 들어가서 얘기해도 될까?"

피아가 그의 불친절을 무시하고 물었다. 벤케는 적대감이 그대로 드러난 표정으로 피아를 쏘아보다가 옆으로 한 걸음 물러서며 절하는 척했다.

"어서 들어가시죠. 제 누추한 펜트하우스에 모시게 되어 영광입니다. 그런데 샴페인이 떨어져서 어떡하죠? 오늘은 집사가 외출한 날인데 어쩌나?"

안으로 들어간 피아는 깜짝 놀랐다. 35평방미터쯤 되는 아파트는 달랑 방 하나로 이루어진 원룸이었다. 구석에 작은 주방이 붙어 있고, 잠자는 곳은 커튼으로 가려져 있었다. 중앙에는 낡아빠진 소파 하나, 탁자 하나, 싸구려 TV 받침대가 있고, TV 받침대 위에는 소형 텔레비전이 소리 없이 켜져 있었다. 한쪽 구석에 세워진 행거에는 와이셔츠, 양복, 넥타이가 걸려 있고 그 밑에는 구두 몇 켤레와 진공청소기가 놓여 있었다. 그 밖에도 눈이 닿는 곳마다 구석구석 물건으로 가득 차 있었다. 어른 세 사람이 들어가자 방이 꽉 차서 걸음을 옮길 때마다 발에 뭔가가 채였다. 단, 발코니에서 내다보이는 타우누스의 전망 하나는 끝내주게 좋았다. 물론 그것으로 위로가 될 일은 아니었다. 이런 곳에서 살아야 한다면 얼마나 끔찍할까!

"둘이 이제 새 드림팀인가?"

벤케가 심술궂은 표정으로 이죽거렸다. 피아는 술이 오른 벤케의 흐리멍덩한 눈동자를 마주보았다. 벌겋게 충혈된 눈에 적대감이 이글거렸다. 그는 원래도 사람을 싫어하는 성향이 강했지만 이제는 세상 모든 사람을 저주하는 듯한 인상을 풍겼다.

"안부 인사나 하려고 들른 건 아닐 테고, 무슨 용건인지 어서 말하고 빨리 가줘."

"에릭 레싱 사건의 배후에 무슨 일이 있었는지 알고 싶어서 찾아왔어."

피아는 둘러 말할 필요성을 느끼지 못했다.

"에릭 뭐? 그런 이름은 처음 들어보는데."

벤케는 눈 하나 깜짝하지 않고 거짓말을 했다.

"그게 다야? 그럼, 이제 그만 꺼져줘."

"우리가 맡은 사건에서 이름 두 개가 등장하는데 그 사건에서도 그 이름이 나와. 그 사건과 우리 사건이 연관 있는 것 같아."

"무슨 말인지 모르겠고 관심도 없거든."

벤케는 팔짱을 끼며 모르쇠로 나왔다.

"프랑크푸르트 홍등가에서 남자 세 명을 쏴 죽였다는 거 알아. 그건 정당방위가 아니었고 누군가의 지시에 따른 거였어. 벤케 형사는 이용당한 거야. 그 사람들이 사전에 말해주지도 않았잖아. 그 이후로 동료를 쐈다는 죄책감에서 헤어나오지 못한 것도 다 알아."

피아는 차분하게 할 말을 다했다. 벤케는 얼굴이 붉으락푸르락해져서는 주먹을 꽉 움켜쥐었다.

"그 사람들은 벤케 형사의 인생을 망쳤어. 그런데 지금은 나 몰라라 하잖아. 배후에 누가 있는지 밝혀내서 죗값을 치르게 해야지."

"꺼져. 그리고 다시는 찾아오지 마."

벤케가 앙다문 이 사이로 내뱉듯이 말했다.

"자네는 경찰이 되기 전에 직업군인이었어."

이번에는 크뢰거가 설득하기 시작했다.

"경찰에서도 저격수 훈련을 받았고 특수부대에서도 근무했어. 그 사람들은 사격 실력이 뛰어난 자네를 일부러 뽑은 거라고. 자네가 꼬치꼬치 캐묻지 않고 명령에 복종할 걸 알았던 거지. 자네에게 지시를 내린 사람이 누구야? 그리고 도대체 그런 지시를 내린 이유가 뭐야?"

벤케는 피아와 크뢰거를 번갈아 노려보며 이를 바득바득 갈았다.

"너희들 뭐야? 나한테 바라는 게 뭐야? 내가 사는 꼴이 덜 한심해 보여?"

"프랑크! 자네에게 해를 끼칠 생각은 없어. 하지만 사람들이 죽어가고 있어. 범인은 어린 여학생을 잔인하게 학대하고 살해해서 강에 갖다 버렸어! 오늘 그때 사건에 연루됐던 사람과 얘기를 했어. 그때 사용된 총이 그 사람 차에서 발견됐어. 그 사람하고 그 사람 변호사가 적어도 두 사건에 연루돼 있다고."

"그래서 이렇게 불쑥 찾아와서 물어보면 다 얘기해줄 거라고 믿었나? 그래, 우리 프랑크에게 가서 물어보자, 그럼 다 얘기해줄 거야! 그렇게 믿은 거야?"

벤케는 그들을 한껏 비웃었다.

"그 지랄 같은 사건 때문에 내 인생 전체를 망쳤어! 내가 지금 어떻게 살고 있는지 눈이 있으면 보라고! 그런데 내가 또 그런 이상한 일에 끼어들 것 같아? 그것도 꼰대를 위해서? 그리고…… 우리 귀하신 공주마마를 위해서? 흥!"

벤케의 목에 벌겋게 핏발이 서고 이마에는 구슬땀이 흘렀다. 그리고 온몸이 후들후들 떨렸다. 피아는 조금만 자극해도 그가 폭발하리라는 것을 잘 알았다.

"그만 가요."

피아가 크뢰거에게 조용히 말했다. 절망, 증오, 복수심에 눈이 먼 벤케에게 무엇을 바라겠는가? 그는 아마 그녀가 피를 철철 흘리며 눈앞에서 죽어간다고 해도 손 하나 까딱하지 않을 것이다. 벤케는 저 잘못된 것을 다른 사람 탓으로 돌리는 인간이다. 그리고 보덴슈타인이 호의가 사라진 것을 피아의 탓으로 돌리고 있었다.

"이건 보덴슈타인이나 피아나 나를 위한 게 아니야. 사람들이 살인 명령을 내리고 죗값을 받지 않는다는 게 문제라고."

크뢰거는 쉽게 물러서지 않았다.

"그 사람들이 어떤 사람들인지 모르니까 하는 소리지."

벤케는 주방으로 가서 투명한 액체가 든 병을 들어 한 컵 가득 따랐다.

"그 사람들이 누군데?"

피아가 물었다. 벤케는 그녀를 똑바로 쳐다보며 컵을 입에 가져가더니 단숨에 비웠다. 그리고 불안한 눈빛으로 방 안을 둘러보더니 갑자기 컵을 벽에 내동댕이쳤다. 피아는 깜짝 놀라 몸을 움찔했다. 그러나 컵은 깨지지 않았다.

"저것 봐! 저것 보라고! 이제 난 아무것도 못 하는 인간이 됐어. 봐, 컵 하나도 못 깨잖아, 제기랄!"

벤케가 쓰디쓴 웃음을 지으며 외쳤다. 그는 보기보다 훨씬 많이 취한 것 같았다. 컵을 주우려고 허리를 굽히다가 균형을 잃고 책장에 부딪쳤는데 그만 책장이 무너지며 함께 쓰러지고 말았다. 그는 바닥에 뒹굴며 소리 내 웃었다. 그러나 그 웃음은 곧 처절한 흐느낌으로 바뀌었다. 항상 친환경식품만 먹고 담배는 손에 대지도 않았던 그가, 단단한 근육으로 무장한 스포츠광이던 그가 술주정뱅이로 전락한 것이다. 1997년 3월에 일어난 사건은 그를 처참하게 망가뜨렸다. 그 악몽에서 헤어나지 못했기 때문에 결국 아내와도 이혼하고 황폐한 삶을 살게 된 것이다.

"난 이제 아무것도 못 해!"

벤케는 주먹으로 바닥을 쾅쾅 쳤다.

"이제 끝이야! 빌어먹을, 아무것도 못 하는 인간이라고!"

피아와 크뢰거는 걱정스러운 눈빛을 주고받았다.

"프랑크, 어서 일어나!"

크뢰거가 벤케에게 허리를 굽히며 손을 내밀었다.

"이제 여자 하나도 못 꼬드긴다고. 하긴 나 같은 놈 뭘 보고 좋아하겠어? 돈은 다 전처가 받아가고 나한테 남은 건 이 빌어먹을 원룸 하나뿐이라고!"

벤케는 주저리주저리 혼잣말을 하더니 나중에는 소리를 버럭 질렀다. 그리고 몸을 일으키더니 크뢰거의 손을 무시하고 혼자 힘으로 일어났다. 그리고 비틀비틀 피아에게 다가와 그녀의 얼굴에 술 냄새 나는 입김을 훅 내뿜었다.

"나 너한테 할 말 많아. 난 첫날부터 네가 마음에 안 들었어. 부자 키르히호프 박사 마누라에, 주식으로 떼돈 벌어서 목장도 척척 사고, 가슴 커서 남자도 잘 꼬이고! 흥! 네가 그렇게 잘났어? 그래,

일은 잘하대. 똑똑하기도 엄청 똑똑하지. 게다가 일 못 해서 죽은 귀신이라도 붙은 것처럼 일에 매달려 우리를 게을러터진 돼지로 만들었지. 틈만 나면 꼰대한테 붙어가지고 아첨이나 떠는 주제에!"

벤케는 혀 꼬부라진 소리로 계속 떠들었다. 오랫동안 쌓였던 미움이 봇물 터지듯 터진 것이다. 피아는 그 말을 아무 대꾸 없이 듣고만 있었다.

"그래, 내가 세 놈을 죽였어! 거기서 무슨 일이 일어난 건지 알지도 못했어. 언더커버 뭐 그런 것도 몰랐고. 그냥 가게에 들어갔어. 정보원이 거기서 큰 건이 있을 거라고 했거든. 사전에 다른 총을 줄 때 알아봤어야 하는 건데! 다 짜고 치는 판이었어. 뒷마당으로 들어갔더니 로드킹 한 놈이 바로 총을 쏘더군. 내가 거기서 그냥 총 맞고 죽어야 했나? 나도 총을 쐈지. 그리고 그 깡패 새끼들보다 내 실력이 나았어. 두 놈은 머리에, 한 놈은 목에 명중시켰지. 난장판이었어. 그리고 정신을 차리고 보니 차에 타고 있었어. 그게 다야. 더 이상 아는 것도 없어."

피아는 그의 말을 믿었다. 그들은 에릭 레싱뿐 아니라 벤케에게도 함정을 친 것이다. 벤케는 사람 목숨을 파리 목숨보다 가볍게 여기는 권력자들의 더러운 게임에서 총대 멘 병정에 지나지 않았다.

"뒷마당에 함께 있었던 사람은 누구야?"

크뢰거가 물었다. 프랑크 벤케는 그저 콧김을 내뿜을 뿐 아무 대답이 없었다. 그는 비틀비틀 피아 곁을 지나 소파로 가서 털썩 주저앉았다. 피아는 그를 내려다보았다. 모욕적인 말을 들었지만 전혀 화가 나지 않았다. 그저 그가 안됐다는 생각이 들 뿐이었다.

"뒷마당에 나랑 같이 있었던 사람이 누구냐고?"

벤케는 눈을 반쯤 감은 채 혀 꼬부라진 소리로 중얼거렸다.

"진짜 알고 싶어? '이런, 총을 차에 두고 왔네'라고 말한 그 사람이 누군지? 그래, 말해주지. 말하고말고. 뭐 상관없잖아. 날 잘도 써먹었지, 피도 눈물도 없는 년! 그리고 내게 협박까지 했어. 한마디라도 나불거리면 평생 웃을 일 없을 거라고!"

그는 울음도 웃음도 아닌 소리를 내더니 손바닥으로 소파 등받이를 탁 쳤다.

"어차피 그날 이후 웃을 일은 없었어. 30초 만에 인생이 망가지더라고. 난 동료를 쐈어! 내가 왜 그런 빌어먹을 짓을 했는지 알아? 왜냐면 어느 빌어먹을 년이 내게 명령을 내렸기 때문이야."

"그게 누구냐고?"

크뢰거가 물었다. 그러나 그도, 피아도 어떤 이름이 나올지 이미 예감하고 있었다.

"엥겔."

벤케는 증오와 절망으로 얼룩진 얼굴을 들었다.

"니콜라 엥엘 수사과장."

*

11시 48분. 그는 24시간 동안 사람을 보지 못했다. 그리고 신경을 박박 긁는 환풍기 소리 말고는 아무 소리도 듣지 못했다. 창문도, 햇빛이 들어올 작은 구멍도 없는 감방에서 천장에 붙은 환풍기는 유일한 공기구멍인 듯했다. 조명은 천장에 달린 25와트 알전구가 전부다. 그런데 전기 스위치는 어디에도 보이지 않는다. 감방을 가득 메운 퀴퀴하고 해묵은 냄새는 전형적인 지하실 냄새다.

킬리안 로테문트는 좁은 간이침대에 팔베개를 하고 누워 녹슨 철문을 바라보았다. 철문은 보기보다 튼튼해서 꿈쩍도 하지 않았다. 처음에 잡혀올 때는 전혀 무섭지 않았는데 이제는 슬슬 두려워지기 시작한다. 네덜란드 경찰의 보호 아래 있는 게 아니라는 것은 두말할 필요도 없다. 그렇다면 여기는 어딘가? 역에서 그를 잡아온 검은 복면, 검은 전투복 차림의 남자들은 누굴까? 그들은 왜 그를 이 지하 감방에 처넣은 것일까? 그리고 그가 암스테르담에 있다는 사실을 어떻게 알았을까? 레오니가 죽기 전에 불었을까?

마지막으로 먹은 게 케이크 두 조각이라 배에서는 쉴 새 없이 꼬르륵 소리가 났다. 그는 미지근한 물을 조금씩 나눠 마셨다. 그 물로 얼마나 버텨야 할지 몰랐기 때문이다. 매끈한 벽에는 목을 맬 만한 것이 전혀 없는데도 허리띠와 구두끈은 사라지고 없었다. 그나마 손목시계를 그대로 둔 것이 다행이다.

킬리안 로테문트는 눈을 감고 상상 속에서라도 썩은 내 나는 감방을 떠나 좀 더 편안하고 안락한 세계로 이동하려고 시도했다. 한나! 그들의 시선이 처음 마주친 순간 그는 그때까지 한 번도 느껴보지 못한 감정에 사로잡혔다. 텔레비전에서 익히 봐온 얼굴이지만 텔레비전에서 볼 때와는 완전히 달랐다. 그날 그녀는 화장 안 한 맨얼굴에 머리를 대충 뒤로 묶고 있었다. 그럼에도 불구하고 남다른 인상을 풍겼다. 그는 그 모습에 매료됐다.

레오니는 한나를 싫어했다. 베른트가 미하엘라의 기구한 이야기를 한나의 도움으로 언론에 폭로하자고 했을 때도 극구 반대하며 한나는 오만하고 이기적이며 남을 생각할 줄 모르는 여자라고 못박았다.

그러나 한나는 그런 여자가 아니었다.

킬리안은 한나에게 모든 것을 솔직히 털어놓았다. 그녀가 믿지 않을 수도 있지만 그 정도 위험은 감수했다. 그리고 그녀는 그의 말을 믿어주었다. 그들 사이에는 깊은 신뢰의 감정이 싹텄다. 이메일의 문체는 점점 친근하게 변해갔다. 첫눈에 반한 두 사람은 서로 좋아하는 사이로 발전했다. 킬리안은 그때까지 누군가와 한 시간 반 동안 전화 통화를 해본 적이 없었다. 그런데 한나와는 그것이 드문 일이 아니었다. 그렇게 2주 정도 흘렀을 때 그는 한나에 대한 감정이 그저 좋은 감정뿐만은 아니라는 것을 깨달았다. 그는 그녀로 인해 다시 존중받는 인간이 된 것 같았다. 그녀는 그가 그녀의 도움으로 명예를 회복하고 다시 평범한 삶을 살 수 있을 것이라는 확신을 가지고 있었다. 그러면 시아라도 몰래 야영장에 와서 그를 만나지 않아도 된다. 어쩌면 곧 법적으로 아이들을 만나도 되는 날이 올지도 모른다.

그는 길게 한숨을 쉬었다. 한나의 목소리, 걱정 없는 웃음소리, 따뜻한 체온, 부드러운 살결에 대한 그리움이 깊은 근심과 함께 찾아들었다. 지금 그녀 곁에 있을 수 있다면 얼마나 좋을까! 그녀로 인해 모든 것이 좋게 변하려는 순간 운명은 다시 그에게 수난을 안겨주었다. 한나가 습격당한 것은 그 때문일까? 그저 걱정과 두려움에 떨어야 하는 막막한 심정은 절망으로 치닫고 있었다. 그때 밖에서 무슨 소리가 났다. 그는 몸을 일으켜 앉으며 귀를 쫑긋 세웠다. 사람의 발소리였다. 잠시 후 열쇠가 꽂히고 문 열리는 소리가 났다. 그는 침대에서 일어나 주먹을 꽉 쥐었다. 뭔지는 모르지만 앞으로 다가올 것에 대한 마음의 준비를 해야만 했다. 조금 전의 절망감은 사라지고 없었다. 그들이 그에게 무슨 짓을 하든 그는 살아남을 것이다. 살아서 아이들을 다시 만나고 한나도 다시 만날 것이다.

*

“맛이 없어?”

크리스토프는 식탁 맞은편에 앉아 포크로 접시를 뒤적거리며 깨작거리고 있는 피아를 빤히 쳐다보았다. 쌀을 넣은 라타투이(가지, 호박 등을 넣은 프랑스 채소요리_역주)는 맛이 좋았지만 피아의 위장은 쪼그라든 것처럼 음식이 들어가지 않았다.

“아니요, 맛있어요. 그냥 입맛이 없어서요.”

피아는 포크를 내려놓고 깊은 한숨을 쉬었다. 그녀는 벤케의 집에 다녀온 뒤로 아직 쇼크에서 벗어나지 못하고 있었다. 아무리 시간이 흘러도 거기서 본 것을 다 잊을 수는 없을 것이다. 벤케와 피아는 친한 사이가 아니었다. 호프하임 강력반에 있을 때 벤케는 투덜거리기만 할 뿐 동료 의식이라고는 눈 씻고 봐도 찾을 수 없었다. 일은 다른 직원들에게 모두 떠넘기고 친절하게 대하는 사람에게조차 모욕감을 주며 퉁명스럽게 대하기 일쑤였다. 어느 정도 시간이 지나자 피아도 다른 사람들처럼 원래 그런 인간이려니 하고 포기해버렸다. 그런데 이제 벤케야말로 희생자라는 사실을 알고 보니 그것이 얼마나 불공평한 대우였나 생각하지 않을 수 없었다. 사람들은 그를 이용하고 필요 없어지자 버렸다. 그는 양심의 가책에 시달리며 정신적으로 황폐한 삶을 살다가 인생을 망쳤다. 지금까지 벤케에게 모욕을 한두 번 당한 것이 아니지만 수년간 바로 눈앞에서 그의 비애를 봐왔다고 생각하니 피아는 왠지 슬퍼졌다.

“얘기하고 싶어?”

크리스토프가 근심 어린 눈빛으로 그녀를 쳐다보았다. 그는 그녀가 힘든 하루를 마치고 그냥 조용히 쉬고 싶어 하는지, 아니면 심란한 마음을 털어놓고 싶어 하는지 눈빛만 봐도 알았다. 평소 어떤 일에도 구애받지 않고 잘 먹는 피아가 식욕이 없다는 것은 심히 걱정되는 일이었다.

"지금은 아니에요."

피아는 식탁에 팔꿈치를 괴고 미간을 문질렀다.

"도대체 어디서부터 어떻게 시작해야 할지 모르겠어요. 모든 게 뒤죽박죽이에요."

오늘 그 허름한 방에서 알게 된 사실들이 앞으로 어떤 파장을 일으킬지 피아는 아직도 제대로 파악하지 못하고 있었다. 크뢰거와 그녀는 일단 그 일을 아무에게도 말하지 않기로 합의했다. 하지만 그런 일이 있었다는 것을 안 이상 그냥 손 놓고 있을 수는 없었다.

크리스토프는 아무 말 없이 그녀를 지켜보았다. 그는 절대 재촉하는 일이 없다. 그는 그녀의 어깨를 다독이며 일어나더니 그릇을 치우기 시작했다.

"놔둬요. 내가 이따가 할게요."

피아가 하품을 하며 말했지만 그는 그냥 웃기만 했다.

"그러지 말고 가서 좀 씻어. 그리고 나서 같이 와인 한잔하는 게 어때?"

"좋은 생각이에요."

피아는 웃으며 일어나 그의 허리를 껴안았다.

"당신 같은 사람을 만나다니 난 참 복도 많죠? 요새 내가 너무 신경을 못 쓴 것 같아서 미안해요. 릴리도 마찬가지고. 내가 너무 소홀했죠?"

그는 그녀의 얼굴을 감싸 안고 입을 맞추었다.

"그래, 완전 소홀했지."

"내가 어떻게 하면 용서가 되겠어요?"

피아는 그에게 입을 맞춘 다음 손으로 그의 등을 쓰다듬었다. 릴리가 온 뒤로 두 사람은 함께 잠자리를 하지 않았다. 릴리 때문이라기보다는 피아가 늦게 들어오고 새벽같이 일어나 나가는 날이 많았기 때문이라는 게 더 정확할 것이다.

"음, 그건 한번 생각해봐야겠는데."

그는 그녀의 귀에 대고 속삭이며 그녀를 꽉 끌어안았다. 그녀는 그가 자신을 원하고 있음을 느꼈다. 그의 체취, 부드러운 손, 따뜻한 체온이 그녀 안에 잠자고 있던 욕망을 일깨웠다.

"나랑 똑같은 생각 하고 있는 거 아니에요?"

피아가 그의 뺨에 얼굴을 대며 물었다. 일상에 길들여지다 보면 육체적 관계에 소홀해질 거라고 생각했지만 3년 반이 지난 지금까지 그런 우려는 현실화되지 않았다. 오히려 반대였다.

"자기는 무슨 생각 하는데?"

크리스토프가 놀리는 투로 물었다.

"음…… 섹스."

"저런. 나랑 똑같네."

그는 그녀의 목에, 그리고 입에 키스했다. 그녀는 곧 그에게서 떨어져 2층으로 올라갔다. 그리고 땀에 젖은 옷을 아무렇게나 바닥에 벗어놓고 샤워를 하러 들어갔다. 따뜻한 물로 더러움을 씻어내니 벤케의 집에서 본 음울한 풍경도, 보덴슈타인이 엄청난 비밀을 숨기고 있을지 모른다는 생각도 모두 떨쳐지는 것 같았다.

잠시 후 방에 들어가니 크리스토프는 이미 침대에 누워 있었다. 방에는 조용한 음악이 흐르고 침대 옆에는 와인 한 병과 잔 두 개가 놓여 있었다. 피아는 그의 품으로 파고들었다. 활짝 열어놓은 발코니 문으로 온화한 바람 한줄기가 깎은 지 얼마 안 된 잔디 냄새와 라일락 꽃향기를 실어 왔다. 종이 갓을 씌운 전등에서 은은하게 퍼지는 황금빛 조명은 그들의 몸 위로 일렁거렸다. 피아는 크리스토프의 부드러운 애무에 몸을 맡겼다. 그때 갑자기 문이 열리고 금발을 잔뜩 헝클어뜨린 채 릴리가 들어왔다. 크리스토프와 피아는 서로에게서 얼른 떨어졌다.

"할아버지, 나 나쁜 꿈 꿨어. 여기서 자도 돼?"

릴리가 가짜울음을 울며 말했다.

"이런, 젠장."

크리스토프는 입속으로 중얼거리며 얼른 이불을 끌어당겼다.

"어떡해요, 할아버지?"

피아는 크리스토프의 등에 얼굴을 기대며 킥킥거렸다.

"지금은 안 돼. 릴리, 어서 방으로 돌아가. 조금 있다가 할아버지가 네 방으로 갈게."

"왜 아무것도 안 입고 있어?"

릴리는 호기심 가득한 표정으로 그들에게 가까이 다가갔다.

"할아버지 아기 만들 거야?"

그 말에 크리스토프는 기가 막혀 할 말을 잃었다.

"엄마 아빠도 거의 매일 밤 아기를 만들어. 가끔은 낮에도 해."

릴리가 침대에 걸터앉으며 알은척했다.

"그런데 난 아직도 동생이 없어. 할아버지, 피아 아줌마가 아기 낳으면 내 손녀야?"

피아는 손으로 입을 막고 티져 나오는 웃음을 참았다. 크리스토프는 한숨을 푹 쉬었다.

"아니. 릴리, 지금 할아버지는 그런 친족 관계에 대해 생각할 여유가 없단다.”

“괜찮아, 할아버지. 할아버지도 이제 많이 늙었잖아.”

그러더니 릴리는 고개를 갸우뚱했다.

“그래도 아기랑 같이 놀았으면 좋겠다.”

“할아버지는 네가 지금 네 방으로 사라져줬으면 좋겠다.”

릴리는 하품을 하며 고개를 끄덕이는가 싶더니 아까 꾼 악몽이 떠오르는지 다시 우는 얼굴을 했다.

“혼자 아래층에 내려가는 건 무서워. 할아버지가 데려다 주면 안 돼? 나 빨리 잘 수 있어.”

“올라올 때는 혼자 올라왔잖아.”

크리스토프는 말은 그렇게 했지만 이미 포기한 것 같았다.

“갔다 와요. 난 그동안 와인 한잔하고 있을게요.”

피아가 쿡쿡 웃으며 말했다.

“배신자. 이래 가지고 아이 교육을 어떻게 시키겠어? 릴리, 할아 버지가 금방 갈 테니까 문 앞에서 기다려라.”

“알았어.”

릴리는 그제야 침대에서 내려왔다.

“피아 아줌마, 잘 자요.”

“그래, 너도.”

릴리가 나가자 피아는 참았던 웃음을 터뜨리며 눈물이 나도록 웃었다. 크리스토프는 침대에서 나와 트렁크와 티셔츠를 입었다.

“이놈의 자식이!”

크리스토프는 짐짓 화난 얼굴로 머리를 절레절레 흔들었다.

“안나랑 아이 교육에 대해서 얘기를 좀 해봐야지 안 되겠어.”

피아는 침대에 드러누워 노래하듯 우스갯소리를 했다.

"이제 가면 언제 오나? 빨리 돌아오세요."

"그렇게 쉽게 벗어날 수 있다고 생각했다면 오산이야. 금방 갔다 올게. 자면 안 돼!"

469

"이제 가면 언제 오나? 빨리 돌아오세요."

"그렇게 쉽게 벗어날 수 있다고 생각했다면 오산이야. 금방 갔다 올게. 자면 안 돼!"

그들은 그의 눈을 가리고 등 뒤로 수갑을 채워 차에 태웠다. 30분 정도 차를 타고 가는 동안 말을 하는 사람은 아무도 없었다. 자동차는 암스테르담 중앙역에서 감방이 있는 건물로 이동할 때 탔던 미니버스가 아니라 승용차, 리무진이었다. 부드러운 탄성으로 보아 벤츠나 BMW는 아니고 영국차인 것 같았다. 재규어나 벤틀리? 차 안에서는 가죽 냄새와 나무 냄새가 은은하게 풍겼다. 12기통 엔진의 작은 소리와 함께 커브를 돌 때마다 부드러운 움직임이 느껴졌다. 시각적인 자극이 사라지자 다른 감각들이 깨어났다. 킬리안 로테문트는 후각, 청각, 촉각으로 느낄 수 있는 것에 집중했다. 차 안에는 그를 제외하고 적어도 세 명의 남자가 타고 있었다. 앞에 두 사람, 뒤에 한 사람이 탔는데 값비싼 애프터셰이브 냄새도 났지만 오랫동안 씻지 않은 사람의 체취도 났다. 킬리안 옆에 앉은 사람이 그 체취의 주인이었다. 그에게서는 그 밖에도 싸구려 가죽

점퍼와 담배 냄새가 났다. 담배를 피운 지 얼마 안 된 냄새였다. 그렇게 외부 상황에 집중한다고 해서 그들이 그를 어디로 데려가는지, 그를 어떻게 할 것인지 아는 데 도움이 되지는 않았다. 하지만 잠시라도 두려움을 잊을 수는 있었다. 편평한 길을 빠른 속도로 질주하던 자동차는 갑자기 속도를 늦추면서 급하게 오른쪽으로 꺾었다. 아마도 고속도로를 빠져나가는 것 같았다. 방향등 넣는 소리가 났고 조수석에 앉은 남자가 헛기침을 했다.

"저기 왼쪽."

그가 낮은 목소리로 말했다. 억양이 전혀 없는 독일어다. 잠시 후 자동차는 돌이 깔려 있는 길로 들어가 멈추었다. 차 문이 열렸고 억센 팔이 그를 차에서 끌어냈다. 발밑에 자갈 밟히는 소리가 한밤의 고요를 깼다. 공기는 온화했고 흙냄새와 함께 시골 냄새가 났다. 멀리서 개구리 우는 소리도 들렸다.

보지 않고 걷는 것은 이상한 느낌이었다.

"계단 조심해."

옆에서 그를 끌고 가던 남자가 말했다. 그러나 그는 그만 발을 헛디뎠고 거친 벽돌담에 어깨를 부딪쳤다.

"날 어디로 데려가는 겁니까?"

킬리안이 물었다. 대답을 바라진 않았다. 역시 대답은 돌아오지 않았다. 다시 계단이 나왔다. 아래로 내려가는 계단이었다. 사과 향과 달콤한 과실주 냄새가 났다. 과일 냄새가 강하게 나는 것으로 미루어보아 과즙 짜는 기계가 있는 과일 창고인 듯했다. 다시 계단이 나타났다. 이번에는 위로 올라가는 계단이었다.

삐걱 하는 소리와 함께 조용히 문이 열렸다. 더 이상 과일 냄새는 나지 않았다. 나무가 깔린 마룻바닥이다. 기름칠한 지 얼마 되지 않은 냄새가 났다. 그리고 책 냄새. 오래된 책, 가죽, 종이, 먼지 냄새가 났다. 도서관인가?

"아, 왔군."

누군가가 말했다. 곧이어 의자가 바닥에 끌리는 소리가 났다.

"앉아!"

그에게 내리는 명령이었다. 남자들은 그가 의자에 앉자마자 팔다리를 의자 등받이와 다리에 묶었다. 그리고 눈에 감겨 있던 안대를 거칠게 잡아뗐다. 갑자기 강한 빛에 노출되자 눈에서 눈물이 났다. 그는 눈이 부셔 눈을 껌벅거렸다.

"암스테르담에는 왜 왔지?"

처음 듣는 목소리였다. 그 질문을 들은 그의 머릿속에선 경고음이 크게 울렸다. 가장 우려하던 일이 사실로 확인되었기 때문이다. 10년 전 그의 인생을 망친 자들의 손아귀에 떨어진 것이다. 그들은 무자비하고 잔혹했다. 이번이라고 해서 다르지는 않을 것이다. 그가 암스테르담에 온 것을 어떻게 알았는지, 정보의 출처가 어디인지 물을 필요는 없었다. 그리고 그걸 안다고 해서 달라질 것도 없었다.

"친구를 만나러."

"당신 친구라는 사람들, 우리도 알아. 말 길게 하지 말고 무슨 얘기 했는지 털어봐."

킬리안은 조명 뒤에 서 있는 사람들의 얼굴을 알아볼 수 없었다. 강한 빛 때문에 윤곽조차 보이지 않았다.

"요트 얘기."

갑자기 얼굴로 주먹이 날아왔다. 딱 하고 콧대 부러지는 소리가 났다. 곧 입술 위로 피가 흘러내렸다.

"말 여러 번 하는 거 딱 질색이거든. 자, 무슨 얘기 했어?"

킬리안은 아무 대답도 하지 않았다. 온몸의 근육을 긴장시킨 채 다음 한 방이 날아오기를 기다렸다. 그러나 기다렸던 한 방은 날아오지 않고 누군가가 의자를 왼쪽으로 홱 돌렸다. 벽에는 텔레비전이 걸려 있었다.

텔레비전 화면에 갑자기 한나의 얼굴이 보이자 그는 깜짝 놀랐다. 한나는 입에 재갈이 물린 채 이마에서 피를 흘리고 있었다. 눈은 공포에 질려 크게 벌어져 있었다. 카메라가 뒤로 물러나며 한나의 전신을 비췄다. 한나는 묶인 채 알몸으로 시멘트 바닥에 꿇어앉아 있었다. 이 죽일 놈들이 한나를 폭행하고 더럽히는 장면을 카메라로 찍은 것이다. 사랑하는 여자가 지옥 같은 고통과 죽음의 공포에 처해 있는 모습을 봐야 하는 킬리안의 가슴은 찢어질 것만 같았다. 그는 차마 화면을 보지 못하고 눈을 감으며 얼굴을 돌렸다.

"봐!"

누군가 그의 머리칼을 잡고 억지로 고개를 돌렸다. 그러나 그는 눈을 질끈 감았다. 그들은 그에게 눈을 뜨도록 강요하지는 못했다. 그러나 그는 한나의 처절한 비명 소리와 고문하는 사람이 자신의 역겨운 행위를 자세하게 설명하는 목소리를 들어야 했다. 그는 위장이 뒤틀리는 것 같았다. 그는 쓰디쓴 물을 토해냈다.

"이 죽일 놈들! 이 천하에 몹쓸 놈들아, 도대체 한나에게 무슨 짓을 한 거야?"

그가 고래고래 소리를 질렀다. 곧 발길질이 쏟아지기 시작했다. 광대뼈가 부러지는 순간 머릿속에서 총성이 울리는 듯했다. 피부가 까지고 피가 철철 흘렀다. 피는 걷잡을 수 없이 흐르는 눈물과 섞여 턱으로 흘러내렸다.

"네 딸년도 저렇게 될 수 있어."

누군가가 그의 귀에 바짝 대고 속삭였다.

"그래? 그러길 원해? 자, 여기 보라고. 순진한 어린 딸이 여기 있잖아."

킬리안은 눈을 떴다. 몰래카메라인지 화질이 좋지 않았지만 화면 속에 보이는 것은 분명 시아라였다. 시아라는 하키 클럽 앞에서 카메라에 등을 보이고 서 있는 젊은 남자와 얘기하고 있었다. 시아라는 수줍은 듯 웃었다. 청년을 올려다보는 그녀의 드러난 어깨 위로 긴 금발이 흘러내렸다. 그는 숨을 헐떡거렸다. 누가 조르기라도 하듯 목이 메고 코는 눈물과 피로 막혀서 숨을 쉴 수 없었다. 차가운 공포가 혈관을 타고 온몸으로 퍼지는 듯했다.

"정말 귀여운 아가씨야. 작고 예쁜 가슴에 엉덩이도 탱탱하고. 시아라를 주인공으로 영화를 만들면 아주 잘 팔리겠어."

누군가가 뒤에서 말했고, 곧 웃음이 터져 나왔다.

"빨리 입을 열지 않으면 네 딸년도 오늘 정오쯤에는 그 방송사 여자처럼 될 거야."

킬리안은 더 이상 견딜 힘이 없었다. 그 어떤 고문도, 어떤 고통도 다 참을 수 있지만 한나가 당한 꼴을 시아라도 당하게 할 수는 없었다. 그는 결국 입을 열고 말하기 시작했다.

*

"가자, 로맥스!"

그녀가 문을 열며 말했다. 바구니에 웅크리고 있던 개는 기다렸다는 듯 벌떡 일어나 밖으로 달려 나왔다. 그녀는 개를 앞세우고 마당을 지나 정원을 가로질러 걷기 시작했다. 여느 아침과 같았다. 새들은 나무 위에서 지저귀고 떠오르는 태양 빛을 받아 풀잎의 이슬이 반짝였다. 줄무늬가 있는 스태포드셔 수컷 로맥스는 잔디밭을 정신없이 뛰어다니다가 장미 넝쿨 밑에 오줌을 누고 그때마다 그르렁거리며 뒷발로 땅을 열심히 파헤쳤다. 로맥스는 개들의 왕이다. 모두 로맥스 앞에서는 꼬리를 내리고 복종했다. 다른 남자들이 베른트 앞에서 꼬리를 내리듯이 말이다. 미하엘라는 어제 이후로 남편의 소식을 듣지 못했다. 아주 옛날에는 이런 일이 자주 있었다. 하지만 경찰과 관계없어진 지는 꽤 오래됐다. 이 큰 집에 혼자 사는 것도 아니고 도둑이 들까 봐 걱정할 이유도 없지만 미하엘라는 남편이 없으면 불안했다. 어제부터는 아이들도 수련회에 가고 없다. 스포츠협회에서 방학을 맞아 발트해로 열흘간 여행을 간 것이다. 수련회에 보낸 것은 잘한 일이다. 경찰이 그렇게 몰상식하게 들이닥친 후 특히 작은아이가 받은 충격이 컸다. 친구들이 모두 가는 수련회에 보내지 않았다면 더 큰 부작용이 나타났을 것이다.

그럼에도 불구하고 미하엘라는 아들들이 옆에 있었으면 했다. 아이들과 베른트가 없는 집은 적막하고 쓸쓸하기만 했다. 나타샤가 틈날 때마다 말을 걸어오지만 언니인 루드밀라에 비하면 말이 없는 편이다. 미하엘라는 아침 산책을 마치고 폐차장 앞에 이르렀다. 직원 세 명이 이미 나와 일을 하고 있었다.

"좋은 아침입니다, 사모님. 커피 하실래요?"

작업반장 프레디가 물었다.

"네, 커피 좋죠."

미하엘라는 헛간 앞 나무 벤치에 앉아 그새 햇볕에 따뜻해진 등받이에 등을 기댔다. 로맥스는 그녀의 발치에 웅크리고 앉아 한숨 같은 소리를 내며 앞발 위에 머리를 얹었다. 프레디는 김이 모락모락 나는 커피를 한 주전자 들고 돌아왔다.

"우유 약간, 설탕 두 개 맞죠? 별일 없으세요? 사장님한테는 소식 있고요?"

프레디가 친절하게 웃으며 물었다. 미하엘라는 고맙다는 뜻으로 고개를 끄덕한 뒤 커피를 따라 한 모금 마셨다.

"아직 없어요. 다른 일도 없고요."

직원들은 항상 과하다 싶을 정도로 그녀를 돌봐준다. 심지어 장까지 대신 봐준다고 할 정도다. 그녀는 누군가가 갖다 놓은 〈빌트〉(독일의 유명한 황색신문_역주)를 집어 들었다. 그녀는 신문을 잘 보지 않는다. 세상 돌아가는 일에 별 관심도 없고, 전쟁, 재난, 금융 위기 같은 기사를 보면 우울해지기 때문에 책을 선호하는 편이다. 로맥스는 만족스러운 듯 그르렁거리는 소리를 내며 옆으로 벌렁 드러누워 햇볕을 쬐었다.

신문을 넘기던 미하엘라가 갑자기 몸을 움찔했다. 한 남자의 사진이 그녀의 눈 속으로 파고들었다. 그녀는 숨을 꼴깍 삼켰다. 그리고 생각할 시간도 없이 기사의 첫 번째 줄을 읽어나갔다.

전직 기업인이자 모자복지재단 '태양의 아이들'의 설립자인 요제프 핑크바이너가 오늘 80세 생일을 맞는다. 평생에 걸쳐 활발한 자선 활동을 펼쳐온 공로를 인정받아 1급 연방공로훈장과 헤센 주 표창을 받은 핑크바이너는 생일을 맞아 자택 정원에서 하객과 가족 들이 모인 가운데 축하 행사를 연다고 한다. 이 축하 행사가 더 뜻깊은 이유는 '태양의 아이들' 재단의 40주년 설립 기념 행사를 겸하기 때문인데…….

활자가 눈앞에서 흔들리며 시야가 흐릿해지고 몸에서 열이 났다 식은땀이 났다 했다. 미하엘라는 커피 잔 손잡이를 꽉 움켜쥐었다. 요제프 핑크바이너! 그녀의 머릿속에서는 레오니와 함께 수년간 하나씩 맞춰놓은 뭔가가 박살 나며 수천 조각으로 흩어지는 것만 같았다. 그녀는 다시 일곱 살 아이로 돌아가 있었다. 그녀는 커다란 타원형 식탁에 앉아 있었고 그 위에는 동화책이 놓여 있었다. 그녀는 글자를 읽을 수 있다면 얼마나 좋을까 하고 생각했다. 동화책 속의 그림이 어제 본 것처럼 선명하게 눈앞에 떠올랐다. 하지만 40년 전의 일이다. 미하엘라 프린츨러는 카메라를 향해 사람 좋은 미소를 짓고 있는 백발 노인을 뚫어지게 쳐다보았다. 얼마나 사랑했던 얼굴인가! 어린 시절 그녀에게 그는 태양과 같은 존재였다. 몇 되지 않는 유년기의 좋은 기억은 모두 그와 연관된 것이다. 그녀는 오랫동안 자신에게 무슨 일이 일어났는지 몰랐다. 왜 갑자기 몇 시간씩, 아니 며칠, 몇 주씩 기억이 안 나는지 알 수 없었다. 나중에 레오니가 그녀의 몸속에 미하엘라만 사는 게 아니라는 사실을 알아냈다. 그녀 안에는 미하엘라뿐이 아니라 수많은 다른 인격이 살았다. 그들은 제각각 서로 다른 이름과 서로 다른 기억을 가지고 있었고 감정, 기호, 싫어하는 것도 달랐다. 미하엘라는 오랫동안 그 사실을 인정할 수 없었다. 그건 미쳐도 제대로 미쳤다는 뜻이었다. 하지만 두려움을 동반한 기이한 블랙아웃을 설명해주기는 했다. 그녀는 어린아이 때부터 타냐, 산드라, 스텔라, 도로시, 카리나, 니나, 밥시, 그 밖에 수많은 인격과 함께 살고 있었던 것이다.

"미하엘라, 그만!"

그녀는 스스로에게 큰소리로 말했다. 기억 속으로 빠져드는 것은 위험했다. 언제 다시 그 인격들 중 하나가 그녀의 정신을 지배할지 모른다. 그러면 다시 시간을 뛰어넘게 된다. 그녀는 힘주어 신문을 넘겼다. 그러나 바로 다음 장에도 아는 얼굴이 기다리고 있었다.

"킬리안!"

그녀는 깜짝 놀라 중얼거렸다. 왜 킬리안의 사진이 신문에 실렸단 말인가? 그녀는 재빨리 사진 밑에 나온 기사 내용을 읽었다. 소름이 쫙 끼쳤다. 맙소사! 그럴 리 없다. 이건 사실이 아닐 거야! 베른트는 레오니가 휴가를 떠났다고 했다. 이런 시점에 휴가를 떠난 것이 좀 이상하기는 했지만 그녀는 수년간 자신을 위해 일해준 레오니를 위해 마음으로부터 즐거운 휴가가 되기를 빌었다. 그런데 신문기사에는 그녀가 죽었고 킬리안이 그녀의 살인 사건과 방송 사회자 요한나 H의 습격 사건 용의자로 쫓기고 있다고 나와 있었다.

미하엘라는 마치 온몸이 마비되는 것 같았다. 손이 너무 떨려서 커피 잔을 잡을 수 없었다. 주인이 이상한 것을 눈치챈 로맥스가 뛰어 일어나더니 그녀의 손을 핥으려고 했다. 그녀는 현실이 어느 것인지, 다시 상상 속에 들어와 있는 것은 아닌지 분간할 수 없었다. 다시 시간이 블랙홀 속으로 빨려들어 간 걸까? 아이들도 수련회를 간 것이 아니라 이미 어른이 되어 결혼을 해서 독립해 나간 것이 아닐까? 그럼 베른트는? 베른트는 어디 있지? 오늘은 며칠이지? 난 몇 살이지? 미하엘라는 신문을 접어서 조끼 주머니에 넣으며 일어섰다. 어지럼증이 일었다. 방금 보던 동화책은 어디로 갔을까? 책을 아무 데나 뒀다고 엄마에게 혼날지도 모른다. 그녀가 어릴 때부터 좋아했던 책인데……. 이런! 방금 여기 있었는데! 아니면 그게 아닌가? 그녀는 주위를 둘러보았다. 여긴 어디지? 저 남자들은 또 누구지?

미하엘라는 두려움에 머리를 감쌌다. 안 돼, 안 돼. 다시 시작돼선 안 돼. 멈춰야만 해. 레오니에게 전화를 해야 하는데. 미하엘라, 삶의 중심을 잃어선 안 돼. 그렇지 않으면 무슨 일이 벌어질지 몰라.

*

피아는 바쁜 걸음으로 계단을 올라갔다. 그녀는 항상 두 계단씩 건너뛴다. 어젯밤에는 거의 뜬눈으로 밤을 지새우며 어떻게 하면 보덴슈타인과의 신뢰를 회복할 수 있을지 생각했다. 이 일은 모르는 척하고 그냥 넘어갈 일이 아니다. 그것만은 확실했다. 그녀는 상사에 대한 의리를 지킬 것인가, 아니면 양심을 따를 것인가 고민하다가 새벽녘에야 잠이 들었다. 그리고 불안한 잠 속에서 계속 악몽을 꾸다가 늦잠을 자고 말았다. 오늘은 11시에 엠마가 초대한 팔켄슈타인 파티에 가야 하기 때문에 어차피 반차를 내놓긴 했다.

8시 20분에야 회의실에 도착한 피아는 "좋은 아침, 늦어서 죄송합니다"라고 중얼거리며 셈과 카트린 사이의 빈 자리에 가서 앉았다. 언제부턴가 K11 조회에 참석하기 시작한 엥겔 과장이 못마땅한 시선을 보냈다.

"회히스트와 운터리더바흐에 적을 둔 신경정신과와 회히스트 병원 정신과에 문의를 해봤는데 아무 성과가 없었습니다. 피해자를 봤다는 사람도 없고 몽타주를 알아본 사람도 없습니다."

카이 오스터만이 막 보고를 하고 있었다.

"오늘 왜 이렇게 예쁘게 입고 왔어요?"

카트린이 속닥거렸다.

"좀 있다가 생일잔치에 가야 하거든."

피아는 가슴께가 깊이 파인 하늘색 원피스에 얇은 카디건 차림이 영 부담스러웠다. 새로 산 여름 구두도 끈이 너무 조여서 오른쪽 발이 불편했다. 회의실에 올 때까지 만난 동료들은 하나같이 그녀에게 시선을 떼지 못했다. 재미 삼아 그녀의 뒤에 대고 휘파람을 부는 사람도 있었다. 사실 좋아해야 할 일이지만 벤케가 그녀의 가슴에 대해 한 말이 머릿속에서 떠나지 않았다. 그녀는 그렇게 육체적 특징에 갇히는 것이 싫었다.

"몽타주는 다 완성된 거야?"

피아의 물음에 카트린은 컴퓨터로 인쇄한 그림 두 장을 내밀었다. 남자는 수염을 길렀지만 분명 베른트 프린츨러는 아니었다. 얼굴은 더 뾰족하고, 수염은 더 많고, 눈은 더 깊고, 코는 더 납작했다. 여자는 잿빛 바가지 머리에 예쁜 얼굴이지만 아무 느낌도 주지 않았다. 전체적으로 눈에 띄는 특징이 없었다. 더 많은 것을 기대한 피아에게는 실망스러운 결과였다. 오스터만은 계속 보고했다.

"오늘도 아동, 청소년을 대상으로 심리상담을 하는 병원들을 찾아가 볼 생각입니다. 그리고 증인의 말에 따르면 자신들을 부모라고 밝힌 사람들은 표준 독일어를 사용했는데 그 여학생은 외국인 억양이 심했다고 합니다. 그런데 '우리 딸'이라고 했다니까 입양아일 가능성도 있기 때문에 입양 기관에도 알아볼 생각입니다."

베른트 프린츨러는 아침 9시쯤 호프하임에 도착했다. 엥겔 과장, 보덴슈타인, 셈은 한나 헤르츠만 사건에서 그를 로테문트 다음으로 유력한 용의자로 보고 있었다. 피아는 아무 말 없이 그들이 하는 말을 한 귀로 듣고 한 귀로 흘렸다. 팀에서 믿을 수 없는 사람이 두 명이나 된다고 생각하니 기분이 영 씁쓸했다. 과연 엥겔 과장은 단순히 사건에 관심이 있어서 K11 조회에 참석하는 걸까? 아니면 수사가 자신에게 불리한 쪽으로 진행되는지 보고 그걸 막으려는 의

도인 걸까?

"좋아, 그건 그렇게 하면 되겠고. 피아, 프린츨러는 증인 대면하고 나서 바로 심문 들어갈 거야. 같이 들어가자고."

보덴슈타인이 회의를 정리하며 말했다.

"저 11시 20분 전에 나가야 하는데요. 오늘 반차 냈잖아요."

피아가 살짝 눈치를 보며 말했다.

"반차? 수사가 진행 중인데 반차를 냈다고요? 도대체 누가 승인한 거예요?"

니콜라 엥엘 과장이 도끼눈을 뜨고 물었다.

"제가 가라고 했습니다."

보덴슈타인은 아무렇지도 않게 대답하며 일어섰다.

"그때까지 끝날 수 있어. 10분 뒤에 내려와. 알았지?"

"네."

피아는 평소 들고 다니지 않지만 의상에 맞추느라 들고 온 핸드백을 챙겨 사무실로 갔다. 사무실을 함께 쓰는 오스터만이 그 뒤를 따랐다.

"자주 그렇게 입어야겠네."

"뭐야, 남자들은 정말 다 똑같아."

"뭐가 똑같아? 난 그냥 다리가 예쁘다고 한 건데."

오스터만이 순진한 표정으로 말했다.

"그래, 다리 얘기겠지!"

"그래, 다리. 다리가 하나 없어진 뒤로는 다리에 유난히 관심이 생기더라고."

오스터만이 자기 책상에 앉으며 말했다.

"피아는 무슨 생각 한 건데?"

“어, 그게…… 아무 생각도 안 했어.”

피아는 얼른 얼버무리고 컴퓨터를 켰다. 그리고 지레 민감하게 반응한 자신을 탓했다.

그녀는 비밀번호를 넣고 메일로 들어갔다. 특별한 것은 없었다. 경찰 컴퓨터는 스팸이나 광고 메일이 따로 걸러지기 때문에 좋다. 막 메일을 끄려는데 ‘릴리’라는 제목으로 새 메일이 도착했다. 발신인은 모르는 사람이었다. 피아는 첨부 파일이 들어 있는 메일을 열었다.

작은 여자아이들이 사라지는 일은 허다하지. 영영 찾지 못하는 경우도 많아. 정말 귀여운 아이인데 안됐어. 제 엄마가 오지랖 넓게 남의 일에 간섭하고 다니지만 않아도 좋을 텐데.

첨부된 파일은 릴리와 피아가 개들을 데리고 비르켄호프 울타리 옆에 서 있는 사진이었다. 멀리서 찍은 것처럼 화질이 좋지 않았다. 피아는 한동안 멍한 얼굴로 화면을 쳐다보기만 했다. 그러다 천천히 이 메일이 의미하는 것이 뭔지 이해되면서 온몸에 소름이 쫙 끼쳤다. 그것은 의심의 여지없는 협박이었다! 누군가 릴리를 그녀의 딸로 착각하고 그녀가 계속 남의 일에 간섭하면 릴리에게 해코지하겠다고 으름장 놓는 내용이었다. 하지만 뭘 간섭했다는 거지? 어떤 남의 일에 간섭했다는 거지?

“아니, 다리가 예쁘다고 한마디했다고 삐친 거야? 난 진짜 다리가 예쁘다고 생각해서…….”

피아가 오스터만의 말을 끊고 말했다.

“카이, 여기 와서 이것 좀 봐봐.”

“뭔데 그래?”

오스터만이 피아 쪽으로 건너왔다.

“왜 그래? 얼굴이 하얗게 질렸어.”

“여기 이거 읽어봐.”

피아는 의자를 뒤로 빼고 핸드백에서 정신없이 휴대전화를 찾았다. 심장이 벌렁거리고 손이 덜덜 떨렸다. 어서 크리스토프에게 전화해서 위험을 알려야 한다! 1초라도 릴리에게서 눈을 떼지 말라고 일러야 한다!

“이건 본격적인 협박인데.”

오스터만은 미간을 찌푸리며 심각한 표정을 지었다.

“MaxMurks@hotmail.com이라……. 가짜 주소인 게 틀림없어. 반장님도 보시라고 해야겠어.”

잠시 후 불려온 보덴슈타인, 크뢰거, 셈, 카트린은 피아의 책상을 빙 둘러싸고 서서 심각한 표정으로 컴퓨터를 들여다보았다. 피아는 그동안 크리스토프에게 전화를 해서 상황을 알렸다. 크리스토프는 즉시 상황의 위험성을 깨닫고 릴리가 옆에서 떠나지 못하게 하겠다고 굳게 약속했다.

“누군가에게 크게 찍힌 것 같은데요.”

셈이 말했다.

“그래, 그건 알겠는데 그게 누구냐 이거지.”

피아는 누군가가 그녀가 사는 곳을 알고 있고, 몰래 사진까지 찍었다는 사실에 기가 막힐 따름이었다. 누군가 그녀의 집 주변을 어슬렁거린다는 생각에 내면 깊은 곳에서 잠자고 있던 두려움이 다시 깨어나는 느낌이었다.

“도저히 이해가 안 돼! 우리가 알아낸 게 뭐가 있다고?”

"알아낸 게 있는 거지."

보덴슈타인이 그녀를 뚫어져라 쳐다보며 말했다.

"생각해봐! 최근 누구랑 무슨 얘기 했어?"

피아는 긴장감에 숨을 꼴깍 삼켰다. 어제 벤케를 찾아가 에릭 레싱에 대해 얘기한 걸 말해야 할까? 벤케 쪽에서 조장한 일일까? 과연 이게 벤케의 짓일까? 피아의 시선이 크뢰거와 부딪쳤다. 크뢰거는 보일 듯 말 듯 고개를 저었다. 그때 문 두드리는 소리가 나고 여자 순경이 증인 대면을 위해 뽑힌 사람들이 밑에서 기다리고 있다고 전했다.

"알았어. 금방 간다고 해."

보덴슈타인이 말했다.

"피아, 지금 할 수 있는 일은 다 했어. 쾨니히슈타인 경찰서에 전화해서 크리스토프가 연락하면 바로 출동할 수 있게 준비시키는 수밖에 없어."

피아는 말없이 고개를 끄덕였다. 마음이 놓이지는 않았지만 옳은 말이었다. 지금 그녀가 할 수 있는 일은 없었다.

*

하늘도 시아버지의 생일 파티를 축복하는 듯 코발트 빛 하늘에 뭉게구름이 떠 있는 쾌청한 날씨를 선사해줘 야외 파티를 하는 데는 문제가 전혀 없어 보였다. 엠마는 헤어드라이어로 머리를 말리면서 욕실 창문으로 정원을 내다보았다. 헬무트 그라세르가 작업자들을 데리고 부지런히 움직이고 있었다. 어제는 연단을 놓고 의자, 탁자, 연주 무대를 마련하더니 오늘 아침에는 마이크와 스피커를 설치하고 마이크 테스트를 하느라 분주하다. 니키, 코리나, 사라, 랄프가 요제프에게 선물한 재즈 밴드는 한 시간째 리허설 중이고 '태양의 아이들' 합창단도 중간중간 노래 연습을 했다. 그렇게 음악이 흐르는 가운데 엠마는 루이자와 한판 승부를 벌여야 했다. 루이자가 평소 좋아하는 옷인데도 불구하고 흰색 깃이 달린 분홍색 체크무늬 원피스를 입지 않겠다고 버틴 것이다. 참고 기다려봐도, 야단을 쳐봐도 소용 없고 무슨 소리를 해도 먹히지 않았다. 루이자는 청바지에 흰색 긴소매 옷을 입겠다고 고집을 부리다가 점점 신경질적이 되더니 재즈 밴드의 음량을 넘어설 정도로 날카롭게 소리를 지르며 울어댔다. 그래도 엠마는 지지 않고 결국 분홍색 원피스를 입히는 데 성공했다. 그리고 루이자가 삐쳐서 방에 처박혀 있는 동안 얼른 샤워를 하고 머리를 감았다.

이제 내려가야 할 시간이다. 파티 서비스에서 카나페, 핑거 푸드, 컵, 식기, 음료를 준비했고, 초대받은 사람들에게만 제공되는 점심 식사는 주방에서 준비하기로 했다. 코리나가 파티 서비스를 통해 예약한 도우미들은 이미 여기저기 흩어져서 지루한 표정으로 대기하고 있었다. 손님들이 도착하려면 아직 45분 정도 더 있어야 한다. 요제프와 레나테는 오랜만에 모인 '자식들'과 함께 미리 생일 축하를 할 계획이었다.

엠마는 깊은 한숨을 쉬며 어서 빨리 하루가 지나고 저녁이 됐으면 좋겠다고 생각했다. 예전에는 이런 행사를 좋아했다. 그런데 오늘은 플로리안을 만나는 것도 껄끄럽고 잘 알지도 못하는 손님들과 가볍게 이야기할 기분도 아니다. 엠마는 침실로 가서 노란색 임부복으로 갈아입었다. 이것도 끼기는 하지만 그나마 아직 들어가는 유일한 옷이다. 그때 전화벨이 울렸다. 시어머니다!

“얘, 어디 있는 거니? 다 왔는데 플로리안이랑 너만……”

“금방 내려갈게요, 어머니. 5분이면 돼요.”

엠마는 서둘러 전화를 끊고 대충 거울을 본 다음 복도를 지나 아이 방으로 갔다. 없다! 이 녀석이 또 어디 간 거야? 거실에도 없다. 엠마는 주방으로 갔다.

“루이자, 여기 있니? 루이자! 어서 나와. 지금 내려가야 해. 할머니가 전화해서 빨리……”

주방 한가운데서 루이자를 발견한 엠마는 깜짝 놀라 손으로 입을 막았다. 루이자는 손에 주방가위를 든 채 팬티만 입고 바닥에 앉아 있었다. 전날 감겨준 예쁜 금발이 사정없이 잘린 채 바닥에서 뒹굴고 있었다.

“맙소사! 루이자, 무슨 짓을 한 거니?”

엠마가 기가 막힌 듯 속삭였다. 루이자는 훌쩍거리며 가위를 식탁 밑으로 던져버리더니 큰 소리로 울기 시작했다. 엠마는 아이 옆에 쭈그리고 앉아 머리카락이 잘려 나가 삐죽삐죽해진 머리를 만졌다. 아이는 처음에는 움찔하며 고개를 돌렸지만 곧 엠마의 품에 안겨 서럽게 울었다. 격한 울음에 아이의 작은 몸뚱이는 심하게 떨렸고 눈물은 봇물 터진 듯 하염없이 흘러내렸다.

“예쁜 머리를 왜 잘랐어?”

엠마는 아이를 품에 안고 조용히 달랬다. 그것은 변덕이나 오기에서 나온 행동이 아니었다. 화가 나서 고집 부리느라 그런 것도 아니었다. 겁에 질려 서글피 우는 아이의 모습에, 그리고 아무런 도움도 줄 수 없다는 생각에 엠마는 억장이 무너지는 듯했다.

“엄마한테 말해봐. 왜 그랬어?”

“미워지고 싶어서.”

루이자는 그렇게 말하고 엄지손가락을 입에 넣었다.

＊

마이케는 8시에 일어나 자명종을 *끄고* 10시까지 잤다. 직장에 나갈 일도 없고 그녀를 기다리는 사람도 없다. 그녀는 어제 오버우르젤에 들른 다음 작센하우젠으로 돌아가지 않고 랑엔하인에 있는 어머니 집으로 왔다. 10시에 일어난 마이케는 30분 동안 테라스에 있는 월풀에서 빈둥거리다가 욕실 여기저기에 쌓여 있는 다양한 필링 제품과 크림을 사용해보았다. 한나는 미용 제품에 엄청난 돈을 썼고 효과도 보는 듯했다. 하지만 마이케에게는 효과가 나타나지 않았다. 피부가 좋지 않아 비싼 화장품도 소용없다고 생각하니 마이케의 기분은 바닥을 쳤다.

"징그럽게 못생겼네!"

마이케는 거울 속의 자신에게 말하고 인상을 팍 찡그렸다.

그때 아래층에서 문 열리는 소리가 났다. 그녀는 귀를 쫑긋 세우며 경계 태세에 들어갔다. 누구지? 청소하는 아줌마는 화요일에 온다. 설마 청소부가 자발적으로 초과 근무를 하는 건 아닐 테고…….이웃 사람 중에 열쇠를 가진 사람이 있나? 마이케는 살금살금 복도로 나가 벽에 바짝 붙어서 계단 아래를 내려다보았다. 두 명의 남자가 집 안에 들어와 있었다. 한 명은 등을 보이고 있었고 수염이 나고 꽁지머리를 한 마른 남자는 자기 집인 양 자연스럽게 주방으로 들어갔다. 대낮에 도둑이 들다니!

마이케는 전날 잠을 잔 어머니의 침실로 들어갔다. 제길! 휴대전화를 어디에 뒀지? 침대 위를 더듬다 생각해보니 아까 월풀에서 휴대전화로 음악을 들었다. 아마 거기 놔둔 모양이다.

마이케는 휴대전화 대신 전기 충격기를 바지 뒷주머니에 꽂았다. 전기 충격기는 한나가 습격당한 뒤로 계속 몸에 지니고 다닌다. 여기 2층에서 잡히지 않으려면 조용히 아래층으로 내려가 현관으로 빠져나가는 수밖에 다른 방법이 없다. 도둑들은 아래층에서 큰소리로 떠들었다. 둘 다 주방에 있는 것 같았다. 곧 커피 기계 돌아가는 소리가 났다. 도둑 주제에 염치도 좋군.

마이케는 계단 끄트머리에 웅크리고 앉아 숨소리도 내지 않고 아래층의 정황을 살폈다. 현관으로 도망치려면 지금이 최적의 기회다. 그때 도둑 한 명이 휴대전화를 귀에 댄 채 주방에서 나왔다. 마이케는 자기 눈을 의심했다.

"볼프강 아저씨?"

마이케는 어리둥절한 표정으로 말하며 몸을 일으켰다.

마이케를 본 그는 깜짝 놀라 바닥에 휴대전화를 떨어뜨렸다. 그리고 마치 유령을 보듯 마이케를 빤히 쳐다보았다.

"네, 네, 네가 왜 여기 있니? 왜 친구 집에 안 있고?"

볼프강이 떠듬떠듬 물었다. 마이케는 계단을 내려갔다.

"어제 여기서 잤어요. 그러는 아저씨는 여기서 뭐해요?"

마이케는 어제 일로 아직 화가 나 있어서 퉁명스럽게 말했다.

"주인도 없는 집에 친구를 데려와서 커피를 마셔요?"

그녀는 허리춤에 손을 올리고 계속 화난 척했다.

"아저씨가 이러는 거 우리 엄마도 알아요?"

얼굴이 백짓장처럼 하얘진 볼프강은 그녀를 달래려는 듯 양손을 들어올렸다. 목젖이 울룩불룩 격하게 움직이고 이마에서는 구슬땀이 흘렀다.

“마이케! 부탁인데, 어서 여기서 나가. 그리고 여기서 우릴 봤다는 걸……”

볼프강은 수염 난 남자가 주방에서 나오자 바로 말을 멈췄다.

“어이구, 난 또 누구시라고?”

수염 난 남자가 말했다.

“커피 맛은 어때요?”

마이케가 퉁명스럽게 물었다.

“뭐, 마실 만하네.”

그는 말랐지만 몸이 단단해보였고 얼굴이 햇볕에 많이 그을린 것으로 보아 야외에서 활동하는 시간이 많은 것 같았다. 그의 눈에 조소의 빛이 떠올랐다.

“내 입맛에는 필립스 기계가 더 나아. 그런데 뭐 이것도 못 먹을 정도는 아니네.”

마이케는 실눈을 뜨고 그를 흘겨보았다. 뭐 이런 사람이 다 있지? 도대체 누굴까? 그리고 볼프강은 금요일 아침에 왜 어머니 집에 온 걸까? 마이케는 마지막 두 계단을 마저 내려갔다. 그러자 볼프강이 그녀와 수염 난 남자 사이를 가로막았다.

“제발, 마이케! 그냥 가. 우릴 못 본 걸로 해……”

“그러기엔 너무 늦었어. 가서 우체통이나 살펴봐, 볼프강.”

수염 난 남자가 그를 옆으로 밀어내며 말했다. 마이케는 의심 가득한 눈초리로 두 사람을 번갈아 가며 쳐다보았다. 볼프강이 그녀를 외면하며 돌아섰다. 세상에! 날 그냥 놔두고 가다니!

“볼프강 아저씨, 왜……”

그때 난데없이 그녀의 얼굴로 주먹이 날아왔다. 그녀는 뒤로 벌렁 넘어가다가 겨우 계단 난간을 붙잡았다. 그리고 손으로 얼굴을 만져보고는 믿기지 않는 얼굴로 손에 묻은 피를 내려다보았다. 화가 난 그녀는 온몸이 후끈 달아오르는 것을 느꼈다.

"이 아저씨가 미쳤나? 어디다 손을 대?"

마이케가 버럭 소리를 질렀다. 다짜고짜 자신을 때린 그 남자에게 더 화가 나는지 바닥에 떨어진 휴대전화를 주워 들고 나 몰라라 나가 버리는 볼프강에게 더 화가 나는지 알 수 없었다. 원망, 실망감, 아드레날린이 뒤섞여 끓어올랐다. 마이케는 밖으로 뛰쳐나가 도움을 청하기는커녕 수염 난 남자에게 달려들었다.

"오호! 네 엄마는 이러지 않던데. 딸내미가 훨씬 재미있네."

그는 그녀의 공격을 받아내느라 바빴지만 일반인에 비해 반 토막밖에 안 되는 마이케가 건장한 성인 남자를 이길 순 없었다. 그럼에도 불구하고 무릎으로 그녀의 등허리를 찍어 누르고 등 뒤로 무자비하게 손을 묶는 그의 얼굴에는 힘겨운 표정이 역력했다.

"이거 앙칼진 게 완전 들고양이네."

"그러는 넌 개새끼냐? 망할!"

마이케는 앙다문 이 사이로 내뱉으며 발버둥을 쳤다.

"일어나!"

그는 그녀를 일으켜 세워 지하실 계단 쪽으로 잡아끌었다. 그녀는 날카롭게 소리를 질렀다.

"아저씨! 빌어먹을, 어떻게 좀 해봐요! 볼프강 아저씨!"

"입 다물어!"

수염 난 남자는 숨을 헐떡거리며 마이케의 뺨을 몇 차례 때렸다. 그녀는 그의 얼굴에 침을 뱉고 발로 마구 차다가 급소를 맞혔다. 그러자 그는 화가 나서 그녀를 보일러실에 집어넣고 바닥에 쓰러질 때까지 마구 때렸다. 잠시 뒤 그는 분이 풀린 듯 몸을 일으키면서 이마에 난 땀을 닦았다. 꽁지머리가 풀려 머리카락이 얼굴로 흘러내렸다. 마이케는 시멘트 바닥에 웅크린 채 기침을 해댔다. 그때 위에서 초인종 소리가 났다.

“우편물이 왔군. 도망갈 생각은 하지 마. 아직 데이트가 남아 있으니까.”

“너랑? 흥!”

마이케가 죽어가는 소리로 이죽거렸다. 그는 그녀 위로 몸을 굽히더니 머리채를 잡고 자신의 얼굴을 바짝 들이댔다.

“틀렸다, 아가야. 내가 아니라 저승사자랑 만나는 거야.”

그의 얼굴 위로 악마 같은 웃음이 번졌다.

*

남자는 고개를 저었다.

“아니요. 저 중에는 없습니다. 확실해요.”

“정말 없어요? 천천히 잘 보세요.”

보덴슈타인이 재차 물었다.

“없습니다. 잠깐 보기는 했지만 저 사람들 중에는 없어요.”

증인 안드레아스 하셀바흐는 확신에 찬 표정이었다. 그들의 맞은편에는 다섯 명의 남자가 손에 번호판을 하나씩 들고 거울 유리 뒤에 서 있었다. 프린츨러는 3번인데 증인은 그를 눈여겨보거나 다른 사람들보다 더 오래 쳐다보지도 않았다. 보덴슈타인은 무척 실망한 표정이었다. 그러나 피아는 다섯 명 중 범인이 없다는 것을 이미 짐작하고 있었다. 베른트 프린츨러를 제외한 네 명은 모두 경찰이었기 때문이다.

"여기 이 사람은 어때요?"

피아가 하셀바흐에게 다른 증인의 도움으로 만들어진 몽타주 그림을 보여주었다. 그는 한번 쓱 보더니 주저하지 않고 외쳤다.

"맞아요! 이 사람입니다."

"수고하셨어요. 정말 큰 도움이 됐습니다."

피아가 고개를 끄덕이며 말했다. 이제 그 남자를 찾기만 하면 된다. 또 한 번 언론이 힘을 발휘해줄지도 모른다. 동료 경찰들은 모두 제자리로 돌아갔고, 증인은 돌려보냈고, 프린츨러는 옆방 조사실로 보내졌다. 보덴슈타인과 피아는 그의 맞은편에 앉고 셈은 벽에 기대고 섰다. 프린츨러는 잔뜩 화가 나 있었다.

"왜 날 여기 잡아두는 겁니까? 내가 뭘 어쨌다는 증거도 없잖아요. 아무리 경찰이라도 이건 너무하잖습니까! 아내에게 전화하게 해주십시오."

"그러지 말고 레오니 베르게스와 한나 헤르츠만을 어떻게 알았는지, 왜 그들 집에 갔는지 말을 하세요. 그러면 부인에게 전화할 수 있게 해주고 바로 풀어줄 테니까."

프린츨러는 가소롭다는 듯 보덴슈타인을 쳐다보았다.

"변호사 없이는 말 안 합니다. 어차피 무슨 말을 해도 경찰 마음대로 비비 꼬아서 내게 죄를 뒤집어씌울 거 아닙니까."

보덴슈타인은 어제 피아와 크뢰거가 했던 질문을 연달아 쏟아냈지만 역시나 별다른 대답은 듣지 못했다.

"먼저 아내하고 통화하고요."

그는 매번 똑같이 대답했다. 태연한 척하지만 정말 아내를 걱정하는 것 같았다. 그건 왜일까?

피아는 손목시계를 들여다보았다. 한 시간 뒤에는 팔켄슈타인에 도착해야 하는데 이런 식으로는 도저히 시간에 맞출 수 없을 것 같았다. 피아는 프린츨러 앞으로 몽타주 그림을 쑥 내밀었다.

"이 남자 누구예요?"

"이 사람을 찾는 겁니까? 그래서 그 쇼를 한 거예요?"

"맞아요. 이 남자, 누군지 알아요?"

"알죠. 헬무트 그라세르잖아요. 그냥 나한테 바로 물어봤으면 그런 쇼할 필요도 없었잖아요."

피아는 칼로 벤 상처에서 피가 솟아나듯 분노가 치솟는 것을 느꼈다. 시간은 자꾸 가는데 사건의 열쇠를 쥐고 있는지도 모르는 이 남자는 수사를 하염없이 지연시키고 있다. 그녀는 어디서부터 파고 들어가야 할지 도저히 알 수 없었다. 베른트 프린츨러는 마치 시멘트로 된 두꺼운 벽 같았다. 틈 하나, 흠집 하나 없는 결연한 의지의 벽 같았다.

"이 사람 어떻게 알았어요? 어디 가면 만날 수 있죠?"

그는 그저 어깨를 으쓱했다. 피아는 슬슬 열이 받치기 시작했다. 정말 대답 하나 들으려면 하루 종일 걸리는 사람이다. 셈은 조용히 방을 나갔다.

"이것 봐요."

피아는 오늘 아침에 받은 이메일 인쇄한 것을 그 앞에 내밀었다.

"누군가가 나랑 내가 맡고 있는 아이를 몰래 사진으로 찍었어요. 바로 어제요."

그러나 프린츨러는 눈길도 주지 않았다.

"안경을 안 가지고 와서요."

"그럼 내가 읽어줄게요."

피아는 종이를 들고 이메일의 내용을 읽기 시작했다.

"작은 여자아이들이 사라지는 일은 허다하지. 영영 찾지 못하는 경우도 많아. 정말 귀여운 아이인데 안됐어. 제 엄마가 오지랖 넓게 남의 일에 간섭하고 다니지만 않아도 좋을 텐데."

"나와는 상관없는 일입니다. 난 수요일부터 감방에 갇혀 있었잖아요. 벌써 잊어버렸어요?"

프린츨러가 피아에게서 눈을 떼지 않고 말했다.

"하지만 이게 무슨 소린지는 알 거 아니에요?"

피아는 소리를 지르지 않으려고 무던히 애를 썼다.

"누가 왜 이런 이메일을 보낸 거죠? 한나 헤르츠만이 취재 중인 스토리는 뭐였어요? 레오니 베르게스는 왜 죽은 거예요? 또 누가 더 죽어야 입을 열겠어요? 그쪽 부인요? 부인을 이리로 데려올까요? 또 모르죠. 남편이 입을 안 여니 아내라도 말을 할지!"

프린츨러는 턱을 어루만지며 생각에 잠겼다.

"거래 하나 합시다. 먼저 전화를 하게 해줘요. 아내가 무사하다는 걸 확인하면 아는 걸 다 말하겠습니다."

그것은 거래가 아니라 순전히 공갈협박이었다. 하지만 프린츨러를 에워싼 두꺼운 보호벽에 난 작은 흠집이기도 했다. 수사관들에게는 하나의 기회였다. 피아는 보덴슈타인과 시선을 교환했다. 그가 고개를 끄덕였다. 피아는 휴대전화를 꺼내 프린츨러 앞에 내려놓았다.

"자, 전화하세요."

*

차는 속도를 줄이며 왼쪽으로 기울었다. 킬리안은 누군가 자신에게 다가오는 것을 느꼈다. 그리고 갑자기 문이 열리고 바람이 들어왔다. 원심력에 의해 몸이 옆으로 기울자 그는 무릎을 앞좌석에 딱 붙이고 버티며 본능적으로 뭔가를 붙잡으려고 했다. 그러나 그의 손은 묶여 있었다. 그때 옆구리에 강한 충격이 느껴졌다. 그는 옆으로 쓰러졌다. 순간적으로 몸이 붕 뜬 기분이 들었다. 그는 그제야 무슨 일이 일어났는지 알았다. 빌어먹을 놈들이 그를 차 밖으로 밀어 떨어뜨린 것이다! 그는 오른쪽 어깨에 강한 충격을 느끼며 아스팔트 위로 굴렀다. 딱 하고 쇄골 부러지는 소리가 났다. 통증 때문에 숨을 쉴 수 없었다. 도로는 곧 타이어 미끄러지는 소리, 급브레이크 밟는 소리, 경적 소리로 아수라장이 되었다. 바로 옆에서 대형 트럭의 경적 소리가 났다. 킬리안은 이러다 죽겠다는 생각이 들어 도로 밖으로 몸을 굴렸다. 그리고 가드레일 모서리에 머리를 부딪쳤다. 이제 안전한 걸까? 도로가 어느 쪽이지? 자디잔 자갈이 뺨에 와 박혔다. 어디선가 풀 냄새가 났다. 차 문 닫히는 소리가 나더니 그를 향해 달려오는 발걸음 소리가 났다. 킬리안은 다리로 바닥을 밀며 풀 냄새가 나는 곳으로 움직였다.

"어이, 이봐요!"

누군가 그의 어깨를 잡아당겼다. 그의 머릿속에서는 통증이 폭죽 터지듯 폭발했다. 흥분한 사람들이 중구난방으로 떠들어대는 소리가 들렸다.

"구급차 불러요!"

"……갑자기 차에서 굴러떨어지더라니까!"

"살아 있어요?"

"하마터면 칠 뻔했어!"

누군가의 손이 그의 머리에 닿더니 안대가 벗겨졌다. 그는 밝은

빛에 눈이 부셔 눈을 가늘게 떴다. 체크무늬 셔츠에 콧수염을 기른 남자가 아직 충격이 가시지 않은 얼굴로 그를 내려다보았다.

"이봐요, 괜찮은 거예요? 움직일 수 있겠어요? 어디 아픈 데는 없어요?"

킬리안은 그 남자를 빤히 쳐다보다가 힘겹게 말했다.

"어깨가 아파요. 뼈가 부러졌나 봐요."

"구급차가 금방 올 겁니다. 도대체 무슨 일이 있었던 거요?"

킬리안은 고개를 들고 주위를 둘러보았다. 그는 2차선 국도 옆 가드레일 밑에 누워 있었다. 비상등을 켠 대형 트럭이 반은 반대 차선에 걸친 채 세워져 있었다. 다른 대형 트럭이 그 뒤에 서 있었다.

"그 사람들이 차에서 그냥 밀어버리더라고! 정말 하마터면 바퀴로 깔아뭉갤 뻔했다니까!"

첫 번째 대형 트럭의 운전사로 보이는 남자는 얼굴이 허옇게 질린 것이 여전히 충격에서 벗어나지 못한 듯했다.

"여기가 어디입니까?"

킬리안은 혀로 마른 입술을 축이며 고개를 들었다.

"L56 국도. 여기서 조금만 가면 셀프칸트예요."

"독일입니까?"

"그럼 여기가 독일이지 어디야? 도대체 무슨 일이에요?"

그때 뒤에서 젊은 남자가 손에 휴대전화를 들고 다가왔다.

"신호가 안 잡히는데요."

그도 걱정스러운 얼굴로 킬리안을 들여다보았다.

"이봐요, 아저씨! 괜찮아요? 무슨 일이 있었던 거예요?"

"프랑크푸르트로 가야 합니다. 급히 전화도 해야 하고요."

킬리안은 자신의 모습이 어떨지 상상이 됐다.

"구급차도 경찰도 부르지 말아주세요."

"나 참, 지금도 반송장인데."

젊은 남자가 말했다. 그러나 킬리안의 머릿속에는 온통 시아라 생각뿐이었다. 시아라에게 무슨 일이 생기기 전에 어서 연락을 해야만 했다. 두 운전사가 그를 일으켜 가드레일에 기대게 해놓고 포박을 푼 다음 일으켜 세웠다.

"차 좀 얻어 탈 수 있겠습니까? 정말 급하게 프랑크푸르트로 가야 하거든요."

트럭 운전사들도 경찰에 증언하느라 운수 회사 사장에게 욕먹는 것이 싫은 기색이었다. 그들은 더 이상 아무것도 묻지 않고 얼굴과 손에 묻은 피를 닦으라며 물과 수건을 주었다.

"난 묑헨글라트바흐로 가야 해요. 혹시 거기서 프랑크푸르트 쪽으로 가는 사람이 있는지 무전으로 알아봐 주리다."

콧수염 난 남자가 말했다.

"고맙습니다."

킬리안은 고개를 끄덕여 고마움을 표시했다. 그러나 그 몸으로 대형 트럭에 올라타는 것은 쉽지 않았다. 온몸에 안 아픈 곳이 없이 쑤시고 저렸다. 얼굴 피부도 찢어진 것처럼 심하게 당겼다. 백미러에 비쳐 보니 자신의 얼굴은 온데간데없고 공포영화에나 나옴직한 끔직한 낯짝이 그를 쳐다보고 있었다.

콧수염 난 남자는 시동을 걸고 차를 다시 제 차선으로 집어넣었다. 킬리안은 30톤짜리 대형 트럭의 거대한 바퀴 밑에 깔려 호두 껍질처럼 가루가 됐을지도 모른다고 생각하니 등줄기가 오싹했다. 그를 납치한 사람들이 원한 것이 바로 그것이었는지도 모른다.

*

정원은 여름 정장을 차려입은 손님들로 붐볐다. 모두 즐거운 표정이었다. 재즈 밴드는 열심히 음악을 연주했고 웨이터들은 제크트주와 핑거 푸드가 담긴 쟁반을 들고 손님들 사이를 누비고 있었다. 엠마는 눈으로 시부모를 찾았다. 손님 명단에 올라온 이름은 다 알지만 개인적으로 아는 얼굴은 하나도 없었다. 루이자는 마치 낯선 곳에 온 것처럼 겁먹은 표정으로 엠마에게 딱 붙어 걸었다. 엠마는 루이자가 마구잡이로 잘라놓은 머리를 그나마 봐줄 만한 커트 머리로 만드는 데 있는 기술 없는 기술을 다 동원해야 했다. 청바지에 흰색 긴소매 셔츠를 입은 루이자는 머리까지 짧아서 마치 남자아이 같았다.

"아, 할아버지 할머니 저기 계신다!"

엠마가 테라스에서 손님들에게 인사하고 있는 요제프와 레나테를 발견하고 외쳤다. 요제프는 밝은색 리넨 양복 차림이고 레나테는 살구색 원피스를 입었는데 구릿빛으로 그을린 피부와 백발에 무척 잘 어울렸다. 레나테는 여유롭고 행복한 표정이었다. 엠마는 시아버지에게 축하의 말을 건넸다.

"아니, 우리 공주님이 어디 갔나?"

요제프가 루이자 위로 몸을 굽히자 루이자는 엄마 뒤로 얼른 숨었다.

"할아버지 생신인데 뽀뽀해드려야지."

"싫어!"

루이자는 세차게 머리를 내둘렀고 주위에 서 있던 사람들은 웃음을 터뜨렸다.

“아니, 루이자 머리가 이게 뭐니? 그리고 그 예쁜 분홍색 원피스는 어쨌어?”

레나테가 이상하다는 듯 물었다.

“짧은 머리가 더 좋아요. 그렇지, 루이자? 머리 감을 때도 금방 감을 수 있고.”

엠마가 얼른 둘러댔다.

“아니, 그래도 그렇지……”

레나테가 눈치 없이 계속 잔소리를 하자 엠마는 부탁하는 표정을 지으며 레나테의 말을 끊었다.

“아빠!”

순간 루이자가 플로리안을 향해 달려갔다. 남편을 본 엠마는 심장이 쿵쿵 뛰었다. 그도 시아버지처럼 밝은색 양복을 입었는데 무척 멋진 모습이었다. 그는 루이자를 번쩍 안아 올렸다. 루이자는 그의 목에 매달리며 뺨에 얼굴을 비볐다.

“오랜만이야. 잘 지냈어?”

플로리안이 인사를 건넸다. 그는 루이자의 머리와 청바지에 대해 한마디도 하지 않았다.

“응, 잘 지냈어. 당신은?”

엠마가 차갑게 대꾸했다. 그의 외도 때문에 속상하고 화났던 마음은 사라졌지만 그 일로 인해 생긴 거리감은 남아 있었기 때문에 남편이 마치 남처럼 낯설게 느껴졌다.

레나테와 요제프도 아들과 인사를 나누었다. 플로리안은 의무적으로 어머니의 뺨에 입을 맞추고 억지 미소를 지으며 아버지와 악수를 했다. 엠마는 남편과 몇 마디 나누지도 못한 채 시어머니에게 이끌려 이름만 아는 사람들과 악수를 하며 돌아다녔다. 그러나 얼굴을 익힐 만하면 바로 다른 사람이 나타났기 때문에 누가 누군지 통 알 수 없었다. 엠마는 연신 남편이 있는 곳을 돌아보았다. 플로리안은 여러 사람과 대화를 나누었지만 자세로 보아 영 불편한 기색이었다.

엠마는 임신 중이라 안 된다며 연신 건배 제의를 거절했고, 결국 시어머니를 떨쳐버리는 데도 성공했다. 플로리안은 정원 구석으로 피신해 높은 탁자 옆에 서 있었다. 루이자는 다른 아이들과 어울려 잡기 놀이를 하고 있었다.

"훌륭한 파티야."

플로리안이 반어적으로 말했다. 그도 엠마만큼이나 파티를 싫어하고 있었다.

"응. 제발 빨리 지나갔으면 좋겠어."

"동감이야. 그런데 루이자는 어떻게 된 거야?"

엠마는 오늘 아침에 있었던 일, 인형이 갈기갈기 찢겨 있었던 일, 그리고 루이자가 나쁜 늑대가 무섭다고 한 이야기를 들려주었다.

"루이자가 뭐라고 했다고?"

플로리안의 말투가 갑자기 심각해졌다. 처음으로 두 사람의 시선이 마주쳤다. 그는 무표정 속에 감정을 숨기려고 했지만 엠마는 그의 눈 속에 드러난 강한 감정의 동요를 알아채고 흠칫 놀랐다. 제크트 잔을 쥔 손에 힘이 잔뜩 들어가 그의 손가락 마디가 허옇게 드러났다.

"플로리안, 정말 미안한데, 나…… 당신이……."

엠마는 차마 말을 잇지 못했다. 플로리안은 참담한 표정으로 무겁게 입을 열었다.

"나도 알아. 내가 루이자에게 무슨 짓을 했다고 생각했지? 내가 루이자를 학대했다고⋯⋯."

그는 원치 않는데 떠오른 생각을 떨쳐버리기라도 하듯 한숨을 쉬며 세차게 머리를 흔들었다.

"왜 그래?"

엠마가 조심스럽게 물었다.

"나쁜 늑대가 무섭다는 말⋯⋯. 어떻게 이럴 수 있지?"

플로리안이 어두운 표정으로 혼자 중얼거렸다. 엠마는 느닷없는 그의 감정적 동요를 어떻게 받아들여야 할지 알 수 없었다. 그녀는 루이자를 찾아 파티 손님들 사이를 두리번거렸다. 멀리 정원과 녹지가 이어지는 곳에서 전화 통화를 하며 왔다 갔다 하는 코리나가 눈에 들어왔다. 랄프도 바지 주머니에 손을 꽂은 채 주위에 서 있었다. 둘 다 무척 긴장한 표정이었고 화가 난 것 같았다. 아버지의 생일 파티에 모인 손님들 앞에서 대놓고 저런 무관심한 모습을 보이다니!

시장과 주의원이 도착했고, 곧이어 주정부 수상도 도착했다. 이로써 VIP들은 모두 모인 셈이다.

"아버지의 중요한 친구들이 모두 모였군. 아니, 중요한 분들이시니 납시었다고 해야겠지."

플로리안은 아버지의 친구들에 대한 거부감을 감추지 못했다.

"우리 어머니가 모두 소개해줬지?"

"한 1000명 정도 소개받은 것 같은데 한 사람도 기억 못 하겠어."

"저기 어머니 옆에 있는 대머리 있지? 저 사람이 내 대부야. 하르트무트 마테른이라고 독일 민영 방송계의 거물이지. 그 옆에 있는 사람은 리하르트 메링, 한때 연방헌법재판소장이었던 사람이야. 그리고 키 작고 나비넥타이 맨 사람 있지? 전 프랑크푸르트 괴테대학

학장 에른스트 하슬링어. 아, 그리고 저 은색 머리 남자는 텔레비전에서 봐서 알지? 페터 바이스베커. 20년 전부터 쉰다섯 살인 것으로 유명하지."

엠마는 플로리안의 거칠 것 없는 빈정거림에 놀라움을 금치 못했다.

"그렇지. 저기 니키도 있군. 저 친구가 안 오면 어머니와 아버지가 아주 슬퍼하시지."

"니키는 형제 아니야?"

"그렇지. 모두 나의 정다운 형제자매들이지."

플로리안은 조소 섞인 웃음을 지었다.

"고아들, 사회 밑바닥 인생을 부모로 둔 아이들, 소외된 아이들……. 어느 날 갑자기 형제자매들이 생기더니 우리 부모님의 모든 관심을 앗아갔지."

엠마는 니키가 누군가를 찾아 두리번거리는 것을 관찰했다. 코리나는 전화 통화를 마친 후 급히 니키에게 다가갔고 랄프도 그 뒤를 따랐다. 모두 아무 일도 없었다는 듯 웃는 얼굴이었다.

"사랑과 관심이 필요한 불쌍한 아이들이다. 그러니 네가 양보하고 잘해줘야 한다. 항상 그런 말을 들으며 자랐어. 나도 사랑과 관심이 필요했는데 말이야. 어머니와 아버지가 알코올중독자에 마약중독자였으면 하고 바란 적이 한두 번 아니야. 나도 문제아이고 싶고, 건방지고 게으르고 공부 못 하는 아이이고 싶었다고. 하지만 내가 그러는 건 절대 용납이 안 됐지."

그 순간 엠마는 남편의 진짜 문제가 뭔지 깨달았다. 유년기와 청소년기를 보내는 동안 그는 다른 아이들이 부모님의 사랑을 독차지하는 것을 보며 자라야 했다. 요제프와 레나테가 양자, 양녀들에게 둘러싸여 생일 축하 노래를 듣는 동안 플로리안은 지나가는 웨이터의 쟁반에서 제크트주 한 잔을 들어 단숨에 들이켰다. 요제프는 환하게 웃고 있었고 레나테는 감격해서 연신 눈물을 찍어냈다.

"아, 엠마."

플로리안은 깊은 한숨을 토해냈다.

"최근에 일어난 일은 정말 미안해. 어서 우리 집을 구해서 여기서 나가자."

"왜 그런 얘기를 한 번도 안 했어? 왜 일이 이 지경까지 오게 만들었어?"

엠마는 눈물이 나는 것을 겨우 참았다.

"그건……."

플로리안은 그녀를 응시하며 적당한 말을 찾았다.

"아이가 태어날 때까지 버틸 수 있을 줄 알았어. 그런데 갑자기…… 나도 잘 모르겠어……. 당신은 이 집을 마음에 들어 했고, 계속 여기 살고 싶어 하는 것 같았어."

"하지만…… 그렇다고…… 그렇다고 해서……."

엠마는 차마 '외도'라는 말을 입에 올릴 수 없었다. 이미 일어난 일을 돌이킬 수는 없는 법. 그녀는 언젠가 그를 용서할 수 있을지 자신이 없었다.

"다른 여자 같은 거 없어. 연애하는 것도 아니고. 그저…… 어쩌다 보니 단 한 번……."

플로리안은 크게 심호흡을 하더니 단번에 털어놓았다.

"처음이자 마지막으로 프랑크푸르트 창녀촌에 갔어. 거기 갈 생각은 아니었는데……. 그게…… 빨간 불이었는데 갑자기 어떤 여자가 서 있는 거야……. 용서받지 못할 일이라는 거 나도 알아. 당신에게 그런 상처 준 거 정말 미안하게 생각해. 깊이 반성하고 있어. 언젠가 당신이 용서해줄 날이 오기를 바랄 수밖에 없겠지.”

엠마는 그의 눈에서 눈물이 반짝이는 것을 보았다. 그녀는 아무 말 없이 그의 손을 잡았다. 다시 모든 게 잘될지도 모른다.

*

미리엄 할머니 덕분에 그동안 경험을 많이 쌓았는데도 피아는 여전히 이런 사교 행사가 많이 불편하다. 골프장과 요트 클럽을 오가느라 피부가 익어 가죽처럼 그을린 나이 지긋한 부인네들은 영국 여왕 같은 모자를 쓰고 은행 금고에서 꺼내온 화려한 귀금속을 치렁치렁 매달고 있었다. 그네들은 모두 아는 사이인지 소리를 질러대며 서로를 반겼고 뒤이어 따르는 수다는 닭장의 암탉들을 연상케 했다. 피아는 엠마를 찾아 손님들 사이를 헤집고 다니면서 도대체 여기서 뭘 하고 있는 건지 스스로에게 물었다. 일은 산더미처럼 쌓여 있고 릴리 때문에 걱정돼죽겠는데 25년 동안 얼굴도 잊어버리고 지냈던 여고 동창에게 아주 감정적인 순간에 이상한 약속을 해버려서 이렇게 시간 낭비를 하고 있는 것이다.

사실 피아는 엠마를 만나 프랑크푸르트 여성 쉼터 상담이 어떻게 됐는지 물어볼 생각이었다. 원래 모성애가 넘치는 편은 아니지만 릴리로 인해 생각이 많이 바뀌었고 엠마의 딸이 성적 학대를 당했을 수도 있다는 말을 들은 뒤로는 그들이 마인 강에서 건져낸 인어공주도 비슷한 일을 당한 것이 아닐까 하는 생각이 머릿속에서 떠나지 않았다. 아동 성범죄 전과가 있는 킬리안 로테문트가 시체가 발견된 현장에서 얼마 떨어지지 않은 곳에 살고 있었다는 것은

정말 우연일까? 베른트 프린츨러가 자기 변호사에 대한 의리를 지
키느라 로테문트를 감싸고 도는 것은 아닐까? 아니면 프린츨러도
로테문트와 한통속일까? 아까 프린츨러는 아내와도 변호사와도 통
화가 연결되지 않았다. 그리고 전화를 하게 해주었는데도 입을 굳
게 다물어버렸다. 한 아이가 정신없이 뛰어가다가 피아와 부딪쳤다.

"죄송합니다."

아이는 숨 가쁘게 말하고 계속 달려갔다. 그 뒤를 다른 아이들이
따랐다.

"응, 괜찮아."

피아는 이미 이 파티에 아이들이 유난히 많다고 생각했다. 그러
고 보니 오늘 행사가 요제프 핑크바이너의 80세 생일뿐 아니라 미
혼모 복지기관 '태양의 아이들' 재단 설립 기념 40주년 행사도 겸하
고 있다는 사실이 떠올랐다.

피아는 주위를 둘러보며 진동 모드로 설정해 놓은 휴대전화에
들어온 전화가 없는지 간간이 살폈다. 경찰서에서 나올 때 만약 무
슨 일 있으면 전화하고 프린츨러가 입을 열면 연락해달라고 보덴
슈타인에게 말해두었다. 차라리 전화가 와서 어서 이 파티를 떠나
게 해줬으면 하는 생각이 컸다.

입구 근처에 놓인 높은 탁자 주위에는 주정부 수상의 경호원 네
명이 까만 양복에 까만 선글라스로 무장하고 무전기를 귀에 꽂은
채 지루한 표정으로 와사비땅콩과 소금 묻은 막대 과자를 먹고 있
었다. 주정부 수상은 테라스에서 파티의 주인공들과 인사를 나누고
있었다. 피아는 그 옆에 서 있는 프라이 검사를 발견하고 흠칫 놀
랐다. 그러나 곧 크뢰거가 한 말이 떠올랐다. 프라이는 요제프 핑크
바이너의 양자로 핑크바이너 재단의 장학금으로 법학을 공부했다

고 하지 않았던가.

그때 거의 시들어가는 철쭉꽃 무더기를 배경으로 세워진 연단에 한 여자가 오르더니 손님들에게 자리에 앉기를 권했다. 손님들은 모두 자리를 찾아가 앉았다. 그때 엠마가 아이를 안고 있는 잿빛 머리 남자와 함께 둘째 줄에 자리를 잡고 앉는 것이 보였다. 피아는 엠마에게 갈까 생각했지만 엠마가 자기 옆에 앉으라고 권한다면 중간에 빠져나가기가 쉽지 않을 것 같아서 그냥 왼쪽 좌석 맨 뒷줄의 빈자리에 가서 앉았다.

공식 행사는 '태양의 아이들' 소년소녀 합창단의 노래로 시작되었다. 50명 남짓 되는 소년소녀들이 분홍색과 하늘색 티셔츠를 맞춰 입고 '이 세상에 태어나 줘서 고마워요'를 목청껏 불렀다. 그 노래를 듣는 하객들의 얼굴에는 미소가 피어났다. 피아도 잠시 감동에 젖었지만 릴리와 이상한 협박 메일에 생각이 미치자 다시 얼굴이 어두워졌다. 그녀는 의자에서 불안하게 몸을 뒤척거렸다. 무의식이 한참 전부터 신호를 보내오고 있는데 그게 뭔지 생각할 마음의 여유가 도무지 생기지 않았다. 합창이 끝나고 아이들은 우레와 같은 박수를 받으며 둘씩 짝지어 중앙 통로로 퇴장하기 시작했다. 그리고 그 순간 피아의 머릿속에서 딸각 하고 퍼즐 맞춰지는 소리가 났다. 마른 논둑에 봇물 터지듯 머릿속의 정보들이 쏟아져 나오기 시작했다. 모두 제자리를 찾아가면서 순간적으로 그 의미가 분명해졌다. 피아는 가슴이 두근거렸다. 인어공주의 위장에서 나온 분홍색 천 조각! 거기에서 본 알파벳 S, O, N, I, D!

"얘들아, 잠깐만!"

피아는 여자아이 두 명을 붙잡아 놓고 가방에서 급히 휴대전화를 꺼냈다.

"사진 좀 찍어도 되겠니?"

아이들은 웃으며 고개를 끄덕였다. 피아는 앞모습과 뒷모습을 사진으로 찍어서 바로 오스터만, 크뢰거, 보덴슈타인에게 보냈다. SONnenkInDer(독일어로 '태양의 아이들'이라는 뜻_역주). 빌어먹을, 바로 이거였어!

＊

대형 트럭은 빨간 신호에서 멈추었다.

"고맙습니다."

킬리안은 자신을 위해 먼 길을 돌아와 준 트럭 운전사에게 진심으로 고마웠다. 그는 A3 고속도로를 타고 계속 공항으로 가도 되는데 일부러 니던하우젠에서 고속도로를 나와 피시바흐와 켈크하임을 거쳐 바트조덴까지 와주었다. 시간이 넉넉하니 A66 고속도로와 프랑크푸르트 교차로를 통해 가도 똑같다는 주장이었다. 킬리안은 생각지 못한 친절에 큰 감동을 받았다. 안다고 생각했던 사람들은 모두 그에게서 등을 돌리고 그를 배신하고 도움을 주기를 거부했다. 그런데 생판 모르는 사람이 아무것도 묻지 않고 그를 도와준 것이다. 고속도로에서 만난 생명의 은인이 프랑크푸르트 방향으로 가는 사람이라며 소개해준 사람이었다.

"인사는 됐고 병원에나 가보쇼. 진짜 안 좋아 보여요."

"그래야죠. 정말 고맙습니다."

킬리안은 다시 한 번 인사를 하고 차에서 내렸다. 트럭은 방향등을 넣고 다시 차들의 행렬 속으로 끼어들었다. 킬리안은 크게 심호흡을 하고 주위를 둘러보았다. 바트조덴에 다시 발을 붙인 것은 7년

만이다. 전에는 이 거리를 걸어서 가본 적이 없다. 알레 가에서 다흐베르크까지 끊임없이 가팔라지는 길은 생각보다 길고 힘들었다. 목이 타고 걸음을 옮길 때마다 엄청난 통증이 느껴졌다. 흥분과 긴장이 어느 정도 가라앉자 그제야 구타와 고문을 받고 차에서 떨어질 때 입은 상처가 몸 여기저기서 욱신거리기 시작했다. 정말 지독한 놈들이다. 그는 딸에 대한 걱정 때문에 모든 것을 불어버렸다. 하지만 죽음의 공포와 극도의 고통에 시달리면서도 암스테르담에서 녹취한 기록을 어느 주소로 보냈는지 사실대로 말하지는 않았다. 한나의 집에서 아무리 기다려봐라, 그 소포가 오는지!

그는 45분이 걸려서야 오라니엔 가에 있는 집에 도착했다. 그리고 맞은편 길가에 서서 한때 자신의 집이었던 집을 바라보았다. 회양목 울타리도, 대문 옆 철쭉도 그동안 몰라보게 자라 있었다. 그는 가슴속으로 슬며시 스며드는 슬픔을 느꼈다. 그동안 어떻게 살아남을 수 있었는지 자신도 궁금해졌다. 그는 질서를 중요하게 생각하는 사람이었다. 생활 속의 의식과 삶이 흔들리지 않게 지켜주는 닻과 같은 장치를 중요하게 생각했다. 그런데 모든 것을 빼앗기고 삶 그 자체만 남았다. 그리고 그 삶은 그에게 별 가치가 없었다. 그는 결심한 듯 단호한 걸음걸이로 길을 건넜다. 그리고 낯선 이름이 붙어 있는 대문 앞에 가서 초인종을 눌렀다. 브리타는 그와 이혼한 뒤 급히 다른 사람을 찾았다. 양아버지를 지극히 싫어하는 시아라에게 들은 말이다. 다른 남자의 흔적을 그대로 뒤집어쓰고 사는 기분은 과연 어떨까?

대문 안쪽에서 발소리가 났다. 잠시 후 브리타가 나타났다. 그가 경찰에게 끌려간 이후 첫 상봉이었다. 그녀는 많이 늙어 있었다. 그리고 힘들어 보였다. 새 남편이 그녀를 행복하게 해주는 것 같지 않았다. 그녀의 얼굴에 경악의 표정이 나타났다. 킬리안은 그녀가 문을 닫아버리지 못하도록 발을 문틈 사이에 끼워 넣었다.

"시아라 어디 있어?"

"저리 가! 집에 오면 안 된다는 거 알잖아!"

"시아라 어디 있냐고?"

"그건 알아서 뭐 하게?"

"집에 있어? 브리타, 부탁이야. 집에 있는 게 아니면 빨리 전화해서 집으로 들어오라고 해!"

"지금 뭐 하자는 거야? 애들이 어디 있는지 당신이 무슨 상관이야? 그리고 그 몰골은 또 뭐야?"

킬리안은 불필요한 설명은 하지 않았다. 브리타는 어차피 이해하지 못할 것이다. 그녀는 항상 그랬다. 그녀에게 있어서 그는 적이고 적에게 이해를 바란다는 것은 불가능했다.

"왜 아이들까지 그 더러운 세계에 끌어들이려고? 가! 당장 꺼지라고!"

"시아라를 만나야겠어."

"안 돼! 어서 발 빼, 아니면 경찰 부를 거야!"

그녀의 목소리가 날카로워졌다. 그녀는 두려워하고 있었다. 그러나 그녀가 두려워하는 것은 그가 아니라 주위의 눈이었다. 그때도 그랬다. 그 어떤 진실보다 주위에서 어떻게 보는지가 더 중요했다.

"그래, 불러. 하루 종일이라도 여기 앉아서 기다릴 테니까."

그가 발을 빼자 문이 쾅 닫혔다. 그는 문 앞 계단에 주저앉았다. 올라온 길을 다시 내려가느니 경찰차를 타고 가는 게 나을 것 같았다. 지금 시아라를 지킬 수 있는 유일한 방법은 경찰의 도움을 받는 것이다.

*

　묶인 손목을 푸는 데는 3분도 걸리지 않았다. 생각보다 허술하게 묶은 것 같았다. 마이케는 아픈 손목을 문지르며 밖에서 나는 소리에 귀를 기울였다. 그러나 보일러실의 무거운 철문에 막혀 위에서 나는 소리도 그가 돌아오는 발소리도 들리지 않았다. 보일러 뒤에 있는 작은 격자창은 환기구에 가깝지 창문이라 부를 수 없었다. 아무리 마른 사람이라도 그곳으로 빠져나갈 수는 없을 것이다.

　마이케는 볼프강의 비겁한 태도를 여전히 이해할 수 없었다. 수염 난 남자가 그녀를 때리는데도, 그녀가 도와달라고 소리를 지르는데도 그는 외면하고 밖으로 나가 버렸다. 그 오랜 세월 동안 그를 잘못 알고 있었다는 깨달음은 몸에 당한 구타보다 훨씬 더 아프게 다가왔다. 볼프강을 안 이후 그녀는 처음으로 그의 진짜 모습을 보았다. 그는 그녀가 외로움 속에서 상상했던 너그럽고 이해심 많은, 아버지 같은 친구가 아니었다. 그는 40대 중반에도 아버지 집에 얹혀살면서 자기 뜻을 펴지 못하는 겁쟁이요, 줏대라고는 없는 유약하고 한심한 남자였다. 마이케의 실망은 끝이 없었다.

　마이케는 얼굴을 만져보았다. 어느새 코피는 그쳐 있었다. 그녀는 수염 난 남자가 돌아올 때를 대비해 무기가 될 만한 물건을 찾았다. 그러나 보일러실은 깔끔하게 정리돼 있었다. 한나의 두 번째 남편 게오르크의 작품이다. 청소광인 그가 말끔하게 치워놓은 것이다. 보일러실에는 보일러를 빼고는 선반 몇 개밖에 없었고, 선반 위에는 빨랫줄 묶어놓은 것 하나, 빨래집게가 든 주머니 하나, 파란 쓰레기봉투 두루마리 팩 두 개, 그리고 게오르크가 구두나 자동차를 닦을 때 쓰느라 갖다 놓은 낡은 티셔츠와 속옷이 담긴 상자뿐이었다. 제길, 무기가 될 만한 것은 전혀 보이지 않았다.

그런데 양아버지 2번을 생각하다 보니 떠오르는 게 있었다. 마이케는 뒷주머니에 손을 찔러보고 속으로 쾌재를 불렀다. 전기 충격기가 아직 뒷주머니에 꽂혀 있었다. 볼프강의 친구가 마이케와 싸우면서 무기가 있는지 확인하는 것을 잊어버린 것이다. 아마 무기가 있을 거라고 생각하지도 못했을 것이다. 마이케는 이렇게 당하지는 않으리라 다짐하며 문 옆에 자리를 잡고 기다렸다. 그는 그녀를 죽이러 다시 올 것이다. 그것은 절대 빈말이 아니었다.

오래 기다릴 필요는 없었다. 몇 분 지나지 않아 열쇠 구멍에 열쇠 꽂히는 소리가 들렸고 삐거덕 하는 소리와 함께 철문이 열렸다. 순간 마이케는 들짐승처럼 달려들었고 그가 놀란 틈을 타 가슴에 전기 충격기를 댔다. 50만 볼트의 전기가 그의 몸을 관통하자 그의 몸은 바닥에서 붕 떠서 벽으로 날아갔다. 그는 바닥에 쓰러진 채 놀란 양처럼 그녀를 쳐다보았다. 그런 마비 상태가 얼마나 지속될지 알 수 없었기 때문에 주저할 시간이 없었다. 그대로 두고 간다는 것은 너무 인간적인 처사였다. 제대로 매운 맛을 보여줘야 했다. 마이케는 전기 충격기를 주머니에 넣고 선반에서 빨랫줄을 꺼냈다.

힘없이 늘어진 몸뚱이를 나일론 줄로 묶는 것은 결코 쉬운 일이 아니었다. 그는 100킬로그램에 육박하는 거구였지만 오기와 투지로 똘똘 뭉친 마이케는 자신도 알지 못했던 힘으로 그를 짐짝처럼 꽁꽁 묶어버렸다.

"흥, 저승사자가 장난감이 됐네."

마이케는 땀에 젖은 머리카락을 얼굴에서 걷어냈다. 그리고 그의 눈에 두려움의 빛이 떠도는 것을 보며 회심의 미소를 지었다. 그리고 그가 잔인하게 폭행할 때 한나가 느꼈을 죽음의 공포를 그도 똑같이 느끼기를 바랐다. 그가 손가락 하나를 움직이며 알아들을 수 없는 말을 중얼거렸다.

마이케는 다시 전기 충격기를 사용하고 싶은 유혹을 뿌리치지 못했다. 그리고 이번에는 제대로 고통을 느낄 만한 부위를 찾았다. 그녀는 그의 눈동자가 돌아가고 입에서 침이 흐르고 몸이 들썩거리며 떨리는 것을 차가운 얼굴로 바라보았다. 그의 청바지 앞부분에 짙은 얼룩이 번졌다. 그녀는 만족스러운 표정으로 자신의 작품을 바라보았다.

"자, 이제 난 뮌헨으로 갈 거야. 아무도 널 찾아내지 못할 거야. 우리 엄마가 병원에서 나와 우연히 여기 내려올 때쯤엔 이미 해골 바가지가 돼 있을걸."

그녀는 마지막 인사로 그의 옆구리를 뻥 찬 후 밖으로 나와 문을 잠갔다. 지하 보일러실에 뭐가 있는지 경찰에게 말할 것인지 말하지 않을 것인지는 그녀의 선택에 달려있었다.

*

보덴슈타인은 탁자 위에 손을 모으고 앉아 조용히 상대를 지켜보았다. 베른트 프린슐러는 애써 태연한 척했지만 보덴슈타인의 눈에는 턱 근육이 실룩거리는 것, 이마에 구슬땀이 맺힌 것이 다 보였다. 그 무엇도 두려울 것이 없어 보이는 거구의 남자가 깊은 근심에 사로잡혀 있었다. 그는 절대 인정하려 들지 않겠지만 겉으로 보이는 근육 덩어리와 문신 뒤에는 마음 약한 한 남자가 있었다.

"거리에서 데려왔죠."

그가 밑도 끝도 없이 말하기 시작했다.

"어느 포주 놈 밑에서 일하고 있었는데 어느 날 우연히 그놈에게 맞는 걸 봤어요. 그래서 내가 끼어들었죠. 17년 전 일입니다. 아직 서른도 안 된 나이에 완전히 밑바닥까지 가 있었죠."

그는 헛기침을 한 번 하더니 깊은 숨을 들이마셨다. 그리고 어깨를 으쓱했다.

"뭐가 잘못됐는지 그런 건 하나도 몰랐습니다. 그냥 내 마음에 들더라고요."

보덴슈타인은 괜한 질문을 하면 그의 말이 끊길까 봐 듣는 데 집중했다.

"난 애 엄마를 거기서 끌어냈고 시골로 가서 결혼을 했습니다. 그런데 둘째가 두 살쯤 됐을 때 자살을 시도하더군요. 다리에서 뛰어내렸는데 두 다리가 모두 부러졌죠. 그때 정신병원에 들어갔고 거기서 레오니를 만난 겁니다. 레오니 베르게스요. 그때까지는 애 엄마도 자기한테 무슨 문제가 있는지 전혀 몰랐어요."

그는 잠시 말을 끊고 자신과 싸우는 듯 시간을 끌었다.

"미하엘라는 어렸을 때부터 아버지와 아버지의 변태 친구들에게 성폭행을 당했어요. 입에 담지 못할 학대를 당했죠. 그걸 이겨내려는 방안으로 정신이 분열된 겁니다. 그러니까 미하엘라뿐 아니라 다른 수많은 인격이 함께 있었던 거예요. 그런데 미하엘라도 그걸 알지 못했어요. 의사처럼 잘 설명하지는 못하겠는데, 미하엘라는 수년간 다른 인격이었던 겁니다. 그래서 기억 못 하는 게 많아요."

프린츨러는 무심코 수염을 쓰다듬었다.

"미하엘라는 오랫동안 레오니에게 심리상담을 받았어요. 그리고 그 결과 정말 잔인한 사실들을 알게 됐죠. 사람이 어린애에게 그런 짓을 할 수 있다는 게 믿어지지 않을 정도였죠. 미하엘라의 아버지는 꽤 높은 사람이에요. 그의 친구들도 마찬가지고요. 일명 엘리트들, 사회의 지도층이죠."

그는 기가 막힌 듯 헛웃음을 지었다.

"그런데 알고 보면 다 변태 성욕자에 쓰레기들이에요. 어린애들을 건드리는 나쁜 놈들이죠. 자기 자식도 예외가 아니에요! 아이들이 크면 밖으로 밀어냅니다. 대부분 창녀촌으로 보내지죠. 그런 애들은 술독에 빠지든 마약중독자가 되든 둘 중 하나예요. 그놈들은 사후 관리도 철저히 합니다. 계속 감시하다가 말썽 부리는 애가 있으면 외국으로 보내거나 없애버려요. 그렇게 애들이 없어져도 찾는 사람도 없어요. 미하엘라는 그런 애들을 '보이지 않는 아이들'이라고 불렀죠. 예를 들면 고아들 말이에요. 그런 애들 없어져도 아무도 상관하지 않거든요. 그놈들 집단은 마피아보다도 악질이에요. 무서워하는 것도 없고 도중하차라는 것도 없어요. 미하엘라의 가족도 계속 미하엘라에게 접촉하려고 시도했는데 내가 그렇게 되도록 둘리 없죠. 어느 날 미하엘라가 죽은 것처럼 꾸몄어요. 장례식도 하고 뭐 할 건 다 했죠. 그 뒤로는 조용하더라고요."

완전히 다른 이야기를 기대했던 보덴슈타인의 놀라움은 점점 커졌다. 그러나 말없이 프린츨러의 이야기에 귀를 기울였다.

"몇 년 전엔가 마인 강에서 어린 여자애가 시체로 발견됐어요. 언론에서도 크게 다뤘죠. 그런 소식 들으면 안 좋기 때문에 내가 항상 차단하는데도 애 엄마가 어디서 듣고 와서는 엄청 흥분하더라고요. 자기가 당한 것과 똑같다, 똑같은 놈들이 배후에 있다면서요. 우린 어떻게 해야 할지 의논을 했습니다. 미하엘라는 무슨 일이 있어도 세상에 알려야 한다고 주장했어요. 하지만 그건 위험천만한 생각이었어요. 그놈들 중엔 요직에 있는 사람도 많고 영향력도 엄청나거든요. 만약 한다면 증거, 명단, 현장, 증인 모든 게 확실해야만 했죠. 난 내 변호사랑 상의했는데, 변호사는 해볼 만하다고 했어요."

"킬리안 로테문트 말인가요?"

"네, 맞습니다."

프린츨러는 고개를 끄덕였다.

"그런데 킬리안이 뭔가 실수를 했어요. 그리고 그놈들은 킬리안을 만신창이로 만들어버렸죠. 킬리안이 아동 성범죄자라는 증거는 모두 가짜예요. 하지만 그걸 뒤집을 수 있는 증거가 없었죠. 위험하다 싶으니까 사람 하나를 완전히 매장시켜버린 거예요."

"부인이 가지고 있던 증거로 뭔가 더 해볼 생각은 못 했나요?"

보덴슈타인이 물었다.

"그 상황에서 누구를 더 믿어요? 그놈들은 인맥이 닿지 않는 곳이 없어요. 경찰에도 있고요. 그리고 조폭 말을 누가 믿어주겠어요? 반평생을 정신병원에서 보낸 여자 말을 누가 믿어주겠어요? 우린 아무것도 하지 않기로 하고 바로 숨어버렸습니다. 잃을 것이 많은 사람들이 못 할 짓이 없다는 건 내가 가장 잘 압니다. 그리고 내가 조직 사업에서 손 떼기 직전에 그 일이 있었어요. 언더커버 경찰 한 명하고 우리 조직 사람 두 명이 총에 맞아 죽은 사건 말이에요. 그때도 똑같은 게 문제였어요."

"뭐 말입니까?"

보덴슈타인의 물음에 프린츨러는 실눈을 뜨고 그를 쳐다보았다.

"다 알잖아요. 어제 그 여형사가 나한테 물어보던걸요. 언더커버 경찰을 왜 경찰에서 쐈는지 말이에요."

보덴슈타인은 더 말하지 않았다. 더 말했다가는 그가 아무것도 모르고 있다는 사실, 부하 직원이 뭘 하고 다니는지도 모른다는 사실을 시인해야 했기 때문이다. 보덴슈타인은 짜증이 확 치밀었다. 피아는 도대체 무슨 생각으로 수사 결과를 숨긴 걸까? 도대체 언제 프로인게스하임 구치소에 가서 프린츨러를 만난 걸까? 그에게 와서 에릭 레싱에 대해 물은 다음? 아니면 그전? 그리고 에릭 레싱 일은 도대체 어디서 어떻게 알아낸 거지?

보덴슈타인은 프린츨러에게 계속 말하라고 재촉했다.

"어쨌든 미하엘라는 레오니와 함께 이제까지 겪은 일을 기록으로 남기기 시작했어요. 레오니의 말로는 트라우마를 극복하는 데 도움이 될 거라고 했어요. 생각은 좋았죠. 그러다 마인 강에서 다시 여자애 시체가 발견된 거예요. 난 계속 킬리안과 연락을 취하고 있었습니다. 우린 레오니까지 모두 함께 모여서 이번엔 정말 제대로 해치우자고 합의를 봤습니다. 이번엔 경찰과 검찰이 아니라 언론을 통해 바로 세상에 알릴 생각이었어요. 증거는 충분했습니다. 애 엄마가 겪은 일을 확인시켜주는 관계자의 증언도 있었고요."

보덴슈타인은 자신의 귀로 직접 들으면서도 믿기가 힘들었다. 세 사건이 모두 연관돼 있다는 피아의 추측이 옳았던 것이다.

"우린 일을 그르치지 않고 잘해낼 방법을 모색했습니다. 어느 날 레오니가 한나 얘기를 꺼냈어요. 그리고 내가 우리 편으로 섭외하자는 의견을 냈습니다. 한나는 얘기를 듣더니 바로 합류하고 싶어 했죠. 그래서 킬리안과 함께 미하엘라의 기록을 죽 훑었어요. 그러던 와중에 그만……"

그때 노크 소리가 나고 오스터만이 고개를 디밀더니 급히 전할 말이 있다는 신호를 보냈다. 보덴슈타인은 프린츨러에게 기다리라고 하고 밖으로 나갔다. 문이 닫히자마자 오스터만이 급히 말했다.

"반장님, 킬리안 로테문트가 자수했습니다. 지금 이쪽으로 데려오고 있답니다."

"잘됐군."

보덴슈타인은 정수기 앞으로 가서 물을 한 컵 가득 받았다. 오스터만이 그 뒤를 졸졸 따라오며 말했다.

"그리고 헬무트 그라세르에 대해서도 알아냈습니다. 거주지가 팔켄슈타인인데, 라이헨바흐 가 132b로 돼 있습니다."

"그럼, 사람 보내서 이리 데려오라고 해."

"어, 잠깐만요. 반장님, 방금 피아가 보낸 사진 보셨어요?"

오스터만이 휴대전화를 그의 눈앞에 들이밀었다.

"아니. 그게 뭐지?"

보덴슈타인은 눈을 가늘게 뜨고 사진을 들여다보았지만 안경이 없어서 알록달록한 얼룩으로밖에 보이지 않았다.

"여자애 둘이 '태양의 아이들 재단'이라고 쓰여 있는 티셔츠를 입고 있는 사진입니다. 인어공주의 위장 속 내용물 기억나세요? 분홍색 면에 흰색 글씨가 쓰여 있었잖아요! 그게 이걸 수도 있지 않을까요?"

오스터만이 흥분해서 외쳤다.

"그런데 그게 지금 우리에게 어떤 도움이 되는 거지?"

보덴슈타인은 생각이 완전히 딴 데 가 있었다. 인어공주 사건과 한나 헤르츠만 사건에서 실수가 있었던 걸까? 뭔가 중요한 걸 간과했을까? 잔인한 폭행과 살인 뒤에 성범죄 조직이 있다는 사실을 일찌감치 눈치챘어야 하는 걸까? 그것은 과연 사실일까?

"피아는 지금 '태양의 아이들' 재단 설립자의 80세 생일잔치 때문에 팔켄슈타인에 가 있잖아요. 피아는 이 복지기관이 우리 인어공주 사건과 관련 있다고 생각하는 거 아닐까요?"

"아하."

보덴슈타인은 물을 한 컵 다 마시고 다시 가득 따랐다. 만약 프린츨러의 말이 거짓이라면? 자신과 자신이 가담했던 범죄단을 보호하기 위한 수작이라면? 그의 말에 이상한 점은 없었지만 모두 새빨간 거짓말일지도 모르는 일이다.

"그 재단 주소지가 라이헨바흐 가 134번지입니다."

오스터만은 기대감에 찬 눈빛으로 그를 쳐다보았다. 그러나 보덴슈타인은 그 말이 무엇을 뜻하는지 바로 알아채지 못했다.

"한나 헤르츠만이 성폭행당한 날 밤 증인이 헬무트 그라세르를 봤다고 했잖아요. 이 헬무트 그라세르라는 사람도 그 재단과 관계가 있습니다."

오스터만이 설명하고 있는데 정복 차림의 신고센터 직원이 보덴슈타인을 찾았다.

"아, 여기 계셨군요. 랑엔하인 로트켈헨 가 8번지에서 긴급구조 요청이 들어왔습니다. 이 주소, K11에서 맡고 있는 사건 맞죠?"

아, 이건 또 뭐란 말인가?

"어떤 긴급 상황인데?"

보덴슈타인이 약간 날카로워진 목소리로 물었다. 도대체가 잠시도 생각을 정리할 틈이 주어지지 않았다.

"가택 침입, 강도, 신체상해요. 좀 헷갈리긴 하는데 신고자 여성의 말에 따르면 범인을 보일러실에 묶어놨으니 빨리 가보라고 하더라고요."

신고센터 직원도 생각할수록 뭔가 이상한지 미간을 찌푸리며 대답했다.

"그럼 순경 한 명 보내서 살펴보라고 해."

보덴슈타인은 자판기 옆 휴지통에 종이컵을 휙 튕겨 넣었다.

"카이, 조사실로 같이 가보자고. 사건이 어떻게 꼬인 건지 대충 알 것 같아."

오스터만은 고개를 끄덕이고 그의 뒤를 따랐다.

"이제 가도 됩니까? 아는 건 다 말했습니다."

프린츨러가 물었다.

"아니요. 아직 들을 게 남았어요. '태양의 아이들' 재단이라고 들어본 적 있어요?"

그 말을 들은 프린츨러의 표정이 어두워졌다.

"예, 물론이죠. 우리 애 엄마 아버지라는 사람이 만든 겁니다."

그의 말투에는 조소가 가득했다.

"영리하죠? 어린애 건드리는 변태들에게 끊임없는 공급처를 만들어준 거니까요."

*

피아는 전화기가 진동하는 것을 느끼고 가방에서 휴대전화를 꺼냈다. 보덴슈타인이었다.

"어디야?"

보덴슈타인의 목소리는 그리 상냥하지 않았다.

"요제프 핑크바이너 생일잔치요. 오늘 여기 온다고 말씀……."

"로테문트는 자수했고 프린츨러도 다 불었어. 그 요제프 핑크바이너라는 사람이 프린츨러의 장인이야!"

보덴슈타인이 피아의 말을 끊고 말했다. 피아는 말이 잘 들리지 않아 손으로 왼쪽 귀를 틀어막았다. 주위에서 갑자기 웅성거리는 소리가 커졌기 때문이다.

"……그리고 아동 성범죄 집단의…… 우두머리야! ……한나 헤르츠만이……. 그런데 비밀이 새 나간 모양이야……. 거기 있어……. 지원차량 보내고…… 나도 갈 거니까…… 아무것도 하지 말고……."

"잘 안 들려요! 반장님, 제가……."

"……총 들고 있어요! 조심해요!"

갑자기 어디선가 날카로운 여자 목소리가 들렸다. 그리고 다음 순간 총성이 두 번 울렸다. 피아는 깜짝 놀라 주위를 두리번거렸다.

"방금 그거 무슨 소리야?"

보덴슈타인이 외치는 소리가 귓속으로 파고들었다. 사람들이 아우성치는 소리 때문에 더 이상 아무 소리도 들리지 않았다. 다시 두 발의 총성이 이어졌다. 사람들은 비명을 지르며 의자에서 일어나거나 바닥에 넙죽 엎드렸다. 지루하게 서 있던 주 정부 수상의 경호원들은 그제야 정신이 드는지 공포에 질려 밀려 나오는 인파를 헤치고 단상 쪽으로 뛰어갔다.

"맙소사, 이게 뭐야?"

느닷없는 상황에 놀란 피아는 잠시 마비된 듯 꼼짝도 하지 못했다. 주 정부 수상 피살 시도? 아니면 묻지 마 살인? 본능적으로 안전한 곳으로 피해야 한다는 생각이 들었지만 그녀는 상황을 파악하기에 여념이 없었다. 그녀 뒤에 대각선으로 서 있던 마른 체구의 여자가 어떤 남자에게 진압당해 바닥에 엎드려 있었다. 분홍색 원피스를 입고 꽃다발을 든 채 내내 뒷줄에 서 있던 여자다.

피아는 휴대전화를 가방 속에 넣고 단상이 있는 앞쪽으로 나아가기 시작했다. 자연스럽게 작년 엘할텐 다텐바흐 강당에서 있었던 군중 참사가 떠올랐다. 그녀는 금세 소리를 지르며 밀려 나오는 사

람들에 떠밀렸지만 넘어진 의자를 넘어가며 꾸역꾸역 앞으로 나아
갔다.

"구급차! 구급차 불러요! 빨리!"

여러 사람의 목소리가 한데 뒤섞였다.

피아는 흥분에 온몸을 떨며 사태를 파악하려고 애썼다. 축제 분
위기로 들썩이던 아름다운 정원은 순식간에 전쟁터로 변해버렸고,
충격에 휩싸인 사람들은 서로를 끌어안고 흐느꼈다. 무대 위의 재
즈 밴드 연주자들은 악기를 든 채 망연자실하게 서 있었고, 가족
을 잃어버린 사람들은 남녀노소 구분 없이 공포에 질려 애타게 가
족의 이름을 불러댔다. 앞자리의 남자 한 명은 팔짱을 끼고 다리를
꼰 채 마치 연설을 듣는 듯한 자세로 의자에 앉아 있었다. 그런데
머리 반쪽이 없었다. 얼마나 끔찍한 광경인가! 다른 남자는 그대로
옆으로 쓰러져서 옆 사람의 무릎 위로 엎어져 있었다. 보는 것만으
로도 공포 그 자체였다! 피아는 어쩔 줄 모르고 계속 주위를 두리
번거렸다. 마르쿠스 마리아 프라이가 그 아수라장의 한가운데 굳
은 듯 우뚝 서 있었다. 얼굴은 백짓장처럼 하얗게 변해 있고 손에
는 권총이 들려 있었다. 그리고 발치에는 분홍색 원피스를 입은 잿
빛 머리 여자가 쓰러져 있었다. 한 백발 여자가 쓰러진 남자를 부
둥켜안고 울고 있었다. 쓰러진 남자가 죽었는지, 부상을 당했는지
는 알아보기 힘들었다. 백발 여자는 마치 정신이 나간 것처럼 울부
짖었다. 다른 젊은 여자가 울면서 그녀를 떼어내려고 필사적으로
노력하고 있었다. 엠마는 놀라서 눈이 휘둥그레진 채 두 번째 줄에
앉아 있었다. 노란색 옷, 얼굴, 팔, 머리카락 할 것 없이 피가 튀어
처음에는 죽은 것이 아닌지 의심됐다. 엠마 옆에는 한 아이가 바로
앞줄의 시체를 멍하니 쳐다보며 서 있었다. 그런 아이의 모습에 정

신이 퍼뜩 든 피아는 의자 하나를 옆으로 밀어내고 엠마를 일으켰다. 그리고 재빨리 아이를 품에 안고 그 자리를 빠져나왔다. 엠마는 넋이 나간 채 그녀 뒤를 따라왔다.

"어떻게 된 거야?"

피아가 아이를 조심스럽게 내려놓았다.

"그 여자…… 그 여자가……."

엠마가 더듬더듬 대답했다.

"갑자기…… 갑자기 앞에 나와서…… 총을 쐈어……. 온통 피가…… 앞사람 머리가 터지는 걸 봤어……. 꼭…… 수박처럼……."

그제야 엠마는 충격에서 깨어나 딸을 챙겼다. 아이의 등에도 피가 묻어 있었다.

"오, 맙소사! 루이자! 오, 맙소사!"

"앉아, 엠마. 네 남편은 어디 있니?"

피아는 만삭인 친구가 걱정됐다.

"모, 모르겠어……. 내 옆에서 루이자를 무릎에 앉히고 있었어."

엠마는 의자에 털썩 주저앉아 아이를 끌어안았다.

멀리서 사이렌 소리가 나고 하늘에는 헬리콥터가 나타났다. 곧 경찰차 두 대가 들어오는 것이 보였다.

피아는 매번 사건 직후 충격에서 헤어나지 못한 유족들에게 질문을 하는 것이 껄끄러웠다. 하지만 그때의 기억이 가장 확실하고 진실에 가깝기 때문에 질문하기에는 적기다.

"아는 여자니?"

"아니, 처음 봤어."

엠마는 머리를 흔들었다.

"그 여자가 정확히 어떤 행동을 했니?"

“갑자기…… 땅에서 솟은 것처럼 갑자기 앞에 서 있었어. 그리고 우리 시아버지에게 뭐라고 말을 했어.”

엠마의 목소리는 여전히 가늘게 떨렸다.

“뭐라고 했는지 기억나?”

피아는 가방을 뒤져 수첩과 볼펜을 꺼냈다. 버릇처럼 하는 행동이라 그렇게 하니 조금 안정되는 기분이었다.

엠마는 기억해내려고 정신을 집중하며 손으로는 기계적으로 아이의 등을 쓰다듬었다. 아이는 엄마에게 기댄 채 엄지손가락을 빨고 있었다.

“응, 기억나.”

엠마가 고개를 번쩍 들었다.

“공주가 왔는데 기쁘지 않으세요? 그래! 그렇게 말했어. 그리고…… 총을 쐈어. 처음엔 우리 시아버지를 쏘고 그 옆에 앉아 있는 남자 두 명도 쐈어. 우리 시아버지의 오랜 친구들이야.”

“그 사람들의 이름이 뭔지도 아니?”

“응, 한 사람은 우리 남편의 대부인 하르트무트 마테른이고, 나머지 한 사람은 리하르트 메링이야.”

피아는 고개를 끄덕이며 이름을 메모했다.

“우리 집에 가도 되니? 나도 루이자도 옷을 좀 갈아입어야겠어.”

“그럼. 너 어디 있는지 아니까 질문할 게 있으면 전화할게.”

구조요원들이 엠마의 시아버지를 들것에 싣고 구급차로 데려갔다. 아까 그 백발 여자는 젊은 여자 두 명에게 부축을 받은 채 손으로 입을 막고 울면서 그 모습을 지켜보았다.

“누구야?”

“우리 시어머니. 그 옆에 있는 건 시누이들. 코리나와 사라. 코리나는 '태양의 아이들' 재단의 총무야."

엠마의 눈에 눈물이 고였다.

"세상에! 어떻게 이런 일이 일어날 수 있지? 불쌍한 어머님, 이날을 손꼽아 기다렸는데."

구급차의 문이 닫히고 경광등이 푸른빛을 내며 돌아가기 시작했다. 엠마의 딸이 입에서 손가락을 빼더니 물었다.

"엄마."

"응? 왜?"

"이제 나쁜 늑대가 죽은 거야? 다시는 나한테 아무 짓도 못 하는 거야?"

피아는 친구의 영문 모르는 눈빛이 믿기 힘든 깨달음으로 변하는 것을 보았다. 엠마는 울면서 아이를 꼭 안았다.

"응, 이제 나쁜 늑대가 절대 아무 짓도 못 하게 할 거야. 엄마가 약속할게."

＊

피아는 신분증을 꺼내 들고 참사 현장으로 다시 돌아갔다. 프라이 검사는 여전히 권총을 손에 든 채 마치 최면에 걸린 사람처럼 발치에 쓰러져 있는 여자를 내려다보고 있었다. 피아가 팔을 건드리자 그는 깜짝 놀라며 정신을 차렸다.

"키르히호프 형사가 여긴 웬일로……?"

"이리 오세요."

피아가 그에게 팔짱을 끼며 말했다. 경찰들이 정원으로 쏟아져 들어오고 있었다. 피아는 신분증을 보여주고 정원, 공원 녹지, 도로까지 넓게 통제선을 치고 언론이나 구경꾼의 접근을 철저히 차단하라고 지시를 내렸다. 그리고 장갑과 증거물 봉투를 가져오라고 해서 프라이 검사의 손에서 조심스럽게 권총을 뺏어 탄창을 빼고 봉투에 담았다.

"누구예요? 아는 여자예요?"

"아니요. 처음 본 사람입니다."

프라이 검사는 고개를 저었다.

"난 그때 연단 위에 서 있었는데 그 여자가 꽃다발을 손에 든 채 중앙 통로로 걸어 나왔어요. 그런데 갑자기…… 갑자기 총을 꺼내더니……"

그는 차마 말을 잇지 못하고 머리를 쓸어 넘기더니 고개를 숙인 채 꼼짝도 하지 않았다. 그리고 한참 뒤에야 고개를 들었다.

"그 여자가 우리 아버지를 쐈어요."

그는 아직도 믿어지지 않는 듯 말했다.

"순간 마비된 것처럼 아무것도 못 하겠더라고요. 그리고…… 다른 두 명을 쏘는 것도 막을 수 없었어요."

"아버지는 돌아가시지 않았어요. 그리고 검사님은 목숨을 걸고 그 여자에게서 총을 빼앗잖아요."

"아무 생각도 없었습니다. 나도 모르게 그 여자 뒤로 가서 총 든 팔을 잡았어요. 그러다가…… 총이 한 발 발사된 것 같은데…… 그 여자…… 죽었나요?"

"저도 모르겠어요."

놀란 아이들은 울면서 부모를 찾았다. 구조대원들과 경찰관들이 속속 도착했다. 휴대전화가 끊임없이 울렸지만 피아는 거기 신경 쓸 틈이 없었다.

"이제 가족에게 가봐야겠습니다. 아내를 찾아봐야 하고 어머니도 돌봐 드려야 해요. 불쌍한 어머니! 옆에서 모든 걸 다 보셨어요."

그는 피아를 쳐다보더니 살짝 떨리는 목소리로 말했다.

"고마워요. 키르히호프 형사. 내가 도울 일 있으면 언제라도 연락해요."

"네, 먼저 가족부터 챙기세요."

피아는 그의 팔을 다독여 주고 그의 뒷모습을 심란한 표정으로 지켜보았다. 그때 다시 휴대전화가 진동했다. 피아는 그제야 전화를 받았다.

"피아, 도대체 어디 있는 거야? 왜 이렇게 전화를 안 받아?"

전화를 받자마자 보덴슈타인이 버럭 소리를 질렀다.

"여기 총기 사건이 있었어요. 최소 사망 둘, 중상 둘이에요."

"우리도 지금 그리로 가는 중이야. 다친 데 없어?"

보덴슈타인은 약간 누그러진 목소리로 물었다.

"네, 네. 전 괜찮아요."

피아는 보덴슈타인을 안심시키고 잔디밭 쪽으로 걸어갔다. 멀리 떨어져서 보니 참사 현장이 마치 영화세트장처럼 비현실적으로만 보였다. 그녀는 분수대 옆에 앉아 휴대전화를 귀와 어깨 사이에 끼고 가방 속에서 담배를 꺼냈다.

"잘 들어, 피아. 프린츨러가 다 불었어. 한나 헤르츠만이 취재하던 건 아동 성범죄에 대한 이야기였어. 프린츨러의 아내는 어려서 친아버지에게 성적 학대를 당했는데 텔레비전에서 인어공주 사건에 대해 듣고 자신의 이야기를 언론에 폭로하려고 했어. 레오니 베르게스는 오랫동안 그 여자의 심리상담을 해왔고. 그러니까 레오니 베르게스를 통해서 한나 헤르츠만과 로테문트, 프린츨러가 연결된 거지. 모든 게 그런 식으로 얽혀 있었던 거야. 그런데 그것뿐만 아니라 우리가 생각하지 못한 더 오래전 일과도 관계가 있어. 국제적 아동 포르노 마피아가 배후인데, 요제프 핑크바이너가 핵심 인물이고, 프린츨러의 말에 따르면 중요 인사들이 많이 엮여 있어. 영향력도 막강하고 자신들의 존재가 드러나지 않게 하려고 살인도 마다않는 사람들이래. 그리고 피아, 프랑크푸르트에서 일어난 그 언더커버 요원 살인 사건도 이것과 상관이 있는 것 같아!"

보덴슈타인의 말은 피아의 귓가에 마치 메아리처럼 크게 울려 퍼졌다. 피아는 담배를 꺼내 입에 물었지만 손이 떨려서 도저히 불을 붙일 수 없었다.

"피아? 피아! 내 말 듣고 있어?"

"네, 듣고 있어요."

피아는 나지막하게 말하며 구두를 벗고 햇볕에 달궈진 모래자갈 속에 발가락을 묻었다. 분수대의 물은 콸콸 소리를 내며 흘렀고, 새 한 마리가 폴짝폴짝 뛰더니 포르르 하늘로 날아올랐다. 고요하고 평화로운 풍경이었다. 그런데 20분 전 100미터도 떨어지지 않은 곳에서 두 사람이 잔인하게 처형당했다.

"10분 후에 도착할 거야."

보덴슈타인은 그 말과 함께 전화를 끊었다. 피아는 고개를 젖히고 하늘을 올려다보았다. 파란 하늘에 하얀 뭉게구름이 두둥실 떠 있었다.

이번에도 모든 이성적 추리를 넘어 그녀의 육감이 옳았다고 생각하니 벅찬 감정이 밀려왔다. 잔뜩 긴장했던 게 풀리면서 피아는 울음을 터뜨렸다.

그동안 수많은 살인 현장을 보아온 보덴슈타인은 남몰래 현장을 분류하는 자신만의 시스템을 가지고 있었다. 이 현장은 그중에서도 가장 끔찍한 편에 속했다. 별 다섯 개짜리라고나 할까? 한 여자가 아이들을 포함해 200명도 넘는 사람 앞에서 두 남자를 처형하고 한 남자에게 목숨이 위험할 정도의 부상을 입혔다. 만약 누군가가 목숨을 걸고 이 여자를 막지 않았다면 더 많은 사상자가 나왔을 수도 있는 일이다. 보덴슈타인은 프랑크푸르트 검찰청의 마르쿠스 마리아 프라이 부장검사를 오랫동안 보아왔지만 이런 영웅적 행동을 할 수 있는 사람이라고 생각해본 적은 한 번도 없었다. 그러나 사람이란 위급한 상황이 되면, 그리고 특히 가족이 위험에 빠지면 평소와는 다른 모습을 보이기도 한다. 보덴슈타인은 현장으로 오는 차 안에서 크뢰거에게 프라이의 가족사에 대해 들었다. 그리고 현장에 도착해서 피아에게 무슨 일이 있었는지 간략하게 설명을 들었다. 피아는 충격을 어느 정도 극복한 상태였다. 이제는 경찰로서의 임무를 다해야 할 때였다. 피아는 다른 하객들과 다름없는 끔찍한 일을 겪었는데도 프로다운 모습을 보였다.

"총성이 터졌을 때 주 정부 수상은 어디 있었지?"

보덴슈타인이 물었다.

"제 기억으로는 군수, 시장과 함께 통로 왼쪽에 앉아 있었어요. 오른쪽에는 요제프 핑크바이너, 핑크바이너의 부인, 핑크바이너의 두 친구가 앉아 있었고요."

피아는 수첩에 메모한 이름을 참고했다.

"하르트무트 마테른과 리하르트 메링이에요. 핑크바이너와 오래된 친구 사이래요. 그리고 그 뒷줄에는 핑크바이너의 아들 플로리안이 딸을 무릎에 앉히고 있었고 그 옆에는 핑크바이너의 며느리인 엠마가 앉아 있었어요. 저를 이 파티에 초대한 친구예요.”

“가만, 하르트무트 마테른이라고 했어?”

보덴슈타인이 눈썹을 치켜떴다.

“네. 그 집 아들 볼프강이 한나 헤르츠만과 친구 사이예요. 재미있는 우연이죠?”

“아냐, 이건 절대 우연이 아니야. 아까 전화로도 말했지만 모든 게 다 얽혀 있어. 이따가 로테문트가 뭐라고 하는지 봐야겠군.”

요제프 핑크바이너는 목과 가슴에 총을 두 방 맞고 이미 병원으로 옮겨졌다. 의자에 앉은 채 죽은 두 남자 위에는 천이 드리워졌다. 보덴슈타인은 로테문트를 심문하는 일이 더 중요하다고 판단했기 때문에 현장 지휘를 셈에게 맡겼다. 곧 부검의가 도착했고 셈이 요청한 재난대책반도 도착했다. 심리상담 요원 두 명이 죽은 남자들 바로 뒷줄에 앉아 있던 핑크바이너 가족들을 돌봤다. 크리스티안 크뢰거는 이미 직원들과 함께 현장과 시체의 사진을 찍고 흔적을 채취하는 등 활발하게 채증 작업을 펼치고 있었다. 그로부터 얼마 떨어지지 않은 곳에서는 구급의사가 범행을 저지른 후 배에 총을 맞고 쓰러진 여자를 살피고 있었다. 그 옆에는 베이지색 양복을 입은 잿빛 머리 남자가 무릎을 꿇고 앉아 울면서 쓰러진 여자의 얼굴을 하염없이 쓰다듬고 있었다.

“일 좀 하게 저리 가세요.”

구급의사가 화를 냈지만 그는 움직일 줄을 몰랐다.

“나도 의사입니다. 제 여동생이란 말입니다.”

피아와 보덴슈타인은 놀란 얼굴로 서로를 마주보았다. 보덴슈타인이 남자에게 다가가 어깨를 툭 쳤다.

"환자는 구급의사에게 맡기고 이쪽으로 좀 오시죠."

남자는 내키지 않아 하면서도 보덴슈타인을 따라 한쪽에 세워진 높은 탁자 앞으로 왔다. 가슴에는 피 묻은 여성용 핸드백을 꼭 안고 있었다.

"누구시죠?"

보덴슈타인이 경찰이라고 밝힌 다음 물었다.

"플로리안 핑크바이너라고 합니다."

"그럼 핑크바이너 집안과는……?"

"요제프 핑크바이너가 저희 아버지입니다. 우리들의 아버지죠."

그는 갑자기 눈물을 주르륵 흘렸다.

"그리고 저기 누워 있는 건…… 제 쌍둥이 여동생 미하엘라입니다. 열다섯 살 때 집을 나간 후로 30년 만에 처음 봤어요! 전 미하엘라가 죽은 줄 알았습니다. 부모님이 항상…… 항상 그렇게 말했거든요. 전 오랫동안 외국에 살았는데 작년에 미하엘라의 무덤에 갔었어요. 그런데 오늘 살아 있는 걸 보니…… 충격이 아닐 수 없습니다."

그는 말을 잇지 못하고 흐느껴 울기 시작했다. 보덴슈타인은 순간 모든 것을 이해할 수 있었다. 정보의 파편들이 하나의 전체를 이루며 의미를 만들어냈다.

남자 두 명을 총으로 쏘아 죽이고 요제프 핑크바이너의 목숨을 위태롭게 만든 장본인은 바로 베른트 프린츨러의 아내였다. 어릴 때부터 친아버지에게 성적 학대를 당하고 결국 매춘부로 전락한 미하엘라였던 것이다. 이로써 프린츨러가 진실을 말했음이 확인되었다.

"동생이 왜 아버지를 쐈는지 아십니까? 아버지 친구들은 왜 쏜 거죠?"

보덴슈타인의 예상대로 그는 쌍둥이 여동생이 무슨 고통스러운 일을 겪었는지 전혀 모르고 있었다.

"뭐요? 말도 안 됩니다!"

보덴슈타인의 설명에 그는 황당한 표정을 지었다.

"미하엘라는 착한 아이가 아니었어요. 네, 그건 저도 인정합니다. 밥 먹듯이 집을 나갔고 술 마시고 마약하고 부모님 말에 따르면 정신병원에도 있었어요. 하지만 저도 행복하지만은 않았습니다. 친부모가 자기 자식들보다 다른 아이들에게 더 관심이 많으면 아이들이 힘들어질 수밖에 없습니다. 하지만 아버지가 미하엘라를……. 아니요, 아버지가 미하엘라를 건드렸을 리 없어요. 얼마나 아끼고 사랑하셨는데요!"

"제 생각엔 진실을 보지 않으려고 하시는 것 같아요. 조금 전에 아버지가 구급차에 실려 가는 걸 보고 따님이 뭐라고 한 줄 아세요? 이제 나쁜 늑대가 죽었으니까 아무 짓도 하지 못하는 거야, 라고 물었어요."

피아의 말에 플로리안 핑크바이너는 얼굴이 더 창백해지며 믿기지 않는 듯 머리를 절레절레 흔들었다.

"병원에서 루이자가 학대당했을 가능성이 있다고 한 말 기억하세요? 엠마는 아이 아빠를 의심했지만 실제로는 아빠가 아니라 할아버지였던 거예요."

플로리안 핑크바이너는 피아를 빤히 쳐다보며 무겁게 숨을 삼켰다. 가슴에는 여전히 여동생의 핸드백을 꼭 안고 있었다.

"미하엘라도 어렸을 때 나쁜 늑대를 무서워했어요. 전…… 그냥 정신 나간 소리라고만 생각했어요. 그게 구조 요청인 줄은 몰랐습니다. 제 아내와 딸에게 아기를 낳을 때까지 여기 와서 있자고 한 것은 저였습니다. 이 잘못은 평생 씻지 못할 겁니다.”

“그 핸드백 이리 주시겠어요?”

피아의 말에 그는 얌전히 핸드백을 내밀었다.

그때 저쪽에서 프라이 검사가 젊은 여자와 함께 걸어오는 것이 보였다. 여자는 중간에 다른 사람에게 갔지만 프라이는 그들이 있는 곳으로 다가왔다. 프라이가 플로리안의 어깨에 손을 얹으려 하자 플로리안은 몸을 뒤로 빼며 피했다.

“미하엘라가 살아 있다는 거 다들 알고 있었지? 너, 랄프, 코리나 뭐든 항상 다 잘 알잖아. 안 그래?”

“아니야! 우리도 몰랐어. 우린 미하엘라의 장례식에까지 갔었어. 나도 오늘 보고 깜짝 놀랐다고.”

플로리안의 공격에 프라이가 항변했다.

“난 그 말 안 믿어. 너희는 항상 어머니 아버지에게 칭찬받으려고 온갖 착한 척을 다했지. 굴러들어온 돌이 박힌 돌 뺀다고 나랑 미하엘라를 따돌리고 너희들만 사랑받으려고 별의별 짓을 다 했잖아! 그런데 이제 내 동생을 쏘기까지 해? 지옥에나 떨어져!”

플로리안은 그의 발 앞에 침을 퉤 뱉고는 뒤돌아 가버렸다. 한숨을 쉬는 프라이의 눈에는 눈물이 글썽거렸다.

“저러는 것도 충분히 이해할 수 있습니다. 우리 모두 놀랐지만 가장 충격이 큰 사람은 플로리안일 테니까요. 그는 어려서부터 우리 때문에 많이 양보하면서 살았어요.”

그때 보덴슈타인의 휴대전화가 울렸다. 카이 오스터만이었다. 한나 헤르츠만의 집 지하실에서 정말 한 남자가 발견됐다는 소식이었다.

"누군지 알면 놀라실걸요. 헬무트 그라세르를 잡았습니다. 지금 여기 있어요. 병원에는 안 가겠다고 하네요."

보덴슈타인은 뒤돌아 통화를 하면서 오스터만에게 몇 가지 지시를 내렸다.

"피아, 이제 돌아가야겠어. 그라세르를 잡았대."

"누구요?"

프라이가 물었다. 보덴슈타인은 그 질문에 답하지 않고 그냥 넘어가려다가 프라이가 그들이 맡고 있는 세 사건의 담당 검사임을 깨달았다.

"헬무트 그라세르라는 사람입니다. 한나 헤르츠만이 발견된 현장 주변에서 사건 당일에 봤다는 증인이 있습니다. 주소지가 여기니까 검사님도 아실 텐데요."

보덴슈타인은 피아의 눈초리를 의식하지 않을 수 없었다. 피아는 처음에는 놀랐다가 화난 표정이 되었다. 왜 수사 결과를 공유하지 않았는지 물어올 것이 뻔했다. 그러나 그럴 시간이 없기도 했거니와 피아 자신도 비밀로 한 것이 있으니 꿀릴 것은 없었다.

"네, 헬무트를 안 지 오래됐지요. 이곳 관리인입니다. 다른 허드렛일도 하고요. 왜요? 헬무트를 의심하는 겁니까?"

"네, 반증이 나올 때까지는요. 자세한 건 지금 서에 들어가서 조사를 해봐야 알 것 같습니다."

"조사하는 데 나도 같이 있고 싶군요."

"네? 정말 그렇게까지 하시려고요? 오늘은 집에서……."

프라이는 보덴슈타인의 말을 끊었다.

"아니요, 상관없습니다. 어차피 내가 여기 있어봐야 할 수 있는 일도 없고요. 괜찮다면 이따가 옷 갈아입고 호프하임으로 가겠습니다."

"그럼, 그렇게 하시죠."

"그럼, 이따 봅시다."

피아와 보덴슈타인은 그가 잔디밭 쪽으로 걸어가며 휴대전화로 통화하는 모습을 지켜보았다.

"아까까지만 해도 크게 충격을 받은 것 같았는데 금방 찬바람이 쌩쌩 부네."

피아는 그의 갑작스러운 변화가 약간은 낯설게 느껴졌다.

"아마 일을 하면서 심란한 마음을 떨치려고 하는 모양이지."

"조금 전엔 프린츨러 부인을 전혀 몰라봤어요. 완전히 딴사람 같더라고요. 그리고 너무 빨리 일이 터져서……."

"자, 얼른 돌아가자고. 먼저 로테문트부터 털어야 해. 그 사람 입에서 무슨 말이 나올지 궁금하군."

오스터만은 헬무트 그라세르와 킬리안 로테문트를 1층에 있는 제2조사실과 제3조사실에 각각 배치했다. 보덴슈타인의 발길은 먼저 베른트 프린츨러가 기다리고 있는 제1조사실로 향했다. 보덴슈타인과 피아는 방금 팔켄슈타인에서 있었던 일을 이야기했고 그는 굳은 표정으로 그들의 말에 귀를 기울였다. 속마음은 어떨지 모르지만 겉으로는 분노도, 근심도, 어떤 감정도 드러내지 않았다.

"날 여기 잡아두지 않았으면 일어나지 않았을 일입니다. 제기랄!"

그는 보덴슈타인을 욕했다.

"아니요, 프린츨러 씨가 바로 털어놨으면 우리도 바로 집에 보내 줬겠죠. 부인이 왜 그런 짓을 한 겁니까? 총은 어디서 났고요?"

"내가 그걸 어떻게 압니까?"

프린츨러는 낮은 소리로 으르렁거리며 주먹을 꽉 쥐었다.

"이제 내보내 줄 겁니까?"

"네, 가도 좋아요. 부인은 바트조덴 병원으로 실려 갔어요. 원하면 경찰차로 태워다 주라고 하겠습니다."

"아뇨, 됐습니다. 경찰차는 탈 만큼 탔어요."

그는 조사실을 나갔고, 밖에서 기다리고 있던 정복 경찰이 정문까지 그를 데리고 갔다. 피아와 보덴슈타인도 조사실을 나섰다. 문 앞에 니콜라 엥엘 과장이 기다리고 있었다.

"왜 프린츨러를 풀어주는 거죠? 그리고 팔켄슈타인에서는 무슨 일이 있었던 거예요?"

"그가 알고 있는 것은 다 말했습니다. 거주지도 확실하고요."

보덴슈타인이 대답했다. 피아는 에릭 레싱 사건에 엥겔 과장이 개입돼 있다고 한 벤케의 말을 떠올리고 보덴슈타인의 말을 막았다. 그녀는 엥겔 과장을 깊이 불신하고 있었다. 만약 정말 그때의 일과 이번 사건들 사이에 관계가 있다면 자세한 사항은 알리지 않는 게 좋을 것 같았다.

"먼저 로테문트를 털고 그다음에 그라세르요?"

피아가 보덴슈타인에게 물었다.

"그렇지, 로테문트가 먼저야."

보덴슈타인이 바로 동의했다. 그때 엥겔 과장의 휴대전화가 울렸다. 그녀는 그들에게서 약간 떨어지며 전화를 받았다.

피아는 어떻게 하면 엥겔 과장을 떼어낼 수 있을지 고민했다. 조사실에서 심문을 하면 엥겔 과장이 거울 유리 너머에서 스피커로 다 들을 것이 뻔했다. 그렇다고 길게 설명할 시간은 없었다. 보덴슈타인이 꼬투리를 잡지 않기를 바라는 수밖에 없었다.

"로테문트 말이에요, 반장님 방에서 심문하는 게 어때요?"

“그래, 그렇게 하지. 난 형광등 켜진 데 30분만 있어도 머리가 아프더라고. 금방 화장실에 다녀올 테니까 올라가 있으라고 해.”

다행히 보덴슈타인은 반대하지 않았다. 피아는 엥겔 과장이 통화를 마치는 것을 보고 얼른 덧붙였다.

“아, 반장님 로테문트 조사할 때 과장님 빼고 먼저 우리 셋만 얘기하는 게 좋을 것 같은데 설득하실 수 있겠어요?”

보덴슈타인은 의문이 담긴 표정을 지었지만 일단은 고개를 끄덕였다.

“프라이 부장검사가 도착했다네요. 어떻게 심문할 거죠?”

엥겔 과장이 물었다.

“먼저 키르히호프 형사하고 제가 단독으로 심문하겠습니다. 프라이 검사는 나중에 들어오는 것으로 하죠.”

보덴슈타인이 대답했다. 피아는 그에게 날카로운 시선을 던진 다음 로테문트를 2층으로 데려가도록 지시하려고 제3조사실로 향했다.

“나도 함께 있고 싶은데.”

엥겔 과장이 말하는 소리가 들렸다. 보덴슈타인의 다음 말은 들리지 않았다. 그가 뜻을 관철시키기를 바랄 뿐이었다. 조사실에서 나와 보니 엥겔 과장은 사라지고 없었다. 대신 복도를 걸어오는 프라이 부장검사가 보였다. 그는 연회색 양복에 흰색 와이셔츠를 입고 있었고 채 마르지 않은 머리를 뒤로 깔끔하게 빗어 넘긴 모습이었다. 외모뿐 아니라 태도도 평소와 다름없이 차분하고 평정심 넘쳤다. 단, 수심에 흐려진 눈에는 깊은 슬픔이 담겨 있었다.

“어서 오세요, 프라이 검사님. 좀 어떠세요?”

“아, 키르히호프 형사.”

프라이는 그녀에게 악수를 청하며 살짝 미소를 지었다.

"절대 좋다고는 못 하겠네요. 어떻게 그런 일이 일어날 수 있는지, 그리고 그런 일이 일어났다는 것 자체가 아직도 실감이 안 납니다."

그녀가 두 눈으로 직접 보지 않았다면 두 시간 전에 그런 일을 겪었다고 상상하기 힘들 정도로 감정을 다스리고 자제하는 모습이었다. 피아는 그런 그에게 감동받지 않을 수 없었다.

"다시 한 번 고맙다는 말을 하고 싶네요. 현장에서 보여준 대처 능력은 정말 대단했습니다."

"아니에요, 별것도 아닌걸요."

피아는 전에 왜 그를 독선적인 관료주의자라고 생각했는지 갑자기 이해되지 않았다.

보덴슈타인이 남자 화장실에서 나왔다. 그와 동시에 복도 끝 제3조사실 문이 열리고 수갑을 찬 로테문트가 정복 경찰의 손에 이끌려 나왔다. 그들은 구석에 있는 계단으로 올라갔다. 로테문트를 보자 프라이의 표정이 순간적으로 변했다. 그러나 그는 곧 어깨를 쫙 펴며 고개를 쳐들었다.

"저 사람은 헬무트 그라세르가 아닌데요."

"네, 킬리안 로테문트입니다. 오늘 자수했어요. 먼저 로테문트와 얘기를 한 다음 그라세르를 조사할 생각입니다."

보덴슈타인이 대답했다. 마르쿠스 마리아 프라이는 한때 친한 친구였으나 직접 감방에 처넣은 남자를 쳐다보며 고개를 끄덕였다.

"나도 조사에 참여하고 싶군요."

"아니요, 먼저 키르히호프 형사와 제가 두 사람을 심문할 겁니다. 그동안 휴게실에서 기다리시죠."

보덴슈타인이 단호하게 말했다. 부탁을 거절당하는 일이 드문 프라이는 기분이 상한 표정이 역력했다. 그는 뭐라고 말을 하려고 입을 열었지만 곧 생각을 바꾸었는지 어깨를 으쓱했다.

"뭐 상관없습니다. 그동안 난 커피나 한잔하고 있죠. 그럼, 이따봅시다."

*

엠마와 플로리안은 바트조덴 병원의 외과병동 응급실 대기실에서 손을 꼭 잡은 채 앉아 있었다. 루이자는 플로리안의 무릎 위에서 잠이 들었다. 미하엘라가 수술에 들어간 지 이미 한 시간이 훨씬 지났다. 총알은 가슴 밑으로 비스듬히 들어가 간과 장을 통과하고 골반에 박혔다. 요제프는 구조 헬기로 프랑크푸르트 대학병원으로 옮겨졌다. 엠마는 아무것도 모르는 딸에게 짐승 같은 짓을 한 그와 한 건물 안에 있지 않아도 된다는 사실에 그나마 마음이 놓였다. 그녀는 플로리안을 흘깃 쳐다보았다. 그에게는 이 상황이 얼마나 더 잔인할 것인가?

그는 어려서부터 아버지와의 관계가 좋지 않았다. 자기는 항상 뒷전이고 부모에게 사랑받지 못한다는 생각을 가지고 살았다. 그래서 집에서 멀리 떠나 있을 수 있는 직업을 선택했는지도 모른다. 그런데 이제 아버지가 아동 성범죄자고 자기 딸에게 몹쓸 짓을 했다는 사실을 받아들여야 하는 그 마음이 어떨 것인가! 그는 쌍둥이 여동생 미하엘라에 대해 힘겹게 털어놓았다. 아버지의 귀여움을 독차지한 여동생이 얼마나 부러웠는지, 그리고 어린 시절 라이벌이었던 니키에게 미하엘라를 빼앗겨 얼마나 속상했는지……. 니키는 여러 양부모가 포기해서 계속 고아원으로 돌려보내지다가 아홉 살 때 핑크바이너 집안에 양자로 들어왔다. 그는 어렸을 때부터 영리하고 욕심 많고 자아도취 성향이 강했다. 그리고 계략을 꾸미는 데도 능했다. 플로리안은 동갑내기 친구가 생겨서 기뻤지만 니키는 미하엘라를 더 좋아했고 결국은 완전히 독차지했다.

미하엘라는 아주 어렸을 때부터 까다로운 아이였다. 거짓말을 잘하고 공격적이었지만 플로리안은 자신보다 10분 늦게 태어난 여동생을 세상 그 누구보다 아끼고 사랑했다. 그래서 가족 중 유일한 아군인 미하엘라를 니키에게 뺏겼을 때 그토록 상실감이 컸는지도 모른다. 어머니와 아버지는 그에게는 엄격하게 대하면서도 미하엘라와 니키에게는 모든 것을 허용했다. 둘 다 열한 살 때 처음으로 담배를 피웠다. 미하엘라는 열두 살 때 처음으로 가출을 했고, 열세 살 때 조인트를 피웠고, 열다섯 살 때는 헤로인 주사를 맞았다. 그러고 나서는 플로리안의 세계에서 사라졌다. 처음에는 청소년 교도소로, 그다음에는 정신병원으로. 반면 니키는 정신을 차리고 공부에 열중했고 결국 수석으로 고등학교를 졸업했다. 그는 미하엘라에 대해 다시는 입에 올리지 않았다. 그 대신 플로리안이 미하엘라 다음으로 좋아하던 코리나와 단짝이 됐다.

플로리안의 쌍둥이 여동생에 대한 기억은 전혀 즐겁고 행복한 것이 아니었다. 그런 배경을 알고 나니 엠마는 남편이 왜 한 번도 그런 이야기를 하지 않았는지 이해가 됐다. 갑자기 바깥 복도가 소란스러워지더니 누군가 미하엘라 프린츨러라는 이름을 말하는 것이 들렸다. 플로리안과 엠마는 귀를 쫑긋 세우고 기다렸다. 잠시 후 거구의 남자가 대기실로 들어왔다. 체구가 너무 커서 문틀을 다 덮을 정도였고 팔은 온통 문신으로 뒤덮여 있어 쳐다보기만 해도 무서운 그런 남자였다.

"미하엘라의 오빠 맞습니까?"

그가 특이한 쉰 목소리로 물었다.

"네, 그런데 누구시죠?"

"미하엘라의 남편입니다. 베른트 프린츨러라고 합니다."

엠마는 문신투성이의 남자를 말없이 바라보았다.

프린츨러는 맞은편 플라스틱 의자에 앉아 얼굴을 문질렀다. 그리고 무릎 위에 팔꿈치를 괴고 플로리안을 빤히 쳐다보았다.

"무슨 일이 있었던 겁니까?"

플로리안은 헛기침을 한 번 하고 낯선 남자에게 사건에 대해 간략하게 들려주었다.

"전 여동생이 이미 오래전에 죽었다고 생각했습니다. 부모님에게 그렇게 들었거든요."

"네, 그게 제 목적이었죠. 그 괴물들이 미하엘라를 더 이상 괴롭히지 못하게 하려고 내가 거짓말로 장례를 치른 겁니다."

"괴물들이라니 누구 말입니까?"

"당신 아버지라는 사람과 그 변태 친구들 말입니다. 마피아나 똑같은 집단이에요. 그놈들의 손아귀에 한번 걸리면 절대 빠져나가지 못합니다. 자기네가 관리하는 여자애들이 뭘 하는지 일거수일투족을 감시합니다. 그 어느 첩보 기관보다 조직력이 좋아요."

"그게…… 그게 무슨 말입니까?"

엠마는 듣고 싶지 않았지만 베른트 프린츨러는 아동 포르노 마피아가 어떤 구조를 가지고 어떻게 움직이는지 적나라하게 늘어놓았다. 자세한 이야기는 듣기힘들 만큼 역겨웠다.

엠마는 새삼 소름이 끼쳤다. 이 악몽에서 언젠가 헤어날 수 있을까? 루이자는 자신이 당한 일을 언젠가 잊고 살 수 있을까? 왜 모든 것을 일찌감치 알아차리지 못한 걸까? 더 일찍 알아차려야만 했는데……. 그런데 그러지 못한 걸까? 엠마는 시아버지가 루이자에게 어떻게 대했는지 떠올려 보았다. 그리고 사실은 시아버지가 루이자를 건드린 게 아니라는 증거를 찾으려 애썼다. 시아버지는 언제나 친절하고 상냥하지 않았던가.

그때 파란색 수술가운을 입은 의사가 대기실에 들어섰다. 프린츨러와 플로리안은 동시에 자리에서 일어났다.

“우리 애 엄마 좀 어떻습니까?”

“제 여동생 어떻게 됐나요?”

프린츨러와 플로리안이 동시에 외쳤다. 의사는 두 남자를 번갈아 쳐다보다가 말했다.

“수술을 잘 견뎌냈고 상태도 좋습니다. 경과를 지켜보려고 중환자실로 옮겼는데 총알을 제거했고 파열된 장도 꿰맸습니다.”

의사는 프린츨러와 눈을 맞추려다가 거의 고개가 꺾일 뻔했다.

순간 엠마는 아랫도리에 찢어질 듯한 아픔을 느꼈다. 그녀는 숨을 헉 들이마셨다. 양수가 터져 속옷이 흠뻑 젖었다. 그녀는 남편에게 조용히 말했다.

“플로리안, 아기가 나올 것 같아.”

＊

“도대체 무슨 일이 있었던 거예요?”

로테문트를 본 피아가 깜짝 놀라 외쳤다. 수배 사진 속의 그는 윤곽이 뚜렷하고 잘생긴 얼굴이었다. 그런데 온 얼굴이 퉁퉁 부어오르고 왼쪽 얼굴은 눈 있는 곳까지 온통 보라색으로 피멍이 들어 있었다. 게다가 코는 부러지고 오른쪽 팔의 찰과상은 보기에도 끔찍할 정도였다. 한마디로 급히 응급실로 가야 할 상태였다.

"그제 기차 타려고 갔더니 사람들이 기다리고 있더군요."

"누가요?"

피아가 회의 탁자 맞은편에 앉으며 물었다. 보덴슈타인은 로테문트에게 잠시 기다리라는 손짓을 한 다음 녹음기를 틀어 먼저 필수 사항을 녹음했다.

"저를 체포한 사람들은 네덜란드 경찰이 아니었습니다."

녹음이 시작되자 로테문트가 진술하기 시작했다.

"그리고 어젯밤에 저를 데려가 고문하고 오늘 아침 달리는 차 밖으로 밀어버린 사람들도 경찰이 아니었어요. 그자들은 아동 포르노 마피아의 하수인입니다. 제가 위험하다고 판단한 거죠. 그들은 제게 한나가 성폭행당하는 동영상을 보도록 강요했습니다. 그리고 제 딸에게도 똑같이 하겠다면서 암스테르담에서 만난 관계자 두 명의 녹취 기록을 어디로 보냈는지 대라고 했습니다."

"그래서 말했습니까?"

보덴슈타인이 물었다. 로테문트는 수염이 꺼칠한 턱을 어루만지며 대답했다.

"아니요. 그 와중에도 그 물건이 그들의 손아귀에 들어가서는 안 된다는 생각은 들더군요. 한나가 병원에 있다는 걸 알았기 때문에 한나의 집으로 보냈다고 했습니다."

"잘한 행동이에요. 실제로 그 집에 와서 우편물을 기다린 사람이 있었어요. 그런데 하필 그때 그 집 딸도 집에 있었어요."

피아의 설명에 로테문트는 깜짝 놀랐다.

"정말입니까?"

"하지만 그 남자를 잡아서 지하실에 가둬놨더라고요. 지금 여기와 있어요."

그제야 로테문트는 안도의 한숨을 쉬었다.

"누구였습니까? 그라세르였나요?"

"네. 그걸 어떻게 알아요?"

"핑크바이너 집안의 거친 일 담당이죠. 그라세르 본인도 태양의 아이들 중 하나고 정신병이 있어요."

"따님은 지금 어디에 있어요? 안전한가요?"

피아가 물었다.

"네, 전처가 전화했더라고요. 경찰이 저를 데리러 왔을 때 막 집에 도착하는 걸 봤습니다. 잠깐 얘기도 했어요. 당분간 집에서 나가지 않겠다고 약속했습니다."

"경찰에서 신변보호해드릴게요."

피아가 말했다. 보덴슈타인은 헛기침을 하더니 입을 열었다.

"자, 그건 차후 문제고. 로테문트 씨, 베른트 프린츨러에게 대충 얘기 들었어요. 프린츨러 부인의 인생사에 대해서도 알고 있고요. 오늘 프린츨러 부인이 요제프 핑크바이너의 생일 파티에 가서 남자 두 명을 총으로 쏴 죽이고 자기 아버지에게 중상을 입혔어요."

"저런! 누구를 쐈죠?"

로테문트는 크게 놀라 어쩔 줄 몰랐다.

"하르트무트 마테른과 전 연방헌법재판소장 리하르트 메링요."

"그 두 사람이 아동 포르노 마피아의 핵심 인물입니다. 다른 세 명과 함께 40년째 배후 권력자로 군림하고 있죠. 그렇게 오랫동안 몹쓸 짓을 해온 겁니다. 제가 가진 명단은 끝이 없습니다. 그리고 그 명단이 옳음을 증명해주는 증거도 수없이 많고요. 전 미하엘라 프린츨러에게 이제까지 겪은 일을 상세히 들었습니다. 그리고 그동안 한나와 함께 피해자와 가해자 들의 증언도 꽤 많이 수집했고요. 모두 미하엘라의 증언을 뒷받침해주는 증언들입니다. 아마 짐작하시겠지만 전 이 문제에 대해서 무척 오랫동안 조사를 했습니다.”

얼굴이 망가지긴 했지만 로테문트의 유난히 푸른 눈은 쳐다보기가 힘들 정도로 강력한 빛을 내뿜었다. 피아는 시선을 돌리지 않으려고 무진장 애를 써야만 했다. 로테문트는 잠시 쉬었다가 말을 계속했다.

“9년 전 베른트 프린츨러가 미하엘라를 도와달라며 찾아왔을 때 전 그 사건에 매료당했습니다. 그자들이 얼마나 단호하게 반응할 것인지, 얼마나 위험한 사람들인지에 대해서는 미처 생각하지 못했습니다. 그들은 저를 끝장냈고 전 가족, 명예, 직장, 모든 걸 잃었습니다. 아동 성범죄와 아동 음란물 소지죄로 교도소에 들어갔고 전과자라는 낙인이 찍혔습니다. 그때 제 컴퓨터에는 아동 포르노 동영상과 사진이 쫙 깔려 있었어요. 모두 절 잡기 위한 함정이었죠. 전 그들이 교묘하게 파놓은 함정에 보기 좋게 걸려들었고요.”

“어떻게 그런 일이 일어날 수 있었죠?”

피아가 물었다.

“너무 순진했다고 해야겠죠.”

로테문트의 입가에 짧은 미소가 스쳤다.

“믿지 말아야 할 사람을 믿는 실수를 저질렀어요. 너무 자신만만했던 거죠. 누군가가 술에 약을 탔고 24시간 만에 일어나 보니 필름이 끊겨 있더라고요. 그동안 제 옷을 벗기고 어린애들과 침대에 눕혀 놓고 사진을 찍은 거죠. 그들이 귀찮은 사람을 제거하기 위해 아주 흔하게 사용하는 방법입니다. 제가 아는 경우만 해도 아동복지국 직원 두 명, 자기 반 학생이 학대당하는 걸 알고 경찰에 신고하려던 교사 한 명, 그 밖에도 세 명이나 더 있어요. 조직의 인맥이 워낙 촘촘해서 그들에게 대항한다는 건 거의 불가능합니다. 정부기관, 정재계, 경찰에서 서로서로 알아서 덮어주죠. 그리고 독일에 한정된 것이 아니라 유럽 전체에 퍼져 있는 거대 조직입니다. 이 루트로 엄청난 돈도 흘러다니고요."

그는 다친 오른팔을 가만히 쳐다보다가 앞뒤로 살짝 돌려보았다.

"얼마 전 마인 강에서 죽은 여학생 시체가 떠올랐을 때 미하엘라는 진실을 폭로해야겠다는 결심을 했습니다. 프린츨러에게 전화가 왔더군요. 전 바로 함께하겠다고 했습니다. 전 더 이상 잃을 것도 없고 그들의 죄가 증명될 경우 명예 회복을 할 수 있을 테니까요. 그리고 미하엘라의 심리상담사인 레오니를 통해서 한나와 연결됐습니다. 한나는 그런 대박 테마를 방송에 내보낼 수 있다는 데 큰 관심을 보였습니다. 하지만 제가 그랬듯이 그자들이 얼마나 위험천만한 집단인지 과소평가했어요. 오래된 친구이자 방송사 프로그램 디렉터인 볼프강 마테른에게 그 이야기를 한 겁니다."

로테문트는 한숨을 푹 쉬었다.

"볼프강 마테른의 아버지인 하르트무트 마테른이 이 사건에 개입돼 있다는 건 꿈에도 생각하지 못한 거죠. 전 물론 그 방송사가 마테른 소유라는 걸 알고 있었습니다. 하지만 한나가 갈등할까 봐 명단에서 일부러 그 이름을 뺐습니다. 그리고 처음에는 한나를 믿어도 될지 확신이 들지 않았거든요. 한나가 볼프강 마테른과 친한 친구 사이고 그렇게 자세하게 얘기할 거라는 건 저도 미처 생각하지 못했습니다."

"그 말은 한나 헤르츠만을 습격한 사람이 볼프강 마테른이라는 건가요?"

피아가 그의 말을 끊고 물었다.

"아니요. 그 사람이 직접 하진 않았겠죠. 제 생각에 한나를 성폭행하고 레오니를 죽인 사람은 그라세르일 겁니다. 여자들은 포르노 동영상 같은 걸로 협박할 수 없으니까 다른 방법을 쓰는 겁니다."

피아는 레오니 베르게스의 이웃이 자주 봤다는 HG 번호 차량을 떠올렸다. 그 차량은 '태양의 아이들' 재단 앞으로 등록돼 있었다.

"그 '태양의 아이들' 재단이라는 데가 정말 미혼모와 아이 들을 위해 복지 활동 같은 걸 하기는 합니까? 아니면 그냥 단순한 위장을 위한 겁니까?"

보덴슈타인이 물었다.

"아, 할 건 다 합니다. 좋은 일도 많이 하죠. 미혼모들의 직업 교육도 돕고 어린이와 청소년을 위한 장학 제도도 운영하고요. 하지만 공식적으로 이 세상에 존재하지 않는 아이들이 있습니다. 미혼모들은 아이를 낳은 후 기관에서 잘 키워줄 거라고 믿고 바로 사라져버리거든요. 핑크바이너는 동아시아와 동유럽에서도 고아들을 데려옵니다. 어떤 기록도 남지 않고 찾는 사람도 없고 아예 존재하지 않는 거나 마찬가집니다. 그런 아이들이 바로 먹잇감이죠. 미하엘라는 그 아이들의 존재를 알고 있었습니다. 그녀는 '보이지 않는 아이들'이라고 불렀죠. 그 아이들이 겪는 고통은 상상할 수도 없습니다. 그리고 아이들이 자라서 매력이 떨어지면 포주에게 팔아넘기거나 그냥 제거하는 겁니다."

피아는 회히스트에 사는 증인의 도움으로 만들어진 몽타주 그림이 떠올랐다. 그녀는 잠시 자리를 비웠다가 그림을 가지고 다시 돌아왔다.

"이 사람들이 누군지 알겠어요?"

로테문트는 그들을 바로 알아보았다.

"남자는 헬무트 그라세르, 여자는 코리나 비스너. 핑크바이너의 양녀죠. 이 여자의 남편도 핑크바이너 집안의 양자예요. 핑크바이너 그룹의 운영자인 랄프 비스너가 남편입니다. 코리나와 랄프 부부는 핑크바이너 군대의 가장 말 잘 듣는 군인이라 할 수 있죠. 코리나는 공식적으로는 '태양의 아이들' 재단의 총무지만 실상은 이 아동 포르노 마피아의 비밀경찰 우두머리 같은 존재입니다. 그 세계에서 일어나는 일 중에 코리나가 모르는 일은 없습니다. 아주 냉철하고 무자비한 여자입니다."

＊

헬무트 그라세르는 드디어 자기 말을 들어주는 사람을 만났다는 듯 15분간 쉴 새 없이 떠들었다. 정신병에 걸린 어머니가 열일곱 살에 강간의 결과로 낳은 자신을 거부한 후 고아원과 여러 양부모 집을 떠돌며 불행한 유년기를 보냈다는 것이 골자였다. 그는 결국 핑크바이너 집안에 들어갔고 태어나서 처음으로 애정과 관심이 뭔지 경험했다. 그러나 그는 항상 2급 아이로 머물러야 했다. 핑크바이너 부부는 어머니가 있다는 이유로 그를 양자로 들이지 않았기 때문에 그는 '태양의 아이들' 재단 내 고아원에서 자랐다. 그는 그토록 선망하던 핑크바이너 가족의 인정을 받기 위해 온갖 짓을 다 했다. 그보다 나이가 어린 핑크바이너 자녀들은 걸핏하면 그를 무시하고 그들에게 잘 보이고 싶어 하는 그의 약점을 이용해먹었다.

그라세르는 결혼하지 않고 어머니와 함께 팔켄슈타인에 있는 핑크바이너 소유 택지에 살고 있다. 그가 30년째 우러러보며 복종하는 사람들과 바로 이웃해 살면서 예나 지금이나 똑같이 그를 이용해 먹는 핑크바이너 자녀들의 손발 노릇을 했던 것이다.

"자, 그 얘긴 그만하면 됐고. 한나 헤르츠만과 레오니 베르게스에 대해서 얘기해봐요."

보덴슈타인이 화제를 돌렸다.

"헤르츠만이 여기저기 쑤시고 다니지 못하게 살짝 겁주라고 하더라고요."

그라세르가 순순히 말했다.

"그런데 일이 좀 틀어졌죠."

"일이 좀 틀어졌다?"

보덴슈타인의 언성이 높아졌다.

"당신은 그 여자를 잔인하게 고문하고 거의 죽음 직전까지 몰고 갔어! 그리고 차 트렁크에 가둬놓고 그냥 죽도록 방치한 거 아냐!"

"난 그 사람들이 하라는 대로 한 것뿐입니다. 선택의 여지가 없었다고요."

그의 짙은 눈동자 속에 자기연민의 빛이 떠올랐다. 그는 자신을 가해자가 아닌 피해자로 보는 것 같았다.

"사람은 언제나 다른 선택을 할 수 있어. 누가 그렇게 하라고 시켰지?"

그라세르는 자신의 독립적이지 못한 처지와 멸시받고 살아온 삶을 증오할 만한 지능은 갖췄지만 그 처지를 벗어날 만한 의지는 없었다. 그래서 명령을 수행하는 것뿐이라는 핑계로 자신을 변호하며 자신보다 약한 사람들에게 무자비하게 화풀이를 했던 것이다.

"누가 그렇게 하라고 시켰는지 묻잖아."

보덴슈타인이 질문을 반복했다. 거짓말해봐야 소용없다는 것을 깨달은 그라세르는 그동안 자신을 무시하고 멸시한 사람들에게 보복할 기회라고 생각하는 것 같았다.

"코리나 비스너. 직속 상사나 마찬가지예요. 난 코리나가 시키면 입 다물고 하라는 대로 다 합니다."

피아의 휴대전화가 울렸다. 한스 게오르크. 리더바흐에 사는 농부로 피아에게 압축건초를 조달해주는 사람이다. 아마 건초를 수확했다고 알려주려는 것일 거다. 급한 일은 아니다.

"코리나가 한나 헤르츠만을 강간하고 그걸 찍으라고 시켰나? 레오니 베르게스를 말려 죽이고 죽어가는 과정을 카메라에 담으라고 시켰어?"

보덴슈타인이 날카롭게 물었다.

"그렇게 자세하게 명령을 내리진 않고요."

그라세르가 회피하듯 말했다.

"그럼 뭐야? 방금 시키는 대로만 한다고 했잖아!"

보덴슈타인이 다그치자 그는 어깨를 으쓱했다.

"이러이러한 일을 해라, 그러면 어떻게 할지는 내가 정합니다."

"구체적으로 말해봐. 그게 무슨 뜻이야?"

"교통 단속 아이디어가 떠오르더라고요. 그래서 인터넷에서 필요한 물건을 주문했습니다. 별로 어렵지 않았어요. 사람들은 이런 수엔 항상 속게 마련이거든요. 그래서 가끔 재미로 교통 단속하는 척하고 용돈을 번 적도 있어요."

그라세르는 거의 자랑스럽다는 얼굴로 떠벌렸다.

"그럼 동영상은 왜 찍은 거예요?"

피아가 물었다.

"그런 거 좋아하는 사람들이 있거든요."

"그런 거라니요?"

"죽는 거요. 그냥 연기가 아니라 진짜 죽는 거 말입니다. 그 방송사 여자 동영상 같은 경우 1000유로는 거뜬히 나와요."

그라세르에게서 양심의 가책 같은 것은 찾아볼 수 없었다.

지난번에 크뢰거가 스너프 영화에 대해 말한 적이 있다. 피아는 직접 본 적이 없지만 인터넷, 채팅방, 유즈넷 포럼, 비공개 유저 그룹에 편집되지 않은 살인 동영상이 올라온다는 얘기를 들은 적 있다. 그런 동영상은 종종 하드코어 포르노그래피의 변태적 절정으로 등장하거나 아동 포르노에서 아동의 처형, 고문, 살해의 형태로 나타난다.

그라세르는 자신이 저지른 몹쓸 짓을 즐기듯 자세하게 늘어놓았다. 피아는 속이 뒤집힐 것 같아서 더 이상 듣고 있을 수 없었다. 그라세르는 가슴을 탕탕 치는 수컷 고릴라를 연상시켰다.

"사실관계만 얘기하세요. 그 여자애는 어떻게 된 거예요? 어쩌다 마인 강에 떠내려 온 거죠?"

피아가 한나 헤르츠만 습격을 영웅담처럼 늘어놓는 그라세르의 말을 끊고 물었다.

"하나씩 천천히 합시다."

그라세르는 평생 조연으로 살다가 갑자기 관심의 중심에 선 게 기쁜 기색이었다. 피아는 전화를 받는 척하면서 밖으로 나왔다. 그라세르가 자신을 쳐다보는 느끼한 시선을 도저히 견딜 수 없었다. 오늘은 그것 말고도 끔찍한 일을 충분히 겪었다. 피아는 복도 벽에 기댄 채 크게 심호흡했다. 안 그러면 이 감정을 주체할 수 없을 것 같았다. 왜 세상에는 이렇게 역겹고 더러운 인간들이 많은 걸까!

"어이, 괜찮아?"

크리스티안 크뢰거가 옆방에서 나왔다. 조사실과 조사실 사이에 끼어 있는 작은 방에는 거울 유리가 설치되어 있어서 심문 과정을 지켜볼 수 있다. 고개를 드니 크뢰거가 걱정스러운 얼굴로 그녀를 쳐다보고 있었다.

"저 인간 도저히 못 참아주겠어요. 난 때려죽여도 저기 다시 안 들어가요."

"내가 대신 들어갈게. 다들 옆방에 있으니까 가서 듣기만 해."

크뢰거가 피아의 팔을 다독였다. 피아는 그제야 안도의 한숨을 쉬었다.

"고마워요."

"오늘 뭐 좀 먹었어?"

"아니요. 나중에 먹을 거예요. 이제 금방 끝나겠죠, 뭐."

피아는 애써 미소를 지었다. 그리고 오스터만, 셈, 카트린이 있는 옆방으로 들어갔다. 크뢰거가 조사실에 들어가 그라세르의 의자 뒤에 서는 것이 보였다. 그라세르는 막 음란한 묘사를 하고 있었다.

"요점만 간단히 말해, 이 더러운 놈아! 전기 충격 한 번 더 받아야 정신 차리겠어?"

그라세르의 얼굴에서 자만에 찬 미소가 사라졌다.

"들었어요? 이거 고문하겠다고 협박하는 거잖아요!"

"난 못 들었는데. 자, 여자애 얘기 하고 있었잖아. 그래서 어떻게 됐어?"

화가 나서 항의하는 그라세르에게 보덴슈타인이 무표정하게 대꾸했다. 그라세르는 크뢰거를 한 번 노려보더니 말을 이었다.

"옥사나 그 질긴 년! 그년은 몇 번을 도망쳤는지 몰라요. 그런 힘든 일은 다 내 차지거든요. 그런 년들이 도망쳐서 말썽이 생기면 또 내가 깨지기 때문에 안 잡아 올 수도 없어요. 한번은 그년이 시내까지 도망가서 우리가 부모 행세하면서 잡아 온 적도 있어요."

"우리라니 누구를 말하는 거야?"

"코리나하고 나죠."

"어디서 도망쳤는데?"

"궁에서요."

"궁이라니? 좀 구체적으로 말해봐."

헬무트 그라세르는 시큰둥한 표정을 짓더니 설명하기 시작했다. 회히스트에 핑크바이너 재단 소유의 궁이 있는데, 이 에트링하우젠 궁에 지하 감옥이 있다. 이 지하 감옥은 아이들이 학대당하는 장소이기도 하고 세계 곳곳으로 비싼 값에 팔려나가는 동영상을 찍는 곳이기도 하다. 아이들은 보통 팔켄슈타인에 있지만 만약의 경우에 대비해 몇 명 정도는 항상 이곳에 대기시킨다. 대기시킨다는 표현 하나만으로도 피아는 등줄기에 소름이 쫙 끼쳤다.

그라세르의 말에 따르면 옥사나는 사실 나이가 너무 많았다. 그런데 보스가 유난히 옥사나를 편애했다는 것이다. 그런데 그날 저녁 옥사나는 보스가 원하는 대로 하지 않아서 화를 자초했다.

"어린 것들은 겁주기가 쉬운데 이것들이 대가리가 크면 잔머리를 굴리고 말을 안 들어요. 그럴 때는 매 맛을 보여줘야 하거든요."

그라세르는 마치 짐승에 대해 얘기하듯 아무렇지도 않게 말했다. 피아는 뒤로 돌아앉으며 손으로 얼굴을 가렸다.

"더 이상은 못 듣겠어."

"나도. 난 딸이 둘인데 자꾸 생각나서 미치겠어."

셈이 잠긴 목소리로 말했다.

"옥사나는 질기기가 소 힘줄 같았어요. 그런 핏줄이 있는지 러시아 년들은 꼭 그러더라고요."

그라세르의 목소리가 스피커에서 흘러나왔다.

"나중에 보니까 보스가 숨도 못 쉬게 두들겨 팼더라고요. 그러고는 월풀에 처넣었는데 아마 물속에 집어넣은 시간이 조금 길었나 보죠. 사고였어요."

그는 어깨를 으쓱했다.

"그래서 어떻게 했어?"

보덴슈타인은 시종일관 어떤 감정의 동요도 보이지 않았다.

"그러다 죽는 일이 가끔 있어요. 그날 밤에 바로 처리하라고 하더라고요. 그런데 그날은 내가 시간이 없었어요. 그래서 강에 버린 거예요."

"세상에! 시간이 없어서 그랬다고?"

카트린이 기가 막힌 듯 중얼거렸다.

"시간이 없었던 게 다행이지. 그렇지 않았으면 무슨 일이 일어나고 있는지 전혀 모르고 넘어갔을 거 아냐."

셈이 냉소적으로 말했다.

"후우."

피아는 뭐라고 말을 하기가 힘들었다. 셈의 말이 옳았다. 죽은 소녀의 시체가 발견된 후 일련의 비극적 사건들이 일어났다. 그리고 그들은 그 비극을 막지 못했다. 만약 그 증인이 '수사파일 XY'가 아니라 일찌감치 신문 기사를 보고 옥사나를 알아봤다면 한나 헤르츠만에게 그런 불상사가 일어나지 않았을지도 모른다. 레오니 베르게스도 아직 살아 있을지 모르고 미하엘라 프린츨러도 두 사람을 쏴 죽이지 않았을지도 모른다. 만약에 말이다, 만약에.

"전화 안 받아요?"

끊임없이 진동하는 피아의 휴대전화를 보고 카트린이 말했다.

"나중에 받아도 돼. 중요한 전화 아니야."

피아는 그렇게 대꾸하고 보덴슈타인이 그라세르에게 뭔가 내미는 것을 지켜보았다.

"이게 뭐지? 죽은 여자애의 위 속에 있었는데."

"흠, 티셔츠 조각 같은데요. 보스가 애들한테 이거 입히는 걸 좋아하거든요. 특히 좀 컸다 싶은 애들은 이 분홍색 옷을 입으면 어려 보이거든요."

"이 천 조각이 죽은 아이의 위장 속에 들어 있었다고."

보덴슈타인이 반복해서 말했다.

"뭐 먹었을 수도 있죠. 옥사나 그년은 종종 굶기지 않으면 말을 안 들었거든요."

셈은 기가 막힌 듯 헉 하고 숨을 들이마셨다.

"저런 일이 정말 일어난 건 아닐 거야. 어떻게 인간이 저런 짓을 할 수 있어?"

피아가 혼잣말처럼 중얼거렸다.

"그럴 수도 있지. 강제수용소 감시자들을 생각해봐. 하루 종일 사람을 가스실로 내몰았지만 저녁에 집에 가면 평범한 가장이었어."

"저런 놈이야말로 가스실에 보내야 하는데! 그런데 저런 놈들은 정신병원으로 가지 감옥에도 안 가잖아. 어린 시절이 불행했기 때문에! 나 참, 기가 막혀서!"

피아의 휴대전화가 다시 진동했다. 피아는 무음 모드로 돌렸다.

"혼자 다 한 거야, 아니면 공범이 있었어?"

유리 반대편에서 크뢰거가 물었다.

"가끔 다른 사람을 데려가는 일도 있었죠. 방송사 여자 때는 보스가 직접 갔고, 레오니 때는 앤디를 데려갔어요. 앤디는 원래 애들 태우고 다니는 일만 하거든요."

"보스가 직접 갔다고? 그런…… 현장 출동 하기에는 나이가 너무 많지 않나?"

크뢰거의 말에 그라세르는 킥킥거리며 웃었다.

"현장 출동……. 그거 재미있네. 그런데 나이가 뭐 많아요? 형사님이랑 얼추 비슷하겠는데."

"지금 여기서 보스라는 건 요제프 핑크바이너를 말하는 거 아니었나?"

보덴슈타인이 물었다.

"요제프요? 어유, 그 양반은 어쩌다 손에 걸리는 애 있으면 한 번씩 하지. 아니에요. 보스는 니키예요."

그라세르가 손사래를 치며 말했다.

"니키? 그게 누군데?"

보덴슈타인과 크뢰거가 동시에 물었다. 그라세르는 뜻밖이라는 듯 그들을 쳐다보더니 우습다는 표정을 지으며 의자에 등을 기댔다.

"잡아 왔으면서 왜 그래요? 아까 복도에서 지나가는 거 봤는데."

"니키가 누구냐고 묻잖아!"

슬슬 인내심이 다해가는 보덴슈타인이 손바닥으로 탁자를 쾅 치며 다그쳤다. 그러나 그라세르는 별로 겁먹은 기색도 없이 머리를 설레설레 흔들었다.

"뭐 형사들도 별로 똑똑한 건 아니네. 니키가 누구냐면요…… 마르쿠스 마리아 프라이예요."

*

“프라이랑 코리나 비스너의 구속영장 신청해! 긴급수배령 내리고. 아직 멀리 못 갔을 거야.”

보덴슈타인이 급히 외쳤다.

“네, 알겠습니다.”

오스터만이 고개를 끄덕였다. 보덴슈타인은 프라이 부장검사가 도망쳤다는 사실을 알고 K11팀 전원, 몇 명 남아 있지 않은 다른 부서 직원들과 보안 경찰을 1층 휴게실로 집합시키고 이미 퇴근한 사람들은 바로 복귀하도록 조치했다.

“프라이를 마지막으로 본 사람이 누구지?”

“4시 36분에 휴대전화를 차에 놓고 왔다면서 나갔습니다.”

그 시각에 정문 앞에 앉아 있던 여직원이 말했다. 보덴슈타인은 손목시계로 시간을 확인했다.

“좋아, 지금 6시 42분이니까 두 시간 정도 앞섰다고 봐야겠군. 자, 뭐 하고 있어? 시간이 없다고!”

그가 손뼉을 치며 외쳤다.

“프라이는 증거를 없애려고 할 거야. 에트링하우젠 궁, ‘태양의 아이들’ 재단 건물 전체, 그리고 그라세르, 비스너, 프라이의 사택에 대한 수색영장 받아오고, 회히스트 에트링하우젠 궁 수색에는 특별기동대, 전경중대, 프라이가 도주할 경우를 대비해서 헬리콥터 대기시켜. 그리고 해양 경찰에게도 연락하고.”

피아는 멍하니 생각에 잠긴 얼굴로 맨 뒷줄에 앉아 있었다. 주위의 소리들이 멀리서 나는 소리처럼 귓가에 웅웅거렸다.

어떻게 그렇게 멍청할 수 있을까! 프라이는 그녀를 이용해서 교묘하게 정보를 빼냈다. 자신이 무슨 짓을 저질렀는지 분명해질수록 피아는 당혹감을 감추지 못했다. 단지 프라이가 릴리에게 친절하게 대했다는 이유만으로 로테문트가 암스테르담에 간 사실도, 상세한 수사 진행 과정도 고스란히 고해바치지 않았던가!

릴리! 맙소사! 피아는 뜨거운 물을 끼얹은 듯 화들짝 놀랐다. 오늘 아침에 받은 협박 메일은 프라이의 짓임에 틀림없다! 그녀가 크리스토프에 대해 이야기한 적이 없기 때문에 릴리를 그녀의 딸이라고 생각했을 것이다.

경찰견과 구조대를 부르라고 외치는 보덴슈타인의 목소리가 귓가를 때렸다.

"한 시간 뒤에 회히스트에 집합한다. 도착하자마자 건물을 넓게 에워싸고 주변 교통부터 전면통제해. 카이, 교통경찰과 프랑크푸르트 경찰에게 연락해."

"피아?"

당직인 뤼디거 드라이어가 문 안으로 고개를 쏙 내밀었다.

"네?"

피아가 고개를 번쩍 들었다. 그녀에게 다가오는 뤼디거의 표정이 어두웠다. 피아의 머릿속에서 날카로운 사이렌이 울리기 시작했다.

"방금 긴급신고가 들어왔는데 비르켄호프에서 일이 터졌어."

"오, 맙소사!"

피아는 경악하며 손으로 입을 막았다. 제발 릴리에게 아무 일도 없기를! 만약 릴리에게 무슨 일이 생긴다면 모두 그녀의 책임이다. 넓은 휴게실에 침묵이 감돌았다. 모두들 그녀를 쳐다보았다. 피아는 휴대전화를 꺼내 확인했다. 부재중통화 23건, 문자메시지 5개. 모두 한스 게오르크가 발신인이다! 그런데 그녀는 건초 수확 때문이라고만 생각했던 것이다!

"자, 일어나. 내가 집에 데려다 줄게."

크뢰거가 그녀의 어깨를 툭 치며 말했다. 피아는 고맙다고 말하려고 했다. 그러나 다음 순간 동료들의 시선이 느껴졌다. 한 사람이라도 일손이 더 필요한 이 순간에 약한 모습을 보여서는 안 된다. 후배들 앞에서 프로의 모습을 보여야지 집에 무슨 일이 있다고 허겁지겁 달려가서는 안 된다. 위험천만한 범죄자를 잡는 일이 집안일보다 훨씬 중요하다. 게다가 하필이면 그녀가 정보를 제공하지 않았는가. 피아는 어깨를 쫙 펴고 단호한 목소리로 말했다.

"고맙지만 혼자 갈게요. 이따 회히스트에서 봐요."

*

"지금은 혼자 운전하면 안 돼. 괜한 고집 부리지 마. 내가 태워다 줄게."

주차장까지 쫓아 나온 크뢰거가 차 열쇠를 뺏으며 말했다. 피아는 말없이 고개를 끄덕였다. 걱정과 두려움에 온몸이 덜덜 떨렸다. 프라이 검사에게 너무 많은 정보를 줬다는 이유로 징계를 받게 된다면 멍청한 죄로 받는 합당한 벌이라고 생각하겠지만 만약 릴리에게 무슨 일이 생긴다면, 그리고 그게 그녀의 책임이라면 절대 자신을 용서하지 못할 것이다. 크뢰거는 차 문을 열고 피아를 태우려고 조수석 쪽으로 돌아왔다.

"다 내 잘못이에요."

피아가 그를 돌아보며 말했다.

"뭐가?"

크뢰거는 그녀를 차 안에 앉히고 어린아이에게 하듯 안전벨트를 매주었다.

"프라이에게 너무 많은 정보를 줬어요. 내가 왜 그랬을까요?"

"사건 담당 검사니까 그렇지. 피아가 정보를 주지 않았더라도 사건 기록에서 보고 알았을 거야."

"아니에요. 킬리안 로테문트가 암스테르담에 간다는 것도 내가 말했어요. 그걸 알고 네덜란드에 있는 인맥에게 바로 연락한 거예요."

크뢰거는 시동을 걸고 주차장에서 차를 빼냈다.

"피아, 그런 생각 하지 마. 프라이가 그런 사람인지 전혀 몰랐잖아. 나도 검사가 정보를 달라고 했으면 군말 없이 줬을 거야."

피아는 한숨을 푹 쉬었다.

"그냥 하는 말인 거 다 알아요. 그때 프라이가 로테문트의 캠핑카에 나타났을 때도 반장님은 꼬치꼬치 다 말하지 않았잖아요. 프라이는 수사에 너무 관심이 많았어요. 그때 일찍 눈치챘어야 하는 건데."

피아는 그만 입을 다물었다. 크뢰거는 제한속도를 무시한 채 고속도로 방향으로 난 딸기밭 길을 내달렸다.

"왼쪽으로 꺾어서 들길로 들어가요. 그 길이 훨씬 빨라요."

다리 바로 앞에서 피아가 말했다. 크뢰거는 속도를 늦추고 방향등을 넣은 다음 급하게 좌회전을 했다. 마주 오던 자동차가 전조등을 반짝이며 빵빵거렸다.

"만약 에릭 레싱이 베른트 프린츨러를 통해 그 아동 학대건에 대해 알아냈기 때문에 죽은 거라면 그때 엥겔 과장은 뭘 알고 있었을까? 그리고 지금은 어디까지 알고 있을까? 생각해봐. 엥겔 과장도 그 일과 관련 있잖아!"

"그런 생각은 안 하는 게 좋을 것 같은데요."

피아가 어두운 표정으로 말했다.

"어쨌든 보덴슈타인은 속사정을 잘 모르는 것 같아요. 벤케도 마찬가지고요. 우리가 이번에 배후 조종자들을 다 찾아내지 못하면 로테문트와 그 집 자식들은 평생 위험에 노출된 채 살아야 해요."

크뢰거는 비르트샤프츠 가를 건너느라 속도를 크게 늦추었다. 이 길을 건너면 자일스하임에서 B519 연방도로로 통해 켈크하임으로 갈 수 있다. 길을 건넌 크뢰거는 A66 고속도로와 나란히 나 있는 아스팔트 길을 따라 달렸다. 이미 어두워지기 시작했는데도 스케이트 타는 사람, 조깅하는 사람이 많았다. 그들은 바로 옆에서 나는 고속도로의 소음 때문에 뒤에서 오는 차 소리를 듣지 못했다. 초조하게 운전대를 두드리는 크뢰거의 표정이 어두웠다. 그도 많이 걱정되는 듯했다. 잠시 후 그들은 비르켄호프에 도착했다. 대문 앞에 한스 게오르크의 초록색 트랙터와 경광등을 켠 순찰차 두 대가 서 있었다. 그리고 마당 호두나무 밑에는 구급차와 구급의사 차량이 나란히 주차돼 있었다. 그 광경을 본 피아는 혈관 속의 피가 통째로 얼어붙는 것만 같았다. 이제까지 릴리 걱정만 했지 크리스토프에게 무슨 일이 생겼으리라고는 생각도 하지 못한 것이다!

바닥에 떨어져 있는 검은 물체가 저물어가는 해의 역광에 비쳤다. 울타리와 승마장 사이에 난 자갈 깔린 진입로를 오르던 크뢰거는 그것을 발견하고 바퀴 밑에서 자갈이 튈 정도로 급정거했다. 차가 완전히 멈추기도 전에 차에서 뛰어내린 피아는 곧 비명을 질렀다.

"오, 맙소사!"

순식간에 힘이 빠지면서 속이 울렁거렸다. 눈에서는 눈물이 줄줄 흘러내렸다.

"왜 그래?"

뒤따라 나온 크뢰거는 죽은 개를 보고는 피아가 계속 보지 못하도록 옆으로 잡아끌었다. 개의 시체 밑에는 피가 흥건히 고여 있었다. 5미터도 떨어지지 않은 곳에 다른 개의 시체가 보였다.

"피아!"

멜빵바지를 입은 키 큰 회색 머리 남자가 급히 달려왔다. 한스 게오르크였다. 눈물에 시야가 가려 피아는 그의 모습이 흐릿하게만 보였다. 죽은 개 두 마리를 보고 나니 걱정은 공포로 바뀌었다. 제 정신이 아닌 머리는 가장 끔찍한 가능성을 상상하고 있었다.

"크리스토프는 어디 있어요? 무슨 일이 일어난 거예요?"

피아가 날카롭게 외치며 크뢰거의 손을 뿌리쳤다. 그러나 크뢰거는 피아가 개 시체를 넘어가지 않도록 어깨를 꽉 잡고 잔디밭 쪽으로 잡아끌었다.

"내가 수십 번도 넘게 전화했는데."

한스 게오르크가 말했다. 하지만 피아는 그의 말을 듣고 있지 않았다.

"크리스토프랑 릴리는 어디 있냐고요? 네?"

그녀는 히스테릭하게 소리를 지르며 크뢰거의 가슴을 떠밀었다. 크뢰거는 그제야 그녀를 놓아주었다.

"집 안에. 잠깐만, 피아!"

한스 게오르크가 부탁하는 어조로 말하며 피아를 막으려고 했다. 그러나 피아는 그를 피해 집 쪽으로 걸어갔다. 마치 처형장으로 가는 죄수처럼 다가올 순간에 대한 두려움에 떨면서 굳은 표정으로 현관문을 향해 걸어갔다. 이미 오래전에 극복했다고 생각한 두려움이 다시 솟아났고 가슴이 먹먹할 정도로 심장이 떨려오기 시작했다. 온몸에 열이 뻗치는 동시에 식은땀이 줄줄 흘렀다.

"키르히호프 부인!"

정복 차림의 경찰관이 집에서 나왔지만 피아는 그에게 눈길도 주지 않았다. 그녀의 시선은 계단에 흥건한 피, 벽과 문에 묻은 핏자국에 고정되었다. 모든 경찰관의 악몽, 가족을 죽은 채로 발견해야 하는 가혹한 운명이 그녀에게 찾아온 것일까?

"이쪽으로 오시죠."

경찰관이 그녀를 집 안으로 안내했다. 크뢰거는 그녀 뒤에 바짝 붙어 따라왔다. 거실과 주방은 온통 낯선 사람들로 가득했다. 구조대원의 빨간색, 주황색 조끼, 펼쳐진 구급상자, 튜브, 케이블, 피 묻은 옷, 그 한가운데 크리스토프가 속옷 차림으로 누워 있었다. 그의 가슴에는 심전도 검사용 전극이 붙어 있었다.

"부인이 오셨습니다."

누군가가 말하는 소리가 들렸다. 사람들이 자리를 비켜주었다. 크리스토프는 살아 있다! 피아는 안도감에 힘이 쑥 빠지는 것을 느끼며 그에게 다가가 가만히 그의 어깨를 만졌다. 머리에는 방금 의사가 붙여준 붕대가 붙어 있었다.

"어떻게 된 거예요? 릴리는요?"

피아가 조용히 물었다. 크리스토프는 눈을 뜨고 있었지만 눈빛이 흐렸다.

"피아……"

크리스토프가 힘없이 중얼거렸다.

"그 남자…… 그 남자가 데려갔어……. 갑자기 그 남자가 대문 앞에 나타나 손을 흔들었어……. 릴리…… 릴리가 미리엄 할머니 집에서도 보고 동물원에서도 봤다고…… 아는 사람이라고 해서 의심 없이 문을 열어줬어……."

피아는 심장이 덜컥 내려앉았다. 릴리가 프라이를 아는 건 당연하다! 피아는 크리스토프의 손을 꼭 잡았다.

"릴리가 그 남자에게 달려갔어……. 그런데 그가 손에 권총을 들고 있었어. 그자는 릴리를 자동차 안에 밀어 넣었어. 그리고 개들이……. 그러자 그 사람이 개를……."

그는 말을 멈추고 눈을 감았다. 가슴이 격하게 위아래로 오르락내리락했다.

"개들은 앞에서 봤어요. 당신은 어떻게 된 거예요?"

피아가 눈물을 참으며 물었다.

"난…… 그 남자에게 달려들었어. 총으로 쐈는데…… 아마 총알이 없었나 봐……. 그리고 눈을 떠보니 한스 게오르크가 있었어……."

"뇌진탕입니다. 머리에 적어도 세 군데 이상 강한 충격을 받았어요. 병원으로 이송해서 경과를 지켜봐야 합니다."

옆에 있던 구급의사가 말했다. 크뢰거가 조용히 전화를 하며 릴리와 프라이에 대해 말하는 소리가 들렸다.

"병원에 나도 같이 갈게요."

피아가 그의 뺨을 쓰다듬으며 말했다. 그러나 그는 그녀의 손을 꼭 잡으며 말했다.

"아니야. 릴리를 찾아야지! 피아, 부탁이니 릴리를 꼭 찾아줘! 그 아이에게 무슨 일이 생겨선 안 돼."

그도 피아만큼이나 릴리를 걱정하고 있었다. 오죽했으면 맨몸으로 총 든 사람에게 달려들었을까? 개들을 쏴 죽인 사람이 사람을 쏘지 못할 리 없다. 만약 총알이 남아 있었다면 프라이는 크리스토프도 주저 없이 쐈을 것이다.

피아는 크리스토프의 뺨에 입을 맞추었다.

"네, 내가 꼭 찾을게요. 반드시 찾는다고 맹세해요."

"나도 지금 회히스트로 갈 거예요."

구급차가 떠난 후 피아가 단호한 목소리로 말했다.

"금방 옷만 갈아입고 올게요."

피아는 아직도 아침에 생일 파티에 갈 때 입은 원피스와 구두 차림이었다. 그 일이 며칠은 지난 것처럼 생각되었다.

"개 두 마리는 내가 데리고 갈게. 이미 내 트랙터에 태워놨어. 그리고 말도 내가 돌봐 줄 테니까 걱정 말고."

한스 게오르크가 말했다.

"고마워요."

피아는 그렇게 말하고 계단을 올라갔다. 침실로 간 그녀는 원피스를 벗어버리고 청바지와 티셔츠로 갈아입었다, 그리고 옷장 안 금고에서 권총을 꺼냈다. 그녀는 떨리는 손으로 총집을 어깨에 메고 P30을 집어넣었다. 양말 신고 운동화 신고 모자 달린 회색 잠바를 걸치니 이제야 원래의 자신으로 돌아온 것 같았다. 그로부터 5분 후 피아는 크뢰거가 앉아 있는 차에 올라탔다.

"괜찮아?"

크뢰거가 운터리더바흐를 가로지르며 물었다.

"네."

피아가 짤막하게 대답했다. 두려움은 어느새 차가운 분노로 변해 있었다. 그들이 카지노 가에 쳐진 통제선 앞에서 멈추었을 때 피아의 휴대전화가 울렸다. 경찰 통제선 주변에는 이미 많은 구경꾼이 모여들어 장사진을 이루고 있었다. 그런 행동이 얼마나 위험한지 아무리 말해도 사람들은 그 위험성을 이해하지 못한다. 그래서 경찰에서는 통제선을 되도록 넓게 치는 것이다.

"지금 막 도착했어요. 반장님은 어디 계세요?"

피아가 신분증을 보여주자 통제선을 지키는 경찰이 바리케이트를 약간 밀고 그들을 지나가게 해주었다.

"궁 바로 앞에 있는 도로야. 특별기동대가 궁을 덮쳤는데 막 아이들을 이송하려던 재단 직원을 몇 명 잡았어."

"릴리는요?"

크뢰거에게 보고를 들은 보덴슈타인은 이미 프라이가 릴리를 납치했다는 사실을 알고 있었다.

"지금 지하 감옥으로 들어가는 길을 찾고 있어. 어쨌든 프라이는 여기 있는 게 분명해. 마당에 차가 주차돼 있거든."

피아와 크뢰거는 희미한 가로등 불빛 아래 놓여 있는 인적 없는 볼롱가로 가를 빠른 걸음으로 건넜다. 자동차, 자전거, 보행자 할 것 없이 통행을 금지시켰기 때문에 멀리서 전차 지나가는 소리를 빼고는 쥐죽은 듯 조용했다. 보덴슈타인, 카트린, 셈은 볼롱가로 궁 바로 옆에 있는 에트링하우젠 궁 앞마당에서 기다리고 있었다. 특별기동대장과 전투경찰 중대장도 그들과 함께 있었다. 궁 앞마당은 온통 경찰관으로 득시글거렸다. 모두 진지하고 숙연한 표정이었다. 농담을 하는 사람은 아무도 없었다. 밝은 헤드라이트 불빛 아래 '태양의 아이들'이라고 쓰인 남색 폭스바겐 버스가 보였다.

"코리나 비스너는 잡았어요?"

피아가 물었다.

“아니, 아직 밑의 지하실에 있는 모양이야. 아이들 여섯 명하고 막 버스로 도망치려는 여자 두 명을 잡았어.”

보덴슈타인의 얼굴에도 지난 시간이 남긴 긴장감과 피로가 확연히 드러났다. 눈 밑에는 짙은 그늘이 졌고 턱과 뺨에는 퍼렇게 면도 자국이 나 있었다.

“밑에는 몇 명이나 더 있는데요?”

“우리가 잡은 여자들 말로는 비스너 부부와 프라이, 그리고 아이들 네 명이 더 있대.”

“그리고 릴리도 있죠.”

피아가 암담한 얼굴로 덧붙였다.

“그 나쁜 놈이 크리스토프를 때려눕히고 내 개들을 총으로 쏴 죽였어요. 그놈을 잡기만 하면…….”

“피아는 여기 위에 남아 있어. 특별기동대가 다 알아서 할 거야.”

보덴슈타인이 그녀의 말을 끊었다.

“안 돼요! 내려가서 릴리를 구해 올 거예요. 그리고 전 생포 같은 건 하지 않을 거예요.”

피아가 강하게 반발하자 보덴슈타인은 얼굴을 찌푸렸다.

“그런 상태로 뭘 하겠다는 거야? 아무것도 하지 말고 여기 가만히 있어.”

피아는 입을 다물었다. 지금 그와 말다툼을 해봐야 소용없다는 것을 알고 적당한 때를 기다리기로 한 것이다.

“저게 지하실 도면이에요?”

피아가 자동차 위에 펼쳐진 설계도를 가리켰다. 도면에는 구불구불한 길이 많이 나 있었다.

“맞아. 하지만 저기 내려갈 일 없다고 했잖아.”

"알아들었어요."

피아는 경찰관 한 명이 손전등으로 비추고 있는 도면을 들여다보았다. 그녀는 마음이 바쁘기만 했다. 릴리가 저 밑에서 미친놈에게 잡혀 있는데 여기서 이렇게 입씨름이나 하고 있다니!

"모든 출구를 봉쇄했습니다. 여기서는 쥐새끼 한 마리 빠져나가지 못해요."

특별기동대장이 말했다.

"이 건물은 전체가 핑크바이너 그룹 소유입니다. 본사 건물뿐 아니라 세무상담소, 법무법인, 1층에는 병원이 두 개나 있고 시립 청소년 상담소도 있어요. 완벽한 위장이죠!"

보덴슈타인이 말하는 소리가 들렸다. 그때 마당으로 경광등을 켜지 않고 사이렌을 끈 구급차 두 대가 들어왔다. 남색 버스에 타고 있는 아이들을 병원으로 데려가기 위해 온 것이었다.

"그래서 우리 변태 나리들이 아무 의심도 받지 않고 이곳에 드나들 수 있었던 거죠."

셈이 말했다. 보덴슈타인의 손에 들린 무전기가 지직거렸다. 전투경찰들이 한참 밑에 있는 니다 강까지 포함해 부지 전체를 에워쌌다는 소식이었다.

피아는 보덴슈타인이 한눈을 파는 틈을 타 마당을 가로질러 갔다. 그리고 에트링하우젠 궁 정문으로 들어갔다. 기동대원 두 명이 저지했지만 피아가 지옥에나 떨어지라며 매섭게 다그치자 옥외 계단 밑에 나 있는 작은 나무 문을 가리켰다. 세제, 휴지, 청소 도구를 넣어두는 작은 공간에는 지하 감옥으로 통하는 다른 문이 하나 더 있었다.

"내 이럴 줄 알았지. 아까 그건 부탁이 아니라 명령이었다고!"

뒤에서 보덴슈타인이 숨 가쁜 소리로 말했다.

"그럼, 징계처분하시면 되잖아요."

피아는 그렇게 말하며 총을 꺼내들었다. 보덴슈타인을 뒤따라온 크뢰거와 셈도 합세해 네 사람이 피아를 선두로 낡은 계단을 내려가기 시작했다. 계단에서 이어지는 통로는 너무 좁아서 어깨가 시멘트 벽에 닿을 정도였다. 몇 미터마다 하나씩 켜져 있는 형광등이 지하 통로에 우중충한 빛을 던졌다. 피아는 아이들이 이곳으로 끌려와 이 통로를 지날 때 얼마나 무서웠을지 생각하니 등줄기가 오싹했다. 아이들은 소리를 지르며 반항했을까? 아니면 가혹한 운명에 순응했을까? 어린 영혼들이 어떻게 이런 끔찍한 일을 견뎌냈단 말인가?

통로는 갑자기 꺾였고 밑으로 통하는 계단 몇 개가 나타났다. 그 계단을 내려가니 통로가 훨씬 넓고 높아졌다. 주변에서 습하고 퀴퀴한 냄새가 났다. 피아는 머리 위에 엄청난 흙이 있다는 것을 생각하지 않으려고 애썼다.

"내가 앞장설게."

크뢰거가 뒤에서 속삭였다.

"아니에요. 괜찮아요."

피아는 너무 긴장돼서 더 이상 두려움도 분노도 느끼지 못했다. 그동안 이 길을 지나간 남자들이 몇 명이나 될까? 변태적 욕망에 휘둘려 아이들을 학대하고 그러면서 욕정을 채우다니 얼마나 정신이 나가야 그런 일이 가능할까?

어디선가 사람 소리가 들려와 피아는 갑자기 걸음을 멈추었다. 바로 뒤에서 따라오던 보덴슈타인이 피아의 등에 부딪쳤다.

"저 앞에 있어요."

피아가 속삭였다.

"우리가 할 테니까 여기 있어! 따라오면 나중에 크게 후회할 줄 알아."

보덴슈타인이 으름장을 놓았다. 피아는 속으로는 잔소리쟁이라고 구시렁거리면서도 얌전히 고개를 끄덕였다. 그리고 남자들이 떠난 후 30초간 기다리다가 그 뒤를 따라나섰다. 낮은 천장 아래 길게 뻗어 있는 곳에 이른 피아는 숨도 못 쉴 정도로 경악했다. 수 년 전 프랑크푸르트에서 SM 클럽을 조사한 일이 있는데 그때 거기서 본 것과 비슷한 시설이 갖춰져 있었다. 다른 점이라면 그곳은 성인들이 자의에 의해 기이한 욕망을 풀어놓기 위해 만든 것이고, 이곳은 아이들을 학대하기 위해 만든 시설이라는 것이었다. 인어공주 옥사나도 이곳에서 고문과 학대를 당했을 것이다. 피아는 고문대, 쇠사슬, 수갑, 새장처럼 생긴 우리, 그 외에 끔찍한 고문 도구들을 둘러봤다. 시멘트 벽에 스며든 경악과 공포가 피부로 느껴지는 것만 같았다.

"손들어!"

보덴슈타인의 목소리에 피아는 화들짝 놀랐다.

"벽에 붙어요! 어서! 벽으로 붙으라고!"

평소 같았으면 그의 명령에 따랐겠지만 지금 피아는 어쩔 수 없었다. 릴리에 대한 걱정이 너무 커서 도저히 이성적으로 행동할 수 없었다. 문을 나가니 양쪽에 쇠창살 감방이 늘어서 있는 널찍한 공간이 나타났다. 아홉 살이나 열 살쯤 돼 보이는 아이들 넷이 멍한 얼굴로 감방 앞에 모여 서 있었다. 그리고 크뢰거와 셈이 남자와 여자에게 총을 겨누고 있었다. 피아는 오늘 아침 부상당한 남편에게서 떨어지지 않으려고 하던 레나테 핑크바이너를 떼어내려고 애쓰던 여자를 알아보았다. 그녀가 바로 옥사나의 어머니로 위장한 코리나 비스너였다. 그런데 프라이는 어디 있지?

"릴리! 어디 있니?"

피아는 목청껏 소리를 질렀다.

*

그녀는 그와 다시 만나는 것이 두려웠다. 병원 침대에 누운 채 이렇게 추하고 무기력한 모습을 보이는 것이 싫었다. 그러나 그가 난데없이 나타나 그녀를 가만히 안아주었을 때, 그리고 조심스럽게 입을 맞추었을 때 그런 허영 섞인 걱정은 공중으로 멀리 날아가 버렸다. 그들은 한참 동안 그렇게 서로를 마주보았다. 처음에 레오니의 집에서 그를 처음 보았을 때처럼 그의 푸른색 눈동자만 보였다. 거부할 수 없는 매력으로 그녀를 잡아끈 그 눈이다. 그때는 절망과 체념으로 가득하던 눈빛엔 이제 따스함과 확신이 넘쳤다. 한나는 그제야 그의 다친 얼굴과 오른쪽 팔에 감긴 붕대를 보고 놀랐다.

"무슨 일 있었어요?"

그녀가 작은 소리로 물었다. 말하는 것이 아직도 힘들었다.

"이야기가 좀 길어요. 지금쯤 끝났을지도 모르겠네요."

킬리안이 그녀의 손을 잡으며 부드럽게 말했다.

"그 얘기 나한테도 좀 해주면 안 돼요? 기억나지 않는 게 너무 많아요."

"나중에 해줄게요. 우선 아무 생각 말고 건강해지는 데만 신경 써요."

그가 깍지를 끼며 그녀의 손을 잡았다. 그 말을 들은 한나는 깊

은 한숨을 내쉬었다. 병원의 보호막을 떠나 다시 현실의 삶 앞에
서야 할 때를 생각하면 얼마나 두려웠는지 모른다. 그런데 이제는
걱정되지 않았다. 이제는 킬리안이 있다. 그는 그녀의 얼굴이 밉든
곱든 신경 쓰지 않는다. 예전의 아름다움을 완전히 되찾지 못하더
라도 그는 그녀의 편이 되어줄 것이다.

"우리가 주고받은 이메일 아직 가지고 있어요?"

한나가 물었다.

"그럼요. 하나도 빠짐없이 다 있어요. 매일매일 반복해서 읽어요."

킬리안은 피멍 때문에 힘들었지만 애써 미소를 지었다.

한나도 미소를 지었다. 그녀 역시 새 아이폰을 받은 후 그가 보
낸 이메일을 열심히 읽었다. 그 내용을 다 외울 수도 있다. 킬리안
은 사람이 겪을 수 있는 가장 가혹한 운명에 처했었다. 가진 것을
모두 잃고 아무 죄도 없이 감옥살이를 했다. 그러나 사회의 냉대도,
명예와 부, 가족의 상실도 그를 완전히 꺾어버리지는 못했다. 오히
려 반대였다. 한나도 마찬가지다. 화려한 세계에서 살던 그녀는 갑
작스러운 운명의 장난으로 지옥 같은 깊은 나락으로 굴러 떨어졌
지만 다시 일어설 준비가 되어 있었다. 그들은 심연을 극복하고 다
시 빛을 향해 솟아오를 것이다. 하지만 다시는 삶이 주는 선물을
허투루 여기지 않을 것이다.

"조금 전에 마이케가 다녀갔는데 봉투를 하나 놓고 갔어요. 무슨
말을 하는지 잘 모르겠더라구요. 거기 서랍에 있는데 한번 꺼내서
봐요."

킬리안은 그녀의 손을 놓고 침대 옆에 있는 서랍을 열었다.

"여기 있네요."

"열어봐요."

한나가 힘없이 말했다. 진통제 때문에 자꾸만 눈이 감겼다. 봉투 안의 내용물을 보는 킬리안의 표정이 굳어졌다.

"뭐예요?"

"자동차를 찍은 사진인데요."

한나는 잠이 쏟아지는 와중에도 킬리안이 긴장한 것을 눈치챘다.

"이리 줘봐요."

한나가 손을 내밀자 킬리안이 컬러로 인쇄된 종이를 내밀었다.

"이건 마테른의 빌라 앞인데…… 이게 무슨 뜻일까요? 왜 마이케가 이걸 내게 줬을까요?"

"글쎄요, 그건 나도 모르죠."

킬리안은 그녀의 손에서 종이를 받아 다시 봉투 속에 넣었다.

"이제 가야 해요. 오늘은 나라에서 재워준다고 하네요."

"그럼, 다른 걱정은 안 해도 되겠네요."

한나는 눈을 뜨고 있을 수 없을 정도로 피로했다.

"내일 다시 올 건가요?"

"그럼요."

그는 그녀의 얼굴 위로 몸을 굽히고 뺨을 어루만진 뒤 입을 맞추며 속삭였다.

"영장 반환되고 풀려나면 바로 올게요."

*

병원에서 나온 마이케는 몇 시간 동안이나 목적 없이 주변을 돌아다니며 시간을 보냈다. 그럴수록 한없는 외로움이 느껴졌다. 랑엔하인의 집에는 이제 다시는 발도 붙이고 싶지 않다. 그런 일을 겪고 다시 그곳으로 돌아가고 싶은 사람은 없을 것이다. 그래서 작센하우젠에 있는 친구 집으로 돌아가기로 했다. 한나의 상태는 여전히 별 진전이 없다. 물어볼 것이 너무 많은데 진통제 때문에 제대로 대화를 할 수 없는 상태다. 아까 가져다준 봉투라도 경찰에게 제대로 전하기를 바랄 뿐이다.

마이케는 도이치헤렌우퍼를 따라 달리다가 제호프 가로 꺾어 들어갔다. 여름 휴가 덕분에 집 근처에 주차할 공간이 남아 있었다. 그녀는 미니를 주차 공간에 밀어 넣고 가방을 챙겨 나왔다. 차 문 닫히는 소리가 밤의 정적을 깨뜨렸다. 마이케는 주위를 둘러보았다. 몸은 안 아픈 데 없이 쑤시고 저렸다. 너무 피곤한 동시에 신경이 날카롭게 곤두서서 누그러질 줄 모르는 상태가 계속되고 있었다. 어머니 집에서 겪은 일은 정말이지 평생 잊지 못할 것이다. 투견에게 쫓긴 것도 끔찍했지만 그건 정말 아무것도 아니었다. 그녀는 지금도 그의 무자비한 눈빛을 떠올리면 소름이 끼쳤다. 만약 전기 충격기가 없었다면 어떻게 됐을까? 그는 분명 한 치의 망설임도 없이 그녀를 죽였을 것이다!

마이케는 길을 건너며 가방에서 열쇠를 꺼냈다. 그때 주차된 차 사이에서 움직임이 느껴졌다. 그녀는 문득 두려움에 사로잡혔다. 맥박이 빨라지고 진땀이 났다. 그녀는 뛰다시피 해서 집으로 갔다.

"제길."

집 앞에 도착했지만 손이 덜덜 떨려서 도저히 열쇠를 꽂을 수가 없었다. 이윽고 문을 여는데 성공했지만 이번에는 뭔가 시커먼 것이 눈앞으로 툭 튀어나왔다. 1층에 사는 할머니의 고양이다.

마이케는 대문을 쾅 닫고 문에 기대 호흡을 가다듬었다. 이제 작은 마당을 지나 뒤쪽에 있는 건물의 문을 열고 들어가기만 하면 된다. 그녀는 더운 물로 샤워를 하고 하루 종일 푹 자고 싶었다. 그리고 내일 일어나면 당분간 아버지 집에 가 있을지 고민해볼 생각이다.

그녀가 문에서 떨어져 움직이자 마당을 비추는 센서등이 들어왔다. 잠시 후 그녀는 친구 집이 있는 뒤쪽 건물로 들어가 삐걱거리는 계단을 올라갔다. 드디어 다 왔다! 그녀는 열쇠로 문을 따고 들어갔다. 그때 갑자기 뒤에서 사람 목소리가 들렸다.

"이제 왔니? 저녁 내내 기다렸어."

그 목소리를 들은 마이케는 모골이 송연해졌다. 그녀는 천천히 뒤를 돌아보았다. 볼프강의 벌겋게 충혈된 눈이 그녀를 똑바로 쳐다보고 있었다.

*

"피아 아줌마! 나 여기 있어요!"

릴리의 맑고 높은 목소리는 두려움에 날이 서 있었다. 그 순간 피아의 내면에서는 잠자던 암사자가 깨어났다. 저런 괴물에게 아이를 내주느니 차라리 죽고 말겠다는 각오가 새록새록 샘솟았다.

"거기 서, 피아!"

보덴슈타인이 외쳤다. 그러나 피아의 귀에는 그 말이 들리지 않았다. 그녀는 릴리의 목소리가 난 쪽으로 뒤돌아 걷기 시작했다. 통로가 양쪽으로 나뉘는 곳에서 피아는 오른쪽으로 꺾었다. 그리고 아까 본 도면을 머릿속에 떠올리려고 애썼다. 그러나 헛수고였다. 이곳 지하는 수많은 통로, 하수구, 오래된 벙커, 수많은 작은 방으로 이루어진 미로였다. 이제까지 지나온 곳에는 바닥에도 시멘트가 깔려 있고 형광등과 스위치가 있어서 수리한 지 그리 오래되지 않은 느낌을 주었다. 그런데 이곳은 궁이 세워질 때의 상태 그대로인 것 같았다. 통로는 무서울 정도로 좁고 낮아졌고, 벽과 천장은 벽돌로 변했고, 바닥도 깔려 있지 않았다. 조명이라고는 구식 램프뿐이어서 어두침침했다. 깊이 들어갈수록 곰팡이 냄새와 쥐똥 냄새가 코를 찔렀다. 한참 가다 보니 갑자기 눈앞에 검은 구멍이 나타났다. 자세히 보니 좁고 어두운 터널로 이어지는 계단이 있었다. 천장에서 물이 뚝뚝 떨어지고 있어서 녹슨 난간을 잡지 않으면 발이 미끄러질 정도였다. 피아는 잠시 걸음을 멈추고 어둠 속에 대고 귀를 기울였다.

"릴리!"

소리를 질러보았지만 아무 대답도 돌아오지 않았다. 유일하게 들리는 소리는 그녀 자신의 거친 숨소리뿐이었다. 과연 제대로 가고 있는 걸까? 두려움과 절망감이 엄습했다. 그러나 그녀는 되돌아가고 싶은 유혹을 뿌리치고 계속 앞으로 나아갔다. 이 통로는 앞으로만 뻗어 있었다. 샛길도 없고 다른 공간도 나타나지 않았다. 피아는 문득 이 통로 위가 에트링하우젠 궁의 공원이라는 것을 깨달았다. 니다 강으로 이어지는 비밀 통로인 것이다. 그와 동시에 프라이의 계획이 뭔지도 분명해졌다. 그는 릴리와 함께 도망칠 생각이다. 강가에서 보트가 기다리고 있을지도 모른다. 서둘러야 한다! 뒤에서 발소리가 났다. 피아는 무섭지만 용기를 내 뒤를 돌아보았다.

"기다려, 피아!"

크뢰거의 목소리가 들렸다. 그러나 피아는 먼저 출발한 프라이를 따라잡아야 한다는 생각에 발걸음을 더욱 빨리했다. 갑자기 통로가 넓어지더니 거대한 격자문이 가로막고 있는 곳이 나왔다. 다행히

격자문 한 짝이 열려 있었다. 피아는 문을 통해 밖으로 나갔다. 인간의 탈을 쓴 괴물, 프라이가 그녀 눈앞에 서 있었다

"키르히호프 형사, 오랜만이네요."

마르쿠스 마리아 프라이는 숨이 가쁜 듯했지만 웃고 있었다. 희미한 보름달 아래 그의 얼굴이 보였다. 그의 얼굴에 나타난 것은 정신병자, 미친 영혼의 공허한 미소였다. 피아는 속으로 평생 그 병에 시달리라고 저주를 퍼부었다. 프라이는 피아에게서 눈을 떼지 않은 채 뒷걸음질을 쳤다. 한 손으로는 릴리의 팔을 잡고 다른 손에 들린 총으로는 릴리의 뒷목을 겨누고 있었다.

"무기 버려! 그리고 거기 그대로 서 있어. 안 그러면 나도 어쩔 수 없이 이 아이를 쏴야 하니까."

바로 그 자리에서 헬무트 그라세르는 옥사나를 강물에 빠뜨렸을 것이다. 죽은 아이를 안고 계단을 올라가 몇 미터 밑에 나 있는 강가 산책로에 지나가는 사람이 없을 때를 기다렸을 것이다. 프라이는 지금 바로 그 산책로 위에 서 있었다. 프라이와 강 사이에는 이제 좁은 강 비탈뿐이다.

"그만 포기해요! 주위에 경찰이 쫙 깔려서 어차피 도망가지도 못해요."

피아가 단호하게 말했다. 그녀의 머릿속에서는 오만 가지 생각이 출몰했다. 프라이는 10미터도 떨어지지 않은 곳에 서 있고 그녀는 사격 솜씨가 꽤 좋은 편이다. 그저 방아쇠를 당기기만 하면 된다. 하지만 만약 그가 반사적으로 방아쇠를 당긴다면?

"릴리, 괜찮니? 걱정 마. 너한테는 아무 일도 안 생길 거야."

피아는 천천히 총을 내렸다.

"피아 아줌마, 이 아저씨가 나한테 나쁘게 대했어요. 로비랑 심바

를 총으로 쏘고 할아버지도 때렸어요."

겁에 질린 릴리의 목소리가 떨렸다.

그때 피아의 등 뒤에 크뢰거와 보덴슈타인이 나타났다. 지상의 공원에서는 헤드라이트가 켜졌다. 갑자기 밝은 빛이 피아와 프라이의 대치 상황을 비추었다. 보덴슈타인은 작은 소리로 전화 통화를 하며 마인 강 쪽에서 기다리고 있는 해양 경찰을 이쪽으로 보내라고 지시했다. 좌우에서는 검은 복면을 한 기동대원들이 헤드라이트 불빛 바깥쪽에 머물며 점점 포위망을 좁혀왔다.

"프라이 검사! 그 아이 풀어줘요!"

보덴슈타인이 외쳤다.

"도대체 어쩌려는 거지? 여기서 도망 못 간다는 걸 잘 알 텐데."

크뢰거가 이해가 안 된다는 듯 중얼거렸다. 피아는 아무 생각도 할 수 없었다. 그녀의 눈에는 오직 릴리만 보였다. 밝은 조명 밑에서 릴리의 금발은 황금색으로 반짝거렸다. 저 어린 것이 어떻게 저 두려움을 참아내고 있을까! 어떻게 아이를 둔 아버지가 자기 아이 또래의 아이에게 저런 짓을 할 수 있을까?

강비탈 위에 굳은 듯 서 있던 프라이가 갑자기 움직였다. 너무 갑자기 일어난 일이라 모두 당황했다. 프라이가 릴리의 허리를 움켜쥐더니 강물로 뛰어든 것이다.

"안 돼!"

피아는 비명을 지르며 그들을 따라가려 했다. 그러나 보덴슈타인이 뒤에서 거칠게 그녀의 팔을 잡아당겼다. 다음 순간 피아는 크뢰거가 성큼성큼 달려가 물속으로 뛰어드는 것을 보았다. 죽은 듯 고요하던 강변 산책로는 순식간에 아수라장으로 변했다. 사방에서 기동대원들이 뛰어나왔고, 구급차가 도착했고, 환한 조명을 켠 해양 경찰선이 마인 강 쪽에서 니다 강 쪽으로 내려왔다. 피아의 팔을 잡고 놓지 않던 보덴슈타인이 외쳤다.

"저기! 크뢰거가 아이를 구했어!"

피아는 안도감에 무릎에서 힘이 쭉 빠졌다. 보덴슈타인이 붙잡지 않았다면 그대로 바닥에 주저앉았을 것이다. 전경들은 물에서 나오는 크뢰거를 도왔다. 누군가 릴리를 받아 담요로 감쌌고, 잠시 후 릴리는 피아의 품에 안겼다. 피아는 프라이가 어떻게 됐는지에는 관심도 가지 않았다. 그런 인간은 들쥐처럼 물에 빠져 죽어도 싸다.

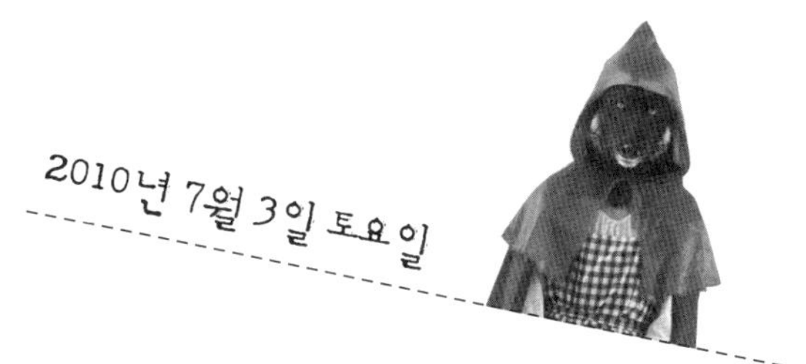

오스터만에게 사진 속의 번호판을 해독해 차량 조회 하는 일은 식은 죽 먹기였다. 적어도 국내에 등록된 차량들은 바로바로 조회할 수 있었다. 오스터만은 사진 속의 번호판이 내놓는 이름들을 보며 놀라움을 금치 못했다. 한 시간 반 전 경찰관 두 명의 호위를 받으며 경찰서에 도착한 킬리안 로테문트는 주차된 자동차 사진이 담긴 봉투를 그에게 넘겼다. 목요일 저녁 마이케가 방송계 거물 하르트무트 마테른의 빌라에서 찍은 사진이라고 했다. 왜 사진을 찍었느냐는 질문에 그는 자신도 모르겠다고 했으나 짚이는 데는 있다고 했다. 그런데 사진과 이름이 연결되는 것을 보니 제대로 짚은 게 틀림없었다.

요제프 핑크바이너의 생일 전날 아동 포르노 마피아의 우두머리들이 마테른의 빌라에 모였다. 모두 영향력 있고 명망 있는 인사들로 사회를 움직이는 사람들이다. 그중 두 명은 그들에게 학대받은 피해자가 쏜 총에 맞아 죽었고 한 명은 생사가 오락가락했다. 로테문트는 베른트 프린츨러에게 연락해 그의 사서함으로 보낸 녹음기와 대화 기록을 최대한 빨리 가져오라고 했다.

보덴슈타인, 셈, 카트린은 새벽 3시가 되어서야 사무실로 돌아왔다. 그들의 지친 얼굴에는 에트링하우젠 궁 지하 감옥에서 본 공포가 그대로 드러나 있었다. 그들은 미하엘라 프린츨러가 '보이지 않는 아이들'이라고 표현한 학대 아동 11명을 구해내 아동복지국에 인계했다. 그리고 팔켄슈타인 지하실에서도 여자아이 3명을 찾아냈다. 그들 중 자기 성을 아는 아이는 아무도 없었다. 출생 신고 기록도 없고 서류상으로는 완벽하게 존재하지 않는 아이들이었다. 코리나 비스너 밑에서 일하던 여직원 두 명은 헬무트 그라세르와 마찬가지로 프로인게스하임 구치소에 수감돼 내일 있을 영장 실질 심사를 기다리고 있다.

해양경찰이 강을 샅샅이 뒤졌지만 마르쿠스 마리아 프라이는 발견되지 않았다. 날이 밝으면 잠수부들이 투입될 예정이지만 찾더라도 시체로 발견될 것이라는 의견이 정론이었다.

"일단 커피부터 한 잔씩 해야지. 아니면 집에 가서 자고 내일 나와서 하는 게 나으려나?"

퇴근하지 않고 자리를 지키고 있던 니콜라 엥엘이 보덴슈타인 맞은편에 앉으며 말했다.

"아니에요."

보덴슈타인은 고개를 저었다. 코리나 비스너를 심문하고 나온 그는 아직도 자신을 놀라게 하는 사람이 있다는 데 놀라움에 금치 못했다. 그녀는 언뜻 보면 상냥하고 아리따운 여인이고 직접 네 아이를 낳은 어머니이지만 사실은 피도 눈물도 없는 냉혈한 여자였다.

그녀는 자신이 중요한 사람이라는 자부심과 타인에게 권력을 휘두르는 맛에 중독돼 있었다. 그녀의 동기는 헬무트 그라세르처럼 약한 자 위에 군림하는 권력이 아니었다. 사실 그녀는 아이들에게는 전혀 관심이 없었다. 그녀는 변태적 성욕을 주체하지 못하는 권력자들을 통제하고 그 위에 군림하는 데서 짜릿한 쾌감을 느꼈다. 코리나 비스너는 뛰어난 지성과 조직력으로 아동 포르노 마피아를 완벽에 가깝게 운영했다. 그러나 코리나와 프라이에게도 실수는 있었다.

코리나가 저지른 첫 번째 큰 실수는 미하엘라를 시야에서 놓쳤다는 것이다. 그럼에도 불구하고 널리 퍼져 있는 인맥과 공갈, 협박을 이용해 오랫동안 비밀을 유지할 수 있었다. 두 번째 실수는 프라이가 저질렀다. 옥사나를 대할 때 자제력을 잃었던 것이다. 코리나 비스너는 그들이 저지른 끔찍한 죄를 부인하지 않았다. 그녀는 죄의식이라는 것이 전혀 없고 자신이 한 일이 옳다는 데 강한 확신을 가지고 있었다. 보덴슈타인이 비난하는 말에도 꼬박꼬박 대꾸하며 무감정하게 변명을 늘어놓았다.

헬무트 그라세르의 말에 의하면 코리나는 프라이가 옥사나를 익사시켰다는 말을 듣고 불같이 화를 냈다. 그리고 생일 파티를 취소해버리겠다며 협박했다. 그리고 엠마에게 루이자를 건드린 사람이 있다는 말을 듣고 나서는 한 사람으로 인해 전체가 위험해질 수 있다며 요제프 핑크바이너를 신랄하게 비난했다. 코리나, 프라이, 요제프 사이에는 큰 싸움이 있었고 결국 프라이가 코리나에게 손찌검하는 사태에까지 이르렀다.

"아직 더 있습니다."

보덴슈타인이 니콜라 엥엘에게 말했다.

"아동 포르노 마피아 핵심 인물들의 명단을 입수했고, 방금 코리나 비스너가 모두 맞다고 시인했습니다. 바로 구속 영장을 신청할 생각입니다."

그러나 그것은 거짓말이었다. 명단을 본 코리나 비스너는 굳게 입을 다물었다. 그리고 보덴슈타인이 볼 때 그녀에게서 자백을 받아내기란 절대 쉽지 않을 것 같았다. 랄프 비스너는 처음부터 아무 말도 하지 않았다. 잘하면 목요일 저녁에 마테른의 집에 모인 남자들이 이 집단과 상관이 있다는 증거를 대지 못할지도 모르는 상황이다.

엥겔 과장은 눈썹을 치켜 올렸다.

"구속 영장? 누구를 구속할 건데요?"

보덴슈타인은 오스터만이 작성한 명단을 내밀었다.

"외국 거주자들은 아직 파악하지 못했습니다. 하지만 이미 네덜란드, 벨기에, 오스트리아, 프랑스, 스위스 경찰에게 공문을 보냈으니 내일쯤에는 목요일에 마테른의 빌라에 모였던 사람들의 신원이 모두 확인될 겁니다."

"아, 그래요."

니콜라 엥엘은 명단을 죽 훑어 내려갔다.

"헬무트 그라세르, 랄프 비스너, 코리나 비스너는 모두 자백했습니다. 그 밑에서 일하던 직원들의 확인만 받으면 됩니다."

보덴슈타인은 피곤한 듯 손으로 얼굴을 문질렀다.

"프라이가 옥사나를 죽이자 그라세르가 시체를 강에 버렸습니다. 그리고 프라이와 그라세르 두 사람이 한나 헤르츠만을 폭행하고 거의 죽음까지 몰아간 장본인입니다. 레오니 베르게스를 죽인 건 헬무트 그라세르고요."

“잘했어요. 그러면 세 사건 모두 해결됐군요. 축하해요, 보덴슈타인 반장.”

니콜라 엥엘이 크게 고개를 끄덕이며 치하했다.

“그리고 킬리안 로테문트가 죄 없이 누명을 쓰고 유죄 판결을 받았다는 사실도 알아냈습니다. 2001년 여름 당시 로테문트는 미하엘라 프린츨러에게 명단을 받았지만 하필 프라이에게 도움을 청했던 겁니다. 명단을 보고 위기감을 느낀 프라이는 그대로 두면 조직이 와해될 것으로 보고 친구에게 함정을 쳤습니다. 하지만 코리나 비스너도 프라이도 미하엘라 프린츨러에게 접근하지는 못했습니다. 프린츨러가 아내를 꼭꼭 숨겼기 때문이죠. 그는 아내가 죽은 것처럼 속여서 가짜 장례식까지 치르고 신문에 부고도 내고 비석도 세웠습니다. 그럼으로써 그들의 표적에서 제외시킨 거죠.”

보덴슈타인은 잠시 말을 멈추고 숨을 골랐다.

“마르쿠스 마리아 프라이는 불행한 어린 시절을 보냈습니다. 양부모와 고아원을 전전하다 결국 핑크바이너 집안에 들어간 거죠. 프라이는 코리나와 마찬가지로 핑크바이너의 말에 복종하며 신임을 쌓았습니다. 제 생각에는 프라이도 어렸을 때 학대를 당한 것 같습니다. 그런데 어느 순간 피해자가 가해자로 변한 거죠. 약한 자들에게 권력을 휘두르는 데 재미가 들린 건지도 모르죠.”

“프라이의 부인 말이에요. 그 사라라는 인도 여자도 생긴 게 꼭 어린애 같더라고요.”

카트린 파싱어가 끼어들었다.

“니키가 프라이라는 걸 왜 진즉 눈치채지 못했을까요? 프라이가 핑크바이너 집안과 연관이 깊다는 건 처음부터 알고 있었는데.”

“나도 그 생각은 못 했어. 코리나 비스너에게 들었는데, 프라이의 원래 이름은 도미니크였대. 그런데 레나테 핑크바이너가 그 이름이 마음에 안 든다고 '마르쿠스'로 바꿨대. 그래도 니키라는 애칭은 그 대로 남은 거지. 중간 이름 '마리아'는 프라이가 만들어 넣은 거야. 마르쿠스 프라이라는 이름이 너무 평범하다고 생각했던 모양이지."

"칫, 거기다 박사 학위까지 돈 주고 사고. 꼴값은 있는 대로 다 떨었군."

오스터만이 혼잣말처럼 중얼거렸다.

"권력욕과 허영심의 산물이지."

니콜라 엥엘이 말했다.

"어쨌든 완벽하게 돌아가는 시스템이었어요. 아이들이 나이가 많 아지면 사창가에 팔아넘겼죠. 아이들은 마약에 빠지거나 정신병원 에 들어갔어요. 코리나 비스너가 그 모든 걸 관리했습니다. 그런데 미하엘라 프린츨러가 그 레이더망에서 빠져나간 겁니다."

보덴슈타인은 잠시 말을 멈추고 한때 사랑했고 안다고 생각했던 여자의 얼굴을 쳐다보았다.

"사건이 해결된 것 말고도 성과가 더 있습니다. 로테문트와 프린 츨러 덕분에 알게 된 건데요, 당시 언더커버 요원 에릭 레싱이 왜 죽어야 했는지 밝혀졌습니다."

"그래요?"

니콜라 엥엘은 그 말을 듣고도 그렇게 불안해하는 것 같지 않았 다. 보덴슈타인은 그 반응을 보고 작은 희망을 가졌다. 엥겔 과장도 자세한 내막을 모른 채 그냥 명령만 이행한 것일 수도 있다. 물론 그렇다고 해서 범죄 사건을 덮었다는 비난을 면할 수는 없지만 니 콜라의 야망을 생각하면 이해가 안 되는 것도 아니다.

그때 열린 문에 노크하는 소리가 나더니 피아와 크뢰거가 들어왔다. 크뢰거는 마른 옷으로 갈아입은 상태였다.

"아이는 어때요?"

엥겔 과장이 물었다.

"사무실에서 잠들었어요. 오스터만이 지키고 있어요."

"자, 그럼…… 난 축하한다는 말밖에 할 말이 없네. 다들 정말 잘했어요."

니콜라 엥엘이 미소를 지으며 자리에서 일어났다.

"잠깐만요."

보덴슈타인이 그녀를 붙잡았다.

"왜요? 뭐 더 얘기할 게 있나요? 난 피곤한데. 다른 사람들도 이제 슬슬 집에 가야죠."

"프랑크푸르트 로드킹 조직에 언더커버로 들어간 에릭 레싱은 베른트 프린츨러와 친하게 지내면서 아동 포르노 마피아의 존재를 알게 됐습니다. 당시 프랑크푸르트 경찰청 부청장이 그 집단에 속해 있었죠. 그 밖에도 내무부 차관, 상급 법원 판사, 여러 명의 검사들, 법조인, 정치가, 경제계 거물들도 포함돼 있었고요. 에릭 레싱은 그 사실을 외부에 알리려고 했기 때문에 살해당한 겁니다."

"말도 안 되는 소리."

니콜라 엥엘이 부인했지만 보덴슈타인은 계속 말을 이었다.

"레싱의 상관은 레싱이 언제 어디에 있는지 훤히 알고 있었습니다. 사창가에 일제단속을 나갔을 때도 평범한 단속이 아니라 미리 계획된 특별한 단속이었습니다. 보통 로드킹을 칠 때는 특별기동대가 함께 가는데 그날 특별기동대는 코빼기도 비치지 않았어요. 명령을 받으면 확실하게 처리할 명사수를 뽑고 승진 욕심이 강해서 윤리나 양심 따위에는 관심 없는 여자 상관을 골랐죠. 그게 바로 엥겔 과장님 아니었나요?"

니콜라 엥엘의 표정이 굳어졌다.

"올리버, 뚫린 입이라고 함부로 놀리지 마."

그녀는 평소 다른 사람들 앞에서 쓰는 경어를 생략했다. 보덴슈타인도 똑같이 대응했다.

"벤케와 함께 그 사창가에 가서 등록되지 않은 다른 권총을 쥐어 줬잖아. 나중에 그 총은 프린츨러의 차에서 발견됐고. 마치 조직원들 사이의 싸움인 것처럼 꾸미려고 한 거지. 니콜라, 당신이 벤케에게 세 사람을 죽이라고 지시한 장본인이야."

보덴슈타인은 이 정도면 엥겔 과장도 이성을 잃고 흥분할 것이라고 예상했다. 그러나 그녀는 조금 전 코리나 비스너가 그랬듯 전혀 동요되지 않는 모습을 보였다.

"재미있네. 누가 그런 이야기를 지어냈지? 벤케야? 그 복수에 눈이 먼 술주정뱅이?"

그녀는 기가 막힌 듯 머리를 설레설레 흔들었다.

"우리가 직접 벤케에게 들었습니다. 그리고 거짓말하는 것 같지 않았어요."

크뢰거가 말했다.

니콜라 엥엘은 가소롭다는 듯 크뢰거를 처다보더니 피아에게, 그리고 보덴슈타인에게 시선을 돌렸다.

"상관에게 이런 모함을 하면 세 사람 모두 파면감이라는 거 모르나? 내가 그 정도도 못 할 것 같아?"

그녀가 차분한 목소리로 말했다. 순간 K11 회의실에는 침묵이 감돌았다. 바늘 떨어지는 소리도 들릴 것 같았다.

"틀렸습니다."

보덴슈타인이 의자에서 일어나며 말했다.

"이 방에서 파면 대상은 단 한 명뿐입니다, 엥겔 과장님. 세 사람에 대한 살인 교사 혐의로 체포하겠습니다. 체포는 피하고 싶습니다만, 증거 인멸의 우려가 있기 때문에 달리 방법이 없네요."

＊

볼프강 마테른이 말을 멈췄을 때는 이미 먼동이 터오고 있었다. 그의 이야기는 한 시간 반 동안 끊임없이 이어졌다. 처음에는 더듬거리며 시작했지만 점점 말이 빨라졌고 나중에는 거의 최면에 걸린 사람처럼 줄줄 쏟아냈다. 마이케는 어이없고 기가 막힌 얼굴로 그의 이야기를 들었다. 볼프강은 한나를 배신한 사람이 자신이라고 털어놓았다. 하필이면 그가, 한나의 가장 오래된 친구이자 가장 가까운 친구인 그가 그녀에게 그런 끔찍한 경험을 선사한 것이다.

"나도 어쩔 수 없었어."

마이케가 왜 그랬냐고 묻자 그는 재빨리 변명했다.

"한나가 기획서를 가지고 와서 읽으라고 줬는데 거기 나온 이름들을 보니까 이거 난리 나겠구나 싶더라고."

"그래도 아저씨가 피해를 보는 건 아니잖아요!"

마이케는 소파에 앉아 양팔로 무릎을 감쌌다.

"아저씨와 상관없는 일이잖아요. 오히려 반대 아닌가요? 그 기회를 이용해서 아버지에게서 벗어나고 그…… 더러운 인간들과도 인연을 끊으면 됐잖아요."

"그렇지."

그는 한숨을 쉬며 피곤한 눈을 문질렀다.

"그렇게 할 수도 있었겠지. 하지만 난 정말 그런 일이 일어날 줄은 몰랐어. 난…… 난 한나를 설득해서 그 방송을 못 하게 할 생각이었어. 그런데 내가 한나를 만나기도 전에 아버지가 핑크바이너에게 연락을 취했고 그 집에서 바로 개를 푼 거야."

볼프강은 마이케를 애써 외면하며 말을 이었다.

"저녁에 한나에게 갔었어. 한나가 그렇게 된 모습을 보는 게 정말 힘들었어. 마이케, 넌 모를 거다. 하필 나 때문에 그렇게 됐다고 생각하니 얼마나 괴로웠는지 아니? 자살할까 하는 생각도 했어. 하지만 내겐 그럴 용기도 없었어."

그녀 앞에 앉은 사람은 사람이 아니라 허깨비에 가까웠다.

"아버지 일은 언제부터 알았던 거예요?"

"옛날부터. 내가 열일곱, 열여덟 살 됐을 때부터. 처음에는 뭔지 몰랐어. 그냥 나이 어린 매춘부들을 만나는 줄 알았어. 어머니는 그냥 모르는 척했어. 하지만 아버지가 무슨 짓을 하고 돌아다니는지 알고 있었던 거야."

"그것 때문에 자살하신 걸 수도 있겠네요."

마이케는 그제야 앞뒤관계가 이해됐다. 오버우르젤의 아름다운 빌라에서 실제로는 그런 끔찍한 일이 벌어지고 있었던 거다.

"모를 리가 없지. 유서도 남기셨는걸. 내가 발견했어. 그리고…… 아무에게도 보여주지 않았어."

소파에 아무렇게나 주저앉은 볼프강은 꼭 아픈 사람처럼 보였다.

"어머니를 죽게 만든 그 변태를 옹호했다는 말이에요? 왜요? 왜 그랬어요?"

마이케는 이해가 안 된다는 듯 언성을 높였다. 내내 그녀의 눈길을 피하던 그는 한 시간 만에 그녀를 쳐다보았다. 그의 얼굴은 공허와 체념으로 가득했다.

"왜냐면…… 왜냐면 아버지니까. 난 아버지를 존경해. 아버지의 잘못은 알고 싶지 않았어. 아버지는…… 내 이상형이야. 나도 그렇게 강하고 확신에 찬 사람이 되고 싶었어. 난 항상 아버지의 마음에 들기 위해 노력했어. 언젠가는 아버지도 나를 인정해주고 좋아해줄 거라고 믿었어. 하지만…… 그런 적은 한 번도 없었어. 그런데 이제…… 아버지가 죽어버렸어. 이제는 아버지에게 말할 수도 없게 됐어. 사실은 아버지를…… 경멸한다고!"

그는 손으로 얼굴을 가리고 어린아이처럼 울기 시작했다.

"어떻게 해야 할지 모르겠어."

마이케는 그가 불쌍하다는 생각이 들지 않았다. 그의 비겁함과 나약함으로 인해 빚어진 결과는 너무 엄청났다.

"할 수 있는 일이 있어요."

"뭔데? 어떻게 해야 하는데?"

그가 고개를 번쩍 들었다. 꺼칠한 그의 얼굴에서 눈물이 줄줄 흘러내렸다.

"어떻게 하면 내 잘못을 용서받을 수 있는데?"

"지금 나랑 같이 경찰서에 가요. 그리고 그놈들을 다 잡을 수 있게 진술을 하는 거예요. 그게 아저씨가 할 수 있는 최소한이에요."

"그럼 난 어떻게 되는데? 나도 공범이 되는 거잖아."

그 말에선 강한 자기연민이 배어났다. 마이케는 저절로 얼굴이 찡그려졌다. 이 비겁한 남자를 그렇게 오랫동안 따르고 한때는 좋아하기까지 했다니!

"그건 어쩔 수 없이 감수해야 해요. 아니면 평생 그렇게 괴로워하면서 살든가요."

*

크뢰거는 잠든 아이를 조심스럽게 자동차 뒷좌석에 눕혔다. 릴리는 짧은 생에서 처음 겪은 커다란 모험에 지쳐 깊이 잠들었다. 중간에 몇 번 깨서 로비와 심바는 이제 개 천국에 있는지, 지하 감옥에서 본 아이들은 앞으로 어떻게 되는 건지 물었다. 하지만 피아가 대답을 하기 전에 다시 잠들어 버렸다. 부드러운 담요에 싸여 잠든 릴리는 작은 천사처럼 귀여웠다.

"평생 트라우마를 안고 살지는 않았으면 좋겠는데……"

피아가 중얼거렸다. 크뢰거는 최대한 조용히 차 문을 닫았다.

"그렇지는 않을 거야. 릴리는 강한 아이야."

피아는 한숨을 쉬며 그를 쳐다보았다.

"고마워요. 반장님이 릴리의 생명을 구했어요."

크뢰거는 어깨를 으쓱하며 계면쩍은 듯 웃었다.

"사실 나도 내가 그렇게 물에 뛰어들 줄은 몰랐어. 그것도 밤중에 말이야."

"난 정말 그랜드 캐년에라도 뛰어들었을 거예요. 릴리가 꼭 내 딸처럼 느껴져요."

"여자들에게는 모성애가 있는 법이지. 그래서 코리나 비스너 같은 여자들이 그런 짓을 방조하고 돕는 게 이해가 안 된다는 거야."

"정신이 병든 거예요. 헬무트 그라세르도 그렇고, 그 변태들도 다 마찬가지예요."

피아는 차에 기대 서서 담배에 불을 붙였다. 이제 모두 끝났다. 사건을 모두 해결했고 지나간 미제 사건까지 덤으로 해치웠다. 그러나 기쁘다든가 자랑스럽다는 생각은 들지 않았다. 킬리안 로텐문트는 짓밟힌 명예를 회복할 것이고 한나 헤르츠만도 언젠가는 건강해질지 모른다. 미하엘라 프린츨러는 수술을 잘 이겨냈고 엠마는 아들을 낳았다. 피아는 루이자에 대해 생각했다. 자상하게 돌보는 부모가 있고 아직 어리니까 앞으로 이 악몽을 잊을 수 있는 날이 올 것이다. 그런 행운을 갖지 못한 아이들도 많다. 그들은 잔혹한 경험을 평생 안고 가야 한다. 성인이 되어도 그 어두운 그림자는 그들을 따라다닐 것이다. 어쩌면 정신적으로 견디지 못하고 부서질지도 모른다.

"집에 가서 좀 자려고 해봐."

"네, 그럴 생각이에요. 사실 이렇게 큰 아동 성범죄 조직을 깨뜨렸다는 걸 기뻐해야 하는데 전혀 기쁘지가 않아요. 아동 학대는 계속될 테니까요."

피아는 담배 연기를 길게 빨아들이며 말했다. 크뢰거가 고개를 끄덕였다.

"그렇지. 사람들이 서로 죽이는 것도 막을 방법이 없어."

동쪽 하늘이 붉게 물들고 있었다. 곧 해가 떠오를 것이다. 지구에서 무슨 일이 일어나든 아침이면 해는 저렇게 떠오를 것이다.

"나쁜 놈, 니다 강바닥에서 물고기 밥이나 돼라."

피아는 담배꽁초를 발로 밟아 껐다.

"이제 갈게요. 크리스토프 집부터 좀 챙겨다 줘야겠어요."

크뢰거와 피아는 서로를 마주보았다. 그러다 피아가 크뢰거를 껴안았다.

"정말 고마워요."

"별것 아닌걸, 뭐."

피아가 막 차에 타려는데 빨간색 미니가 주차장으로 들어왔다.

마이케 헤르츠만과 볼프강 마테른이다!

"저 사람들이 여긴 왜 온 거죠?"

"피아는 어서 가. 저 사람들은 내가 맡을게. 그럼, 월요일에 봐."

크뢰거가 피아를 차에 밀어 넣으며 말했다. 피아는 너무 피곤해서 그 말을 거절할 수 없었다. 그녀는 안전벨트를 매고 시동을 걸었다. 일요일 새벽이라 거리는 텅 비어 있었다. 피아는 10분도 안 돼 비르켄호프에 도착했다. 대문 앞에 시동을 켠 채 택시 한 대가 서 있었다. 피아는 핸드브레이크를 걸어놓고 차에서 내렸다. 택시 조수석에 앉아 있는 크리스토프를 발견한 그녀는 기쁜 마음에 심장이 두근거렸다. 얼굴이 창백하고 머리에 붕대를 감았지만 평소와 다름없는 모습이다. 크리스토프는 그녀를 보더니 택시에서 내렸다. 그녀는 그를 얼싸안았다.

"릴리는 무사해요. 차 안에서 자고 있어요."

"천만다행이야. 자기는 괜찮아?"

그는 두 손으로 피아의 얼굴을 어루만지며 물었다.

"그건 내가 물어야 할 말이죠. 병원에서 그냥 내보내 줬어요?"

크리스토프가 장난스럽게 웃었다.

"침대가 너무 불편해서 못 자겠더라고. 그리고 뇌진탕 정도로 병원에 누워 있을 필요는 없어."

"가족 상봉하는 건 좋은데 차비는 줘야죠."

택시 기사가 조수석 창문을 내리고 말했다. 피아는 가방에서 지갑을 꺼내 20유로짜리 지폐를 쥐어주었다.

"잔돈은 됐어요."

피아는 대문을 열고 다시 차에 올라탔다. 크리스토프가 옆자리에 앉았다. 진입로에 있던 개 시체와 핏자국은 깨끗이 치워지고 없었다. 한스 게오르크 덕분일 것이다.

뒤에서 뒤척이는 소리가 나더니 릴리가 잠에 취한 목소리로 물었다.

"벌써 집에 왔어요?"

"벌써가 뭐야? 아직 4시 반밖에 안 됐어."

피아가 마당에 차를 세우며 말했다.

"진짜 일찍 왔다."

릴리는 혼잣말을 중얼거리다가 크리스토프를 발견하곤 눈이 휘둥그레졌다.

"할아버지 터번 했다! 되게 웃긴다!"

릴리가 까르르 웃었다. 피아도 크리스토프를 쳐다보았다. 그러고 보니 조금 우스워 보이기도 했다. 그들은 함께 웃음을 터뜨렸다. 모든 긴장과 스트레스가 씻은 듯 날아갔다.

"아픈 사람을 보고 웃어? 이런 못된 여자들을 봤나? 어서 내려. 난 커피부터 한 잔 마셔야겠다."

크리스토프가 삐친 척하며 말했다.

"나도 커피!"

릴리가 외쳤다. 그러더니 한숨을 푹 쉬었다.

"엄마 아빠한테는 말하지 않을게요."

"뭘?"

피아와 크리스토프가 뒤로 돌며 동시에 물었다. 릴리는 빙긋 웃으며 대답했다.

"커피 마신 거요."

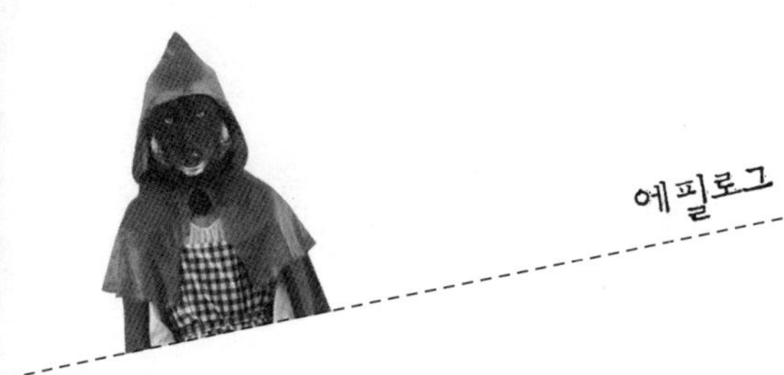

에필로그

"환영합니다, 미스터 들라로사. 좋은 여행이 되셨길 바랍니다."

공항의 젊은 여직원이 환한 미소를 지으며 아르헨티나 외교관 여권을 돌려주었다.

"예, 고맙습니다."

마르쿠스 마리아 프라이는 여직원의 미소에 화답한 후 스톡홀름 공항을 나섰다.

그녀는 미리 와서 기다리고 있었다. 못 본 지 몇 년 됐지만 그는 그녀의 얼굴을 바로 알아보았다. 못 본 동안 더 예뻐진 것 같았다.

"니키!"

그녀가 반갑게 외치며 양쪽 뺨에 입을 맞추었다.

"정말 반가워요! 잘 왔어요."

"린다, 오랜만이야. 데리러 와줘서 고마워. 마그누스는 잘 있어?"

"네, 차 안에서 기다리고 있어요."

그녀가 그에게 팔짱을 끼며 말했다.

"정말 잘 오셨어요. 독일에서 있었던 일 때문에 우리 친구들이 많이 불안해하고 있어요."

"컵 속의 폭풍일 뿐이야. 금방 조용해져."

마르쿠스 마리아 프라이, 여권에 의하면 헥토르 들라로사는 별일 아니라는 듯 손을 내둘렀다.

에스컬레이터에 올라선 그들 앞에 한 가족이 보였다. 남편은 짐이 가득 실린 카트 때문에 힘들어하고 있었고 아내는 뭔가에 신경질이 난 듯했다. 아들은 고집스러운 표정을 짓고 있었고 여섯 살이나 일곱 살쯤 돼 보이는 딸아이는 움직이는 계단 위에서 혼자 뜀을 뛰다가 마지막 계단을 못 보고 넘어질 뻔했다. 그 순간 프라이가 아이를 잡아 바로 세웠다.

"좀 조심할 수 없니?"

어머니가 아이를 야단쳤다.

"괜찮니?"

프라이는 미소를 지으며 아이의 머리를 쓰다듬었다. 그리고 그들과 헤어져 밖으로 나가며 생각했다. 귀여운 아이로군. 울고 있어도 귀여워. 아이들이 없으면 삶이 팍팍한 법이지.

《사악한 늑대》를 준비하면서 울라 프뢸링의 《지옥에서의 주기도문》을 읽었는데 주인공의 가혹한 운명에 큰 충격을 받았다. 그리고 내가 쓰려던 이야기가 '아동 학대'라는 말의 의미를 전달하기에는 너무도 부족하다는 것을 깨달았다.

나는 프랑크푸르트 FeM 여성 쉼터의 '101수호천사' 프로젝트를 후원하고 있는데, 그곳에서 일하는 심리상담사들을 통해 보이지 않는 곳에서, 가족·친지·친구라는 울타리 안에서 아동과 여성의 고통은 매일같이 반복되고 있음을 알게 되었다. 아동 학대가 얼마나 시급하게 다뤄져야 하는 문제인지, 그리고 학대당하는 아동들의 두려움과 고통이 얼마나 큰지 널리 알리고 싶었다. 그런 의미에서 이런 중요하고 용감한 책을 쓴 울라 프뢸링에게 감사한다. 그리고 나도 이 책을 통해 쉽게 묻혀버리곤 하는 금기를 세상에 알리는 데 일조할 수 있기를 바란다.

이 책을 집필하는 동안 용기를 주고 올바른 길로 이끌며 도움을 준 사람이 참으로 많다. 그중에서도 특히 수잔네 헤커와 동료 작가인 슈테피 폰 볼프에게 고마움을 전하고 싶다.

원고를 읽어주고 소중한 조언을 해준 부모님 베른바르트 박사와 카롤라 뢰벤베르크, 내 사랑스러운 자매들인 클라우디아 코헨, 카밀라 알트파터, 조카 카롤리네 코헨에게 감사한다.

함부르크를 제2의 고향으로 만들어준 마르기트 오스터볼트와 슈테피에게 큰 고마움을 전한다.

카트린 룽에, 가비 폴, 시모네 슈라이버, 에발트 야코비, 바네사 뮐러라이트, 이스카 펠러, 프랑크 바그너, 수잔네 트루에트, 안드레아 빌트그루버, 안케 데미히, 안네 페닝어, 베아테 카글라, 클라우디아 그니스, 클라우디아 헤르만의 우정에 진심으로 감사한다.

원고를 읽고 강력반 활동에 대한 부분을 예리하게 지적해준 안드레아 루프 경장님에게도 특별한 감사를 전한다.

책이 나올 때까지 믿음과 후원을 아끼지 않은 울슈타인 출판사 직원들에게도 큰 고마움을 전하고 싶다.

독자들에게도 감사의 말을 전한다. 내 책을 좋아해주는 그들이 있어서 얼마나 행복한지 모른다.

그리고 마지막으로 아주 특별한 사람에게 특별한 고마움을 전하려 한다. Be45, 나는 결국 목적지에 도착했습니다. 이렇게 되어야 하고 이렇게 머물기를 바랍니다.

2012년 8월
넬레 노이하우스

유한한 존재인 인간은 살면서 끊임없이 의문에 맞닥뜨리게 된다. 그 의문을 해결하기 위해 종교를 찾고 과학을 연구하는지도 모른다. 답, 혹은 답이라고 생각되는 것을 알게 되면 두렵고 불안했던 마음에 안정과 평화가 찾아온다. 그런 의미에서 책을 읽는 행위도 무지에서 오는 두려움을 해소하려는 욕구와 관련이 있다. 그러나 가끔은 불안과 두려움을 불러일으키는 주제도 있다.

노이하우스의 신작도 아동 성범죄라는 '불편한 진실'을 다룬다. 이런 무거운 주제를 다루면서 극적인 재미를 놓치지 않는 것은 쉬운 일이 아니다. 그런 면에서 노이하우스는 신작에 남다른 자부심을 가진 듯하다.

그리고 그 자부심은 근거 없는 자부심이 아니다. 타우누스라는 거리의 이름이 무의미해질 무렵, 그리고 스토리, 인물, 구성이 같은 패턴에 따라 반복된다고 느껴질 무렵, 노이하우스는 크게 한 걸음을 내딛었다. 지금은 그 방향이 어느 쪽인지 확실히 말할 수 없지만 용감한 걸음임에는 분명하다. 자신의 틀을 벗어나려는 시도이고, 틀이 한계라면 한계를 벗어나 자신의 가능성을 새로이 탐색하는 일이기 때문이다.

작가에게 자신이라는 존재는 창작의 원천이자 수단이다. 그런 자신에 대한 탐색은 자신이라는 물음표에 대한 답 찾기가 아니고 무엇이겠는가? 자기 자신만큼 의문투성이인 것이 어디 있고 나라는 존재만큼 불편한 진실이 또 어디 있겠는가 말이다.

김진아

사악한 늑대

초판　1쇄 발행 2013년 6월 19일
초판 20쇄 발행 2023년 4월　1일

지은이 넬레 노이하우스
옮긴이 김진아
펴낸이 신경렬

상무 강용구
기획편집부 최장욱 송규인
마케팅 신동우
디자인 박현경
경영지원 김정숙 김윤하
제작 유수경

펴낸곳 (주)더난콘텐츠그룹
출판등록 2011년 6월 2일 제2011-000158호
주소 04043 서울시 마포구 양화로12길 16, 7층(서교동, 더난빌딩)
전화 (02)325-2525 | **팩스** (02)325-9007
이메일 book@thenanbiz.com | **홈페이지** www.thenanbiz.com
ISBN 979-11-85051-06-2 03850